KB131162

수용소군도

수용소군도 ⑤

Архипелаг ГУЛАГ

알렉산드르 솔제니찐 기록문학　김학수 옮김

1918~1956
문학적 탐구의 한 실험

ARHIPELAG GULAG III
by ALEXANDRE SOLJENITSYNE

이 책은 실로 꿰매어 제본하는 정통적인 사철 방식으로 만들어졌습니다.
사철 방식으로 제본된 책은 오랫동안 보관해도 손상되지 않습니다.

버몬트에서 쓴 서문

제1~2권의 어둡고 고통스러운 내용을 견뎌 낼 만큼 정신적으로 강인한 독자들을 위해, 제3권[1]에서는 자유와 투쟁을 보여줄 것이다. 소비에뜨 정권은 이 투쟁을 열심히 은폐했는데, 수백만의 사람들에게 가한 고문과 박멸 행위를 은폐할 때보다도 더 열심이었다. 다른 무엇보다도 공산주의 정권은 자신을 향한 투쟁이 알려지는 것을 두려워한다. 공산주의 역사의 여러 시기에 여러 나라에서 암암리에 일어난, 엄청난 정신적 힘에 의한 투쟁 말이다. 상황이 가장 절망적일 때, 체제가 가장 잔혹하고 파괴적일 때 투사들의 정신력과 긴장감은 가장 높아진다.

공산주의 정권은 60년 동안 무너지지 않았다. 내부에서 투쟁이 없었기 때문이 아니고, 사람들이 고분고분하게 굴복했기 때문도 아니다. 그것이 서방 세계에서는 상상조차 할 수 없는 수준으로, 너무나 비인간적으로 강력했기 때문이다.

수용소의 세계는 소비에뜨 체제의 다른 모든 것과 마찬가지로 부패해 있었고, 투쟁은 테러 행위와 함께 시작되었다

---

1 『수용소군도』는 원래 전3권으로 구성되어 있으며, 솔제니찐이 언급한 제3권은 한국어판 제5~6권에 해당한다 — 옮긴이주.

(아, 그러지 않고서야 어떻게 시작될 수 있었겠는가). 테러는 비난받아 마땅한 수단이지만, 이 경우에 테러는 40년 동안 미증유의 소비에뜨 국가 테러에 의해 생겨난 것이다. 이것은 악이 악을 낳는다는 것을 보여 주는 선명한 예이다. 이것은 악이 사람들을 비인간적인 차원으로 몰아넣으면, 결국 사람들은 그곳에서 도망치기 위해 악을 사용할 수밖에 없다는 사실을 보여 준다. 그러나 나중에 영웅적인 봉기들로 발전하는 1950년대 수용소에서의 테러는 오늘날 서방 세계를 뒤흔들고 있는 〈극좌〉 테러와는 근본적으로 달랐다. 서방 세계의 젊은 테러리스트들은 무제한적인 자유에 흠뻑 젖어, 불확실한 목표 혹은 물질적 이익을 위해 무고한 사람들의 삶을 희생시키고 있다. 1950년대 소비에뜨 수용소의 테러리스트들은 그저 숨 쉴 권리를 찾기 위해 배신자와 밀고자들을 죽였다.

그럼에도 불구하고, 20세기의 자랑으로 여길 수 있는 테러란 없다. 오히려 반대로 테러는 20세기를 인류 역사상 가장 치욕스러운 세기로 만들었다. 그리고 우리가 테러의 가장 어두운 심연을 지나쳐왔다고 확언할 수는 없을 것이다.

1977년 9월
버몬트에서
알렉산드르 솔제니찐

수용소군도 총목차

제5부

도형

쇠고랑을 찬, 도형의 시베리아를
소비에뜨 사회주의의 시베리아로 만들자!

— 스딸린

제1장
죽을 운명인 사람들

혁명은 종종 관대함에 있어 성급할 때가 있다. 혁명이 너무나 많은 것을 거부하는 것은 그와 같은 성급함 때문이다. 예를 들면 〈까또르가〉, 즉 도형(徒刑)이라는 말을 거부한다. 하지만 그것은 훌륭하고 무게가 있는 낱말이며, 강제 노동 수용소라는 미숙아 같은 말이나, 교정 노동 수용소라는 볼품없는 말과는 다르다. 〈도형〉이라는 말은 마치 단두대처럼 재판석에서 미끄러져 떨어지고, 죄수의 목을 자르지는 않지만 법정에 있는 그를 깜짝 놀라게 하고 그의 모든 희망을 산산조각 내어 버린다. 〈도형수〉라는 낱말은 너무나 무서워서, 도형수가 아닌 다른 죄수들은 속으로 이렇게 생각한다 — 〈놈들은 아마 아주 잔인할 거야!〉 (이것은 겁 많은 인간의 자기 보호의 특성이다. 즉, 자기는 그렇게까지 최악의 인간은 아니며, 최악의 상태에 놓인 것은 아니라고 생각한다. 도형수들은 〈번호〉를 붙이고 있지 않는가! 그래, 정말 악랄한 놈들이야! 우리한테는, 나한테는 그런 번호를 붙일 리 없겠지! ……그러나 두고 보라, 붙이게 될지도 모른다!)

스딸린은 낡은 낱말을 매우 좋아했다. 그 낱말 위에서 국가가 수백 년 동안 존속했다는 것을 그는 알고 있었다. 프롤레타리아적 필연성 따위가 조금도 없는데도, 서둘러 잘라 버린 다음과 같은 낱말을 그는 떠올렸다 ── 장교, 장군, 지도자, 최고위 등등. 그리고 2월 혁명이 도형을 폐지한 26년 후에, 스딸린은 다시 그것을 도입했다. 그것은 스딸린이 자신의 내리막 길이 끝난 것 같다고 느낀 1943년 4월의 일이었다. 스딸린그라뜨에서의 국민적 승리가 가져온 최초의 국민적 결실은 다음과 같은 것이었다 ── 철도의 군사화에 관한 정령(소년과 여자를 군법 회의에 회부한다), 그리고 하루 지나서(4월 17일) 도형과 교수형의 도입에 관한 정령. (교수대도 역시 훌륭한 고대의 장치이며 권총으로 총살하는 것과는 다르다. 교수대는 죽는 과정을 시간적으로 길게 하고, 모여 있는 군중에게 자세히 보여 줄 수가 있기 때문이다). 그 후, 승리가 계속되면서, 도형지나 교수대로 죽음이 선고된 사람들이 보내졌다. 처음에는 꾸반과 돈 지방에서, 다음은 우끄라이나 좌안에서, 꾸르스끄시, 오룔시, 스몰렌스끄시에서 보내왔다. 전진하는 군대 뒤로 군법 회의가 뒤따르며, 어떤 사람은 당장에 군중들 앞에서 교수형에 처하기도 하고, 그 밖의 사람들은 새로 설치한 도형 수용 지점으로 보냈다.

이런 수용 지점 중에서 가장 먼저 생긴 것은, 아마 보르꾸따 제17광산에 있었을 것이다(이어서 노릴스끄에도, 제스까즈간에도). 수용 지점들은 당국에 그 목적을 숨기려고 하지 않았다. 즉, 도형수들을 죽이는 일 말이다. 그것은 공공연한 살인용 독가스였다. 다만 〈수용소군도〉의 전통에 따라 죽는 과정을 시간적으로 길게 연장하는 것이다. 죽을 운명인 사람들이 더욱 고통스럽게, 죽기 전에 더욱 일하도록 하는 것이었다.

북부에서는 통상 가로 7미터 세로 20미터 크기의 〈천막〉에서 살았다. 널빤지로 싸고, 톱밥에 싸인 그 천막은, 마치 간이 막사와 같았다. 이러한 천막의 정원은, 바곤까(조립 침상)일 경우는 80명이고, 침상을 빽빽이 좁히면 1백 명이었다. 그러나 도형수의 경우에는 2백 명을 넣었다.

그러나 그것은 결코 과밀화가 아니었다. 그것은 주거의 합리적 이용에 지나지 않았다. 도형수에게는 휴일 없이 2교대의 12시간 노동이 제도화되었다. 따라서 한쪽의 1백 명이 작업하는 동안에 다른 1백 명은 막사에 있었던 것이다.

작업장에서 도형수들은 경비견을 데리고 있는 호송병들에게 포위되어 있었다. 호송병은 그들을 마음대로 때릴 수 있었고, 자동소총으로 위협도 할 수 있었다. 구내로 호송해 갈 때, 호송병들은 도형수들의 대열을 향해 제멋대로 자동소총을 발사했다. 그리고 아무도 도형수가 죽은 데 대해 문초하지 않았다. 피로에 지친 도형수들의 대열은 멀리서도 다른 죄수들의 대열과는 달랐다. 너무나 지쳐서, 겨우 발을 끌고 갔다.

그들의 12시간 노동은 줄곧 계산되고 있었다.

북극 노릴스끄 지방의 눈보라 속에서, 기계를 일체 사용하지 않는 쇄석 작업을 하면서, 그들은 12시간 동안 단 한 번, 10분간 몸을 녹일 수 있었다. 그리고 그들의 12시간의 휴식은 형편없었다. 그 12시간 동안 그들은 한 구역에서 다른 구역으로 호송되고, 전부 정렬하여 신체검사를 받게 된다. 주거 구역에서는 한 번도 환기시킨 일이 없는 천막, 즉 창문이 없는 막사에 감금된다. 겨울에는 악취가 풍기고, 눅눅하고 시큼한 공기가 농축된다. 이것에 익숙하지 않은 사람은 단 2분도 참을 수 없는 공기였다. 도형수에게는 주거 구역이 작업 구역보다 더 들어가기 어려웠다. 그들은 변소에도, 식당에도, 위생부에도 출입이 금지되어 있었다. 모든 용무는 변기통이나 음식 차입구에서 했다. 1943년부터 1944년에 걸쳐 스딸린식 도형이

란 이런 상황이었다. 즉, 수용소의 제일 나쁜 것과 형무소의 제일 나쁜 것의 결합이었다.[1]

또 도형수들이 〈휴식〉하는 12시간 중 일부는 아침과 저녁 점호로 빼앗겼다. 그것은 일반 죄수들의 머릿수를 세는 점호와는 달라서, 천천히, 시간을 들여서, 한 사람씩 조사하는 것이었다. 그때 1백 명의 도형수들은 한 사람씩 하루에 두 번, 거리낌 없이 자기의 〈번호〉, 이제 지겨운 성, 이름, 부칭, 생년월일과 출생지, 적용 법 조항, 형기, 누구에게 재판받았는가, 언제 형기를 종료하게 되는가를 큰 소리로 말하지 않으면 안 된다. 그리고 다른 99명은 하루에 두 번씩 그것을 듣는 고통을 받아야 한다. 그 12시간 동안에 두 번 식사 배급을 받게 된다. 음식 차입구에서 음식을 담은 접시가 분배되고, 식후에 회수된다. 도형수는 아무도 취사장에서 일하지 못했고, 누구도 음식이 들어 있는 통을 운반할 수 없었다. 그러한 역할은 모두 형사범들이 맡았다. 그리하여 그놈들이 더 노골적으로, 더 용서 없이, 저주받은 도형수를 박해하여, 그 음식을 빼앗으면 빼앗을수록, 그들 생활은 좋아지고, 도형 수용소 당국자도 만족해했다. 언제나 그렇듯이 〈제58조〉들을 희생시키는 것에서는 NKVD와 형사범들의 이해가 일치했던 것이다.

그러나 도형수들이 굶주림으로 고통받았다는 사실을 뒷받침하는 보고서를 후세에 남겨서는 안 되었기 때문에, 그 보고서에 의하면, 그들은 아주 적은 양이지만 〈광산 노동자식〉과

---

1 체호프의 증언에 의하면, 제정 시대의 도형은 그다지 창의적이지 않았다. 알렉산드로프스끄(사할린섬) 형무소의 도형수들은 밤낮을 가리지 않고 마당이나 변소에 자유롭게 갈 수 있었을 뿐만 아니라(거기서는 변기통을 전혀 사용하지 않았다), 거리에도 하루 종일 나갔다! 그러니 〈까또르가〉라는 낱말이 본래 노 젓는 사람들을 사슬로 노에 매둔다는 뜻이었음을 이해한 사람은 스딸린이 처음인 것이다.

〈특식〉이라는 추가 급식을 지급받게 되어 있었다. 그러나 그것마저도 여기저기에 빼앗겨 도형수에게 남은 것이라고는 아주 보잘것없었다. 그리고 이런 추가 급식의 지급도 오랜 수속을 걸쳐서 음식 차입구를 통해 지급된다. 성을 부르고, 식권과 바꿔서 음식을 준다. 그리하여 침상에 지친 몸을 누이며 겨우 잠들려고 하는데, 다시 음식 차입구의 뚜껑이 탁 열리고, 다시 성을 부르며, 다음 날 식권을 나누어 준다(일반 죄수들은 식권으로 번거롭게 하지 않고, 반장이 대표로 받아서 취사장에 내게 되어 있었다).

이리하여 12시간의 휴식 시간에서 조용히 잠자는 시간은 불과 4시간밖에 남지 않았다.

또한 당연한 일이지만, 도형수에게는 어떠한 금전도 지급되지 않았고, 그들은 편지나 소포를 받을 권리도 없었다(귀가 윙윙거리는 듯 몽롱한 그들의 머릿속에서 예전 〈사회〉의 모습은 사라져 버렸고, 이 암흑의 북극의 밤 속에서, 자기들의 노동과 막사 이외의 모든 것은 사라져야 했다).

그리하여 도형수들은 점점 쇠약해졌고, 이내 죽어 갔다.

최초의 보르꾸따 수용소의 〈알파벳〉 — 28자인데 각 문자에는 1에서 1천까지 번호가 붙었다 — 은, 즉 보르꾸따 수용소 최초의 2만 8천 명의 도형수들은, 한 사람도 남지 않고 불과 1년 사이에 모두 땅속으로 사라졌다.

그 기간이 1개월이 아닌 것이 놀라울 뿐이다.[2]

---

2 체호프 시대의 도형지 사할린섬에는 도형수가 얼마나 있었다고 생각하는가? 5,905명이었으며, 이것은 알파벳 6개 문자로 충분했다. 우리의 에끼바스뚜스도 사할린과 거의 같은 규모였으나, 스빠스끄는 비교되지 않을 만큼 컸다. 〈사할린〉은 아주 무서운 낱말이지만, 사실은 단지 하나의 수용소에 불과하다! 스텝 수용소 하나만 예를 들어도, 12개의 분소가 있었다. 그런데 스텝 수용소 수준의 수용소는 10개가 있었다. 그러니까 사할린의 몇 배에 해당하는지 계산해 보라.

노릴스끄시의 제25 코발트 채굴장으로, 코발트 광석을 싣기 위하여 화물 열차가 출입하고 있었다. 도형수들은 조금이라도 빨리 고통에서 해방되려고 그 열차에 깔렸다. 절망한 나머지 24명 정도의 도형수들이 툰드라 지대로 도주했다. 그들은 비행기에 발각되고 사살되어, 그 시체는 작업 출장 나가는 곳 가까이에 쌓아 놓았다.

보르꾸따의 제2 석탄 채굴장에는 여성 도형 지점이 있었다. 여성들은 번호를 등과 두건에 붙이고 있었다. 그녀들은 어떤 지하 작업이라도 했으며, 또 놀라운 일은…… 노르마를 초과 달성까지 하고 있었다……![3]

그런데 벌써 동포들과 동시대인들이 격분하여 나에게 항의하는 소리가 들린다 ─ 잠깐만! 당신은 〈누구에 대해〉 말하려는 거요? 그렇소! 그들은 근절되기 위해 수용되었소. 그것은 당연한 일이오! 놈들은 반역자며, 독일의 개, 독일의 앞잡이, 독일 점령하에서 경찰이나 시장을 한 매국노니까! 그들에게 그것은 당연한 일이지! 당신은 그놈들을 불쌍하게 생각하는 거요? (만약 불쌍하게 생각한다면, 아는 바와 같이, 그 이상의 비판은 문학의 범위를 넘어선 것으로 〈기관〉의 영역이 된다.) 게다가 거기에 있는 여자들은 〈독일의 창녀〉라고요! ─ 〈여자들〉이 나에게 이렇게 외치는 목소리도 들린다. (내가 과장한 것일까? 같은 우리 나라 여성들을 〈창녀〉라고 부른 것은 다름 아닌 우리 나라 여성들 맞는데?)

이것에 대한 가장 쉬운 대답은 오늘날의 〈개인숭배〉를 고발하는 일이다. 즉, 예외적으로 도형에 처하게 된 몇 가지 이야기를 해보자. (예를 들면, 세 사람의 여성 공산 청년 동맹원 출신 지원병의 이야기다. 그들은 폭격기에 탔으나 공포에 사

3 체호프에 따르면 당시 사할린섬에는 여성의 〈도형〉이 전혀 없었다.

로잡혀 폭탄을 목표 지점에 투하하지 못하고, 아무것도 없는 들판에 투하하고 무사히 귀환하여 임무를 수행했다고 보고했다. 그러나 후에 그중 한 동맹원이 양심의 가책을 받아, 자기가 소속된 항공대의 같은 여성 동맹원에게 사실을 고백했다. 이 세 아가씨는 특별부에 보내져서 도형 20년을 선고받았다.)

그리고 지금은, 스딸린의 폭정이 이런 성실한 소비에뜨인까지도 처벌했다고 외칠 수 있다! 그리고 더욱 폭정 자체에 분개할 것이 아니라, 동맹원들이나 공산당원들에게 범한 중대한 잘못(지금은 매우 적절한 조치로 바르게 고쳐진)에 대해 분개할 수도 있을 것이다.

하지만, 이 문제는 더 깊이 파 내려가 보아야 할 것이다.

우선 여자에 대한 것인데, 이미 알고 있듯이 지금은 해방된 여성들에 대한 이야기다. 그들은 이중의 노동으로부터 해방된 것이 아니라, 종교적인 혼인, 사회적 여성 혐오의 멍에, 그리고 까바니하[4]와 같은 잔인한 시어머니로부터 해방되었다. 그런데 이것이 어찌 된 일인가? 여성들이 자기의 몸이나 마음을 자기 것으로 여겼다고 매국노나 범죄자로 몰린다면, 우리는 그들한테 까바니하보다 더 잔인한 시어머니가 되는 것이 아닌가? 모든 세계 문학(스딸린 시대 이전의)이 민족적 경계를 뛰어넘는 사랑의 자유를, 장군들이나 외교관들의 의지에서 해방된 사랑의 자유를 찬양하지 않았는가? 그런데 우리는 여기서도 스딸린식 척도를 받아들였다 ─ 소련 최고 회의의 지시가 없이 남자와 가까이하지 마라! 너의 몸은 무엇보다도 〈조국〉의 재산이기 때문이다.

무엇보다도, 여자들이 전장에서가 아니라 침상에서 적의 병사들을 가까이 마주했을 때, 그 여자들은 대략 몇 살이었을

4 오스뜨로프스끼의 희곡 「뇌우」의 등장인물 ─ 옮긴이주.

21

까? 아마 서른 아래의, 스물다섯 살쯤 되었을 것이다. 즉, 그들은 철이 들면서 10월 혁명 〈이후〉에 교육을 받고, 소비에뜨 학교에서 소비에뜨 이데올로기 속에서 교육을 받은 것이다! 그렇다면 우리는 우리들이 낳은 산물에 분개하고 있는 것이 아닌가? 어떤 아가씨들은 각자의 조국이라는 것은 없으며 모국이라는 것은 반동적인 허상에 지나지 않는다고 우리가 15년 동안이나 계속 외쳐 댄 것을 새겨들었다. 어떤 여성들은 우리 나라의 집회, 대회, 데모, 키스 장면이 없는 영화, 껴안지 않는 춤 등의 청교도적 무미건조함이 싫어졌다. 또 어떤 여성들은 우리 나라의 최초의 5개년 계획 시대의 젊은이나 프룬제 군단 소속 장교들이 배운 적 없는 친절, 여성을 소중히 하는 마음, 여성들의 환심을 사려는 남자의 자상함에 반해 버렸다. 어떤 여성들은 단지 굶주렸다. 그렇다, 다만 굶주렸을 뿐이었다. 아무것도 입에 넣을 것이 없었다. 그리고 마지막으로 어떤 여성들은 그렇게 하는 것 말고는 자기 자신이나, 자기 친척을 구할 수 있는 길이 없었다. 가족과 헤어지지 않기 위해서는 그렇게 할 수밖에 없었던 것이다.

적군이 퇴각한 직후에 우리 군에 들어온 브랸스끄주의 스따로두쁘시에서 내가 들었던 이야기에 의하면, 그 시에는 오랫동안 게릴라로부터 시를 지키기 위하여 헝가리인 수비대가 주둔해 있었다는 것이다. 그 후, 수비대를 다른 장소로 이동시키라는 명령이 있었을 때, 몇십 명이나 되는 마을의 여성들이 수치스러운 것도 모르고 군인들을 억지로 전송하면서, 〈자기 남편을 전쟁터로 보낼 때보다 훨씬 더 슬프게〉 울면서(어느 익살꾼 구두장이가 덧붙였다) 그 점령군 병사들과 작별했다.

군법 회의가 며칠 늦게 스따로두쁘시에 왔다. 아마 당국은 어김없이 밀고에 주의를 기울였을 것이고, 전송할 때 울었던 몇몇 여자를 보르꾸따의 제2 탄광으로 보냈다.

그렇다면 이것은 누구의 잘못일까? 누구 탓인가? 이 여자들 탓인가? 아니면, 우리 모두의, 같은 나라 동시대인들의 탓인가? 우리 나라 여성들이 우리를 저버리고 점령군 병사들을 동경했다면, 그것은 〈우리〉가 어떻게 된 것 때문이 아닌가? 그것은 우리가 제대로 생각하지 못했기 때문에, 희생을 돌보지 않고, 앞을 내다보지도 못하고, 무턱대고 전진해 온 길의, 수많은 대가의 하나가 아니겠는가? 그러한 대가를 우리는 끊임없이 지불했고, 앞으로도 지불하게 되지 않을까?

어쩌면, 이 여자들이나 소녀들을 도덕적으로는 나무랄 필요가 있을는지 모르겠다(그래, 그리고 그녀들의 해명도 들어보고). 또 어쩌면 웃음거리로 만들 필요가 있을는지 모르겠으나, 그 정도의 일로 도형지에 보내야 하는가? 북극에 있는 죽음의 막사로 보내야 하는가?

〈그래, 그것은 스딸린의 짓이야! 베리야의 짓이야!〉

아니, 미안한데 잠깐만! 이 가련한 여인들을 도형지에 보내 억류시켰던 자들은, 지금은 연금 생활자로 공공 위원에 있으면서, 우리의 도덕심이 낮아지지 않는지 감시하는 모양이다. 그리고 나머지 우리들은 어떻게 하고 있는가? 〈독일의 창녀〉라는 말을 들을 때마다, 우리는 동의하는 뜻으로 고개를 끄덕일 뿐이다. 아니, 우리가 지금도 그 여자들이 죄가 있다고 생각한다는 것 자체가, 그녀들이 당시에 〈투옥되었다〉는 것보다 훨씬 더 두려운 사실이다.

〈그래, 그녀들은 그렇다 하더라도, 남자들은 정당한 이유가 있어서 투옥되지 않았는가? 그들은 조국의 배신자며 계급의 배신자였다.〉

여기서도 우리는 머뭇거리게 된다. 우리가 상기할 수 있는

(이것은 사실이지만) 최악의 범죄자들은 우리 나라 군법 회의가 와서 자기를 교수대에 올리는 것을 그냥 기다리지는 않았다. 그들은 되도록이면 서구로 도망치려고 했고, 많은 사람이 도망에 성공했다. 한편 우리 나라의 처벌 및 신문 기관은 양처럼 순한 사람들을 붙잡아서 그 목표 수치를 달성했던 것이다(이럴 때, 이웃 사람들의 밀고가 대단히 도움이 되었다) ─ 어떤 사람의 집에는 어찌 된 일인지 독일군들이 주둔했다. 왜 그 집이 마음에 들었을까? 또 다른 사람은 자기 마차로 독일군을 위해 건초를 실어 왔다. 그것은 적에 대한 직접 협력이 아닌가? 이렇게 밀고되었다.[5]

이렇게 문제를 적고, 여기서도 또 모든 문제를 스딸린 〈개인숭배〉 탓으로 돌릴 수도 있다 ─ 지나친 점도 있었지만, 지금 그것은 다 바르게 되었다. 모두 정상화되었다.

그러나 한번 시작한 것이니까, 제대로 해보자.

교사들은 어떻게 하나? 우리 군대가 공황 상태로 패주하여 1년 혹은 2년, 아니 3년 동안이나 돌보지 않고 그들의 학교와 학생들과 함께 버려두었던 선생들 말이다. 스딸린이 선견지명이 없고, 참모 본부가 혼란에 빠지고, 병참 장교가 우둔하고, 장군들이 무능하기 때문에 남겨진 선생들은 어찌하면 좋을까? 자기가 맡은 어린아이들을 교육시킬 것인가, 아니면 교육시키지 말 것인가? 또 어린아이들은 무엇을 할 것인가? 벌써 열다섯 살이 되어서 일하러 나가는 아이들이나 유격대가 될 수 있는 아이들이 아닌, 더 어린 아이들은 무엇을 할 것인가? 그들은 공부를 할 것인가, 아니면 최고 사령관의 잘못으

─────

5 공평을 기하기 위해 잊어서는 안 되는 사실이 있다. 1946년부터 이런 사람들은 재심을 받아서 KTR(도형 노동) 20년 형이 ITL(교정 노동 수용소)의 10년 형으로 감형되었다.

로 2~3년을 허송할 것인가? 겨울에 아버지가 귀마개 달린 모자를 준비해 주지 않았다고, 귀가 얼어도 된다는 말인가?

이러한 문제는 덴마크에서도, 노르웨이에서도, 벨기에에서도, 프랑스에서도 생기지 않았다. 그 나라들에서는, 우둔한 정부 때문에, 혹은 그 상황 때문에 더욱 쉽사리 독일군에게 인도된 국민도, 이미 살아갈 권리가 없다고는 생각하지 않았다. 그런 나라에서는 학교도, 철도도, 지방 자치제도 평소대로 기능하고 있었다.

그런데 누군가의 경우는(물론 그들의 경우다!) 두뇌가 정반대의 방향으로 회전하고 있었다. 왜냐하면 우리 나라의 교사들은 유격대로부터 〈수업을 해서는 안 된다! 했다가는, 후에 대가를 치러야 한다!〉라는 내용의 편지를 받았던 것이다. 철도와 관련된 일도 적에게 협력한 것이 되었다. 지방 행정에 참여하는 것에 이르러서는 전대미문의, 대단한 배신행위가 되었다.

누구나 아는 일이지만, 한번 공부에서 멀어진 아이들을 다시 공부하게 하는 일은 지극히 어려운 일이다. 그런데 만일 인류 전체의 역사의 통틀어 가장 천재적인 전략가(스딸린)가 실수를 했다면, 민초는 살아야 하는가, 아니면 쓰러져야 하는가? 아이들을 교육시킬 것인가, 말 것인가?

물론, 그것에 상당하는 대가를 치러야 한다. 학교에 있는 커다란 콧수염 초상화를 치워 버리고, 작은 콧수염 초상화를 내걸어야 할지 모른다.[6] 전나무는 정월에 장식하는 것이 아니라, 크리스마스에 장식하게 될 것이고, 교장은 그 전나무 앞에서(또, 10월 혁명 기념일 대신에, 독일 제국 건국 기념일에) 새로운 멋진 생활을 찬양하는 연설을 하지 않으면 안 될 것이

6 각각 스딸린과 히틀러를 가리킨다 — 옮긴이주.

다. 그것이 설마 어려운 생활이라도. 하지만, 이전에도 멋진 생활을 찬미하는 연설을 했지만, 생활은 조금도 나아지지 않았다.

예전에는 진실을 왜곡하여, 아이들에게 더 많은 거짓말을 해야 했다. 거짓을 정착시키고, 교수법 지도자나 장학사들의 치밀한 노력에 의해, 교육 계획 자체에 침투시키는 시간이 필요했기 때문이었다. 어떤 학과의 수업 중에도, 그것이 적절하든 말든, 예를 들어 지렁이의 구조를 공부하든, 종속절의 접속사를 공부하든 간에, 반드시 신의 험담을 하지 않을 수가 없었다(설사 자신이 신을 믿고 있더라도). 아니, 기회를 놓치지 않고, 우리 나라의 무한한 자유를 칭송하지 않으면 안 되었다(누군가 밤중에 문을 노크할지도 모른다고 걱정하면서 한숨도 못 잤더라도). 뚜르게네프의 작품을 낭독하면서도, 지도의 드네쁘르강을 가리키면서도, 반드시 예전의 빈곤한 시대를 비난하며 현재의 유복한 생활을 칭송해야 했다(당신이나 아이들이 보는 앞에서 전쟁이 시작되기 전에 한 마을 전체가 아사했으며, 도시의 어린이용 배급권으로 3백 그램의 빵밖에 지급되지 않는데도).

이 모든 것들이 진실에 대한, 아이들 마음에 대한, 신성한 신에 대한 죄라고는 생각하지 않았다.

반면 지금처럼 불안한 피점령하에서는, 이전보다 훨씬 거짓말을 덜해도 되었다. 다만 그 거짓말을 반대 방향으로 하는 것이다! 그것이 문제였다! 그렇기 때문에 조국의 목소리와 지하로 숨은 지역 공산당 위원회는 국어, 지리, 산수, 자연 과학의 수업을 금지시켰다. 그런 짓을 하다가는 도형 20년이라고 위협했다!

동포들이여, 동의하는 뜻으로 고개를 끄덕이시오! 저기 그들이 개가 지키는 변기통이 놓인 막사로 연행되어 간다. 그들이 당신들의 아이들을 교육시켰으니까, 그들을 향해 돌을 던져라.

그런데 동포들은(특히 특권 관청에 근무했던 연금 생활자들인데 이런 사람들은 마흔다섯 살 때부터 연금 생활을 시작한 사람들이다) 주먹을 치켜들고 나를 쫓아온다 — 내가 변호하고 있는 건 〈누구〉일까? 독일 점령하의 시장? 이장? 경찰의 앞잡이? 통역? 모든 종류의 비열한 쓰레기들?

아니, 좀 더 깊이 파헤쳐 보자. 우리는 인간을 나무 막대기로 보고, 우리는 너무나 많은 산림을 쓰러뜨렸다. 앞으로 언젠가 우리는 그 과거를 되돌아볼 때가 올 것이며, 그 원인을 생각하게 될 것이다.

「고귀한 분노여, 불타올라라」라는 노래를 부르며, 연주하며, 또 소름을 느끼지 않는가? 자연스러운 애국심이 금지되고, 조소를 받아 쓰러진 뒤에, 느닷없이 저주받던 애국심이 허락되고, 장려되고, 〈신성한 것〉으로 칭송받게 되었다. 그리하여 우리 러시아인은 자연스럽게 일어서서 감사하는 마음을 모아, 국경 저쪽에서 사형 집행인들이 오기 전에, 우리는 관대한 마음으로 자국의 사형 집행인들을 용서하지 않았는가? 그리고 그 후에는 혼란한 의혹과 조급했던 관용을 억제하면서, 우리보다 분명히 간악하고, 원한에 사무친 〈배신자들〉을 예전보다 더욱 격렬히 비난하게 된 것은 아닌가?

11세기를 거쳐 오며 러시아에게는 수많은 적이 있었고, 많은 전쟁을 해왔다. 그런데 러시아에 배신자가 많았던가? 또 배신자의 〈무리〉가 있었던가? 그런 적은 없었다. 적들도 러시아인에 대해 배신자라든가, 변절자라든가, 믿을 수 없는 놈으로 비난하지는 않은 것 같다. 근로자 대중을 적대시하는 사회

27

체제하에서도 말이다.

그런데 가장 공정한 체제하에서, 가장 정당한 전쟁이 시작
되자마자, 우리 국민은 몇만, 아니 몇십만이라는 배신자를 배
출했던 것이다.

그들은 어디서 나왔을까? 왜일까?

아직 종식되지 않았던 내란이 재연되는 것은 아닐까? 살아
남은 백위군들일까? 아니다! 이미 언급했듯이 많은 백계 러
시아 망명자들(세 번 저주받은 제니긴도 포함해서)은 소비에
뜨 러시아 측에 가담하여 히틀러에 반대했다. 그들은 선택의
자유가 있어서 그렇게 선택했다.[7]

이 몇만, 몇십만이나 되는 사람들 — 즉 피점령하에서 경찰
이나 징벌대원을 했던 사람들, 또 이장이나 통역들 — 도 소
비에뜨 시민이었다. 그들 중에는 젊은이, 즉 10월 혁명 이후
의 출생자도 적지 않았다.

대체 무엇이 그들을 그렇게 만들었을까? ……그들은 어떤
사람들인가?

그들은 누구보다 먼저 그 가족이나 그들 자신이 〈1920년대
나 1930년대의〉 무한궤도에 짓밟힌 사람들이다. 우리 나라
하수도의 탁한 흐름 속에 자기 부모를, 친척을, 애인을 잃은
사람들이다. 혹은 자기 자신이 수용소나 유형지에 전락했다
가 떠오르고, 또 전락했다가 떠오른 사람들이다. 〈차입구〉 앞
에 장사진을 치고 서서 실컷 얼고, 밀치고 있던 사람들이다.
또 이 잔인한 수십 년 동안, 지상에서 가장 소중했던, 즉 토지
를 가지지 못하게 된 사람들이었다. 하지만 그 토지야말로, 그

---

7 그들은 우리와 함께 1930년대의 고난을 체험하지 못하고, 멀리 유럽에
서 〈러시아 민족의 애국적 대위업〉에 곧잘 감탄하고, 내부에서 12년간을 계속
해 온 대량 살육을 보지 못했다.

위대한 〈법〉에 의해 약속된 것이며, 그 토지를 얻기 위하여 내전 시대에 스스로 피를 흘리지 않으면 안 되었던 것이다. (그러나 소비에뜨군 장교들이 상속받은 별장이나 높은 담장을 쌓은 모스끄바 교외의 대저택은 별도였다. 즉, 그것은 우리의 것이니까 허락된다는 것이다.) 또 어떤 자는 밀의 이삭을 잘랐다고 붙잡혔다. 또 어떤 자는 살고 싶은 곳에서 살 권리를 제한당했다. 혹은 예전부터 종사해 온 좋아하던 수공업을 계속할 수 없게 되었다(우리가 얼마나 맹목적으로 여러 가지 수공업을 폐지했는지, 지금에 와서는 기억하는 사람도 없다).

모든 이런 사람에 대해서 우리 나라에서는(특히 선동가들과 10월 혁명의 옹호자들이) 경멸하여 입술을 삐죽거리며 이렇게 말하는 것이다 — 〈소비에뜨 정권으로부터 혼난 적이 있는 녀석들〉, 〈탄압을 받았던 놈들〉, 〈예전 꿀라끄의 자식들〉, 〈소비에뜨 정권에 원한을 가진 놈들〉이라고.

한 사람이 그렇게 말하고, 다른 사람은 고개를 끄덕인다. 서로 무엇인가를 아는 듯이. 마치 인민의 정권은 그 시민을 억압할 권리를 가지고 있듯이. 마치 거기에 최대의 죄악이, 커다란 종양이 있기라도 한 듯이 — 치욕을 느끼고…… 원한을 가졌던 것처럼…….

그리고 아무도 이렇게 외치려고 하지 않는다 — 잠깐만! 그런 하잘것없는 일을! 결국 당신들의 경우, 존재가 의식을 결정하는 것인지, 아니면 결정하지 않는 것인지? 아니면, 당신이 원할 때만 결정하는 것인지? 또 필요 없으면 결정하지 않는 것인지?

그러면 또 우리는 곧잘 낯을 찌푸리며 이렇게 말들을 한다. 「그래요, 일부에서 약간의 잘못을 범했어요.」 그래서 항상 주체를 분명히 나타내지 않는 표현 — 〈범했다〉 — 이 사용되어, 누가 그 잘못을 했는지를 흐리게 했다. 그 잘못을 마치 노동자들, 운반 인부들, 집단 농장원들이 〈범한〉 것처럼 착각의 여지를 남기는 듯한 인상이다. 아무도 용감하게 이렇게 말하지는 못했다 — 당이 잘못을 범했다! 교체되는 일도 없는 무책임한 지도자들이 그랬다! 그래, 권력을 쥐고 있는 자들 이외에 누가 〈범하겠는가〉? 스딸린 혼자에게 책임이 있는가? 그것은 우스꽝스러운 이야기다. 스딸린이 잘못을 범했다면, 그때 몇백만 명에 이르는 당신 지도자들은 무엇을 했는가?

어떤 경우에는 이 잘못 자체도 희미하고 흐린 것이 되어 버려서, 우둔하고 광신적인 악의의 결과로 생각되지 않게 되었다. 그리고 모든 잘못은 공산당원들이 공산당원을 투옥시켰다는 단 하나의 잘못에 포함되어 버렸다. 1천5백만에서 1천7백만 명의 농민들이 재산을 빼앗기고, 절멸시킬 목적하에 이주되어, 자기 부모를 기억하거나, 그 이름을 말할 권리조차 없이 전국에 흩어지게 된 것은 이미 잘못이 아닌 것으로 되었다. 이 책 앞에서 보듯이 하수도의 모든 〈흐름〉도 잘못은 아닌 것 같다. 그런데 히틀러와의 전쟁의 준비를 전혀 못 한 것, 허세를 부리며 국력을 자랑하고 차례로 구호를 바꾸며 패주한 것, 겨우 젊은이 이반과 〈신성한 러시아〉의 힘으로만 히틀러 군의 공세를 볼가강에서 막아 내지 못한 것은 실패라고 하기는 고사하고 스딸린 최고의 공훈이라고까지 찬양했다.

전쟁이 시작되고 불과 2개월 동안에, 우리는 자국 인구의 3분의 1에 가까운 사람들을 적군에게 인도해 버렸다. 그 속에는 다 죽일 수 없었던 가족들도, 수천 명의 사람들이 수용되어 있었던 수용소 — 그들은 호송병이 도망치자마자 사방으로 흩어졌다 — 도, 〈제58조〉들이 총살되고 그 화약 연기가 아직 사라지지 않은 우끄라이나 지방이나 발트 연안 지방의 형무소도 포함되어 있었다.

우리가 권력을 쥐고 있는 동안에는, 이들 불행한 사람들을 괴롭히고, 압박하여, 취업을 시키지 않거나, 집에서 추방하여 죽도록 했다. 그런데 우리의 약점이 드러난 순간에, 우리는 여태껏 그들이 받았던 치욕을 잊어버리고, 툰드라 지대에서 아사한 부모와 자식들의 일을 잊고, 총살된 사람들의 일을 잊고, 재산 몰수의 일이나 그들에 대한 우리의 배신을 잊어버리고, NKVD의 신문이나 고문을 잊고, 굶주림을 참아 오던 수용소의 일을 잊고, 즉각 유격대에 참가하고, 지하에 숨어들어 목숨을 내걸고 〈조국〉을 방위하도록 요구했다. (그러나 〈우리는〉 결코 변할 필요가 없었다! 그래서 우리가 적군을 물리치고 돌아오면, 두 번 다시 그들을 괴롭히거나, 박해하거나, 투옥하거나, 총살하지 않겠다는 약속은 전혀 하지 않았다.)

이러한 상황이었기 때문에, 독일군이 오는 것을 너무나 많은 사람들이 기뻐했다는 것이 놀라운 일일까? 아니면 우리가 요구한 대로 행동한 사람이 너무 적었다는 것이 놀라운 일일까? (그런데 독일군은 때로는 공정한 재판을 했다. 소비에뜨 시대의 밀고자들을 처벌한 사례, 예를 들어 끼예프의 나베레즈노-니꼴스까야 교회의 보제를 총살에 처한 경우를 떠올려 보라. 이런 예는 한둘이 아니다.)

그럼, 신자의 경우는 어땠을까? 20년 동안 끊임없이 신앙은 박해받고 교회는 폐쇄되었다. 독일군이 오자, 교회는 활동을 재개했다(독일군이 퇴각한 후에, 당국은 곧바로 그 교회를 폐쇄해 버렸다). 예를 들어 로스또프-나-도누에서는 교회의 재개가 대중에게 환영을 받고, 많은 사람들이 모였다. 그러니 어찌 신자들이 이렇게 하는 독일군을 저주하겠는가?

로스또프에서 전쟁이 시작되자마자, 기사 알렉산드르 뻬뜨로비치 M.이 체포되어 구치소에서 죽었다. 그의 아내는 언제 자기가 체포될지 걱정한 나머지 몇 달이나 공포에 떨고 있었다. 독일군이 오게 되자 그녀는 잠을 잘 수가 있었다. 〈이제야 겨우 편하게 잠자게 되었구나!〉 그런데 그녀가 자국의 사형 집행인들이 돌아오기를 빌어야 했다는 말인가?

독일군 점령 시기인 1943년 5월에 빈니짜시의 뽀들레스나야 거리에 면한 공원에서(그 공원은 1939년 초에 시 소비에뜨의 명령으로 높은 담장을 쌓았으며, 〈방위 인민 위원회 관할의 출입 금지 구역〉으로 지정되어 있었다) 풀이 무성하게 자라 보이지 않게 된 묘를 파내는 작업이 우연히 시작되었다. 그 결과 같은 묘가 39개나 발견되고, 그것들은 깊이가 3.5미터, 폭 3미터, 길이 4미터나 되었다. 어느 묘의 경우에나 먼저 죽은 사람의 겉옷의 층이 나오고, 그 밑에는 서로 방향을 교차하여 놓은 시체가 있었다. 시체의 두 손은 모두 뒤로 묶여 있었고, 모두가 소구경의 권총으로 후두부를 맞았다. 그들은 아마 형무소에서 사살되었다가 밤에 여기로 옮겨져 매장되었을 것이다. 일부 시체 곁에 있던 서류에 의해, 1938년에 〈서신 왕래의 권리 박탈 20년 형〉을 받았던 사람들이었음을 확인할 수 있었다. 이것이 묘를 파낸 첫 번째 작업이었다. 빈니짜 시민들이 시체를 보려고, 혹은 자기 가족이나 친척을 찾으러 왔었다(도판 1). 묘를 파는 작업이 진행됨에 따라서 시체가 더 나왔다. 6월에 들어서면서, 뻬로고프 병원 근처에 있는 정교회 묘지를 파내기 시작했는데, 또 42개의 묘가 발견되었다. 그 후는 〈고리끼 기념 문화와 휴식의 공원〉의 발굴이 시작되어, 유령의 집, 게임장, 댄스홀 등 유원지 시설의 바닥에서도 또 14개의 공동 묘가 발견되었다. 도합 95개의 묘에 9,439구의 시체가 매장되어 있었다. 이것은 빈니짜시에서만 일어난 우연한 발견이었다. 그런데 다른 도시에는 얼마나 묻혀 있을까? 그리고 이들 주민들이 이러한 시체를 보고서 유격대에 참가할 수 있을까?

우리 자신을, 또 우리의 가장 소중한 것을 짓밟혔을 때, 우리가 아픔을 느끼는 것과 같이, 〈우리가〉 짓밟고 있는 그 사람들도 아픔을 느끼고 있지 않겠는가? 우리가 절멸시키려는 사람들이, 우리를 증오할 권리를 가지고 있다고 생각할 수는 없을까? 혹은 그들에게는 그런 권리가 없다는 것인가? 그들은 감사하다는 마음으로 죽어야 하는가?

우리는 이들 점령하의 경찰 앞잡이나 시장들이 그 본성에서 배어 나오는 일종의 증오, 마치 천성의 증오를 가지고 있듯이 생각하기 쉽지만, 그런 증오야말로 우리 자신이 심은 것이며, 그것이 우리의 〈산업 폐기물〉인 것이다. 끄릴렌꼬가 했던 말은 어떤가? 〈우리의 눈에는 하나하나의 범죄가, 그 사회 체제의 산물로서 반영된다.〉[8] 바로 당신들의 체제다. 동지들이여! 자기 자신의 교리를 잊어서는 안 된다!

그리고 또 우리에게 검을 치켜들어, 우리를 비난하는 연설을 행한 우리의 국민들 중에는, 전혀 이해관계가 없었던 사람들도 포함되어 있었다는 것을 잊어서는 안 된다. 그들의 재산은 조금도 빼앗기지 않았고(아무것도 없었으니까), 그들 자신이 수용소에 잡혀가지도 않았고, 가족들도 잡혀가지 않았지만, 그들은 예전부터 우리 나라의 모든 체제를 참을 수 없었던 것이다. 즉, 개개인의 인명 경시라든가, 신념에 대한 박해라든가, 〈사람이 이렇게 자유롭게 사는 나라가 어디 있을까〉라고 비웃는 듯한 노래라든가, 지도자에 대한 거창한 찬사라든가, 앞을 다투어 국채를 구입하려고 신청하는 자리에서

8 끄릴렌꼬, 『5년간』, p. 337.

서명을 마치자마자 신경질적으로 연필을 회수해 간다거나, 우레와 같은 갈채로 변한 박수라든가 하는 것을 참을 수가 없었던 것이다! 이들 즉 지극히 정상적인 사람들이 우리 나라의 악취가 풍기는 공기 때문에 숨 쉬기 힘들었을 것이라고, 왜 우리는 생각하지 못할까? (표도르 플로랴 신부가 심리를 받고 루마니아군 점령하에서 스딸린 시대의 추행을 입 밖에 냈다는 죄상으로 기소되었다. 이에 대해 그는 이렇게 대답했다. 「당신들에 대해 달리 어떻게 말할 수 있겠소? 아는 것을 말한 것뿐이오. 본 것을 말했을 뿐이오.」그러나 우리 나라에서 바라는 것은 거짓말을 하는 것이다. 진실을 굽혀서 망해도, 그들에게 유리하다면 그것으로 족했다! 그러나 이것은, 내가 잘못 생각한 게 아니라면, 이미 유물론을 벗어나는 것은 아닐지?)

나는 군대에 가기 전인 1941년 9월에, 1년 후에는 독일군에 점령당하게 될 모로조프스끄 마을에서 아내와 함께 어느 집 방을 세 얻어 살고 있었다. 그때 우리 둘은 신참 교사였었다. 우리 옆방에는 아이가 없는 브로네비쯔끼 부부가 방을 얻어 살았다. 예순 살이나 되는 기사 니꼴라이 게라시모비치 브로네비쯔끼는 체호프의 소설에 등장하는 인물을 연상시키는 호감이 가는, 조용하고 총명한 인물이었다. 지금 그의 조금 갸름한 얼굴을 상기해 보면, 그가 코안경을 끼고 있었던 것 같다. 어쩌면 코안경 따위는 끼지 않았었는지도 모르겠다. 그의 아내는 매우 조용해서 남편보다도 더 말이 없었고, 아마빛 머리카락이 찰싹 붙은 창백한 여인이었으며, 남편보다 스물다섯 살이나 아래였으나 전혀 젊어 보이지 않았다. 이들은 우리의 마음에 들었는데 아마 그들도 우리가 마음에 들었던 것 같았다. 탐욕스러운 집주인의 가족에 비한다면.

저녁 무렵에 우리 넷은 앞 층계에 앉아 있었다. 조용하고 따뜻한 달밤이었는데, 아직 비행기의 굉음이나 폭탄의 폭음은 들리지 않았다. 우리한테 독일군 공세의 불안이, 마치 눈에 보이지 않는 숨 가쁜 검은 구름이 우윳빛 하늘로 흘러서 무방비의 달에 다가오는 듯했다. 매일같이 역에는 스딸린그라뜨행 열차가 계속 멈춘다. 피난민들은 마을 시장에서 소문과 공포를 느끼며, 호주머니에 웬 돈뭉치를 가득 채우고 또 어디론가 떠나가 버렸다. 그들은 적에게 넘겨준 도시의 이야기를 했으나, 정보국은 그 도시에 관한 사실을 국민에게 알리는 것이 두려워, 줄곧 침묵을 지켰다. (이러한 도시에 대해 브로네비쯔끼는 〈넘겨주었다〉고 말하지 않고, 〈빼앗겼다〉고 말했다.)

우리는 층계에 앉아 담소를 나누었다. 우리 부부는 젊었으니까, 생활이나 인생에 대한 불안이 가슴 가득했으나, 그것을 입 밖에 표현할 때는, 사실 신문 문구보다 적절한 다른 표현을 할 수는 없었다. 그렇기 때문에 우리한테는 브로네비쯔끼 부부와 이야기하는 것이 마음 편했다 ─ 우리는 생각하는 대로 말했지만, 우리가 사물을 보는 방식과 그들이 보는 방식이 다르다는 것을 전혀 몰랐다.

그리고 그들은 아마 우리 두 사람을 놀라운 눈으로 보며, 이것이 요즘 젊은 것들이라고 생각했을 것이다. 어쨌든 우리들은 1930년대를 살아왔지만, 마치 그 시대를 그냥 지나친 것 같았다. 그들은 1937년과 1938년에 무엇인가 기억할 만한 일이 없었느냐고 우리에게 물었다. 그렇다! 대학 도서관, 시험, 즐거운 하이킹, 춤, 아마추어 연극, 그리고 물론 연애지요! 연애할 나이니까. 그럼, 그때 우리 교수들은 〈투옥되지〉 않았었나? 아마도 두세 명은 투옥되었을 겁니다. 그들 대신에 조교수들이 강의했고요. 그럼, 학생들은 투옥되지 않았었나? 그래요, 생각나요, 아마 상급생 몇 명이 투옥되었을 겁니다. 그래서 어떻게 되었지? 별일 없었어요. 우리는 춤을 췄어요. 그럼, 자네의 친척 누군가…… 걸려들지 않았나? 아니, 없었어요.

이것은 아주 무서운 일이기 때문에 나는 정확히 회상했다. 모든 것은 내가 쓴 그대로다. 그런데 더 무서운 것은, 나는 운동이나 춤에 정신이 팔린 젊은이도, 과학이나 수식에 몰두한 공붓벌레도 아니었다는 점이다. 나는 정치에 각별한 관심을 가지고 있었다. 이미 열 살 코흘리개 때부터, 나는 비신스끼의 말을 믿지 않았고, 유명한 재판의 허위성을 간파했다. 그러나 보잘것없는 모스끄바의 재판을(그것은 큰 재판으로 보였으나) 연장시켜서, 전국을 짓밟는 엄청나게 큰 수레바퀴의 움직임(그 희생자 수는 어찌 된 노릇인지 눈에 띄지 않았다)과는 〈결부시킬〉 수가 없었다. 나는 소년 시절을 긴 행렬 속에서 지냈다 — 빵을 사는데도, 우유를 사는데도, 도정한 보리를 사는데도(그때 우리는 소고기를 본 적이 없었다) 행렬에 서 있었으나, 빵의 부족은 농촌의 황폐를 의미했으며, 〈왜〉 그렇게 황폐했는지 생각하려고도 하지 않았다. 우리에게는 그것이 〈일시적인 곤궁〉이라고 따로 설명이 되었다. 내가 사는 대도시에서는 밤마다 사람들이 투옥되었다. 그래서 나는 야간 외출을 하지 않았다. 그리고 체포된 집에는 낮에 가족들이 검정 깃발도 내걸지 않았으며, 나의 동급생들도 연행되어 간 아버지에 대해 나에게 말하려고 하지 않았다.

하지만 신문에 따르면 모든 것이 잘되어서 불안의 소지가 없었다.

그리고 젊은이로서는 만사를 좋은 방향에서 해석하고 싶은 마음이었다.

이제야 알게 되었지만, 당시 브로네비쯔끼로서는 우리와 무슨 이야기를 한다는 것은 매우 위험한 일이었다. 고참 기사였으며, OGPU의 가장 잔인한 타격을 받았던 그는, 우리에게 조금밖에 이야기해 주지 않았다. 그는 형무소에서 건강을 해치고, 〈투옥〉도, 수용소의 경험도 한 번만이 아니었지만, 그가 열정적으로 이야기해 준 것은 제스까즈간 초기에 대해서만이었다. 구리에 오염된 물, 오염된 공기, 살인에 대한 이야기를, 아무 소용도 없는 모스끄바에 보내는 탄원서에 대한 이야기를 들려주었다. 〈제스까즈간〉이라는 말 자체에 얽힌 잔인한 이야기와 함께 소름 끼치는 느낌을 주었다. (그래서 어쨌다는 것인가? 이 〈제스까즈간〉이 조금이라도 우리의 세계관을 바꿔 놓았다는 말인가? 아니, 물론 전혀 그렇지 않다. 이것이 이내 나타나는 것은 아니다. 이것은 우리한테 생긴 재난이 아니니까. 이것은 아무도 말할 수 없는 이야기였다. 생각하지 않는 것이 좋았다. 잊어버리는 것이 편했다.)

그곳에, 즉 제스까즈간에서 브로네비쯔끼가 호송병 없이 있었을 때, 아직 소녀였던 지금의 아내가 찾아오게 되었다. 거기에서, 즉 가시철조망 속에서 그들은 결혼했다. 그리하여 전쟁이 시작될 무렵에는 낙인이 찍힌 국내 통행증을 가졌다. 그는 어떤 보잘것없는 건설 사무소에서 일했으며, 아내는 회계계로 일했다.

그 후에 나는 군대에 입대하고, 나의 아내는 모로조프스끄 마을을 떠났다. 마을이 점령되었다가 후에 해방되었다. 그리고 어느 날, 아내는 전선에 있는 나에게 편지를 보냈다. 〈믿어져요? 들리는 이야기에 의하면, 독일군 점령하의 모로조프스끄 마을에서 브로네비쯔끼가 시장을 했대요! 얼마나 비겁한 일인지!〉 나도 똑같이 놀라며 속으로 이렇게 생각했다. 〈참 더러운 사람이군!〉

그러나 몇 해가 지났다. 어느 형무소의 어두운 침상에 누워서 내가 걸어온 길을 되돌아보고 있을 때, 갑자기 브로네비쯔끼 생각이 났다. 그때는 이미 소년처럼 가볍게 그를 비난할 수는 없었다. 그는 부당하게 해고되고, 그 후에는 마땅치 못한 일을 받고, 형무소에 끌려가고, 고문당하고, 매를 맞고, 허기에 지치게 되고, 다른 사람들이 그의 얼굴에 침을 뱉었다. 그는 무엇을 해야 했을까? 그가 당한 일 모두가 진보적인 일이었으며, 육체적으로나 정신적으로, 그의 자신의 생활, 그의 친척의 생활, 또 국민 전체의 긴장된 생활 따위는 아무런 의미도 없다는 것을 믿도록 그에게 강요되었던 것이다.

우리가 짊어진 〈개인숭배〉라는 이름의 안개의 한 덩어리와, 우리가 변화해 온 그 시간과의 몇 개의 층(광선이 각 층을 통과할 때마다 굴절이나 편차를 일으키지만)을 통하여 자기 자신이나 1930년대를 볼 때, 우리는 당시의 자신도, 또 1930년대도 실제와는 다르게 보는 것이다. 당시의 스딸린의 그 신격화나, 아무런 의심도 없이 오로지 무엇이든 믿고 있던 그 상태는, 전국적인 상태는 아니었다. 공산당, 공산 청년 동맹, 도시의 젊은 학생, 인텔리겐치아의 〈대행인〉들(살해되고 흩어져 버린 인텔리겐치아의 대신 있게 된 자들), 그리고 일부 도시 소시민(즉 노동자 계급)에게만 해당되는 이야기일 뿐이다.[9] 이들 도시 소시민들은, 스빠스끼 시계탑의 아침 종소리로부터 한밤중의 〈인터내셔널〉 노래까지 유선 라디오 수신기를 켜 두는, 레비딴[10]의 목소리가 그들의 양심의 목소리가 된 녀석들이다(나는 여기서 〈일부〉라는 말을 사용했는데, 그것은 〈20분의 지연〉에 관한 공업 관계 정령이나 노동자를 공장에

9 특히 1930년대부터 노동자 계급은 우리 나라의 소시민을 떠받치는 주요한 지주가 되었다. 전체가 그 속에 들어갔던 것이다.

10 모스끄바 방송국의 아나운서. 중대 발표를 담당해서 유명함 — 옮긴이주.

붙잡는 제도에 찬성하지 않는 자들도 있었기 때문이다). 그러나 도시 소시민의 수는 적었으나, 결코 적은 수효는 아니었다. 적어도 수백만은 있었다. 그들은 용기가 있는 한 증오심을 가지고 유선 라디오 코드를 빼버리고는 했다. 어느 신문의 어떤 페이지에도, 그들에게는 전면에 흐르고 있는 거짓밖에는 보이지 않았다. 그리고 이 수백만의 사람들에게는 선거일이 고난과 치욕의 날이었다. 이들 몇 사람한테는 우리 나라의 독재가 프롤레타리아의 것도 아니고, 인민의 것도 아니며, 소비에뜨의 것(이 말의 원래 의미를 잘 알고 있던 사람들에게는)도 아니었다. 그것은 결코 정신적인 엘리트가 아니라, 정권을 찬탈한 소수가 다른 모든 소수를 지배하는 독재였다.

인간이 정서나 감정 없이 사고하는 것은 거의 불가능하다. 어떤 것을 일단 악이라고 보게 되면, 그 속에 있는 선마저도 좀체 인정하려 들지 않는다. 우리 생활 속에서 모든 것이 전면적으로 나쁘지는 않았고, 신문의 모든 말들이 거짓일 수는 없었으나, 박해를 받고 쫓겨서 밀고자들에게 둘러싸인 이 소수파에게는, 우리 나라 생활이 근본적으로 추악하게 보이며, 신문이 죄다 거짓으로 생각되었다. 그 시절을 생각해 보면 당시에 서구에서 내보내는 러시아어 방송이 없었고(게다가 개인적인 라디오 수신기도 극히 적었다), 소련 국민의 유일한 정보원은 〈오직〉 우리의 신문과 라디오의 공식 발표뿐이었다. 그러나 브로네비쯔끼라든가, 그와 같은 사람들은 자기 체험으로 이러한 것들을 거짓만 전하는 정보원으로 보고, 좋지 않은 것은 모조리 숨기고 있다고 생각했다. 외국에 관한 모든 보도는, 1930년에 있어서의 서구 여러 나라의 돌이킬 수 없는 멸망도, 서구의 사회주의자들의 배신행위도, 스페인 국민이 한데 뭉쳐 프랑코 총통을 타도하기 위해 일어선 것도(그리고

1942년에는 인도 독립을 위한 네루의 배신적인 움직임에 대한 보도도 — 이것이 설마 동맹국인 영국 제국을 약화시킬지라도), 완벽하게 거짓이었다. 〈우리 동료로 들어오지 않은 사람은 적이다.〉 이런 방식의 혐오스럽고, 극도로 지겨운 선동 방법은 마리야 스뻬리도노바와 니꼴라이 2세, 레옹 블룸과 히틀러, 영국 의회와 독일 국회와의 구별을 인정하지 않으려고 했다. 그리하여 어떻게 브로네비쯔끼가 보기에도 괴이하게 생각되는, 독일 광장에서 벌어진 책을 불사르는 일이라든가, 옛 튜턴식 잔혹 행위의 부활에 관한 보도(1차 대전 때 제정 시대의 선전 기관도 튜턴인들의 잔혹 행위에 대해 거짓말을 많이 했다는 것을 잊지 말자)만은 예외로 진실이었다고 믿을 수 있었겠는가? 그리고 독일 나치(예전에 푸앵카레나 피우수트스키나 영국의 보수당원들이 비난을 받던 것과 똑같은 방식으로 심하게 비난을 받았다)가 네 발 가진 괴물이었다는 것을 어떻게 그가 알 리가 있겠는가? 그 괴물은 실제로 우리 나라에서는 이미 사반세기에 걸쳐 살고 있으며, 그 자신을, 수용소 군도를, 러시아의 도시나 러시아의 농촌을 괴롭혀서 피투성이가 된 괴물에 비길 수 있다는 것을 어떻게 알 수 있겠는가? 그러다 히틀러 일당에 관한 신문 논조가 별안간 뒤집혔다. 처음에는 비열한 폴란드 영토에서 우리 군과 독일군 사이에 우호적인 상봉이 있었다고 보도하더니, 우리의 모든 신문이 일제히 영국이나 프랑스의 은행가들에 맞서 싸우는 용맹한 독일군에 우호적인 기사를 싣고, 『쁘라브다』가 1면에 히틀러의 연설을, 글자 하나 수정하지 않고 싣더니, 어느 날 아침에(전쟁 발발 2일째 아침), 전 유럽이 놈들에게 짓밟혀 신음하고 있다는 제목이 터져 나왔다. 신문 보도가 변동되는 꼴은 거짓을 확인시킬 뿐이며, 이 세상에서는 자기가 경험한 사형 집행인들과 비견되는 다른 사형 집행인들이 존재한다는 것을 브로네비쯔끼한테 믿게 하는 것은 매우 어려운 일이었다. 만일 그에게 납득시키기 위해 지금 여기서 매일 그에게 BBC 방송의 뉴스 원고를 보인다 해도, 러시아를 위해 히틀러가 스딸린 시대의 첫째 위험이 아니라 둘째 위험밖에는 안 된다고 겨우 믿게 하는 정도일 것이다. 그러나 아무도 그에게 BBC 방송의 뉴스 원고를 보여 주지 않았다. 또 정보국은 창설된 이후로 따스 통신 정도의 신용밖에는 얻지 못했다. 피난민들이 가져온 소문도 직접 들은 이야기가 아니었다(즉, 독일이나 점령하에 있는 지역에서 직접 온 것이 아니며 그곳에서는 아직 아무도 산 증인이 나오지 않았다). 직접 알고 있는 것을 말하자면 그것은 제스까즈간의 수용소와, 1937년과 1932년의 기근과 꿀라끄 박멸 운동과, 교회의 약탈 등이었다. 그래서 독일군이 근접함에 따라서 브로네비쯔끼(그와 마찬가지로 수만 명의 고독한 사람들)는 자기가 고대하던 시기가 오는 것 같았다. 그것은 일생에 한두 번밖에 없는 시간, 20년 동안이나 절망하며 단념하고 있었던 시간, 서서히 흐르는 역사에 비하여 너무나 짧은 인생에 한 번밖에 찾아오지 않는 시간이다. 그때가 되면, 그 또는 그들은 있었던 일, 당했던 일, 또 전국에서 짓밟혀 온 일에 대하여 자기의 반대 의지를 표명하며, 또 알 수는 없지만 어떤 방법으로 멸망해 가는 자기 나라에 힘이 될 수 있으며, 이상적으로 그려 본 러시아 사회의 부활에 일조를 할 수 있으리라는 마음이 들었다. 그렇다, 브로네비쯔끼는 모든 것을 기억했고, 아무것도 용서하지 않았다. 그리하여 러시아를 괴롭히고 집단 농장의 빈곤 상태에 러시아를 빠뜨린 도덕적인 퇴화와, 지금은 정신없는 군사적 패배에 이르게 한 정권을 그는 조국으로 생각할 수가 없었다. 그리하여 그는 분노로

숨이 막혔고, 나와 같은 망아지를 바라보고도 이미 설득할 수 없었다. 그는 〈누군가〉 오기를 기다렸다. 누구든지, 다만 스딸린 정권을 바꿀 사람을 고대했다! (그것은 심리학에서 말하는 국면 전환의 심리였다 — 견디기 힘든 지금의 현실 대신에 다른 것을! 도대체 이 세상에서 〈우리 나라〉 사형 집행인보다 더 지독한 놈들을 상상할 수 있겠는가! 마침, 그 돈강 연안 지방에서는, 그 주민의 반이 그와 마찬가지로 독일군이 오기를 기다리고 있었다.) 그리하여 일생을 정치와 관계없는 사람으로 보낸 브로네비쯔끼가 예순을 지나서 정치적 결단을 하게 되었다.

그는 모로조프스11 시장직을 인계받는 데 동의했다……

그런데, 내가 생각하기에, 그는 시장을 잠시 맡고는 이내 자신이 어떤 일에 말려들었는지 알게 되었다. 기다려서 오게 된 놈들이 떠나가 버린 놈들보다 더욱 천박하고, 더 혐오스러웠다. 흡혈귀한테는 러시아의 피만이 필요했으며, 그 육체는 어찌 되든 좋았다. 새로운 시장으로서 러시아 시민이 아니라, 독일 경찰의 하수인들을 인솔하지 않으면 안 된다는 것을 알았다. 하지만 그것은 이미 엎질러진 물이었다. 그는 바퀴처럼 차축에 끼여서 그 선악을 가리지 못하고, 무턱대고 회전하지 않을 수 없었다. 한 사형 집행인으로부터 해방되어, 다른 사형 집행인을 도와야 했다. 그리고 정신을 차려 보았을 때, 소비에뜨 사상에 저항하는 것으로 생각되던 자기의 애국적 사상이 어느새 그 소비에뜨 사상과 똑같이 되어 버렸다. 불가사의한 방법으로 그 사상이 소중하게 지켜지던 소수파로부터 채에서 빠져나오듯이 다수파로 옮겨 버렸다 — 그것을 가지고 있었기 때문에, 총살되거나 박해를 받던 일을 까맣게 잊어버리고 지금은 다른 나무의 줄기가 되어 버렸다.

아마 그는, 그리고 그와 비슷한 사람들은 두렵고, 또 절망했을 것이다. 협곡의 높은 벽이 양쪽에서 좁아지고, 그 출구는 죽음이나 도형 중의 하나가 될 것이었다.

물론 피점령하에서 독일군에 협력한 것은 브로네비쯔끼와 같은 사람만이 아니었다. 이 짧은 열병 환자와 같은 연회에는 권력과 피를 즐기는 약탈자들도 많이 모여들었다. 하지만 이런 종류의 녀석들은 아무 데나 기어든다! 이런 녀석들은 NKVD에서도 훌륭히 일했다. 마물로프도, 두진스끼 수용소의 안또노프도, 그리고 어디서인가 뿌이수이샵까도 그 동료였으며, 이들을 능가할 만한 사형 집행인을 상상할 수 있을까, 라고 생각할 정도로 잔인한 녀석들이었다. (제3부와 제4부를 참고할 것.) 그들은 수십 년 권력을 휘두르며, 수백 배의 사람들을 죽였다. 곧 우리는 교도관 뜨까치를 만나게 될 텐데, 그야말로 독일군에서도, NKVD에서도 일했던 사람이다.

도시에 대해 말했으니까, 농촌에 대해서도 지나칠 수가 없다. 현대의 자유주의자들은 곧잘 농촌은 정치적으로 둔감하고 보수적이라고 비난한다. 하지만 전쟁 전의 농촌은, 농촌 전체, 농촌의 압도적 대다수가 냉정하고, 도시보다 훨씬 냉담해서, 어버이 스딸린의 신격화에 전혀 공명하지 않았다(그리고 세계 혁명에도 똑같이). 농촌은 제대로 이성을 지키고 있어서, 토지를 약속한 뒤에 빼앗긴 것을, 집단 농장이 되기 전과 된 후에 의식주가 달라지고, 송아지, 양 또 닭까지 빼앗긴 것을, 교회가 모독되어 더럽혀진 것을 잊지 않았다. 그 무렵에는 아직 집집마다 라디오가 없었고, 신문을 읽을 수 있는 사람이 전혀 없는 마을도 있었고, 또 장쮀린이라든가 맥도널드라든가, 혹은 히틀러와 같은 인물은 러시아 농촌에서는 알지도 못하는, 전혀 필요 없는 우상에 지나지 않았다.

1941년 7월 3일 랴잔의 어느 마을에서는 농부들이 대장간 곁에 모여서 확성기에서 나오는 스딸린의 연설을 듣고 있었다. 이때까지 강철의 사나이로서 러시아 농촌의 눈물에도 아랑곳하지 않던 어버이가, 흐트러진 눈물겨운 음성으로 〈형제 자매들이여〉 하고 불렀을 때, 한 농부가 검은 종이의 확성기를 향해 대답했다. 「이 매국노, 이거나 받아라.」 그러면서 그는 흔히 러시아인이 상대의 부탁을 거절할 때 보이는 천한 몸짓을 했다.

농부들이 웃음을 터뜨렸다.

우리가 만일 모든 마을에서 증인을 찾는다면, 이런 예는 몇 만이라도 될 것이다. 그중에는 더 심한 예도 있었을 것이다.

전쟁 초기의 러시아 농촌의 감정은 이러한 것이었다. 시골의 작은 역에서 마지막 술병을 비워 버리고, 먼지 속에서 가족들과 춤을 춘 예비역 병사들의 감정도 바로 이러한 것이었으리라. 게다가 엄청난 대패배가 겹친 결과, 두 수도[11]와 볼가강에 이르는 광대한 농촌 지대와 몇백만이나 되는 농부들이 집단 농장 정권에서 떨어져 나가고, 또한 ― 역사를 왜곡하거나 꾸미지 않는다면 ― 모든 공화국들이 독립을 바라고 있다는 것을 알게 되었다! 농촌은 집단 농장에서 해방을 바라고 있다는 것을 알게 되었다! 노동자들은 농노제적 정령에서 해방을 바라고 있다는 것을 알게 되었다! 따라서, 만일 침입자들이 이처럼 우둔하고 교만하지 않았더라면, 만일 독일 대제국한테 편리한 집단 농장 제도를 유지하지 않았더라면, 만일 러시아를 식민지화하겠다는 바보 같은 구상을 세우지 않았더라면, 민중의 애국심은 그것을 억누르기에 바빴던 자들을 위해서 사용되지도 않았을 것이고, 우리가 러시아 공산주의 25주

11 모스끄바와 레닌그라뜨 ― 옮긴이주.

44

년 기념일을 축하하게 되는 일도 없었을 것이다. (언젠가는 빨치산의 진실을 이야기하게 될 것이다. 점령하의 농부들은 자기 의지로 빨치산이 된 것이 아니며, 오히려 처음에는 빨치산에 빵이나 가축을 주지 않기 위해 무장했다.)

1943년 1월에 북까프까스에서 주민들이 대거 도망쳤던 일을 누군가 기억하고 있는가? 그것은 세계 역사에도 유례가 없는 일이었다. 주민들은, 특히 농촌의 주민들은 승리를 한 〈자기 나라〉에 남고 싶지가 않아, 패주하는 이방인의 적병들과 함께 무리가 되어 도망쳐 갔다. 차가운 바람이 휘몰아치는 1월의 엄동 속에 짐마차의 길고 긴 행렬이 계속되었다!

바로 이러한 사회적 요인이 있었기 때문에, 몇십만이나 되는 러시아인이 히틀러의 추악함에도 불구하고 자포자기하여, 스스로 지원하여 적군의 군복을 입었던 것이다. 여기서 다시 〈블라소프 군단〉에 대한 설명을 해야겠다. 이 책 제1권에서 독자는 아직 진실의 전모를 파악하지는 못했을 것이다. (그리고 나 자산도 그 전모를 파악하지는 못했으며, 이제 전문적인 연구 논문도 나올 것이다. 이 주제는 나로서는 부차적인 주제다.) 거기에서는, 즉 독자가 우리와 함께 아직 수용소의 전 과정을 다 보지 못한 이 책 첫머리에는 주의를 환기시키는 정도의 것, 〈무엇인가 생각하게 하는〉 것으로만 쓰였다. 그러나 지금에 와서는, 죄수 호송이나 중계 형무소나 산림 벌채 작업이나 수용소의 오물통 등, 모든 것을 보고 나서는 독자도 예전보다 내가 말하는 것에 찬성할지도 모르겠다. 제1권에서는 절망해서, 포로 생활의 공복감에서, 궁지에 몰려서 적의 무기를 잡은 블라소프 병사들에 대해 썼다. (그러나 여기서 잘 생각해 보면, 독일군 당국은 러시아인 포로들을 전투 외의 근무나, 자국의 후방 구원 활동 외에는 쓰지 않으려 했다. 이것은

45

〈자기 생명만을 구하려는 자〉에게는 가장 좋은 은신처라고 생각되는데, 왜 그들은 굳이 무기를 들고 앞에서 적위군과 대치했을까?) 아니, 이제는 더 이상 지체할 필요가 없겠다. 아니, 1941년 이전에도 무기를 들고 그 붉은 정치국원이나 체끼스뜨, 그리고 농업 집단화 추진자들을 〈때려죽이는〉 것밖에 꿈꾸지 않던 사람들에 대해 말하지 않을 수가 없다. 레닌이 말한 다음의 말을 기억하고 있을 것이다 — 〈무기를 다루는 방법을 배우자, 무기를 잡으려 하지 않는 피지배 계급은 노예 취급을 받아 마땅할 것이다〉(『레닌 전집』 4판, 제23권, p. 85). 그리하여 우리의 명예를 위하여 말해 두지만, 우리는 독소 전쟁에 있어서 자유주의적 역사 연구 논문에서 경멸되는 것과 같은 노예는 아니었다. 우리가 어버이 스딸린의 목을 자르려고 칼을 뽑았을 때는 결코 노예는 아니었다(〈이쪽〉에서 적위군의 외투를 입고 일어났을 때도 결코 노예는 아니었다 — 이 짧은 기간의 자유가 낳은 복잡한 형태는 사회 과학의 관점에서 예언할 수는 없었다).

공산주의의 행복한 24년간을 몸소 느끼며 체험한 이 사람들은, 이미 1941년의 시점에서, 다른 세계의 사람들은 아무도 몰랐던 것을 알게 되었다. 즉, 유사 이래 이 지구상에, 자칭 〈소비에뜨〉라는 볼셰비끼보다 더 흉측하고 피투성이의, 게다가 간교하고 유연한 체제는 없었을 것이라는 사실을. 학살된 사람의 수에 있어서, 장기간에 걸친 이데올로기를 깊이 심는 데 있어서, 그 구상의 깊이에 있어서, 철저한 획일화와 전체주의화에 있어서 지구상의 어느 체제도 그것과 비견될 수가 없었다. 아니, 그 당시 이미 서구 제국을 떨게 했던 미숙한 히틀러 체제도 여기에 미치지 못했다. 그리하여 바야흐로 그들이 무기를 든 날, 설마 그들이 자기 스스로를 억압하려고 했겠는가? 볼셰비즘을 위기에서 벗어나게 하며, 다시금 잔혹한 지배를 강화시키며, 그리하여 다시 한번 볼셰비즘이 그들을 무참히 짓밟게 하려 그저 투쟁을 시작해야 했을까? (오늘까지도 세계 어디서도 아직 시작하지 않았던 싸움을?) 아니, 예전에 볼셰비즘 자신이 사용했던 수법을 당연히 사용했다 — 마침 1차 대전으로 약해진 러시아의 몸에 파고들었듯이, 2차 대전에서도 덤벼들어야 했다.

그런데 이미 1939년의 핀란드와의 싸움에서, 전쟁을 하고 싶지 않다는 국민의 기분이 분명해졌다. 이 국민감정을 전 소비에뜨 연방 공산당 정치국 및 조직국 서기였으며, 스딸린 측근의 한 사람이었던 V. G. 바자노프가 이용하려고 했다. 그는 포로가 된 적위군 병사들을 러시아인 망명 장교의 휘하에 넣어 대소비에뜨 전선에 투입시키려고 했다. 그러나 그 시도는 핀란드의 갑작스러운 항복으로 좌절되고 말았다.

독소 전쟁이 시작되었을 때 — 그것은 대량 학살을 수반한 농업 집단화로부터 10년 후에, 우끄라이나 지방의 대기근(《6백만 명이나 되는 사람들이 아사했는데》, 바로 이웃 유럽은 전혀 몰랐다)으로부터 8년 후에, NKVD의 악마적인 소동이 있고 4년 뒤에, 족쇄를 채운 생산에 관한 법률이 제정되어 1년 후에 시작되고, 그리고 국내에 1천5백만 명의 죄수를 수용하고 있는 수용소가 도처에 있었고, 초로의 사람들이 아직 혁명 전의 생활을 생생하게 기억하고 있을 때 시작된 전쟁이었는데 — 국민들은 자연스럽게 가슴 가득히 공기를 마시며 자유로워지고 싶었다. 그들은 자연스럽게 자기 나라 지도자에 대한 혐오를 품게 되었다. 그리고 아주 간단히 파괴적인 포위망이 완성되어 — 30만 명이나(비아위스토크나 스몰렌스끄의 경우), 혹은 65만 명이나(브랸스끄나 끼예프의 경우) 무장한 남자들을 죽게 내버려 둔 포위망이 완성되어 — 각 전선이 통째로 붕괴하고, 러시아 건국 이래 1천 년 동안에 맛본 적이 없는, 아니 어느 나라의 어떤 전쟁에서도 체험하지 못한 전광석화 같은 퇴각은 〈불의에 습격되었다〉거나, 〈적군 항공기나 전차의 수가 우세했다〉(미리 말하지만 — 인원이나 장비에서도 수적으로 앞선 것은 다름 아닌 노농 적위군이었다)고 하는 데 있는 것이 아니라, 보잘것없는 정권이 순식간에 마비되어 그 밑에 있는 시민들이 쓰러지는 시체를 피하려고 흩어졌기 때문이었다. (지역 공산당 위원회나 시 위원회는 5분도 되기 전에 어디론가 사라져 버렸다. 스딸린도 잠잠해졌다.) 이미 핀란드와의 전쟁에서도, 당시의 우리 나라의 반란 기운을 엿볼 수 있었다. 1941년에 이르러서는 그 움직임이 전체로 퍼졌다 (1941년 12월경까지 소비에뜨 인구 1억 5천만 중에서 6천만이나 되는 사람들이 스딸린의 지배하에서 이탈했다). 스딸린의 1941년 7월 16일부 제19호 명령에 써 있는 다음 구절은 거짓이 아니었다. 〈모든(!) 전선에서, 적진으로(!) 도망하거나, 적군과 첫 대면하는 순간 무기를 버리는 분자들이 수없이 많이(!) 있다.〉 (1941년 7월 초에 비아위스토크 근처에서 포위망에 갇힌 포로 34만 명 중에 2만 명이나 적군에 붙어 버렸다!) 스딸린은 당시의 전황에 절망하여, 1941년 10월에는 처칠 앞으로 전보를 보내 소비에뜨 영토에 25개 내지 30개의 영국 사단을 상륙시켜 달라고 부탁했다. 이처럼 완전한 사기의 붕괴를 경험한 공산주의자들이 역사상 존재한 적이 있을까! 이것이 당시의 상황이었다. 즉, 1941년 8월 22일에 제436 보병 연대장 꼬노노프 소령이, 자기는 스딸린을 타도하기 위하여 〈해방군〉에 참여하려고 독일군으로 가려는데 희망자는 따르라고 연대 앞에서 공공연히 선언했다. 반대한 사람이 없었을 뿐만 아니라, 〈전 연대〉가 그의 뒤를 따랐다! 이리하여 그 3주 후에는 꼬노노프는 전선 〈저쪽〉 측에서 지원병으로 된 까 자끄 연대를 편성하여(그 자신이 돈강 유역의 까자끄였다) 그가 희망자를 모집하기 위하여 모길료프시 근처에 있는 포 로수용소로 갔을 때, 그곳에 수용되어 있던 5천 명의 포로 중 에서 4천 명까지 그의 연대에 입대하기를 희망했으나, 그 전 부를 받아주지 못했다. 같은 해에 틸지트시 근교의 수용소에 수용되어 있던 소비에뜨 포로의 〈반수〉가, 즉 1만 2천 명이 〈지금의 전쟁을 내전으로 바꿀〉 시기가 왔다는 내용의 성명 서에 서명했다. 우리는 로꼬뜨-브랸스끼 지방의 전 주민적 운동을 잊어버리지 않았다. 그들은 독일군이 오기를 기다리 지 않고, 독일군과는 관계없이, 러시아인 자치제를 만들고 1백만 명 이상의 인구를 가지는 안전하고 번성한 8개 지구로 편성된 주를 창설했다. 그곳 주민의 요구는 지극히 분명한 것 이었다. 즉, 러시아인의 민족적 정부를 수립하는 것, 점령된 모든 주에 러시아인 자치제를 만드는 것, 1938년 시점에서 국 경선을 가진 러시아의 독립을 선언할 것, 또한 러시아인 지휘 관 밑에 어떤 해방군을 결성하는 것이었다. 또 1천 명 이상이 나 되는 레닌그라뜨시의 청년 집단이(학생 룻첸꼬가 리더였 다) 독일군이 오는 것을 기다려 스딸린 체제와 싸우기 위해 갓치나시 근교의 숲으로 잠입했다(그러나 독일군 당국은 학 생들을 후방으로 보내서 운전수나 취사 일을 시켰다). 돈 지 방의 까자끄 마을에서도 독일군이 오는 것을 크게 환영했다. 1941년까지의 소련 국민은 자연스럽게 이런 상상을 했다 — 외국 군대가 오는 것은, 〈말하자면〉 공산주의 체제의 타도였 다. 우리에게 이 외국 군대가 온다는 것은 그 밖의 다른 뜻은 가지지 않았다. 사람들은 볼셰비즘에서 해방시켜 줄 정치 강령을 기다렸던 것이다.

소비에뜨의 선전에 중독되고, 또한 히틀러 군대의 두꺼운 벽에 가로막힌 우리가 어떻게, 서구의 연합국들이 자유 그 자체를 지키기 위해서가 아니라, 〈자기들의〉 서구적 자유를 지킬 수 있을 〈만큼〉 나치와 싸우며, 소비에뜨 군대를 되도록 유용하게 이용하여, 후에는 어찌 되든 좋다고 생각하며 참전했다는 것을 알 수 있었겠는가? 연합국들은 자유의 〈원칙〉 그 자체에 충실하기에 우리를 더 끔찍한 압제하에 내버려 두지 않으리라고 우리가 믿는 것이 자연스러운 것 아니었을까? ……물론, 이 연합국들은, 우리가 1차 대전에서 그들을 지키기 위해 목숨을 걸고 싸웠으나, 이미 그때 자기들의 행복만을 생각하고 우리 군대의 파멸을 돌보지 않았다. 그러나 이 체험은 가슴 깊이 간직하기에는 너무나 잔인한 것이었다.

어떤 일이 있어도 소비에뜨의 선전을 진짜로 받아들이지 않기로 결심한 우리로서는 당연히, 나치가 러시아를 식민지로 만들어 우리를 노예로 하리라는 허튼소리에는 귀를 기울이지 않았다. 20세기의 인간이 이런 바보스러운 생각을 하다니, 그것은 상상조차 할 수 없는 일이며, 그것은 실제 몸소 체험하지 않고는 믿을 수 없는 이야기였다. 1943년에도 오신또르프에서 러시아군이 편성되었을 때, 거기에는 다 수용할 수 없을 만큼 다수의 지원병이 쇄도했다. 스몰렌스끄주와 백러시아에서는 농민들이 모스끄바의 지도하에 있는 빨치산에서 자기들을 방위하기 위해, 지원병으로 된 10만 명의 〈인민 민병대〉를 결성했다(당황한 독일군 당국은 곧바로 해산을 명했다). 또 1943년 봄이 되어서 블라소프가 두 번의 선전 여행, 즉 스몰렌스끄주와 쁘스꼬프주에서 선전을 했을 때, 그는 어디서나 환대를 받았다. 그 당시까지만 해도 주민들은 기대하고 있었다 — 언제쯤 우리의 독립 정부가 수립되고, 독립된 군대가 결성될 것인가? 내가 가진 증거에 의하면, 쁘스꼬프주 뽀제레비쯔끼 지구의 농촌 지대의 주민은 그곳에 주둔하고 있는 블라소프 군단에 호의를 보였다. 그 부대는 약탈도 하지 않고, 풍기도 문란하지 않고, 게다가 옛 군복을 입고 있고, 수확기에는 도우러 왔으므로 집단 농장에 관계가 없는 러시아의 정권으로 간주되었다. 그 부대에는 현지의 주민도 지원했다(마치 로꼬뜨-브란스끼 지방에서 보스꼬보이니꼬프 군대로 지원한 것처럼). 어떤 이유에서였을까 생각해 볼 일이다. 그들은 포로수용소에 수용되어 있지도 않았는데 말이다! 그리고 독일군은 블라소프 군단이 보충 인력을 가지는 것을 〈금지시켰다〉(경찰 역할을 시키면 된다고 했다). 이미 1943년의 3월에 하리꼬프시 교외의 포로수용소에서 블라소프 운동(이렇게 부르기도 했다)에 관한 전단이 돌았는데, 〈730명의 장교들〉이 러시아 해방군에 입대하라는 호소에 서명했다. 게다가, 그것은 전쟁이 만 2년이나 계속된 다음의 일이었다. 그들 중의 많은 사람이 스딸린그라뜨 전투의 영웅들이며 그 속에는 사단장들도, 연대의 정치위원들도 포함되어 있었다! 그리고, 그 수용소의 식량 사정도 좋았으니까, 그들이 단지 굶주림으로 인해 서명하지는 않았다는 것이 분명했다(그러나 독일인 특유의 우둔함 탓으로, 서명한 730명 중 722명에게는 전쟁이 끝나기 전까지 한 번도 수용소에서 석방되어 행동을 옮길 수 있는 기회를 주지 않았다). 1943년에도, 퇴각하는 독일군을 따라 소비에뜨 여러 주에서 수만 명이나 되는 피난민이, 어쩐지 공산주의 나라에 남고 싶지가 않아서 장사진을 이루었다.

여기서 감히 말하지만, 만일 이 전쟁에서 우리 국민이 멀리서나마 총을 치켜들고 스딸린 정부를 위협하거나, 〈인민의 어버이)에게 주먹을 휘두르며, 욕설을 퍼붓지 않았더라면, 우리 국민은 아무런 가치도 없는, 희망이 없는 노예가 되었을 것이다. 독일에서는 장군들에 의한 쿠데타 계획이 있었다는데, 우리의 경우는 어떤가? 우리 나라 지도적 지위에 있는 장군들은 시시한 녀석들(지금도 그렇지만)이며, 당의 이데올로기와 사리사욕에 빠지고, 다른 나라와 같은 민족적 정신을 잃고 있었다. 그렇기 때문에 병사나 농부나 까자끄인과 같은 〈하층의 사람들〉만이 주먹을 휘둘러서 일격을 가했다. 그것은 대체로 〈하층의 사람들〉뿐이었다. 거기에는 망명지에서 돌아온 귀족이나, 부유층의 사람이나, 인텔리겐치아의 참가는 거의 없었다. 그리고 만일 전쟁 초기의 몇 주 사이에 전개된 것과 같이 이 운동이 자유롭게 발전할 수 있었다면, 이 운동은 일종의 새로운 뿌가초프의 난이 되었을 것이다. 그 포함된 계층의 범위와 수준에 있어서, 주민의 지지도에 있어서, 까자끄인의 참가에서, 고위층 악당들을 응징하는 정신에서, 약한 지도부와 자연 발생적인 압력이라는 데서, 정말로 뿌가초프의 난에 비견할 수 있다. 어쨌든 이 운동은 가상적인 인민의 목표를 내건 10월 혁명을 가져온 20세기 초엽에서 1917년 2월까지의 인텔리겐치아에 의한 〈해방 운동〉보다 훨씬 인민적이며 서민적이었다. 그러나 이 운동은 발전하지 못하고 〈우리 신성한 조국에 대한 배신!〉이라는 굴욕적인 낙인이 찍혀서 망해 갈 운명이었다.

우리는 이미 사건을 사회 과학적으로 설명하는 데에 흥미를 잃고 말았다. 왜냐하면, 그것은 상황의 필요에 맞춰진 게임이 되어 버렸기 때문이다. 그런데 우리가 리벤트로프와 히틀러와 체결한 우호 조약이란 무엇인가? 전쟁 전에 몰로또프와 보로실로프의 허세는 무엇이었는가? 그리고 놀라울 만한 무능함, 군비 부족, 무력함(더욱이 야반도주와 같은 모스끄바에서의 정부 탈출), 포위될 때마다 50만 명에 가까운 군대를 포기하는 추태 ― 〈이것이야말로 조국에 대한 배신 아닌가?〉 이런 행위가 더 심각한 결과를 초래하지 않았는가? 어찌하여 우리는 〈이들〉 배신자들을 그라노프스끼 거리의 저택에 보호하고 있을까?

아, 얼마나 길 것인가! 얼마나 길 것인가! 〈모든〉 사형 집행인들과 우리 국민의 〈모든〉 배신자들을 앉히는 피고인석을 만든다면, 그 줄이 얼마나 길 것인가?

하지만 우리는 불리하면 대답을 하지 않는다. 입을 다물어 버린다. 그 대신에 이렇게 외친다.

「그런데 〈원칙〉은! 원칙 그 자체는 어찌 되었나! 설마 그것이 옳다고 해도, 러시아인이 자기의 정치적 목표를 달성하기 위해 독일 제국주의의 힘에 의존할 권리가 있는가?! ……더욱이, 그 제국주의와 생사를 건 싸움을 하고 있는데?」

정말 그것은 중요한 문제다 ― 고귀하다고 생각되는 목표 달성을 위해, 러시아와 싸우고 있는 독일 제국주의의 지지를 이용해도 좋겠는가?

지금은 모두가 한결같이 외칠 것이다. 〈안 된다!〉

아니, 만일 그렇다면(이제야 알게 되었지만), 베를린을 경유하여 스위스에서 스웨덴까지 보낸 독일의 봉인 열차는 어땠는가? 멘셰비끼부터 입헌 민주당원까지 모든 신문, 잡지가 똑같이 외쳤다. 〈안 된다! 안 된다!〉 그런데 볼셰비끼만은 그럴 수 있다, 나무라는 것이 오히려 우스꽝스럽다고 설명했다. 그리고 그 차량은 한두 대가 아니었다. 1918년 여름에 식량이나 금을 실은 차량을 볼셰비끼가 러시아에서 그 빌헬름한테 몇 대나 보냈단 말인가! 〈전쟁을 내전으로 돌린다!〉 이것은 블라소프보다 일찍이 레닌이 제창했던 말이다.

「그래, 하지만 그《목적》을 보라! 어떤 목적이었을까!」

그래, 어떤 목적인데? 그 목적이란, 어디에 있었는가?

「그래, 그 상대는 빌헬름이야! 독일의 황제야! 그냥 황제일 뿐이야! 그는 히틀러와는 달라! 그리고 당시의 러시아에는 정부 따위는 없지 않았는가? 있었다고 해도, 그것은 임시 정부에 불과하니까⋯⋯.」

전쟁의 열기에 들뜬 당시의 우리 언론에서는, 그 독일 황제에 대해서 〈잔인무도한〉이라든가, 〈피에 굶주린〉이라는 형용사 이외에는 사용하지 않았다. 또 독일 황제의 병사들에 대해서는, 어린아이 머리를 돌로 빠개는 잔인한 녀석들이라고 외쳐 댔다. 독일 황제에 대해서도 그렇게 했다. 그런데 그 임시 정부라는 것은, 체까도 가지지 않았고, 누구의 뒤통수를 박살 내지도 않았고, 수용소로 수용하는 일도 없었고, 집단 농장으로 억지로 몰아넣지도 않았고, 목을 조르는 일도 하지 않았다. 임시 정부는 역시 스딸린 정부와는 달랐다.

우리에겐 균형 감각이 필요하다.

◆

도형수들이 알파벳마다 죽어 간다고 해서, 아무도 기가 꺾이지는 않았다. 이미 전쟁은 끝나고, 본보기로 극형에 처할 필요도 없었고, 점령하에서 독일군에 협력한 경찰 앞잡이 같은 것이 새로 생길 가능성도 없었으나, 노동력이 필요했고, 도형지에서 노동력이 함부로 죽는 것을 놔둘 수 없었다. 그리하여 이미 1945년경부터는 도형수들의 막사는 감방이 아니었다. 낮에는 문을 열게 했다. 변기통은 변소로 옮겨 갔다. 도형수들이 제 발로 위생부에 갈 수 있는 권리를 주었다. 그리고 식당으로 갈 때는 건강을 위해 구보로 다니게 했다. 또 도형수들의 식사까지 빼앗아 먹던 형사범들을 데려가 버려서, 당번을 도형수 중에서 선발하게 되었다. 후에는 서신 왕래도 허락하여, 1년에 2회씩 편지를 주고받게 되었다.

1946년부터 1947년에 걸쳐서, 도형지와 수용소 간의 경계선이 매우 모호하게 되었다. 정치적으로 미숙한 기사 간부가 생산 계획을 달성하기 위하여, 도형수 중에서 뛰어난 전문가들이 일반 수용 지점으로 옮겨 가게 되었다(적어도 보르꾸따의 경우는). 거기에서 도형수는 완전히 일반 죄수와 같은 생활을 했으나, 등의 번호만으로 그가 도형수라는 것을 알게 했다. 그리고 이와는 반대로, 감소된 도형 지점의 인원을 보충하기 위하여 잡역 인부들을 교정 노동 수용 지점에서 이동시켰다.

이리하여 생산 부문의 우매한 당국자들 때문에, 도형 부활이라는 스딸린의 위대한 계획이 파묻히게 되었는지 모른다. 만일 1948년에 스딸린의 머릿속에, 수용소군도의 주민을 두 종류로 나눈다는 새로운 계획, 즉 사회적 친근 분자인 형사범들과 경범죄자를 사회적 유해 분자인 〈제58조〉들로부터 갈라 놓는다는 계획이 생기지 않았더라면.

그것은 〈국내에서의 전선〉(이 명칭에서 알 수 있듯이, 스딸린은 다가올 전쟁을 준비했던 것이다)라는 더욱 위대한 구상의 일부였다. 특별한 규칙을 가진 〈특수 수용소〉가 창설되었다.[12] 이런 종류의 수용소는 초기의 도형지보다는 조금은 대우가 좋고, 일반 수용소보다는 나빴다.

다른 것과 비교하기 위해, 이런 종류의 수용소에는 지명을 따서 이름을 붙이지 않고, 환상적이며 시적인 명칭을 붙이게 했다. 이렇게 하여 다음과 같은 수용소가 생겨났다 ─ 노릴스

12 1921년의 〈특별 수용소〉와 비교해 볼 것.

끄시의 고르(산악) 수용소, 꼴리마 지방의 베르(수변) 수용소, 인따의 민(광물) 수용소, 뻬초라 지방의 레치(하천) 수용소, 뽀찌마 지방의 두브로프(숲) 수용소, 따이셰뜨 지방의 오제르(호수) 수용소, 까자흐스딴 공화국의 스텝(초원) 수용소, 뻬스찬(모래) 수용소, 루끄(목초지) 수용소, 께메로보주의 까미시(갈대) 수용소.

여러 교정 노동 수용소에서는 〈제58조〉들을 제거하기 위한 〈특수 수용소〉로 보낸다는 우울한 소문이 돌았다. (물론 그 실행자들도, 희생되는 사람들도, 그것을 위해서는 어떤 새로운 판결도 필요하지 않다는 것은 충분히 알고 있었다.)

각 수용소의 등록 배치부나 보안부에서 활발한 활동이 개시되었다. 비밀 명단이 작성되고, 조정하기 위해 어디론가 가져갔다. 그리고 기다란 붉은 열차가 수용소에 준비되고, 경비견을 끌고, 자동소총과 쇠망치를 든 붉은 견장을 단 호송병들이 중대마다 왔다. 그리고 명단에 실린 인민의 적들이 사정없이 따뜻한 막사에서 호출되어, 멀리로 호송되었다.

그러나 〈제58조〉 모두가 호출된 것은 아니었다. 후에 알게 되었지만, 죄수들은 처음에는 누가 경범죄자와 함께 교정 노동 수용소에 남게 되었는지 알았다. 그것은 제58조 10항을 적용한 사람들만이며, 즉 〈단순한〉 반소비에뜨 선동만으로 투옥된 사람들이었다. 그들의 선동은 한 사람뿐이며, 남에게 관계되지 않는, 즉 자기 혼자만의 선동이었다(아무도 이러한 선동가를 상상할 수도 없음에도 불구하고, 수백만의 사람들이 이런 선동가로 등록되고, 수용소군도의 낡은 섬들에 남게 되었다). 만일 이런 선동가가 둘 혹은 셋으로 행동하여, 서로 말하는 데 귀를 기울이고, 서로 호응하거나, 합창하는 약간의 징후라도 있다면, 그들은 〈추가〉로 제58조 11항, 즉 〈조직을 만들었다〉라는 조항이 적용되어, 이번에는 반소비에뜨 조직의 효모균처럼 취급되어 〈특수 수용소〉로 보내지는 것이다. 그곳에 보내지는 것은, 조국의 배신자들(제58조 1항 a와 b), 부르주아적 민족주의자들과 분리주의자들(제58조 2항), 국제 부르주아의 앞잡이들(제58조 4항), 스파이들(제58조 6항), 파괴 및 방해 분자들(제58조 7항), 테러리스트들(제58조 8항), 해충들(제58조 9항), 경제적 태업자들(제58조 14항)이었다. 또 여기에는 편리하게도, 1948년 이후에도 억류되어 있던 독일군 포로들(민 수용소)도 일본군 포로들(오제르 수용소)도 들어 있었다.

그 대신에 교정 노동 수용소에는 불고지자들(제58조 12항)과 적군에 대한 협력자들(제58조 3항)이 남았다. 반면에 다름아닌 적군에 대한 협력으로 투옥된 도형수들은 이제 다 함께 〈특수 수용소〉로 보내게 되었다.

이 분리 작업은 우리가 여기에 기록한 것보다 더욱 의미심장한 것이었다. 어떤 이해할 수 없는 특징에 의하여 교정 노동 수용소에는 25년 형을 받은 여자 배신자들이 남게 되고(운시 수용소), 혹은 어떤 데서는 블라소프 병사들과 점령하의 경찰관들을 포함하여 〈제58조〉만으로 된 수용 지점이 그대로 남아 있었다. 그곳은 등 번호도 없었고, 〈특수 수용소〉도 아니었으나, 대우는 잔혹했다(예컨대 볼가강의 사마르스까야루까 지방의 끄라스나야 글린까 수용소, 하까시야 자치주 시린 지구의 뚜임 수용소, 유즈노-사할린스끄 수용소). 이런 수용소는 죄수에게 가혹했으며, 그 생활은 〈특수 수용소〉보다도 결코 쉽지 않았다.

그리고 한번 실시된 〈군도의 대(大) 분리〉가 또 처음의 혼란 상태로 돌아가지 않게 하기 위하여, 1949년부터 사회에서 새로 보내온 주민에게는 판결 외에도, 이 새끼 염소를 늘 어느 수용소에 수용할 것인가를 정하는 보고(기관과 검찰청)를 조서에 첨부하도록 했다.

이렇게 하여, 새싹이 트는 것을 위해 죽어 가는 씨앗과도 같이 스딸린식 도형의 씨앗은 〈특수 수용소〉라는 새로운 싹을 틔웠다.

붉은 호송 열차들이 조국과 군도를 가로 세로로 지나며 〈새로운 인원〉을 실어 왔다.

인따에서는 가축의 무리를 하나의 문에서 다른 문으로 옮기는 것 정도로 생각했을 뿐이다.

우리 나라에는 〈도형이란 무엇인지, 그리고 어떤 목적을 위해 그것이 필요한지에 대한 법학적 정의〉가 없다고 체호프가 불평했다.

그러나 그것은 계몽된 19세기의 이야기이다! 20세기 동굴 시대의 한가운데에 있는 우리가 그런 것을 이해하거나, 정의할 필요는 전혀 없었다. 이래야 한다고 〈어버이〉 스딸린이 정하면, 그것이 정의가 되었다.

우리는 이해했다는 듯 고개를 끄덕일 뿐이었다.

제2장

혁명의 미풍

　형기가 시작되었을 때, 앞이 보이지 않는 긴 세월에 짓눌리고 수용소군도와의 첫 대면에 기가 꺾인 나는 내 마음이 서서히 절망에서 회복되리라고는 결코 믿을 수 없었다. 세월이 흐르면서 나 자신도 모르는 사이에 마치 하와이의 마우나로아 산을 오르듯이 군도의 눈에 보이지 않는 정상으로 올라가 거기에서 아주 차분한 기분으로 먼 곳을 바라보며, 불확실한 바다의 빛이 나 자신을 매혹시키고 있다는 것을 도저히 믿을 수 없었을 것이다.

　나는 형기의 중간 시기를 죄수들에게 좋은 식사와 음료를 제공해 주는 따뜻하고 깨끗한 황금의 섬에서 지냈다. 그 대가로 나는 극히 적은 일을 하면 되었다. 하루에 12시간 책상에 앉아서 당국의 의향에 따르면 되었다.

　그런데 나는 느닷없이 편안한 생활에 취미를 잃어버렸다. 나는 이미 옥중 생활 속에서 새로운 의미를 찾아내려고 했다. 돌이켜 보니, 끄라스나야 쁘레스냐 중계 형무소의 특별 작업 반원의 〈어떤 희생을 치르더라도《일반 작업》만은 피해야 한다〉라고 했던 충고가 바보스럽게 생각되었다. 우리가 치르는 희생은 그것에 의해 얻어지는 것에 비하여 너무 크다고 생각되었다.

옥중 생활은 나에게 글을 쓰는 능력을 개발시켜 주었고, 나는 그 욕구에 일체의 시간을 썼으며 책상에 앉아서 하는 일에 게을러졌다. 여기서 지급되는 버터나 사탕보다도 두 발로 똑바로 서는 것이 중요하다는 생각을 하게 되었다.

그리하여 우리 몇 사람은 〈두 발로 선〉 다음에 〈특수 수용소〉로 호송되었다.

그곳으로 가는 길은 멀기도 했다 — 석 달이나 걸렸다. (19세기에 마차로 가도 이것보다는 빨랐을 것이다.) 그리고 가는 길이 너무나 멀었기 때문에, 그 여정이 나의 인생의 한 시기가 되며, 자신의 성격도, 세계관도 그사이에 변한 것만 같았다.

우리들의 여행은 어쩐지 활기 있고 즐겁고 무척 뜻있는 일이었다.

얼굴에는 시원한 미풍 — 도형과 자유의 바람 — 이 차츰 강하게 불어 닥쳤다. 도처에서 새로운 사람들이 오고, 새로운 사건이 일어나고, 정의는 우리한테 있다는 것을 확인시켰다! 정의는 우리한테 있다! 우리한테! 절대로 우리를 재판한 놈들이나 교도관들에게 있지 않다는 확신이 굳어졌다.

낯익은 부띠르끼 형무소가 우리를 창문에서 외치는 소리로 맞았다. 그 소리는 귀가 찢어질 듯한 여인의 울부짖음이었다. 「살려 주세요! 누가 좀 살려 주세요! 사람 죽이네! 사람 죽여!」 하지만 그 고함 소리는 이윽고 교도관의 손바닥에 막혀 버렸다.

부띠르끼 형무소의 〈역〉[1]에서 우리는 1949년에 투옥된 신참들과 함께 있었다. 그들의 형기는 전부 달랐다 — 통상적인 〈10루블짜리〉가 아니라 〈25루블짜리〉였다. 여러 번 거듭되는

---

1 기차의 역이 아니라 호송 죄수의 집결 감방 — 옮긴이주.

점호 때 그들이 자신의 형기 만료가 되는 시기를 대답하는 것이 마치 잔인한 농담같이 들렸다. 〈1974년 10월!〉 〈1975년 2월!〉

이렇게 오래 형기를 산다는 것은 불가능하다. 펜치를 구해서 가시철조망을 절단하고 도망치지 않을 수 없겠다.

바로 이 25년의 형기 자체는, 죄수들의 세계에 새로운 변화를 가져왔다. 당국은 자기가 할 수 있는 모든 짓을 했다. 이번에는 죄수들이 대답할 차례였다. 그것은 자유롭고, 어떠한 위협에도 움츠러들지 않으며, 보복이 없는 대답이었다. 일생을 통해서 우리가 들어보지 못했던 대답이지만, 또한 우리를 계몽시키고 단결시키는 대답이었다.

우리는 이미 스똘리삔 차량에 있었을 때 모스끄바 까잔 역의 확성기에서 한국 전쟁이 발발한 것을 알았다. 전쟁 첫날 오전 중에 남한 측의 강력한 방위선을 돌파하고 10킬로미터나 적진 깊숙이 침입하면서도, 북한 측은 남한으로부터 습격을 받았다고 주장했다. 아무리 물리를 모르고 전투 경험이 없는 군인이라 할지라도 첫날에 진격한 쪽이 먼저 습격했다는 것쯤은 알고 있다.

이 한국 전쟁은 우리를 흥분시켰다. 소동을 좋아하는 우리는 폭풍이 불기를 바랐다! 폭풍이 불어야 했다. 폭풍이 없다면, 만일 폭풍이 없다면, 우리는 천천히 죽어 가야 했다.

라잔을 지날 무렵에 새빨간 아침 해가 우리 죄수 차량의 흐릿한 창문에 너무나 강렬하게 비쳐서 우리들 사이에 있는 철창 너머에 있는 젊은 호송병이 눈을 가늘게 떴다. 이 호송대는 보통 호송대보다 크게 나쁘지도 않고 크게 좋지도 않았다. 찻간에 우리를 15명씩 쑤셔 넣고, 식사로는 청어를 주었지만, 물을 마시게 해주었으며, 아침저녁으로 잠깐 바깥에 나갈 수 있도록 해주었다. 그리하여 이 젊은이와 다투지 않고 사이좋게 지낼 수 있었으나, 갑자기 그가 무심코 악의 없이 우리를 〈인민의 적〉이라고 불렀다.

그러자 소란이 일었다! 우리 찻간에서도, 옆 찻간에서도 떠들기 시작했다.

「우리가 인민의 적이라면, 왜 집단 농장에서는 사람들이 굶주리고 있지?」

「가만 보니까 촌놈 같은데, 너 따위는 쇠고랑을 찬 개라고. 차라리 시골에 가서 농사지을 생각이나 해라.」

「만일 우리가 인민의 적이라면, 왜 너희들은 호송차를 밝은 색으로 위장했지? 공개하면 되잖아!」

「이 자식아! 나에게는 너 같은 자식이 둘씩이나 있었어. 둘 다 전쟁에서 돌아오지 않았는데, 그래, 내가 적이라고?」

이러한 말들도 이미 오래전에 창살 너머로 끊기고 말았다! 우리가 지껄인 소리는 너무 흔한 사실들이어서 반론할 수가 없었다.

너무 당황한 젊은이에게 재복무 중인 상사가 뛰어왔으나, 그는 아무도 징벌 감방으로 넣거나 우리의 이름을 적지도 않고 단지 부하인 젊은 병사를 도우려고 했을 뿐이었다. 그런 일이 역시 우리한테 새로운 시대의 징후로 보였다. 아니, 1950년의 일을 새로운 시대라고 말하기에는 이르다. 새로운 형기와 새로운 정치적 수용소에 의해 형무소 세계에서 만들어 내는 새로운 관계의 징후로 보였던 것이다.

우리들의 논쟁은 진정한 논쟁의 형태를 가지기 시작했다. 어린아이 같은 호송병들이 우리를 둘러보면서 우리와 옆 찻간의 사람들을 인민의 적이라 부르지 않도록 조심하게 되었다. 그들은 변명하기 위해 신문(新聞)이나 정치 교본에서 배운 말을 끄집어냈으나, 그런 말이 공허하다는 사실을 그들의 머리보다 먼저 그들의 귀가 알아차렸던 것이다.

「이봐, 여기 보라고! 창밖을!」 우리가 그들에게 외쳤다. 「당신들이 이렇게 러시아를 황폐하게 한 거야!」

차창에는 썩어서 금세 자빠질 것만 같은 황폐한 농가가 보였다(그곳은 외국인이 지나지 않는 루자예프 철도 근처 지역이었다). 만일 칭기즈칸이 이런 보잘것없는 러시아를 보았다면, 도저히 정복하고 싶은 마음이 생기지 않았을 것이다. 또르베예보라는 조용한 역에서 나무껍질로 짠 신발을 신은 한 노인이 플랫폼을 지나갔다. 한 시골 노파가 닫힌 우리의 창문 앞에 멈춰서, 창문에 낀 밖의 철창과 중간 철창 너머로 열차 침대 상단에 비좁게 있는 우리를 찬찬히 바라보고 있었다. 노파는 우리 러시아 국민이 언제나 〈불행한 자〉를 바라볼 때의 그 동정 어린 눈으로 우리를 바라보았다. 노파의 뺨으로 이따금 눈물이 흘렀다. 이 허리가 굽은 노파는 한자리에 선 채, 우리 중에서 당신 자식을 찾기라도 한 듯이 우리를 바라보았다. 「할머니, 보면 안 돼요.」 호송병이 그녀에게 부드럽게 주의를 주었다. 그러나 노파는 듣지 못한 체했다. 그녀 곁에는 열 살쯤 되어 보이는 소녀가 서 있고, 그 머리에는 흰 리본이 묶여 있었다. 이 소녀는 아주 진지한 눈초리로 그 나이에 비해 비탄에 젖어 크게 뜬 눈을 깜박이지도 않고 우리를 바라보았다. 아니, 너무나 진지하게 바라보고 있어서 아마 우리의 모습이 일생 동안 그녀의 망막에 새겨졌으리라. 열차가 서서히 움직이기 시작했다. 노파는 때 묻은 손을 들어 마음을 다해, 서둘지 않고 우리에게 성호를 그었다.

다른 역에서는 물방울무늬의 원피스를 입은 젊은 여성이 주저하거나 두려움 없이 우리의 창문에 가까이 와서, 우리의 형기나 조항을 열심히 묻기 시작했다. 「비켜요!」 플랫폼을 오가는 호송병이 그녀에게 외쳤다. 「아니, 나한테 왜 그래요? 나도 이 사람들과 같다고요! 자, 이 사람들에게 여기 이 담배를 전해 주세요!」 그녀는 핸드백에서 담배 한 갑을 꺼냈다. (아, 이 젊은 여인도 〈투옥된 경험이 있구나〉 하고 우리는 이내 알아차렸다. 지금은 사회에서 자유인으로 행세하는 사람들 중에서 얼마나 많은 사람들이 군도의 교육을 받았던가!) 「비켜요! 당신도 잡아넣을 거요!」 호송대의 부대장이 찻간에서 뛰어내렸다. 그녀는 경멸하는 눈으로 그의 얼굴을 쏘아보았다. 「뭐라고, 뒈져 버려라!」 그리고 우리를 격려하듯 말했다. 「저 놈들을 혼내 주세요!」 그녀는 만족스러운 듯 가버렸다.

이렇게 우리는 여행하고 있었다. 그래서 호송병들은 자기들을 인민의 호송대라고 느끼지 않는 것 같았다. 우리는 여행을 계속했다. 그리고 차츰 우리가 옳았다는 것을 깨달았다. 러시아는 우리 편이었으며, 이 제도를 이제 폐지하지 않으면 안 된다는 우리의 확신이 굳어졌다.

우리가 1개월 이상이나 〈발이 묶였던〉 꾸이비셰프 중계 형무소에서 기적이 일어났다. 옆 감방의 창문에서 느닷없이 형사범들의 히스테릭한 찢는 듯한 외침 소리가 들렸다(놈들의 고함 소리가 너무 높아서 기분이 나빴다). 「도와주세요! 누가 좀 도와주세요! 파시스트들이 때려요! 파시스트들이!」

그럴 수 있을까! 〈파시스트들〉이 형사범들을 때리고 있다니? 예전에는 언제나 그 반대가 아니었던가?

그런데 곧 여러 감방의 죄수들이 교체되었고, 아직 기적은 일어나지 않았다는 것을 알았다. 그것은 봄이 왔음을 알리는 최초의 제비에 지나지 않았다. 그 제비는 빠벨 보로뉴끄라는 가슴이 돌절구처럼 크고, 팔뚝이 물속에 잠긴 통나무같이 굵고 언제나 손을 뻗어 상대를 때릴 수 있는 인물이었다. 검고 매부리코며, 우끄라이나인보다도 오히려 그루지야인 비슷했다. 그는 역전의 장교였으며, 고사 기관총으로 독일의 〈메서슈미트〉 3대를 격퇴했다. 그는 소비에뜨 연방 영웅 후보에 올랐지만 〈특별부〉에 의해 거부되어 징벌 부대로 잡혀 갔고, 훈장을 타서 돌아왔다. 지금은 〈10루블짜리〉를 선고받았지만, 그것은 〈어린아이의 형기〉였다.

그는 형사범들의 근성을 이미 노보그라뜨-볼린스끄 형무소에서 옮길 때 간파하고 그때부터 이미 놈들과 싸우고 있었다. 그 감방에는 〈제58조〉들만 있었으나, 당국은 후에 두 사람의 형사범을 집어넣었다. 픽사띠는 제멋대로 벨로모르 담배를 피우며 자기들의 〈당연한〉 자리인 창가 쪽 침상을 내 달라고 하면서 농담을 했다. 「참, 이럴 줄 알았다고. 다시 악당들과 같이 있게 됐군!」 형사범에 대해 잘 알지 못하는 순진한 벨리예프가 그들을 부추겼다. 「아니요, 여기는 모두 〈제58조〉들이라오. 당신들은 누구요?」 「우리는 말이야, 공금 횡령자들이야. 대단한 인물들이라고!」 형사범들은 두 명을 쫓아내고 자기들이 〈맡아 놓은〉 그 자리에 짐 가방을 던지고 나서 감방을 휘둘러보며 남의 짐 가방을 들여다보고 트집을 잡기 시작했다. 그런데 〈제58조〉들은 그렇지 않았다. 60명의 사나이들이 얌전하게 그들이 가까이 와서 물건을 빼앗으러 오는 것을 기다리고 있었다. 저항에 부딪힐 거라고 전혀 생각하지 않는 형사범들의 불손하고 무방비적인 태도에는 이상한 점이 있었다(물론, 당국이 항상 돌봐 준다는 계산도 있었다). 보로뉴끄는 여전히 체스의 말을 움직이는 체했으나, 이미 그 무섭게 큰 눈알을 굴리며, 어떻게 싸울 것인지 생각하고 있었다. 형사범 하나가 그의 앞에서 멈추자, 그는 위에서 늘어뜨린 다리에 반동을 주어서 그 신발로 상대의 얼굴을 걷어차고 뛰어내려, 변기통의 튼튼한 나무 뚜껑을 집어 들어 그 뚜껑으로 두 번째 형사범의 머리를 갈겼다. 이리하여 그는 그 두 사람을 번갈아 뚜껑이 갈라질 만큼 때렸다. 그 뚜껑에는 십자로 된 40밀리미터의 각목이 대어져 있었으니 얼마나 때렸는지 알 만하다. 형사범들이 그만하라고 애원하기 시작했으나, 그 고함 소리에는 유머가 있었으며, 놈들은 웃음을 자아내도록 외쳐 댔다. 「이게 무슨 짓이야? 〈십자가〉로 때리다니!」 「이렇게 건장한 놈이 약한 사람을 못살게 구네?」 하지만 놈들의 근성을 알고 있는 보로뉴끄는 계속 때렸다. 그러자 형사범 한 놈이 창문에 뛰어올라 외치기 시작했다. 「도와주세요! 파시스트들이 때려요!」

형사범들은 그 일을 잊지 않고 후에 여러 번 보로뉴끄를 위협했다. 「네놈한테서 송장 냄새가 난다! 죽을 때 네놈도 함께 데려갈 테니까!」 그러나 더는 덤벼들지 않았다.

그런데 곧 〈암캐들〉과 우리 감방 사이에서 충돌이 일어났다. 우리는 용변을 볼 겸 산책하려고 나갔는데, 어떤 여자 교도관이 〈암캐〉를 시켜서 우리의 동료를 변소에서 쫓아냈다. 그 사내의 쫓기면서도 거만한 태도(〈정치범〉에 대한!)가 젊고 신경질적이며 투옥된 지 얼마 되지 않은 볼로쟈 게르슈니를 화나게 했다. 그가 그 암캐한테 주의를 주자, 암캐는 그를 때려서 쓰러뜨렸다. 예전 같으면 〈제58조〉들은 말없이 물러났겠지만 지금은 아제르바이잔인인 막심(자기 집단 농장 의장을 살해한 사람)이 암캐를 향해 돌을 던지고 또 보로뉴끄가 주먹질을 했다. 암캐는 보로뉴끄를 칼로 찌르고(교도관의 하수인들은 항상 칼을 감추고 있었는데, 우리 나라에서는 이런 일이 조금도 이상하지 않았다) 교도관들의 도움을 청하며 도망치려고 했으나, 보로뉴끄가 뒤쫓았다. 그래서 우리 모두를 형무소에 재빨리 수감하고, 형무소의 장교들이 왔다. 〈누가〉 일을 저질렀는지 조사하고, 폭력 행위로 새 형기를 부과하겠다고 위협하러 온 것이었다(내무부의 관리는 한 핏줄인 〈암캐들〉을 잘 돌봐 주었다). 보로뉴끄가 피를 흘리며 스스로 나섰다. 「내가 그 녀석들을 때렸소, 하지만 앞으로도 내가 살아 있는 내내 때릴 거요.」 형무소의 보안 장교는 너희 반혁명 분자들은 그따위 자만심을 버리고, 잠자코 있는 편이 안전하다고 경고했다. 그런데 볼로자 게르슈니가 튀어나왔다. 그는 아직 소년티가 나는 대학 1학년 때 체포되었다. 그 유명한 사회 혁명당 행동 대장 게르슈니의 직계 가족은 아니었으나 조카였다. 「우리를 반혁명 분자라고 부르지 마시오!」 그는 보안 장교에게 싸움닭처럼 대들었다. 「그것은 다 지난 이야기에 불과하오. 우리는 지금 다시 혁명가가 되었소! 다만 소비에뜨 정권 타도를 위한 혁명가 말이오!」

아, 얼마나 통쾌한가! 우리가 기다려 온 게 바로 이런 거지! 이 말에 대해 형무소의 보안 장교는 그저 이마에 주름을 짓거나 얼굴을 찌푸리고 듣고만 있을 뿐이었다. 징벌 감방에는 아무도 처넣지 못하고, 교도관들은 굴욕을 맛보고 돌아갔다. 형무소에서 〈이렇게〉 해도 되는가? 싸움을 하거나, 대답하거나, 생각하는 것을 크게 말해도 되는가? 그런데 우리는 몇 해 동안이나 그저 참아만 오지 않았던가! 우는 자는 매를 맞았다! 아니, 우리는 이때까지 울어서 매를 맞았다.

우리가 호송되어 가는 새로운 전설적인 수용소에서는 나치 독일의 경우와 마찬가지로 죄수들이 번호를 붙이고 있지만, 범죄인들로부터 격리된 정치범만이 수용되고 있었다 ─ 아마 거기서는 이런 새 생활이 시작되지 않을까? 검은 눈동자와 창백하고 뾰족한 얼굴의 볼로자 게르슈니가 희망에 넘쳐서 말했다. 「수용소에 도착하면 〈누구〉와 함께 행동하면 되는지 알게 되겠죠.」 이상한 소년이다. 그곳에는 활기에 넘치는 여러 당이 있어서, 토론이나 강령이나 지하 회의라도 있다고 소년은 진지하게 생각하고 있을까? 〈누구와 함께 행동한다〉니! 마치 우리에게 그와 같은 선택의 여지가 남아 있기나 하듯이! 마치 각 공화국의 체포자 할당으로 계획 입안자들이나 호송 입안자들이 우리들 대신에 모든 것을 결정하는 게 아닌 것처럼 말이다.

우리의 아주 기다란 감방은 예전에 마구간이었던 곳으로, 두 줄의 구유 대신에 지금은 2단으로 된 침상이 두 줄로 놓여 있고 그 사이의 통로에는 구부정한 나무 기둥이 낡은 지붕이 무너지지 않게 받치고 있었다. 길쭉한 벽에도 마구간 특유의 작은 창문이 많이 나 있었으나, 그것은 건초를 정확히 구유에 넣기 위해서였다(또 이 창문에는 덧문이 달려 있었다). 이 우리의 감방에는 120명가량의 사람이 있었다. 그 얼굴도 여러 가지였다. 반 이상은 발트해 연안의 사람들로, 교양이 없는 평범한 농부들이었다. 발트해 연안 제국에서는 지금 2차 숙청이 진행되어 자기의 의지로 집단 농장에 참가하지 않은 사람이나, 참가하지 않으리라 예상되는 사람 모두가 투옥되거나 유형지에 가게 되었다. 다음으로 많은 것은 서부 우끄라이나인들, 즉 OUN[2]들과 그들을 한 번이라도 숙박을 시켰거나 식사를 제공한 사람들이었다. 그다음으로는 러시아 공화국의 죄수들이었는데 신참은 적고 〈재복역자〉가 많았다. 그리고 물론 몇 사람의 외국인도 있었다.

우리 모두가 같은 수용소로 호송되었다(그것은 작업 할당계한테서 알게 되었는데, 행선지는 스텝 수용소였다). 나는

2 우끄라이나 민족주의자 조직.

운명의 장난으로 함께 있게 된 사람들을 바라보면서 그들에 대하여 곰곰이 생각해 보려고 애썼다.

특히 나에게는 에스토니아인들과 리투아니아인들의 일이 아주 마음에 걸렸다. 나는 그들과 같은 죄수지만, 마치 내가 그들을 집어넣은 것같이 생각되어서 그들에게 미안한 생각이 들었다. 조금도 타락하지 않고, 근면하고, 정직하고, 게다가 얌전한 그들이 어찌하여 또 우리와 함께 이 저주스러운 생지옥에 말려들었을까? 아무도 건드리지 않고 얌전하게, 게다가 우리 나라보다 훨씬 도덕적인 생활을 해 왔는데 우리 나라가 식량 부족으로 고민한 것이 그들의 운을 다하게 했다. 우리 나라와 국경을 접하고, 우리 나라가 바다로 나가는 것을 막고 있었던 것이 그들의 운을 다하게 했다.

〈러시아인이라는 것이 부끄럽다!〉라고 게르첸은 우리 나라가 폴란드를 괴롭히고 있을 때 외쳤다. 이렇게 얌전하고, 무방비한 민족을 앞에 두고 나는 지금 게르첸보다 두 배나 더 부끄럽다.

라트비아인들에 대한 나의 감정은 좀 더 복잡하다. 그것은 어떤 천벌과 같은 것이다. 그들 자신이 그 씨를 뿌렸던 것이다.

그러면 우끄라이나인은? 우리는 이미 이전부터 〈우끄라이나 민족주의자들〉이라는 말을 사용하지 않고 다만 〈반데라파(派)들〉이라는 말을 사용했다. 그 말은 너무나 욕설의 의미로 사용하게 되어서, 그 본질을 밝히려는 사람은 아무도 없다(또 우리는 〈반지뜨(악당들)〉라는 말을 사용한다. 확립된 용법에 의하면 세계 어디서나 우리를 위해 살인하는 사람들을 〈빨치산〉이라고 부르고, 1921년 땀보프주의 농민 봉기부터 시작하여 우리를 죽이는 사람들은 〈반지뜨〉라고 부른다).

그 본질에서 말하자면, 끼예프 시대에는 러시아 민족과 우끄라이나 민족은 하나였지만, 그 후 둘로 갈려서 수백 년 동안 다른 생활을 보내고 그 습관도 언어도 다른 방향으로 발전했던 것이다. 소위 〈재통일〉은 예전의 형제 관계로 되돌아가려는 희망에서 나온 누군가의 시도인 것 같지만, 몹시 어려운 일이었다. 하지만, 그 후 3세기를 우리는 허비해 왔다. 러시아에는 어떻게 하면 우끄라이나인과 러시아인을 친척과 같은 관계까지 접근시킬 수 있을까, 어떻게 하면 둘 사이의 상처를 낫게 할 것인가, 하고 진지하게 생각하던 활동가가 없었다(만일 그 상처가 없었다면 1917년 봄에, 여러 가지 우끄라이나의 위원회와 후의 라다[3]가 생겨나지 않았을 것이다).

정권을 장악하기 전에 볼셰비끼는 이 문제를 어렵지 않게 해결했다. 1917년 6월 1일 『쁘라브다』에 레닌은 이렇게 쓰고 있었다. 〈우리는 우끄라이나와 그 밖의 대(大)러시아 지역이 아닌 지역을 황제나 자본가들에 의해 합병된 것으로 간주한다.〉 이것은 이미 중앙 라다가 존재하고 있을 때 쓰인 것이다. 그리고 1917년 11월 2일에는 〈러시아 제 민족 권리 선언〉이 채택되었다. 러시아의 모든 민족은 분리를 포함하는 자결권을 〈가진다〉고 선언했던 것이 아마 농담은 아니었겠지? 속이려는 것도 아니었을 것이다. 그로부터 반년 후 소비에뜨 정부는 우끄라이나와의 강화 조약 체결이나 정확한 경계선 제정을 위하여 소비에뜨 러시아에 협력해 주도록 황제가 이끄는 독일에 〈요청〉했다. 이리하여 1918년 6월 4일에 레닌이 그 조약을 게뜨만 스꼬로빠쯔끼와 조인했다. 이렇게 하여 레닌은 우끄라이나가 러시아에서 분리되어도 하는 수 없다는 것을 표시했다. 설사 우끄라이나가 독일의 군주제 밑으로 간다 해도!

3 우끄라이나 백러시아의 반혁명 위원회 — 옮긴이주.

그런데 이상한 일이었다. 독일이 연합국에 굴복한 순간(그것은 우리 나라와 우끄라이나와의 관계의 여러 원칙에 영향을 미칠 리가 없는데!) 그 뒤를 따라 게뜨만도 쓰러지고 우리 나라는 뻬뜰류라보다도 세력이 더 커졌다는 것이 분명해졌다. (그런데 그것은 또 하나의 욕설의 표현이다. 〈뻬뜰류라파(派)들〉이라는 것이 사실은 그것이 우리와는 별개의 국가를 만들려는 우끄라이나의 도시 주민과 농민들이었다. 우리는 금방 우리가 인정하고 있던 국경을 넘어서 같은 피를 받고 있던 형제 민족을 자기네의 정권으로 밀어붙여 버렸다. 사실 그 후 15년에서 20년의 긴 세월 동안에 우리는 완강히 힘주어 우끄라이나의 〈언어〉를 이용하여 그들이 아주 독립된 민족이며, 언제나 원하면 분리할 수 있다고 그 형제 민족에게 말해 왔다. 그러나 전쟁이 끝날 무렵 그들이 그것을 원하는 순간에 그들은 〈반데라파들〉이라고 비난을 받고, 체포되어 고문을 받고는 처형되거나 수용소에 보내졌다. 그런데 〈반데라파들〉이라고 하는 것은 〈뻬뜰류라파들〉과 같은 우끄라이나인으로 남의 정권을 바라지 않는 사람들을 말했다. 히틀러가 약속한 자유를 주지 않는 것을 알았을 때 그들은 전쟁을 통하여 히틀러 군대와 싸웠던 것이다. 그러나 우리 나라에서는 이 일이 묵살되었다. 그것은 1944년 바르샤바 반란과 동일하게 우리 나라에는 불리한 사실이었기 때문이다.)

  왜 우리는 우끄라이나인들이 민족의식이 강하고, 그들이 자기들의 〈언어〉로 말하며, 그 언어로 아이들을 교육하고, 그것으로 간판을 쓰고 싶다는 형제 민족의 희망을 두려워하는가? 미하일 불가꼬프마저도 이 문제에 대해서는 (장편『백위군』속에서) 잘못된 감정에 사로잡혔다. 우리는 결국 융합에 성공하지 못했다는 것, 우리는 여전히 몇 가지 면에서 차이점이 있다는 것(〈그들〉, 즉, 더 소수인 그들이 차이를 느끼고 있는 것으로 충분하지 않을까), 슬픈 일이지만 우리는 계속해서 기회를 놓치고 말았다는 것(특히 1930년대나 1940년대에), 그리고 이 문제가 가장 표면화된 시기는 제정 시대가 아니라 제정 시대가 〈끝나고 나서〉였다는 것을 전제하고 나면, 우끄라이나인들이 분리를 원하는 것에 우리는 왜 그리도 초조해하는 것일까? 오데사 지방의 해수욕장이 아쉬워서? 아니면 체르께시아 지방의 과일 때문에?

이런 것을 쓴다는 것은 나에게도 괴로운 일이다. 우끄라이나와 러시아는 나의 핏속에서, 마음속에서, 또 머릿속에서 하나인 것이다. 그러나 수용소에서 우끄라이나인과 우정을 나눠 본 풍부한 경험을 통해 그들의 마음에 〈얼마나〉 울분이 쌓였는지 알았다. 우리 세대는 과거 세대의 잘못에 대해 보상해야 한다.

발을 구르면서 〈이것은 나의 것이야!〉라고 주장하는 것은 간단한 방법이지만 〈원하는 대로 살아라!〉라는 말은 비할 데 없이 어려운 일이다. 20세기 말엽인 현재도, 우리 나라 최후의 황제, 그다지 현명하지 못한 그 황제가 일을 망쳤다는 공상의 세계에서 살아서는 안 된다. 놀라운 일이지만 민족주의는 쇠퇴한다는 〈진보적 교리〉의 예언은 맞지 않았다. 원자나 인공두뇌 과학 시대에 민족주의는 오히려 번창했다. 싫든 좋든 민족 자결이나 민족 독립이라는 약속 어음을 우리가 갚아야 할 시기가 다가오고 있다. 불에 타거나 강물에 익사하거나, 머리가 잘리기를 기다리지 말고 스스로 나가서 그 어음을 인수해야 하는 시기가 온다. 우리는 위대한 민족이라는 것을 영토의 크기나 지배하는 민족의 수로 증명할 것이 아니라 그 행위의 위대성으로 증명하지 않으면 안 된다. 그리고 우리와 함께 살기를 원하지 않는 민족의 지역을 제외한 나머지 땅에서 그것을 깊이 경작함으로써 증명하지 않으면 안 된다.

우끄라이나를 상실하는 것은 통렬한 타격이 될 것이다. 그러나 지금의 우끄라이나인들의 전 민족적 열망을 알아야 한다. 몇백 년에 걸쳐서도 문제가 해결되지 않았다면, 우리가 분별 있는 행동을 해야 한다. 우리는 결정권을 그들 자신에게 주고, 연방주의자들이나 분리주의자들이 사람들을 설득하도록 내버려 두어야 한다. 이런 양보를 하지 않는다는 것은 미친 짓이며, 참혹한 일이다. 지금 우리가 은밀하게 인내를 가지고 꾸준히 설명해 가야 언젠가 재통일을 성취할 희망이 생길 것이다.

여하튼 그들이 자신의 삶을 스스로 결정하도록 해야 한다. 그렇게 하면 분리만으로 모든 문제가 해결되지 않는다는 것을 그들도 곧 납득하게 될 것이다.[4]

◆

우리는 무엇 때문인지 오랫동안 이 길쭉한 마구간의 감방에 수용되어 스텝 수용소로는 좀처럼 떠나지 않았다. 그렇다고 우리는 서두르지도 않았다. 여기는 편하지만 그리로 가게 되면 훨씬 힘들어질 것이다.

4 우끄라이나 여러 주의 인구 중에서 자기를 러시아인으로 생각하는 사람, 자기를 우끄라이나인으로 생각하는 사람, 또 자기를 아무것도로도 생각하지 않는 사람이 있어서, 많은 복잡한 문제가 일어난다. 만일 각 주에서 인민투표를 실시하고 그 후에 이동하고 싶은 모든 사람에 대해 유리한 조건을 인정하여 친절한 태도를 취하지 않으면 안 될지 모른다. 오늘 소비에뜨 연방에서 우끄라이나 공화국의 정식 국경 내의 지역 모두가 우끄라이나라는 것은 아니다. 드네쁘르강 좌안의 여러 주 중에서 몇 개는 분명히 러시아에 속하기를 바라고 있다.

우리는 뉴스도 잘 들었다. 매일 보통 신문의 반쯤 되는 크기의 무슨 신문을 가져와서 내가 그것을 낭독하고, 감방의 모든 사람들에게 들려주도록 했다. 거기서 나는 〈감정을 넣어서〉 그 신문을 읽었다. 아니, 감정을 넣어서 읽을 가치가 있었다.

　그때는 마침 에스토니아, 라트비아, 리투아니아 3국의 〈해방〉 10주년이었다. 러시아어를 이해하는 몇 사람이 나머지 동료에게 통역했다(나는 그 사이에 가만히 있었다). 그러자 다른 사람들이, 아래위의 침상에 있던 다른 사람들이 자기 나라에서 사상 처음으로 자유롭고 번창한 생활이 시작되었다는 뉴스를 듣자 큰 소리로 울기 시작하는 것이었다. 이들(이 중계 형무소에서 전체의 3분의 1을 차지하고 있었다)은 그 고향에 황폐한 집을 남겨 놓고 있었다. 그 가족이 무사했으면 좋을 텐데, 자칫하다가는 그 가족도 다른 죄수 호송단과 함께 시베리아에 보내질 가능성이 있었다.

　그러나 무엇보다 중계 형무소의 사람들이 주목하고 있었던 것은 한국에서 전쟁이 발발했다는 뉴스였다. 거기서는 스딸린의 전격 작전이 실패로 끝났다. 이미 국제 연합군이 소집되었다. 우리는 한국을 스페인으로, 3차 대전의 시작으로 보았다(아마 스딸린은 이 전쟁을 예행연습으로 시작했을 것이다). 특히 이 국제 연합군들은 우리에게 희망을 가져다주었다. 그들은 얼마나 멋있는 깃발 아래 모였던가! 이 기치 아래에서야말로 누구나 결집할 수 있지 않겠는가! 그야말로 미래 인류의 모범이 아닌가!

　우리는 너무나 기분이 나빠서, 고상한 기분이 되지는 못했다. 만일 우리가 죽는다고 하더라도, 지금 편한 생활을 보내면서 우리의 죽음을 바라보고 있는 녀석들이 살아남으면 된다고 빌 수도, 찬동할 수도 결단코 없었다. 우리는 폭풍이 닥쳐

오기를 열망했던 것이다!

　당신들이 얼마나 냉소적이고 얼마나 절망적인 상태에 빠졌는지 놀랍지 않은가? 그리고 당신들은 광대한 〈사회〉가 받는 전쟁의 재해를 생각해 보지 않았는가? 그러나 이러한 사회는 우리에 대해 조금도 생각하지 않았다! 그럼 당신들은 세계 대전을 〈원했다〉는 것인가? 그렇다면 묻겠는데, 당신들은 1950년에 우리에게 1970년의 중엽까지의 형기를 선고해 놓고 세계 대전 이외에 무슨 희망을 남겨 놓았는가?

　나 스스로도, 당시의 우리가 잘못된 파멸에 대한 기대를 가진 것을 회상하면 어리석은 일이었다고 생각한다. 핵전쟁에 의한 전 인류의 멸망은 문제 해결이 되지 못한다. 핵전쟁이 아니라도, 모든 전쟁은 국내에서의 통제나 탄압을 강화하고 정당화한다. 그러나 우리는 폭풍을 바라고 있었다. 그렇지만 그해 여름에 우리가 무엇을 느끼고 있었는지 진실을 이야기하지 않으면 내 이야기도 왜곡되어 버린다.

　로맹 롤랑의 세대가 젊었을 때 언제 전쟁이 일어날 것인가, 하는 불안에 줄곧 고민하던 것처럼 우리 죄수 세대는 그 전쟁의 일로 고민하고 있었다. 이것이 당시의 〈특수 정치범 수용소〉의 진실한 감정이었다. 그만큼 우리는 쫓기고 있었다. 세계 대전이 우리의 죽음을 재촉하거나(독일군이 했듯이 망루에서 발포하거나, 빵에 독을 섞어서 독살하거나, 세균에 감염시켜 죽이거나) 혹은 자유를 주는 것이었다. 어느 경우에도 1975년의 형기 만료보다 일이 빨리 끝나는 것이었다.

　삐짜 P.가 이렇게 계산했다. 우리의 감방에서 삐짜 P.는 유럽에서 돌아와 살아남은 최후의 사람이었다. 종전 직후에 국내의 모든 감방이 유럽에서 돌아온 러시아인들로 가득 찼다. 당시 소련으로 돌아온 사람들은 벌써 이전에 수용소에 잡혀 있거나, 지하에 잠들어 있었다. 다른 사람들은 이제 돌아오지 않으려고 결심하고, 돌아오지 않았다. 그런데 그는 어찌 된 일일까? 그는 정상적인 사람들이라면 돌아오지 않을 때인 1949년 11월에 스스로 조국으로 돌아온 것이다.

전쟁이 시작되었을 때 그는 강제 동원되어 하리꼬프시 근교의 기술공 양성소의 생도가 되었다. 독일군들이 역시 강제적으로 그들, 즉 미성년자들을 독일로 호송해 갔다. 거기서 그들은 〈동부 노동자〉로 종전까지 지냈는데, 그때 그의 인생 철학이 형성되었다. 인간은 유아기부터 노동을 하도록 만들어지지 않았으며 편한 삶을 추구하지 않으면 안 된다는 것이다. 사람을 쉽사리 신용하는 유럽의 풍조와 국경 통과의 자유를 악용하여 P.는 서방에서 프랑스 자동차를 훔쳐 이탈리아에서 싸게 팔고 이탈리아 자동차를 훔쳐 프랑스에서 싸게 팔고 있었다. 그런데 프랑스에서 현장을 들켜 체포되고 말았다. 그래서 그는 그리운 조국으로 돌아가겠다는 편지를 소련 대사관 앞으로 보냈다. P.는 이렇게 생각했다. 프랑스에서는 형기를 마지막 날까지 살아야 할 것이다. 그 형기도 자칫하면 10년이 될지도 모른다. 소련에서는 조국에 대한 배신으로 25년의 형을 받게 될 것이다. 하지만, 이미 3차 대전의 징후가 있기에, 소련에서는 3년쯤이면 끝날 것이다. 그렇다면 소련의 형무소에 가는 편이 유리하다. 소련 대사관의 친구들이 이내 찾아와 삐짜 P.를 꽉 껴안았다. 프랑스 당국도 도적을 쾌히 양도했다.[5] 30명 정도의 비슷한 사람들이 대사관에 모이면, 그들은 안락

---

5 프랑스의 통계가 밝힌 바에 의하면, 1차 대전과 2차 대전 사이의 시기에 여러 민족 집단 중에서 범죄가 가장 적었던 것은 러시아의 망명자들이었다. 반대로 2차 대전 후에는 여러 민족 집단 중에서 범죄 건수가 가장 많았던 것 또한 러시아인들이었다. 즉, 프랑스에서 살고 있는 소비에트 시민들이었다.

하게 배편으로 무르만스끄 항구까지 호송되고 시내를 산책했다. 그리고 그날 하루 안에 그들 전부를 체포한다.

지금 뻬짜는 우리 감방에서 서방의 신문 역할을 하고(그는 끄라프첸꼬 사건 기사를 자세히 읽었다), 공연(그는 볼때기나 입술로 묘하게 서방 음악을 연주했다), 그리고 영화(서방 영화의 이야기를 몸짓을 하면서 말했다) 이야기를 했다.

꾸이비셰프 중계 형무소의 생활은 참으로 자유로웠다! 감방 주민은 이따금 공동의 안뜰에서 다른 감방 주민들을 만났다. 죄수 호송단이 안뜰을 지날 때마다, 그들과 창문의 덧문 너머로 이야기를 주고받았다. 변소에 갈 때는 가족용 막사의 열려 있는 창문(덧문은 없었으나 철창이 있었다) 가까이에 갈 수도 있었고, 내부에는 많은 아이들과 함께 있는 여인들이 있었다(그들은 발트해 연안 제국과 서부 우끄라이나에서 유형지로 가는 사람들이다). 그리고 두 채의 마구간 같은 감방 사이에는 〈전화〉라고 불리는 구멍이 있었고 그 구멍의 양쪽에 아침부터 밤까지 이야기를 좋아하는 사람이 있어서 뉴스를 교환했다.

이러한 자유는 우리를 더욱 활기차게 하여 발밑의 땅을 예전보다 단단하게 느끼게 했다. 그런데 경비병들의 발밑의 땅은 거꾸로 불편하게 뜨거워지는 것같이 보였다. 그리고 안뜰에서 산책할 때 우리는 해맑은 7월의 뜨거운 하늘을 쳐다보았다. 우리는 하늘에 3개 편대의 외국 폭격기들이 모습을 나타낸다 해도 놀라지도 않고, 당황하지도 않을 것이었다. 우리는 견딜 수 없는 기분에 차 있었다.

반대 방향의 까라바스 중계 형무소에서 온 죄수들이 거기서는 이제 〈더 참을 수는 없다!〉라는 전단이 나붙었다는 소문을 날라다 주었다. 우리는 이러한 기분에 사로잡혀 서로 격려

했다. 이윽고 옴스끄의 무더운 밤, 찌는 듯한 더위에 땀투성이 살덩이가 되어 호송차에 억지로 실렸을 때 우리는 호송차에서 교도관한테 고함을 질렀다. 「이 악당들아, 이제 봐라! 이제 트루먼 대통령이 너희들을 혼낼 테니까! 너희들 머리 위에 원자 폭탄을 터뜨릴 거야!」 그리하여 교도관들도 겁에 질려 침묵했다. 그들에게 우리의 공세는 차츰 두드러지고 우리 자신들이 옳았다는 것을 확인하게 되었다. 우리는 너무나 정의를 갈망하여 사형 집행인들과 함께 폭탄을 맞아도 좋다는 기분이었다. 우리는 이제 어찌 되든 좋다는 극단적인 상태에 있었다.

만일 이것을 공개하지 않고서는 1950년대의 군도의 전모를 떠올릴 수가 없다.

도스또예프스끼 역시 알고 있던 옴스끄의 형무소는 얇은 널빤지로 서둘러 만든 수용소군도의 중계 형무소와는 달랐다. 그것은 예까쩨리나 여제 시대부터 무서운 형무소였다. 특히, 그 지하 감방은, 만일 당시를 영화로 촬영한다면 여기 지하 감방보다 좋은 세트는 없을 것이다. 사각의 작은 창문, 주위의 벽이 비스듬히 좁아지는 우물 속 같은 그 창문이 위쪽에서 지면으로 나 있었다. 이 2미터 깊이의 구멍을 보니, 형무소의 벽이 얼마나 견고한지 알 수가 있었다. 감방에는 천장도 없다. 다만 위로 좁혀진 벽이 절벽처럼 솟아 있을 뿐이다. 그리고 한쪽 벽이 항상 젖어 있다. 지하수가 새서 바닥에 고여 있기 때문이다. 내부는 아침저녁으로 캄캄하고 눈부신 대낮에도 어두컴컴했다. 쥐는 없지만 쥐 냄새가 나는 것 같았다. 군데군데 손을 내밀면 닿으리만큼 벽이 낮은데도 교도관들이 여기에 2층 침상을 밀어 넣어 하단은 바닥에서 복사뼈 높이밖에 되지 않았다.

이 형무소는 자유롭게 풀어 준 꾸이비셰프 중계 형무소에서 우리에게 싹튼 반란의 기운을 억누르는 듯이 보였다. 그러나 그렇지 않았다. 밤이 되면, 촛불같이 약한 15와트짜리 전구 아래서, 턱이 뾰족하고 대머리인 드로즈도프 노인 — 그는 오데사 정교회 장로였다 — 이 창문이 있는 우물의 맨 깊은 곳에 서서 가느다란 목소리로, 그러나 인생의 끝을 맞이하는 감정으로 낡은 혁명가를 노래했다.

배신자와 폭군의 양심처럼
가을의 밤은 검고 어둡구나.
그 어둠보다 더 진한 안개 속에서
무서운 유령같이 형무소가 보이네!

그는 우리가 듣도록 노래 불렀으나, 여기서는 큰 소리로 외쳐도 외부에는 전혀 들리지 않았다. 그가 노래 부를 때 그 뾰족한 후두가 청동색으로 말라붙은 피부 속에서 떨리고 있었다. 노래를 부르며, 그는 흥분하여 떨고 있었다. 그는 러시아에서 살아온 몇십 년을 회상하며 돌이켜 보았다. 이윽고 그의 흥분이 우리에게 전해졌다.

설사 내부가 고요해도 형무소는 무덤이 아니다.
여보게, 교도관이여, 마음을 놓지는 말게!

이런 형무소에서 이런 노래를 불렀다![6] 모두가 우리가 바라

---

6 쇼스따꼬비치는 이 노래를 〈여기서〉 들어야 했을 것이다. 그랬더라면 그는 이에 대해 손대지 않든지, 아니면 이미 죽어 버린 의미가 아니라 그 현대적인 의미를 표현하든지 했을 것이다.

던 대로 진행되고 있다. 모두가 우리 죄수가 기대하는 대로 되어 가고 있다.

노래가 끝나자 우리는 이 누런 어둠에 싸여 추위와 습기 속에서 침상에 들었다. 자, 이제 누군가 이야기를 해주지 않겠는가?

그러자 이반 알렉세예비치 스빠스끼가 이야기하기 시작했다. 그의 목소리는 도스또예프스끼 소설에 등장하는 모든 주인공들의 목소리 같았다. 그 소리는 조금도 단조롭지 않고, 높았다가는 질식하듯이 낮아지고는 했다. 언제나 울음소리나 고통을 호소하는 소리로 변하는 듯했다. 신념과 동정과 증오가 뒤섞인 이 목소리라면 가령 『붉은 마돈나』와 같은 브레시꼬브레시꼬프스끼의 가장 유치한 소설을 이야기한다 해도 아마 〈롤랑의 노래〉처럼 들렸을 것이다. 그리고 그 이야기가 사실인지, 지어낸 것인지도 몰랐지만 빅또르 보로닌의 이야기는 마치 하나의 서사시처럼 우리 기억에 강하게 새겨졌다. 그는 단숨에 걸어서 150킬로미터나 떨어진 톨레도까지 가서 거기서 알카사르 요새의 포위를 풀었다는 것이다.

그리고 스빠스끼 자신의 인생도 결코 소설에 뒤지지 않는 것이었다. 그는 청년 시절에 〈빙상 행진〉[7]에 참가했다. 내전 시기에는 줄곧 싸웠다. 그리고 이탈리아로 망명했다. 외국에서 러시아 발레 학교 — 까르사비나 발레 학교인 것 같다 — 를 졸업하고 어떤 러시아 백작 부인으로부터 고급 가구 만드는 법을 배웠다. (후에 그는 수용소에서 소형 세공품을 만들었는데 당국자들이 놀라서 입을 다물 수 없으리만큼, 곡선이 많고 가벼운 아름다운 가구를 만들어 우리를 놀라게 했다. 사

7 내전 중이었던 1918년 2월, 꾸반강 유역에서 얼어붙은 땅을 행진한 사건 — 옮긴이주.

실 책상 하나를 만드는 데 한 달은 걸렸다.) 발레단의 일원으로 유럽 공연을 했다. 스페인 내전 때는 이탈리아의 뉴스 영화의 카메라맨을 했다. 조반니 파스키라고 이탈리아식으로 이름을 바꿔서 이탈리아 군대의 소령으로 대대를 지휘했다. 그 후 1942년 여름에는 다시 돈 지방으로 왔다. 러시아 군대는 아직 전반적으로 후퇴를 계속하고 있었으나 그가 지휘하는 대대가 포위되고 말았다. 스빠스끼 자신은 옥쇄할 생각이었으나, 대대를 구성하고 있는 이탈리아 청년들이 울기 시작했다. 그들은 죽고 싶지 않았다! 파스키 소령은 망설였으나, 결국 백기를 들기로 했다. 그는 개인적으로는 자살할 수 있었으나, 소비에뜨인이란 어떤 녀석들일까 하는 호기심이 생겼다. 그는 일반 포로로 4년 후에는 이탈리아로 무사히 돌아갈 수 있었는데 러시아인으로서의 자신을 억제할 수가 없어서 그를 포로로 잡은 러시아 장교들에게 러시아어로 말을 걸었다. 이것이야말로 치명적인 잘못이었다. 만일 자신이 불행하게도 러시아인이었다면, 성병처럼 감추지 않으면 안 된다. 그렇지 않다가는 혼날 테니까! 그는 처음 1년을 루비얀까에서 지냈다. 그 후 3년 동안을 하리꼬프시의 국제 수용소(그곳에는 스페인인, 이탈리아인, 일본인이 수용되어 있었다 — 그런 수용소도 있었다)에서 지냈다. 그리고 4년간을 보냈으나, 그 4년은 고려되지 않고 또 25년의 형을 선고받았다. 이제 그가 25년을 견딜 수 있을까? 그는 머지않아 도형 수용소에서 죽을 운명에 있었다.

옴스끄의 형무소나 그 후 빠블로다르의 형무소가 우리를 받아들인 것은 이러한 도시에 — 큰 잘못이다! — 아직도 전용 중계 형무소가 없었기 때문이다. 아니, 빠블로다르에서는 — 얼마나 창피한 노릇인가! — 호송차마저 없었다. 그 때문에 우리는 역에서 형무소까지의 도심의 거리를 대열을 짓고 주민에게 접근하지 못하게 하면서 도보로 호송되었다. 이것은 혁명 이전이나, 혁명 후 최초의 10년과 똑같은 광경이었다. 우리가 지나온 거리의 도로는 포장도 되어 있지 않았고 배수로도 없었다. 단층 목조 건물이 잿빛 모래에 덮여 있었다. 본래의 도시는 2층의 하얀 건물로 시작되고 있었다.

그러나 20세기의 감각에서 보면 이 형무소는 무섭지 않고 편안한 분위기였으며 두렵지 않고 우스꽝스럽게 느껴졌다. 널찍하고 차분한 안뜰은 군데군데 수염처럼 풀이 자라고 있었고 작은 울타리로 몇 개의 산책용 들이 구분되어 있어서 형무소가 매우 평화로워 보였다. 2층에 있는 감방의 창문에는 굵은 철창이 비스듬히 끼여 있었고 덧문은 없었다. 창문의 문턱에 뛰어올라 주위의 상황을 살피려면 뜻대로 할 수 있었다. 바로 밑의 발아래 형무소의 벽과 외벽과 같은 담장 사이에는 가끔 낮잠을 방해하는 큰 개가 묵직한 쇠사슬을 끌고 나와서 한두 번 큰 소리로 짖고는 다시 낮잠을 자고 있었다. 이 개도 전혀 형무소의 개 같지 않고 조금도 무섭지 않았다. 이 개는 인간에게 덤비도록 조련된 셰퍼드가 아니라, 누렇고 흰 잡종의 털북숭이 개(까자흐스딴 공화국에는 이런 종류의 개가 많다)로, 꽤 나이를 먹은 것 같았다. 이 개는 군대에서 이리로 전속된, 사람 좋은 노인인 수용소 교도관을 닮았다. 그들은 개와 다를 것이 없는 이 경비 근무를 싫어한다는 것을 감추려 하지도 않았다.

벽 저쪽에는 곧 한길이 보이고 그 길에는 맥줏집이 있었다. 그리고 그 근처를 다니고 있는 사람들이나 서 있는 사람들은 모두 형무소에 차입하러 온 사람이나 그 차입 용기를 받으려고 기다리고 있는 사람들이었다. 그리고 더 멀리에는 시가지가 보이고 그것은 이리로 올 때 보았던 것과 같은 단층집들이 있던 거리였으며 또 이르띠시강의 휘어지는 곳과 이르띠시강 저쪽 멀리까지 보였다.

위병소에서 차입하러 가져온 바구니를 도로 받은 한 활달한 처녀가 머리를 들어 우리가 창문에 매달려 그녀에게 손을 흔드는 것을 보자 일부러 모르는 체했다. 그녀는 단정하게 품위 있는 발걸음으로 위병소에서 보이지 않게 맥줏집 뒤로 몸을 감추고는 이번에는 다른 사람처럼 달라져서 바구니를 땅바닥에 놓고 우리에게 두 손을 흔들며 웃는 얼굴을 보였다! 그리고 재빨리 손가락을 움직이며 손짓하기 시작했다. 〈편지를, 편지를 쓰세요!〉 하는 것이었다. 그리고 한 손으로 물건을 던지듯이 했다. 〈던지세요, 나한테 던지세요!〉 그러고는 시내 쪽을 가리켰다. 〈내가 가서, 전해 드릴 테니까!〉 그리고 또 두 손을 크게 벌렸다. 〈그리고 또 무엇이 필요해요? 무엇을 도와줄까요? 여러분!〉

그것은 진심이었다. 거짓이 아니었다. 그것은 우리 나라의 학대받고 있는 〈사회〉나 속고 있는 시민한테서는 볼 수 없는 일이었다! 그래, 이것은 어찌 된 일일까? 어떻게 이런 시대가 되었는가? 혹시 까자흐스딴만 이렇게 된 것일까? 하기야 주민의 반이 유배되었으니까…….

귀엽고 두려움 모르는 아가씨여! 당신은 참으로 재빨리 정확한 형무소 시대의 처세술을 알았구려! 당신 같은 사람이 있다는 것이 얼마나 다행인지 모르겠소! (내 눈에서 기쁨을 눈물이 흘러내린다) 이름도 모르는 아가씨여, 감사하오! 우리 나라 국민이 모두 이런 사람들이라면 ─ 만일 그렇다면 아무도 투옥되지는 않을 것이다!

그 더러운 괴물 같은 도살 기계도 부러지고 말 것이다.

우리는 물론 솜을 넣은 외투 속에 연필심을 감추고 있었다. 종잇조각도 있었다. 벽의 시멘트 조각을 뜯어서 종잇조각과 함께 실에 매달아 그녀 있는 곳까지 던지면 된다. 그런데 이 빠블로다르시에서는 그녀에게 부탁할 일이 아무것도 없었다! 그래서 우리는 그녀에게 머리를 숙이고 감사의 뜻으로 손을 흔들 뿐이었다.

우리는 사막으로 끌려갔다. 그곳에서는 보잘것없는 시골이었던 빠블로다르마저도 번쩍이는 수도처럼 생각되었다.

이번에는 우리의 호송을 스텝 수용소의 호송대가 맡았다(그래도 다행인 것은 그들이 제스까즈간 분소의 호송대가 아니라는 점이었다. 우리는 가면서 줄곧 구리 광산으로 보내지지 않기를 기원했다). 우리를 맞으러 화물 자동차들이 왔다. 그 적재함의 가장자리가 보통 트럭보다 훨씬 높았고 적재함 앞부분은 쇠창살로 분리되어 있었으며 거기에는 자동소총을 든 병사들이 앉게 되어 있었다. 그 쇠창살은 맹수 같은 우리로부터 병사들을 보호하고 있었던 것이다. 우리는 다리를 구부리고 얼굴을 진행 방향과는 반대 방향으로 돌린 채 몸을 움직일 수도 없게 적재함에 빽빽하게 실려 갔다. 이런 상태로 8시간이나 울퉁불퉁한 길을 심하게 요동치면서 갔다. 자동소총을 든 병사들은 운전석 지붕에 진을 치고 줄곧 그 총구를 우리 등으로 향하고 있었다.

다른 트럭 운전대에는 소위나 상사들이 옆에 앉아 있었으나 우리 트럭의 운전대에는 여섯 살쯤 되어 보이는 딸을 데리고 있는 장교의 아내가 같이 타고 있었다. 트럭이 멈출 때마다 운전대에서 소녀가 땅에 뛰어내려 들로 뛰어가 꽃을 꺾거나 어머니에게 큰 소리로 외쳤다. 소녀는 자동소총이나 경비병이나 적재함 둘레에서 보이는 죄수들의 꼴사나운 머리에는 조금도 관심을 두지 않았다. 우리의 무서운 세계는 소녀의 들판이나 꽃에다 조금도 어두운 그림자를 던지지 못했다. 소녀는 우리한테 호기심조차 보이지 않았고 또 한 번도 우리를 바라보지도 않았다. 나는 그때 자고르스끄의 특별 형무소에 있던 상사의 아들을 회상했다. 그 소년이 좋아하는 놀이는 이웃의 두 소년의 손을 등 뒤로 돌리고(때로는 손을 묶기도 하며) 길을 걷게 하고, 자기는 손에 몽둥이를 들고 사람을 호송하는 것이었다.

아버지가 살아가듯이 아이들도 노는 것이다.

우리는 이르띠시강을 건넜다. 우리는 오랫동안 물에 잠긴 들을 지났으나, 그곳을 지나자 이번에는 평탄한 스텝이 나타났다. 트럭이 멈추고 바퀴에서 날아오른 맑은 잿빛 먼지가 가라앉자 이르띠시강의 입김과 스텝의 상쾌한 밤바람과 쑥 냄새가 느껴졌다. 먼지를 두껍게 뒤집어쓴 우리는 뒤를 보고(머리를 움직여서는 안 되었다) 묵묵히(말을 해서도 안 되었다) 자신들이 지금 호송되고 있는, 러시아어가 아닌 어려운 명칭의 수용소에 대해 생각하고 있었다. 그곳은 〈에끼바스뚜스〉라는 이름이었다. 우리는 그것을 스똘리삔 찻간의 상단에서 우리 조서에 거꾸로 써 있는 것을 들여다보았던 것이다. 그곳이 지도의 어디쯤에 있는지 아무도 상상할 수가 없었다. 다만 올레끄 이바노프 중령만이 그곳이 석탄 산지라는 것을 알고 있었다. 그곳이 중국과의 국경 근처라고 생각하는 사람도 있었다(그리하여 중국이 우리 나라보다 훨씬 지독한 나라라는 것을 아직 납득하지 못하는 일부 사람들은 기뻐하고 있었다). 해군 중령인 부르꼬프스끼가(그는 아직 신참이며, 25년 형을 선고받았으나, 자기 주변에 인민의 적이 있다고 생각하고 모두를 경원하는 태도를 보였다. 다만 내가 예전에 소비에뜨 장교였으며, 포로 경험이 없어서, 나만을 동료로 생각하고 있었다) 대학에서 배웠으나 잊고 있었던 것을 상기하여 추분 날 직전, 지면에 정오의 선을 긋고, 9월 23일에 태양이 정점에 왔을 때의 높이를 90도에서 빼면 우리가 있는 위도를 알게 된다고 했다. 경도를 모른다고 해도 역시 위안은 되었다.

우리는 가고 또 갔다. 그러는 동안에 어두워졌다. 커다란 별이 반짝이는 검은 밤하늘을 보고서 우리가 남남서부 방향으로 이동하고 있다는 것이 분명했다.

뒤따르고 있는 트럭의 불빛 속에서 끊임없이 도로 위에 날아오르는 먼지 구름이 불쑥 떠오른다. 그때마다 기이한 신기루를 보는 것 같았다. 주위의 세계는 먹물을 부은 듯이 새까맣고 모두가 흔들리고 있는데 그 먼지의 입자만이 빛나며, 춤추며, 불길한 그림을 그리는 듯했다.

어떤 세상 끝으로 우리를 싣고 가는가? 우리가 혁명을 일으키지 않으면 안 될 지독한 땅은 어디인가?

구부린 다리가 저려서 전혀 감각을 잃고 막대기처럼 되었다. 한밤중 가까이 되어서 우리는 수용소에 도착했다. 수용소는 새까만 스텝 속에서 잠들어 있는 마을 옆에 높은 울타리로 둘러싸여 있었으며, 전깃불이 위병소와 수용소의 주변을 눈부시고 밝게 비추고 있었다.

또 한 번 조서대로 〈1975년 3월!〉이라고 점호를 하고, 사반세기를 지내기 위해 우리는 이 높은 이중문을 지났던 것이다.

수용소는 잠들었으나 모두 깨어 있기나 한 듯이 어느 막사의 창문이나 훤하게 밝았다. 밤에 전깃불이 켜져 있는 규정은 형무소와 같았다. 막사의 문에는 밖에서 크고 묵직한 자물쇠가 잠겼다. 밝은 네모난 창문에는 쇠창살이 검게 보였다.

밖으로 나온 생활계 조수는 〈번호〉가 있는 헝겊을 더덕더덕 붙이고 있었다.

  당신은 나치 독일의 수용소에서 사람들 옷 위에 〈번호〉를 붙였다는 신문 기사를 읽은 적이 있을 것이다. 그러지 않은가?

제3장

쇠사슬, 또 쇠사슬······

그런데 우리의 성급한 생각, 우리의 조급한 기대는 이내 무산되고 말았다. 변혁의 미풍은 다만 뚫어진 구멍 — 중계 형무소에만 불고 있었다. 여기 이 〈특수 수용소〉의 높은 담장 안으로는 불어오지 못했다. 그래서 이런 수용소에는 정치범들만 수용되었음에도 불구하고, 기둥에는 반란을 호소하는 전단 따위는 전혀 붙어 있지 않았다.

소문에 의하면 민 수용소에서는 대장장이 죄수들이 막사의 창문에 끼울 쇠창살을 만드는 것을 거부했다고 한다. 이제 이름도 모를 그들에게 영광이 있으라! 그들은 참된 인간들이었다. 그들은 규율 강화 막사에 들어갔고, 민 수용소의 쇠창살은 꼬뜰라스에서 제작되었다. 아무도 대장장이들을 지원하지 않았다.

특수 수용소는 30년간에 걸쳐서 교정 노동 수용소에서 길러진 죄수들의 그 말 없는 순종에서 발족되었다.

북극권에서 호송되어 온 죄수들은 까자흐스딴의 태양을 즐길 수만은 없었다. 그들은 노보루드노예 역의 붉은 열차에서 똑같이 불그레한 지면으로 뛰어내렸다. 그 땅은 제스까즈간의 구리를 함유하고 있으며, 그 채굴 작업에서는 아무도 4개월 이상 견딜 수가 없고, 폐를 상하게 된다. 여기서 교도관들이 즐거운 마음으로, 최초로 잘못을 한 죄수들에게 신무기를 사용했다 ── 그것은 교정 노동 수용소에서는 보지 못하던 〈수갑〉이었다. 니켈 도금으로 반짝이는 수갑이었는데, 소련에서는 그 대량 생산이 10월 혁명 30주년 기념일에 맞추어 시작되었다. (어느 공장에서 우리 나라 문학의 전형적인 프롤레타리아인 백발 섞인 수염을 기른 노동자들이 생산하였을 것이다. 설마 스딸린이나 베리야가 만들었을 리는 없겠지?) 그 수갑은 매우 꽉 조여서 잠글 수가 있다는 이점이 있었다. 그 내부에는 거친 톱니의 금속판이 있어서 그 수갑을 죄수의 손목에 잠그고, 호송병이 그 거친 톱니가 되도록 많이 손목에 박히도록 주먹으로 두들기는 것이다. 이리하여 그 수갑은 동작을 속박하는 기구에서 고문 기구로 둔갑하게 된다. 수갑이 손목에 깊이 박혀, 계속 심한 통증을 일으킨다. 그 밖에, 수갑으로 손가락 4개를 끼는 방법도 특별히 개발되었다. 그것은 손가락 관절에 심한 통증을 일으키게 한다.

베르 수용소에서는 수갑이 적절히 사용되었다 ── 아주 작은 일에도, 예를 들면, 교도관 앞에서 모자를 벗지 않아도 이것이 사용되었다. 수갑을 채워서(두 손을 뒤로 돌리고), 위병소 옆에 세워 두는 것이다. 손이 저려서 감각을 잃게 된다. 그렇게 되면 큰 남자도 견딜 수가 없어서 울음을 터뜨린다. 〈다시는 안 그러겠습니다! 이 수갑 좀 풀어 주세요!〉 (베르 수용소에는 멋있는 규칙이 있다 ── 구령에 따라 식당에 갈 뿐만 아니라, 구령에 맞춰 식탁에 가서, 구령에 맞춰 식탁에 앉고, 구령에 맞춰 숟가락을 그릇에 넣고, 구령에 맞춰 일어서고, 구령에 맞춰 나가는 것이다.)

〈특수 수용소를 설치하라! 몇 월 몇 일까지 규칙안을 제출하라!〉 이렇게 펜으로 명령을 휘갈기는 것은 쉬웠다. 그러나, 그 후 어디서인가 일하고 있는 형무소학자들(인간 심리에 정통한 학자들이나 수용소 생활에 정통한 사람들과 함께)이 각 항목마다 잘 검토하지 않으면 안 된다 — 좀 더 괴롭게, 좀 더 조일 수는 없을까? 짐이 좀 더 무거워지도록, 그 위에 더 짐을 지울 수는 없을까? 죄수들의 편치 못한 생활을 더욱 불편하게 만들 수는 없을까? 교정 노동 수용소에서 특수 수용소로 옮겨 온 바로 그 순간부터 이 죄수 놈들은 당장 고통을 느껴야 한다. 그러나 실시하기 전에 누군가 그것을 항목별로 만들어 내야 한다!

그래서 자연스럽게 경비가 강화되었다. 모든 특수 수용소에서 구내 울타리를 보강하여, 가시철조망을 지금보다 더 치고, 또 전초 지대에는 나선 철조망을 설치하였다. 작업하러 가는 죄수 대열이 지나는 길의 중요한 교차로와 모퉁이마다 미리 기관총을 설치하고 사수들이 숨어 있었다.

각 수용 지점에는 석조 형무소, 즉 부르가 있었다.[1] 부르에 들어가는 사람은 반드시 솜 외투를 빼앗긴다. 추위로 사람을 괴롭히는 것은 부르의 중요한 특징이었다. 그리고 각 막사도 창문에는 쇠창살이 있고, 밤에는 변기통이 놓이고, 문에는 자물쇠가 걸렸으니까 형무소와 똑같았다. 그 밖에 각 구내에는 한두 개의 징벌 막사가 있으며, 그 경비는 특히 엄했고, 그 막사에는 특별히 작은 〈구내〉가 있었다. 초기의 도형 수용소처럼 이들 막사는 죄수들이 작업에서 돌아오면 이내 자물쇠를 잠갔다(그곳은 원래 부르였으나, 우리는 그 막사들을 〈레짐

---

1 나는 계속해서 교정 노동 수용소의 습관대로 BUR(규율 강화 막사)라고 부르겠다. 그러나 이것은 수용소 내의 형무소였기 때문에 정확한 명칭은 아니다.

끼(규율 막사)〉라고 불렀다).

그리고 아주 공공연하게, 히틀러와 나치 일당들이 했던 방법, 번호를 붙이는 귀중한 방법을 취했다. 즉 죄수의 이름을, 죄수의 〈자아〉를, 죄수의 인격을 번호로 바꿔 버렸다. 이것에 의하여 한 죄수와 다른 죄수는 그 인간의 특성에 의해 구별되는 것이 아니라, 같은 열 중에서 플러스 1이나 마이너스 1로 구별되는 것이다. 이런 방법도 사람들을 압박하는 제도가 되는 것이다 — 그것을 일관하여 최후까지 실시한다면. 그렇게 실시되었다. 새로 들어오는 자는 누구든지 수용소의 특별부에서 〈그랜드 피아노를 치고〉(즉, 형무소에서 하는 것처럼 지문을 찍는데 교정 노동 수용소에서는 그렇게 하지 않았다), 널조각이 달린 끈을 목에 건다. 그 널조각에는 그 사람의 번호가 쓰여 있다. 예를 들면, Shch 262라고 하듯이. (오제르 수용소에서는 통상 쓰지 않는 알파벳인 〈예리〉[2]까지 사용했다. 알파벳이 모자랐던 것이다!) 그리고 특별부의 사진사가 널조각을 드리우고 있는 그 사람의 사진을 찍었다. (이런 사진은 또 어디엔가 보존될 것이다! 우리는 언젠가 그런 사진을 들고 바라보게 될 것이다!)

그다음에는 죄수의 목에서 그 널조각을 벗기고(그는 개가 아닌데), 그 대신에 세로 8센티미터, 가로 5센티미터의 흰 헝겊 4장(3장인 수용소도 있었다)을 주었다. 죄수는 그 헝겊을 여러 수용소마다 각기 정한 장소에 꿰매어 달아야 했다. 통상 등, 가슴, 모자의 앞쪽, 그리고 다리나 팔에 붙여야 했다. 솜을

---

2 키릴 알파벳의 한 글자(ы). 보통 로마자 y로 전사되는 글자로, 어두에 오는 일이 없기 때문에 대문자도 필요치 않다. 따라서 머리글자나, 약자로 독립적으로 사용될 일이 없기 때문에 사람을 표시하는 기호로 사용되었다는 것은 아주 기묘한 일이 된다 — 옮긴이주.

넣은 외투도, 번호도 수용소의 것이고, 붙이는 방법도 똑같았다. 에끼바스뚜스 수용소에 있었을 때, 나는 줄곧 번호 Shch 232를 달고 있었으나 마지막 수개월은 Shch 262로 바꾸도록 명령을 받았다. 이런 번호를 나는 몰래 에끼바스뚜스 수용소에서 가져와 지금도 소중히 보관하고 있다(도판 2, 3). 솜옷의 경우에는, 그 정해진 자리 때문에 의복을 못 쓰게 만든다. 그 까닭은 새 의복을 못 쓰게 만들기 위해, 수용소 재봉소에서 특별히 재봉사를 시켜 속의 솜이 노출되도록 천을 사각형으로 떼어 냈기 때문이다. 죄수가 도망쳐서 번호를 떼 내고, 사회인으로 변장하지 못하게 하기 위해서였다. 다른 수용소에서는 더욱 간단한 방법을 썼다. 염산으로 탈색시켜 의복 위에 직접 번호를 썼던 것이다.

교도관들은 죄수들을 번호만으로 부르고, 그 성을 알거나 기억할 필요가 없다고 지시를 받았다. 놈들이 이 지시를 충실히 지켰다면, 아주 기분 나쁜 수용소가 되었을 것이다. 놈들은 그것을 지킬 수가 없었다. 러시아인은 독일인과는 다르다. 일찍이 첫해부터 지켜지지 못해서, 일부의 사람들을 성으로 부르고는 했다. 후에는 더 자주 성으로 부르게 되었다. 교도관들의 임무를 편하게 하려고 판자 침상의 여기저기에 베니어판 명찰을 붙이고, 거기에 자고 있는 죄수의 번호를 적었다. 그 덕분에 잠자는 죄수의 몸에 붙인 번호가 보이지 않아도, 교도관은 그를 언제나 부를 수 있었고, 본인이 없어도, 누구의 침상 위에서 규율 위반이 있었는지를 알 수 있었다. 또 교도관들은 다음과 같은 유익한 활동을 할 수도 있었다. 즉, 소리 없이 자물쇠를 열고 조용히 막사로 들어가, 기상 시간보다 일찍 일어난 사람들의 번호를 적는 일, 혹은 기상 시간에 정확히 막사에 들어가, 기상 시간보다 늦게 일어난 사람의 번호를 적는 일이었다. 어느 경우에도 즉시 징벌 감방에 넣어도 되었지만, 특수 수용소에서는 〈해명서〉를 쓰게 하는 것이 보통이었다. 잉크와 펜을 가지지 못하게 했으며, 종이의 지급이 일체 없었는데, 해명서를 쓰게 하는 것이다. 이 해명서 제도는 지루하고, 귀찮고, 싫은 제도며, 영리한 발명이었다. 무엇보다도 수용소 측에서는 그것으로 급료를 받고 있는 게으른 자들이 있으며, 그 해명서를 읽고 정리할 충분한 시간이 있었기 때문이다. 죄수를 당장에 처벌하는 것이 아니라, 서면에 의해 그 해명을 구한다 — 어째서 침상이 제대로 정돈되지 않았는가. 어째서 번호 명찰이 삐뚤어져 있는가. 어째서 솜 외투의 번호가 더러운데 그것을 깨끗이 하지 못했는가. 왜 방 안에서 담배를 피웠는가. 왜 교도관 앞에서 모자를 벗지 않았는가.[3] 이러한 질문은 의미가 깊었기 때문에, 학식이 없는 사람보다도 오히려 학식이 있는 사람이 서면으로 답변을 쓰는 데에 고생했다. 그런데 해명서를 거부하게 되면, 처벌이 엄하게 된다. 〈규율 담당 직원들〉에게 경의를 표하여 해명서는 정중하고 읽기 쉽게 쓰여서, 막사의 교도관한테 보내진다. 후에 〈규율 담당관〉이나 그 보조가 그들의 해명서를 검토하여, 각기 해명서에 어떤 벌을 가할지 지시를 써 넣는 것이다.

이와 마찬가지로, 작업반의 서류에도 번호를 성 앞에 쓰지 않으면 안 되었다. 왜 성 대신이 아니고 성 앞에? 성을 완전히 버린다는 것은 두려운 일이었다! 역시 성은 인간의 분명한 꼬리였으며, 그 성에 의하여 인간은 일생을 못 박힌다. 그런데 번호라는 것은 불완전한 것이며, 한 번 지워 버리면 없어지는 것이다. 혹시 번호를 직접 인간에게 지지거나 문신을 한다면

3 도로셰비치는 사할린에서 죄수들이 형무소장 앞에서 모자를 벗는 것을 보고 놀랐다. 그런데 우리는 일반 교도관을 만나도 모자를 벗어야 했다.

이야기는 달라진다! 하지만 거기까지는 가지 않았다. 하려고 생각하면, 간단히 할 수 있다. 거기까지는 이제 조금만 남아 있는 것이다.

또 번호의 지배가 무너진 원인은, 우리가 독방에 있지 않고 교도관들뿐만 아니라, 우리 서로가 접촉하고 있다는 데도 있었다. 죄수들은 서로 번호만을 부르는 일이 한 번도 없었고, 번호에는 〈관심〉조차 없었다. (검은 흙 위에서 선명한 흰 천을 알아보지 못할 리가 없다. 우리가 모두 한군데 모였을 때, 작업 출동 전이나 혹은 점호 때, 번호가 지나치게 많아서 마치 로그표처럼 보였다. 하지만 그것은 익숙하지 않은 사람이 보는 경우다.) 죄수들은 아주 가까운 친구나 같은 작업반원들의 번호조차 몰랐으며, 겨우 자기 번호만 알고 있었다. (특권수들 중에는 멋쟁이가 있어서, 그들은 자기 번호가 깨끗하게 잘 붙어 있도록, 가장자리를 접고, 꼼꼼하고 〈예쁘게〉 꿰매려고 언제나 애썼다. 오래된 노예근성이었다! 우리는 거꾸로, 번호가 되도록 꼴사납게 보이도록 애썼던 것이다.)

특수 수용소의 규율은 완전한 격리를 시키는 것이다. 즉, 누군가에게 호소할 수도 없고, 아무도 여기서는 석방되지 않고, 아무도 여기서는 도망치지 못한다. (아우슈비츠도, 카틴 숲도 당국자들에게는 아무런 교훈도 되지 못했다.) 따라서 초기의 특수 수용소는 멋대로 몽둥이를 사용한 특수 수용소였다. 통상 교도관들 자신이 그런 몽둥이를 들고 다니는 것이 아니라 (교도관들에게는 수갑이 있었다), 죄수들 중에서 선출된 대리인들, 즉 막사장이나 반장들이었다. 그러나 교도관들은 얼마든지 죄수들을 때릴 수가 있었으며, 그것은 당국의 양해가 되어 있었다. 제스까즈간 수용소에서는 작업 출동 전에 작업 할 당계들이 몽둥이를 들고 막사의 출구에 나란히 서서, 예전의 수용소처럼 고함을 질렀다. 〈마지막 사람만 남기고 전원 나와!〉 (〈마지막 사람〉이 있더라도 이제는 없는 것과 마찬가지라는 것을 독자들도 알 수 있을 것이다.)[4] 같은 맥락에서, 가령 까르바스에서 스빠스끄로 호송되던 동계 죄수 호송단 2백 명이 도중에 동상이 걸려 대부분 죽고 나머지 산 사람들이 모든 병실과 위생부의 통로를 막고, 살아 있으면서도 악취를 풍기며 썩어 가고 있었지만, 의사 꼴레스니꼬프가 몇십 명의 수족이나 코를 절단하고 있었지만, 당국은 그다지 신경 쓰지도 않았다.[5] 침묵의 벽은 너무나 확실했기 때문에, 그 유명한 스빠스끄 수용소 규율 담당관 보로비요프 대위와 그의 하수인들이, 죄수로 수용되어 있는 헝가리의 발레리나를 처음에는 징벌 감방에서 〈벌하고〉 나서, 다음에는 수갑을 채우고, 그 수갑을 채운 채 그녀를 강간했던 것이다.

규율은 충분히 시간을 가지고 상세히 검토되었다. 예를 들면, 사진을 가지는 것을 금지시켰다. 자기의 사진뿐만 아니라 (이것은 탈주를 준비하는 것이다!), 가족이나 친척의 사진도 금지되었다. 발견되면 빼앗기고, 처분되는 것이다.

스빠스끄 수용소 여성 막사의 책임자는 교사 출신의 나이 많은 여자였다. 그녀는 책상 위에 차이꼬프스끼의 작은 초상화를 놓고 있었는데, 교도관이 그것을 빼앗고, 그녀를 사흘 동

---

4 1949년에 스빠스끄에서는 무슨 변화가 생겼다. 반장들이 본부에 호출되어 몽둥이를 버리도록 명령을 받았다. 앞으로는 그 몽둥이를 가지고 다니지 않도록 지시가 내려졌다.

5 이 의사 꼴레스니꼬프는, 얼마 전에 카틴 위원회의 거짓 결론(즉, 그곳에서 폴란드 장교를 학살한 것은 우리 나라 〈기관〉이 아니라는)에 서명한 〈전문가들〉 중의 한 사람이다. 그것 때문에 그는 〈정의의 신〉에 의해 여기에 오게 되었다. 그런데 소비에뜨 당국은 그를 왜 투옥했을까? 그가 실없는 소리를 하는 일이 있어선 안 되기 때문이다.

안 징벌 감방에 넣었다. 「그것은 차이꼬프스끼의 초상화예요!」「그게 누구든 상관없어. 수용소에서는 여자가 남자의 초상화를 가지고 있지 못 하게 되어 있으니까.」껜기르 수용소에서는 소포로 보내오는 도정한 보리를 받을 수 있도록 했다. (받지 못하게 할 이유가 있겠는가?) 하지만 그 도정한 보리를 끓이는 것은 금지되어 있었다. 만일 죄수가 어디서인가 벽돌 2장을 놓고, 도정한 보리로 요리를 하려고 하면, 교도관이 반합을 발로 걷어차고, 죄를 지은 죄수에게 손으로 불을 끄도록 명령했다. (그 후에 조리실이 생겼으나, 두 달 후에 화덕을 부수더니, 그 방을 장교들의 돼지우리나 보안 장교 벨랴예프의 마구간으로 바꾸었다.)

그런데 당국은 여러 가지 새로운 규율을 실시하는 한편, 교정 노동 수용소의 뛰어난 면도 없어서는 안 되었다. 오제르 수용소에서는 수용 지점장 미신 대위가 작업 출동 거부자들을 말 썰매에 매달아서, 그대로의 작업장까지 끌고 가기도 했다.

전반적으로 규율은 만족스러웠으며 종래의 도형수들도 지금은 특수 수용소에 있어서, 다른 죄수들과 똑같은 취급을 받고, 공동의 구내에서 생활하고 있었다. 다른 점이라면, 그들의 경우는 번호 앞에 있는 알파벳의 문자가 다를 뿐이다. (그리고 또 스빠스끄 수용소처럼 막사가 부족한 곳에서는 헛간이나 마구간에서 살았던 것이다.)

이리하여 정식으로 도형 수용소라고는 불리지 않았으나, 〈특수 수용소〉는 그 정당한 승계자가 되어 뒤를 잇고, 그것과 융화되어 버렸다.

그렇지만 죄수들이 그 규율을 잘 익히려면, 그와 상응하는 작업과 식량이 뒷받침되어야 한다.

특수 수용소를 위한 작업은 그 지방에서 가장 어려운 것으로 골랐다. 체호프는 진심으로 이렇게 썼다. 〈사회나 문학에서 가장 어렵고, 가장 굴욕적이며 본격적인 도형 노동은 아마 광산에서일 것이라는 견해가 성립되었다. 만일 네끄라소프의 서사시 「러시아의 여성들」의 주인공이 형무소를 위하여 고기를 낚거나, 나무를 베기라도 했다면, 많은 독자는 불만을 토로했을 것이다.〉 [그렇지만 안똔 빠블로비치(체호프)여, 어찌하여 당신은 벌채 작업을 그렇게 경시하는가요? 벌채 작업도 힘든 작업이다.] 스텝 수용소의 최초의 분소는 모두 구리 채굴을 하게 되었다(제1 및 제2 분소는 루드니끄에서, 제3 분소는 껭기르에서, 제4 분소는 제스까즈간이었다). 굴착은 건식으로 선광의 먼지가 곧 규폐증이나 폐결핵을 앓게 했다.[6] 병에 걸린 죄수들은 죽기 위하여 악명 높은 스빠스끄(까라간다시 근교에 있는)로 떠나게 되었다. 그곳은 각지의 특수 수용소에서 온 〈전(全) 소련 폐병 환자 수용소〉였다.

스빠스끄에 대해서는 특기할 필요가 있다.

스빠스끄에는 폐병 환자들이 보내졌다. 그들은 이미 수용소에서 사용할 수 없을 만큼 심한 폐병 환자들이었다. 그런데 놀라운 일이었다! 스빠스끄의 병을 고친다는 마력을 가진 정문을 지나자, 폐병 환자들이 대번에 일꾼으로 변하는 것이다. 전(全) 스텝 수용소장인 체체프 대령은 이 스빠스끄 분소가 제일 마음에 들었다. 까라간다시에서 그곳까지 비행기로 와서, 우선 위병소에서 장화를 닦고, 그 고약하고 땅딸막한 사람은 구내를 다니며, 자기 수용소에서 아직 누가 일을 하지 않는지 살폈다. 그는 이렇게 곧잘 말했다. 〈우리 스빠스끄에서는 폐병 환자라 할 수 있는 사람은 두 발을 잃은 사람들뿐이

---

6 1886년에 제정된 법률에 의하면, 건강에 유해한 작업은 죄수들 자신의 〈희망에 의한 경우에라도〉 금지되고 있었던 것이다.

다. 아니, 그따위 녀석들도 가벼운 일은 할 수 있어. 전력으로 일하는 거야.〉 다리가 하나만 있는 사람도 모두 앉은 채 할 수 있는 작업을 했다. 돌을 부숴서 자갈을 만들거나, 나뭇조각을 선별하는 작업이었다. 스빠스끄에서는 목발을 짚거나, 외팔이라도 작업의 장해는 되지 않았다. 다음은 체체프가 연구한 것이다. 즉, 외팔이 네 사람(두 사람은 오른팔, 또 두 사람은 왼팔이 있다)에게 들것을 들게 한다. 이것도 체체프가 고안한 것이다. 정전일 때, 기계 제작소의 기계를 손으로 돌리는 일이다. 또 체체프는 〈자기의 교수〉를 갖는 것이 소원이었다. 그래서 그는 생물 물리학자인 치제프스끼에게 스빠스끄에 〈연구실〉을 설치할 것을 허락했다(빈 책상만 있었지만). 그런데 치제프스끼가 얼마 되지 않은 폐품들을 이용하여, 제스까즈간 구리 광산의 일꾼들을 규폐증에서 보호할 수 있는 마스크를 개발했을 때, 체체프는 그 양산을 금했다. 일꾼들은 마스크가 없어도 일을 잘하니까, 쓸데없는 일은 하지 않도록. 그것은 인원의 회전에도 필요한 것이었다.

1948년 말에는 스빠스끄에 남녀 합해서 약 1만 5천 명의 죄수들이 있었다. 그 구내는 매우 넓었다. 구내를 둘러싼 말뚝은 언덕을 오르기도 하고, 저지대로 내려가기도 했는데, 모퉁이에 서 있는 망루에서 다른 모퉁이의 망루가 보이지 않을 정도였다. 구내를 갈라놓는 담장이 서서히 만들어졌다 — 죄수들 자신이 그 담장을 만들어서, 여성 구역, 작업 구역, 폐병 환자 구역으로 갈라놓았다(이렇게 하는 것이 수용소 내의 교류를 어렵게 만들어, 당국에는 좋은 일이었다). 6천 명이나 되는 사람들이 12킬로미터나 떨어진 댐 건설 현장으로 일하러 다녔다. 그들은 아무튼 폐병 환자들이었으니까, 가는 데 2시간 이상, 돌아오는 데 2시간 이상이 걸렸다. 게다가 거기에 하루에 11시간의 노동을 〈채우지 않으면〉 안 되었다(이 작업을 두 달 이상 견디는 자는 거의 없었다). 다음으로 큰 작업은 채석 장이었으며, 그 채석장은 구내에도(〈군도〉의 섬에는 자원도 있었다!) 여성 구내에도 남성 구내에도 있었다. 남성 구내의 채석장은 산 위에 있었다. 거기서는 소등 후에 돌을 암모날로 폭파하고, 낮에는 폐병 환자들이 손에 해머를 들고 큰 돌을 부쉈다. 여성 구내에서는 암모날을 사용하지는 않았으나, 곡 괭이 같은 것을 사용하여 돌의 충까지 땅을 파고, 돌의 충까 지 닿으면, 큰 해머로 커다란 돌을 부쉈다. 물론, 여자들의 경 우에는 해머가 자루에서 빠지거나 새 해머가 고장 나서, 해머 를 다시 자루에 맞추기 위해 다른 구내로 수리하러 가야 했다. 그럼에도 불구하고, 각자 노르마를 달성해야 했다. 즉, 하루에 0.9세제곱미터의 돌을 채석해야 했다. 그러나 그 노르마는 여 자들한테는 무리였기 때문에, 일이 끝나기 전에 돌을 예전의 돌무지에서 새 돌무지로 옮겨서 속이는 방법을 남자들한테서 배우기 전까지는, 빵 4백 그램이라는 징벌 급식밖에 받지 못 했었다. 여기서 지적하지만, 이런 모든 작업은 폐병 환자들의 손으로 하게 되었을 뿐만 아니라, 또 기계의 힘도 전혀 사용하 지 않았으며, 스텝 지방의 엄동설한에 하게 되었다(영하 30도 에서 35도의 바람 부는 혹한). 게다가 의복은 〈하복〉이었다. 그것은 〈일하지 않는 사람들〉에게는(즉, 폐병 환자들에게는) 겨울에 따뜻한 의복을 지급하지 않도록 되어 있었기 때문이 었다. P.의 회상에 의하면, 이런 엄동에 그녀는 거의 옷을 입 지 않고 큰 해머를 흔들어 돌을 깼다. 더 이야기를 하자면, 여 성 구내에 있었던 채석장의 돌은 무슨 까닭인지 모르나, 건축 에는 적당하지 못하다고 했는데, 〈조국〉을 위한 이 작업이 대 체 무슨 소용이 있었는지는 후에 분명해졌다. 이리하여 어느 날 어떤 당국자가, 여자들이 1년 동안 파낸 돌을 모두 채석장으로 도로 가져가서, 위에다 흙을 붓고, 그 위에 공원을 만들도록 명했던 것이다(물론, 실제로 공원을 만들기에는 이르지 않았다). 남성 구내의 돌은 질이 좋았다. 그 돌을 건설 현장까지 운반하는 것은 이런 방법으로 했다. 점호가 끝난 뒤에, 모두(약 8천 명 정도로, 이것은 그때까지 살아남은 사람들이다) 산으로 쫓아내어, 위에서 돌을 가져오게 하는 것이다. 돌을 운반해 오지 않는 자는 막사에 들어가지 못하게 했다. 휴일에는 이러한 폐병 환자들의 산책이 하루에 두 번 있었다 — 아침과 밤에.

그 밖에 이런 작업도 있었다. 자기들을 갈라놓을 담장을 만드는 일. 수용소 직원이나 경비병들을 위한 마을 건설(주택, 집회소, 목욕탕, 학교 등). 들이나 채소밭에서의 일.

그 채소밭에서의 수확물도 역시 자유 고용인의 식탁에 오르고, 죄수들은 사탕무의 잎이나 얻었다. 그 잎을 자동차로 날라 와 취사장 가까이에 산처럼 쌓았는데, 비가 와서 젖어서 썩고 있었다. 그 썩은 잎을 취사장의 일꾼들이 갈퀴로 긁어서 큰 솥에 넣었다. (가축의 여물죽을 만드는 것과 비슷하지 않은가?) 그 사탕무의 잎으로 매일 야채수프를 끓이고, 거기에 하루에 한 국자의 죽이 첨가되었다. 스빠스끄 채소밭 광경은 이러했다 — 150명가량의 죄수들이 미리 상의하고, 일제히 이런 채소밭 한군데로 뛰어들어, 땅에 엎드려서 야채를 물어뜯는다. 경비병들이 달려와 그들을 몽둥이로 때렸지만, 그들은 여전히 땅바닥에 엎드린 채 채소를 계속 물어뜯었다.

일하지 않는 폐병 환자는 빵 550그램, 일하는 폐병 환자는 650그램이 지급되었다. 또 스빠스끄에는 약품(이런 많은 사람의 약을 어디서 구하겠는가? 어차피 그들은 죽을 몸인데)

과 침구가 없었다. 일부 막사에서는 침상을 바짝 붙여서 2장이 겹친 깔판 위에, 이번에는 두 사람이 아니라 네 사람이 몸을 대고 잤다.

그리고 또 이런 작업도 있었다! 매일 110명에서 120명이 묘혈을 파려고 나갔다. 두 대의 미제 자동차 스튜드베이커에 골조만 있는 관으로 시체를 운반하는데 그 관에서 손발이 삐져나왔다. 1949년 여름에 날씨가 좋은 시기에도 매일 60명에서 70명이 죽었고, 겨울이 되면 1백 명씩 죽었던 것이다(시체 안치소에서 일하는 에스토니아인들이 세어 본 숫자다).

(다른 특수 수용소에서는 이렇게 많은 주검이 나오지 않았다. 그런 곳은 식량 사정은 좋았지만, 작업은 훨씬 어려웠다. 역시 폐병 환자와는 다르다는 것을 독자 여러분도 스스로 알 것이다.)

이러한 모든 일은 1949년에 일어난 일이었다 ─ 10월 혁명이 일어난 지 32년째에, 2차 대전이 끝나고, 전시의 여러 가지 엄격한 제도가 종지부를 찍은 지 4년 후, 뉘른베르크 재판이 끝나 인류가 나치 독일의 수용소에서 있었던 야만 행위를 알고, 〈이런 일이 이제 다시는 되풀이되지 않겠지!〉하고 안심하며 3년이 지난 때의 일이다.[7]

---

7 이 책을 읽는 독자들이 걱정할 수도 있겠지만, 여기서 안심하기 바란다. 이 체체프와 미신이나, 보로비요프라든가, 교도관 노브고로드프라고 하는 사람들은 모두가 잘살고 있다. 체체프는 까라간다시의 예비역 장군이다. 그들 중에서 누구도 재판에 회부되지 않았으며, 앞으로도 없을 것이다. 재판을 받을 이유가 있는가? 그들은 〈단지 명령에 따랐을 뿐〉이다. 그저 명령에 따랐을 뿐이라는 나치들과 그들을 비교할 수는 없다. 만일 그들이 명령 〈이상〉의 일을 했다 하더라도, 그것은 순수한 이데올로기에 충실했기 때문에, 〈위대한 스딸린의 충실한 동지〉였던 베리야가 동시에 국제 제국주의의 앞잡이였다는 것을 전혀 모르고, 마음에서 충성을 맹세했기 때문이다.

이러한 모든 규율 이외에도, 특수 수용소로 옮기면서 사회와의 관계가 끊기고, 나와 나의 편지를 기다리는 아내와 아이들의 일이 신화처럼 변해 가고 있었다. (1년에 2통의 편지 — 몇 달이나 모아 놓은 뉴스나 좋은 말들을 쓴 편지조차 발송하지 못하는 때가 있었다. MGB 직원인 여성 검열관들을 누가 조사할 수 있겠는가? 그들은 자주 자기들의 일손을 덜었다. 검열하지 않기 위해 일부 편지를 태워 버린 것이다. 편지가 수취인에게 닿지 못하는 것은 언제나 우체국 탓으로 돌릴 수 있었다. 어느 날 스빠스끄에서 죄수들을 검열소의 난로 수리를 위해 불렀다. 그들은 난로 속에서 수백 통의 아직 발송되지도 않고, 타지도 않은 편지 뭉치를 발견했다. 검열관들이 불사르는 것을 잊고 있었던 것이다. 이것이야말로 특수 수용소의 상황이었다! 난로 수리공들은 이런 일을 자기 친구한테 말하기를 겁냈다! MGB 직원들이 곧 그들에게 보복할 수 있기 때문이다······. 자신의 편의 때문에 죄수들의 혼을 불사른 이들 여성 검열관들은, 죽은 사람들의 피부나 두발을 수집한 독일의 게슈타포 여직원들보다 인간적이었다고 할 수 있겠는가?) 특수 수용소에서는 가족과의 〈면회〉는 생각할 수도 없었다. 수용소의 주소는 암호로 취급되어서, 외부인은 아무도 올 수 없었다.

특수 수용소에서는 헤밍웨이식으로 〈가진 자와 가지지 못한 자〉 사이의 관계는 전혀 존재하지 않고, 그 설립 첫날부터 모든 것을 이제 확실히 〈가지지 않는〉 방향으로 해결되어 왔다고 할 수 있다. 돈을 가지지 않고 급료를 받지 않고(교정 노동 수용소에서는 푼돈을 벌 수가 있었으나, 여기서는 한 푼도 벌 수가 없었다) 여분의 신발이나 의복을, 속에 입을 것과, 갈아입을 따스하게 마른 옷을 가지고 있지 않았다. 속옷(얼마나 보잘것없는 속옷인가! ── 헤밍웨이의 소설에 등장하는 가난뱅이도 그런 속옷을 입으려 하지 않을 것이다)은 1개월에 2회, 의복과 신발은 1년에 두 번 바꿔 주었다. 아락체예프에 비견될 만한 일이었다. (수용소가 생긴 초기의 일은 아니지만, 나중에 〈영구적〉인 소지품 보관소가 생겼다. 즉, 〈석방〉되기까지 자기 소지품을 그곳에 보관한다. 거기에 자기 소지품을 보관하지 않으면 중대한 과실이 된다. 그것은 도망칠 준비로 간주되며, 징벌 감방과 심리에 회부된다.) 어떤 음식물도 장롱에 놓아서는 안 된다(그래서 아침저녁으로 식료품 보관소에 맡기기 위해 줄을 서야 하고, 이렇게 아침저녁의 자유로운 반 시간을 허비하여, 개인이 잡념을 가지지 못하게 하려는 것이었다). 글을 쓰는 데 필요한 것은 일체 가지지 못한다. 잉크도, 볼펜도, 색연필도, 깨끗한 종이도 가지지 못한다. 유일하게 가질 수 있는 것은 초등학생용 노트뿐이다. 끝내는 책까지 가지지 못하게 되었다. (스빠스끄에서는 죄수가 새로 오게 되면, 개인 책은 모조리 빼앗았다. 우리 분소에서는, 처음에는 한 권이나 두 권의 책은 가지고 있을 수 있도록 허락했으나, 어느 날 〈개인 책을 모두 문화 교육부에 등록하고, 표지에 《스텝 수용소 No.×× 수용 지점》이라는 도장을 찍을 것〉이라는 현명한 명령이 내려왔다. 그 도장이 찍히지 않은 책은 앞으로 모두 불법 소지 책으로 몰수하고, 도장이 찍힌 책은 도서관 소유가 되어서, 이미 본래 주인의 것이 아니었다.)

그리고 또한 특수 수용소에서는 교정 노동 수용소보다도 집요하고 빈번한 소지품 검사가 있었다. (매일 막사에서 나올 때와 들어갈 때 철저한 소지품 검사를 했다. 마루판을 뜯거나, 난로의 쇠살대를 들어 보거나, 층계의 널빤지를 뜯어보는 정기적인 막사 수색이 있었다. 그 밖에 형무소식으로 전원을 발

가벗기고, 의복을 점검하고, 안감을 뜯어보거나, 신발 바닥을 뜯어보는 소지품 검사 등.) 또 점차 구내의 풀을 깨끗이 뽑아 버렸다. (풀 속에 무기를 숨기지 못하게 하려고.) 휴일은 구내에서 잡일을 하는 것으로 흘러갔다.

이런 모든 것을 상기하면, 단지 〈번호〉를 붙이고 있게 한 것만이 죄수의 자존심을 아주 심하게 상처받게 하는 방법이 아니라는 것을 납득하게 될 것이다. 따라서 이반 제니소비치가 〈번호 따위는 아무런 짐도 되지 않는다〉라고 말했을 때, 그것은 자존심을 잃어버린 증거 — 한 번도 자기 번호를 붙여 본 적이 없는, 그리고 굶주린 경험도 없는 거만한 비평가들이 비판하듯이 — 가 아니라, 단지 건실한 사고에 지나지 않는다. 이 번호에 의해 우리가 짊어지운 부담은, 심리적인 것도 아니며, 정신적인 것도 아니다(이것은 수용소 관리 본부의 높은 양반들의 착오였다). 아니, 그것은 물리적인 부담이었다 — 징벌 감방에 들어간다는 공포에 질려서, 우리는 번호 천이 따진 끝을 꿰매거나, 벗겨지려는 숫자를 새로 써 달라고 화가에게 가고, 그 때문에 귀중한 자유 시간을 빼앗기지 않으면 안되었다. 또 작업 중에 너덜너덜한 천을 갈기 위해서 어디에서인가 새 천 조각을 찾지 않으면 안 되었다.

여기서 여러 가지 고안된 제도 중에서 이 번호 제도를 가장 악마적인 것으로 받아들인 사람이 있다면, 그것은 몇 종파의 열렬한 여성 신도들이었다. 그들은 수슬로보 역 가까이에 있던 여성 수용소 분소(까미시 수용소)에 있었다. 거기에는 종교 때문에 수용된 여자들이 전체의 3분의 1이나 되었다. 이 번호에 대해서는 성서의 「요한의 묵시록」에 이미 예언되어 있었다. 〈……모든 사람에게 오른손이나 이마에 낙인을 받게 하였다.(13장 16절)〉

그리하여 이 여인들은 번호를 붙이기를 거부했다! 사탄의 표시니까! 나라가 지급하는 의복을 받고도 서류에 서명하려고 하지 않았다(그것은 사탄이 하는 짓이다). 수용소 당국(관리 사무소장 그리고리예프 장군, 독립 수용 지점장 보구시 소령)은 아주 강경한 태도로 나왔다! 당국은 이들 열성적인 여성 신도들이 겨울 혹한 속에서, 무의미한 저항은 그만두고, 나라에서 지급하는 의복을 받아 번호를 달도록, 그들의 〈옷을 홀라당 벗기고 속치마 바람에, 신발도 벗기라고〉 명령했던 것이다(공산 청년 동맹원 여자 교도관이 그것을 실시했다). 그러나 그들은 혹한 속을 속치마 바람에 맨발로 구내를 걸어다닐망정, 자기 영혼을 사탄에게 팔려고는 하지 않았다!

그리하여 그 불굴의 정신 앞에(물론, 그것은 반동적인 것이었으나, 우리 교양 있는 사람들도 그렇게까지 이 번호 제도를 반대하지 않았을 것이다!) 당국은 드디어 자기의 패배를 인정하고, 신도들에게 그 소지품을 돌려주었다. 그들은 번호 없이 자기 의복을 입을 수 있었다! (옐레나 이바노브나 우소바는 이렇게 하여 10년간이나 자기의 의복을 입고 있었다. 웃옷과 내의는 너덜너덜하고, 겨우 몸을 가리는 상태였으나, 경리부는 서명을 하지 않으면 관급품을 지급하지 않았던 것이다!)

우리는 또 번호가 너무 커서, 멀리서도 호송병들에게 잘 보이는 것이 화가 났다. 호송병들은, 우리들한테 자동소총을 들어 언제든지 발포할 수 있는 거리를 지키고 있었다. 물론, 우리의 성을 알지 못하니까, 만일 번호가 없다면, 같은 모습을 하고 있는 우리를 식별하지 못할 것이다. 번호를 붙이고 나서는, 대열 속에서 누가 지껄였는지, 누가 5명씩의 대열을 흩뜨렸는지, 누가 손을 뒤로 돌리지 않는지, 누가 땅에 떨어진 것을 주웠는지 금방 알 수 있었다. 그래서 경비대장이 수용소 당국에 보고만 하면, 실수를 저지른 죄수는 이내 징벌 감방에 들어갈 각오를 해야 했다.

호송대는 우리들의 생명을 그 수중에 잡고 있는 힘의 하나였다. 이 〈붉은 견장〉을 달고 있는 병사들, 정규군의 병사들, 즉 자동소총을 손에 들고 있는 젊은이들은 무식하고, 판단력이 없고, 우리들에 대해 아무것도 모르고, 언제나 우리의 설명을 듣지 않으려고 했다. 우리들은 그들에게 무엇 하나 할 수가 없었지만, 그들은 우리한테 고함지르고, 개가 짖게 하고, 총을 철컥하거나, 탄환을 장전하기도 했다. 그리하여 언제나 그들은 옳았고, 우리는 잘못했다.

에끼바스뚜스에서 철도 선로의 성토 작업을 하고 있을 때, 그곳에는 정식 구내가 없었고, 호송병들의 포위선밖에 없었다. 한 죄수가 이동이 허용된 범위 내에서, 땅에 놓았던 외투 호주머니에서 빵을 꺼내려고, 일손을 멈추고 몇 걸음 걸어 나온 찰나에, 호송병이 그를 사살해 버렸다. 이것은 물론, 호송병의 조치가 옳았다. 그 행위는 표창을 받을 만한 것이었다. 그리고 물론 오늘도 그는 그 행위를 후회하지 않는다. 우리들도 항의의 의사 표시조차 하지 않았다. 물론 아무 데도 탄원하지 않았다(탄원서를 썼다고 해도, 이내 묵살되었을 것이다).

1951년 1월 19일에 5백 명의 죄수로 이루어진 우리 대열이 ARM 건설 현장에 도착했다. 한쪽이 구내로 되어 있어서, 거기에는 병사들이 없었다. 우리를 문 안으로 몰아넣으려고 했을 때, 느닷없이 말로이(작다는 뜻이지만, 사실은 어깨가 널찍한 큰 사람이다)라는 죄수가 대열에서 이탈하여, 무슨 생각에 잠긴 듯이 호송대장에게 천천히 걸어갔다. 그는 정신을 잃고 자기 스스로도 무엇을 하고 있는지 모르는 듯한 인상이었다. 그는 손을 들거나 위협하는 듯한 행동을 하지 않고, 그저 무엇인가 골똘히 생각에 잠긴 모습으로 걷고 있었다. 호송대 장은 겉멋을 부리는 작은 체구의 장교였는데, 놀라서 외마디 비명을 지르며 권총을 뽑으려고 뒤돌아선 채 말로이로부터 도망치고 있었다. 그런데 말로이를 향해 자동소총을 든 상사 가 재빨리 뛰어나와, 천천히 뒤로 물러서면서, 몇 걸음 거리에 서 가슴과 배를 향해 자동소총을 발사했다. 말로이는 쓰러지 기 전에 두 발쯤 천천히 전진했다. 그의 등에서는 눈에 보이 지 않는 탄환이 관통한 뒤에, 솜 외투의 솜이 따라 나왔다. 그 러나 말로이가 쓰러져도 우리 대열은 조금도 움직이지 않았 다. 호송대장은 너무나 놀라서, 병사들에게 발포 명령을 했다. 그리하여 사방에서 자동소총이 울리고, 우리들의 머리 위로 탄환이 날았다. 미리 설치해 두었던 기관총도 불을 뿜었다. 그 리고 많은 병사들이 우리를 향해 신경질적으로 고함쳤다. 「엎 드려! 엎드려! 엎드려!」 날아오는 탄환이 낮아지면서, 구내 가시철조망에 부딪쳤다. 우리 5백 명이나 되는 사람들은 병사 들한테 덤벼들어 상대를 밀어서 쓰러뜨리려고 하지 않고, 모 두 땅바닥에 엎드렸다. 이렇게 하여 우리는 주현절의 아침을 눈 속에 얼굴을 처박고, 굴욕적으로 무방비한 상태로 15분 이 상이나, 양처럼 땅바닥에 엎드려 있었다. 놈들은 반농담조로 우리 모두를 사살할 수도 있었고, 설마 그렇게 했다고 해도 어떠한 책임도 지지 않았을 것이다 — 그것은 폭동을 일으키 려는 의도로 보기 때문이다!

특수 수용소가 생기고 나서 최초의 1~2년 동안, 우리는 이 렇게 보잘것없는 처참한 노예에 지나지 않았다. 그 기간의 일 은『이반 제니소비치의 하루』속에 묘사되어 있다.

어찌하여 그렇게 되었을까? 어찌하여 수천 명이나 되는 가축, 즉 〈제58조〉들이 — 그들은 〈정치범〉이 아닌가? 지금은 형사범과는 분리되고, 게다가 선별된 사람들만 모였으니까, 훌륭한 정치범이 되지 않겠는가? 그런데 어째서 이렇게 보잘 것없이 되었는가? 어찌하여 이렇게 순종하게 되었는가?

이런 수용소는 따로 생겨난 것이 아니다. 지배받는 측도, 지배하는 측도 교정 노동 수용소에서 와서, 전자는 몇십 년의 노예적 전통을 짊어지고, 후자는 몇십 년의 주인의 전통을 짊어지고 왔기 때문이다. 생활 양식이나 사고방식도 살아 있는 인간과 함께 들어와서, 한 수용소 분소에서만도 몇백 명의 사람들이 함께 이동되어 왔기 때문에, 그 양식을 서로 지키며 유지해 왔던 것이다. 그들은 새로운 장소로, 전부가 공통된 굳은 신념을 가지고 갔다. 그 수용소 세계에서의 인간관계는 쥐나 식인종의 관계 이외에는 아무것도 아니다. 그들은 자기 자신의 운명에는 관심을 가지지만, 공동의 운명에 대해서는 무관심한 태도를 가졌다. 그들은 반장의 지위, 취사장, 빵을 자르는 곳, 소지품 보관소, 경리부, 문화 교육부 등의 특권수의 지위를 얻기 위해 가차 없는 싸움을 각오했던 것이다.

그러나 그가 새로운 장소로 혼자 갈 때, 그가 〈좋은 자리를 차지하기〉 위해서는 우연한 행운이나 자신의 비양심을 휘둘러야 했다. 더욱이 서너 시간이나 긴 호송 여행 동안, 같은 차에서 흔들리고 같은 중계 형무소의 목욕탕에 함께 들어가 이제껏 충돌하며 싸웠던 사람들이 어깨를 나란히 하여 연행되어 가면서, 서로 반장으로서의 완력과 당국의 마음에 들게 할 능력, 뒤에서 물어뜯는 능력, 일꾼이 되는 것을 〈피하기〉 위하여 잘 속이는 능력을 인정할 때, 혹은 이미 아주 마음에 맞는 특권수들의 〈동료〉가 호송하러 나왔을 때, 그들은 자유를 꿈꾸는 것이 아니라 힘을 합해서 전에 있었던 수용소의 질서를 그대로 지키려고 했다. 그러기 위해서는, 다른 수용소에서 온 특권수들을 억압하고, 새로운 수용소에서 중요한 지위를 차지하려고 상의하는 것이다. 일꾼들은 자신의 재수 없는 운명을 탄식하고, 새로운 장소에서라도 좋은 작업반을 만들어, 견딜 수 있는 반장 아래로 들어가려고 타협했다.

이 모든 사람들은 자신들이 인간이며, 신의 은총으로 이 세상에 태어나 보다 좋은 운명 아래서 살아가야 한다는 것을 잊었을 뿐만 아니라, 그 지배에서 도망치려 한다면 할 수도 있으며, 자유는 공기와 마찬가지로 인간의 기본 권리인 것을, 그들 모두가 〈정치범〉인 것을, 그리고 지금은 정치범들만 모였다는 것을 이제 잊어버리고 말았다.

물론 소수이기는 하지만, 형사범들도 그들 사이에 섞여 있었다. 소비에뜨 당국은 잘 돌봐 주던 녀석들의 도망 방지를 체념하고(형법 제82조에 의하면 도망에 대해서는 2년 이하의 형밖에 줄 수가 없었는데 도적놈들한테는 이미 몇십 년이나 몇백 년의 형이 있어 구속력이 없기 때문에 손쉽게 도망치고 있었다), 그들의 도망에 대하여 제58조 14항, 즉 경제적 방해 조항을 적용하도록 지시했다.

이러한 형사범들은 통상 매우 적은 인원이 특수 수용소로 오게 되었다. 한 호송단에 몇 사람밖에는 없었으나, 그들의 법에 따라서 뻔뻔스러운 태도로 나오든가, 방자하게 행동하거나, 몽둥이를 휘둘러(후에 스빠스끄에서 두 사람의 아제르바이잔인처럼 살해되었지만) 군도의 새로운 섬에 노예 같고 비굴한 교정 노동 수용소의 더러운 검은 기를 세우기 위해 협력하게 하는 데는 이만한 인원으로도 충분했다.

에끼바스뚜스 수용소는 우리가 오기 1년 전, 즉 1949년에 설립되었다. 거기서는 모든 것이 예전의 수용소와 마찬가지로, 수용소 죄수나 당국자들이 가져온 이미지 그대로였다. 구내마다 사령관이 있었고, 부관도 있었고, 막사 책임자들도 있었다. 그들 중 어떤 자는 폭력을 이용하거나 밀고를 이용하여 그들이 지배하고 있는 사람들을 괴롭혔다. 특권수들의 막사도 따로 있었고, 그들은 침상에 앉아 즐겁게 차를 마시면서, 작업 현장이나 작업반의 운명을 결정했다. 핀란드식 막사의 특별 구조 덕분에 별도로 〈작은 방〉이 있어서, 그 방은 그 지위에 따라 한 사람이나 두 사람의 특권을 가진 죄수가 차지하고 있었다. 그리하여 작업 할당계는 목덜미를 때리고, 반장들은 얼굴을 갈기며, 교도관들은 채찍질을 했다. 또 요리사들은 거만하고 뚱뚱했다. 그리고 모든 소지품 보관소를 방종한 까프까스인들이 장악하고 있었다. 현장 감독의 자리는 기사로 통하고 있는 사기꾼 무리가 차지했다. 그리고 밀고자는 규칙적으로 아무런 방해도 받지 않고 밀고서를 보안부로 부지런히 보내고 있었다. 1년 전에 천막으로 시작했던 수용소였으나, 지금은 이미 내부에 석조 형무소가 있을 정도였다. 그 형무소는 미완성이었지만 언제나 초만원이었다 — 이미 발부된 영장을 가지고 형무소 감방에 들어가기 위해 한 달이나 두 달 동안 순번을 기다리지 않으면 안 되었다. 아니, 아주 무법 상태였던 것이 틀림없다! 징벌 감방의 순번을 기다리다니! (나도 징벌 감방 처분을 받았으나, 도저히 나의 순번은 돌아오지 않았다.)

사실 그해에는 모든 형사범들(정확히 말하면, 수용소의 거점을 차지하기에는 수가 부족한 암캐들이었다)이 이미 위축되어 있었다. 벌써 어딘가 놈들은 본격적으로 죄수들을 지배하고 있다는 감을 느낄 수 없었고, 젊은 형사범도 없고, 새로운 보충 인원도 없고, 아무도 놈들을 위해 뛰어다니지 않았다.

무엇인가가 그들에게 장해가 되고 있었다. 정렬하고 있는 수용소 죄수들 앞에서 규율 담당관이 구내 사령관 마게란을 소개했을 때, 그는 위협하는 듯한 눈초리로 주위를 둘러보았다. 그러나 그의 동작은 어딘가 자신 없어 보였고, 곧 그의 보기 흉한 전략을 가져왔던 것이다.

우리들이 호송될 때는, 모든 새 호송단의 경우와 마찬가지로, 목욕탕에서부터 습격을 당한다. 목욕 담당계, 이발사, 작업 할당계란 녀석들이 억지를 부린다. 누군가 찢어진 속옷이나 물이나 소독 순서 따위로 조금 항의하면, 그들은 일제히 덤벼들었다. 그들은 그와 같은 항의를 기다리다 개처럼 여럿이 한 죄수한테 달려들어 일부러 큰 소리로 〈여기는 꾸이비셰프 중계 형무소와는 달라!〉라고 외쳐 대며 커다란 주먹으로 콧등을 쳤다. (그것은 심리적으로도 효과적이었다. 벌거벗은 사람은 옷을 입은 사람보다도 몇십 배나 무방비 상태다. 만일 새 호송단을 첫날 목욕할 때 위협한다면, 그 이후의 수용소 생활에서도 억누를 수 있을 것이다.)

수용소에 와서 상황을 보고 〈누구와 행동을 함께할 것인가〉를 정하려고 했던 그 학생 볼로자 게르슈니가 첫날에 수용소 강화 작업인 외등을 달 기둥의 구멍을 파는 작업을 하게 되었다. 그는 몸이 허약하여 노르마를 달성하지 못했다. 생산 담당계 조수인 바뚜린은 다른 암캐들과 마찬가지로 얌전해져 가는 암캐였으나, 아직 제대로 얌전해지지는 않았는데, 볼로자를 〈해적〉이라고 나무라고, 그 얼굴에 주먹질을 했다. 게르슈니는 쇠지레를 팽개치고, 구멍을 파는 작업을 그만두었다. 그는 구내 사령부로 가서 선언했다. 「징벌 감방에라도 넣어 주세요. 당신네들 해적들이 싸우고 있는 한, 저는 일하러 나가지 않겠어요.」 (익숙하지 못한 그에게 이 〈해적〉이라는 말은 더욱 참을 수가 없었다.) 그는 곧 징벌 감방에 들어가지 않을 수가 없었으며, 두 번에 걸쳐서 18일을 살았다(그것은 이런 방법으로 하는 것이다 — 처음에는 5일, 혹은 10일의 영장을 발부하지만, 그 기간이 지나도 석방하지 않고, 죄수가 항의하거나 욕을 하기를 기다려, 〈합법적인 방법으로〉 두 번째 징벌 감방의 형기를 〈가하는〉 것이다). 징벌 감방에서 석방된 후 난폭하다는 이유로 이번에는 부르 2개월에 처하게 된다. 즉, 같은 형무소에 들어갔으나, 작업 실적에 따라서 따뜻한 식사나 배급 빵을 받고, 석회 공장의 작업으로 나가야 했다. 게르슈니는 수렁에 점점 깊이 빠져드는 것을 느끼고, 이번에는 위생부를 이용하여 어떻게 해서든 작업을 피하려고 했다. 그러나 그는 위생부장인 〈마담〉 두빈스까야의 실력을 알지 못했다. 그는 자신이 평발이라는 것을 신고하면, 먼 석회 공장으로는 보내지 않으리라 생각했다. 그러나 위생부로 가겠다는 그의 요구도 거부되었다. 에끼바스뚜스의 부르에서는 외래 환자를 진찰하지 않았다. 하지만 어떻게든 위생부로 가려고 했던 게르슈니는 항의하는 방법을 여러 가지 듣고서, 어느 날 작업 출동을 위해 모두 정렬했을 때, 속바지 바람으로 침상에 남아 있었다. 교도관 〈뽈룬드라〉(신경질적인 예전의 해군 병사)와 꼬넨쪼프 두 사람이 그의 발목을 잡고 침상에서 끌어내어, 속바지 바람으로 그를 끌어냈다. 끌려가면서도 그는 어떻게든 버텨 보려고, 벽을 쌓기 위해 준비해 두었던 돌을 두 손으로 붙잡고 매달렸다. 이제 이렇게 된 이상 석회 공장으로 나가야겠다고 생각하고, 게르슈니는 〈바지를 달라고!〉 하고 외쳤으나, 그대로 끌려갔다. 위병소에서는 작업 출동을 위해 정렬한 4천 명의 사람이 기다리는 가운데, 이 가냘픈 청년은 계속 외쳤다. 「이 게슈타포들아! 파시스트들아!」 그는 수갑을

차지 않으려고 필사적으로 저항했다. 그러나 뽈룬드라와 꼬
넨쪼프는 그를 땅바닥에 엎어눌러, 수갑을 채우고, 당장 걸어
가도록 재촉했다. 그들과 규율 담당관인 마체호프스끼 중위
는 태연했으나, 어찌 된 일인지 게르슈니 자신은 속바지 바람
으로 지나가기가 부끄러웠다. 그래서 그는 갈 수가 없다고 했
다! 그의 곁에는 경비견을 끌고 가는 들창코의 호송병이 서
있었다. 그 병사가 그에게 낮은 소리로 속삭이던 것이 볼로자
의 기억에 남았다. 「이제 시끄럽게 소동을 일으키는 건 그만
둬. 빨리 대열에 들어가라고. 이런 꼴로는 일도 할 수 없으니
까, 불이나 쬐면 되지 않겠나?」 그리고 경비견을 꽉 잡았다.
그 개는, 청년이 푸른 견장을 단 인간에게 반항하는 것을 보
고, 금방이라도 볼로자의 목덜미를 향해 덤비려고 했다! 볼로
자는 작업 출동이 취소되어, 다시 부르로 되돌아갔다. 등 뒤로
돌아간 팔이 수갑 때문에 점점 더 아프기 시작했으며, 까자끄
인 교도관이 그의 목을 누르고, 팔꿈치로 명치를 찌르기도 했
다. 그 후, 그는 마루에 내던져지고 누군가 사무적으로 말했다.
「늘어지게 패 버려!」 그래서 그는 장화에 채이고, 때로는 정수
리를 채이고, 잠시 의식을 잃어버렸다. 하루가 지나서 그는 보
안 장교에게 호출되어 〈테러〉를 할 의도가 있었다는 〈조서〉를
받게 되었다. 그것은 그가 끌려가면서 돌에 매달렸기 때문이
다! 대체 왜 그랬냐는 것이었다.

　어느 날, 뜨베르도홀레쁘도 작업 출동 전에 그와 같은 저항
을 했다. 그는 사탄을 위해서는 일할 수 없다고 말하고 단식
투쟁을 시작했다. 그의 단식 투쟁도, 투쟁 그 자체도 무시되
고, 그도 또한 무작정 끌려 나왔다. 다만 이번에는 일반 막사
에서였다. 그 때문에 뜨베르도홀레쁘는 손을 뻗어서 유리창
을 깰 수 있었다. 깨지는 유리창의 날카로운 소리가 사람들이

정렬해 있는 곳까지 울려 퍼졌고, 작업 담당계와 교도관들이 인원을 세는 일에 우울한 반주처럼 들렸다.

아니, 우리 죄수들의 길고도 단조롭게 계속되는 매일, 매주, 매달, 매해에 대한 반주였다.

그리하여 아무런 밝은 희망도 보이지 않았다. 내무부가 이런 수용소를 설립한 계획에는 희망 따위는 고려되지 않았다.

새로 도착한 우리 25명은 대부분이 서부 우끄라이나 출신으로 같은 작업반을 결성하고 작업 담당계들과도 이야기가 잘되어서 우리 동료 중에서, 즉 그 빠벨 보로뉴끄를 반장으로 선출하는 데 성공했다. 우리 작업반은 얌전하고, 일을 잘해서(아직 집단 농장화되지 않은 서부 우끄라이나에서 농사를 짓다가 온 사람들에게는 일을 재촉할 것이 아니라 만류해야 한다!) 며칠 동안 잡역부로 일했으나, 우리 작업반 중에 몇 사람의 석공이 있다는 것을 알고는 다른 사람들도 석공 공부를 하고 싶어져, 우리는 석공 작업반이 되었다. 우리는 벽을 잘 쌓아 올렸다. 당국은 우리들이 작업하는 것을 보고 우리들을 주택 건설 현장에서, 즉 자유 고용인을 위한 주택 건설에서 구내 작업으로 돌리게 했다. 당국은 반장에게 부르 옆에 쌓여 있는 돌무더기를 가리키며, 돌은 채석장에서 계속 실어다 줄 테니, 지금 반만 지어져 있는 부르의 나머지 건물을 지어야 하니까, 그 일을 우리 작업반보고 맡으라고 설명했다.

이리하여 우리는 수치스럽게도, 우리 자신을 위한 형무소를 짓지 않으면 안 되었다.

그해는 건조한 긴 가을이 계속되었다. 9월과 10월 중순까지 전혀 비가 오지 않았다. 아침은 조용했으나, 이윽고 바람이 불더니 정오 가까이에는 거칠어지다가 저녁 무렵에야 조용해졌다. 때로는 그 바람이 온종일 불 때도 있었다. 그 바람은 예리하게 가슴을 에듯이 불어왔다. 특히, 부르 건설 현장에서도 바라보이는 널따란 무한히 계속되는 스텝을 가슴 아프게 느꼈다. 공장이 서기 시작하는 마을도, 호송병들이 사는 마을도, 하물며 우리의 수용소 구내를 둘러싼 가시철조망도 우리의 시선에서 이 광대한, 끝없이 계속되는 아주 평탄한, 인기척이 없는 스텝을 막을 수는 없었다. 이 황폐한 스텝에는 아무것도 없고, 다만 나무껍질을 벗긴 전봇대가 한 줄로 기다랗게, 빠블로다르시를 향해 북동부 쪽으로 뻗어 가고 있었다. 때로는 거센 바람이 느닷없이 불기 시작하고, 한 시간도 되기 전에 시베리아에서 추위를 몰아와, 우리는 서둘러 솜옷을 입지 않으면 안 되었다. 게다가 이 바람은 스텝에서 굵은 모래와 작은 돌멩이가 날아와 우리 얼굴을 때리는 것이었다. 그 묘사를 좀 더 생생하게 하려면, 부르 건설 당시에 내가 쓴 시를 인용하는 것이 간단할 것이다.

석공

나도 석공이다. 시인이 언어를 쌓듯이,
나는 돌을 쌓아 형무소를 짓는다.
도시의 형무소가 아니다. 수용소, 철조망 안.
맑은 하늘에 솔개가 유유히 날고 있다.
바람이 스텝을 스친다. 스텝에는 인적도 없다.
누구를 위하여 이 형무소를 짓는가, 묻는 이도 없다.
감시자는 가시철조망, 경비견, 기관총들.
그러고도 부족한가! 형무소 속에 또 형무소가 필요하다니.
시멘트 흙손을 잡고, 신나게 일한다.
그리하여 일이 절로 잘된다.

소령이 와서, 말한다. 〈벽이 잘되지 않았어!〉
너희들을 제일 먼저 집어넣겠노라 위협한다.
소령의 가벼운 농담은 전혀 무섭지 않다.
나의 형무소 조서에는 처벌의 표시가 있다.
나를 밀고한 놈이 있겠지.
큰 괄호 속에 이름이 표시되었다.
쇠망치로 돌을 쪼개고, 재빨리 깎아 낸다.
차츰 벽이 생기고, 벽 사이에 또 벽이 생긴다.
저녁 빵과 죽을 더 받으리라 기대하며
시멘트 상자 곁에서 한 대 피워 물고 농담을 한다.
석조 벽 사이 검은 형무소의 구덩이,
누군가를 끝없는 괴로움에 빠뜨리는 말 없는 구덩이가
보인다.
끝없이 이어지는 길과
방금 세운 윙윙대는 전봇대들이 없으면
우리를 가둔 자들도 우리처럼 세상과 단절되어 있다.
신이여! 우리는 왜 이다지도 무력합니까!
신이여! 우리는 진정 노예입니까!

　노예다! 그것은 막시멘꼬 소령의 위협이 두려워서, 미래의
죄수들이 간단히 벽을 부수지 못하도록 돌을 교대로 쌓고 충
분히 시멘트를 채웠기 때문이 아니다. 그것은 실제로 노르마
를 달성하지 못했어도 형무소 건설에 종사하는 작업반에는
〈추가 급식〉이 나오고, 우리는 그것을 소령의 낯짝에 던져 버
리지 않고, 얌전하게 먹었기 때문이었다. 게다가, 우리의 동료
인 볼로쟈 게르슈니는 이미 건설된 규율 강화 막사의 한구석
에 들어가 있었다. 그리고 이반 스빠스끼는 아무런 과실도 없

었는데, 알지 못할 표시 때문에 규율 강화 막사에 들어갔다. 우리들이 이처럼 정성 들여, 튼튼히 세운 이 규율 강화 막사, 그 감방에 우리들 중의 많은 사람이 들어가게 될 운명인 것이다. 우리들이 돌과 시멘트로 재빨리 벽을 쌓아 올리고 있을 때, 갑자기 스텝 쪽에서 총성이 울렸다. 곧 우리 가까운 수용소의 위병소에 호송차 한 대가 있었다. (그것은 시내에서 본, 틀림없는 호송차였다. 그것은 호송대의 것이었다. 다만 멍청한 녀석들을 속이기 위해 언제나 옆구리에 〈소비에뜨산 샴페인을 마시자!〉라고 쓰여 있었다.) 그 호송차에서 매 맞아 피투성이가 된 4명의 사나이가 밀려 나왔다. 두 사람은 비틀거리며 한 사람을 부축해 갔으나, 처음에 내린 이반 보로비요프는 화가 나서 거만하게 걸어갔다.

이렇게 탈옥수들은 우리의 발아래로, 우리 발판 밑으로 연행되어, 이미 완성된 우측의 규율 강화 막사로 끌려갔다.

하지만 우리는 계속 돌을 쌓고 있다⋯⋯.

탈옥! 아 얼마나 모험적인 용기인가! 평상복도 없고, 식량도 없고, 맨발인데 탄환이 날고 있는 구내를 지나서, 평탄하고 물도 없고, 끝없이 텅 빈 스텝을 향해 도망치다니! 그것은 이미 계획이 아니라 도전이며, 자살의 자랑스러운 방법이었다. 우리들 중에서 가장 힘이 세고, 가장 대담한 사람들한테 남겨진 유일한 저항 방법이었다!

하지만 우리는 계속 돌을 쌓고 있다⋯⋯.

이윽고 우리는 이야기하기 시작한다. 이달에만 이것이 이미 두 번째 탈옥 사건이다. 처음 사건도 실패로 끝났지만, 그것은 조금 바보스러운 계획이었다. 바실리 브류힌(〈블류헤르〉라는 별명을 가진)과 기사인 무찌야노프와 또 한 사람은 예전 폴란드 장교였는데, 일하고 있던 기계 제작소의 마루 아래에 1세제곱미터의 구덩이를 파서 식량을 비축하고, 그 구덩이에 숨어서, 머리 위에 마루판을 예전처럼 덮어놓았다. 저녁이 되면 경비병은 언제나 작업 구역을 떠나니까 그 후에 구덩이에서 나와 도망치면 되겠다는 단순한 생각이었다. 작업 구역을 떠나기도 전에, 점호에서 세 사람이 없어진 것이 발각되었으나 주위의 가시철조망에는 이상이 없다는 것을 확인하고, 당국은 경비병들을 며칠 동안 그대로 구내에 두도록 했다. 그러는 동안 머리 위로 사람들이 걸어다니고, 경비견들을 끌고 오기도 했다. 그러자 숨어 있던 죄수들은 개의 후각을 피하기 위해, 휘발유에 담근 천을 마루판 틈새에 댔다. 세 사람은 사흘을 말없이 숨어 있었다. 1세제곱미터의 좁은 공간에 세 사람이나 들어가 있어서 조금도 움직일 수도 없고, 손발을 몸에 붙인 채, 굶주린 상태였다. 결국 세 사람은 이런 상태를 견디지 못하고 밖으로 나와 버렸다.

일하고 돌아온 작업반이 거주 구역에 돌아와, 보로비요프 무리의 탈옥 사건에 대해 이야기하고 있었다. 그들이 트럭을 타고 가시철조망을 돌파했다는 것이다.

또 일주일이 지났다. 우리는 여전히 돌을 쌓고 있었다. 이제 규율 강화 막사 건물의 나머지 절반의 윤곽이 꽤 똑똑히 드러났다 — 그래, 여기는 작고 아늑한 징벌 감방이고, 여기는 독방이고, 여기는 작은 골방이다. 우리는 이 좁은 공간에 많은 양의 돌을 투입했으나, 돌은 계속 채석장에서 실려 온다. 돌도 무상이고, 노동력(채석장에서든 여기서든)도 무상이고, 다만 시멘트만 나라의 것이다.

일주일이 지났다. 탈옥은 무의미하고, 아무 득도 없다는 것을 에끼바스뚜스의 4천 명의 죄수들이 납득하는 데는 충분한 시간이었다. 그리고 어느 맑은 날에, 또 한 번 스텝에서 총성이 들렸다 — 탈옥이다! 그래, 이것은 전염병과도 같은 것이다. 다시 또 경비대의 호송차가 달려와, 두 사람을 실어 왔다 (세 번째 사람은 그 자리에서 사살되었다). 피투성이가 된 두 사람, 즉 바따노프와 또 다른 자그마한 젊은이가, 우리 곁을, 우리 발판 아래를 지나서 이미 다 지은 규율 강화 막사로 연행되었다. 거기서 그들은 더 매 맞고, 옷이 벗겨진 채 돌바닥에 내던져졌다. 그들은 먹을 것도 마실 것도 받지 못했다. 참혹하게 된 이 고고한 사람들을 바라보며, 노예인 당신은 대체 무엇을 느끼고 있는가? 이것은 내가 붙잡힌 것이 아니다, 내가 매 맞은 것이 아니다, 내가 처벌을 받는 것이 아니다, 라면서 몰래 좋아하는 것은 아니겠지?

「빨리, 빨리 끝내야지. 왼쪽 절반!」 배가 나온 막시멘꼬 소령이 호통을 쳤다.

우리는 돌을 쌓고 있었다. 밤에 우리에게는 추가 급식의 죽이 나오겠지.

시멘트는 해군 중령인 부르꼬프스끼가 날라 온다. 건설되는 모든 것은 모두 〈조국〉을 위해서다.

저녁에 들은 이야기는, 바따노프도 자동차로 탈옥을 시도했다는 것이었다. 그러나 자동차가 사격을 받아 멈추고 말았다.

이제 당신은 이해하게 되었을 것이다. 노예들이여, 탈옥한다는 것은 자살이야, 도망쳐도 1킬로미터도 못 간다고, 우리의 운명은 일하다가 죽는 거야.

닷새도 지나지 않아 — 아무도 총소리를 들은 사람이 없었지만 — 마치 머리 위에서 하늘이 갑자기 금속판으로 변하고 누군가 그것을 큼직한 무쇠 덩어리로 때린 것처럼 이런 뉴스가 퍼졌다 — 탈옥이다! 또 탈옥이다! 게다가 이번에는 성공했다는 것이다.

9월 17일 일요일의 탈옥은 너무나 깨끗이 성공해서, 밤 점호에서도 이상이 발견되지 않았다. 교도관들의 계산도 제대로 맞았다. 그러다가 다음 날 아침의 18일이 되어, 그들의 계산이 어쩐지 맞지 않게 되었다. 그래서 당장 작업 출동이 취소되고 총점호가 실시되었다. 처음에는 전부 정렬시켜 세워 놓고, 몇 번이나 점호를 했고, 다시 각 막사마다, 각 작업반마다 점호를 실시하고, 명부대로 불러 댔다 ─ 이 개들은 월급을 받을 때밖에 〈계산〉하지 못한다! 여러 번 다시 계산해도 답이 틀렸다! 대체 〈몇 명이〉 탈옥했나? 누가? 언제? 어느 방향으로? 무엇을 사용해서?

월요일 저녁 무렵이 되었는데도, 우리는 아직 점심도 먹지 못했다. (취사장의 요리사들도 우리와 마찬가지로, 인원수를 점검하기 위하여 쫓겨 나왔다!) 그러나 우리는 조금도 화나지 않았다. 아니, 오히려 기뻤다! 탈옥 성공은 죄수들한테는 큰 기쁨이었다! 탈옥 후에 호송병들이 더욱더 잔학해져도, 규율이 훨씬 엄해져도 우리들이 그날의 주인공인 것이다! 우리는 자랑스럽게 행동한다! 개들이여, 우리는 너희들보다 훨씬 현명하다! 뭐라 해도 우리 동료가 도망쳤으니까! (그리하여, 당국의 얼굴을 쳐다보며, 우리들은 마음속으로 〈제발 붙잡히지 않도록! 제발 붙잡히지 않도록!〉 하고 빌고 있었다.)

그것 때문에 우리는 작업장으로 나가지도 않았다. 그래서 월요일은 우리한테 두 번째 휴일과 같았다. (그들이 토요일에 도망치지 않은 것이 좋았다! 동료의 일요일을 허비할 수 없다는 계산을 했겠지!)

그런데 그들은 누구일까? 누구일까? 월요일 밤에야 그것이 게오르기 젠노와 꼴랴 즈다노끄라는 소문이 돌았다.

우리는 더 높게 형무소의 벽을 계속 쌓았다. 이미 문 위의 부분을 쌓아 올려, 작은 창문 위도 완성하고, 지금은 대들보 자리를 만들고 있었다.

　도망친 날로부터 3일이 지났다. 7일. 10일. 15일.

　아무런 소식이 없다!

　성공했어!

제4장

어찌하여 참았나?

　우리 독자들 중에는 이런 교양 있는 마르크스주의 역사가가 있다. 그는 부드러운 안락의자에 앉아 우리들이 부르를 건설하는 대목까지 책장을 넘기더니, 안경을 벗고 자처럼 생긴 납작한 것으로 책장 위를 두들기며 이렇게 고개를 끄덕인다.

　「그럼, 그렇지. 이런 이야기라면, 나도 믿겠네요. 하지만 혁명의 미풍이라니, 그런 것은 있을 수가 없어요! 당신들한테 혁명 같은 것이 될 리가 없지요. 그것에는 역사적 필연성이 필요하거든요. 그런데 당신들, 예컨대 〈정치범〉이라는 사람들을 수천 명이나 선발했다고 하면서 당신들은 무엇을 했지요? 인간다운 외모도, 자존심도, 가정도, 자유도, 의복도, 식량도 빼앗기고, 당신들은 무엇을 했지요? 왜 당신들은 봉기하지 않았습니까?」

　「우리는 배급 식량을 벌었어요. 말했잖아요 ─ 그래서 형무소를 건설했죠.」

　「그것은 좋은 일이에요. 분명히 건설해야 했으니까! 그것은 국민을 위한 거니까요. 그것이야말로 유일한 옳은 결정이에요. 하지만, 당신 자신을 혁명가라고 부르지는 말아요! 혁명을 일으키려면 유일한 진보적 계급과 연계되지 않고는 안 되니까······.」

「그런데 이제는 우리 모두가 노동자가 아닌가요?」

「아니, 전혀 관계가 없는 일이에요. 이것이야말로 교양 없는 사람들의 트집입니다. 〈필연성〉이라는 게 어떤 것인지나 알고 있나요?」

알고 있다고 생각한다. 아니, 정말로 알고 있다. 수백만 명의 사람들을 수용하는 수용소가 40년이나 되었다면, 그것이야말로 역사적 필연성이라고 나는 생각한다. 그것을 스딸린의 변덕이나 베리야의 간계나 〈진보적 교리〉의 빛을 항상 받고 있다는 당의 추종이라고 단순하게 설명하기에는 너무나 수용된 인원이 많고, 그 기간도 너무 길다. 그러나 이 필연성을 가지고 나는 상대를 질책하지는 않겠다. 설사 그것을 끄집어내도 상대는 미소를 띠며 그것은 이야기가 다르다, 그것은 주제를 벗어난 것이다, 하면서 비켜날 것이다.

그는 내가 당황해서 필연성이 무엇인지 잘 모른다고 보고 이렇게 설명한다.

「혁명가들은 빗자루를 들어 짜리즘을 쓸어버렸어요. 아주 간단히. 만약 니꼴라이 황제가 자기 나라 혁명가를 탄압하려고 열심히 노력했다면 어떻게 되었을까요? 그들에게 번호를 붙이려고 했다든지 말이죠. 만일 그가······.」

「맞는 말이에요. 그는 그런 짓을 하려 하지 않았어요. 그래서 혁명가들은 살아남을 수 있었고요.」

「그는 하고 싶어도 〈할 수〉 없었어요! 할 수 없었다고요!」

아마 그것도 맞는 말일 것이다. 하고 싶지 않은 것이 아니라 할 수 없었다는 것.

일반적으로 인정되고 있는 입헌 민주당적(이미 사회주의

적이라고 하지 않는다) 해석에 의하면 러시아 역사는 압제 정치의 교대에 지나지 않는다. 몽골족의 압제 정치. 모스끄바 공후에 의한 압제 정치. 그 후 5세기에 걸친 자국의 지배자에 의한 동양적 폭정과 참된 노예 제도를 정착시킨 시대가 계속되었다. (국민 회의도 없고, 마을 코뮌도 없고, 자유로운 까자끄 제도도 없고, 북방의 농민 계급도 없었다.) 이반 뇌제(雷帝)도, 알렉세이 정제(靜帝)도, 뾰뜨르 준제(峻帝)도, 혹은 예까쩨리나 여제(女帝)도, 끄림반도 전쟁에 이르기까지 어느 황제도 단지 한 가지밖에 알지 못했다 — 〈압박하는 것〉. 자기 국민을 마치 갑충이나 번데기처럼 짓누르는 것밖에 몰랐다. 유형수는 어땠는가? 아니, 유형수의 경우에는 공개적으로 약자 〈SK〉 모양으로 몸에 낙인을 찍고 그 죄수를 사슬로 묶어 손수레에 매달았다. 이 체제는 국민을 강하게 압박했으며, 그것은 튼튼한 체제였다. 폭동도 반란도 곧 진압되고 말았다.

그러나…… 그러나…… 진압하기는 했지만, 적당히 했다! 진압했으나, 그것은 지금 우리 나라에서 말하는 물리적 의지와는 의미가 다르다. 나폴레옹과의 전쟁에서(즉, 나폴레옹에게 이겨서 유럽에서 돌아와) 시작하여 러시아 사회에는 최초로 약한 바람이 불어왔다. 러시아 황제도 그것을 무시할 수 없으리만큼 그것은 이미 충분했다. 예컨대 12월 당원들의 반란 때 12월 당원들과 함께 광장에 나선 〈병사들〉은 어찌 되었던가? 아무도 교수대에 오른 사람은 없지 않은가? 총살된 사람도 없지 않은가? 그런데 〈우리 나라〉라면 모두 죽지 않았을까? 뿌시낀도, 레르몬또프도 단 〈10년간〉도 투옥시킬 수 없었다. 그리고 대신에 간접적인 방법을 취하지 않으면 안 되었다. 「만일 12월 14일에 뻬쩨르부르끄에 있었다면, 자네는 어디에 있었겠나?」 니꼴라이 1세가 뿌시낀에게 물었을 때 뿌시낀은 정직하게 대답했다. 「원로원 광장에 있었을 것입니다.」그리고 뿌시낀에게 내려진 형벌은…… 집으로 돌아가라는 것이었다! 그런데 우리 나라의 기계적인 재판 제도를 몸소 체험한 나로서는, 우리 친구인 검사들도 그렇겠지만, 이 뿌시낀의 대답이 우리 나라에서는 어떻게 받아들여질지 뻔한 노릇이었다. 그것은 제58조 2항(무장봉기)인 것이다. 가장 가벼운 경우에는 제19조(의도)가 된다. 총살은 되지 않는다 하더라고 최저 〈10루블짜리〉일 것이다. 그리고 실제 뿌시낀과 같은 사람들이 그러한 형기를 선고받고 수용소에 잡혀 와 거기서 죽어 갔던 것이다. (구밀료프의 경우 수용소에 보내는 수고를 덜고 지하실에서 처형되었다.)

끄림반도 전쟁은 — 그것은 러시아에서 가장 행운의 전쟁이다 — 농노의 해방과 알렉산드르 황제의 여러 개혁을 가져오게 했다! 그와 동시에 러시아에는 가장 위대한 힘, 즉 〈여론〉이 탄생했다.

또 외견상 시베리아 도형지는 성장하여, 확대되어 가는 것 같이 보였다. 중계 형무소 제도가 정비되어 죄수 호송단이 차츰 보내지고 재판소가 열려 있는 듯이 보였다. 그런데 이게 어찌 된 일일까? 법정을 열고, 심리가 계속되고 있는데, 경시총감(!)의 암살을 기도했던 베라 자술리치가 무죄가 되다니? 어찌 된 일일까?

알렉산드르 2세에 대해서는 7차례나 암살이 기도되었다 (까라꼬조프,[1] 솔로비요프. 알렉산드로프스끄 근처. 꾸르스끄

---

1 첨언하자면, 까라꼬조프에게는 동생이 있었다. 황제를 죽이려고 했던 사람의 동생이다! 이것을 우리 나라 척도에서 비교해 보라. 그가 받은 처벌은 어떤 것이었을까? — 〈앞으로 블라지미르라는 성으로 바꾸도록 명령하였다〉. 그 밖에는 재산 관계로도, 거주 관계로도 어떠한 제한도 가해지지 않았다.

교외. 할뚜린의 폭발. 쩨쩨르까의 지뢰. 그리네비쯔끼). 알렉산드르 2세는 〈쫓기는 짐승처럼〉(레프 똘스또이의 증언에 의하면 그는 황제를 어느 개인 저택의 층계에서 만났다) 놀란 눈으로 뻬쩨르부르끄 거리에 나타나기도 했다(더구나 경비도 없이).[2] 거기서 그는 무엇을 했나? 끼로프 암살 이후처럼 뻬쩨르부르끄 인구의 반이나 되는 사람들의 재산을 몰수하여 유형이라도 보냈는가? 천만에, 그런 일은 상상할 수도 없다. 예방적으로 대량 테러를 적용했는가? 1918년처럼 전면적인 테러를 실시했는가? 〈인질〉을 잡았는가? 아니, 그런 일은 상상할 수도 없다. 그렇다면 〈의심스러운 사람들〉을 투옥했는가? 아니, 어떻게 그런 짓을 할 수 있겠는가? 수천 명을 처형했는가? 아니, 처형한 것은 불과 5명이었다. 그사이에 재판에 회부된 사람들의 수는 3백 명도 되지 않았다. (만일 이런 암살이 스딸린에게도 〈한 번이라도〉 있었다면, 수백만 명의 사람들이 희생되었을 것 아닌가?)

볼셰비끼인 올민스끼가 쓴 것처럼, 1891년에 끄레스띠 형무소에서 그는 유일한 정치범이었다. 모스끄바의 따간까 형무소로 옮겨 가서도 역시 유일한 정치범이었다. 부띠르끼 형무소에서 호송되기 전에 겨우 몇 사람이 모였을 뿐이었다!

해마다 계몽되어 가며 자유로운 문학이 발전함에 따라 눈에 보이지는 않지만, 황제들에게는 무섭게 여론이 증대하여 황제들은 이미 말고삐나 말갈기를 억제하지 못하고 니꼴라이 2세에 이르러서는 겨우 그 허리와 꼬리에 매달릴 수밖에 없었다. 사실, 그는 황실의 습관에 젖어서 그 시대의 요청을 이해할 수가 없었고 행동을 위한 용기를 가지지 못했다. 비행기나 전기의 시대가 되어도 그는 아직 사회적 의식이 없었고,

2 『동시대인들이 회상하는 레프 똘스또이』(1955), 제1권, p. 180.

여전히 러시아에 대하여 조세를 징수하고 말을 사육하고 때로는 같은 군주며 의형제인 호엔촐레른과 전쟁하는 병사를 동원하기 위한 풍족하고 변화가 많은 영지로밖에는 생각하지 않았다. 그러나 그와 그의 중신들에게도 이미 자기 권력을 지킬 기력이 없었다. 그들은 이미 짓누르지 않고, 조금 밀어 보고는 이내 손을 뗐다. 그들은 항상 여론이 어떻게 반응하고 있는지 주의했다. 그들은 혁명가들을 서로 형무소에서 대면시키고, 단련시키고, 그 머리에 영광을 장식할 만큼 혁명가들을 박해했다. 이제야 그 규모를 정확히 잴 수 있는 척도를 손에 쥔 우리들은 거리낌 없이 제정 시대의 정부는 혁명가들을 박해한 것이 아니라, 자기들의 묘혈을 파면서, 그들을 소중하게 〈길러 왔다〉고 단언할 수 있다. 결코 실수하지 않고 정확히 움직이는 우리의 재판 제도를 몸소 체험한 사람이라면, 어느 누구라도 제정 시대 정부의 우유부단, 중도 포기, 박약한 성격을 분명하게 알 수 있다.

모든 사람에게 잘 알려진 레닌의 전기를 보자. 1887년 봄에 그의 형은 알렉산드르 3세의 암살을 기도했기 때문에 처형되었다.[3] 까라꼬조프의 동생처럼 그는 황제 암살자의 동생이었다. 그래서 어떻게 되었나? 그해 가을에 블라지미르 울리야노

---

3 재판 과정에서 안나 울리야노바가 빌나시에서 〈여동생이 중태다〉라는 내용의 암호화된 전보를 받았던 일은 분명했다. 그 전보의 진짜 뜻은 〈무기를 수송한다〉라는 것이었다. 빌나시에 사는 여동생이 없었음에도 안나는 놀라지 않고 어찌 된 일인지 그 전보를 레닌의 형인 알렉산드르에게 건네주었다. 이로써 그녀가 공범인 것은 명백했다. 아마 우리 나라에서는 〈10루블짜리〉를 선고했을 것이다. 그러나 안나는 그 책임마저 〈문책되지 않았다〉! 같은 재판 과정에서 또 한 사람의 안나(세르주꼬바)는 예까쩨리노다르시에서 교사 생활을 하고 있었으며, 황제의 암살 계획을 이미 직접 〈알고〉 있었으나, 침묵을 지키고 있었던 것이 판명되었다. 그것이 우리 나라였다면, 어찌 되었겠나? 총살되었겠지! 그런데 그녀는 어떤 형을 받았나? 불과 2년이었다······.

프(레닌)는 까잔 제국 대학으로, 게다가 법학부에 입학했다! 이것은 놀라운 사실이 아닌가?

사실, 블라지미르는 그 해에 퇴학 처분되었다. 하지만 그 이유는 반정부 학생 집회의 조직 때문이었다. 황제 암살자의 동생이 학생들의 반항을 부추겼다고? 우리 나라라면 그는 어떤 형을 받았겠는가? 물론, 말할 것도 없이 총살이다! (나머지 학생들은 25년이나 10년 형이다.) 그런데 그는 퇴학당했다. 얼마나 참혹한 조치인가! 그렇다면 유형은 사할린섬으로?[4] 아니다, 가족 영지인 꼬꾸시끼노 마을로 갔다. 그렇지 않아도 그는 여름이 되면 거기에 가려고 했다. 그가 일하고 싶다고 말하면, 일할 수 있도록 허가가 나왔다. 밀림에서의 벌채 작업인가? 아니다, 사마라시에서 변호사로 일했다. 이때 그는 불법적인 정치 모임에 참가했다. 그 후에는 뻬쩨르부르끄 대학의 졸업 검정 시험을 보게 되었다. (신원 조회는 어떻게 된 노릇인가? 특별부는 대체 무엇을 감시했나?)

그리고 몇 년 후에 이 젊은 혁명가는 수도에서 〈해방 투쟁 동맹〉을 결성한 죄로 — 그것뿐이 아니다! 여러 번 노동자들 앞에서 〈선동적〉인 연설을 하고 전단을 작성했다 — 체포되었다. 그래서 그는 고문을 당하고 굶주렸는가? 아니다, 옥중에서 저작 활동을 계속할 수 있는 특전을 받았다. 뻬쩨르부르끄 유치장에서 1년간 구류되어 있는 동안에 그는 수십 권의 필요한 책을 차입받고 그곳에서 『러시아에서의 자본주의 발달』이라는 책의 대부분을 쓰고 그 밖에 합법적으로 검사국을 통하여 〈경제 시론〉을 마르크스주의 계통의 잡지 『새로운 말[言]』에 송고했던 것이다. (뻬뜨로빠블로프스끄 요새에 감금

---

4 그런데 사할린에는 정치범도 있었다. 그렇지만 왜 조금이라도 이름이 알려진 볼셰비끼가(멘셰비끼도 그렇지만) 그곳에 보내지지 않았는가?

된 뜨로쯔끼도 레닌과 마찬가지로 영구 혁명에 관한 최초의 이론적 시도를 할 수 있었다.)

그런데 후에 뜨로이까의 판결에 의해 총살에 처하게 되었는가? 아니다, 투옥도 되지 않고 유형을 받았어. 그럼 야꾸짜로 영구 유형을 갔나? 아니다, 기후가 좋은 미누신스끄 지방으로 겨우 3년이었어. 그는 수갑을 찬 상태로 갔나? 죄수 열차로? 아니다, 천만에! 그는 자유인처럼 갔다. 출발하기 전에 그는 아무런 제한도 없이 자유롭게 뻬쩨르부르끄를 사흘 동안이나 돌아다니고 또 모스끄바에서도 자유롭게 행동했다. 이것은 그가 비밀 지령을 내리고 연락 체제를 정비하고 남아 있는 혁명가들과 협의하는 데 필요한 시간이었다. 그는 유형지를 자비로 여행하는 것을 허가받았다. 그것은 다른 자유인 승객과 함께 여행할 수 있다는 의미였다. 따라서 당연한 일이지만 레닌은 시베리아로 갈 때도, 돌아올 때도 한 번도 호송이나 중계 형무소를 경험한 적이 없었다. 후에 끄라스노야르스끄에서는 그의 저작『러시아에서의 자본주의 발달』을 완성할 목적으로 두 달 동안 머물며 그곳 도서관에 다녔다. 그리고 〈유형수의 손으로 쓴〉 그 책은 검열의 어떤 규제도 받지 않고 〈출판〉된 것이다. (우리 나라 척도에 맞춰 생각해 보자!) 그는 먼 시골에서 하는 일도 없이 과연 어떤 방법으로 살아가고 있었는가? 그는 나라에 생활 보호를 신청하여 충분한 생활비를 받고 있었다. 레닌이 자기 생애를 통해서 한 번밖에 경험하지 못한 이 유형지에서의 대우는 더없이 좋았다. 의외로 낮은 물가에, 음식도 영양이 충분했다. 고기(일주일에 양 한 마리를 먹었다), 우유, 채소, 그리고 얼마든지 사냥을 즐겼다(그는 자기 사냥개가 마음에 들지 않아서 뻬쩨르부르끄에서 다른 사냥개를 가져오려는 큰 계획을 세우고 있었고, 사냥 때 모기에 물려서 양피 장갑을 주문하기도 했다). 위장병이나 젊어서 앓던 병이 다 나아서 곧 건강해졌다. 그에게는 아무런 의무도, 작업도 주어지지 않았다. 또 그의 집 여자들도 노동에서 해방되었다. 한 달에 2루블 50꼬뻬이까의 임금으로 열다섯 살의 시골 처녀가 집의 잡일을 맡았다. 레닌은 글을 써서 돈벌이할 필요가 전혀 없었다. 뻬쩨르부르끄에서 돈이 될 논문을 의뢰받아도 거절했다. 그는 자기의 명성을 얻기 위한 글만 써서 출판했던 것이다.

그는 유형을 끝마쳤다(어려움 없이 〈도망〉칠 수도 있었으나 조심스러워서 그런 짓은 하지 않았다). 그의 유형은 자동적으로 연장되었을까? 영구 유형으로 전환되었을까? 아니, 그것은 법률에 위반되니까 안 된다. 그는 쁘스꼬프에 살도록 허용되었으나 다만 수도로 갈 수는 없었다. 그러나 그는 리가와 스몰렌스끄는 방문할 수 있었다. 그를 감시하지는 않았다. 그래서 친구(마르또프)와 함께 비합법적인 문헌을 바구니에 숨겨서 수도로 가져가기 위해 경비가 제일 엄한 짜르스꼬예셀로를 지나가기로 했다(이것은 마르또프와 함께 궁리했던 것이다). 뻬쩨르부르끄에서 그는 체포되었다. 그러나 그때 그는 이미 그 바구니를 가지고 있지 않았고, 『이스끄라』 창간 계획의 전모를 담은 쁠레하노프 앞으로 보낼, 아직 현상하지 않은 화학 잉크로 쓴 편지만을 가지고 있었다. 그러나 헌병들은 귀찮은 일을 하지 않으려 했다. 체포된 그는 3주 동안 감방에 있었으며, 헌병들은 편지를 빼앗았지만 현상하지는 않았다.

쁘스꼬프를 허가 없이 벗어난 이 모험의 결말은 어떻게 되었는가? 우리 나라처럼 20년 형인가? 아니다, 단지 3주간의 구류뿐이었다. 그 후에는 석방되어 아주 자유로웠다. 그는 러시아 전역을 돌며 『이스끄라』 배포 센터를 설치하고 그 후에 그 신문의 발간 체제 정비를 위하여 국외로 탈출했다(이 외국 여행을 위한 여권 발부에 대해 경찰은 아무런 하자도 찾지 못했다).

그것뿐만이 아니다! 그는 망명지에서 러시아 백과사전『그라나뜨』를 위해 마르크스에 관한 논문을 보내왔다! 그리하여 그 논문이 게재되었다.[5] 그것도 한두 개가 아니었다.

드디어 그는 러시아와 국경이 가까운 오스트리아에서 반정부 활동을 하게 되었다. 그런데 러시아 당국은 비밀리에 젊은 이를 파견하여, 그를 납치해 러시아로 데려오려고 하지 않았다. 하려고 했으면 간단히 할 수 있었을 것이다.

이렇듯 제정 시대의 뒤쫓는 손은 미약하고 과감성이 없었다. 어떤 거물 사회 민주당원의 사례를 보더라도 알 수 있을 것이다(스딸린의 경우는 특히 분명하다 ― 여기에 또 다른 의혹도 있었지만). 1904년에 까메네프가 모스끄바에서 가택 수색을 받았을 때 〈의혹을 받을 만한 서신 왕래 자료〉가 몰수되었다. 신문을 받을 때 그는 묵비권을 행사하여 어떠한 서명도 하지 않았다. 그것으로 끝이었다. 그리하여 그는 추방당했다 ― 부모가 살고 있던 곳으로.

사실 사회 혁명당원들에 대한 박해는 꽤 엄했다. 엄했다면, 그것이 어느 정도인가? 게르슈니(1903년 체포)의 범죄는 엄청난 것이 아니었나? 사빈꼬프(1906년 체포)는? 이들은 러시아 제국의 거물급 인물의 암살 주모자들이었다. 그러나 그들은 처형되지 않았다. 그 후 땀보프주의 농민 봉기의 진압자인 루제노프스끼 장군을 근거리에서 사살한 마리야 스뻬리도노바의 도망을 허락했다. 그녀의 경우도 처형되지 않고, 결국 도형에 처해졌다.[6] 그런데 만일 1921년에 우리 나라에서 땀보프

<hr>

5 소련 백과사전이 망명한 베르자예프의 논문을 싣는다고 상상해 보라.

주(똑같은 곳!)의 농민 봉기 진압자를 열일곱 살의 소년 학생이 사살했다고 가정한다면, 대체 어찌 되었을까! 〈보복 조치〉인 적색 테러로 수천 명의 학생들과 지식인들이 재판 없이 총살되었을 것이다.

수오멘린나에서 일어난 해군 반란 사건에 대해서 모두 총살에 처했는가? 아니다, 유형을 보냈을 뿐이다.

이바노프라줌니끄는 이렇게 회상했다(1901년에 뻬쩨르부르끄에서 있었던 큰 시위에 대해서). 뻬쩨르부르끄 형무소 안은 마치 대학생의 소풍과도 같았다 ― 모두 큰 소리로 웃고 노래를 합창하고 자유롭게 감방에서 감방으로 돌아다니고 있었다. 이바노프라줌니끄는 뻔뻔스럽게도 순회공연 중인 예술 연극을 보러 가고 싶다고 형무소장에게 청했을 정도였다. 사두었던 입장권이 아깝다는 것이다! 그 후에 그는 유형에 처해졌다. 그의 선택에 따라 심페로뽈이 유형지가 되었고, 그는 배낭을 짊어지고 온 끄림반도를 떠돌아다녔다.

아리아드나 띠르꼬바는 같은 그 시대에 대하여 이렇게 쓰고 있었다. 〈우리는 취조를 받고 있는 죄수였으나, 대우는 엄하지 않았다.〉 헌병 장교는 그들에게 고급 레스토랑 도돈의 식사를 제공했다. 만사에 아주 까다로운 부르쩨프의 증언에 의하면 〈뻬쩨르부르끄의 형무소는 유럽의 것보다는 훨씬 인도적이었다〉.

레오니뜨 안드레예프는 제정 타도(!)를 위하여 무장(!) 봉기하라고 모스끄바의 노동자들에게 호소문을 적었기 때문에

---

6 그녀는 2월 혁명 덕분에 도형에서 자유의 몸이 되었다. 그 대신 마리야 스뻬리도노바는 1918년 이후 여러 번 체까에 의해 체포되었다. 그녀는 사회주의자들 중의 거물로, 사마르깐뜨, 따시껜뜨, 우파 등지의 유형지로 쫓겨 갔다. 그 후 그녀의 소식은 어느 정치 격리 형무소에서 끊겼다. 총살된 것이다.

만 15일을 감방에 갇혀 있었다! (그 자신도 너무 짧은 기간이라고 생각하여 언제나 〈3주간〉이라고 덧붙였다.) 다음은 당시 그가 일기에 적은 글이다.[7] 〈여기는 독방이다! 별로 나쁘지 않다. 침상을 펴고 의자와 등잔을 가까이 하고 담배와 배를 놓는다…… 책을 읽으며 배를 먹는다—집에 있는 것 같은 기분이다……. 즐겁기도 하다. 아니, 아주 즐겁다.〉「선생님! 선생님!」교도관이 식사 차입구에서 그를 부른다. 책은 많았다. 옆 감방에서 메모가 왔다.

대체로 안드레예프가 인정하듯이 주거 조건이나 식량 사정에 관해 말하자면, 감방에서의 생활은 그의 학생 시절의 생활보다도 좋았다.

당시 고리끼는 뜨루베쯔꼬이 요새에서 『태양의 아이들』을 쓰고 있었다.

볼셰비끼의 지도부는 백과사전 『그라나뜨』 제41권의 「소비에뜨 연방 및 10월 혁명의 활동가들, 그 자서전과 전기」라는 표제의 논문으로 부끄러운 자기선전을 했다. 어느 항목을 보아도, 우리 나라의 척도에 견주어 보면 그들의 혁명적 활동이 얼마나 위험성이 없고 안전했던지, 놀라울 뿐이다. 그리고 특히 그들이 형무소에서 좋은 대우를 받은 것은 놀라울 만한 일이었다. 끄라신의 경우, 〈따간까 형무소의 생활을 그는 언제나 매우 즐겁게 회상하고 있다. 최초의 신문이 끝나면 헌병들은 그를 해방시켜 주었다〉. (대체 왜 그랬을까?) 〈그리하여 그는 옥중의 자유 시간을 맹렬한 공부에 썼다. 독일어를 공부하여 실러와 괴테의 작품 대부분을 원문으로 읽고 쇼펜하우어와 칸트의 철학을 공부하고 밀의 논리학과 분트의 심리학을 연구하고……〉 등등. 자기의 유형지로서 끄라신은 이르꾸

---

7 V. L. 안드레예프의 『유년 시대』에서 인용.

쯔끄, 즉 시베리아의 수도며 가장 문화가 발달한 도시를 선택했다.

라제끄는 1906년에 바르샤바 형무소에 투옥되었다. 〈반년간 투옥되어 쾌적한 옥중 생활을 보냈다. 러시아어를 공부하고 레닌, 쁠레하노프, 마르크스의 저서를 탐독하고 옥중에서 자기의 최초의 논문을 썼다(노동조합 운동에 대하여). 그리고 자기 논문이 실린 카우츠키가 출판하던 잡지를 받아 보니 대단히 만족스러웠다.〉

혹은 반대로 세마시꼬의 경우, 〈옥중 생활(모스끄바, 1895년)은 매우 어려웠다〉. 3개월의 형무소 생활 후에 그는 3년간 유배되었다. 자기의 고향인 옐레쯔에 말이다!

짜리즘에 복수하고 싶었던, 형무소에서 지쳐 버린 빠르부스와 같은 녀석의 아주 과장되고 감상적인 회고록에 의해 서구에서는 러시아의 형무소가 〈무시무시한 러시아의 바스티유〉라는 이미지를 갖게 되었던 것이다.

같은 방법으로 수천의 덜 유명한 인물들의 전기를 조사하면 알 수 있다.

지금 나는 한 권의 백과사전을 가지고 있다. 특히, 이것은 문학 백과사전으로, 그리고 〈잘못〉이 그대로 게재된 낡은 판(1932년)이다. 이 〈잘못〉을 삭제하기 전에 나는 무턱대고 〈K〉 항목을 열었다.

까르뻰꼬까리. 옐리자베드그라프 경찰서(!)의 서기였던 그는, 혁명가들을 위한 국내 통행증을 조달했다. (우리 나라 말로 해석하면 이렇다 ── 국내 통행증을 발급하는 부서의 직원이 지하 조직을 위한 통행증을 조달했던 것이다!) 이것 때문에 그는 교수형을 받았는가? 아니다, 5년 동안 자기 고향으로 유배되었다! 즉, 자기 별장에. 그는 후에 작가가 되었다.

끼릴로프, V. T. 흑해 해군 수병들의 혁명 운동에 참가했다. 그래서 총살되었는가? 영구 유형을 받았는가? 아니다, 3년간을 우스찌-시솔스끄에 유배되었어. 그 후에 작가가 되었다.

까삿낀, I. M. 옥중에서 몇 편의 단편 소설을 쓰고 그 단편 소설이 신문 지상에 발표되었다! (우리 나라에서는 한번 복역한 자는 작품을 발표할 수가 없다.)

까르뽀프, 예프찌히. 두 번이나(!) 유형을 받은 후에 알렉산드린스끼 제국 극장과 수보린 극장의 지도를 위임받았다. (우리 나라라면, 우선 첫째로 수도에서 주민 등록을 할 수 없었을 것이다. 다음으로는 특별부에서 그를 프롬프터로 채용하지 않았을 것이다.)

끄르지자노프스끼는 스똘리삔 반동 시기[8]가 한창일 때 유형지에서 돌아와 그대로(지하의 중앙 위원이면서) 아무런 지장도 없이 기사로 일하기 시작했다. (우리 나라라면 기계 트랙터 공급처의 직공이 되어도 잘되었다고 생각할 것이다!)

끄릴렌꼬에 대해서는 『문학 백과사전』에는 취급되지 않았지만 〈K〉 항목을 말하는 김에 언급하는 것도 나쁘지 않을 것이다. 혁명적 정의감에 불타고 있는 동안에 그는 세 번이나 〈운이 좋아 체포를 면했다〉.[9] 그러나 여섯 번 체포되어 도합 14개월밖에 투옥되지 않았다. 1907년은(아직도 반동의 해였다) 군대에서의 선동 활동도 군사 조직으로의 참가라는 죄상을 덮어씌웠으나 어떻게 하여 지방 군법 회의에서 무죄가 되었다! 1915년에는 〈병역 기피〉로(그는 장교며, 더욱이 전쟁을 하고 있는데!) 이 미래의 최고 군 사령관 ── 전(前) 사령관

---

8 1906~1911년의 시기 ── 옮긴이주.

9 이 부분과 뒷부분은 백과사전 『그라나뜨』에 실린 자서전에 의함. 제41권, pp. 237~245.

을 살해하고 그 자리에 앉게 될 ─ 이 처벌되었다. 이 처벌이라는 것이 전선의 부대(징벌 부대와는 다르다)로 전속되는 것이었다(이렇게 제정 시대의 정부는 독일에 승리하는 동시에 혁명의 불을 끄려고 생각했다). 그리고 15년 동안 재판에서 유죄가 된 사람들이 뒤통수에 총알을 맞기 위해 줄 서서 기다린 것은, 바로 잘려 나가지 않은 이 검사의 날개 그늘 아래에서였다.

또 이 스똘리삔 반동 시기의 와중에 혁명가들을 위하여 직접 국내 통행증이나 무기를 조달해 주고, 그들에게 경찰과 정부군의 계획을 알렸다는 꾸따이시의 지사(知事) V. A. 스따로셀스끼는 불과 2주 동안 구금되어 있었다.[10]

상상력이 풍부한 사람이라면 우리 나라 말로 한번 번역해 보길!

이 반동 시기의 와중에, 또 〈합법적인 방법으로〉 볼셰비끼적 철학 및 정치, 사회 문제의 잡지 『사상』이 발간되었다. 또 〈반동적인〉 잡지 『이정표』에 공공연하게 이렇게 썼다. 〈시대에 뒤떨어진 전제(專制)〉, 〈전제주의와 노예 제도의 죄악〉 ─ 이런 것에 대해 써도 좋다는 것이다!

그 당시는 견디기 어려운 엄한 시대였다. 얄따의 사진 수정사 V. K. 야노프스끼가 오차꼬프 해병대원들의 총살 장면을 그려서 그 그림을 자기 상점의 쇼윈도에 전시했다(그것은 현재의 모스끄바 중심가 꾸즈네쯔끼 다리에서 노보체르까스끄 파업을 진압하는 장면을 전시하는 것과 같았다). 이것에 대해 얄따의 시장은 어떻게 했는가? 황제의 별궁이 가깝기 때문에 그는 특히 엄중한 조치를 취했다. 우선 야노프스끼에게 호통을 쳤다! 그다음에는 불살라 버렸다. 불사른 것은 야노프스끼

10 『노비 미르』, 제2호, 「지사 동지」, 1966년.

의 상점도 아니고, 그 총살하는 그림도 아니고, 그 복사물이었다. (야노프스끼의 실력이 뛰어나서 그랬다고 생각하는 사람도 있을지 모른다. 하지만 시장이 당장 쇼윈도를 부수라고 명령하지 않았다는 것을 지적하고 싶다.) 셋째로 야노프스끼에게 가장 무거운 처벌이 내려졌다 ― 즉, 알따에서 그대로 살면서 황실 사람이 거리를 지날 때는 외출을 하지 말라는 것이다.

부르쩨프는 망명자가 출간하는 잡지에서 황제의 사생활까지 비난했다. 귀국했을 때(애국심이 고양되던 1914년) 그는 총살되었는가? 1년도 안 되게 형무소에 들어가, 책을 받고 글을 쓸 수 있는 특권을 부여받았다.

도끼를 든 사람에게 나무를 찍는 것을 금지하지 않았다. 그래서 나무는 결국 쓰러졌다.

뚜하체프스끼가, 그들의 표현에 따르면, 〈탄압〉받았을 때 그의 가족은 풍비박산되어 가족 전부가 투옥된 것에 그치지 않고(딸이 대학에서 제적된 것은 말할 것도 없고) 그들 두 형제는 아내와 함께, 네 자매는 남편과 함께 체포되고, 조카들은 제가끔 아동 수용소로 보내지고, 또마셰비치라든가 로스또프로 개명되어 버렸다. 그의 아내는 까자흐스딴 수용소에서 총살되고 어머니는 아스뜨라한에서 걸식하다가 죽었다.[11] 이것은 같이 처형된 수백의 저명인사들의 친척에 대해서도 이야기할 수 있다. 이것이 진짜 박해인 것이다!

제정 시대 박해(그것도 박해라고 부를 수 있는지 모르겠지만)의 주요한 특징은, 적어도 혁명가의 가족과 친척한테는 아

11 이런 예는, 그의 친척들은 아무 잘못도 없기 때문에 인용한 것이다. 뚜하체프스끼는 이제 새로운 숭배의 대상이 되어 가는데, 나는 그 숭배에 찬성할 수 없다. 그는 끄론시따뜨의 반란 진압과 땀보프 농민 봉기의 진압을 지휘했으니 자업자득이라 하겠다.

무런 제재도 가하지 않았다는 것이다. 나딸리야 세도바(뜨로 쯔끼의 아내)는 남편 뜨로쯔끼가 유죄 판결을 받은 죄인이었으나 1907년에 아무런 장해도 없이 러시아로 귀국했다. 울리야노프 집안의 사람들도(시기는 다르지만, 그들의 거의 전부가 체포된 경력이 있었다) 언제나 아무 장해도 없이 외국 여행의 허가를 받았다. 무장봉기를 호소했기 때문에 레닌이 〈지명 수배 범죄자〉 취급을 받았을 때도, 누나인 안나는 합법적으로, 또 정기적으로 망명지인 파리의 크레디리오네에 있는 그의 계좌로 송금했다. 레닌의 어머니도, 끄룹스까야의 어머니도, 고등 문관이나 장교 지위에 있었던 죽은 남편들의 고액 연금을 죽을 때까지 받았다. 이 미망인들의 연금에 무슨 제한이 가해지리라고는 상상할 수 없었다.

이러한 상황에서, 똘스또이는 우리에게 필요한 것은 정치적 자유가 아니라 도덕적 완성이라고 결론을 내릴 수 있었다.

물론, 이미 자유를 가진 자에게는 자유가 불필요하다. 우리도 이것은 찬성이다 — 결국, 문제는 정치적 자유가 아니다. 그래, 바로 그렇다! 인류가 발전시키고 있는 것은 내용이 없는 자유를 획득하기 위한 것이 아니다. 또 기능이 충분히 발휘되는 정치 기구를 가진 사회를 만들려는 것도 아니다. 그래, 바로 그것이다! 문제는 말할 것도 없이 사회의 도덕적 기반에 있는 것이다! 그런데 이것이 최종 목표라고 하면 그 출발점은 무엇인가? 그 첫걸음은 무엇인가? 그 당시 야스나야 뽈랴나는 사상의 개화를 추구하는 모임이었다. 그러나 만일 아흐마또바의 레닌그라뜨에 있는 자택이 삼엄하게 포위되고 그곳을 찾아오는 사람들에게 모두 국내 통행증의 제시를 요구하거나 혹은 스딸린 시대처럼 세 사람이 한군데 모이는 것이 두렵게 되는 사태가 된다면, 똘스또이도 역시 정치적 자유를 갈구했을 것이다.

스똘리삔 테러가 가장 무서운 시대에 자유로운 신문 『루시』에는 아무런 장해 없이 1면에 〈5인 처형!〉 아니면 〈헤르손에서 20인 처형!〉이라는 제목이 실려 있었다. 똘스또이는 개탄하면서 울부짖고, 이대로는 살 수가 없다고 했다. 〈이것보다 무서운 일〉은 상상할 수도 없다고 말하고 있었다.[12]

그리고 앞에서 언급한 적이 있는 잡지 『빌로예』의 명단도 있다. 6개월 동안 950명을 처형한 기록이다.[13]

『빌로예』의 명단을 입수했다. 우선 8개월이나 계속된(1906년 8월부터 1907년 4월까지) 스똘리삔의 〈군법 회의〉 실시 기간 와중에 간행된(1907년 2월) 것이 눈에 띈다. 그리고 이 명단은 러시아의 여러 통신사가 발표한 자료에 기초하여 작성한 것이다. 모스끄바의 신문이 1937년에 모스끄바에서 총살된 사람의 명단을 공표하는 것을 상상이나 할 수 있을까?

둘째로 러시아 역사상에 없고 또다시 되풀이될 수 없는 8개월에 걸친 〈군법 회의〉의 속행은 불가능했다. 그것은 〈권위가 없는〉 〈충성스러운〉 국회가 그러한 재판 제도를 인정하지 않았기 때문이다(스똘리삔은 국회가 심의하는 것조차 고려하지 않았다).

셋째로 6개월이 지난 이 〈군법 회의〉 실시의 정당화로 다음과 같은 이유를 들었다. 지난 반년 동안에 〈정치적 동기에 의해 많은 경찰관 살해 사건〉이 일어났고 공직에 있는 많은 사람들이 습격을 받고[14] 압쩨까르스끼섬의 폭발 사건이 있었는데 〈만일 국가가 이런 테러 행위에 대하여 보복 조치를 취하

12 『동시대인들이 회상하는 레프 똘스또이』(1955), 제2권, p. 232.

13 『빌로예』, 2월 14일호, 1907년.

14 『빌로예』는 이러한 사실을 부정하지 않는다.

지 않는다면, 국가의 존재 이유가 없어진다〉는 것이 그 제도를 정당화하는 이유였다. 여기서 상당한 시간에 걸쳐서 재판하고, 게다가 강력하고 무한한 권력을 가지는 변호인단을 정하고 있는 배심 재판 제도를(그것은 전화 한 통에 의해 좌우되는 우리 나라의 주 재판 제도나 지방 군법 회의 제도와는 달랐다) 참을 수 없는 스똘리삔 치하의 사법부가 말수가 적은 야전 군법 회의를 통하여 혁명가들(또 승객 열차의 차창을 향해 발포하거나 3루블이나 5루블 때문에 일반 서민을 죽이는 악당들을 포함하여)을 낚아채려고 했던 것이다. (특히, 다음과 같은 제한이 가해졌다. 즉, 야전 군법 회의가 열리는 것은 비상사태 혹은 비상경계가 실시되고 있는 지역〈만〉으로 제한되어 있다. 또 생생한 범죄의 행적이 있고 하루 이내에 또한 범죄 행위가 〈명백하다〉고 인정되는 것〈만〉 소집할 것.)

동시대인들이 이 제도에 이렇게 놀라고 또한 격분했다는 것은, 이 제도가 러시아에 있어서 전혀 의외의 것이었다는 증거가 될 것이다!

1906년부터 1907년에 이르는 상황을 보면 〈스똘리삔 테러〉 시대의 원인이 사법부와 혁명가 테러리스트 양쪽 모두에게 있다는 것을 알 수 있다. 러시아의 혁명적 테러가 발생하고 1백 년이 지난 오늘, 이 테러의 사상, 이들의 행위는 혁명가들의 쓰라린 잘못이었으며, 러시아에 있어서의 재난이며, 그것들은 혼란과 고뇌와 지나친 희생 이외에는 무엇 하나 조국에 이롭지 못한 것을 우리는 확신을 가지고 단언할 수 있다.

바로 그 『빌로예』를 몇 장 넘기다 보면[15] 거기에는 모든 것의 근원이 된 선전, 1862년부터 있었던 선전 한 장이 있다.

〈우리는 무엇을 원하는가? 우리는 러시아의 복지, 행복을

15 『빌로예』, 2월 14일호, 1907년, p. 82.

원한다. 새로운 생활, 보다 나은 생활을 달성하기 위해서 희생은 불가피하다 — 우리에게는 이미 기다릴 시간이 없기 때문이다. 우리에게는 신속하고도 재빠른 개혁이 필요하다!〉

얼마나 잘못된 일인가! 열성분자인 그들에게는 기다릴 시간이 없어서 행복한 생활을 재촉하기 위해 〈희생을 내는 것을〉 허용했던 것이다(게다가 그 희생은 그들이 아니라, 다른 사람들의 것이었다)! 그들에게 기다릴 시간이 없었기 때문에 자손인 우리들은 오늘도 그들과 같은 시점(농민들이 해방되었을 때)에 머물러 있기는커녕, 훨씬 후퇴해 버린 것이다.

테러리스트들은 스똘리삔식 야전 군법 회의의 정당한 동반자라는 것을 인정하자.

우리는 스똘리삔 시대와 스딸린 시대를 비교할 수는 없다. 그것은 우리들의 시대에 야만 행위가 일방적으로 밀어닥쳤기 때문이다. 단지 한숨을 쉬었기 때문에 목이 잘리고, 그보다 더 작은 일로도 목이 잘렸던 것이다.[16]

〈이것보다도 무서운 일은 없다〉라고 똘스또이가 외쳤다지? 하지만, 이것보다도 더 무서운 일을 상상하는 것은 극히 간단하다. 이것보다도 더 무서운 일이란 처형이 어떤 일정한 기간 동안 한 도시에서 일어나는 것이 아니라 〈어디서든지〉, 그리고 〈매일〉 일어나는 것이며, 게다가 그것이 20명씩이 아니라 2백 명씩 처형되는 것이다. 그리고 신문에는 그런 내용이 전혀 나오지 않는 것이다.

그들은 당신의 얼굴을 일그러지게 때리고, 원래부터 못생

---

16 나는 솔직히 말해서 재판 없는 폭동 진압에 대해 말한다면(1918~1919년의 농민 폭동, 1921년의 땀보프주의 농민 폭동, 1930년의 꾸반 지방과 까자흐스딴 공화국의 농민 폭동) 우리의 시대는 그 규모나 기술에 있어서 제정 시대를 훨씬 상회하고 있다고 단언할 수 있다.

겼었다고 말한다.

아니다, 원래 그렇지 않았다! 당시에 이미 러시아는 유럽에서 가장 사람을 소홀히 하는 나라라는 평이 있었지만, 그래도 그 정도는 아니었다.

금세기 1920년대와 1930년대를 통하여 〈압축〉의 가능성에 관하여 인간의 의식이 발전되어 갔다. 우리 조상들에게는 압축의 극한이라고 생각되었던 단단한 지표가 물리학자에 의하여 구멍투성이의 체와 같다고 설명되었다. 1백 미터의 공간에 하나의 작은 알갱이가 놓여 있다 — 이것이 원자 모형이다. 이윽고 〈원자 압축〉의 가능성이 발견되었다 — 즉, 1백 미터 공간에 있는 알갱이들을 한자리에 모으는 것이다. 이렇게 압축된 물질은 새끼손가락 끝만큼 적은 양으로도 기관차 정도의 중량이 된다. 그러나 이 압축은 깃털처럼 양자 때문에 잘 압축되지 않는다. 그런데 중성자만을 압축한다면, 이와 같은 〈중성자 압축〉은 우표만큼의 크기가 5백만 톤의 중량이 되는 것이다!

그리고 물리학의 성과에 의존하지 않고, 우리도 압축되어 버렸다.

스딸린은 국민들에게 영구히 〈온화한 마음을 버리도록〉 호소했던 것이다. 그런데 이 〈온화한 마음(블라고두시예)〉이란 달의 사전에 의하면 〈선량하고 사랑하고 싶은 마음의 움직임이며, 자비롭고 모두의 행복을 바라는 마음〉이다. 우리들은 이와 같은 것을 버리도록 요청받고 서둘러 그것을 버렸던 것이다 — 우리 모두의 행복을 바라는 마음을 말이다! 우리들은 자기 먹을 것만 있으면, 그것으로 만족하게 되었다.

러시아의 여론은 금세기 초엽에는 놀라운 힘을 가지고 자유의 분위기를 형성했다. 짜리즘이 멸망한 것은 꼴차끄군이 패배한 때도 아니며 2월의 뻬뜨로그라뜨가 떠들썩하던 때도 아니다. 그것은 훨씬 이전의 일이었다! 짜리즘이 영원히 파묻힌 것은 작가들이 헌병이나 순경을 조금이라도 호의적으로 묘사하면, 그것은 극우 반동적 아첨이라는 견해가 러시아 문학에 정착했던 때였다. 그들과 악수하는 것뿐 아니라, 그들과 친교하는 것, 거리에서 그들을 만나 인사하는 것 외에도 단지 보도에서 그들과 옷깃만 스쳐도 수치를 느끼게 된 때였다!

그런데 우리 나라에서는 지금 직업을 잃은 사형 집행인들이 특별한 임무이기는 하지만 문학 및 문화, 예술을 지도하는 것이다. 우리는 〈그들〉을 영웅으로 극찬해야 한다. 그리고 우리 나라에서는 어찌 된 것인지 그것이 애국주의가 되어 버렸다.

여론! 사회학자들이 여론을 어떻게 정의하는지 나는 알 수 없으나 그것은 정부와 당의 견해와는 아무런 관계가 없이, 자유롭게 표명되고, 서로 영향을 미치는 개인적 견해로서만 구성되는 것이라고 생각하고 있다.

우리 나라에 독립된 여론이 없는 한, 이유 없이 수백만의 사람들이 살해되는 사태가 다시 되풀이되지 않으리라는 보장은 전혀 없다. 그것은 언제나 매일 밤 ── 오늘 밤이나 내일 밤에라도 다시 시작될지 모른다.

우리가 보아 온 〈진보적 최전선의 교리〉는 우리들을 죽음의 신으로부터 지켜 주지 않았다.

그런데 내 이야기를 듣는 상대방이 열심히 얼굴의 근육을 움직이며, 한 눈을 깜박이며, 나무라듯 고개를 좌우로 흔든다. 그것은 첫째로 〈적이 듣고 있을지도 모른다〉는 뜻이다. 둘째로, 〈주제를 왜 그렇게 확대하는가?〉라는 뜻이 포함되어 있다. 그는 좁은 범위에서 질문했던 것이다. 〈왜 우리를 잡아넣었는가? 어찌하여 사회에 남아 있는 사람들이 이 무법 상태를 묵인하고 있는가?)라는 질문이 아니었다. 이미 알다시피 사람들은 그들이 전혀 〈알아차리지 못하게〉 민족마다 24시간 이내로 강제 이주된다면, 그 민족 측에 잘못이 있다고 〈단지 당의 명분을 믿고 있었다〉.[17] 제기된 문제는 그것과는 별도였다. 즉, 이미 수용소에 무슨 일이 벌어지고 있는지 알고 있었던 우리는, 〈그곳에서〉 굶주리며 일하고, 참으며 왜 투쟁하지 않았을까? 호송병에게 연행된 경험이 없고, 손발이 자유로운 사람들은 자기의 가족, 사회적 지위, 급료, 보수 등을 희생할 수가 없어서 투쟁하지 않았다. 그 대신 이제 와서 그들은 여러 가지 비판적 회고를 발표하며 이미 잃을 것이 하나도 없는데도 어찌하여 〈우리〉는 배급 빵에 매달리기만 하고 투쟁하지 않았는지 비난하고 있다.

그러나 나는 이 질문에 이렇게 대답하려 한다. 〈바깥세상〉의 여론이 없었기 때문에, 우리들도 수용소에서 단념할 수밖에 없었던 것이다.

그렇다면, 자기에게 밀어닥치고 있는 규율에 대하여 죄수에게는 어떤 저항 방법이 있었을까? 아마 이 정도일 것이다.

1. 반항
2. 단식 투쟁
3. 탈옥
4. 폭동

이렇게 〈돌아가신 위대한 선인들〉이 즐겨 말하듯이, 그리고 〈누구나 알고 있듯이〉(만일 알지 못하면 다시 말해 주겠

17 V. 예르밀로프가 I. 에렌부르끄 앞으로 보낸 답변.

다) 처음 2개의 방법이 효과가 있을(교도관들을 떨게 하는) 때는 여론이 있을 때 〈뿐〉이다! 여론이 없다면 놈들은 우리들의 반항이나 단식 투쟁을 아무렇지도 않게 생각하고 웃어넘길 것이다.

다음의 방법은 아주 극적인 것이다. 즉, 제르진스끼처럼 형무소 당국자들의 앞에서 자기의 셔츠를 갈기갈기 찢어서 그것으로 자기의 요구를 받아들이게 하는 것이다. 그러나 그것이 가능한 것은 여론이 있을 때뿐이다. 여론이 없다면 재갈을 물리고 또 관급품인 셔츠를 변상시킨다!

지난 세기말에 까라 도형지의 형무소에서 일어난 유명한 사건을 상기하면 될 것이다. 정치범들은 앞으로 처벌을 받게 되어 있다고 발표되었다. 그러자 나제즈다 시기다(그녀는 상대를 물러나게 하기 위해…… 어쩌다 장교의 뺨을 때렸다!)가 처음으로 채찍으로 맞는 형에 처하게 되었다. 그녀는 채찍으로 맞는 것만은 면하기 위해 독약을 마셨다! 그녀의 뒤를 쫓아서 또 세 사람의 여자가 독을 마시고 죽었다. 남성 막사에서는 14명이 자살을 기도했으나 전원이 성공할 수는 없었다.[18] 그 결과, 체벌은 완전히, 그리고 영원히 폐지되었다! 정치범들의 목적은 형무소 당국을 위협하여 자기들의 요구를

---

18 마침 중요한 사실이 밝혀졌다(E. N. 꼬발스까야, 『여성의 도형』, 국립 도서 출판소, 1920. pp. 8~9; G. F. 오스몰로프스끼, 『까라 도형지의 비극』, 모스끄바, 1920). 시기다는 아무 이유 없이 다만 도형수들의 특유의 신경쇠약 상태에서 장교의 뺨을 때리고 침을 뱉었다. 그 후 이 헌병 장교(마슈꼬프)는 〈정치 도형수〉(오스몰로프스끼)에게 부탁해서 자기의 심리를 해달라고 요청했다. 형무소장(보브로프스끼)은 신부의 임종 성찬도 받지 않고, 〈후회하면서 죽었다〉. (우리의 경우에도 이런 양심적인 교도관이 있었다면!) 시기다는 채찍에 맞을 때 옷을 입은 채였고, 꼬발스까야의 옷을 갈아입힌 것은 여성이었지 소문처럼 남자들이 아니었다.

받아들이게 하려는 것이었다. 이 까라의 비극이 러시아나 전 세계에 알려지면 큰일이 났을 것이다.

그러나 이 사건을 우리 시대에 견주어 생각하면 경멸의 눈물만이 흘러내린다. 자유인인 장교의 뺨을 때리다니? 게다가 〈자기 자신〉은 모욕당하지도 않았는데? 채찍으로 좀 맞는다고 해서 대단한 일은 아니지 않는가? 매는 맞아도 살아남는다! 그런데 여자 동료들은 왜 따라서 음독자살을 했지? 그리고 14명의 남자들은 왜 따라서 자살을 시도했지? 인생은 한 번밖에 없는 거다! 그 결과가 중요하다! 먹을 것도 있고 마실 것도 있다면, 이 세상을 떠날 필요는 없지 않는가? 혹시 은사가 있을지도 모른다. 또 형기 감축 제도가 다시 도입될지도 모를 일이다.

우리는 예전의 죄수들의 높이에서 이렇게 아래로 미끄러져 버렸다. 우리는 얼마나 낮은 데까지 타락해 버렸는가? 그런데 우리 교도관들은 얼마나 높이 올라갔는가! 놈들은 까라 지방의 바보들과는 달랐다! 만일 지금 우리들이 일어서서 그 4명의 여자와 14명의 남자가 보여 준 정신적 높이까지 도달했다 해도, 독을 끄집어내기 이전에 모두 총살되었을 것이다(또 소비에뜨의 형무소에 독물이 있을 리가 없다). 음독자살에 성공한 사람이 있다면, 당국의 일을 줄여 주었을 뿐이다. 그리고 다른 사람에게는 그것을 알리지 않고 채찍 형을 줄 것이다. 그리고 물론 이 사건에 대한 소문은 밖으로 새 나가지도 않았을 것이다.

소문은 새어 나가지도 않는다 — 이거다! 이것이 놈들의 강점이다! 만일 새 나갔다 해도 멀리 전파되지는 못한다. 신문의 뒷받침도 없고, 그리고 항시 밀고자들을 통해 추적할 수도 있기 때문에 없는 것이나 마찬가지야. 사회가 소란할 일은 절대 없어! 그렇다면 무엇이 두렵겠는가? 그렇다면 우리의 〈항의〉에 귀 기울일 필요는 없지 않는가? 음독자살을 하려면 멋대로 하라는 것이다.

우리 단식 투쟁의 무용론에 대해서는 이미 제1부에서 충분히 표명했다.

그렇다면 〈탈옥〉은 어떤가? 역사에는 제정 시대의 큰 탈옥 사건 몇 개의 기록이 남아 있다. 여기서 지적해 두지만 그 어느 탈옥 사건도 〈사회〉에서의 지도에 의하여, 즉 다른 혁명가들이나 탈옥하는 사람들과 같은 정당에 소속된 사람들, 혹은 소수이기는 하지만 동정심을 가진 사람의 협력을 얻어 실행되는 것이다. 탈옥할 때도, 그 후의 은신처의 제공이나 탈옥수를 안전한 장소로 유도하는 데도 많은 사람의 힘을 빌렸다. 「아! 문제는 그겁니다!」 마르크스주의 역사가는 나의 말꼬리를 잡았다. 「왜냐하면, 주민들이 혁명가를 지원하고 혁명가는 미래를 선도하니까요!」 「그렇지만 혹시,」 내가 반론한다. 「그것이 즐겁고 재판을 받을 염려가 없는 게임이었기 때문이 아닐까요? 창문에서 손수건을 흔들어 안으로 불러들이거나 탈옥수를 자기 침실에 있게 하거나, 그를 변장시키는 게임이 아닐까요? 그런 짓을 해도 재판에 회부될 걱정은 전혀 없었지요. 유형지에서 뾰뜨르 라브로프가 도망쳤는데 볼로그다 주지사(호민스끼)는…… 라브로프와 자유 결혼을 한 아내에게 그 땅에서 떠나기 위한 허가서를 발행하여 남편의 뒤를 따르는 것을 인정했지요……. 국내 통행증을 위조해서 자기 고향으로 유배 가는 시대였으니까요. 사람들은 〈아무것도 두려운 것이 없었어요〉. 당신은 자신의 체험에서 그것이 어떤 일인지 알겠어요? 그럼 묻고 싶은데, 어떻게 당신은 잡혀가지 않았지요?」 「이것은…… 복권과 같은 거니까…….」

다른 성질의 증언도 있었다. 학교에 다닐 때 누구나 고리끼의 소설 『어머니』를 읽어야 했으니 아마 모두들 니즈니 노브고로뜨 형무소의 내부 사정에 관한 이야기를 기억할 것이다. 교도관들의 권총은 녹이 슬어서 그들은 그 권총을 망치 대용으로 사용하여 벽에 못을 박기도 했다. 형무소의 벽에 사다리를 걸치고 어렵지 않게 밖으로 나갈 수 있었다고 쓰여 있었다. 또 경찰 간부인 라따예프는 이렇게 썼다. 〈유형 제도는 탁상의 존재였다. 형무소는 전혀 존재하지 않았다. 그 당시의 형무소 제도하에 형무소에 들어간 혁명가는 아무런 지장도 없이 예전과 다르지 않게 활동을 계속했……. 끼예프의 혁명 위원회 전원이 모조리 끼예프 형무소에 들어가서 시내의 파업을 계속 지도하며 격문을 내붙였다.〉[19]

제정 시대의 주요한 도형지의 경비가 어땠는지에 관한 자료는 잘 모이지 않는다. 그러나 우리들의 시대처럼, 만 번에

[19] 『빌로예』, 2월 24일호, 1917년. L. A. 라따예프가 N. P. 주예프 앞으로 보낸 편지. 거기에는 당시의 러시아 국내 정세 전반에 대해 쓰여 있다. 〈사회에는 《비밀경찰과 프리랜서 수사관들》이 어디에도 없었다(두 개의 수도 이외에는—A. 솔제니쩐). 절대적으로 감시가 필요한 경우에는 헌병 하사관이 사복으로 변장해서 담당했다. 그들은 사복으로 변장할 때도 이따금 장화의 박차를 떼는 것을 잊어버리곤 했다. 이런 조건에서는 혁명가가 두 수도 이외의 장소로 활동 장소를 옮기기만 하면, 경찰로서는 전혀 파악할 수 없는 비밀의 베일에 싸일 것이다. 이리하여 본격적인 혁명의 둥지가 생겨나고 선전원이나 선동가들의 온상이 되어 버렸다…….〉

그 시대가 소비에뜨 시대와 어느 정도 다른지, 독자들은 쉽게 알 수 있을 것이다. 마부로 변장한 이고르 사조노프가 쁠레베 장관을 암살하려고 폭탄을 가지고 〈경찰청의 입구에서 사륜마차의 지붕 밑에 은신하여〉 하루 종일 지냈다. 하지만 아무도 주의를 쏟거나, 물어보는 사람이 없었다. 또 긴장한 깔랴예프는 〈종일〉 폰딴까 거리에 있는 쁠레베 자택 앞에 서 있었다. 그는 체포되리라 믿었으나, 그것은 지나친 걱정이었다. ……아, 좋았던 시절이여! 이런 식이라면 혁명도 어렵지 않게 할 수 있겠다.

한 번도 성공한 예가 없는 도형지에서의 탈옥과 같은 무모한 이야기는 전혀 들은 적이 없다. 아마 당시의 도형수들은 위험까지 무릅쓰면서 탈옥할 필요성이 없었을 것이다. 그들은 중노동에 시달려 젊어서 죽어 버릴 위험도 없었고 부당하게 〈형기〉가 추가될 위험도 없었고 또 형기의 나머지 반을 유형지에서 보내게 되어 그때까지 탈옥을 보류하고 있었을 것이다.

제정 시대의 도형지에서 도망치지 않은 것은 게으름 때문일 수도 있다. 아마 경찰의 확인도 적었고 감시도 약하고 도로에는 아무런 초소도 없었을 것이며 매일 작업 장소에 있어야 하는 강제적인 규정도 없었을 것이다. 돈도 가지고 있었고(혹은 돈을 송금받을 수도 있었고) 도형지가 큰 강이나 도로에서 그다지 멀지도 않았다. 그리고 또 도망자를 도와준 사람은 조금도 위험하지 않았고, 또 우리의 시대와는 달리 도망자 자신도 붙잡히면 당장에 사살되거나 매를 맞거나 다시 20년의 도형 노동에 처하게 될 염려도 전혀 없었다. 통상 잡힌 사람은 원래 형기대로 전에 있던 장소로 돌아가게 된다. 그것뿐이었다. 전혀 손해가 없는 게임이었다. 파스쩬꼬가 유유히 외국으로 도망쳤던 것(제1부 제5장)은 그 시대로서는 대표적인 사건이다. 그러나 더욱 대표적인 것은 혹시 뚜루한스끼 지방에서의 A. P. 울라노프스끼의 탈옥 사건인지도 모르겠다. 그는 탈옥하여 끼예프의 학생 도서관에 들러 미하일로프스끼의 저서인 『진보란 무엇인가』를 빌렸으며, 학생들이 그에게 식사를 제공하고 숙소를 마련해 주고, 차표를 살 돈까지 주었다. 국외로는 탈출한 과정은 이렇다. 그는 외국 여객선의 승선 계단을 올라가 ― 그곳은 내무부 사람이 경비하고 있지 않았다! ― 보일러실에 몸을 숨겼다. 그런데 더욱 이상한 것은 1914년 전쟁 때 그는 자의로 러시아로 와서 뚜루한의 유형지로 돌아갔다! 외국의 스파이가 분명하다! 총살이다! 이놈아, 누구한테 고용되었는지 말해! 아니다, 치안 판사는 이런 판결을 내렸다 —— 3년간 외국에 도망친 죄에 대하여 3루블의 벌금이나 1일의 구류에 처할 것! 3루블은 큰돈이었기 때문에 울라노프스끼는 하루 동안의 구류를 택했다.

그런데 낡은 작은 배나 혹은 통나무가 쌓인 선착장에서 바다를 넘으려는 솔로프끼 탈옥에서부터 시작하여 스딸린 시대 후기의 수용소에서의 목숨을 내건 절망적이며 무모한 탈옥 (탈옥에 대해서는 앞으로 몇 개의 장에서 더 자세히 쓰겠다) 에 이르기까지의 우리의 탈옥은 마치 거인의 기도며, 멸망의 운명에 처한 거인과 같았다. 아니, 그만한 용기, 그만한 지혜, 그만한 의지는 예전의 혁명 전의 탈옥에서는 시도되지 않았다. 예전의 탈옥은 쉽게 성공했지만 우리의 탈옥은 잘되지가 않았다.

「왜냐하면 당신들의 탈옥은 계급적 본질에 있어서 〈반동적〉이었기 때문입니다!」

노예나 짐승이기를 거부하려는 인간의 기분을 반동적이라 할 수 있겠는가?

탈옥이 성공하지 못한 것은 탈옥한 후에 사람들이 어떤 태도로 탈옥수를 대하는가에 달려 있다. 그런데 우리 나라 주민들은 탈옥수를 돕는 것을 〈두려워하거나〉, 혹은 자기 이해관계로, 또는 자기의 사상 때문에 탈옥수를 배신하기까지 했다.

「그래, 그것이 바로 여론이지요!」

폭동에 관해서 이야기하자면, 3천 명이나 5천 명이나 8천 명의 죄수들이 참가하여 궐기한 폭동 이야기는 세 번의 우리 나라 혁명사에 한 번도 없었다.

하지만 우리 시대에는 그것이 있었다.

그러나 저주 때문에 우리는 최대한의 노력과 희생을 지불하고도 최소한의 결과밖에 얻지 못했다.

이것은 우리의 사회가 아직 그만큼 준비되지 않았기 때문이다. 여론이 없이는 대규모의 수용소 폭동도 발달의 여지가 전혀 없기 때문이다.

따라서 〈어찌하여 참았는가?〉라는 질문에 대해 이렇게 대답하겠다 ― 우리는 참지 않았어! 계속 읽다 보면 알겠지만, 우리도 결코 참기만 하지는 않았어.

우리는 특수 수용소에서 〈정치범〉의 기치를 올리고 ― 정치범이 되었다.

제5장

돌 밑의 시, 돌 밑의 진실

나는 수용소에 들어가 처음에는 일반 작업에서 벗어나려고 무척 애를 썼으나, 잘되지 않았다. 그런데 내가 투옥되고 6년째가 되어서 에끼바스뚜스에 도착했을 때는, 이번에는 거꾸로, 수용소에 대한 속단이나 술수, 여러 가지 복잡한 생각을 머릿속에서 떨쳐 버리고자 마음먹었다. 그런 것들은 더 본질적인 것을 생각하지 못하게 하기 때문이었다. 그렇기 때문에 나는 운 좋게 특권수가 되기 전에 그랬던 것처럼 잡역부로 떨어져 처참한 생활을 할 것이 아니라, 교양 있는 사람들이 하는 것처럼 여기 도형 수용소에서 기술을 배워 전문직을 가지려고 생각했다. 그래서 우리들(나와 올레끄 이바노프)은 보로뉴끄의 작업반에서 기능인, 즉 석공이 되었다. 나중에는 운명의 장난에 의하여, 나는 주물공이 되었다.

처음에는 자신이 없고 불안했다. 나는 옳은 선택을 한 걸까? 나도 할 수 있을까? 육체노동에 어울리지 않고 머리가 큰 우리는, 모두 같은 작업을 하고 있어도 남보다 훨씬 어려웠다. 그러나 나는 의식적으로 나 자신을 밑바닥으로 내려가게 했다. 그리고 그곳에서 어떤 공통된, 돌멩이가 많은 바닥에 단단하게 발을 디디기 시작했을 때부터 내 인생에서 가장 중요한 시기가 시작되었다. 나의 인격은 그 시기에 완성되어 갔으며, 그 이후에 내 인생에 어떤 일이 생기더라도, 나는 그때 익숙해진 시선과 습관에 충실했다.

그리고 찌꺼기를 깨끗이 제거하고 머리가 맑아야 할 필요가 있었던 것은, 내가 이미 2년 전부터 서사시를 쓰기 시작했기 때문이었다. 그 서사시는 매우 유익해서, 나의 육체에 어떤 이상이 있어도 그것을 잊게 하는 효력을 가지고 있었다. 때로는 자동소총을 가진 병사들이 고함을 질러, 의기소침하여 대열 속에서 걷고 있을 때도, 나는 끓어오르는 시와 형상의 압력을 느끼며, 마치 대열의 상공을 날고 있는 듯한 기분이었다. 빨리 〈작업 현장〉에 도착하여 어디엔가 몸을 숨기고, 그 시를 종이에 쓰고 싶다는 기분에 사로잡힌다. 그 순간에 나는 자유롭고 행복했다.[1]

그런데 특수 수용소에서 어떻게 〈쓸 수〉 있었을까? 끄릴렌꼬의 말에 의하면, 그는 형무소에서도 글을 썼다. 하지만 그곳 규칙은 아주 부드러웠다! 길게 자란 머리카락 속에 숨겨(왜 머리를 짧게 깎지 않았을까?) 지니고 있던 연필을(의복의 솔기까지 뒤지며 조사했으면서, 왜 빼앗지 않았을까?) 사용하여, 소란한 와중에서도 썼다(걸터앉아서 다리를 펼 공간이 있었다니 감사할 일이군!)고 했다. 게다가 조건이 너무나 좋아서, 쓴 원고를 보존하여, 그것을 사회에 전할 수 있었다(이 부분을 우리 동시대인으로서 무엇보다 이해할 수 없었다).

1 모든 것은 상대적이다! 바실리 꾸로치긴의 일이지만, 『이스끄라』가 폐간되고 9년간 그로서는 〈참으로 고통스러웠다〉고 쓰고 있었다. 그는 〈자기의〉 기관지를 빼앗겼던 것이다! 그런데 〈자기의〉 기관지를 생각할 수 없었던 우리로서는 전혀 이해하기 어렵다. 그에게는 방도 있었고, 조용하고, 책상도, 잉크도, 종이도 있었다. 게다가 가택 수색도 없고 쓴 것을 빼앗는 자도 없었는데 그것이 왜 그렇게 고통스러웠을까?

우리 시대에는 수용소에서도, 그렇게 쓸 수가 없다! (앞으로 쓰려는 소설을 위해 이름 몇 개만 간직하고 있어도 위험을 초래한다. 조직의 명단이 아닌가 의심을 받았다. 그래서 나는 이름의 어근만 남겨 명사나 형용사로 변형시켜 기입했던 것이다.) 기억이야말로 유일하고 확실한 〈은신처〉였다. 그곳에는 쓴 것을 보존할 수 있고, 신체검사 때도, 호송되어 나갈 때도 발견되지 않는다. 처음에는, 나는 기억력에 그다지 의존하지 않았으나, 글을 쓸 때는 시의 형식으로 정리하기로 했다. 물론, 그것은 형식의 강요인 것이다. 뒤에 발견했지만, 우리들이 머릿속에 가지고 있는 신비로운 심연에는, 산문도 잘 들어갔다. 자질구레한 여분의 지식의 부담에서 해방된 죄수의 기억은 놀랄 만한 용량을 가지고 있어서, 더욱 그것을 증대시킬 수 있었다. 우리들은 너무나 자신의 기억력을 믿지 못하고 있다!

그렇지만 무엇인가 기억하기 전에, 그것을 종이에 적어서, 갈고 닦았다. 수용소에서는 연필과 백지를 가지는 것은 허용되고 있으나, 〈쓴 것〉을 가지고 있어서는 안 된다(그것이 스딸린에게 바치는 서사시가 아니라면).[2] 그리고 위생부에 있는 특권수나 문화 교육부의 한 식구가 아니라면 매일 아침과 밤에 2번, 위병소에서 신체검사를 받지 않으면 안 된다. 나는 12~20행씩 작은 단편으로 나누어 쓰기도 하고, 그것을 갈고 닦아서 기억하고, 종이는 불살랐다. 종잇조각을 그냥 찢어 버리는 것은 절대 하지 않도록 결심했다.

2 이와 같은 〈창작 활동〉의 예는 지야꼬프가 쓰고 있다 — 드미뜨리예프스끼와 체뜨베리꼬프가 기획하고 있는 장편 소설의 줄거리를 당국에 이야기했더니, 당국이 장려해 주었다. 보안 장교는 이 두 사람이 〈일반 작업〉을 하지 않도록 감시했다! 후에 그들을 〈은밀히〉 수용소에서 밖으로 데리고 나가(〈반데라파의 녀석들이 그들을 괴롭히지 않도록〉), 쓰는 작업을 계속하게 했다. 이것도 역시 돌 밑의 시다. 그 장편 소설은 대체 어떻게 되었을까?

형무소에서는 시를 쓰거나, 그것을 퇴고하는 일을 모두 머릿속에서 해야 한다. 그래서 나는 성냥개비를 꺾어서, 그것을 담뱃갑 위에 두 줄로 놓았다 — 첫째 줄은 1행을 의미하는 10대고, 두 번째 줄은 10행을 의미하는 10대다. 그리고 시를 머릿속에서 암송하면서, 한 행이 끝날 때마다 성냥개비 한 개비를 옆으로 놓았다. 1행짜리 10대를 옆에 놓자, 나는 10행짜리 1대를 움직였다. (하지만, 이 작업도 꽤 조심해야 했다 — 이러한 아무것도 아닌 성냥개비 놀이에도, 그때 입술을 움직이거나 혹은 얼굴에 특별한 표정이 나타나거나 하면, 이내 밀고자들의 주의를 끌게 된다. 나는 되도록 멍한 표정으로 성냥개비를 움직이려고 조심했다.) 50번째 행과 1백 번째 행은 특히 주의해서 기억했다. 한 달에 한 번, 나는 과거에 쓴 것을 모두 되풀이했다. 만일 그때, 50번째 혹은 1백 번째에 그 행이 나오지 않으면, 나는 다시 되풀이하고, 잊어버린 행이 되살아날 때까지 읊조렸다.

꾸이비셰프 중계 형무소에 있을 때, 나는 가톨릭 신자들(리투아니아인들)이 손으로 형무소용 묵주를 만들고 있는 것을 목격했다. 그들은 빵을 물에 적셔서 잘 문질러 구슬을 만들고, 그리고 색을 칠하고(흑색은 불에 탄 고무, 백색은 가루 치약, 적색은 붉은 살균제였다), 그 젖은 구슬을 꼬아서 비누로 굳힌 실로 꿰매어 만든 묵주를 강가에서 말리고 있었다. 나는 그들과 함께, 나도 묵주를 사용하여 기도하고 싶다고 했다. 다만 나의 특수한 신앙에는 특수한 묵주가 필요하며, 구슬 1백 개 중에 10번째 구슬은 둥글게 하지 않고 입방체로 만들어야 하고 또 50번째와 1백 번째 구슬은 만져서 알 수 있어야 한다고 했다. (그러나 후에 알았지만 20개로도 충분했다. 그러는 편이 오히려 편리했기 때문에, 그런 묵주를 스스로 코르크로 만들었다.) 리투아니아인들은 나의 종교적 열성에 놀라며(그들 중에서 가장 신심이 깊은 사람도 40개 이상의 구슬이 있는 묵주는 가지고 있지 않았다) 나를 도와주어, 1백 번째 구슬은 짙붉은 하트 모양인 묵주를 만들었다. 이 멋있는 그들의 선물을 나는 그 후 한 번도 손에서 놓은 적이 없었다. 커다란 겨울 장갑 속에 감추고, 손가락으로 구슬을 만지며, 머릿속에서 암송하는 행을 세고 있었다. 작업 출동 전의 정렬에서도, 대열을 짓고 걸어갈 때도, 무엇인가 기다리고 있을 때도, 그런 것을 간단히 할 수 있어서, 나는 혹한도 아랑곳하지 않았다. 신체검사를 할 때도 나는 그 묵주를 솜 장갑 속에 감췄다. 장갑 속에 넣으면 밖에서 만져 봐도 알 수 없었다. 몇 번이나 교도관들에게 발각된 적이 있었으나, 그것이 기도하기 위한 도구라는 것을 알고는 이내 돌려주었다. 형기가 끝날 때까지(그때 이미 1만 2천 행을 외우고 있었다), 또 유형지에서 시를 쓰거나 그것을 기억하는 데 이 목에 거는 묵주가 큰 도움을 주었다.

그러나 모든 일이 쉽게 되지는 않았다. 쓴 것이 많으면 많을수록, 매달 암송하는 데 많은 일수가 걸렸다. 특히, 이 암송의 폐해는, 쓴 것을 반복하는 데 지쳐서, 그 장단점도 알 수 없게 된다는 것이었다. 처음의 초고가, 그렇지 않아도 되도록 빨리 태워 버리려고 서둘러 만들었는데, 유일무이한 것이 되었다. 무언가 써서 그것을 몇 년간이나 방치해 두었다가, 그것을 아주 잊어버린 후 전혀 다른 비판적 각도에서 그 작품을 다시 한번 보는 것은 불가능했다. 따라서 정말 좋은 작품은 쓸 수가 없었다.

그리고 아직 태우지 못한 종잇조각은 빨리 처분해야 했다. 이것으로 나는 세 번이나 큰 실수를 저질렀다. 하지만 항상 위험한 말은 종이에 쓰지 않고 그 부분을 공백으로 비워 두어

살 수 있었다. 어느 날 나는 혼자 떨어져 잔디에 뒹굴면서 책 속에 종이를 숨겨 놓고, 글을 쓰고 있었다. 그곳은 구내에서 가까운 곳이었다(조용했다). 교도관장인 따따린이 아주 조용히 뒤에서 다가와, 내가 책을 읽는 것이 아니라 쓰고 있는 것을 보았다.

「그게 뭐야!」 그는 종이를 보자고 했다. 나는 일어나 식은 땀을 흘리면서 종이를 건넸다. 거기에 이렇게 쓰여 있었다.

> 우리의 모든 노고는 보상받을 것이다.
> 우리의 외침은 외면받지 않을 것이다.
> 오스테로데에서 브로드니찌까지
> 밤낮으로 5일도 더 걸렸으나
> K(까자끄인)와 T(따따르인) (호송대)가 우리를 쫓고 있었다.

만일 〈호송대〉와 〈따따르인〉이라는 말이 그대로 쓰였다면, 따따린은 틀림없이 나를 보안 장교에게 끌고 갔겠지. 그리고 나는 실토했을 것이다. 하지만 공백은 말이 없었다.

> K — 와 T — 가 우리를 쫓고 있었다.

사람의 생각은 여러 가지였다. 나는 서사시가 탄로 나면 큰일이라고 걱정했다. 그런데 그는 내가 구내의 약도를 그려서 도망치려는 것이라고 생각했다. 그는 나에게서 빼앗은 종이를 몇 차례나 다시 읽으며, 이마에 주름을 잡았다. 〈우리를 쫓고 있었다〉라는 대목이 걸렸다. 아니, 그것보다도 그의 뇌를 자극한 것은, 〈5일〉이라는 부분이었다. 나는 이 말이 어떤 연상을 불러일으킬지를 간과했다. 〈5일〉 — 이것은 일반적인 수용소의 표현이며 이 표현으로 징벌 감방행의 명령이 떨어지는 것이다.

「누구한테 5일이 선고되었나? 그게 누구야?」 그는 찌푸리면서 물었다.

나는 겨우(오스테로데와 브로드니찌의 지명을 인용하여), 누군가가 쓴 전선의 시를 회상하면서 썼지만, 군데군데 잊어버려서 생각나지 않는다는 변명으로 상대를 납득시켰다.

「왜 그따위를 생각하나? 여기서는 무엇인가를 회상해서는 안 돼!」 그는 무뚝뚝하게 경고했다. 「누워서 뒹굴거리는 모습을 한 번만 더 걸리면, 그냥 두지 않을 거야!」

지금은 대수롭지 않은 일처럼 이야기하고 있지만, 그 당시 보잘것없는 노예였던 나로서는, 그것은 중대사였다. 나는 시끄러운 곳에서 떨어져 누워 있을 수가 없었다. 이제 다시 한 번 시를 가지고 있다가 그 따따린한테 발각되면, 나는 다시 심리에 회부되어, 철저한 감시를 받게 되어도 어쩔 도리가 없었다.

그런데 나는 쓰는 것을 중지할 수는 없었다!

한번은, 나는 평상시의 습관을 바꿔서, 작업 현장에서 단숨에 희곡[3] 60행을 썼으나, 수용소에 돌아올 때, 입구에서의 신체검사에서 그 종이를 잘 감추지 못했다.

사실, 이 종이에도 많은 말 대신에 공백이 있었다. 코가 납작하고 소박하게 생긴 젊은 교도관이 괴상한 이 압수품을 들여다보았다.

「이거 편지야?」 그는 물었다.

(작업 현장으로 편지를 가지고 가면 징벌 감방으로 보냈다.

3 「승자의 연회」.

그러나 이것을 보안 장교에게 보이면 더 이상한 〈편지〉가 되어 버릴 것이다!)

「이것은 아마추어 연예회를 하려고…….」 나는 거짓말을 했다. 「마침 어떤 희곡이 떠올라서. 연극할 때 구경하러 오세요.」

젊은이는 종이와 나를 잠시 바라보더니 말했다.

「생긴 건 멀쩡한 놈이 바보짓이야!」

그러면서 나의 종이를 반으로, 넷으로, 여덟 조각으로 찢었다. 아직 종잇조각이 너무 커서, 혹시 그가 이것을 땅에 버리게 되면, 큰일이 날 것이라고, 나는 놀랐다. 즉, 위병소 앞에서, 이런 종잇조각이 경계심이 많은 당국자의 눈에 띄지 않는다고 할 수 없었다. 게다가, 규율 담당관인 마체호프스끼가 내가 있는 데서 조금 떨어진 곳에 서서, 신체검사하는 것을 바라보고 있었다. 그러나 후에 자기들이 청소를 하지 않아도 되게 ― 위병소 앞에서 쓰레기를 버려서는 안 된다는 명령이 있었는지 ― 교도관은 찢은 종잇조각을 쓰레기통에 버리도록, 나의 손에 넣어 주었다. 나는 문을 지나자마자, 서둘러 그것을 난로 속에 던져 넣었다.

세 번째는 서사시의 꽤 많은 부분을 아직 불태우지 않고 가지고 있을 때였다. 규율 강화 막사의 건설 현장에서 일하면서, 나는 참지 못하고, 종이에 「석공」이라는 시를 써넣었다. 우리는 그때 밖으로 나가지 않았기 때문에, 매일같이 신체검사를 받지 않고 일했다. 내가 시 「석공」을 가지고 다닌 지 사흘째 되는 날이었다. 나는 점호 직전에 다시 한번 어둠 속에서 시를 암송하고, 태워 버리려고 밖으로 나갔다. 나는 어둠과 고독을 찾아서 울타리 가까이로 갔는데, 그곳은 최근에 쩬노가 탈옥할 때 빠져나갔던 장소와 가깝다는 것을 기억하지 못했다. 그래서 아마 교도관이 잠복하고 있었던 모양으로, 갑자기 나

159

의 옷깃을 붙잡아 어둠 속을 뚫고 규율 강화 막사로 끌고 갔다. 나는 어둠을 이용하여, 슬며시 뒤로 손을 돌려 「석공」을 쓴 종이를 구겨 버렸다. 바람이 불어와서 교도관이 종이를 구기는 소리를 듣지 못했다.

그런데 나는 그 밖에도 서사시의 일부를 가지고 있다는 것을 완전히 잊고 있었다. 규율 강화 막사에서 나는 신체검사를 받았고, 운 좋게도 거의 죄가 되지 않을 「프로이센의 밤」이라는 시의 일부분밖에 발견되지 않았다.

교대 근무를 하고 있던 글을 읽을 줄 아는 상사가 그것을 읽었다.

「이게 뭐야?」

「뜨바르도프스끼의 시입니다.」 나는 아주 자신 있게 대답했다. 「〈바실리 쪼르낀〉입니다.」

(이리하여 처음으로 나는 뜨바르도프스끼의 인생과 교차하게 되었다!)

「뜨바르도프스끼!」 상사는 정중하게 끄덕였다. 「하지만 너한테는 필요 없잖아?」

「하지만 책이 없어서. 그래서 생각이 나면 가끔 적어 놓고 읽습니다.」

나는 무기인 반쪽짜리 면도날은 빼앗겼으나, 시는 도로 받았다. 나는 그대로 풀려났으니까, 「석공」을 찾으려고 하면 할 수도 있었다. 그러나 그사이에 점호도 끝나서, 구내를 걸어 다녀서는 안 되었다. 그래서 교도관이 나를 막사까지 데려와 나를 안으로 들여보내고 문을 잠갔다.

이날 밤에 나는 제대로 잘 수가 없었다. 밖에는 폭풍이 불었다. 내가 구겨서 뭉쳐 버린 「석공」은 지금 어디로 날아갔을까? 많은 공백은 있었으나, 시의 의미는 분명했다. 그런데 그 내용에서 작가가 규율 강화 막사의 건설을 맡고 있는 작업반의 일원이라는 것을 알 수 있다. 그렇게 되면, 서부 우끄라이나 출신들이 대부분인 막사에서 나를 찾기는 어렵지 않을 것이다.

이러한 나의 오랜 창작 활동의 성과가 ── 이미 쓴 것, 지금 창작의 과정에 있는 것 ──이 가벼운 종이 뭉치가 되어, 구내나 스텝의 어디에서인가 바람에 날려 돌아다니고 있었다. 그런데 나는 기도할 뿐이었다. 우리는 괴로울 때 신을 부끄럽다고 생각하지 않는다. 우리가 신을 부끄러워하는 것은 행복한 때다.

아침 5시에 기상하여, 나는 강풍을 맞으며 그 장소로 서둘러 갔다. 바람은 작은 돌까지 날리며 얼굴에 불어왔다. 이렇게 바람이 세니 찾을 수도 없다! 바람은 그 자리에서 본부 막사 쪽으로, 또 규율 막사 쪽으로(거기에도 역시 교도관들의 출입이 잦고, 가시철조망도 많이 쳐 있었다), 거기에서 밖으로, 즉 마을이 있는 방향으로 불고 있었다. 새벽 내내 1시간이 넘도록 등을 구부리고 찾아 다녔으나 헛수고였다. 나는 체념하고 말았다. 바로 그때 주위가 갑자기 밝아지자, 내가 버린 곳에서 불과 세 걸음 되는 데에, 그 종이 뭉치가 하얗게 보였다! 종이 뭉치는 바람에 날려서 옆으로 날아가, 지면에 놓인 판자 사이에 걸려 있었다.

나는 지금도 그것을 기적이라고 생각한다.

이렇게 해서 나는 계속 글을 썼다. 겨울에는 추위로 몸을 녹이는 방에서, 봄과 여름에는 발판에서, 즉 벽을 쌓아 올리는 일을 하는 틈에 썼다. 벽돌을 운반해 오는 사이에, 나는 종이를 벽돌 위에 놓고, 몽당연필을 쥐고(옆의 사람들이 보지 못하게 하면서), 먼저 들것에 날라 온 것을 옮기는 동안에 머리에 떠올랐던 시를 적었다. 나는 꿈속에서 살고 있는 기분이었다.

식당에서 의례적으로 죽을 먹고 있어도 그 맛을 모를 때도 있었고, 주위 사람들의 이야기 소리가 귀에 들리지 않을 때도 있었다. 어쨌든, 나는 시만 생각하며 계속 그 행을 수정하면서, 벽에 쌓는 벽돌처럼 정리해 갔다. 나는 신체검사를 받고, 인원 점검을 받고, 대열을 짓고 스텝으로 쫓겨 갔으나, 머릿속에는 나의 희곡밖에 없었고, 그 장면을, 장막의 색깔, 가구의 배치, 조명의 움직임, 배우의 동작까지, 눈앞에 보는 듯했다.

사람들은 자동차로 가시철조망을 돌파하거나, 그 밑을 지나서 눈보라에 쌓인 눈 위를 지났으나, 나는 내 주위에는 가시철조망 따위는 없는 것 같은 나날을 보내고 있었다. 나는 언제나 멀리 떨어진 땅에 있는 것 같은 기분이었고, 교도관들이 제아무리 점호를 하여도 그것을 알아차리지 못했다.

나는 그런 기분에 있는 것이 나뿐만이 아니고, 내가 큰 〈비밀〉에 관계하고 있다는 것을 알았다. 그 비밀은 전국에 흩어진 군도의 섬들 중에서, 나와 같은 고독한 사람들의 가슴속에서 몰래 익어 가서, 어느 날엔가, 우리가 죽은 뒤에 나타나 앞으로의 러시아 문학 속에 융화되는 것이다.

1956년에, 이미 존재했던 지하 출판물 속에서 바를람 샬라모프의 시집을 보았을 때, 나는 오랫동안 보지 못한 형제를 만난 듯이 기쁨을 느꼈다. 그는 시라쿠사가 점령당했을 때의 아르키메데스처럼 죽기를 바라는 마음을 표현했다.[4]

　　나는 알고 있다 — 이것은 놀이가 아니라,

---

4 플루타르코스 영웅전에 따르면 시라쿠사를 점령한 로마군이 아르키메데스를 찾아와 마르켈루스 장군에게 끌고 가려 했으나, 수학 문제를 푸는 중이라며 거절하자 이에 격분한 군인이 아르키메데스를 칼로 찔러 죽였다고 한다 — 옮긴이주.

목숨이 달린 일이다.
그러나 펜을 버리고, 다 쓰지 못한 종이를 구기느니
나는 차라리 죽음을 택하겠다.

그 역시 수용소에서 글을 쓰고 있었다! 모든 사람을 피하여, 어둠을 향하여 대답 없는 고독한 소리를 외쳤다.

묘비의 기다란 행렬만이
내가 떠올릴 수 있는 추억.
나도 벌거숭이 되어, 거기에 누울 운명이었지.
어떤 일이 있어도
최후까지 노래 부르며,
호소하기로 한 맹세가 없었더라면.
죽은 자의 심장에서도
삶은 다시 시작된다······.

이와 같은 사람이 당시에 얼마나 되었을까? 이런 전환기에 나타났던 사람들보다 훨씬 많은 사람들이 있었으리라 생각한다. 그 모든 사람이 다 살아남은 것은 아니다. 어떤 사람은 글 쓴 종이를 병 속에 넣고 그것을 파묻었으나, 그 장소를 아무한테도 알려 주지 않았다. 또 어떤 사람은 글 쓴 것을 남에게 맡겼는데, 그 사람이 무심하거나, 반대로 너무 조심스러웠을 경우도 있었을 것이다. 아니, 어떤 자는 쓸 수도 없었을 것이다.

에끼바스뚜스와 같은 작은 섬에서 서로를 알 수 있었을까? 그리고 격려했을까? 또 지원해 주었을까? 아니, 우리는 승냥이처럼 숨었고, 그것은 서로 마찬가지였다. 하지만, 나는 에끼바스뚜스에서 그러한 몇 사람과 알게 될 기회가 있었다.

163

나는 뜻하지 않게 침례교 신자를 통하여, 종교 시인 아나똘리 바실리예비치 실린을 알게 되었다. 당시 그는 마흔 살이 넘었다. 그의 얼굴은 특별히 남의 이목을 끌지는 못했다. 그의 짧게 깎은 머리카락과 수염은 붉은색이었으며, 눈썹까지 불그레했다. 일상생활은 겸손하고, 부드럽고, 절제가 있었다. 우리가 친하게 되면서부터, 쉬는 일요일에는 둘이서 구내를 산책하기도 했고, 그가 나에게 자기의 긴 종교 서사시를(그도 나처럼, 수용소에서 글을 썼다) 들려주었을 때, 나는 여러 번 이런 평범한 풍채에 비범한 영혼이 감춰져 있음에 놀랐다.

부랑아 출신의 아동 수용소에서 자란 무신론자였던 그는, 독일군의 포로가 되어 종교 서적을 읽으면서, 그 포로가 되어버렸다. 그때부터 그는 신자가 되었을 뿐만 아니라, 철학자도, 신학자도 된 것이다! 또 다름 아닌 〈그 후〉 그는 줄곧 형무소나 수용소에서 살고 있어서, 그의 신학의 길은 끊임없이 고독 속에서 가야만 했다. 그에게는 책도, 도와줄 상대도 없으니까, 그는 이미 남에 의하여 발견된 것도 스스로 재발견하면서, 때로는 방황하면서, 앞으로 나아가지 않으면 안 되었다. 지금 그는 잡역부나 땅을 파는 일을 하고 있지만, 달성할 수 없는 노르마를 달성하려고 열심히 해도 힘이 빠지고, 무릎이 저리고, 손이 떨리는 상태로 작업에서 돌아왔다. 그런데 밤낮으로 머릿속에는, 처음부터 끝까지 머릿속에서 불규칙 음률의 4음률 서사시가 쓰였다. 내가 알기에는, 그때까지 그는 2만 행이 넘는 시를 쓰고 있었다. 그도 역시 자기 시에 대해서는 실용적인 관점으로 대했다. 즉, 암기하는 방법이자 생각을 남에게 전달하기 위한 방법으로 말이다.

그의 세계관은 자연을 감지하는 마음에 의하여, 매우 아름답게 장식되고 따스했다. 그는 그 불모지인 구내에 금단의 풀

잎이 드문드문 나 있는 것을 보고, 그 위에 허리를 굽혀 탄성을 지른다.

「지상의 풀이 얼마나 멋있나! 그런데 조물주는 이 풀을 인간의 깔개로 주었다네. 그러니까 우리 인간은 그것보다 더욱 멋있어야 하지!」

「그렇다면 〈이 세상과 이 세상에 있는 것을 사랑하지 말라〉는 것은 무슨 말인가?」(그 말은 분리파 신도들이 자주 하던 말이다.)

그는 사죄하듯 미소 지었다. 그는 이 미소로 상대의 마음을 부드럽게 했다.

「세속적이고 육체적인 사랑에도, 일체가 되고자 하는 우리의 지고한 염원이 나타나 있다네!」

신의론(神義論), 즉 왜 이 세상에 악이 존재하는가를, 그는 이렇게 간명하게 표현했다.

완벽한 사랑 그 자체인 신이
우리의 삶을 불완전하게 만든 것은
고뇌가 없이는
행복의 가치도 알 수 없기 때문이다.

계율은 엄하지만 그것을 따름으로써
죽어야 하는 연약한 인간이
영생의 평화를 얻을 수 있다.

인간의 모습을 빌린 예수의 고뇌는, 인간이 범한 죄악을 없애기 위해서가 아니라, 하느님 스스로 이 세상의 고뇌를 〈체험〉하려고 생각했기 때문이라고 그는 설명했다.

실린은 감히 이렇게 주장했다. 〈이러한 고뇌가 있다는 것을 하느님은 언제나《알고 계셨다.》그러나 이전에는 그것을《느끼지 못했었다!》》

> 타락한 인간의 자유 의지가
> 〈광명〉으로의 갈망을 막고
> 인생의 빛을 제한했다.

그런데 〈반기독교〉에 대해서도 마찬가지로, 실린은 신선한 인간적인 언어를 찾아냈다.

> 신이 주신 행복마저
> 그 천사는 거부하고
> 인간처럼 고뇌를 맛보지 못하여
> 슬픔이 없었으니,
> 그도 사랑을 모르게 되었다.

자기 스스로 그렇게 자유롭게 사색하고 있던 실린은, 그 넓은 마음속에 기독교의 여러 종파를 받아들이고 있었다.

> 그들의 본질은
> 기독교 속에 있으나
> 천재들은 각기 개성이 있다.

어떻게 정신이 물질을 낳는가, 하는 유물론자들의 성급한 의혹의 동기에 대해, 실린은 그저 미소를 지을 뿐이었다.
「그들도 조잡한 물질이 〈영혼〉을 낳는다고 생각하지는 않겠지? 만일 그렇다면 그것은 기적이 아니겠나? 그래, 이것은 더욱 큰 기적이란 말일세!」

나의 머리는 나 자신의 시로 가득했지만, 잘못하면 실린 자신이 자기의 서사시를 보존하지 못하는 것은 아닌지 걱정되어, 그의 시를 기억해 두려고 했다. 그의 서사시 중 하나는 이러했다. 고대 그리스의 이름을 가진 ─ 나는 그 이름을 잊어버렸다 ─ 그가 가장 좋아하는 주인공이 국제 연합 총회 석상에서 생각했던 바를 연설한다. 그것은 전 인류를 위한 정신적 강령이라 할 수 있었다. 넉 장의 번호표를 붙이고 멸망의 운명에 처한 노예와 같이 쇠약한 시인이, 잡지나 출판사나 라디오 방송국에 뿌리를 내리고 자기 이외에는 아무한테도 소용없는 것을 쓰는 사람들보다 훨씬 많은 것을 살아 있는 사람들에게 말할 수 있었다.

전쟁 전에 아나똘리 바실리예비치는 교육 대학의 문학부를 졸업했다. 지금 그는 나와 마찬가지로, 앞으로 3년쯤 지나면 유형지에서 〈석방〉되게 되어 있었다. 그의 유일한 전공은 학교에서 문학을 가르치는 일이었다. 전에 죄수였던 우리들이 학교의 교원으로 채용될 가망은 거의 없었다. 하지만 만일의 경우우라면?

「아이들에게 거짓을 가르치지는 못하지! 나는 아이들에게 신과 영혼의 생명에 대해 진실을 가르칠 걸세.」

「그렇지만 그런 짓을 하다가는 첫 수업이 끝나자마자 바로 해임될 텐데!」

실린이 머리를 숙여 조용히 대답했다. 「그래도 괜찮아.」

그의 기가 꺾이지 않는 것은 분명했다. 그는 자기 영혼을 굽히느니 학생 기록부가 아니라 곡괭이를 잡을 것이다.

나는 동정과 존경을 가지고, 이 붉은 머리카락의 인물을 바라보았다. 그는 부모도 모르고, 교사도 모르고 자랐다. 그의 인생은 그 어디서든 시종 에끼바스뚜스의 돌밭인 땅을 삽으로 파듯이 괴로운 것이었다.

실린은 침례교 신자와 한솥밥을 먹고, 그들과 빵과 수프를 나누어 먹었다. 물론, 그는 자기와 함께 복음서를 읽고, 해석하고, 그 책을 감출 수 있는 동료가 필요했다. 그러나 그는 정교도를 찾지도 않았다(그들이 자기를 이단이라고 거절할까 두려워서). 발견하지도 못했다. 우리 수용소에서는 서부 우끄라이나의 출신자들 이외에는 정교도가 적었으며, 그 일관된 태도도 보이지 않았기 때문이다. 그런데 침례교 신자들은 실린을 존경하는 듯한 자세를 보이며, 그의 말에 귀 기울이고, 자기들 공동체의 일원으로까지 간주했다. 하지만, 그가 가지고 있는 일체의 이단적 요소는 그들의 마음에 들지 않았고, 언젠가는 그를 자기들이 감화시키려고 했다. 그들이 있는 앞에서 내가 말을 건네면, 실린은 말을 아꼈다. 그는 침례교 신자가 없는 데서는 말이 많아지는 것이었다. 그들의 신앙은 아주 완고하고 순수하고 열렬하여, 마음의 동요나 흐트러짐이 없이 도형 생활을 견디는 데는 매우 유익했으나, 실린은 그들의 신앙에 자신을 따르게 하는 것은 어려웠다. 침례교 신자는 모두 정직하고, 온화하고, 근면하여 동정심이 깊은 예수에게 충실한 사람들이었다.

그러니까 그들을 이렇게 철저하게 박멸하는 것이다. 1948년에서 1950년에 걸쳐서, 침례교 공동체에 소속되어 있다는 이유〈만〉으로 수백 명의 사람들이 25년의 형을 받고, 특수 수용소로 가게 되었다(어쨌든 공동체는 〈조직〉이니까 말이다).[5]

5 흐루쇼프 시대가 되어 그들에 대한 박해가 약화되었으나, 그것은 본질에 있어서가 아니라, 〈형기〉에 있어서 그렇다(제7부 참조).

◆

　수용소는 일반 사회와는 다르다. 사회에서는 각자가 거리
낌 없이 자기를 강조하여 밖으로 그것을 표현하려고 한다. 그
래서 그 사람이 무엇을 주장하려고 하는지 쉽게 알 수가 있다.
그런데 형무소에서는 반대로, 모두가 획일화되어 있다. 모두
똑같이 머리를 깎고, 똑같이 수염을 깎지 않고, 같은 모자를
쓰고, 같은 옷을 입고 있기 때문이다. 얼굴의 표정도 바람 맞
고, 햇볕에 그을리고, 때 묻고, 중노동에 일그러져 있었다. 그
개성을 잃고, 지친 외모를 통해 영혼의 빛을 식별하는 데는
오랜 세월이 걸린다.

　그러나 마음의 등불은 무의식중에서 서로를 찾으며, 가까
워진다. 같은 사람들끼리 자연스럽게 알고 모이게 된다.

　만일 그 사람의 경력을 일부라도 알게 되면 더욱 빨리 상대
방을 알게 된다. 어느 날 우리 바로 옆에서 사람들이 땅파기
작업을 하고 있었다. 부드러운 눈이 내리기 시작했다. 이제 휴
식 시간이 가까워진 탓인지, 작업반이 모두 막사로 들어가 버
렸다. 그런데 한 사람만이 남아 있었다. 그는 구덩이 옆에 있
는 삽자루에 기대어 동상처럼 서서 미동도 하지 않았는데 그
렇게 서 있는 것이 편한 듯했다. 그리하여 내리는 눈이 그의
머리, 어깨, 팔에 쌓였다. 그것이 그에게는 아무렇지도 않은
가? 아니면 그것이 상쾌해서인가? 그는 눈 내리는 사이로 구
내와 하얀 스텝을 바라보았다. 그는 기골이 장대하고, 어깨가
넓고, 꺼칠한 금발의 수염이 나 있는 얼굴이 넓적한 사나이였
다. 그는 항상 묵직하고, 동작이 완만한, 아주 침착한 사람이
었다. 그는 주위의 세계를 바라보며 생각에 잠겨 있는 것 같
았다. 그는 거기에 있었으나, 마음은 다른 곳에 있었다.

나는 그와 직접 알지 못했으나, 그의 친구 렛낀에게서 그의 이야기를 들었다. 그는 똘스또이주의자였다. 그는 사람을 죽여서는 안 된다는 신념으로 자랐고(〈진보적 교의〉를 위해서도) 그렇기 때문에 손에 무기를 들어서는 안 되었다. 1941년에 그는 소집되었다. 꾸시까 근처로 파견되자, 그는 무기도 없이 아프가니스탄 국경을 넘었다. 그곳에는 독일군도 없었고, 또 올 예정도 없어서, 그는 사람을 향해 발포하는 일도 없이 전쟁이 끝날 때까지 무사히 근무할 수 있었으나, 그런 철제의 것을 어깨에 짊어지는 것조차 그의 사상에는 위배되었다. 그는 아프가니스탄인들이 사람을 죽이고 싶지 않다는 자신의 신념을 존중하여, 이교도에 대해 관대한 인도로 보내 주리라 생각했다. 그런데 아프가니스탄 정부도 다른 정부와 마찬가지로 비겁했다. 강력한 인접국의 분노가 두려워 도망자에게 족쇄를 채웠다. 그리고 그런 상태로, 즉 자유를 빼앗는 족쇄를 채워서 전쟁이 어느 쪽이 이기는지 지켜보면서, 그를 3년간이나 형무소에 집어넣고 있었다. 결국 소비에뜨가 승리하였기 때문에, 아프가니스탄 정부는 친절하게 이 도망병을 돌려보냈다. 그리고 그 시점부터 그는 지금의 〈형기〉기 시작되었던 것이다.

그리하여 지금 그는, 자연의 일부처럼 눈을 뒤집어쓰면서 움직이지도 않고 서 있었다. 그를 이 세상에 낳게 한 것은 국가가 아닌가? 어찌하여 국가는 이 사람이 살아가는 길을 결정할 권리를 제멋대로 할 수 있는가?

우리는 레프 똘스또이가 우리 동포라는 것을 반대하지 않는다. 그는 유명인이다(그의 우표까지 있었으니까). 우리는 외국인들을 야스나야 폴랴나에 안내도 했다. 그리고 우리는 그가 짜리즘을 반대하고, 파문된 것을 자랑스럽게 설명했다

(안내자의 목소리가 떨리기까지 했다). 그러나 동포들이여, 만일 누군가 똘스또이의 가르침을 참되게 받아들여 우리 나라에서 본격적인 똘스또이주의자로 자라난다면 ― 조심하라! 우리의 무한궤도에 깔리고 말 테니까!

......이따금 건설 현장에서 죄수인 직장에게 가서 얼마나 벽을 쌓아 올렸는지 재보기 위해 접는 자를 빌릴 때가 있다. 그는 이 접는 자를 매우 소중하게 여겼는데, 게다가 그곳에는 많은 작업반이 일하고 있어서, 부탁하는 사람의 얼굴도 모를 수 있다. 하지만 어찌 된 일인지, 거침없이 자기 보물을 내준다(수용소에서는 이것은 바보짓이었다). 그리고 그 자를 되돌려 받으면, 그는 매우 고마워했다. 이러한 기인이 어떻게 수용소에서 직장을 하고 있었을까? 그의 말에는 사투리가 있었다. 그래, 그는 폴란드인이었다. 이름은 예지 베기에르스키라고 했다. 그는 다음에 또 등장할 것이다.

......때로는 열을 지어 걸으면서, 장갑 속의 묵주를 헤아리며 시를 암송하거나 시의 다음 행을 생각하고 있을 때, 나와 나란히 걷고 있는 5명 속에 아주 재미있는 사람이 있으면, 그 사람한테 마음이 쏠린다. 건설 현장에 새 작업반이 끌려 나와, 내 옆에 새로운 사람이 나란히 걷는다. 그는 나이 많은 지식인 냄새가 나고, 영리하고 비웃는 듯한 얼굴의, 호감이 가는 유대인이었다. 그의 성은 마사메드였다. 그는 대학을 졸업했다. 어디...... 어떤 대학인가? 부쿠레슈티 대학의 생물학 및 심리학부였다. 그 밖에 그는 전문가로 관상학과 필적학을 익히고 있었다. 그리고 또, 그는 요가를 하고 있고, 원한다면 내일부터라도 〈하타 요가〉의 수행을 시작할 용의가 있었다. (아쉬웠던 것은 대학 재학 기간이 얼마나 짧았던지! 모두 다 공부하기에는 시간이 너무 짧았다!)

그 후, 나는 그를 주거 구역에서나, 작업 구역에서도 자세히 보았다. 그의 동포들이 사무소의 직업을 알선해 준다고 했으나, 그는 거절했다. 그는 유대인이지만 일반 작업에서 훌륭하게 일할 수 있다는 것을 보이고 싶었다. 그래서 그는 쉰 살의 나이에도 불구하고, 용감하게 곡괭이를 휘둘렀다. 정말 진짜 요가를 하는 사람으로, 그는 자기 몸을 조종하고 있었다 — 섭씨 영하 10도의 추위에서도 그는 벌거숭이가 되어, 동료들에게 호스로 물을 끼얹어 달라고 부탁하는 것이었다. 우리들은 되도록 빨리 죽을 입에 퍼넣어 먹으려 하지만, 그는 조그마한 특제 숟가락을 가지고, 얼굴을 옆으로 돌리고, 조심스레 천천히 씹으며, 조금씩 삼켰다.[6]

  대열을 짓고 한 구내에서 다른 구내로 걸어갈 때, 재미있는 사람과 새로 알게 되는 기회가 한두 번이 아니다. 그런데 통상 대열 속에서는 말하기가 쉽지 않다. 호송병들이 고함을 치기도 하고, 옆 사람들이 주의를 준다(「너희들 때문에, 우리들까지……」). 작업하러 갈 때는 힘이 없지만, 작업에서 돌아올 때는 조금 서두른다. 그런데 때로는 어디선가 갑자기 바람이 불어와 얼굴을 스치기도 한다. 그러던 어느 날, 느닷없이…… 사회주의 리얼리즘 신봉자들이 말하듯이, 아주 〈전형적이지 않은〉 사건이 일어났다. 그것은 보통 생각할 수 없는 사건이었다.

  제일 뒷줄에서 검은 턱수염의 작달막한 사나이가 걸어오고 있었다(체포될 당시 그는 그 턱수염을 기른 채 사진이 찍혀, 수용소에서도 깎지 않았다). 그는 당당하고, 아주 자랑스럽게 걷고 있었다. 옆구리에는 돌돌 말아 노끈으로 묶은 와트만지를 끼고 있었다. 그것은 그의 〈합리적인 제안〉이나 발명 계획

---

6 그런데 그는 얼마 후에 보통 사람과 마찬가지로 흔한 심장 마비로 죽었다.

으로 아무래도 무슨 새로운 생각인 것 같았는데, 그는 그것을 매우 자랑스럽게 생각하고 있었다. 그는 작업 현장에서 그 계획을 그려 수용소의 누구한테 보이러 갔다가, 이제 다시 작업 현장으로 가지고 돌아가는 길이었다. 갑자기 심술궂은 돌풍이, 그의 팔에서 그 와트만지를 날려 대열에서 멀찌감치 굴려 버렸다. 아르놀뜨 라쁘쁘르뜨는 자연스러운 동작으로(독자들은 이 인물과는 구면이다), 자기의 와트만지를 쫓아서 한 발, 두 발, 세 발 나갔다. 하지만 종이는 더욱 굴러가서 두 호송병 사이를 빠져나가, 이미 호송병들의 경계선 밖으로 나가 버렸다! 아니, 이렇게 되면 이미 라쁘쁘르뜨로서는 멈춰 서지 않으면 안 된다. 〈한 걸음이라도 오른쪽이나 왼쪽으로 벗어나면…… 경고 없이 발포한다!〉 하지만 와트만지는 바로 여기 있다! 라쁘쁘르뜨는 몸을 앞으로 숙이며, 두 팔을 앞으로 내밀고, 그 뒤를 쫓았다. 못된 운명이 그의 기술 아이디어를 빼앗으려 했다! 그는 두 손을 앞으로 내밀었고, 그 손가락이 갈퀴처럼 되었다 — 〈이 도둑놈! 내 도면을 돌려줘!〉라고 하는 것 같았다. 대열의 사람들이 그것을 알아차리고, 저절로 멈췄다. 자동소총이 조준되었고, 노리쇠가 철컥했다! ……여기까지는 전형적이었다. 그러나 그다음은 전형적이 아니었다. 아무도 바보처럼 행동하지 않았다! 아무도 발포하지 않았다! 그 야만인들도, 그것이 도망이 아닌 것을 알았다. 그 돌대가리들도 그 장면의 의미를 알았다 — 작가가 도망치는 자기 작품의 뒤를 쫓는 것이다! 호송병들이 서 있는 선에서 15보쯤 달려서, 라쁘쁘르뜨는 겨우 와트만지를 붙잡고 일어나서 즐거운 듯이 대열로 돌아왔다. 그는 저세상에서 돌아왔다…….

라쁘쁘르뜨는 평균적인 수용소 형기를 훨씬 상회하고 있었으나(어린아이의 형기 다음에 〈10루블짜리〉 유형을 받고, 이번에는 또 새로 〈10루블짜리〉를 먹었다), 언제나 생기가 넘쳐서 잠시도 가만히 있지 못하는 사나이였다. 그의 반짝이는 눈은 풍부한 표정으로 언제나 웃고 있었으나, 원래는 슬픈 눈매였다. 감옥살이에도 조금도 늙거나 굴복하지 않았던 것을 그는 자랑스럽게 생각했다. 무엇보다도 그는 기사로서 언제나 어느 작업 현장에서든 특권수의 지위에 있었으니까, 그렇게 활기찰 수 있었다. 그는 활발하게 자기 일을 하고 나서, 마음의 양식이 되는 작품을 만들고 있었다.

그는 무엇이든 하려는 폭넓은 성격의 소유자였다. 언제가이 나의 책처럼 수용소에 관한 책을 쓰고 싶다고 생각했으나, 그는 쓰지 못하고 말았다. 그의 또 하나의 작품에 대해서 그의 친구들은 항상 웃음거리로 삼고 있었다 — 라쁘쁘르뜨는 이미 몇 해를, 현대 기술과 자연 과학의 모든 분야에 대한(라디오 진공관의 종류에도, 그리고 코끼리의 평균 체중에도) 종합적인 기술 안내서를, 그것도…… 포켓북 크기로 꾸준히 편찬하고 있었다. 우리의 조롱에 견디지 못하여, 라쁘쁘르뜨는 자기가 좋아하는 또 하나의 저작을 나에게 슬며시 보여 주었다. 그것은 검은 유포(油布) 표지의 노트로, 「연애론」이라는 논문이었다. 그는 스탕달의 저서를 조금도 만족스럽게 생각하지 않고, 이 새 논문을 스스로 쓰게 되었다. 그것은 지금도 완성되지 못하고, 서로 연관되지 않는 메모 형식이었다. 인생의 절반을 수용소에서 보낸 인간으로서는 얼마나 순결한가! 다음은 그것을 인용한 것이다.[7]

　　자기를 사랑하지 않는 여성을 자기의 것으로 한다는 것

_____

[7] 그때로부터 많은 세월이 지났다. 라쁘쁘르뜨는 자기 논문을 포기해 버렸다. 그래서 그의 허가를 얻어 내가 여기에 발표한다.

은 육체도 정신도 빈한한 사람의 불행한 운명이다. 그런데 남성들은 그것을 〈승리〉인 양 자만하고 있다.

근본적인 감정의 발전이 없는 소유는 기쁨이 아니라 수치나 혐오를 가져올 뿐이다. 모든 에너지를 돈 버는 일, 업무, 권력 등에 쏟고 있는 현대의 남성들은 고상한 사랑의 유전자를 잃어버렸다. 반면에 여성들은 틀림없는 본능으로, 소유가 참된 친밀함의 제1단계에 지나지 않는다는 것을 알고 있다. 그것이 있어야 비로소 여성은 남성에 대하여 친근감을 느끼며 〈당신〉이라고 부르게 된다. 우연히 몸을 내어 준 여성조차도 따뜻함과 친근감을 느끼게 된다.

질투란 짓밟힌 자존심이다. 진짜 사랑은, 비록 짝사랑에 그치더라도, 질투하기보다는 사라지거나 식을 뿐이다.

과학, 예술, 종교와 함께 사랑 또한 세계를 〈인식〉하는 한 방법이다.

이와 같이 다양한 취미를 가진 라뽀뽀르뜨는 여러 사람을 알고 있었다. 그는 내가 알아차리지 못하고 지나쳐 버릴 사람을 나에게 소개해 주었다. 곧 죽을 것만 같은 몹시 쇠약한 사나이였다. 영양실조로 여위고, 단추를 잠그지 않은 수용소 죄수복 위로 송장처럼 쇄골이 튀어나와 있었다. 키가 크기 때문에, 더욱 여위어 보였다. 그는 원래가 가무잡잡했으나, 그 깨끗이 면도한 머리가 까자흐스딴의 햇볕에 그을려 한결 검게 보였다. 그는 또 주거 구역의 밖으로 나가, 굴러떨어지지 않도록 들것에 기대어 일했다. 그는 그리스인이며, 역시 시인이었다! 또 한 사람의 시인이다! 그의 시집은 현대 그리스어로 아테네에서 출판되었다. 그러나 그는 아테네의 죄수가 아니고, 소비에뜨의 죄수였기 때문에(게다가 소비에뜨 국적이기 때문에) 우리 나라 신문은 그의 운명을 슬퍼하지 않았다.

그는 중년이었으나, 이미 죽음에 직면하고 있었다. 나는 어색하게 그를 위로하고, 죽음에 대해 생각하지 않도록 설득하려고 했다. 그는 쓴웃음을 짓고, 서투른 러시아어로 나에게 설명하는 것이었다. 죽을 때에는 죽음 그 자체가 무서운 것이 아니라, 그 전의 마음의 준비가 무서운 것이다. 그는 이미 그 두려움, 괴로움, 가련함을 〈지나서〉, 이미 슬픔을 뛰어넘어, 자기의 피할 수 없는 죽음을 승복하고, 지금은 마음의 준비도 되어 있었다. 그리하여 육체의 죽음만을 기다리는 것이었다.

사람들 속에 시인이 너무 많았다! 너무 많아서 믿어지지 않았다! (그것 때문에 나는 이따금 당황하기도 했다.) 그리스인은 죽음을 기다리고 있었으나, 이쪽의 두 젊은이는 자기 형기가 끝나기를 기다리면서, 장차의 문학적 명성을 꿈꾸었다. 그들은 공공연히 시인을 자칭하며, 감추려고 하지 않았다. 그들 두 사람의 공통된 점은, 두 사람 다 밝은 성격이며 순수하다는 것이다. 두 사람 다 대학을 중퇴한 학생이었다. 꼴랴 보로비꼬프는 뻬사레프의 숭배자로(그것은 즉, 뿌시낀의 적이다), 의사의 조수로 위생부에서 일하고 있었다. 뜨베리 출신의 유로치까 끼레예프는 블로끄의 숭배자로, 스스로도 블로끄식의 시를 쓰기도 하고, 거주 구역 밖으로 나가 기계 제작소의 사무소에서 일하고 있었다. 그의 친구들은(친구라도 해도, 스무 살이나 많았고 가정이 있는 가장들이었다) 그를 놀렸다. 북쪽 교정 노동 수용소에 있었을 때, 누구에게나 몸을 주는 루마니아 여자가 그에게 몸을 주려고 하자, 그는 그것을 오해하여 그녀를 위한 소네트를 썼다는 것이다. 그의 깨끗한 얼굴을 보고 있으면, 그 이야기를 납득할 것 같았다. 그야말로 수용소에 있는 동안 줄곧 지니고 있어야 하는 동정의 저주가 아닌가!

……당신이 어떤 사람에게 낯익으면, 그도 또한 당신에게 낯이 익게 된다. 4백 명이나 되는 사람들이 살며, 왕래하고 있는 덩그렇게 큰 막사 속에서, 나는 저녁 식사 후에 지루한 밤의 오랜 점호가 있을 때, 달의 사전 제2권을 읽기로 했다. 그것은 내가 에끼바스뚜스까지 가져온 유일한 책이었으며, 여기에 와서 〈스텝 수용소 문화 교육부〉라는 도장이 찍혔다. 아주 짧은 밤의 자유 시간에는 반 페이지도 읽지 못해서, 책장을 넘기는 일도 없었다. 나는 책을 들여다보면서 앉아 있거나 움직이고 있었다. 신참들이 그 두꺼운 책이 무엇인가를 묻고, 왜 내가 그것을 읽고 있는지 놀라는 것에도 이제는 익숙해졌다. 나는 반농담조로 대답했다. 「이것이 가장 안전한 독서니까. 이것이라면 새로운 형기를 받을 걱정도 없으니까.」[8]

그런데 이 사전 덕분에 나는 많은 재미있는 사람들과 알게 되었다. 하루는 수탉같이 생긴 작달막한 사나이가 나에게 다가왔다. 성급하게 생긴 코와 뾰족하고 날카로운 눈매의 이 사람은 북쪽 악센트가 강한 발음으로, 노래 부르듯이 나에게 말

---

8 특수 수용소에서 안전하게 읽을 수 있는 것이 무엇인가? 제스까즈간 분소에서 경제 담당자 알렉산드르 스또찌끄는 밤마다 축약판 『등에』를 남몰래 읽고 있었다. 그런데 그는 밀고되었다. 그 수색에는 분소장까지 나오고, 많은 장교들이 몰려왔다. 「미군들이 오기를 기다리고 있나?」 그리고 그 책을 영어로 소리 내어 읽기를 강요했다. 「이제 형기는 몇 년 남았나?」 「2년입니다.」 「그러면 20년으로 연장해 주지!」 그 밖에 몇 개의 시가지 발견되었다. 「연애에 흥미가 있나?…… 이놈한테는 영어뿐만 아니라, 러시아어까지도 잊어버리게 만들어 줘야겠군!」 (노예근성의 특권수들이 스또찌끄에게 시끄럽게 굴었다. 「우리까지 시끄럽게 됐잖아! 우리까지 일반 작업으로 쫓겨나면 어떡할래!」)

했다.

「당신이 가지고 있는 책이 무슨 책인지 물어봐도 되겠소?」

이렇게 이야기를 나누며, 일요일마다 만나고, 몇 달이 지나자, 나는 이 사람에게서 우리 나라의 반세기에 걸친 역사가 가득 차 있는 작은 세계를 발견했다. 바실리 그리고리예비치 블라소프(까디 사건[9]에 관계된 바로 그 사람이며, 그는 20년형 중에서 이미 14년을 살았다) 자신은 스스로를 경제학자라거나 정치가로 생각했으나, 자신이 언어의 예술가인 것을 — 특히 대화 언어에서 — 전혀 알지 못했다. 그가 풀베기를 비롯해서 상점(소년 때 일했다)이라든가, 적위군 부대나, 낡은 지주 저택이나, 주(州) 소속 탈영병의 사형 집행인이라든가, 근교의 탐욕스러운 여자들에 대해 이야기하면, 듣기만 해도 내 눈앞에 그 상황이 뚜렷이 떠올라, 마치 내가 그것을 체험하기라도 한 듯이 영구히 뇌리에 남았다. 당장 이야기를 적어 두고 싶었지만, 그럴 수가 없었다! 10년 뒤에 한 마디 한 마디 정확히 기억해 냈으면 좋았을 텐데, 기억이 나지 않았다.

내가 먼저 눈치챘지만, 어떤 야위고, 코가 높고, 키가 큰 젊은이가 줄곧 나와 나의 책이 마음에 걸리는지 몰래 곁눈질하며 이쪽을 훔쳐보았다. 하지만 불쑥 말을 걸려고는 하지 않았다. 이런 환경에서 그 공손함과 소심함이 이상하게 느껴질 정도였다. 나는 이 사람과도 알게 되었다. 그는 주저하듯 낮은 목소리로 이야기하며, 심사숙고하여 적절한 러시아어의 표현을 찾다가 아주 우스운 실수를 하고는 이내 미소를 지었다. 그는 헝가리인이며, 이름은 야노시 로자시였다. 내가 그에게 달의 사전을 보여 주자, 그는 수용소에서 지친 얼굴로 끄덕였다. 「그래요, 되도록 주의를 다른 곳으로 돌려야죠. 먹는 것에

---

9 제1부 제10장 참조 — 옮긴이주.

대해서는 생각하지 않도록.」 그는 스물다섯 살에 불과했지만, 그의 뺨에는 젊은이다운 좋은 혈색이 없었다. 바람에 거칠어진 얄팍한 피부는 길쭉하게 좁은 두개골에 직접 덮여 있는 듯했다. 그는 관절염을 앓고 있었는데, 그것은 북쪽 벌채 작업에서 걸린 류머티즘 때문이었다.

이 수용소에는 그와 같은 나라 사람이 두세 명 있었으나, 그들은 매일같이 한 가지 일밖에는 생각하지 않았다 — 어떻게 하면 살아남을 수 있을까? 어떻게 하면 배불리 먹을 수 있을까? 그런데 야노시는 다른 사람과는 달리, 반장이 주는 식사를 말없이 먹고, 또 배가 고파도 그 이상의 음식을 구하려고 하지 않았다. 그는 조심스레 주변의 사람을 관찰하며, 그 말에 귀를 기울여서 이해하려고 노력했다. 대체 무엇을 이해하려는 것일까? ······그것은 〈우리들〉, 즉 러시아인을 이해하려는 것이었다!

내가 여기서 인간이라는 것을 이해했을 때, 나의 개인적인 운명은 잿빛으로 변해 버렸다. 나는 아주 놀랐다. 그들은 자기 국민을 사랑했는데, 어째서 그들이 형무소에 가야 했을까. 하지만 내가 생각하기에는, 그것은 전후의 혼란의 탓이 아닐까? (이러한 질문을 그는 1951년에 했다! 만일 지금까지 전후의 혼란이 계속된다면, 그것은 1차 대전 후의 것이라는 말인가?)

1944년에 〈우리 군대〉가 그를 헝가리에서 사로잡았을 때, 그는 열여덟 살이었다(게다가, 군대에는 들어가지도 않았다). 「그 당시 저는 아직 남에게 좋은 짓도, 나쁜 짓도 할 수 없었어요.」 그는 웃었다. 「저 때문에 남들이 이익이나 손해를 보지는 않았죠.」 야노시의 심리는 이렇게 진행되었다 — 신문관은 한 마디도 헝가리어를 알지 못했으며, 야노시도 한 마디의 러시아어도 알지 못했다. 때로는 동부 카르파티아 출신의 우끄라이나인들이 서투른 통역을 했다. 야노시는 무엇이 쓰여 있는지 전혀 알지도 못하고 16장짜리 조서에 서명했다. 그와 동시에, 어떤 낯선 장교가 서류에서 무엇인가 그에게 읽어 주었을 때도, 그것이 특별 심의회의 결정인 것을 그는 오랫동안 모르고 있었다.[10] 그리하여 그는 북쪽의 벌채 작업장에 보내졌고, 그는 〈지쳐〉 병원에 입원하게 되었다.

그때까지 러시아는 그에게 한쪽 면밖에 보여 주지 않았다. 즉, 사람이 앉은 면밖에 보이지 않았으나, 이번에는 다른 면을 보여 주었다. 솔리깜스끄 근처의 심스끄 독립 수용 지점의 작은 수용소 병원에 마흔다섯이 되는 간호사 두샤가 있었다. 그녀는 경범죄자로, 일을 게을리한 죄로 5년의 판결이 선고되었다. 그녀는, 자기의 일은 자기만 좋다면 후에는 어찌 되어도 좋고, 자기의 형기를 빨리 살고 싶다는 (수용소에서 통상 그렇게 생각하듯이. 그러나 장밋빛 꿈을 꾸는 야노시는 그것을 알지 못했다) 생각도 가지지 않고, 자기가 할 일은 남들이 돌보지 않는 죽어 가는 사람들을 간호하는 일이라고 결심했다. 그러나 수용소 병원이 지급하는 식량만으로는 그를 구해낼 수가 없었다. 그래서 간호사 두샤는 자기의 아침 식사 3백 그램의 배급 빵을 마을에서 반 리터의 우유와 바꿔, 그 우유를 마시게 하여 야노시의(그 이전에는 또 다른 사람의) 생명을 구했던 것이다.[11] 이 두샤라는 여인 덕분에, 야노시는 우리 나

10 스딸린 사망 후, 야노시는 명예 회복이 되었을 때, 〈무엇 때문에〉 자신이 9년 동안이나 감금되었는가를 알고 싶어서, 헝가리어로 쓰인 판결의 사본을 보여 달라고 부탁할까 생각했다. 그러나 그는 두려웠다. 〈무엇 때문에? 사실, 나는 그 이유를 알 필요도 없다……〉 그는 〈우리 국민〉의 기분을 이해했다 — 지금 그 이유를 알아서, 무엇하겠는가?

11 이러한 태도는 어떤 이데올로기에 해당할까? 나에게 설명해 주겠는가? (지야꼬프의 책에 나오는 공산주의적 위생부와 비교하라 — 〈이 반데라파의

라도, 우리들도 좋아하게 되었다. 그리고 수용소에서 자기 교도관들이나 호송병들의 말을, 즉 위대하고, 힘찬 러시아어를 열심히 공부하기 시작했다. 그는 9년 동안이나 우리 나라의 수용소에서 지냈고, 그사이에 그가 본 러시아는 죄수 열차의 차창에서 보이는 풍경, 자그마한 그림엽서, 그리고 수용소 내부의 풍경뿐이었다.

야노시는 어려서부터 독서 이외에는 다른 취미가 없었는데, 현대에는 이런 사람이 차츰 적어지고 있다. 어른이 되어서도 그는 그 취미를 계속 지켰다. 아니, 수용소에서도 마찬가지였다. 북쪽 수용소에서도, 지금 에끼바스뚜스의 특수 수용소에서도, 그는 기회가 있을 때마다 새로운 책을 찾아서 읽었다. 우리들이 알게 되었을 때는, 이미 뿌시낀, 네끄라소프, 고골을 알아서 애독하고 있었다. 나는 그에게 그리보예도프의 이야기를 했으나, 러시아의 작가나 시인 중에서 그가 제일 좋아한 것은 레르몬또프였다. 페퇴피나 어러니[12]보다도 더 좋아했다. 그가 처음으로 레르몬또프를 읽은 것은 최근의 일이며, 포로로 있을 때였다.[13] 특히 야노시는 자신을 므찌리[14]와 동일시했다 — 그와 같은 포로의 몸으로, 젊고 운이 다한 므찌리였다. 그는 그 시의 많은 부분을 암송하고, 몇 년이나 외국인 대열 속에서 두 손을 뒤에 돌리고, 이국의 땅을 그 가냘픈 발로 밟으며, 이국의 언어로 자기에게 말하듯이 이렇게 속삭였다.

녀석들, 무엇이? 이가 아프다고?))

12 둘 다 헝가리의 국민 시인 — 옮긴이주.

13 러시아의 시인 중에서 레르몬또프가 제일 좋다는 말을 나는 외국인들로부터 한 번 이상은 들었다. 그들이 지적하듯이, 뿌시낀 같은 이도 「러시아의 비방자들에게」라는 시를 썼지만 레르몬또프는 전제주의에는 아무런 기여도 하지 않았다.

14 레르몬또프 서사시의 주인공 — 옮긴이주.

그때 어렴풋이 나는 알았다.
나의 고향 땅으로
이미 영영 갈 수 없다는 것을.

   상냥하고, 귀엽고, 순진한 하늘빛 눈망울의 청년 — 이것이 우리의 잔혹한 수용소에 있었던 야노시 로자시였다. 그는 자주 우리 침상으로 와서, 언제나 맨 끝에 살며시 앉았다. 마치 이불 대신에 깔아 놓은 톱밥 주머니가 더럽혀지거나, 자기 체중에 눌리는 것이 두렵기라도 한 것처럼. 그리고 진지하게 조용히 말했다.

   「내가 홀로 간직하고 있는 꿈을 누구에게 말할 수 있을까요?」
   그는 결코 어떠한 일에도 한 번도 불평을 말하지 않았다.[15]

---

  15 스딸린이 죽은 후에, 헝가리인들은 모두 집으로 돌아갔다. 그리하여 야노시도 이미 각오했던 므찌리의 운명을 피할 수 있었다.
  12년이 지나(그사이에는 1956년도 지났다) 야노시는 작은 도시 너지커니저에서 경리일을 하고 있었다. 그래서 그는 나에게 무엇을 써 보냈는가?
  〈그 모든 것을 체험한 후에, 저는 저의 과거를 무엇과도 바꿀 수 없음을 단언했습니다. 저는 괴로운 경험을 통하여, 남이 이해하지 못하는 것을 이해하게 되었습니다…… 석방되었을 때 저는 러시아 민족을 절대 잊을 수 없었습니다. 그것은 러시아인들이 겪은 고통 때문이 아니라, 그들의 그 선량한 마음 때문이라고, 남은 사람들에게 약속했습니다……. 나는 왜 지금도 신문 지상에 저의 옛《조국》에 대한 기사를 관심을 가지고 읽는 것일까요? 러시아 고전 작가의 작품은 저의 서고 책장에 가득 있고, 러시아어로 쓰인 책은 41권이나 있으며, 우끄라이나어로 쓰인 책도 4권(셰프첸꼬) 있습니다……. 남들은 러시아인이 쓴 글을 영국인이나 독일인이 쓴 것과 똑같이 취급하고 있지만, 저는 러시아인이 쓴 글을 다르게 읽습니다. 저에게 똘스또이는 토마스 만보다 가까운 존재며, 레르몬또프는 괴테보다 훨씬 가깝습니다.
  제가 러시아의 얼마나 많은 것을 그리워하는지 당신은 알지 못할 것입니다. 이따금 저는 제가 얼마나 바보인가, 자문해 보기도 합니다. 거기에서 무엇이 좋았는데? 무엇 때문에 러시아인을 그리워하지? 저는 청춘을 거기서 보냈고, 인생이란 지나가 버린 나날과의 이별의 연속이라는 것을 다른 사람들에게 수용소 죄수들 사이를 걸어간다는 것은, 마치 설치된 지뢰 사이를 누비고 가는 것과 같다. 자폭하지 않기 위해, 자기의 직감 광선으로 상대방 하나하나를 투시해 보아야 한다. 이렇게 철저한 주의력을 가진 덕에 이들, 한결같이 머리를 깎고 똑같이 검은 작업복을 입고 있는 죄수들 속에서 얼마나 많은 시적인 인간을 발견했던가!

그리고 마음을 터놓지 못한 사람들 또한 얼마나 많았던가?

또, 내가 만나지 못했던 몇천 배의 사람들이 있지 않았을까?

또, 그 수십 년 동안에 얼마나 많은 사람들의 목을 졸랐을까, 그 저주스러운 괴물이!

◆

에끼바스뚜스에는 아주 위험하지만, 공식적인 문화 교류의 중심지가 있었다. 그곳은 바로 문화 교육부인데, 그곳에서는 책에 검은 도장을 찍고, 우리의 번호를 새로 적어 넣는다.

우리의 문화 교육부에서 두드러진 중요 인물은 화가였다. 그는 예전에 부제사장이었으며, 총주교의 개인 비서까지 했던 인물로, 이름은 블라지미르 룻추끄라고 했다. 수용소 규칙의 어딘가에 아직 철폐되지 않은 이런 조항이 있었다 ― 성직자의 두발은 깎지 말 것. 물론, 이런 조항은 어디에도 발표되지 않아서, 그것을 알지 못하는 신부는 머리카락을 전부 깎였

어떻게 설명하면 좋을까요…… 어떻게 어린아이처럼 화가 났다고 돌아설 수 있겠어요 ― 9년간이나 당신들과 운명을 함께 해왔는데. 라디오에서 흐르는 러시아 민요를 들을 때면, 가슴이 뭉클해 오는 것을 다른 사람들에게 어떻게 설명할 수 있을까요? 저도 모르게 라디오에 맞추어 부릅니다. 《달려라, 뜨로이까……》 그러다가 가슴이 저려 와서 계속 따라 부르지 못합니다. 그리고 제 아이들이 제게 러시아어를 가르쳐 달라고 합니다. 얘들아, 기다려라, 이 러시아 책을 모으는 게 누구 때문이겠니?》

다. 그러나 룻추끄는 자기의 권리를 찾아서, 보통 남자보다는 조금 길게, 깔끔하고 곱슬곱슬한 아마빛 머리카락을 남기게 되었다. 그는 자신의 풍채처럼 그 머리카락도 아주 소중하게 여겼다. 그는 장신에 날씬하고 매혹적인 남자였으며, 기분 좋은 저음의 목소리였다. 대사원의 장중한 미사에 나가서도 결코 손색이 없는 풍모라 하겠다.

나와 함께 수용소에 같이 온 교회의 장로 드로즈도프는 얼핏 보아서, 금방 부제사장인 것을 알 수 있었다 — 그는 오데사의 본당에 있었다. 그러나 그의 외모나 생활 태도는, 그는 우리들, 죄수 세계의 인간이 아니었다. 그는 정교회에 대한 박해가 풀리자 정교회에 들어갔으나, 외부에서 잠입한 수상쩍은 사람에 속했으며, 그는 교회의 권위를 실추시키기 위해, 온갖 활동을 했다. 또한 룻추끄가 투옥된 경위도 어쩐지 뚜렷하지 않았다. 웬일인지 그는 자기 사진을 보여 주고는 했다(무슨 까닭인지 그 사진을 뺏기지 않았다). 그 사진에는 뉴욕의 거리에서 그와 국외의 그리스 정교회 대사교 아나스따시와 함께 찍은 것이었다. 수용소에서 그는 따로 〈작은 방〉에서 살았다. 그는 꼴사납게 모자와 솜 외투, 바지에 번호를 써넣은 대열에서 돌아와, 하루 종일 하는 일 없이 지냈다. 때로는 저속한 그림을 모사하기도 했다. 그의 방에는 뜨레찌야꼬프 박물관의 복제화의 두꺼운 화집도 공공연히 놓여 있어서, 나는 그것을 보려고 그에게 갔었다. 죽기 전에 한 번 더 그 그림을 보고 싶었다. 그는 수용소에 있으면서,『모스끄바 대주교 통보』를 우송받으며, 이따금 근엄하게 대순교자들이나 예배식의 세목에 대해 논하곤 했다. 하지만, 그것이 어쩐지 부자연스럽게 들렸다. 그는 기타도 가지고 있었는데 그 연주만은 진심이 깃들여 있는 듯이 보였다. 스스로 연주하면서, 그는 즐겁게 노래 불렀다. 몸을 좌우로 흔들면서, 마치 도형수의 슬픈 영광에 감격했다는 듯이.

수용소의 생활이 좋으면 좋을수록, 그 고뇌도 섬세하게 되었다……

당시, 나는 몇 배나 경계심이 강했기 때문에, 다시는 룻추끄한테 가지 않았다. 나는 그에게 아무런 말도 하지 않았고, 그렇게 하잘것없는 벌레 같은 그의 예리한 눈에서 벗어날 수 있었다. 룻추끄의 눈은 MGB의 눈이었던 것이다.

통상, 고참 죄수라면 문화 교육부에는 언제나 밀고자들이 득실거려서 모임이나, 사교장으로는 가장 적당하지 못한 장소라는 것을 모르는 사람은 없을 것이다. 그러나 남녀 공동의 교정 노동 수용소의 문화 교육부로 가게 되는 이유는 그곳이 남자와 여자가 만날 수 있는 장소이기 때문이다. 그러면 도형 수용소에서는 왜 그곳에 가는가?

실은 밀고자들이 득실거리는 도형 수용소의 문화 교육부는, 자유 획득을 위해 이용되는 것이다. 그것을 나는 게오르기 쩬노, 뾽뜨르 끼시낀, 제냐 니끼신에게서 배웠다.

문화 교육부에서 나는 쩬노와 알게 되었다. 쩬노 본인이 강하게 기억에 남아서, 나는 이 짧은 첫 만남의 모습을 똑똑히 기억하고 있다(도판 4). 그는 훤칠하게 키가 큰, 운동선수와 같은 사나이였다. 어찌 된 노릇인지, 그때 그는 아직 해군 제복과 바지를 빼앗기지 않고 있었다(그것은 자기가 가져온 의복을 입을 수 있는 마지막 달이었다). 해군 중령의 견장 대신에, 여기저기에 〈CX 520〉이라는 번호가 붙었으나, 그는 지금이라도 군함에 타면, 그대로 훌륭한 해군 장교로 통했을 것이다. 움직일 때마다, 붉은 털에 덮인 손목 윗부분이 드러나고, 한쪽 팔에는 〈Liberty!〉라는 문신이 있고, 또 다른 팔에는 〈Do

185

or die)라고 영어로 문신이 새겨져 있었다.

쩬노는 자신의 자랑스러운 정신과 예리한 눈을 감추기 위해, 눈을 감거나 눈의 표정을 바꾸거나 할 수가 없었다. 아니, 그의 커다란 입술의 밝은 미소도 감출 수가 없었다(이 미소는, 탈옥 계획이 이제 다 되었다는 의미를 나타낸다는 것을 당시에 나는 알지 못했다).

자, 여기는 수용소다 — 지뢰밭이다! 나와 쩬노는 여기에 있으면서, 여기에 있지 않았다. 나는 마음속으로 동프로이센을 행군했고, 그는 닥쳐올 탈옥의 길을 헤매고 있었다. 우리는 가슴속에 남몰래 계획을 감추고 있었으나, 우리들이 악수할 때, 우리들의 손 사이에서 불꽃이 튀어서는 안 된다! 평범한 말을 주고받으면서 눈에 불꽃이 튕겨서는 안 된다! 이렇게 우리들은 뜻이 없는 대화를 주고받으며, 나는 신문을 유심히 들여다보며, 그는 뚜마렌꼬와 아마추어 연극에 대해 이야기하기 시작했다. 이 뚜마렌꼬는 도형수로 15년의 형기였으나, 문화 교육부의 부장을 하고 있었다. 꽤 복잡하여 꼬집어 말할 수 있는 인물이 못 되어, 때로는 그의 본성을 알 것 같기도 했으나, 나로서는 확인할 기회가 없었다.

이것 참 우스운 이야기다! 도형 수용소의 문화 교육부인데, 아마추어 극단까지 있다니. 아니, 정확히 말해서 만들고 있는 중이었다! 이 극단은 교정 노동 수용소의 것과 비교하면 그다지 특전도 없었고, 조금도 관대히 봐주지 않아서 꽤 열의가 있는 사람이 아니고서는 그곳에 들어갈 생각을 못 했다. 겉으로 보기에는 그런 사람으로 보이지 않았으나, 쩬노가 그러한 사람이었다. 또 놀라운 것은, 그는 우리의 에끼바스뚜스 수용소에 도착한 그날부터 규율 막사에 들어가서, 거기에서 문화 교육부로 가고 싶다고 신청했다! 수용소 당국은 그것을 교정된 징후로 받아들여, 문화 교육부로 출입을 허락했던 것이다…….

그리고 삐짜 끼시낀은 결코 문화 교육부의 활동가는 아니지만, 수용소에서 가장 유명한 인물이었다. 에끼바스뚜스 수용소의 모든 사람들이 그를 알고 있었다. 그가 작업하러 나가는 〈현장의 사람들〉은 그것을 자랑으로 생각했다 — 그가 있으면 지루하지 않았다. 끼시낀은 백치처럼 놀았으나, 결코 백치가 아니었다. 그는 바보짓을 하는 것뿐이었다. 우리들 사이에서 그의 평판은 〈끼시낀은 누구보다도 머리가 좋다!〉는 것이었다. 그는 민화에 나오는 이반 같은 수준의 바보였다. 끼시낀은 러시아적, 진짜 러시아적 존재였다 — 권력자들이나 악인들을 향하여 소리 높여 말하고 국민을 향해서는 사실 그대로 모습을 보였다. 그리하여 어쨌든 바보짓을 하면서 안전한 방법으로 지냈다.

그의 역할은 어느 익살꾼의 녹색 조끼를 입고, 식탁에 놓인 지저분한 접시를 모으는 일이었다. 그것만으로도 이미 시위가 되었다 — 수용소에서 가장 인기 있는 인물이 굶어 죽지 않으려고 접시를 모은다는 뜻이다. 그의 둘째 목적은, 사람들의 주위를 끌어서 접시를 모으고, 춤을 추거나 익살을 부리는, 죄수들 속으로 들어가 반란의 사상을 뿌리는 것이다. 그러다가 죄수가 죽을 먹고 있을 때, 느닷없이 죽 그릇을 빼앗기도 한다. 일꾼들이 얼른 자기 그릇을 움켜쥐면 끼시낀이 웃음을 터뜨리고는 했다(그는 달같이 둥근 얼굴이었으나, 그 얼굴에는 꿋꿋한 데가 있었다).「당신은 〈죽〉을 빼앗기지만 않으면 언제나 잠자코 있는군.」

이렇게 말하며, 춤을 추면서 접시를 가득 안고 사라져 갔다.

그래서 오늘은 이 작업반뿐만 아니라, 다른 작업반까지도

끼시낀의 장난을 기다렸다.

어떨 때에는 그가 갑자기 식탁에 몸을 내밀어서, 먹고 있던 사람들이 그만 손을 멈추고, 그를 뒤돌아보았다. 끼시낀이 장난감 고양이 새끼처럼 눈알을 굴리면서, 아주 바보스럽게 묻는 것이다.

「이보게들! 아버지가 바보고, 어머니가 매춘부라면, 그 아이들은 배불리 먹을까, 아니면 굶겠나?」

그리고 너무나 분명한 대답을 기다리지 않고, 생선 뼈가 흩어져 있는 식탁을 손짓했다.

「1년에 70억에서 80억 푸드[16]를 2억으로 나누어 보게!」

그리고 달아났다. 그래, 이것은 얼마나 간단한 착상인가! 어째서 우리는 여태껏 이런 계산을 못 했을까? 벌써 예전의 보도에 의하면, 우리 나라의 곡물의 연간 수확량은 70억에서 80억 푸드였다. 말하자면, 구운 빵이 어린아이를 포함해서 국민 1인당 하루에 2킬로그램 정도 된다. 그런데 어른인 우리들은 하루 종일 땅을 파고 있는데, 그 2킬로그램은 어디로 갔는가?

끼시낀은 익살의 형식을 여러 가지로 바꾸었다. 때로는 같은 의미를 바꿔서 뒤에서, 즉 〈빵 무게에 대한 강의〉부터 시작하는 때도 있었다. 수용소나 작업 현장의 위병소 앞에서 대열을 기다리게 하고, 자유롭게 이야기할 수 있는 시간을 이용하여 그가 연설했다. 그가 즐겨 말하는 구호의 하나는 〈얼굴을 발전시키자!〉였다. 「나는 가끔 구내를 다니며 여러분의 얼굴을 보지만 모두가 발전하지 못한 얼굴뿐이었어. 먹을 것만 생각하고 있으니, 아무런 생각도 없지.」

그러다가 갑자기 아무런 연관이나 설명도 없이, 죄수들이 모여 있는 앞에서 외쳐 댔다. 「다르다넬! 야수 같은 놈!」 그 의

16 1푸드는 16.38킬로그램 — 옮긴이주.

미는 아무도 알지 못했으나, 두 번, 세 번 외치자 다르다넬이 〈누구〉를 말하는지, 문득 모든 사람이 깨닫기 시작했다. 그리고 그것이 재미있어서, 마치 꼭 맞는 표현처럼 들려서 그 얼굴에 있는 꼴사나운 수염까지 보이는 듯했다 — 그렇다, 〈다르다넬!〉

또 자기편에서 끼시낀을 웃음거리로 만들려고, 당국자가 위병소 근처에서 그에게 큰 소리로 물었다. 「끼시낀, 자네는 어째서 머리가 그렇게 벗겨졌나? 혹시, 늘 비굴해서인가?」 끼시낀이 많은 사람들 앞에서 거침없이 대답했다. 「웬걸요, 블라지미르 일리치(레닌)도 비굴해서 그렇다는 말입니까?」

끼시낀은 틈만 나면 식당 안을 돌아다니며, 접시를 모은 후에 오늘은 쇠약한 녀석들에게 찰스턴의 춤을 가르쳐주겠다고 말하고 다녔다.

어느 날, 놀라운 일이 벌어졌다 — 영화가 왔다! 그날 밤 식당에서 스크린도 없이 바로 흰 벽에 영사했다. 관객은 입추의 여지가 없이 모였다. 긴 의자에도 테이블에도 앉고, 또 긴 의자 사이에도, 서로의 위에도 앉는 소동이 일었다. 그런데 전반부가 다 끝나기도 전에, 돌연 중단되고 말았다. 아무것도 없는 흰 광선이 벽을 비췄다. 우리는 교도관 몇 사람이 들어와, 자기들이 앉을 좋은 자리를 찾고 있는 것을 보았다. 거기에 앉아 있던 죄수들에게 그 자리에서 비키라고 명령했다. 그들은 일어나지 않으리라 다짐했다. 벌써 몇 년이나 영화를 보지 못해서, 너무나 보고 싶었다! 교도관들의 말투가 험악해졌다. 「그럼, 이놈들의 번호를 적으라고!」 누군가 말했다. 물론 그들은 교도관에게 양보하지 않으면 안 된다. 그런데 갑자기 고양이처럼 예리하고 비웃는 듯한, 귀에 익은 끼시낀의 목소리가 어두운 장내에 울렸다.

「그게 옳아요, 여러분, 교도관들은 어디 다른 데서 영화를 보지 못하니까, 양보하세요!」

폭소가 터졌다. 참, 웃음이란 대단했다! 교도관들에게는 절대적인 힘이 있었지만, 그들은 번호도 적지 못하고 창피하게 물러나 버렸다.

「끼시낀, 어디 있어?」 그들이 외쳤다.

하지만 끼시낀은 대답이 없었다. 그 자리에서 사라진 것이다.

교도관들이 나가고, 영화 상영이 계속되었다.

그다음 날, 끼시낀은 규율 담당관에게 호출되었다. 징벌 감방 5일은 틀림없었다! 그런데 그는 미소 지으며 돌아왔다. 그는 이런 해명서를 써 냈다. 〈영화 관람을 하려는 교도관들과 죄수들 간에 《언쟁》이 있었을 때, 저는 죄수들보고, 교도관들이 말하는 대로 좌석을 양보하고 돌아가라고 했습니다.〉 그를 집어넣을 이유가 없지 않은가?

죄수들이 자기 자신을, 자기의 슬픔을, 아니 자기에게 놓인 굴욕적인 상태를 잊으려고 마치 관중을 조소하듯이, 세상의 모든 일이 다 잘되어 간다는 듯이 생각하게 하는 영화나 연극에 대하여 끼시낀은 무의미한 집착으로 웃어 버렸다. 그러나 음악회나 영화가 있을 때마다, 언제나 그것을 보고 싶다는 관중이 밀려왔다. 그러나 문은 좀체 열리지 않는다. 교도관장이 찾아와 명단대로 성적이 좋은 작업반을 넣기를 기다렸다. 이미 반 시간이나 기다리며 모두 노예처럼 서로 몸을 기대어 늑골이 부러질 정도였다. 끼시낀이 군중의 뒤쪽에 와서 구두를 벗어 옆 사람의 힘을 빌려 뒷사람의 어깨에 기어올라, 맨발로 사람들의 어깨에서 어깨로 용케 뛰어가, 문제의 문 있는 데까지 갔다. 문을 두들기고, 자기의 낮은 키를 꿈틀거리며 안으로 들어가고 싶다고 했다! 그리고 재빨리 어깨에서 어깨로 제자리로 돌아와 뛰어내렸다. 군중은 처음에는 그냥 웃기만 했으나, 이윽고 자기들이 하고 있는 짓이 부끄러워졌다. 이것은 마치 양 떼와 같이 모여선 것이 아닌가? 꼴사나워!

그리하여 사람들은 해산하기 시작했다. 교도관장이 명단을 가지고 왔을 때는 거의 아무도 없었고, 안으로 들어갈 사람도 없는 상태였다. 아니, 곤봉을 들고 사람들을 모아야 할 지경이었다.

또 하루는 넓은 식당에서 음악회가 열리게 되었다. 모두 자리에 앉아 있었다. 끼시낀도 그 음악회는 거부하려고 하지 않았다. 거기서 그는 녹색 조끼를 입고, 의자를 들고 왔다 갔다 하거나 막을 올리는 일을 돕고 있었다. 그가 모습을 나타낼 때마다, 장내에서는 박수와 환성이 일어났다. 그가 느닷없이 쫓기듯이 무대 앞을 달리며, 손을 흔들며 외쳤다. 「다르다넬! 야수 같은 놈!」 폭소가 터졌다. 그런데 갑자기 무언가 잘못된 듯했다 ─ 막이 열렸는데, 무대는 텅 비어서 아무도 없었다. 그래서 끼시낀이 재빨리 무대로 뛰어올랐다. 모두 웃기 시작했으나, 바로 다음 순간에 조용해졌다 ─ 그것은 그의 모습이 우스꽝스럽지 않을 뿐만 아니라, 발광하듯이 두 눈을 부릅뜨고, 무섭게 노려보았기 때문이었다. 그는 몸을 떨면서 주위를 살피고, 시 낭송을 시작했다.

나는 보았다 ─ 그것이 무슨 광경인가?
경찰들이 때려서, 피바다가 되고
그리하여 시체는 산처럼 쌓인다.
아, 자식도 죽었다 ─ 아버지 곁에서!

이것은 그가 장내의 반을 차지하고 있는 우끄라이나인들을 위해 낭독했던 것이다! 각 주에서 최근에 호송되어 온 들끓는 그들에게 있어서, 그것은 상처에 소금을 뿌리는 것과 같았다! 그들은 울기 시작했다! 재빨리 한 교도관이 끼시긴이 있는 무대에 뛰어올랐다. 그런데 끼시긴의 비극적인 얼굴이 이내 익살꾼의 웃음을 띠었다. 이번에는 러시아어로 외쳤다.

「이것은 제가 초등학교 4학년 때, 1월 9일[17]의 시로 암기했던 겁니다!」 이렇게 말하고는 우스꽝스럽게 다리를 절룩거리면서 무대에서 도망쳐 갔다.

그리고 제냐 니끼신은 정직하고, 상냥하고, 얼굴에 주근깨가 많은 호감 가는 청년이었다. (이런 젊은이는 예전의 농촌, 즉 파괴되기 전의 농촌에 많았다. 지금의 농촌에는 심술쟁이 인상이 대부분이다.) 제냐는 노래를 잘 불러서 친구들을 위해 곧잘 막사에서나 무대에서 노래를 불렀다.

어느 날 사회자가 이렇게 소개했다. 「다음의 노래는 〈아내여, 아내여〉입니다. 작사 이사꼬프스끼, 작곡 모꾸로우소프, 기타 반주로 제냐 니끼신이 노래 부르겠습니다.」

기타에서 소박하고 슬픈 선율이 흘러나왔다. 제냐는 아직 냉담해지지 못한, 따뜻한 마음을 감추지 못하고 있는 우리 앞에서 마음을 담아 노래 부르기 시작했다.

아내여, 아내여!
오직 당신만이
오직 당신만이 나의 마음속에 살아 있다오!

오직 당신만이! 무대 위에 있는 생산 계획의 달성을 호소하는 졸렬하게 긴 구호가 퇴색해 보였다. 어두컴컴한 장내에서

17 피의 일요일 — 옮긴이주.

수용소의 세월이 아슴푸레했다 ── 이때껏 지나온 긴 세월도, 이제 남은 긴 세월도 한결같이 희미하게 보였다. 오직 당신뿐이오! 권력 앞의 가공의 죄도 아니며, 그것에 대한 원한도 아니다. 아니, 늑대로 변한 우리의 걱정도 아니다…… 오직 당신뿐이오!

> 그리운 아내여,
> 나는 어디에 있어도
> 누구보다도 당신이 소중하고 그립소!

노래는 계속 이별을 노래했다. 소식이 없는 것을 노래했다. 서로 헤어진 것을 노래했다. 얼마나 우리의 마음을 울렸던가! 하지만 형무소에 대해서는 한마디도 없었다. 아니, 이 노래는 긴 전쟁과도 같았다.

나 역시 지하 시인이었음에도 불구하고, 나는 알아차리지 못했다. 무대에서 또 한 명의 지하 시인이(대체 그들의 수는 얼마나 된단 말인가?!) 자작시를 발표한 것이다. 그것은 나의 시보다 훨씬 유연했고, 그는 자기의 시를 대중에게 발표하기 쉬운 형식으로 만들었다.

설마 노래를 가지고 시비하겠는가? 수용소에 악보가 있겠으며, 그래서 정말 그게 이사꼬프스끼와 모끄로우소프의 작품인지를 확인하겠는가? 조사를 해도, 그는 기억나는 대로 노래 불렀다고 변명할 것이다.

어둠 속에서 2천 명이나 되는 사람들이 앉거나 선 채 노래에 귀 기울였다. 그들은 미동도 하지 않고 노래를 들었다. 장내는 아무도 없는 것같이 조용했다. 정을 잊고, 잔인함에 돌처럼 굳어진 마음을 가진 사람들이 감동받은 것이다. 눈물이 흘

러나왔다. 그들에게도 아직 눈물이 나올 통로는 남아 있었던
것이다.

　　아내여, 아내여!
　　오직 당신만이 —
　　오직 당신만이 나의 마음속에 살아 있다오!

제6장

확신에 찬 탈옥수

　게오르기 빠블로비치 쩬노는 지금에 와서 과거의 탈옥 사건 이야기를 할 때 — 자기나 동료들의 경우에 대해, 혹은 전해 오는 사건에 대해 이야기하면서 — 어떤 타협도 없는 끈질긴 사람으로서 이반 보로비요프, 미하일 하이다로프, 그리고리 꾸들라, 하피즈 하피조프의 이름을 열거하면서 이렇게 칭찬했다.

　〈이들이야말로《확신에 찬》탈옥수였지!〉

　확신에 찬 탈옥수! 그는 인간이 쇠창살 속에서는 살지 못한다는 것을 단 1분이라도 의심할 수 없는 사람이다! 설사 제일 혜택을 받고 있는 특권수라 할지라도, 혹은 경리부나 문화 교육부나 빵을 자르는 일을 하고 있다고 해도 그렇다! 그는 갇힌 때로부터 낮에는 도망칠 생각을 하고 밤에는 도망칠 꿈만 꾸는 사람이다. 그는 어떤 일에도 타협하지 않는 〈마음속으로 맹세한〉 사람이며, 자기의 모든 행동을 하나의 목적, 즉 탈옥에 바치고 있는 사람이다! 아니, 그는 단 하루라도 수용소에서 헛되이 지내지 않을 사람이다 — 언제나 탈옥 준비를 하고 있거나 혹은 탈옥을 하고 있는 도중이든가, 아니면 체포되어 매를 맞거나 벌로 수용소 내의 형무소에 갇히는 사람이다.

확신에 찬 탈옥수! 그는 자신이 무엇을 하려는지 알고 있는 사람이다. 그는 본보기로 나란히 늘어놓은, 탈옥 중에 사살된 탈옥수들의 시체를 보았다. 그는 잡혀서 살아남은 탈옥수들을 보았다 ― 푸른 멍투성이에 피를 토하며 막사로 끌려다니며 〈여러분! 나를 보시오! 당신들도 도망치다 걸리면 이렇게 됩니다!〉라고 외친다. 그는 탈옥수의 시체가 수용소로 운반되기에는 너무 무겁다는 것을 알았다. 그렇기 때문에 머리만을 주머니에 넣어서 가져오는 것이다. 혹은(규칙에는 그것이 옳았다) 팔꿈치 아래를 잘라 오른팔을 가져오는 것이다. 특별부가 그 지문을 확인하여 사망 수속을 하기 위해서였다.

확신에 찬 탈옥수! 그는 거꾸로 쇠창살 창문을 시멘트로 발라 버린 장본인이다. 그는 구내를 가시철조망으로 몇십 겹이나 에워싸고 망루나 벽을 쌓게 하고, 파괴된 구멍을 수리시키고 척후병을 매복시키고 잿빛 개에게 피가 흐르는 고기를 먹게 하는 장본인이다.

확신에 찬 탈옥수들 덕분에 우리들까지도 해를 입게 되는 것이다! 규율이 강화된다! 열 번도 더 점호에 끌려 다닌다. 죽도 묽어진다! 수용소의 보통 죄수의 의지를 약하게 만드는 비난을 퍼붓는 사람이다. 그는 복종(〈수용소에서도 그럭저럭 살아갈 수가 있다고, 특히 소포를 받는다면 말이야〉)을 거부한다. 다른 죄수들의 속삭임뿐만 아니라, 항의 단식 투쟁을 호소하는 다른 죄수들의 속삭임에도 귀를 기울이지 않는다. 왜냐하면, 그것은 투쟁이 아니라, 자기기만에 지나지 않는다고 생각하기 때문이다. 모든 투쟁 방법 중에서 그는 한 가지밖에 보지 않는다. 그는 한 가지에만 의지한다. 그는 한 가지에만 자신을 맡긴다. 탈옥뿐이다!

그는 오로지 그럴 수밖에 없었다! 그는 그렇게 된 사람이었다. 철새가 날아가는 것을 막을 수 없듯이, 확신에 찬 탈옥수도 도망치지 않을 수가 없는 것이다.

두 번의 실패를 거듭했던 탈옥 사건 후에 얌전한 수용소 죄수들이 게오르기 쩬노에게 이렇게 질문했다. 「왜 당신은 가만히 있지 못해? 왜 도망치려고 하는 거야? 당신이 사회에, 특히 지금의 사회에 무슨 볼일이라도 있어?」 「그야, 있지!」 쩬노는 놀랐다. 「자유! 쇠사슬에 묶이지 않고 하루라도 숲에서 지낸다면, 그것이 자유가 아닌가!」

굴라끄(수용소 관리 본부)와 기관은 형 〈중간기〉에 있는 죄수들 중에서는 쩬노나 보로비요프와 같은 죄수들을 전혀 알지 못했다. 이러한 죄수들은 최초에나 있었다. 그리고 후에, 즉, 전쟁 후에 다시 나타났다.

쩬노는 이런 사람이었다. 어떤 새로 옮긴 수용소에서(그는 자주 호송되었다) 처음에는 지쳐서 힘이 없었다. 하지만 그것은 탈옥 계획이 세워지기 전까지의 일이었다. 그 계획이 세워지면, 쩬노는 이내 밝아지고 입가에 미소가 떠오른다.

그리하여 그가 회상하고 있듯이 죄수 전체에 대한 심리와 명예 회복이 시작되었을 때 그는 오히려 낙담했다. 자기 명예 회복을 기대하는 바람에 탈옥의 의지가 약해진 것을 느꼈기 때문이었다.

◆

그의 복잡한 인생은 도저히 이 책에 다 담을 수 없다. 그리고 그의 탈옥수로서의 정신은 천성이었다. 유년 시절에 그는 브랸스끄 기숙 학교에서 〈미국으로〉 도망쳤다. 즉, 보트를 타고 제스나강으로 도망갔다. 빠찌고르스끄의 고아원에서 겨울에 속옷 바람으로 철문을 뛰어넘어서 할머니에게로 도망갔

197

다. 그리고 또 특이한 것은 그의 일생을 통하여 배를 타는 것과 곡예를 하는 일이 줄곧 엇갈리고 있었다. 그는 상선 학교를 졸업하여 선원으로 쇄빙선을 타기도 했고 갑판장으로 트롤리선도 탔고 항해사로 상선도 탔다. 그리고 군의 외국어 대학을 졸업하고 전쟁 중에는 북해 함대에 근무하며 연락 장교로 영국 호위함에 편승하여 아이슬란드와 영국을 항해했다. 그리고 그와 동시에, 그는 소년 시절부터 곡예사를 하며, 신경제 정책 시대와 그 후의 해상 생활 동안에 곡예단에 참가했다. 역도 코치도 하고 〈기억술〉, 즉 많은 말이나 숫자를 암기하거나 멀리 떨어진 곳에서 남의 생각을 맞히는 재주를 보였다. 그래서 이 곡예와 항구의 생활을 통해서 그는 형사범의 세계와 약간 접촉했고 그들의 말이나 모험심이나 상투적인 수법, 대담성을 익혔다. 그 후 수없이 형사범들과 함께 규율 막사에 들어갔던 그는 그들이 하는 것을 더 많이 배우게 되었다. 이것은 확신에 찬 탈옥수에게는 모두 유익한 것이었다.

인간은 그가 과거에 경험한 모든 것의 총합이다 — 우리는 이렇게 형성되는 것이다.

1948년에 그는 갑자기 제대하였다. 그때 이미 저 세상에서 그에게 불길한 신호를 보내고 있었다. (외국어를 알며, 영국의 호위함에 탔던 경험이 있고 게다가 에스토니아인이었다. 특히 뻬쩨르부르끄 출신의 에스토니아인이었으니.) 하지만, 인간은 언제나 사물을 자기에게 좋게 해석하기 쉽다. 그해의 크리스마스이브에, 아직 크리스마스 습관이 남아서 그것을 성대하게 축하하는 리가시에서 그는 체포되어 아마투 거리의 음악 대학에 인접한 건물 지하실로 연행되었다. 그는 태어나서 처음으로 감방에 들어갈 때, 도저히 참을 수 없어서 침묵을 지키는 무관심한 교도관에게 이렇게 말했다.「바로 이 시간에 상영되고 있는 영화 〈몬테크리스토 백작〉의 입장권을 나와 아내가 가지고 있어. 그는 자유를 위해 싸웠어. 그러니 나도 싸울 거야.」

하지만 싸우기에는 아직 일렀다. 그래서 우리는 언제나 그 것이 〈어떤 실수가 아닌가〉하고 생각하기 쉽다. 형무소에 들어가다니? 무엇 때문에? 그럴 리가 있나! 〈틀림없이 무슨 실수가 있겠지, 이제 알게 될 거야!〉 모스끄바로 호송될 때는 출발을 앞두고 위로까지 받았다(이것은 호송의 안전을 위한 것이다). 방첩대장인 모르시닌 대령이 역까지 전송하러 나와서 헤어지면서 악수하며 말했다.「걱정하지 말게나, 그저 몸조심이나 하게!」특별 호송대원까지 포함해서 4명이 1등실 차량 하나를 따로 차지했다. 소령과 중위는 모스끄바의 신년의 즐거운 이야기를 주고받았다(아마 이런 출장을 위해 특별 호송을 생각하지 않았을까?). 그러다가 양쪽 상단에 누워서 그대로 잠들어 버렸다. 하단의 한쪽 침상에는 상사가 누웠다. 죄수가 눈을 뜰 때마다 그 상사는 몸을 움직였다. 실내에는 파란 전등이 위에 달려 있었다. 쩬노의 머리맡에는 아내가 서둘러 만든 처음이자 마지막인 차입물이 놓여 있었다 — 그것은 아내의 머리카락 한 줌과 초콜릿 하나였다. 그는 누워서 생각에 잠겨 있었다. 열차는 경쾌하게 달렸다. 우리는 이 소리에 맞춰서 여러 가지를 생각하며, 우리에게 좋은 방향으로 여러 가지 예측을 하게 된다. 쩬노 역시 〈이것은 잘못된 경우니까 이제 곧 해명될 것이다〉라는 기대를 가지고 있었다. 따라서 정말 도망치겠다는 생각은 없었다. 다만 어떻게 하면 도망칠 수 있을까 하는 막연한 생각뿐이었다. (후에 그는 여러 번 그 밤의 일을 회상하면서 분해했다. 그렇게 쉽게 도망칠 수 있는 기회는 이제 없을 것이다! 아니, 사회가 그만큼 가까이에 있을 기회도 다시는 없을 것이다!)

밤중에 쩬노는 두 번이나 변소에 가면서 텅 빈 복도를 걸었다. 그때마다 상사가 그의 뒤를 따랐다. 그의 권총은 수병들이 언제나 하고 있듯이 긴 노끈에 매달려 있었다. 죄수와 함께 그는 좁은 변소 안에까지 들어갔다. 유도와 레슬링을 익힌 쩬노로서는 여기서 상대의 〈팔을 비틀어〉 권총을 빼앗아 조용히 하라고 명령하고 정차하는 역에서 안전하게 도망칠 수 있었을 것이다.

두 번째에는 상사가 좁은 변소에 들어가기가 싫어서 문밖에 남아 있었다. 게다가 문은 닫혀 있었고, 거기에 몇 시간이라도 있을 수 있었다. 창문 유리를 부수고 선로에 뛰어내릴 수도 있었을 것이다. 한밤중이었다! 열차는 천천히 가고 있었다. 1948년의 일이니까, 열차는 가끔 멈췄다. 그때는 겨울이었지만 쩬노는 외투를 가지고 있지 않았고 호주머니에는 5루블밖에 없었다. 그러나 그는 아직 시계를 몰수당하지는 않았었다.

특별 호송이라는 사치스러운 여행도 모스끄바 역에서 끝났다. 찻간에서 승객이 다 내리는 것을 기다렸다가 호송차에서 푸른 견장을 단 상사가 내려 찻간으로 들어서자마자 물었다. 「그놈은 어디 있어?」

접수, 불면, 수감, 그리고 또 수감. 신참은 빨리 신문관에게 데려가 달라고 요구한다. 교도관은 하품을 하면서 이렇게 말한다. 「서두르지 말고 조금 더 기다려, 실컷 연행될 거야.」

드디어 신문관에게 호출되었다. 「자, 자기의 범죄적 활동에 대해 말하는 것이 좋아.」 「나에게는 아무런 죄도 없소!」 「죄가 없는 것은 비오 교황뿐이야.」

감방에는 스파이와 함께 들어가게 된다. 〈사실은 어떻소?〉

하고 스파이는 끈덕지게 〈물어 온다〉. 몇 번 신문이 끝나고 나면, 모든 것이 분명해진다 — 진상 규명도 없고 석방시키지도 않는 것이다. 그렇다면 도망치는 도리밖에는 없다!

전 세계에 알려져 있는 레포르또보 형무소의 공포에도 쩬노는 의기소침하지는 않았다. 아마도 그것은 전장에서 아무런 경험이 없는 신병이 두려움을 모르는 것과도 같을지 모른다. 탈옥의 계획은 신문관 아나똘리 레프신 덕분이었다. 그는 잔혹하게 굴면서 쩬노의 분노를 자극했다.

인간이나 민족에게는 각기 다른 척도가 있다. 이 형무소에는 수백만 명의 사람들이 매 맞는 것을 고문이라 생각지 않고 들어왔다. 그러나 쩬노로서는 매 맞으면서 하는 수 없다고 참을 수는 없었다. 이것은 치욕이며, 죽는 편이 나았다. 그리하여 레프신이 단지 말로 위협하다 처음 주먹을 들자 쩬노는 펄쩍 뛰며 분노에 몸을 떨면서 고함을 질렀다. 「좋아, 나는 죽을 몸이야! 그러니 이제 네놈의 눈깔 한두 개는 뽑아 주마! 나는 한다면 해!」

그러자 신문관이 뒷걸음질 쳤다. 자기 예쁜 눈을 이제 죽게 될 죄수의 목숨과 바꿀 수는 없었다. 그래서 방법을 바꿔서, 쩬노를 지치게 하려고 징벌 감방에 넣었다. 그다음에는 옆방에서 비명을 지르는 여성이 쩬노의 아내라고 하면서 쩬노가 자백하지 않으면 아내를 더 혼내 주겠다고 위협했다.

그러나 신문관은 또 상대를 잘못 보았다! 쩬노는 자기가 매 맞은 것과 같이 아내의 신문에도 참을 수가 없었다. 이런 신문관은 어떤 일이 있어도 죽여야 한다. 이런 생각은 그의 탈옥 계획과도 결부된다! 레프신 소령도 역시 해군 제복을 입고 역시 키가 크고 머리카락도 금발이었다. 심사부의 경비가 쩬노를 레프신으로 잘못 보아도 이상하다고 생각되지 않았다.

다만 레프신은 얼굴이 통통하고 윤기가 있었으나 쩬노는 꽤 수척했다. (죄수는 쉽게 거울을 들여다볼 기회가 없다. 신문 때 변소에 가고 싶다고 하면, 그 허락이 났을 때에도 그곳 거울에는 검은 커튼이 걸려 있었다. 잠시 손을 뻗어 그 커튼을 들어 올릴 수는 있었다. 몹시 얼굴이 창백해졌군! 내가 보기에도 가련해졌어!)

얼마 후에 감방에서 소용이 없었던 스파이가 없어졌다. 쩬노는 그의 침대를 점검했다. 옆으로 가로지른 철봉이 침대 다리에 연결된 데가 녹슬고 있었다. 녹이 슨 자리만 철봉이 약해져 있었다. 리벳이 겨우 붙어 있었다. 철봉의 길이는 70센티미터 정도였다. 어떻게 하면 그것을 잘 꺾을 수 있을까?

우선 해야 할 일은…… 정확한 초읽기 훈련이다. 그리고 각각의 교도관에 대해 감시 구멍으로 들여다보는 간격을 계산해야 한다(물론, 당직하는 교도관이 천천히 복도를 걸어오는 것을 가정하면서, 자기도 그 속도에 맞추며 시간을 재야 한다). 그 간격은 45초에서 60초까지였다.

그 간격 동안에 힘을 넣어 보니까 철봉이 녹슨 끝 쪽에서 구부러졌다. 다른 한쪽 끝은 그대로 있어서 그것을 꺾기는 어려웠다. 두 다리를 대고 체중을 걸어야 했다. 하지만 그렇게 되면 마루에 떨어지면서 소리가 난다. 즉, 교도관이 들여다보지 않는 간격 사이에 시멘트 바닥에 베개를 놓고 철봉 위를 타고 그것을 꺾은 다음 베개는 제자리에 갖다 놓고 꺾인 철봉은 우선 자기 침대에 감춘다. 그새 계속 초읽기를 해야 한다.

꺾였다. 됐어!

그러나 이것으로는 아직 불안하다 — 안으로 들어와 발각되면, 징벌 감방에서 죽게 된다. 징벌 감방에서 20일을 살게 되면, 쇠약해져 도망은 고사하고 신문관의 매조차 피할 수가 없었다. 그렇다, 이렇게 하자 — 손톱으로 매트리스의 꿰맨 솔기를 좀 뜯자. 거기서 약간의 솜을 꺼낸다. 그 솜으로 철봉 끝을 싸서 철봉을 제자리로 가져간다. 또 초읽기를 한다! 그래, 됐어!

하지만 이것으로도 아직 불완전하다. 열흘에 한 번 목욕을 하고 목욕하는 동안에 감방의 수색이 있다. 부러진 철봉이 발견될지도 모른다. 그러니까 빨리 대책을 세워야 한다. 어떻게 철봉을 신문실로 가지고 갈 것인가? 형무소에서 나갈 때에는 신체검사가 없다. 신문을 받고 돌아갈 때만 호주머니가 있는 양쪽 옆구리와 가슴을 만져 본다. 자살할까 두려워 면도날이 있는지를 수색하는 것이다.

쩬노는 해군 군복 속에 전통적인 줄무늬 셔츠를 입고 있었다. 그 셔츠는 그의 몸을 따뜻하게 감싸 주고 있었다. 〈먼바다에 갈수록 재난은 적다.〉 그는 빵으로 만든 단추를 달겠다는 구실로, 교도관에게서 바늘과 실을 빌린다(일정한 시간 동안 주게 된다). 겉옷의 단추를 풀고 바지 단추를 풀고 셔츠 자락을 끄집어내어 안쪽에서 둘로 접어 꿰맨다. 작은 호주머니처럼 된다(여기에 철봉 아래 끝을 넣는다). 미리 아래 속옷의 끈을 좀 잘라 둔다. 그리고 이번에는 단추를 상의에 다는 시늉을 하면서 그 끈을 셔츠 안쪽 가슴에 두 끝을 꿰맨다. 그것은 안에 철봉을 넣기 위한 고리며, 동시에 철봉의 상단을 받쳐 주기 위한 것이다.

이번에는 그 셔츠를 앞뒤 거꾸로 입고 매일같이 훈련을 시작한다. 철봉이 등 셔츠 속에 고정된다 — 위의 고리를 지나 하단을 셔츠 속에 만든 작은 호주머니에 넣는 것이다. 철봉의 상단이 마침 목의 높이까지 와서 상의의 깃 바로 속에 있게 된다. 이 훈련은 교도관이 들여다보고 나서 다음 들여다보는 사이에, 다음 동작을 하는 것이다. 우선 손을 후두부로 가져가 철봉의 상단을 잡고 상체를 뒤로 젖힌다. 이번에는 반동을 이용하여 활의 시위처럼 상체를 앞으로 기울이며 반듯하게 하고 그와 동시에 철봉을 뽑아 재빨리 신문관의 머리에 일격을 가한다. 그리고 다시 철봉을 제자리에 가져간다! 교도관이 들여다본다. 죄수는 책장을 넘기고 있다.

동작이 점차 재빨라지면서 철봉이 공중에서 윙 소리를 냈다. 그 일격이 치명상은 되지 않는다 해도 신문관은 기절하여 쓰러질 것이다. 만일 아내까지 투옥되었다면, 용서할 여지가 없다!

그 밖에도 솜뭉치 2개를 준비한다. 그 매트리스를 뜯어서 만든다. 그 솜뭉치를 볼 안에 넣으면 얼굴이 살쪄 보일 것이다.

그리고 물론 그날에는 면도를 하지 않으면 안 된다. 그런데 여기서는 흔히 잘 들지 않는 면도칼로 한 주에 한 번밖에 면도하지 못한다. 그래서 결행할 날을 정하는 것도 중요하다.

하지만 어떻게 하면 얼굴의 혈색을 좋게 할까? 뺨에 피를 좀 바르자. 〈그의〉 피를.

탈옥수는 남들처럼 〈그렇게 평범하게〉 사물을 보거나 들어서는 안 된다. 그는 탈옥수로서의 특별한 목적을 가지고 사물을 보고 듣고 하지 않으면 안 된다. 아무리 작은 일이라도 분석해야 하며, 놓쳐서는 안 된다. 신문이나, 산책이나, 변소나, 아니 어디로 연행되어도 그는 발걸음을 세 보고 층계의 수를 세 보았다(모든 것이 후에 도움이 되는 것은 아니지만, 그래도 셌다). 그의 몸이 길모퉁이를 점검한다. 명령에 따라 아래를 내려다보는 눈이 마룻바닥을 연구한다 ─ 그 마루는 무엇으로 만들었는가, 완전한가. 두 눈을 굴려서 시야에 최대로 들어오는 모든 문을 보고 저 문은 이중문인가 아닌가, 저 문에는 무슨 손잡이가 달려 있고 어떤 자물쇠가 달려 있는가, 또 어느 방향으로 열리는지 확인한다. 머리는 문마다의 용도를 생각한다. 두 귀는 소리를 듣고 여러 가지를 비교한다 ── 이 소리는 나의 감방까지 들린 적이 있는데, 여기서 난 것이구나 하면서.

유명한 레포르또보 형무소는 K자 모양으로 되어 있었다. 각 층의 복도는 철제 회랑으로 되어 있고, 기를 든 정리계가 있다. 심리부로 들어간다. 신문은 여러 방을 바꿔서 한다. 그러는 것이 더 좋았다. 이런 기회에 심리부의 복도와 문의 배치를 연구한다. 신문관들이 외부에서 이리로 어떻게 들어오는가? 사각의 작은 창문이 있는 이 문으로 들어온다. 물론 증명서의 주요한 확인은 여기서는 하지 않고 밖의 위병소에서 하지만, 여기서는 어떤 다른 형태로 확인하든가 감시하고 있을 것이다. 이제 누가 내려와서 위에 있는 사람에게 큰 소리로 외쳤다. 「그래서 내가 사무실로 갔다고!」 이런 말은 탈옥수에게 도움이 되었다.

여기서 그들이 어디를 지나서 위병소까지 가는지 짐작했다가, 도망칠 때 주저하지 않고 바르게 가야만 했다. 아마 눈 속에 오솔길이 나 있을 것이다. 아니면 그들이 다니는 아스팔트 길은 다른 장소보다는 검게 더럽혀져 있을 것이다. 그런데 그들이 위병소를 통과할 때 어떻게 할까? 증명서를 제시하는가? 아니면 들어갈 때 위병에게 맡기고, 돌아갈 때 자기 이름만 말하고, 그 증명서를 도로 받을 것인가? 아니면 위병이 얼굴을 다 기억하고 있어서, 이름을 말하는 것이 오히려 잘못이 아닌지, 그저 손을 내밀어 악수를 청해야 할까?

만일 신문관의 엉터리 질문을 분석해 보면, 저절로 많은 의문이 풀리게 된다. 그는 연필을 깎기 위해, 가슴 호주머니에 간직했던 무슨 증명서 안에서 면도날을 꺼낸다. 곧 이런 의문이 생긴다.

〈저것은 통행증이 아니다. 그렇다면 통행증은 위병소에 맡기나?〉

〈저 작은 수첩 같은 것은 자동차 운전 면허증과 비슷하군. 그렇다면 저놈은 자동차로 통근하나 보지? 차 키는 가지고 있을까? 차는 형무소의 정문 앞에 주차시켜 놨을까? 이 방에서 나가지 말고 근무 일지에 적힌 자동차 번호를 기억해 두었다가 후에 자동차를 찾을 때도 당황하지 않도록 해야겠다.〉

저들에게는 탈의실이 없다. 해군 외투와 모자가 여기에, 즉 이 방에 걸려 있다. 그것이 오히려 잘되었다.

중요한 것은 하나도 잊거나 놓쳐서는 안 된다. 모든 일은 4~5분 안에 끝내야 한다. 저놈이 쓰러지고 나서 해야 할 일은 이렇다.

1. 나의 상의를 벗어 던지고 견장이 있는 그의 새 상의로 갈아입을 것.

2. 그의 구두끈을 풀어 나의 구두에 끼울 것 ― 이것은 시간이 많이 걸린다.

3. 그의 면도날을 미리 준비해 둔 신발 뒤축 구멍에 숨길 것 (만일 잡혀서, 다시 감방에 들어가게 되면 재빨리 거기서 혈관을 절단하여 자살하기 위해).

4. 그가 가지고 있는 모든 서류를 조사하여 필요한 것은 챙길 것.

5. 자동차 번호를 기억하고 차 키를 찾을 것.

6. 그의 두터운 가방 속에 나의 조서를 넣어서 가져갈 것.

7. 그의 시계를 가져갈 것.

8. 뺨에 피를 발라서, 혈색을 좋게 할 것.

9. 그의 몸체를 책상 뒤에나 창문의 두꺼운 커튼 뒤에까지 끌고 가서 거기에 숨겨 다른 사람이 들어와도 그가 이미 퇴근해 버렸다고 생각하게 하여 추적하지 못하게 할 것.

10. 작은 솜뭉치를 볼 안쪽에 넣을 것.

11. 그의 외투를 입고 모자를 쓸 것.

12. 스위치의 전선을 절단할 것. 만일 누군가 바로 방에 들어와 어두워서 스위치를 켜도 전기가 들어오지 않아, 전구가 끊어져 여기 신문관이 다른 방으로 옮겼다고 생각할 것이다. 혹시 전구를 바꾼다 해도 무슨 일이 있었는지 바로 알 수 없을 것이다.

이리하여 전부 12개 항목이 되며, 13번째 항목은 탈옥 그 자체가 된다. 그것은 야간 신문 때에 해야 한다. 그 수첩 같은 것이 자동차 운전 면허증이 아니라면 상황이 좋지 않았다. 만일 그렇다면 그는 신문관 전용 버스를 타고 다닌다는 것이다. (그들을 위해서 전용 버스가 있다. 야간 근무니까!) 레프신만이 새벽 4시나 5시를 기다리지 않고 한밤중에 퇴근하면 다른 신문관들이 이상하게 생각하게 될 것이다.

그 밖에도 또 있었다 ─ 사각의 작은 창문 곁을 지날 때 코를 푸는 체하며 손수건으로 얼굴을 가려야 한다. 그와 동시에 눈은 손목시계를 들여다본다. 게다가 경비병의 의심을 사지 않으려면, 위쪽을 보고 소리쳐야 한다. 「뻬로프(이것은 그의 친구이다)! 나는 사무실에 가네. 내일 이야기하세!」

물론, 성공률은 극히 적다. 3퍼센트나 5퍼센트 정도다. 밖에 있는 위병소의 구조를 전혀 모르니까 절망적이다. 그렇다고 여기서 노예가 되어 죽을 수는 없다! 아니, 발로 차 내던지도록 쇠약해서는 안 된다! 이제 면도날은 구두 뒤축에 숨겼으니까!

이리하여 어느 날 수염을 깎은 직후에 쩬노는 철봉을 등에 감추고 야간 신문을 받으러 갔다. 신문관은 신문을 하면서 욕설을 하거나 위협을 했으나, 쩬노는 그를 보고 마음속에서 이상하게 생각했다 ─ 자기 생명이 몇 시간밖에 남지 않은 것을 느끼지 못할까?

밤 11시였다. 쩬노는 오전 2시까지 기다릴 참이었다. 그때쯤 되면 신문관들은 가끔 〈짧은 밤〉이라고 하면서, 퇴근할 차비를 하는 것이다.

여기서 적당한 때를 보아야 했다. 언제나 하듯이 신문관이 조서 용지를 내밀고 서명을 하라고 할 때, 갑자기 기분이라도 나빠진 듯이 그 용지를 일부러 마루에 떨어뜨리고, 그가 그 용지를 주우려고 몸을 잠시 구부리는 순간…… 혹은 조서를 내밀지 않더라도 일어서서 휘청거리면서 기분이 나쁘다고 말하고 물을 달라고 부탁한다. 그가 에나멜을 칠한 철제 컵을 가져올 때(유리컵은 자기가 물을 마실 때 사용한다) 물을 조금 마시다가 컵을 떨어뜨리고, 그리고 오른손을 후두부로 가져간다. 그것은 어지럽다는 것을 가장해서 자연스러운 동작으로 보인다. 신문관은 떨어진 컵을 보기 위해 반드시 몸을 숙일 것이니까, 그 순간에…….

가슴이 설레었다. 환희의 순간이 다가오고 있었다. 아니, 그의 마지막 순간이 될지도 모른다.

그러나 사태는 다른 방향으로 전개되었다. 밤 12시경에 한 신문관이 빠른 걸음으로 와서 레프신의 귀에다 무엇인가 속삭였다. 여태껏 그런 일은 없었다. 레프신은 서둘러 단추를 눌러서 죄수를 데려가라고 교도관을 불렀다.

이것으로 만사가 끝났다……. 쩬노는 감방에 돌아와 철봉을 제자리에 놓았다.

다음에 신문관이 그를 불렀을 때는 쩬노의 수염이 많이 자라 있었다(철봉을 가지고 갈 이유도 없었다).

그 후에는 주간 신문이 있었다. 그리고 그 신문도 좀 이상하게 되어 신문관이 고래고래 소리 지르지도 않고 5년에서 7년의 형밖에 되지 않으니까 낙심하지 말라면서 기세가 꺾여 있었다. 그래서 그의 머리통을 까고 싶다는 분노도 어느덧 사라져 버렸다. 쩬노의 분노는 더 지속되지 못했다.

격한 감정이 지나가 버렸다. 성공할 기회는 너무나 적어서, 그런 짓을 해도 소용이 없었을 것이다.

탈옥수의 감정에는 아마도 예술가의 그것보다 더 변덕스러운 데가 있다.

이리하여 그 긴 준비가 수포로 돌아가 버렸다…….

그러나 탈옥수는 이런 사태에도 견딜 수 있어야 한다. 그는 이미 백 번이나 철봉으로 공중을 가르며 이미 머릿속에서는 백 명이나 되는 신문관들을 죽였다. 그는 이미 열 번도 더 세부적인 탈옥 계획을 검토했다 ― 취조실 안에서의 일도, 사각의 작은 창문 곁을 지날 때도, 위병소까지 가게 될 때도, 위병소 밖으로 나갈 때도! 그는 이미 이 탈옥 계획으로 지쳤으며, 실제로 그것을 실행에 옮기지도 못했다.

얼마 후 그의 담당 신문관이 바뀌고 그는 루비얀까 형무소로 옮겨 가게 되었다. 쩬노는 거기에서는 탈옥 준비를 하지 않았다(심리의 경과가 이전보다 희망적이어서 탈옥의 결심이 서지 않았다). 그러나 그는 여전히 관찰을 게을리하지 않고 연습을 위한 계획을 세웠다.

루비얀까 형무소에서 탈옥하다니? 그런 일이 대체 있을 수 있겠나? 그래, 잘 생각해 보면 혹시 레포르또보 형무소보다 실현하기 쉬울는지도 모른다. 그간 신문받으러 연행될 때 긴 복도를 걸으면서 표지판을 보게 된다. 때로는 복도에서 이런 화살표가 눈에 띈다 — 〈제2 정문으로〉, 〈제3 정문으로〉(사회에서는 그런 것에 무관심했으며 루비얀까 형무소를 밖에서 돌아보고 어디 그 정문이 있는지 미리 알아 두지 못한 것이 후회된다). 아니, 거기가 도망치기 쉽다는 것은 이곳은 폐쇄된 형무소가 아니라, 사무실이 있는 건물이며, 많은 신문관이나 직원들이 끊임없이 출입하고 있어서 경비병들도 그들의 얼굴을 일일이 알지 못하기 때문이다. 그래서 들어올 때나 나갈 때 통행증을 제시해야 하는데, 그 통행증은 신문관들의 호주머니 속에 있다. 그리고 만일 경비병들이 여러 신문관의 얼굴을 알지 못한다고 해도, 꼭 닮을 필요는 없고 조금 비슷하기만 하면 된다. 새 담당이 된 신문관은 해군복이 아니고, 카키색의 군복을 입고 있다. 그래서 그의 군복으로 바꿔 입어야 한다. 철봉은 필요 없고 용기만 있으면 된다. 신문관의 방에는 여러 가지 물건이 놓여 있다. 예를 들어 대리석 문진, 그리고 그를 반드시 죽이지 않아도 된다. 10분 동안만 기절시키면, 탈옥하는 데는 충분하다!

그러나 자비도 이성도 아닌 분명하지 않은 기대 때문에 쩬노의 의지가 약해졌다. 그래서 부띠르끼 형무소로 옮기고 나서야 개운한 기분이 되었다. 특별 심의회의 서류에 의해 수용소 25년의 형이 선고되었던 것이다. 그는 그 서류에 서명하자 갑자기 기분이 편해진 것을 느꼈으며 입가에 미소가 살아나고 가벼운 발걸음으로 25년 형 죄수들의 감방으로 향하게 되었다. 그는 이 판결에 의해 굴욕에서, 양심의 동요에서, 복종에서, 아첨하는 기분에서, 거지같이 약속된 5년에서 7년의 형을 기대하는 기분에서 해방되었던 것이다. 제기랄, 25년이라고? 너희가 그렇다면 나도 생각이 있어 — 탈옥할 테다!

그렇지 않으면 죽음뿐이야. 설마 죽음이 25년의 노예 생활보다 나쁘지는 않겠지. 아니, 재판 후에 머리를 깎인 그 한 가지 일도 — 그저 머리를 깎았을 뿐, 아무도 분노하지 않았는데 — 쩬노로서는 그것이 무엇보다도 굴욕적이고, 누가 얼굴에 침을 뱉은 것과 같았다.

이번에는 동료를 찾았다. 그리고 다른 탈옥 사건을 연구했다. 이 세계에서 쩬노는 아직 신참이었다. 여태껏 아무도 도망치지 못하지는 않았을 것이다.

우리는 부띠르끼 형무소의 복도를 양분하고 있는 이 철제 칸막이 곁을 교도관을 따라가면서 몇 차례나 지났지만, 쩬노가 한눈에 간파한 것을 도대체 몇 사람이나 알았겠는가. 그 문에는 2개의 잠금장치가 있는데 교도관이 하나밖에 열지 않았지만, 칸막이는 다 열린다는 것을 쩬노는 금세 알아챘다. 그리고 두 번째 잠금장치는 지금은 작동하지 않았다. 3개의 철봉이 벽에서 나와 철제문에 꽂혀 있었다.

감방에서는 여러 가지 일이 있었지만, 쩬노는 탈옥 이야기와 그 참가자들을 찾고 있었다. 그 3개의 철봉 때문에 혼났다는 죄수도 만났다. 마누엘 가르시아라는 죄수였다. 그것은 몇 달 전에 일어난 사건이었다. 어느 감방의 죄수들이 용변을 보려고 밖으로 나갔다가 교도관에게 덤벼들어(규칙을 위반하여 이 교도관은 혼자였다. 몇 해 동안이나 아무 일도 일어나지 않아서 놈들은 죄수들의 복종에 아주 익숙해 버렸다!) 상대의 제복을 벗기고, 묶어서 변소 안에 감금하고, 한 죄수가 그의 제복을 입었다. 다른 죄수들은 열쇠를 빼앗아 그 복도에 면해 있는 모든 감방의 문을 열었다. (그 복도에 면해 있는 감방에는 사형수들도 있어서, 그들에게는 이것이 매우 잘된 일이었다!) 모두 떠들기 시작하고, 환성이 오르고, 다른 복도에 면해 있는 감방도 해방되자 형무소 전체를 점령하자고 외치는 사람들도 있었다. 그들은 경계를 태만히 했던 것이다! 각 감방의 죄수들이 일제히 뛰쳐나가려고 조용히 준비를 하면서 복도에 교도관으로 변장한 죄수가 나가게 하는 대신에, 그들이 무리 지어 나가 복도에서 떠들어 댔다. 소동을 알아차린 옆 복도의 교도관이 칸막이에 있는 감시 구멍(그 감시 구멍은 어느 쪽에서도 볼 수 있게 되어 있었다)을 들여다보고 경보 단추를 눌렀다. 그 경보가 울리자 중앙 사령실의 조작으로 모든 칸막이의 두 번째 잠금장치가 작동하였다. 그 열쇠는 교도관들이 가지고 있는 열쇠 뭉치에는 없는 것이다. 이리하여 폭동이 일어난 복도는 고립되었다. 많은 경비병이 출동하고, 그들은 복도 양측에 나란히 좁은 통로를 만들어 폭동에 참가했던 죄수들을 한 사람씩 통과시키면서 폭행을 가했다. 주모자를 찾아내어 연행해 갔다. 그들은 모두 이미 〈25루블짜리〉였다. 형기를 두 배로 늘렸을까? 아니면 총살이었을까?

죄수는 수용소로 호송된다. 까잔 역에는 죄수들 사이에서 유명한 〈감시소〉가 있고, 그것은 물론 인적이 뜸한 곳에 위치해 있다. 이곳에 호송차로 호송되어 〈죄수 차량〉에 태워 일반 열차에 연결시키는 것이다. 긴장한 호송병들이 양측에 정렬하여 선다. 죄수들의 목을 향해 덤벼들려는 경비견도 있었다. 구령을 내렸다. 「경비대, 전투 준비!」 자동소총의 노리쇠가 음산한 소리를 낸다. 그냥 시끄러운 소리가 아니다. 이렇게 경비견에 포위되어 선로를 따라 연행된다. 도망칠 것인가? 경비견이 쫓아오고 말 것이다.

(그러나 탈옥을 기도했기 때문에 수용소에서 수용소로, 형

무소에서 형무소로 계속 옮겨지는 확신에 찬 탈옥수는 이제부터라도 가끔 이러한 역에서 선로를 따라 연행되는 경험을 해야 한다. 특히 경비견이 없이 연행되는 죄수도 있다. 발이 아프다거나, 환자와 같은 모습으로 겨우 걷거나 간신히 짐 가방과 겉옷을 끌고 있으면, 호송병들도 안심할 것이다. 그런데 만일 선로에 열차가 많이 멈춰 있으면 그 사이를 누비고 달릴 수 있다! 즉, 가지고 있던 짐 가방을 버리고, 몸을 낮춰서 곧바로 열차 밑을 지나간다! 하지만, 이미 몸을 숙여서 뛰려는 순간에 열차 저쪽에 예비 호송병들의 장화가 움직이는 것이 보인다……. 놈들도 미리 계산하고 있었던 것이다. 그래서 이번에는 지쳐서 쓰러지면서 짐 가방을 떨어뜨린 것처럼 보이지 않으면 안 된다. 혹은 바로 옆을 열차가 빨리 통과하는 일이 있으면 그야말로 행운이다. 달리는 기관차의 바로 앞을 횡단하면 아무리 용감한 호송병도 쫓아오지는 못한다! 이쪽은 자유를 위해 목숨을 걸고 있는 데 비하여 그에게는 무엇이 있는가? 그리하여 열차가 지났을 때는 이미 사라져 버리고 없다! 하지만, 이것을 위해서는 이중의 행운이 있어야만 한다. 제때에 열차가 지나가야 하며, 열차 밑에 깔리지 말아야 한다.)

꾸이비셰프 중계 형무소에서 포장이 없는 트럭에 실려 역까지 호송하게 되었다. 커다란 〈붉은 열차〉를 편성하려는 것이다. 쩬노는 그 중계 형무소에서 〈탈옥수를 존경하고 있는〉 현지의 좀도둑으로부터, 도망칠 경우 도움을 받을 수 있는 두 군데의 주소를 알게 되었다. 그는 탈옥을 희망하는 두 사람에게 그 주소를 가르쳐 주고 상의했다. 세 사람은 되도록 트럭의 짐칸 제일 뒤쪽에 자리 잡고, 트럭이 길모퉁이에서(쩬노는 역에서 검은 호송차로 중계 형무소로 수송될 때 자기 몸이 흔들리는 모양으로 그 모퉁이를 알았다. 그것은 몸으로 기억했기 때문에 눈으로 보아도 그것을 알 수는 없었을 것이다) 속력을 낮췄을 때 세 사람이 함께 뛰어내리자! 한 사람은 오른쪽으로, 한 사람은 왼쪽으로, 또 한 사람은 뒤로! 호송병들의 곁을 빠져나오거나 혹은 놈들을 쓰러뜨리고, 뛰어내리는 것이다! 발포할 것인가, 세 사람 다 사살할 수는 없을 것이다. 아니, 발포할 것인가? 길에는 일반인들이 있다. 쫓아올 것인가? 아니다, 쫓아오지 못할 것이다. 다른 죄수들이 트럭에 남아 있으니까. 그러니까 고함치거나, 공중에 발포할 것이다. 혹시 잡을 수 있는 사람이라면 군중일 것이다. 우리 옆을 지나가는 소비에뜨의 군중 말이다. 손에 칼을 들고 있는 듯이 보이며, 그들을 위협한다! (칼은 가지지 않았다.)

세 사람은 신체검사를 할 때 용케 돌아다니다 해가 질 무렵에, 게다가 맨 뒤의 트럭에 타게 되었다. 마지막 트럭이 왔는데…… 그런데 그것이 앞의 트럭처럼 짐칸의 가장자리가 낮은 3톤 차가 아니라, 가장자리가 높은 미제 스튜드베이커였다. 키가 큰 쩬노도 앉으면 머리 꼭대기가 그 가장자리보다 낮은 편이었다. 스튜드베이커는 꽤 속도를 내서 달렸다. 이제 모퉁이다! 쩬노는 전우들은 뒤돌아보았으나 두 사람의 얼굴을 공포에 질려 있었다. 아니, 그들은 뛰어내리지 못하겠지. 이 두 사람은 확신에 찬 탈옥수가 아니다. (〈그렇다면 나는 확신에 찬 탈옥수인가?〉 쩬노는 알 수 없었다.)

헤드라이트가 어둠을 비추고 있었다. 경비견이 짖는 소리와 호송병들의 욕지거리, 자동소총의 부딪치는 소리 속에서 가축 수송 차량으로 승차를 하고 있었다. 여기서 쩬노는 실수했다 ─ 자기가 탈 차량의 모양을 밖에서 관찰하는 시기를 놓쳤던 것이다. (확신에 찬 탈옥수는 만사를 파악하지 않으면 안 된다. 그는 무엇이든지 놓쳐서는 안 된다!)

정차할 때마다 그들은 걱정이 되어 망치로 차량을 두들겨 본다. 마루의 널빤지 하나하나를 두드렸다. 그들은 두려운 것이다. 무엇 때문일까? 널빤지가 잘려 나가는 것을 두려워하는 것이다. 그렇다면 널마루를 잘라야겠다!

예리한 끝의 작은 파편을 발견했다(도적들의 것이다). 하단의 침상 아래에서 차량 뒷부분의 널마루를 자르는 것이다. 그리고 열차가 속력을 낮출 때 그 구멍으로 빠져나가 선로로 내려가 열차가 머리 위로 지나갈 때까지 기다리기로 했다. 그런데 아는 게 많은 죄수의 말에 의하면 가축 수송용 죄수 열차의 제일 후미에는 망 따위를 설치하는 수가 있다는 것이다. 그것은 커다란 철제 갈퀴와 같은 것으로, 그 갈퀴가 침목까지 내려와서 탈옥수의 몸을 걸어 그대로 끌어가면 탈옥수는 그 상태에서 죽게 된다고 했다.

밤새도록 순번대로 침상 밑으로 기어들어 가 몇 센티미터밖에 없는 끝의 파편을 헝겊으로 감아서 널빤지를 자른다. 어려운 일이다. 그래도 한곳의 널빤지를 완전히 잘랐다. 널빤지가 조금씩 움직이기 시작했다. 그것을 떼 내자 아침이 되어 저쪽에 대패질을 하지 않은 하얀 널빤지가 보이게 되었다. 어떻게 흰 널빤지가 있을까? 그 이유는 그들의 찻간에 호송병들을 위해 특별한 발판이 만들어져 있었기 때문이었다. 즉, 잘라 낸 널빤지 바로 위에 보초가 있었다. 널빤지를 더는 자를 수 없었다.

죄수들의 탈옥은 모든 인간 활동이 그렇듯이 그 고유의 역사와 고유의 이론을 가지고 있다. 스스로 탈옥을 결행하기 전에 그 역사와 이론을 알고 있는 것도 나쁘지 않다.

탈옥의 역사란 과거의 탈옥 사건을 말한다. 보안부는 그 탈옥 기술에 대해서 대중 팸플릿을 발행하지는 않는다. 다만 자기들만을 위하여 그 경험을 축적할 뿐이다. 그 역사는 이미 체포된 탈옥수로부터 알 수가 있다. 그들의 체험은 아주 소중한 것이다. 어쨌든 그것은 피를 흘리고, 고통이 따르고, 목숨마저 빼앗길 뻔했던 일이었기 때문이다. 그런데 한 사람, 세 사람, 다섯 사람의 탈옥수한테서 한 걸음 한 걸음 자세하게 그 탈옥 사건에 대해 듣기란 결코 쉬운 일이 아니며, 매우 위험한 일이다. 이것은 〈지하 조직에 참가하고 싶은데, 누구한테 물어봐야 하나?〉 하고 질문하는 것과 그다지 다르지 않은 위험인 것이다. 당신이 나누는 긴 대화는 밀고자의 귀에 들어가게 될 것이다. 그런데 더 나쁜 경우에는, 탈옥한 후에 고문을 받고 생과 사의 선택을 강요당하여 결국 밀고자가 된 탈옥수도 있었다는 것이다. 이러한 탈옥수는 이미 동료가 아니라 미끼이다. 〈대부〉들의 중요한 과제의 하나는 누가 탈옥에 호의적인가, 누가 탈옥에 관심을 가지고 있는가를 미리 탐지하는 것이다. 그래서 몸을 숨기고 있는 탈옥수의 선수를 쳐서, 그의 명부에 표시를 한다. 그러면 탈옥수는 규율 강화 작업반으로 옮겨지고, 거기에서 탈옥한다는 것은 훨씬 어려워진다.

그러나 젠노는 형무소에서 형무소로, 수용소에서 다른 수용소로 전전하면서, 열심히 탈옥수들의 이야기를 들었다. 그는 탈옥을 감행하고 체포되어 수용소 내의 형무소에 갇혔다. 거기에는 탈옥수들이 투옥되어 있었기 때문에 그들의 이야기를 들을 수 있었다. (물론, 실패할 수도 있다. 영웅적인 탈옥수 스쩨빤이 그를 껭기르 수용소의 보안 장교 벨랴예프에게 팔았고, 신문할 때 이 보안 장교는 젠노가 했던 질문을 정확히 되풀이했다.)

그런데 탈옥의 이론이란 것은 아주 간단한 것으로, 성공만

하면 된다. 탈옥에 성공하면, 그 이론을 아는 것이 된다. 붙잡히면, 아직도 모르는 것이 된다. 그 이론의 초보적 원리는 다음과 같다 — 작업 현장에서도 탈옥할 수 있고, 주거 구역에서도 탈옥할 수 있다. 작업 현장일 경우가 비교적 쉽다. 작업 현장은 여러 군데에 있고, 경비대도 정착해 있지 않고, 탈옥수도 무슨 도구를 들고 있을 경우가 많다. 탈옥은 혼자서도 할 수 있다. 이런 경우는 비교적 어려운 대신에 배신자가 없다. 탈옥은 여러 사람이 할 수도 있다. 이런 경우는 비교적 쉽지만, 그 성공은 서로 마음이 맞는가에 달렸다. 이 이론에는 또 하나의 기본 원리가 있다 — 지도를 눈앞에 선하게 잘 떠올려야 한다. 그런데 수용소에서는 지도를 볼 수가 없다. (그런데 도둑들은 지도를 알지 못한다. 그들은 이전에 추웠던 중계 형무소가 북쪽에 있었다고 생각하고 있다.) 또 하나의 기본 원리가 있다 — 탈옥 도중에 통과해야 할 지역의 주민들에 대해 잘 알고 있어야 한다. 또한 이런 방법론적 지시도 있다 — 언제나 〈계획〉에 따라서 탈옥 준비를 진행해야 하지만 어떤 때에는 〈우연〉을 이용하여 탈옥할 수 있는 마음의 준비도 해야 한다.

예를 들어 우연한 탈출이란 이런 것이다. 어느 날 껜기르 수용소 규율 강화 작업반 전원을 형무소에서 끌어내어 벽돌 제작을 시켰다. 그런데 갑자기 까자흐스딴 특유의 모래 바람이 불어왔다. 주변이 어두워지고, 태양이 먼지 속에 감춰지고 먼지와 잔 돌멩이가 계속 얼굴을 때려 눈을 뜰 수가 없는 상태가 되었다. 너무나 뜻밖의 일로 아무도 도망칠 준비를 하지 못하였으나, 니꼴라이 끄리꼬프만이 가시철사 울타리로 뛰어가 그 위에 자기 솜 외투를 걸고 온몸에 상처를 내면서 뛰어넘어 도망갔던 것이다. 모래 바람이 잠잠해졌다. 가시철사에

217

걸린 솜 외투를 보고 탈옥이 발각되었다. 말을 탄 추적자들이 출동했다. 그들은 경비견을 데리고 있었다. 그러나 차가운 폭풍이 끄리꼬프의 족적을 깨끗이 지워 버렸다. 끄리꼬프는 쓰레기 더미에 숨었다가 추적자가 사라지기를 기다렸다. 그러나 다음 날 스텝을 달리던 자동차에 발견되어 체포되었다.

쩬노의 첫 번째 수용소는 제스까즈간 근처에 있는 노보루드노예 수용소였다. 그곳은 사람을 죽음으로 몰고 가는 곳이었다. 그래서 그곳에서는 탈옥해야 했다. 주위는 사막이며, 군데군데 소금밭이나 모래언덕이 있고 장소에 따라서 잔디나 가시가 돋은 식물이 군어 있었다. 또 그 스텝에는 까자끄인들이 가축의 무리를 이끌고 유목하는 곳도 있었다. 곳에 따라서는 전혀 인적이 없는 곳도 있었다. 강이 없었고, 우물을 찾는다는 것은 불가능에 가까웠다. 탈옥에 가장 적당한 시기는 4월과 5월이었는데, 그 시기는 해빙기라 작은 호수가 군데군데 남아 있게 된다. 그래서 경비병들도 이것을 잘 알고 있었다. 이 시기가 되면 작업하러 출동하는 죄수의 신체검사가 철저하게 실시되어 여분의 빵이나 천 조각을 가지고 있지 못하게 했다.

그 1949년 가을에 세 탈옥수들 — 슬로보자뉴끄, 바지첸꼬, 꼬진 — 이 남쪽으로 탈옥을 시도했다. 이들은 사리-수강(江)을 따라 끼질 오르다로 가려고 했다. 그런데 강이 아주 말라 있었다. 그들이 체포되었을 때는 갈증으로 죽어 가고 있었다.

이들의 경험을 참고하여 쩬노는 가을에는 탈옥하지 않기로 했다. 그는 적극적으로 문화 교육부에 출입했다 — 그는 탈옥수도 폭도도 아니고 자기의 25년 형기를 마칠 때쯤에는 교정되기를 바라는 분별 있는 죄수의 한 사람이었다. 그는 자기가 할 수 있는 일은 다 도와주었다. 그는 아마추어 연예회에 참가하여 곡예나 기억술을 보여 줄 것을 약속했다. 연예회를 위해 문화 교육부에 있는 서적을 보다가 보안 장교도 눈치채지 못해 몰수하지 않았던 까자흐스딴의 조잡한 지도를 발견했다. 옛 대상들이 다녔던, 주살리까지 통하는 길이 있었다. 350킬로미터의 길로, 그것을 따라가면 우물을 만나게 될지도 모른다. 또 북쪽의 이심까지는 4백 킬로미터다. 여기에는 초지가 있을 것이다. 발하시호까지는 벳빠끄-달라 사막이 5백 킬로미터나 계속되고 있다. 하지만 이 방향으로 도망친다면, 아마 추적도 받지 않을 것이다.

가야 할 거리는 이러했다. 이제 선택해야 한다.

탐구심이 왕성한 탈옥수의 머리에는 여러 가지 아이디어가 떠오른다. 이따금 수용소로 분뇨차, 즉 위쪽 구멍에 커다란 호스가 달린 둥근 탱크를 적재한 자동차가 올 적이 있다. 그 호스의 끝이 아주 넓어서 쩬노가 그 속으로 들어가 탱크 안에 몸을 숨길 수도 있었다. 탱크 속에서는 몸을 숙여 서 있으면 될 것이다. 그 뒤에 운전수가 분뇨를 부어 넣으면 된다. 위에까지 가득 채우면 곤란하지만. 아니, 이렇게 탈출하면 분뇨투성이가 될 것이고 도중에 익사하거나 질식사하게 될지도 모르지만, 쩬노로서는 노예처럼 자기 형기를 사느니보다 그러는 편이 낫다고 생각하였다. 준비되었는가? 준비되었다. 그럼 운전수는 누구인가? 그 일은 단순해서 단기형을 받고 있는 경범죄자가 하고 있었다. 쩬노는 그와 담배를 피우면서 상대를 관찰했다. 아니, 그는 적임자가 아니다. 그는 남을 돕기 위해 자기의 통행증을 희생시킬 사나이가 아니다. 그는 교정 노동 수용소의 기풍을 가지고 있다. 그에 따르면 남을 돕는다는 것은 바보짓이다.

이 해 겨울 동안 쩬노는 계획을 세우고 동료를 모았다. 그리고 이제는 이론대로 계획에 따라 꾸준히 준비를 진행하고 있었다. 어느 날 예상치 못하게 그는 새로 개설된 작업 현장인 채석장 작업에 나가게 되었다. 그 채석장은 낮은 산에 둘러싸여 수용소에서는 보이지 않는 곳에 있었다. 그곳에는 아직 망루도 세우지 않았고 견고한 울타리도 치지 않은 상태였다. 다만 말뚝만 박혀 있었고 그 위에 몇 중으로 가시철사가 둘러져 있을 뿐이었다. 그리고 가시철사의 한 군데가 잘려 있었다. 그것은 〈문〉이었다. 그 작은 작업 구역의 밖에는 6명의 호송병들이 망루도 없이 땅바닥에 서 있었다.

그리고 그들 저쪽에는 눈부신 신록에 쌓인 4월의 스텝이 펼쳐지고 많은 튤립이 타오르듯 피어 있었다. 탈옥수의 마음은 이 튤립과 4월의 신선한 공기에 견딜 수 없었다! 어쩌면 이것이야말로 〈기회〉가 아닐까? 의심을 받지 않는 지금, 규율 막사에 들어가지 않았을 때에 탈옥하는 것이다!

쩬노는 수용소에서 지내면서 꽤 많은 사람을 알게 되었고, 곧 4명의 동료가 팀을 만들었다 — 미샤 하이다로프(그는 소비에뜨 해병대원으로 북한에 있었을 때 군법 회의에서 도망치기 위해 38선을 넘어서 도망쳤다. 그러나 미군은 한반도에서의 바람직한 관계가 허물어질 것을 걱정하여 그를 도로 송환했다. 그리하여 그는 25루블짜리를 먹게 되었다), 안데르스 군 출신의 폴란드인 운전수 야즈디크(그는 자기의 경력을 서로 짝이 맞지 않는 장화에 빗대어 러시아어를 폴란드어식으로 발음하면서 이렇게 설명했다. 「이 장화의 한 짝은 히틀러가, 또 다른 한 짝은 스딸린이 주었다.」), 그리고 또 한 사람은 꾸이비셰프 출신의 철도원 세르게이였다.

이때 트럭이 작업장 설치를 위한 본격적인 구내용 기둥과 가시철조망을 운반해 왔다. 그것은 점심시간 직전이었다. 도형 노동, 특히 구내를 강화하는 작업을 좋아하던 쩬노의 조는 스스로 나서서, 휴식 시간인데도 트럭의 짐을 내리기 시작했다. 그들은 짐칸에 올라갔다. 그러나 역시 점심시간이어서 그들은 천천히 일하면서 이런저런 생각에 잠겼다. 운전수가 트럭에서 내려서 어디론가 갔다. 죄수들은 모두 그 근처에 누워서 볕을 쬐고 있었다.

도망칠 것인가, 아닌가? 아무것도 없다. 칼도, 장비도, 식량도, 계획표도 없었다. 특히 자동차로 탈옥한다면 — 쩬노는 그 조잡한 지도를 보았기 때문에 그 길을 알고 있었다 — 처음에는 제즈디로 향하고 그다음은 울루따우로 진로를 바꿔야 한다. 동료들은 좋아했다. 기회가 왔어! 좋은 기회야!

여기에서 〈문〉의 보초가 서 있는 곳으로 가는 길은 내리막길이다. 도로는 그 앞에서 언덕을 조금만 돌아가면 있다. 재빨리 통과한다면 사살을 면하게 될 것이다. 그리고 보초는 자기 위치를 떠나지 못할 테니까!

짐을 내리는 작업이 끝났다. 그런데, 휴식은 아직 끝나지 않았다. 차를 운전할 사람은 야즈디크다. 그는 짐칸에서 뛰어내려 자동차 근처에서 서성거렸다. 그사이에 나머지 세 사람이 천천히 짐칸 바닥에 누워서 밖에서 몸을 숨겼다. 보초는 그 행동을 눈치채지 못하는 모양이었다. 야즈디크는 운전수를 데려와서 짐을 내리는 데 시간이 별로 걸리지 않았던 것에 대한 상으로 담배를 달라고 부탁했다. 그들은 담배를 피웠다. 그럼, 시동을 걸지! 운전수는 운전대에 앉았으나 어쩐 일인지 시동이 걸리지 않았다(짐칸에 숨은 세 사람은 야즈디크의 계획을 몰라서 이것이 실패라고 생각하고 있었다). 그래서 야즈디크는 수동으로 시동을 걸기 시작했다. 여전히 걸리지 않았다. 야즈디크는 이제 지쳐서, 운전수에게 바꾸자고 부탁했다.

이제 야즈디크가 운전석에 앉았다. 그러자 시동이 걸렸다! 그리하여 자동차는 내리막길로 문의 보초를 향해 돌진했다! (후에 야즈디크가 밝힌 바에 의하면, 운전수가 시동을 걸려고 할 때 그가 연료 벨브의 마개를 닫아 놓았다. 그리고 자기가 운전석에 앉았을 때 그 마개를 열었던 것이다.) 운전수는 당황하여 자동차를 세우려고 하지도 않았다. 야즈디크가 스스로 세울 것이라고 생각했던 것이다. 그런데 자동차는 전속력으로 〈문〉을 통과해 버렸다.

두 번 〈정지!〉하는 명령이 들렸으나, 자동차는 달렸다. 보초들이 발포하기 시작했다. 보초들은 그 일이 무슨 실수일 것이라고 착각하고 처음에는 허공으로 발사했다. 그렇지 않으면 자동차를 향해 쐈을지도 모르지만, 탈옥수들은 짐칸에 숨어 있어서 알지 못했다. 길모퉁이까지 갔다. 언덕을 돌았기 때문에 이제 총알은 닿지 못했다! 짐칸의 세 사람은 아직 머리를 들려고 하지 않았다. 갑자기 자동차가 흔들렸다. 그리고 갑자기 서고 말았다. 야즈디크가 미친 듯이 외쳤다 — 길을 잘못 들었어! 자동차는 광산의 문 앞에 멈췄다. 그 앞에는 자기들의 구내와 망루가 있었다.

총알이 날아왔다. 호송병들이 달려왔다. 탈옥수들은 굴러서 땅바닥에 엎으려 두 손으로 머리를 감쌌다. 호송병들이 발로 차면서 일부러 그들의 머리, 귀, 관자놀이, 등뼈를 노리고 있었다.

〈쓰러진 자는 때리지 말라〉라는 전 인류적인 관용의 법칙은 스딸린의 도형 수용소에서는 통용되지 않는다! 우리 나라에서는 쓰러진 자를 오히려 더 때린다! 그리고 서 있는 자는 사살된다.

그러나 신문 결과 그들이 〈도망치려고 하지 않았다〉는 것이 밝혀졌다! 그렇다! 죄수들은 서로 말하기를, 짐칸에서 낮잠을 자고 있는데 별안간 자동차가 움직였고, 총성이 들려서 사살되는 것이 무서워 뛰어내리지 못하고 있었다고 주장했다. 그렇더라도 야즈디크의 경우는? 그는 운전이 서툴러서 자동차를 세울 수가 없었다고 했다. 게다가 그는 스텝 쪽으로 가지 않고, 이웃 광산으로 자동차를 향하게 했다.

그리하여 이 사건은 매 맞는 것으로 끝났다.[1]

우연한 탈옥이 아닌 〈계획된 탈옥〉은 착착 준비되고 있었다. 나침반을 만든다 ─ 플라스틱 통을 준비하고 거기에 방위 표시를 한다. 자성화된 바늘의 일부를 나무 찌에 놓는다. 거기에 물을 부으면 나침반이 된다. 음료수는 자동차의 튜브에 넣으면 편리하고 도망 중에 어깨띠처럼 지면, 가져가기 편했다. 그들은 이런 물건들을(식량도, 의류도) 탈옥의 출발점으로 생각하고 있는 목공 꼼비나뜨로 조금씩 운반하여 제재소 옆의 구멍에 감추었다. 어느 자유 고용인 운전수가 그들에게 자동차 튜브를 팔았다. 물을 넣은 튜브도 그 구멍에 감추었다. 이따금 야간에 열차가 도착하는 일이 있어서, 짐을 싣는 작업을 위하여 죄수들이 야간에도 작업 현장에 남게 되는 수가 있다. 아니, 그것을 이용하여 탈옥해야 한다. 〈사회인〉 중 한 사람이 구내에서 가져다준 관급품 시트의 대가로(우리의 가치 체계에서는 최고의 금액에 해당한다!) 제재소 앞에 있는 가시

[1] 미샤 하이다로프는 이것 외에도 수많은 탈옥 시도를 했다. 탈옥수들이 합법적인 석방을 기대하며 행동을 조심하게 되고, 가장 온화해진 흐루쇼프 시대에도 그는 사면받을 가능성이 절망적인 자기의 동료들과 함께 전 소비에뜨 연방 규모의 특별 형무소인 〈안조바-307〉에서 탈옥을 기도했다. 협력자들이 수제 폭탄을 망루 밑에 던지고 경비병들의 주위를 끌고 있는 동안에 그들은 도끼로 출입 금지 구역의 가시철조망을 찢도록 되어 있었다. 그러나 그들은 자동소총 때문에 꼼짝할 수 없었다.

223

철사 밑의 두 철사를 절단해 주었다. 그리고 드디어 기다리던 통나무를 내리는 작업의 밤이 가까워졌다! 그런데 어느 까자끄인 죄수가 그 비밀 구멍을 알아내어 밀고해 버렸다.

그는 체포되어 구타당하고 신문을 받았다. 쩬노의 경우는 탈옥과 비슷해 보이는 〈우연한 사건〉이 너무 많았다. 체포된 사람들이 껜기르 수용소의 형무소로 수송될 때 쩬노는 두 손을 등 뒤로 돌리고 벽을 향해 서 있었으나, 옆을 지나던 문화 교육부장인 대위가 쩬노 앞에 멈추고 큰 소리로 외쳤다.

「에잇, 이놈! 누가 네놈이라고 생각했을까! 연예 활동까지 하던 놈이!」

그 대위가 무엇보다 이상하게 여긴 것은 수용소 문화의 보급자가 탈옥수라는 것이었다. 연예회의 날에는 특식까지 받는데, 그가 탈옥을 하다니! 도대체 그에게는 무엇이 부족하단 말인가? 역시 사람은 만족할 줄 모르는구나!

대독 전승 5주년 기념일인 1950년 5월 9일에 전투 경험이 풍부한 해군인 쩬노는 악명이 높은 껜기르 형무소의 문턱을 넘었다. 거의 캄캄한 감방은 위쪽에 작은 창문이 있을 뿐이며, 숨이 가쁘도록 공기가 부족했다. 그런데 빈대가 많아서 모든 벽이 빈대의 피로 물들어 있었다. 그해 여름에는 40도에서 50도의 더위에 시달려 죄수들은 모두 알몸뚱이로 잤다. 침상 밑은 비교적 신선했으나 밤중에 그 밑에서 잠자던 두 사람이 고함을 지르며 일어났다 — 독거미에 물렸던 것이다.

껜기르 형무소에는 각지의 수용소에서 골라서 데려온 죄수들이 모여 있었다. 어느 감방이나 경험이 풍부한 탈옥수이거나 흔히 보는 거물급들이었다. 드디어 쩬노는 확신에 찬 탈옥수들을 만났다!

여기에는 소련의 영웅인 이반 보로비요프 대위도 투옥되어 있었다. 그는 전쟁 중에 쁘스꼬프주에서 빨치산을 했다. 억압에는 견딜 수 없는 결단력이 있는 사나이였다. 이미 여러 번 실패로 끝난 탈옥을 시도하였으나 앞으로도 역시 탈옥을 감행할 것이다. 불행한 것은 그는 형무소의 빛깔에 젖지 못하는 일이었다. 즉, 탈옥수를 돕는 형사범들의 흉내를 낼 수가 없었다. 지금도 일선에 있을 때의 정직함을 그대로 지니고 있었다. 그에게는 참모가 있어서, 둘이서 이 땅의 지도를 그리고 침상에 앉아서 공공연하게 토의를 했다. 그는 수용소의 비밀주의나 교활한 데에 익숙하지 못해서 언제나 밀고자들에게 당했던 것이다.

머릿속에는 이런 계획이 떠올라 있었다. 저녁 식사를 배달할 때, 교도관이 혼자라면 그놈한테 덤벼든다. 그놈이 가지고 있는 열쇠로 모든 감방 문을 열고 형무소 출구로 몰려가 점거한다. 그리고 형무소의 문을 열고 눈사태처럼 수용소의 위병소를 향해 뛰어간다. 위병들을 〈기절시키고〉 어두워졌을 때 구내 밖으로 뛰어나간다. 그들이 주택가의 건물로 나가게 되면, 하수도를 따라서 탈옥할 수 있게 된다.

그러나 그런 계획은 실현되지는 못했다. 같은 해 여름에 이 선발된 사람들의 집단은 웬일인지 수갑이 채워져 스빠스끄 수용소로 호송되었다. 거기서 그들은 특별히 경비하고 있는 막사로 들어가게 되었다. 그리고 옮긴 후 나흘째 되는 밤이 되었을 때 확신에 찬 탈옥수들은 창문의 쇠창살을 뜯어내고 안뜰로 나와 거기서 전혀 소리 없이 개를 죽이고 지붕을 따라 광대한 공동 구내로 나올 계획이었다. 그런데 함석지붕이 체중에 견디지 못하고 무너지면서, 조용한 밤에 굉장한 소리가 울려 퍼졌다. 교도관들은 경보를 울렸다. 그런데 탈옥수들의 막사에 와 보니, 모두 평화롭게 코를 골며 쇠창살도 제대로 창문에 끼워져 있었다. 이 사건은 교도관들의 착각인 것으로 넘어갔다.

그들은 한 장소에 오래 있을 운명이 아니었다! 확신에 찬 탈옥수들은 〈방황하는 네덜란드인〉[2]처럼 침착하지 못한 운명에 의해 차츰 그 장소를 바꾸는 것이었다. 혹시 그들이 도망치지 않으면 어디로인가 이동되는 것이다. 이번에는 이 용감한 친구들 전부가 수갑에 채워져 에끼바스뚜스 수용소의 형무소로 호송되었다. 여기서 그들의 동료로 이 수용소에서 탈옥에 실패한 2명의 죄수들, 브류힌과 무찌야노프가 가세했다.

그들은 규율 강화 제도에 따라 중대 범죄인으로 석회 공장의 작업에 나가게 되었다. 그들은 바람이 부는 밖에서, 자동차에서 석회를 내리는 작업을 했다. 그 눈이나 입에, 그리고 목구멍에도 석회 먼지투성이였다. 차에서 석회를 끄집어낼 때는 땀에 젖은 알몸 등에 석회의 먼지가 떨어진다. 그들을 교정시키기 위하여 고안된 이 건강을 좀먹는 매일매일의 작업은 오히려 그들의 탈옥을 재촉하게 되었다.

탈옥 계획은 저절로 떠올랐다. 석회는 자동차로 실어 온다. 그러니까 그 자동차를 이용해서 탈출하는 것이다. 여기 구내는 또한 가시철사가 쳐져 있기 때문에 그것을 자동차로 뚫어야 한다. 연료를 많이 실은 자동차를 노려야 한다. 탈옥수 중에서 솜씨 있는 운전수는 꼴랴 즈다노끄이며, 그는 미수에 그친 제재소에서의 탈주 계획을 한 이래로 젠노와 한 패거리였다. 그가 자동차를 운전하기로 결심했다. 아니, 그렇게 결심했지만 보로비요프는 결단력과 행동력이 지나친 사나이여서 중요한 일을 남에게 맡기지를 못했다. 그 때문에 자동차를 〈입

2 항구에 정박하지 못하고 영원히 바다를 떠도는 전설 속의 유령선 — 옮긴이주.

수)할 때 (운전석 양쪽에 칼을 든 탈옥수들이 몰려와 파랗게 질린 운전수는 두 사람 사이에 앉은 채, 본의 아니게 그들의 탈옥에 참여하지 않을 수가 없었다) 보로비요프가 운전석에 앉았다.

이제 일분일초가 급하다! 모두 짐칸에 앉아 탈옥해야 한다. 그래서 쩬노가 부탁했다. 「이반, 운전석을 내주게!」 하지만 이반 보로비요프는 양보하지 않았다! 그래서 그의 운전 실력을 믿지 못하는 쩬노와 즈다노끄는 남기로 했다. 그리하여 3명이 되었다. 보로비요프, 살로빠예프, 마르찌로소프였다. 느닷없이 어디선가 렛낀이 달려왔다. 수학자이며 지식인이며 괴짜였다. 그는 탈옥수는 전혀 아니었지만, 무슨 다른 일로 규율막사에 투옥되어 있었다. 그러나 그는 가까운 곳에 있었기 때문에 그곳의 움직임을 보고 무엇인가 계획되고 있다는 것을 이내 눈치채고, 손에 빵이 아니라 비누를 쥐고 짐칸으로 뛰어올랐다.

「자유를 찾아 가는 거요? 그럼 나도 함께 갑시다!」

(그것은 마치 〈이 버스는 라즈굴랴이로 갑니까?〉 하고 묻는 것과 같았다.)

자동차는 이리저리 방향을 바꿔 최초의 가시철사가 범퍼에 맞는 각도로 전진하기 시작했다. 그리고 범퍼에 첫 가시철사가 끊어진 후에 제2, 제3의 가시철사가 엔진과 운전대에 부딪쳤다. 포위망의 전초 지대에서는 기둥 사이를 빠져나가며 그 중심부에 이르면 기둥들이 엇갈려 있어서 그 기둥들을 쓰러뜨리지 않으면 안 되었다. 이리하여 자동차는 최고 속도로 달려가 기둥을 쓰러뜨렸다!

망루에 서 있던 호송병들은 그 광경을 보고 잠시 당황했다. 며칠 전에 다른 작업 현장에서 술 취한 운전수가 출입 금지 구역의 기둥을 쓰러뜨린 사건이 있었다. 혹시 저것도 술에 취했나? 호송병들은 15초가량 당황했다. 그러나 그러는 동안에 기둥은 쓰러지고, 자동차는 속도를 내면서 펑크도 나지 않고 가시철사 위를 지나 포위망 밖으로 나가 버렸다. 이제는 발포하지 않으면 안 된다! 하지만 사격하려 해도 할 수가 없다. 까자흐스딴 지방의 바람으로부터 호송병들을 보호하기 위해 망루는 수용소에서 바깥쪽으로 판자가 쳐져 있었다. 그 때문에 그들은 수용소 구내를 향해서만 사격할 수가 있었다. 자동차는 그들의 시야에서 사라지고 먼지를 날리며 스텝을 질주했다. 망루의 호송병들은 무턱대고 공중을 향해 발포할 뿐이었다.

도로에는 거칠 것이 없고 스텝은 평탄해서 보로비요프가 운전하는 자동차는 지평선까지 갈 뻔했다. 그런데 〈아주 우연하게도〉 바로 이때 경비대의 호송차가 자동차 수리 공장으로 가고 있었다. 호송차는 즉각 경비병들을 태워서 보로비요프의 자동차를 추적했다. 그리하여 탈옥은 20분 만에 실패로 끝났다. 지친 탈옥수들과 수학자 렛낀은 자유의 미지근하고 찝찔한 맛을 보면서 휘청거리는 걸음으로 수용소 내의 형무소로 연행되었다.[3]

수용소에 소문이 쫙 퍼졌다 ─ 정말 멋진 탈옥이었어! 체포된 것은 순전히 우연 때문이야! 그리하여 열흘 후에는 항공 학교 학생이었던 바따노프가 두 사람의 친구와 함께 동일한 방법으로 탈출을 시도했다. 그들은 다른 작업 현장에서 가시철

---

3 1951년 11월에 보로비요프는 또다시 덤프트럭을 이용하여 작업 현장에서 탈옥을 시도했다. 이때 6명의 죄수들이 참가했다. 며칠 후 그들은 체포되었다. 들리는 말에 의하면, 보로비요프는 노릴스끄 반란의 〈주모자들〉 중의 한 사람이었다. 후에 그는 알렉산드로프스끄의 중앙 형무소에 투옥되었다고 했다. 아마 이 멋진 인물의 일생을 전쟁 전의 청년 시대와 전시의 빨치산 시대까지 거슬러 올라가게 되면 우리 시대의 많은 국면이 밝혀질 것이다.

사의 포위망을 돌파하고, 질주했던 것이다! 그러나 당황하여 길을 잘못 들어서 다른 방향으로 향하는 바람에 석회 공장의 망루에 서 있던 호송병들의 사격을 받았다. 타이어에 맞아 자동차가 멈췄다. 자동소총을 든 병사들이 자동차를 포위하여 〈내려!〉하고 명령했다. 내릴 것인가, 아니면 끌려 나갈 것인가? 세 사람 중에서 빠세치니끄가 명령에 따라 자동차에서 내렸다. 그 순간 화난 병사들에 의해 그의 몸은 벌집이 되었다.

불과 한 달 사이에 에끼바스뚜스 수용소에서는 탈옥 사건이 3건이나 일어났으나 쩬노는 탈옥하지 않았다! 그는 지쳐 있었다. 동일한 수법을 쓴다는 것도 마음에 들지 않았다. 옆에서 보면 잘못이 더 잘 보인다고, 자기라면 더 잘할 것 같은 기분이 언제나 들었다. 예를 들어 만일 보로비요프 대신에 즈다노끄가 운전대를 잡았더라면, 혹시 호송차가 와도 도망칠 수 있었을 것이라고 쩬노는 생각하고 있었다. 보로비요프가 운전하고 있던 자동차가 멈춰 섬과 동시에, 쩬노와 즈다노끄는 이미 자기들은 어떻게 탈옥할 것인가 상의하기 시작했다.

머리카락이 까만 즈다노끄는 〈형사범과 같은〉 민첩하고 작달막한 사나이였다. 그는 스물여섯으로, 백러시아 출신이었다. 거기에서 강제로 독일로 끌려가 독일에서 운전수 노릇을 했다. 그의 형기는 역시 〈25루블짜리〉였다. 그는 마음이 내키면 아주 활발해지며, 열심히 일하기도 하고, 흥분하거나 싸움을 하거나, 뛰어다니기도 했다. 물론 그는 자제심이 없었는데 자제심이라면 쩬노였다.

모든 조건으로 보아 석회 공장에서 탈옥하는 것이 가장 좋다고 결정되었다. 만일 자동차로 탈출할 수 없으면 밖에서 자동차를 훔치는 것이다. 그런데 호송병들이나 보안 장교가 이 계획을 방해하기 전에 징벌 죄수의 반장인 집시 뾰시까(뾰시까 나브루조프) ─ 허약하지만 모든 사람을 떨게 하는 기분 나쁜 〈암캐〉며, 자신의 수용소 생활을 통하여 수십 명의 사람들을 죽인 사나이(소포나 담배 한 갑 때문에 아주 간단히 사람을 죽였다) ─ 가 쩬노를 불러서 경고했다.

「나도 탈옥수며 탈옥수를 좋아하기도 하지. 보게나, 내 몸에 있는 총탄 자국들. 이것은 밀림에서 탈출할 때의 흉터라고. 자네가 보로비요프와 함께 탈출하려고 했던 것도 알고 있어. 하지만 미리 말해 두네만 작업 현장에서 탈출할 생각만은 그만두게. 여기는 나의 책임이니까. 그랬다가는 내가 다시 갇히게 돼.」

즉, 탈옥수는 좋아하지만 자기가 더 소중하다는 뜻이다. 집시 료시까는 〈암캐〉로서의 자기 생활에 만족하고 있어서, 그 안일한 생활을 허물어뜨리고 싶지 않았다. 형사범들이 얼마나 〈자유를 사랑하는지〉 알 수 있다.

그러나 에끼바스뚜스 수용소에서의 탈출은 점점 진부한 것이 되어가고 있지 않은가? 누구든지 작업 현장에서 탈출하지만, 주거 구역에서는 아무도 탈출하는 사람이 없었다. 용기를 내서 해보겠는가? 주거 구역의 포위망도 지금은 가시철조망뿐이며, 울타리는 아직 없었다.

어느 날, 석회 공장에서 혼합기의 배전선에 이상이 발견되었다. 그 수리를 위하여 사회의 전기 기술자가 불려 왔다. 쩬노가 그의 조수를 하고 있었는데 그 틈에 즈다노끄가 그의 호주머니에서 펜치를 훔쳤다. 전기 기사는 펜치가 없어진 것을 알았다! 경비대에 신고할 것인가? 아니, 그것은 안 된다. 자기도 부주의와 태만으로 기소될 수 있다. 그는 형사범들에게 되돌려달라고 간청했다. 형사범들은 훔치지 않았다고 말했다.

똑같은 그 석회 공장에서 탈옥수들은 탈옥을 위해 칼 2자루를 더 준비했다 — 끌을 사용하여 삽에서 잘라 낸 쇠를 대장간에서 다루고, 점토의 주형을 사용하여 주석으로 자루를 만들었다. 쩬노의 칼은 〈터키식〉으로 굽어 있고, 그 본래의 목적을 다할 뿐만 아니라, 번쩍번쩍 빛나며 휘어 있어서 위협하는 효과도 있었다. 아니, 그것이 오히려 중요했다. 그들은 사람을 죽이려는 것이 아니라, 칼로 위협하려는 것이었다. 펜치도, 칼도, 바지 밑의 복사뼈 부분에 숨겨 주거 구역으로 가지고 와서 막사의 기둥 밑에 감췄다.

탈출을 위한 중요한 열쇠는 이번에도 문화 교육부가 아니면 안 된다. 무기가 준비되고, 주거 구역에 가져다 놓는 등 탈옥 계획이 착착 진행되고 있는 동안에 쩬노는 즈다노끄와 함께 아마추어 연예회에 참가하고 싶다는 뜻을 밝혔다. (에끼바스뚜스 수용소에서는 아직 연예회가 한 번도 없었고 이번이 최초가 될 것이었다. 게다가 이 연예회는 당국에서 줄곧 독촉하고 있었다 — 죄수들을 반란 사상에서 멀어지게 할 기획 목록에 실시했다는 표시를 해야 하기 때문이다. 그리고 11시간이나 도형 노동을 마친 죄수들이 무대에서 어떤 연극을 할지 알고 싶었다.) 그리하여 쩬노와 즈다노끄는 규율 막사의 문 닫는 시간이 지나도 외출이 허락되었고, 규율 막사보다 문 닫는 시간이 2시간이나 늦는 일반 구내에 출입할 수 있게 되었다. 그들은 아직 잘 모르는 에끼바스뚜스 수용소 구내를 돌아다니며 언제 망루의 호송병들이 어떻게 교체하는지, 가시철사의 포위망에 접근하려면 어디가 제일 좋은지를 조사했다. 쩬노는 문화 교육부에서 주의 깊게 빠블로다르주의 신문을 읽으며 지역의 이름, 국영 농장이나 집단 농장의 이름, 지역의 의장이나 서기의 이름, 여러 가지 돌격 작업반원들의 이름을 기억하려고 애썼다. 또한 그들은 단막극을 하기 때문에 그 무대를 위하여, 소지품 보관소에 보관하고 있는 사복과 가방이 필요하다고 쩬노가 말했다. (탈옥하는 데 가방이라니 ─ 이것은 멋있는 일이다. 가방이 있으면 아주 고관처럼 보이겠지!) 허락이 떨어졌다. 쩬노는 아직 해군 군복을 입고 있었으나 자기 소지품 중에서 호위함 근무의 추억이 담긴 아이슬란드제 신사복을 끄집어냈다. 즈다노끄는 동료의 트렁크에서 벨기에제 회색 신사복을 골랐다. 그 신사복은 너무나 우아해서 수용소에서는 이질감을 일으킬 정도였다. 어느 라트비아인 소지품에 가방이 있어서 그것도 꺼냈다. 마지막으로 수용소 모자대신에 진짜 모자를 썼다.

그런데 단막극의 연습도 많이 하지 않으면 안 되니까, 일반 구내의 소등 시간 때까지만 가지고는 모자랄 형편이었다. 그래서 쩬노와 즈다노끄는 하룻밤을, 그리고 또 하룻밤을 자기들 막사로 돌아가지 않고 문화 교육부가 있는 막사에 있기로 했다. 그것은 규율 막사의 교도관들이 자기들의 부재에 익숙하게 하려는 것이다. (탈옥할 때는 하룻밤이라도 더 시간을 확보해야 하니까!)

탈옥에 가장 좋은 때는 언제인가? 밤 점호 때다. 막사 앞에 길게 정렬하고 있을 때다. 교도관들은 한 사람도 남김없이 죄수들을 막사 안에 넣는 데 정신이 없다. 죄수들도 빨리 침상으로 가서 자고 싶다는 생각에 문이 있는 곳만 보고 있다. 그렇기 때문에 구내의 다른 곳에는 아무도 신경을 쓰지 않는다. 한편 낮이 차츰 짧아지니까 일몰 후 어두워지고 나서야 점호가 실시되는데, 그 후 포위망 주변에 경비견이 배치되기 전을 실행할 날로 선정해야 한다. 불과 이 5분에서 10분간의 기회를 잘 포착해서 탈옥하지 않으면 안 된다. 왜냐하면, 경비견이 배치된 후에는 이미 불가능하기 때문이다. 탈옥은 9월 17일

일요일로 정했다. 좋았다. 일요일은 작업도 없으니까 저녁때까지 천천히 체력을 비축하고, 당황하지 말고 최후의 준비를 할 수 있기 때문이다.

탈옥을 앞둔 최후의 밤이다! 어떻게 잠이 오겠는가? 여러 가지 생각에 사로잡힌다⋯⋯. 내일 밤 지금쯤에는 살아 있을까? 아마 죽어 있을지도 모른다. 만일, 수용소에 남아 있다면? 쇠약해져서 오물통에서 죽기를 기다리게 되지 않을까? 아니, 스스로 노예가 될 수는 없다. 나는 자유의 영혼을 지니고 있으니까.

문제는 이것이다 ― 너는 죽을 각오가 되어 있는가? 정말인가? 그렇다면 탈옥의 각오도 된 것이다.

날씨가 맑은 일요일이었다. 단막극을 연습하기 위하여 두 사람은 규율 막사에서 하루 종일 나가 있어도 된다는 허가를 얻었다. 문화 교육부에는 뜻밖에 쩬노의 어머니로부터 편지가 와 있었다. 정말 기념할 만한 날이었다. 죄수들의 기억에는 이러한 숙명적인 우연의 일치가 얼마나 많은가! 편지는 슬픈 사연이었다. 하지만 오히려 용기를 주는 결과가 되었는지도 모르겠다. 아내는 지금도 형무소에 있었고, 아직까지는 수용소로 넘어가지 않았다. 또 제수는 동생이 조국의 배신자인 형과 인연을 끊기를 원하고 있었다.

탈옥수들의 식량 사정은 극히 나빴다. 그들은 규율 막사에서 〈한꺼번에〉 먹어 둔다. 빵을 모으면 의심을 받으니까. 그러나 그들은 마을에서 자동차를 훔쳐서 빠르게 도망칠 것을 생각하고 있다. 그러나 이날에는 어머니로부터 소포도 왔다 ― 이것은 탈출을 위한 어머니의 축복이었다. 포도당 정제, 마카로니, 귀리 ― 이것들을 가방에 넣어서 가지고 갈 수 있다. 퀼련은 싸구려 마호르까 담배와 교환할 수 있다. 퀼련 한 갑은 남겨 두었다가 위생부 조수에게 가지고 간다. 이리하여 즈다노끄가 병 때문에 잡무에서 해방된 죄수들의 명단에 들게 된다. 이것은 다음과 같은 계략을 위해 준비하였다. 쩬노는 문화 교육부로 가서 동료 즈다노끄가 병에 걸렸다고 말하고, 그 진단서를 보이며, 그날 밤 연습을 할 수 없으니까 문화 교육부로 오지 못한다고 말해 둔다. 그는 그 길로 규율 막사로 가서 교도관과 집시 료시까에게 이렇게 말한다. 오늘 밤에는 연습이 있으니까 막사에 돌아올 수가 없다고. 이렇게 되면 문화 교육부에서도, 규율 막사에서도, 그날 밤 그들이 없어도 아무도 이상하게 생각하지 않게 된다.

또 〈카추샤〉, 즉 간이 라이터를 구해야 한다. 도망칠 때는 성냥보다 훨씬 쓸모가 있다. 또 하피즈에게 마지막 작별 인사를 하기 위해 그의 막사로 가야 한다. 경험이 풍부한 탈옥수인 따따르인 하피즈는 원래 그들과 함께 탈출하기로 되어 있었다. 하지만 이제 자기는 너무 늙어서 오히려 짐이 된다고 단념했다. 지금 수용소에서 그들 외에 그들의 탈출 계획을 알고 있는 사람은 단 한 사람뿐이었다. 하피즈는 침상 위에 책상다리로 앉아 있었다. 그리고 낮은 소리로 속삭였다. 「자네들의 성공을 비네! 나는 자네들을 위해 줄곧 기도하고 있어!」 그러고는 무엇이라고 따따르 말로 지껄이며, 두 손으로 얼굴을 비볐다.

그 밖에 에끼바스뚜스 수용소에는 쩬노의 루비얀까 시대의 옛 친구 이반 꼬베르첸꼬가 있었다. 그는 탈출에 대해서는 모르고 있었으나 좋은 녀석이었다. 특권수로 있었기 때문에 작은 별실에 살고 있었다. 그가 있는 데서 그들은 〈단막극에 필요한 것들〉을 모으고 있었다. 그와 함께 자연스럽게 오늘 어머니가 소포로 보내 준 약간의 귀리를 요리하여 먹는다. 치피리[4]도 만들었다. 세 사람은 조촐한 연회를 가졌고, 두 손님은 이제부터 일어날 일에, 주인은 기분 좋은 일요일에 취해 있었다. 갑자기 창밖을 내다보자, 위병소에서 구내를 지나 시체 안치소로 조잡한 관이 운반되고 있었다.

그것은 며칠 전에 사살된 빠세치니꼬의 관이었다.

「아무렴,」 꼬베르첸꼬가 한숨을 쉬었다. 「탈출은 무의미하지…….」

(혹시 그들의 계획을 알고 있나!)

꼬베르첸꼬가 갑자기 일어나서, 그들의 큼직한 가방을 들고 아주 당당한 태도로 자기 작은 방을 서성거리며 엄하게 말했다.

「당국은 모두 알고 있어! 너희들은 탈옥하려고 하지!」

이것은 농담이었다. 그는 신문관을 흉내 내고 있는 것이었다. 그렇지만 간담이 서늘한 농담이었다.

(아니, 어쩌면 그가 은밀히 암시하는 것인지도 모른다 ─ 나는 너희들의 탈옥을 알고 있지만, 권하지는 않겠다고.)

꼬베르첸꼬가 나갔을 때 탈옥수들은 입고 있던 옷 속에 준비한 신사복을 입었다. 그리고 자기들의 죄수 번호를 떼어서 이번에는 한꺼번에 뗄 수 있게 시침질을 해서 다시 붙였다. 죄수 번호가 붙지 않은 모자는 가방 속에 넣었다.

일요일이 다 지나가고 있었다. 황금의 태양이 지평선 너머로 지고 있었다. 키가 크고 동작이 느릿한 쩬노와 작달막한 즈다노꼬가 솜 외투를 걸치고 가방을 손에 들고(수용소의 녀석들은 이제 이 두 사람의 달라진 복장에는 낯이 익어 있었다), 탈옥의 출발점이 되는 장소로 나갔다. 그곳은 막사 사이에 잔디가 나 있는 곳이며, 망루 바로 앞의 가시철사의 포위망에서

4 찻잎을 졸여 아주 독하게 만든 일종의 환각제 ─ 옮긴이주.

아주 가까운 장소였다. 막사가 양쪽에 서 있어서 다른 2개의 망루에서는 보이지 않는 위치였고, 눈앞의 망루에 있는 보초의 시야 외에는 들어오지 않는 장소였다. 그들은 솜 외투를 지면에 깔고, 보초가 그 광경에 익숙하도록 그 위에 누워서 체스를 시작했다.

해가 지기 시작했다. 점호 신호가 울렸다. 죄수들이 제가끔 막사로 돌아간다. 이미 황혼이 깃들어 망루에 서 있는 보초에게는 잔디 위에 누워 있던 두 사람의 모습이 보이지 않을 것이다. 근무 교대 시간이 임박했기에 그다지 주의 깊게 주변을 살피지는 않았다. 아니, 이렇게 보초가 서 있는 동안에는 비교적 간단히 언제나 탈출할 수 있다.

가시철조망은 망루와 망루의 사이가 아니라 망루의 바로 밑에서 절단하기로 했다. 보초는 자기 발아래보다 오히려 가시철사 저쪽을 감시할 것이다.

그들의 머리는 풀의 높이와 비슷한 데 있었다. 게다가 어둠이 깔려서 이제부터 기어갈 길이 보이지 않는다. 그러나 그들은 미리 잘 조사했다. 가시철사 포위망의 바로 밖에는 기둥이 있던 구덩이가 있었다. 거기에 일시 몸을 숨길 수도 있었다. 그다음부터는 석탄재의 산이 있고 또 경비대의 주택에서 마을로 통하는 길이 있었다.

계획에 의하면 이제 곧 마을에서 자동차를 빼앗아야 한다. 달리고 있는 자동차를 세워서 「돈벌이나 하지 않겠나? 구(舊)에끼바스뚜스에서 여기까지 보드까 두 상자를 가져와야 하거든.」술을 마시고 싶지 않은 운전수가 있겠는가? 흥정을 한다. 「자네한테 반 리터 줄 테니 어떤가? 1리터를 달라고? 그래, 좋아. 하지만 아무한테도 말하지 말게!」그리고 운전석 옆에 타자마자 그에게 덤벼들어 손발을 묶고 스텝까지 가서 버린다.

그들은 밤새도록 이르띠시강까지 달려서 거기에 자동차를 버린다. 이르띠시강은 보트로 건너고 옴스끄까지 가는 것이다.

이제 좀 더 어두워졌다. 망루의 서치라이트가 켜지고 가시철사를 따라 비추고 있으나, 탈옥수들은 아직 그늘진 곳에 있었다. 이것이 기회다!

각 막사에서는 이미 전기가 켜지고 점호가 끝난 죄수들이 안으로 들어가는 것이 보인다. 막사는 좋겠지? 따뜻하고 기분 좋을 거야……. 그런데 여기서는 자동소총이 뿜어 대면 순식간에 내 몸이 벌집이 될 거야. 그러나 누워서 엎드린 채 죽기에는 서운하다.

망루 아래서 기침을 하지 않도록, 또 코를 훌쩍이지 않도록 해야 한다.

이놈들아, 이 경비병 개새끼들아, 잘 보라고! 너희들의 일은 잡는 거지만, 우리는 도망친다!

그리고 이다음은 쩬노 자신이 이야기할 것이다.

제7장
하얀 고양이
(게오르기 쩬노의 이야기)

　내가 꼴랴보다 나이가 많으니까, 내가 앞장을 서야 한다. 나는 칼을 칼집에 넣어 허리에 차고, 손에 펜치를 들었다. 「내가 전초 지대의 가시철사를 절단할 테니까, 뒤따라와!」

　나는 포복으로 기어갔다. 땅속으로 들어가고 싶은 기분이다. 보초 쪽을 볼 것인가, 말 것인가? 본다는 것은 위험한 일이다. 경우에 따라서는 자기 시선으로 상대의 시선을 끌기도 한다. 그러니 보고 싶지만 그만두자!

　망루 가까이 왔다. 동시에 죽음도 가까워졌다. 언제 자동소총의 일제 사격이 있을지 모른다. 이제 사격해 오면…… 아니, 어쩌면, 보초는 나의 행동을 낱낱이 보고 있으면서 조롱하고 있지는 않을까?

　전초 지대에 왔다. 몸을 돌려서 가시철사와 나란히 눕는다. 첫 번째 가시철사를 자른다. 팽팽했던 것이 절단되면서 가시철사에서 소리가 난다. 금방 자동소총이 울리지 않을까…… 아니, 아마 그 소리는 나에게만 들렸을 것이다. 하지만 크게 들렸다. 두 번째 가시철사를 절단한다. 세 번째를 절단한다. 한 발, 또 한 발 내민다. 바지가 땅바닥에 떨어져 있던 절단된 가시철사의 가시에 걸렸다. 그것을 풀었다.

파헤쳐진 부드러운 땅바닥을 얼마간 기었다. 뒤에서 소리가 났다. 이봐, 꼴랴, 그 소리는 뭐야? 그렇군, 가방이 땅바닥에 끌리는 소리였다.

  주요 포위망 앞에 비스듬히 쳐져 있는 가시철사까지 왔다. 그 가시철사는 엇갈리게 쳐져 있었다.

  몇 가닥을 절단했다. 이번에는 나선형 가시철사가 놓여 있었다. 그것을 두 군데 절단하여 길을 내고, 주요 포위망의 가시철사를 절단한다. 우리는 거의 숨을 죽이고 있었다.

  아직도 그들은 총을 쏘지 않았다. 집 생각이라도 하고 있나? 아니면 오늘 밤 무도회라도 있나?

  포위망 밖으로 몸이 나왔다. 그런데 또 나선형 가시철사가 놓여 있었다. 거기에 내가 걸렸다. 절단했다. 또 걸리지 않도록 조심해야 한다. 분명 바깥에도 가시철사를 쳐 놓았을 것이다. 그래, 이거야. 절단한다.

  이번에는 구덩이를 향해 기어간다. 구덩이가 분명히 있었다. 그래, 여기야. 여기에 숨자. 꼴랴도 나도 들어갔다. 조금 쉬었다. 하지만 우리는 빨리 가야 한다! 이제 금방 교대병이 오고, 경비견이 오게 된다.

  구덩이에서 머리를 내밀고, 산처럼 쌓인 석탄재로 기어갔다. 이제는 뒤돌아볼 용기가 나지 않는다. 꼴랴가 뛰어가려고 네 팔다리로 일어섰다. 내가 말렸다.

  포복하여 잿더미의 첫 번째 산을 기어 넘었다. 펜치를 바위 밑에 숨겼다.

  이제 길이 보인다. 길 가까이 가서 일어섰다.

  아무도 사격하지 않았다.

  서두르지 않고, 마치 산책하듯이, 천천히 걸었다. 이제는 호송이 없는 죄수들의 막사가 바로 가까이에 있어서, 호송 없는 죄수처럼 행동해야 한다. 가슴이나 무릎에서 죄수 번호를 뜯어냈는데, 갑자기 반대쪽 어둠 속에서 두 사람이 나타났다. 경비대 주둔지에서 마을로 가는 길이었다. 그들은 병사들이었다. 그러나 우리 등에 아직 번호가 있다!

나는 큰 소리로 말했다. 「바냐! 어때, 보드까 반 리터쯤 생각 있나?」

우리는 천천히 걸어갔다. 아직 도로로 나가지 않았고, 그 가까이로 가고 있었다. 그들이 빨리 지나쳤으면 했다. 그러나 똑바로 병사들 쪽을 향했고, 얼굴을 돌리지는 않았다. 그들은 2미터 앞에서 지나쳐 갔다. 그들에게 등을 돌리지 않기 위해, 이쪽은 거의 서 있는 상태였다. 그들은 걸으면서, 무슨 자기들 이야기에 빠져 있었다 ─ 그사이에, 우리는 서로 등에서 죄수 번호를 뜯어냈다!

보지 못했겠지? ……이제 자유인가? 이번에는 자동차를 타기 위해 마을로 가야 한다.

그런데 이것이 웬일인가? 수용소의 상공에 신호탄이 올랐다! 두 발! 세 발!

우리의 탈옥이 발각되었다! 곧 추적해 올 거야! 도망치자!

그리하여 우리는 주위를 더 이상 살피거나 궁리하거나 생각할 여유가 없었다. 우리의 멋있는 계획은 이미 틀어져 버렸다. 우리는 스텝을 향해 달렸다 ─ 수용소에서 조금이라도 더 멀어져야 한다! 숨을 헐떡이며, 발이 걸려서 자빠지고, 다시 일어나 달린다. 수용소에서는 지금도 신호탄을 쏘아 올리고 있다! 과거의 탈옥 사건으로 보아, 우리는 추측할 수 있다. 이제 경비견을 데리고 경비병들이 말을 타고 뒤쫓아 와, 스텝 일대에 흩어진다. 그래서 우리는 귀중한 마호르까 담배를 우리들의 발자국에 뿌리면서, 성큼성큼 뛰어갔다.[1]

이제 스텝을 크게 돌아서 마을로 가지 않으면 안 된다. 그러는 데는 꽤 시간과 노력이 필요하다. 길을 잘못 든 거 아니야, 하고 꼴랴가 물었다. 나는 기분이 상했다.

그런데 빠블로다르시로 통하는 철둑길을 만났다. 기뻤다. 거기에서 에끼바스뚜스 수용소를 뒤돌아보고, 그 흩어진 불빛에 놀랐다. 그것은 우리가 상상하지 못할 만큼 크게 보였다.

우리는 몽둥이를 하나 주웠다. 그 양쪽을 잡고 우리는 걷기 시작했다 ─ 꼴랴는 한쪽 레일 위를, 나는 다른 쪽 레일 위를. 우리들의 뒤에서 열차가 통과하면, 이제는 경비견이 발자국 냄새를 맡지 못한다.

이렇게 3백 미터쯤 걸어가고 나서 뛰어서 스텝으로 도망쳤다.

여기서 갑자기 가슴이 가벼워지고, 새로운 기분이었다! 노래를 부르고 싶었다! 우리가 탈옥을 결의하고, 그것을 실행하

1 우연이었다! 이전의 탈옥수들이 호송차와 만나게 된 것과 같은 우연이다! 그것은 예측할 수 없는 우연이다! 우리 인생에서는 언제나 우연이 일어난다. 어떤 것은 좋게, 어떤 것은 나쁘게. 그러나 그 무게를 우리는 도망 중에, 생과 사의 경계를 넘고 있는 때는 모르는 것이다. 아주 〈우연한 일〉이지만, 쩬노와 즈다노끄가 기어서 탈출한 3분이나 5분 뒤에, 포위망의 조명이 끊겼다. 그래서 망루에서는 신호탄을 쏘아 올렸다. 그해, 에끼바스뚜스 수용소에는 아직 신호탄의 재고가 많았다. 만일 탈옥수가 5분 늦게 탈옥을 계획했다면 경비병들에게 발각되어, 사살되었을 것이다. 그러나 만일 탈옥수들이 밝게 비치고 있는 하늘 아래에서 자신을 억제하고 냉정했다면, 수용소 구내 쪽을 돌아보고 구내의 모든 외등과 서치라이트가 꺼져 있는 것을 알게 되었을 것이다. 그랬더라면, 그들은 안전하게 자동차로 출발했을 것이고 탈옥의 경과도 아주 달라졌을 것이다. 하지만, 그들의 상황에서는 ─ 기어 나왔는데, 느닷없이 신호탄이 하늘로 올랐다 ─ 그것은 그들을 쫓아서, 그들을 찾기 위해 쏘아 올리는 신호탄이라고밖에는 받아들일 수가 없었던 것이다.

짧은 정전 때문에 조명이 꺼졌다 ─ 그 때문에 그들의 탈옥 계획 전체가 무너져 버렸다.

고, 개를 따돌린 지금, 우리 스스로 대견한 기분이었다.

그래, 사회에서의 시련은 이제부터인데, 어려운 고비는 이제 지나가 버린 것만 같았다.

하늘은 맑았다. 어두운 밤하늘에 별이 가득히 보였다. 수용소에는 외등이 너무 많아서, 이렇게 보이지는 않았다. 북극성에 의지해, 우리는 북북동 방향으로 걸었다. 조금 가다가 우측으로 꺾으면 이르띠시강으로 나가게 될 것이다. 첫 번째 밤에는 수용소에서 조금이라도 멀리 가야 한다. 멀리 가면 갈수록, 그 제곱에 비례하는 반경의 범위를 수색대가 수색하지 않으면 안 된다. 우리는 여러 가지 언어의 경쾌한 노래를 생각해 내서 그 노래들을 부르며, 1시간에 8킬로미터 속도로 걸어갔다. 그러나 몇 개월씩이나 수용소 생활을 보냈기 때문에, 발목이 약해져 이내 피로했다. (물론 그것은 예상한 일이었지만 원래 이 길은 자동차를 타고 갈 계획이었다!) 때로는 누워서 두 발을 들고, 서로 발바닥을 맞추고 쉬었다. 그리고 다시 걷기 시작했고, 피곤하면 또 발을 들고 쉬었다.

이상한 일은, 뒤에 보이는 에끼바스뚜스 수용소의 불이 오래도록 꺼지지 않고 있었다는 점이다. 벌써 몇 시간을 걷고 있었는데도 그 불은 아직도 밤하늘을 비추고 있었다.

힘겹게 밤이 지나고 동녘이 뿌옇게 밝아 왔다. 낮에 장애물하나 없는 평탄한 스텝을 걷는다는 것은 불가능할 뿐만 아니라, 숨기에도 쉬운 일이 아니었다. 관목도 없고, 키가 높은 풀도 없었다. 그리고 알다시피, 우리를 비행기로 수색할 것이다.

그리하여 우리는 칼로 얕은 구덩이를 파서(땅이 단단하고 돌이 많아서, 파기 아주 어려웠다 — 그래서 폭 50센티미터, 깊이 30센티미터의 구덩이밖에 팔 수 없었다), 거기에 머리를 각기 반대 방향으로 하여 나란히 눕고, 위에다 건조하고 가시가 있는 누런 풀을 덮었다. 이제 푹 자고, 체력을 보충해야 한다! 그런데 잠을 잘 수가 없다. 하루의 반 이상을 무방비한 상태로 누워서 지낸다는 것이 야간 행군보다도 괴로웠다. 계속 생각만 하고 있었다…… 뜨거운 9월의 태양이 내리쬐고 있어서 물을 마시고 싶었으나 물도 없었고, 근처에 물이 있을 것 같지도 않았다. 우리는 까자흐스딴 지방에서의 탈옥의 원칙을 지키지 않았다. 탈옥은 가을에 하는 것이 아니라 봄에 하는 것이다…… 하지만 우리는 자동차로 도망치려고 했지…… 우리는 아침 5시부터 밤 8시까지 그렇게 있었는데, 지쳤다! 온몸이 저려 와도 몸을 움직여서 자세를 바꿔서는 안 된다 — 일어나서 건조한 풀이라도 만지게 되면, 멀리에서도 말을 탄 사람에게 발각되고 말 것이다. 각자가 신사복을 두 벌씩 입어서 무척 더웠으나 참았다.

이윽고 밤이 되어, 탈옥수들이 활동할 시간이 되었다.

일어났다. 다리가 아파서, 서 있기 힘들었다. 몸을 풀면서 천천히 걸어간다. 체력도 소모되었다. 어제부터 우리는 마른 마카로니를 조금 깨물고, 포도당 정제를 먹었을 뿐이다. 물을 마시고 싶었다.

오늘 밤은 어둠 속에서도 매복을 조심해야 한다. 아마 여러 곳으로 무선 연락하여 수색하기 위해 자동차를 사방으로 내보냈을 것이다. 게다가 옴스끄 방면은 더할 것이다. 그 땅바닥에 있던 두 사람의 솜 외투와 체스는 언제 어떻게 발견되었을까? 궁금했다. 죄수 번호를 보면, 그것이 우리라는 것을 당장 알게 될 테니까, 명단을 대조하면 점호는 하지 않아도 된다.[2]

---

2 사실은 이렇게 되었다 — 다음 날 아침에 일꾼들이 그 솜 외투를 발견했다. 그 외투가 차가웠기 때문에, 밤새 줄곧 땅바닥에 있었다는 것을 알았다. 그 죄수 번호를 떼 내고, 〈자기 것〉으로 만들었다 — 솜 외투는 귀중품이니까!

우리는 1시간에 1킬로미터 이상의 속도로 걸을 수 없었다. 다리가 아팠다. 자주 누워서 쉬었다. 정말 물이 마시고 싶었다! 밤새도록 걸었지만 아직 20킬로미터도 걷지 못했다. 그런데 또 어디엔가 몸을 숨길 장소를 찾아서, 누워서 낮의 고통을 참지 않으면 안 된다.

무슨 건물이 보이는 것 같았다. 조심스럽게 기어서 갔다. 이것은 뜻밖에도 스텝 한복판에 있는 큰 돌산이었다.

웅덩이에 물이 없을까? 역시, 없었다……. 어느 바위 밑에 틈새와 같은 구멍이 있다. 그것은 들개가 판 것이겠지. 하지만 그 속으로 들어가기는 어려웠다. 갑자기 허물어지지는 않을까? 보리알처럼 납작하게 눌려서 빨리 죽지도 못할 것이다. 벌써 날이 추워졌다. 아침까지 잠을 이루지 못했다. 낮에도 잠을 잘 수 없었다. 칼을 꺼내서, 돌에다 갈기 시작했다. 어제 구멍을 파면서 칼날이 무뎌졌었다.

정오경에, 가까이에서 마차 소리가 들렸다. 좋지 않다. 우리는 길가에 있었다. 바로 우리 곁으로 한 까자끄인이 지나갔다. 그는 무언가 혼자 중얼대고 있었다. 뛰어서 그를 뒤따라갈까? 그에게 물이 있지 않을까? 하지만 주변을 미리 살피지 않고 그에게 덤빌 수는 없지 않은가? 그러다가 사람들이 우리를

교도관들은 그래서 그 외투에 대해서는 알지 못했다. 그리고 절단된 가시철사는 월요일 저녁에야 겨우 발견되었다. 그래서 명단을 확인하는 점호를 해서, 하루 종일 걸려서야 겨우 탈옥수들의 이름을 찾아냈다. 따라서, 탈옥수들은 그날 아침에도 태연하게 도망칠 수가 있었다! 신호탄이 어떤 의미였는지 확인하지 않아서 이런 결과를 낳았던 것이다.

반면 수용소에서는 일요일 저녁에 탈옥했다는 것을 알게 되면서, 정전이 있었던 일을 상기하고, 모두 놀랐다. 「얼마나 빈틈이 없는가! 정말 멋있게 해냈어! 어떻게 놈들이 정전을 일으킬 수가 있었을까?」 그리하여 모두 오랫동안 그 정전이 그들의 탈출을 도왔다고 생각했던 것이다.

볼 수도 있지 않을까?

추적자들이 바로 이 길을 따라오고 있는 건 아닐까? 조심스럽게 기어 나와 밑에서부터 살펴보았다. 1백 미터쯤 떨어진 곳에 무슨 허물어진 건물이 있었다. 우리는 거기로 기어갔다. 아무도 없다. 우물이 있었다. 그런데 먼지가 차 있었다.

한쪽 구석에 건초 부스러기가 있었다. 여기에 누울까? 우리는 누웠다. 잠이 오지 않았다. 앗, 벼룩한테 물렸어! 벼룩이, 얼마나 크고, 얼마나 많던지! 꼴랴의 벨기에제 밝은 회색 외투에 벼룩이 까맣게 붙었다. 몸을 흔들어 벼룩을 털었다. 우리는 다시 기어 나와, 들개의 구멍으로 돌아왔다. 시간이 지나면서 체력이 떨어져, 움직일 수가 없었다.

저녁 무렵에 일어났다. 매우 지쳐 있었다. 목이 말라서 괴로웠다. 빨리 이르띠시강으로 갈 수 있도록, 진로를 우측으로 잡기로 했다. 맑은 밤, 검은 밤하늘에는 별들이 깜박였다. 페가수스자리와 페르세우스자리를 보면, 머리를 숙이고 힘차게 전진하는 황소를 연상하게 한다. 그리고 그 황소가 우리를 격려하는 듯해서, 우리도 전진한다.

갑자기 우리 앞에서 신호탄이 올랐다! 놈들이 벌써 앞질렀구나! 우리는 숨을 죽였다. 둑길이 보인다. 그것은 철길이었다. 신호탄은 이제 오르지 않았으나 철길을 따라 서치라이트 불빛이 남아서, 그 빛이 흔들리며 좌우를 비추었다. 스텝을 향해 궤도차가 지나고 있는 것이 보였다. 지금 우리가 발각된다면, 끝장이었다……. 우리는 너무나 무력하고 무방비 상태였다 ― 빛 속에 누워서 발각되기를 기다리는 것과 같았다.

하지만 무사히 지나갔다. 우리는 발각되지 않았다. 날듯이 뛰어 일어났다. 달릴 힘은 없었으나, 되도록 빨리 둑에서 떨어져 걷기 시작했다. 그런데 하늘이 금세 비구름으로 덮이고, 우리는 오른쪽으로 갔다가 왼쪽으로 갔다가 하는 통에 정확한 방향을 모르게 되었다. 지금은 거의 제멋대로 걸어가는 셈이다. 게다가 아주 먼 거리는 갈 수 없다. 자칫하다가는 쓸데없이 지그재그로 걷고 있는지도 모른다.

헛된 밤이었다! ……그리고 다시 날이 밝았다. 또 건초를 뽑아 모아야 했다. 구덩이를 파려고 했는데, 나의 굽은 터키식 칼이 보이지 않았다. 둑에서 몸을 숨기다가, 아니면 그 후에 재빨리 도망치다가 떨어뜨린 것 같았다. 큰일이야! 칼도 없이 탈옥수가 무엇을 하나? 꼴랴의 칼로 구덩이를 팠다.

한 가지 좋은 일이 있었다. 내가 서른여덟에 죽는다는 예언이 있었다. 뱃사람은 미신을 믿지 않을 수가 없었다. 그런데 이 9월 20일 아침은 나의 생일이다. 나는 그날로 서른아홉이 되었다. 나는 이미 그 예언에 구속되지 않게 되었다. 나는 더 살게 되었다!

그리하여 다시 얕은 구덩이에 몸을 숨기고 누웠다 ─ 움직이지도 않고, 물도 없이. 아, 잠만 잘 수 있다면! 하지만 잠을 잘 수는 없었다. 비라도 왔으면! 지쳤어. 괴로워 죽겠어. 벌써 〈사흘〉이 지났는데, 우리는 그사이에 물 한 방울도 마시지 못하고, 하루에 포도당 정제 다섯 알씩만 삼켰을 뿐이다. 걸은 거리도 아주 짧았다. 아마 이르띠시강까지 3분의 1쯤 왔을 것이다. 그런데 수용소에 남은 동료들은 우리들이 〈초록빛 검사〉[3]로부터 자유를 얻었다고, 우리를 위해 기뻐해 줄 것이다.

황혼이다. 별들이 보인다. 진로를 북동쪽으로 향했다. 겨우 걸었다. 갑자기, 멀리서 〈와 ─ 와 ─ 와 ─ 와!〉 하고 외치는 소리가 들렸다. 이것은 뭘까? 경험이 많은 탈옥수 꾸들라의 이야기에 의하면, 까자끄인들은 양 떼를 지키기 위해 이런 소

3 이 표현에 대해서는 제3부 제14장 참조 ─ 옮긴이주.

리를 질러서 늑대를 쫓는다고 했다.

양이 있군! 우리에게는 양이 필요하다! 자유인이라면, 어떻게 피를 마실 생각을 하겠는가. 하지만 지금은 아무것이라도 좋다.

우리는 살금살금 걸어갔다. 그리고 기어갔다. 건물이 보였다. 우물은 보이지 않았다. 집 안으로 들어가는 것은 위험하다. 사람을 만나는 것은 발자취를 남기는 일이다. 흙벽돌로 만든 양의 사육장으로 살며시 걸어갔다. 그래, 까자끄 여인이 늑대를 쫓기 위해 큰 소리로 외쳤을 것이다. 사육장의 낮은 벽을 찾아서 뛰어들었다. 입에 칼을 물었다. 기어가서 양 사냥을 한다. 양이 숨 쉬는 소리가 들린다. 하지만 양들은 우리한테서 도망친다. 달아나는 것이다! 우리는 또 다른 방향에서 기어서 갔다. 어떻게 하면 다리를 붙잡을 수 있을까? 기어간다! (후에, 우리의 실패 원인을 알았다. 기어서 가까이 가면 양들은 우리를 짐승으로 생각한다. 당당하게 서서 주인처럼 접근한다면 양도 간단히 잡힌다는 것이다.)

까자끄 여인은 이상한 공기를 느끼고, 가까이 와서 어둠 속을 들여다보았다. 그녀는 등불을 가지고 있지 않으나, 흙덩이를 집어 들어 우리들에게 던져서 꼴랴가 맞았다. 나한테 곧바로 와서, 금방이라도 나를 짓밟을 것 같았다! 우리를 발견했는지, 아니면 그런 느낌을 느꼈는지 여인이 갑자기 외쳐 댄다.「악마다! 악마야!」그녀는 도망쳤다. 우리도 그녀에게서 도망쳤다. 벽을 뛰어넘어 숨었다. 남자들의 목소리가 들렸다. 조용했다. 아마 잘못 본 것이라고 말하는 모양이었다.

실패하고 말았다. 하는 수 없이 휘청거리며 걸었다.

말 그림자가 보였다. 멋있는 말이다! 이것도 필요하다. 다가섰다. 말이 섰다. 말의 목덜미를 토닥거리며, 목에 혁대를 걸었다. 나는 즈다노끄를 태워 주었으나, 나 자신은 체력이 약해져서 도저히 말을 탈 수가 없었다. 말이 빙빙 돌기 시작했다. 드디어 즈다노끄를 등에 태운 채 달리기 시작하더니, 곧 그를 흔들어 떨어뜨렸다. 다행히 그가 말고삐로 쓴 혁대를 꽉 잡고 있어서 혁대를 잃어버리지는 않았다. 우리는 발자취를 남기지 않았고, 모두 악마의 장난으로 치면 된다.

말 때문에 힘이 빠졌다. 더욱 걷기 힘들었다. 그런데 땅은 경작된 부드러운 흙이었고, 밭고랑은 일구어져 있었다. 다리가 휘청거려서, 겨우 끌고 가는 형편이다. 그러나 그것은 좋은 일일 수도 있었다. 경작된 토지가 있다는 것은 사람들이 살고 있다는 것이며, 사람들이 산다는 것은 물이 있다는 것이다.

겨우 다리를 끌며 걸어가고 있었다. 다시 사람의 그림자가 보였다. 다시 엎드려 기어갔다. 건초 더미가 있었다! 잘됐어, 초지가 있을까? 이르띠시강이 가까운 것일까? (아, 하지만 아직 강까지는 많이 남아 있었다.) 마지막 힘을 내어, 건초 더미로 기어올라 그 속으로 파고들었다.

그리하여 우리는 하루 종일 잠을 푹 잤다! 탈출하기 전의 잠 못 이룬 밤까지 계산하면, 우리는 닷새 밤이나 잠을 자지 못했었다.

우리는 저녁에 눈을 떴고, 트랙터 소리를 들었다. 조심스럽게 건조를 헤치고 목만 살짝 내밀었다. 두 대의 트랙터가 가까이에 왔다. 작은 농가가 있었다. 날이 저물고 있었다.

좋은 생각이 났다! 트랙터에는 냉각수가 있다! 운전수가 잠들면, 우리는 그 물을 마실 수 있다.

어두워졌다. 탈출한 지 〈나흘〉이 지났다. 트랙터로 기어서 접근했다.

개가 없는 게 다행이었다. 조용히 배수구까지 가서 마셔 보왔다. 그런데 글렀다. 물에 석유가 섞여 있었다. 우리는 물을 뱉었다. 도저히 마실 수가 없었다.

이 사람들에게는 무엇이든 있다 ― 음식도, 물도. 이제 노크하여 이렇게 부탁하자. 「형제들! 선량한 여러분! 도와주시오! 우리는 죄수인데, 형무소에서 도망쳐 왔소!」 19세기에는 사람들이 죽을 담은 항아리나 의복이나 동전을 숲길로 가져왔다.

농촌 아낙네들이 빵을 주고,
젊은이들이 마호르까 담배를 주었다네.

제기랄, 지금은 달라졌어! 시대가 바뀌었다고. 이제는 팔아넘기는 것이다. 진심으로 팔아넘기거나, 자기 자신을 위해 팔아넘겼다. 왜냐하면, 〈공범〉이 되기 때문에, 그들 자신도 〈25루블짜리〉를 먹을 염려가 있었기 때문이다. 전세기에는 빵이나 물을 제공한 사람에게 정치 조항을 적용할 생각은 하지 못했다.

그리고 우리는 더욱 무거운 다리를 끌고 갔다. 밤새도록 걸었다. 우리들은 이르띠시강에 도착하기를 기대하고, 그 징후를 찾았다. 그러나 징후는 보이지 않았다. 우리는 가차 없이 스스로를 채찍질했다. 새벽 무렵에 다시 건초 더미를 만났다. 어제보다 더 어렵게, 그 위로 기어올랐다. 곧 잠들었다. 그것으로 좋았다. 우리는 저녁이 다 되어서야 잠에서 깼다.

인간은 어디까지 견딜 수 있을까? 탈출하여 이미 〈닷새〉째가 되었다. 가까이에 천막이 있는 것이 보였다. 그 바로 곁에 비를 막는 지붕이 있다. 조용히 그곳으로 숨어들었다. 거기에는 좁쌀이 가득했다. 우리는 그것을 가방에 쓸어 넣고, 씹어

보았으나 도저히 삼킬 수가 없었다. 우리의 입이 너무 바싹 말라 있어서였다. 갑자기 천막 곁에 물통 2개쯤 크기의 큰 사모바르가 보였다. 나는 그곳으로 기어갔다. 꼭지를 틀어 보았으나, 물은 나오지 않았다. 비어 있었다, 제기랄. 기울여 보았으나, 두세 모금밖에 마시지 못했다.

그리하여 다시 허둥거렸다. 허둥거리다가 쓰러졌다. 쓰러지자 숨을 쉬기는 편해졌다. 쓰러졌다가 이내 일어날 수가 없었다. 일어나기 위해서는, 우선 배로 기어야 했다. 그리고 네 발로 일어선다. 그러고 나서 발로 허우적거린다. 그것만으로도 숨이 가쁘다. 그렇게 야위고, 배가 등에 붙어 버린 것 같았다. 아침이 다 될 때까지 2백 미터 정도밖에는 이동하지 못했다. 또 누웠다.

아침이 되어도 건초 더미는 만나지 못했다. 작은 언덕에 짐승이 파 놓은 굴이 있었다. 그 굴속에서 하루 종일을 보냈으나, 잠은 잘 수 없었다. 그날은 쌀쌀하고, 땅바닥도 차가웠다. 아니면 이제는 피가 몸을 데워 주지 못하는 걸까? 애써 마카로니를 씹어 보았다.

그런데 별안간 나의 눈에 병사들의 대열이 지나가는 것이 보였다! 붉은 견장을 단 병사들이! 우리를 포위하고 있었다! 즈다노끄가 나를 쿡 찌르며 속삭였다 ─ 자네 착각이라고. 저것은 말들이 지나가는 거야.

그랬다, 그것은 어렴풋한 환각이었다. 우리는 다시 누웠다. 하루는 계속되고 있었다. 그런데 갑작스레 들개가 자기 굴로 돌아왔다. 우리는 그 자리에 마카로니를 놓고, 그곳에서 조금 떨어져 있었다. 먹이로 속여서 가까이 오게 하여, 잡아먹을 생각이었다. 하지만 들개는 먹이를 먹지 않고 가버렸다.

우리가 있는 곳의 한쪽은 내리막길이며, 그 밑에는 마른 호수가 있었는데 바닥에 소금이 돋아 있었다. 그 저편에 천막이 있고, 연기가 오르고 있었다.

〈엿새〉가 지났다. 우리는 이미 극한 상태에 달했다 — 붉은 견장의 병사들의 환각을 보거나, 입속에서 혀가 움직이지 않거나, 가끔 보는 소변에 피가 섞여 나왔다. 그렇다! 오늘 밤에는 무슨 일이 있어도 음식과 물을 얻어야 한다! 그 천막으로 가자. 만일 거절당하면, 힘으로 뺏는 거야. 나는 옛날의 탈옥수, 그리고리 꾸들라의 〈마흐마제라!〉라는 호령이 생각났다. (〈설득은 끝났다, 뺏어라!〉라는 뜻의 호령이다.) 나와 꼴랴는 약속했다 — 내가 〈마흐마제라!〉라고 외치면, 꼴랴가 행동에 옮기기로.

어둠 속에서 조용히 천막으로 접근했다. 우물이 있었다. 하지만 물통은 없었다. 가까이 있는 말뚝에 안장을 얹은 말 한 필이 서 있었다. 문틈으로 안을 들여다보았다. 그곳에는 흔들리는 호롱불을 놓고 까자끄 남자와 여자, 그리고 아이들이 둘러앉아 있었다. 노크하고 들어갔다. 나는 인사했다. 「살람!」 눈앞이 어지러웠으나, 자빠지지 않으려고 애썼다. 안에는 베시바르마끄[4]용의 낮은 원탁(우리의 현대적인 디자이너들이 만든 것보다 더 낮은)이 있었다. 천막 주위에는 긴 의자가 놓여 있었고, 그 위에는 얇은 양털 펠트가 깔려 있었다. 큰 장식이 달린 장롱이 있었다.

남자는 무엇인가 중얼거리며 우리를 올려다보았으나, 반갑지 않다는 표정이었다. 나는 신중하게(그리고 체력을 소모하지 않기 위해) 앉아서 가방을 탁자 위에 놓았다. 「저는 지질 조사대의 대장이고 저 사람은 저의 운전수입니다. 자동차는 다른 일행들과 함께 여기서 7, 8킬로미터 되는 곳에 놓고 왔

4 까자끄식 고기 요리 — 옮긴이주.

251

어요. 라디에이터에 구멍이 나서 냉각수가 빠져 버렸습니다. 그리고 우리 자신은 사흘 동안 아무것도 먹지 못해서 몹시 배가 고프고요. 어르신, 먹을 것과 마실 것 좀 주십시오. 그리고 어떻게 해야 할지 상의를 좀 하고 싶습니다.」

그런데 남자는 눈을 가늘게 뜨고, 먹을 것과 마실 것을 주려고 하지 않았다. 「대장, 당신의 이름은 무엇이오?」 그가 물었다.

나는 미리 그 준비도 했으나 머리가 멍해져서 잊어버리고 말았다.

「이바노프입니다.」 나는 대답했다(물론, 바보 같은 대답이다). 「그럼 음식을 파시는 건 어떤가요?」 「싫네, 다른 곳에나 가보시게.」 「어디로 가라는 말씀이세요?」 「여기서 한 2킬로미터쯤 가면 될 게야.」

나는 자세를 바로 하고 있었으나, 꼴랴는 견딜 수가 없어서 탁자에 있는 넓적한 빵을 쥐고 먹으려고 했다. 그러나 도저히 삼킬 수가 없었다. 그러자 남자가 갑자기 채찍을 들었다. 손잡이는 짧지만 긴 가죽으로 되어 있었다. 그는 즈다노끄를 때리려고 팔을 치켜들었다. 나는 일어섰다. 「이게 무슨 짓입니까! 손님을 이렇게 대하다니!」 그러나 사나이는 즈다노끄의 등을 찌르며, 천막에서 쫓아내려고 했다. 나는 〈마흐마제라!〉라고 소리치며 칼을 꺼내고, 남자에게 명령했다. 「구석으로 가! 엎으려!」 남자는 장막 안으로 도망치려고 했다. 나는 그 뒤를 쫓았다. 혹시 거기에 엽총이 있어서, 그가 쏠지도 몰랐다. 그러나 그는 침대에 쓰러지자, 외쳤다. 「무엇이든지 전부 가져가게! 아무한테도 말하지 않을 테니까!」 이놈아! 너의 〈전부〉가 무슨 소용인가? 왜 처음에 내가 부탁한 것을 조금도 주지 않았어?

「죄다 뒤져 봐!」 나는 꼴랴에게 지시했다. 나는 칼을 들고, 문가에 섰다. 까자끄 여인이 소리 지르고, 아이들이 울기 시작했다. 「우리가 아무한테도 해코지하지 않을 거라고 마누라한테 말해. 우리는 먹을 것만 있으면 되니까. 고기는 없어?」 「없소!」 그는 두 손으로 없다는 시늉을 했다. 그러나 꼴랴는 이미천막 속을 뒤지기 시작했고, 창고에서 말린 양고기를 끄집어냈다. 「거짓말쟁이!」 꼴랴는 기름에 튀긴 밀가루 덩어리, 바우르사끼를 담은 솥을 끄집어냈다. 탁자에 놓인 찻잔에 꾸미스[5]가 있었다! 꼴랴와 함께 마셨다. 마실 때마다 생기가 회복되었다! 얼마나 좋은 음료인가! 가벼운 어지러움을 느꼈으나, 취기가 돌자 오히려 기분이 편해지고 힘이 났다. 꼴랴는 흥이 솟았다. 남자가 나에게 돈을 내밀었다! 28루블이었다. 더 많은 돈을 어딘가에 숨겨 두고 있는 게 분명했다. 양고기를 주머니에 넣고, 또 한 주머니에는 바우르사끼, 납작한 빵, 엿, 때묻은 베개를 집어넣었다. 꼴랴는 양 기름을 받아 낸 찌꺼기가 담긴 그릇까지 끄집어냈다. 칼도 있었다! 이것이야말로 가장 필요한 물건이다. 필요한 것은 절대 잊어서는 안 된다. 나무 숟가락도, 소금도 넣었다. 그 주머니는 내가 밖으로 옮겼다. 다시 한번 들어가 이번에는 물이 든 물통을 가져왔다. 또 담요, 예비 말고삐, 채찍도 가져가기로 했다. (그가 투덜댔다. 이렇게 되면 그도 우리를 추적하게 될 텐데.)

「알았어?」 나는 까자끄인에게 말했다. 「이것만은 기억해 둬 — 손님은 좀 더 친절히 대해야 돼! 만일 네가 우리한테 잠자코 물통 하나와 바우르사끼 10개만 주었다면, 우리들은 네 발에다 절을 했을 거야. 우리는 좋은 사람이야, 남을 괴롭히지 않는 사람들이라고. 그리고 마지막으로 말해 두지만, 꼼짝도 하

5 말 젖으로 만든 술 — 옮긴이주.

지 마! 우리는 동료들이 더 있어!」

꼴랴에게 잘 지켜보라고 문 앞에 세워 두고, 나는 나머지 물건들을 말 있는 곳까지 옮겼다. 서둘러야 할 것 같았으나, 나는 곰곰이 생각했다. 말을 우물로 끌고 가서 물을 먹였다. 말도 일을 많이 해야 한다. 무거운 짐을 밤새도록 운반하지 않으면 안 된다. 나도 우물에서 물을 마셨다. 꼴랴도 마셨다. 그때 거위가 다가왔다. 꼴랴는 새를 무척 좋아했다. 「거위를 붙잡아 목을 비틀어 가져갈까?」「시끄러울 테고, 시간도 없어.」 나는 등자를 내려놓고, 말의 요대를 힘껏 조였다. 즈다노끄는 안장 뒤에 모포를 깔고, 우물전 위에서 말 등으로 뛰어올랐다. 손에는 물이 든 통을 들고 있었다. 2개의 주머니를 함께 묶어서, 양쪽으로 늘어지게 말 등에 걸었다. 나는 안장에 탔다. 추적자들을 따돌리기 위해 별에 의지하여 동부 쪽으로 진로를 잡았다.

등에 낯선 사람 둘을 태운 말은 불만스러운 듯 집으로 돌아가려고 목을 돌렸다. 그러나 우리가 말고삐를 꽉 잡자, 말도 체념한 듯 달렸다. 한쪽에 불빛이 보였다. 그 불을 피했다. 꼴랴가 귓가에다 이렇게 노래했다.

자유로운 공기를 마시며, 스텝을 말 타고 달리는 기분
목동에게는 든든한 말만 있으면 좋은 기분일세.

「내가 그자의 국내 통행증을 보았어.」 꼴랴가 말했다. 「왜 그 통행증을 가져오지 않았어? 통행증은 언제나 필요한 거야. 멀리서 그 표지를 보이기만 해도 효과가 있거든.」

길을 가면서, 말을 탄 채로, 자주 물을 마시거나, 음식을 먹거나 했다. 마치 되살아난 기분이다! 이제 오늘 밤에 되도록 멀리 가지 않으면 안 된다!

갑자기 새가 우는 소리가 들려왔다. 호수가 있다. 돌아가는 것은 멀고, 시간도 아깝다. 꼴랴가 말에서 내려서 진창으로 말을 끌었다. 무사히 건넜다. 그런데 알고 보니 모포가 없어졌다. 도중에 미끄러져 떨어졌겠지⋯⋯. 〈흔적을 남긴 셈이다〉⋯⋯.

그것은 잘못이었다. 그 까자끄인의 천막은 사방으로 여러 갈래의 길이 통했는데, 모포를 발견한 지점과 천막을 선으로 그으면, 우리가 선택한 길을 알게 된다. 되돌아가서 찾을까? 아니, 그럴 여유가 없었다. 어쨌든 우리가 북부 쪽으로 가고 있다는 것은 알게 될 것이다.

잠시 쉬었다. 나는 말고삐를 붙잡고 있었다. 끝이 없이 먹고 또 마셨다. 이제 물은 통 밑바닥에 조금밖에 남아 있지 않았다. 우리도 스스로 놀랄 정도였다.

북쪽으로 향했다. 말은 〈구보〉로는 달리지 못하지만, 1시간에 8킬로미터에서 10킬로미터의 속도로 갔다. 만일 이때까지의 엿새 밤 동안 60킬로미터를 왔다면, 이 밤에 70킬로미터를 가게 된다. 만약 지그재그로 오지 않았다면, 벌써 이르띠시강에 당도했을 것이다.

날이 밝는다. 그런데 숨을 곳이 없었다. 이제 조금만 가기로 했다. 더 간다는 것은 위험하다. 이때 커다란 구멍처럼 생긴 분지가 보였다. 말을 끌고 그 분지로 내려갔다. 또 물을 마시고, 음식을 먹었다. 별안간 가까이에서 오토바이의 폭음이 들렸다. 여기는 안 되겠어, 가까운 데 도로가 있다는 것이다. 더 확실히 숨을 장소를 찾아야겠다. 분지에서 나와 주위를 둘러보았다. 그다지 멀지 않은 곳에 까자끄인의 버려진 마을 같은 곳이 있었다.[6] 우리는 그곳으로 가기로 했다. 삼면의 벽밖에 남지 않은 폐가까지 와서 짐을 내렸다. 나는 말의 앞발을 묶어 놓았다.

하지만 그날은 잠잘 수가 없었다 ― 그 까자끄인과 떨어뜨린 모포가 흔적으로 남을 것이 걱정이었다.

밤이 되었다. 이제 〈이레〉째다. 말이 멀리서 풀을 뜯고 있었다. 말을 잡으러 갔으나 말은 날뛰며 도망치려고 했다. 꼴랴가 말갈기를 잡자, 말이 달려서, 꼴랴가 끌려갔다. 그는 손을 놓아 버렸다. 앞다리를 묶었던 밧줄이 풀리고, 이제는 붙잡을 수 없게 되었다. 3시간이나 말을 뒤쫓다가 지쳐 버렸다. 말을 폐가 중 하나에 몰아넣고, 고삐로 만든 올가미를 목에 걸려고 했으나 잡히지 않았다. 화가 나서 입술을 깨물었지만 단념하지 않을 수 없었다. 결국 말고삐와 채찍만 우리에게 남았다.

음식을 먹고, 나머지 물을 다 마셔 버렸다. 음식이 든 주머니를 짊어지고 빈 물통을 손에 들고 우리는 걷기 시작했다. 오늘은 체력도 충분했다.

다음 날 아침에는 관목 숲에, 그리고 도로가 가까운 곳에 몸을 숨겨야 했다. 숨을 장소로는 그다지 좋지 않아서 발각될 염려도 있었다. 짐마차가 요란스럽게 소리를 내며 지나갔다. 이날도 역시 잠을 이루지 못했다.

〈여드레〉째다. 저녁 무렵부터 다시 걸었다. 얼마나 걸었는지, 갑자기 발밑에 부드러운 흙이 밟혔다. 좀 더 걸어가자 도로를 달리는 자동차의 불빛이 보이기 시작했다. 조심해야 한다!

구름에 가려 초승달이 떴다. 다시 까자끄인들의 죽음의 마을이다. 좀 더 가니까, 불빛이 보이고 거기에서 노랫소리가 흘

6 1930년에서 1933년에 걸쳐서 이러한 죽음의 가을은 까자흐스딴에서는 적지 않았다. 처음에는 부존니가 기병대를 이끌고 지났고(그 때문에, 지금까지 까자흐스딴 지역에 걸쳐서 그의 이름을 딴 집단 농장도, 그의 초상화도 보이지 않는다) 그 후에는 기근이 있었다.

도판 1 발견된 시체 중에서 가족이나 친척을 확인하려고 모인 빈니짜 시민들

도판 2 1953년의 솔제니찐

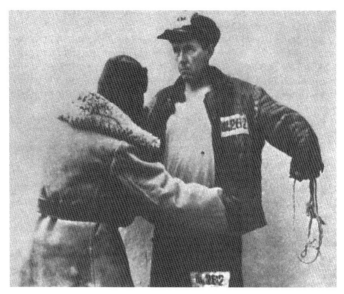

도판 3 신체검사

도판 4 게오르기 파블로비치 쩬노

도판 5 에끼바스뚜스 규율 강화 막사의 문

러나왔다.

「친구여, 말을 마차에서 풀어놓게나…….」

　주머니는 폐가에 두고, 손에 물통과 가방을 들고, 마을 쪽으로 걸어갔다. 칼은 호주머니에 감췄다. 첫 번째 집까지 왔다 — 새끼 돼지의 울음소리가 들렸다. 이런 돼지새끼를 스텝에서 만났더라면! 저쪽에서 젊은이가 자전거를 타고 왔다. 「여보게, 친구, 우리는 자동차로 곡식을 운반하고 있는데, 라디에이터에 물을 보충해야 한다네. 물은 어디에 있나?」 그 젊은이는 자전거에서 내려서, 우리를 물이 있는 장소까지 안내해 주었다. 마을 울타리 옆에 큰 물통이 놓여 있었다. 아마 가축한테 먹이는 물일 것이다. 물을 떠서 물통에 담았으나, 그 자리에서는 마시지 않도록 했다. 젊은이와 헤어지고, 비로소 앉아서 물을 마시기 시작했다. 한꺼번에 물통의 절반을 마셔 버렸다(오늘은 음식을 배불리 먹었기 때문에, 특히 물이 마시고 싶었다).

　공기 중에 눅눅함이 느껴지는 듯했다. 그리고 발밑에는 진짜 풀이 있었다. 가까이에 강이 있을 것이다! 그 강을 찾아야 한다. 걸어가면서 찾는다. 풀은 키가 크고, 관목도 있다. 버드나무다! 버드나무는 언제나 물가에서 잘 자란다. 이번에는 갈대다! 그리고 물이 있다! 아마 이르띠시강 하구겠지. 이번에는 물에 들어가, 물장구를 치며 몸을 씻었다! 갈대의 키가 2미터나 되었다! 물오리가 발 있는 데서 날아올랐다. 이제 우리는 살았다! 이제 우리는 자유다!

　그리고 이때 비로소, 이 여드레 만에 처음으로 위가 정상으로 움직인다는 것을 알았다. 여드레나 제 기능을 하지 못해서, 그것이 얼마나 고통스러웠을까! 아마, 해산의 고통도 이런 것이겠지.

그리고 다시, 그 버려진 마을로 되돌아왔다. 벽과 벽 사이에 모닥불을 피우고, 말린 양고기를 구웠다. 하룻밤도 헛되이 보내지 않고 앞으로 계속 가야 했지만, 여하튼 우리는 먹고 나서도 또 먹고 싶었다. 우리는 걷기도 어려울 만큼 먹었다. 그리하여 느긋하게 이르띠시강을 찾으러 나갔다. 그런데 이때까지 여드레 동안 한 번도 일어나지 않았던 일이 생겼다. 즉, 분기점에서 어느 쪽으로 갈 것인가로 언쟁이 일어났던 것이다. 내가 오른쪽으로 가자니까, 즈다노끄는 왼쪽으로 가야 한다면서 양보하지 않았다. 탈옥수를 기다리는 또 하나의 위기는 의견의 대립이었다. 도망 중에는 누군가 한 사람이 결정권을 가지고 있지 않으면 안 된다. 그렇지 않다가는 큰일이 난다. 나는 나의 주장을 밀고 나가기 위해 계속 오른쪽으로 갔다. 1백 미터쯤 걸었으나, 뒤따르는 기색이 없다. 가슴이 조여 드는 기분이다. 이런 곳에서 헤어져서는 절대 안 된다. 건초 더미에 몸을 숨기고 뒤를 돌아보았다……. 그런데 꼴랴가 걸어오고 있었다! 나는 그를 껴안았다. 아무 일도 없었다는 듯이, 우리는 어깨를 나란히 하고 걷기 시작했다.

차츰 관목이 많아지고, 공기가 더욱 시원해졌다. 벼랑까지 갔다. 벼랑 밑에서는 이르띠시강이 물결치며, 소리 내면서, 다정하게 우리에게 숨을 내쉬고 있었다. 우리는 기쁨에 들떴다.

우리는 건초 더미를 찾아서, 그 속에 숨었다. 이제 개들이 우리를 어떻게 찾겠나? 찾아보라지! 그리하여 깊이 잠이 들었다.

그런데…… 총성에 눈을 떴다! 그리고, 바로 옆에서 개 짖는 소리가 들렸다!

어찌 된 일인가? 이것으로 끝장일까? 우리의 자유도 이것이 끝이란 말인가?

몸을 쪼그리고, 숨을 죽였다. 곁으로 사람이 지나갔다. 개를 데리고 있었다. 사냥꾼이다! ……또다시 잠들었다. 하루 종일 잠을 잤다. 이렇게 우리는 〈아흐레〉째를 보냈다.

어두워지자마자 우리는 강을 따라 걸었다. 사흘 전에 우리는 흔적을 남겼다. 지금쯤 개들이 이르띠시강을 중심으로 우리를 찾고 있을 것이다. 우리가 강을 바라보는 것을 놈들은 알고 있을 것이다. 강가를 따라 걷기는 불편하다 — 강은 구불구불하고, 하구가 있거나, 갈대밭을 우회하지 않으면 안 된다. 무엇보다도 배가 필요하다!

강가 언덕의 작은 집, 등불이 보인다. 노 젓는 소리가 나더니 다시 조용했다. 몸을 숨기고 오랫동안 가만히 기다리고 있었다. 등불이 꺼졌다. 조용히 물가까지 내려갔다. 배가 있었다. 거기에는 노가 2개 있었다! 잘됐어! (보통 배의 주인은 노를 집으로 가지고 가는데.) 〈먼바다로 갈수록 위험이 적다!〉 우리는 물을 만난 고기와 같은 기분이다! 처음에는 소리를 내지 않고, 조용히 노를 저었다. 강 한복판으로 나가자 힘껏 노를 저었다.

우리들이 이르띠시강을 내려가고 있는데, 맞은편 모퉁이에서 훤히 불을 켠 기선이 오고 있었다. 아주 밝았다! 선창마다 불빛이 보이고, 댄스 음악이 배에서 울려 퍼지고 있었다. 행복하고 자유로운 승객들이 갑판을 산책하거나, 식당에서 식사를 하고 있었다. 그들은 자기가 가지고 있는 행복도, 자유의 존귀함도 모른다. 아, 그들의 선실은 얼마나 아늑할까!

이리하여 우리들은 20킬로미터 이상이나 강을 따라 내려갔다. 식량은 이제 곧 바닥이 난다. 아직 어두울 때, 어디선가 보급해야 한다. 닭 우는 소리가 들렸다. 배를 기슭에 대고, 소리가 나지 않도록 조용히 강변에 올랐다. 작은 집이 있었다.

개는 없었다. 축사도 있었다. 거기에는 수소와 송아지가 있었다. 닭이 있었다. 즈다노끄는 닭을 좋아했지만, 나는 송아지를 끌고 가자고 말했다. 송아지의 끈을 풀었다. 즈다노끄가 그 송아지를 배로 끌고 갔다. 나는 우리들의 흔적을 지웠다. 그렇게 하지 않으면, 우리가 강 아래로 내려간 것이 추적해 오는 개들에게 이내 알려질 것이다.

송아지는 언덕까지는 얌전하게 따라왔으나, 배에 타게 되자 별안간 사나워지고, 저항하기 시작했다. 우리 둘이서 겨우 송아지를 배에 실어 눕혔다. 즈다노끄는 송아지 위에 타고 앉아, 자기 체중으로 누르고 있었다. 나는 노를 젓기 시작했다. 강변에서 떨어진 후 죽이려고 했다. 송아지를 산 채로 운반한다는 것은 잘못이었다! 송아지가 일어서더니 즈다노끄를 떨치고, 앞발을 배 밖에다 내밀었다.

큰일이다! 즈다노끄는 도망치려는 송아지 꼬리를 붙잡고, 나는 그 즈다노끄를 뒤에서 껴안아 붙잡았다. 그러자 두 사람의 무게가 한쪽으로 쏠려, 물이 배의 가장자리를 넘어 안으로 흘러들었다. 이르띠시강에서 물에 빠질 수는 없다! 그러나 배가 꽤 가라앉아서, 물을 빼지 않을 수 없었다. 게다가, 또 그 전에 송아지를 죽이지 않으면 안 된다! 나는 손에 칼을 들고, 목덜미 밑에 있는 동맥을 끊으려고 했다. 그런데 자리를 잘못 찾은 것인지, 아니면 칼이 잘 들지 않아서 그런 것인지, 동맥을 끊지 못했다. 송아지는 몸을 떨며, 발버둥 치며, 흥분하고 있었다. 그리고 나도 흥분했다. 이번에는 송아지의 멱을 따려고 했으나, 또 되지 않았다. 송아지가 비명을 지르며 금방 배 밖으로 뛰어나갈 듯이 발버둥을 치는 바람에, 배가 뒤집혀서 우리는 강물에 빠져 죽을 것만 같았다. 송아지는 살고 싶었다 — 하지만 우리도 살아야 한다.

나는 찔렀으나, 충분히 깊지 않았다. 송아지는 배를 흔들고 밀쳤다. 아무것도 모르는 짐승이 하는 짓이니까, 금방 우리를 강물에 빠뜨릴 수 있어! 그래서 나는 이 우직한 송아지의 집요한 저항을 보고, 마치 원수를 대하듯이 이 송아지에 대한 증오심을 느끼며, 발광하듯 칼로 닥치는 대로 찌르기 시작했다.[7] 그 몸에서 피가 뿜어져 우리에게 튀었다. 송아지는 큰 소리로 울부짖으며, 필사적으로 몸부림을 쳤다. 즈다노끄는 그 입을 누르고 있었다. 배가 심하게 요동쳤으나, 나는 계속 송아지를 찔러 댔다. 예전에는 생쥐 한 마리는 고사하고, 벌레조차 죽이지 못했는데! 그런데 지금은 동정할 때가 아니다. 이놈이 죽지 않으면 우리가 죽는다!

이윽고 송아지는 잠잠해졌다. 우리는 곧 물을 빼기 시작했다. 4개의 손에 국자와 깡통을 들고 물을 퍼내기 시작했다. 그리고 노를 저었다.

우리는 강 지류로 흘러가게 되었다. 앞에 섬이 있었다. 곧 아침이 될 테니, 저 섬에 숨기로 하자. 배를 갈대숲 깊숙이 댔다. 우리의 모든 재산과 송아지를 언덕으로 끌어 올리고, 배 위에는 갈대를 덮었다. 험한 벼랑으로 송아지 다리를 잡고 올리는 일은 쉽지 않았다. 벼랑 위에는 한 길이나 되는 풀과 숲이 있었다. 꿈만 같았다! 우리는 지금까지 여러 해를 사막에서 살았다. 그래서 숲과 풀과 강을 잊어버리고 있었다……

날이 밝아 왔다. 송아지의 얼굴이 화내고 있는 것같이 보였다. 하지만 이 송아지 덕분에 우리는 느긋하게 이 섬에서 생활할 수 있었다. 라이터에 붙어 있는 돌로 칼을 갈았다. 한 번도 동물의 가죽을 벗기거나 내장을 꺼내 본 적은 없지만, 공

7 우리들의 압제자들이 우리를 죽일 때, 이와 같은 증오에 떨고 있지는 않았을까?

부 삼아 해보기로 했다. 배를 세로로 가르고, 가죽을 조금 벗긴 뒤에, 내장을 끄집어냈다. 숲속에서 모닥불을 피우고, 소고기를 귀리와 함께 끓이기 시작했다. 그것도 물통 가득히.

큰 잔치였다! 특히 마음이 안정되었다. 어쨌든 여기는 섬이니까. 섬이 나쁜 사람들로부터 우리를 지켜 주겠지. 세상에는 착한 사람도 있지만, 웬일인지 탈옥수는 좋은 사람을 만나지 못하고, 나쁜 사람만 만난다.

맑고 따뜻한 날씨였다. 이제 우리는 들개가 파놓은 굴에 숨을 필요가 없었다. 그곳의 풀은 무성하고 물기가 많았다. 풀을 매일 아무렇지도 않게 밟고 있는 사람은, 그 속에 얼굴을 파묻는다는 것이 얼마나 상쾌한 일인지 모른다.

우리는 온 섬을 돌아다녔다. 섬에는 들꽃이 도처에 무성하고 열매들도 익고 있었다. 우리는 끝없이 그것을 먹었다. 그리고 또 수프를 먹었다. 그리고 또 송아지 고기를 끓였다. 콩팥을 끓여서 죽도 만들었다.

마음이 상쾌했다. 이때까지 지나온 험난한 길을 회상하면서, 여러 가지 우스꽝스러웠던 일화들을 상기하며 즐거운 듯이 웃었다. 수용소에서는 우리들의 단막극을 기다리고 있겠지. 수용소 당국은 수용소 관리 본부에 머리를 조아리면서 괘씸한 우리들의 탈옥 사건을 보고할 것이다. 당국자들의 얼굴이 떠올랐다. 웃음이 터져 나왔다.

우리는 나무의 굵은 줄기의 껍질을 벗기고 뜨거운 철사 끝으로 이렇게 지졌다 ―〈여기는 1950년 10월에, 죄 없이 종신형에 처해졌던 두 사람이, 자유의 길로 가던 도중에 잠시 들렀던 곳이다.〉이것이 흔적이 된다 해도 할 수 없다. 이런 깊은 곳이니, 추적자들에게는 도움이 되지 못할 것이고, 언젠가 후세의 사람들만이 읽게 될 것이다.

우리는 아무 데나 서둘러 가지 않기로 했다. 탈옥이 목적이던 것이 모두 여기 있었다 — 그것은 자유였다! (옴스끄나 모스끄바에 도착했다 하더라도, 여기보다 자유롭다고 할 수는 없을 것이다.) 그리고 또 따뜻하고 맑은 나날이 계속됐고, 공기는 신선하고, 푸르고, 시간의 여유도 있었다. 그리고 소고기도 충분했다. 다만 빵이 없는 것이 아주 유감이었다.

그리하여 우리는 이 섬에서 일주일이나 보냈다 — 〈10일〉째부터 오늘까지 〈16일〉째를 맞는다. 우리는 숲의 제일 깊은 곳에 건조한 풀이나 나뭇가지로 오두막을 하나 만들었다. 밤에는 그 속에서도 추웠으나, 부족한 수면은 따뜻한 낮에 보충했다. 그 무렵에는 언제나 햇볕이 좋았다. 우리는 물을 많이 마셔 낙타처럼 저장했다. 우리는 아주 평온하게 지냈다. 땅바닥에 앉아, 강 건너에서 일하고 있는 사람들의 모습을 관찰했다. 그곳에서는 자동차가 지나가고 있었고, 풀을 베고 있었다. 그것은 두 번째 풀베기였다. 아무도 우리 쪽으로 오지 않았다.

어느 날 벌써 저물고 있는 가을 햇볕을 받으며 낮잠을 자고 있는데, 갑자기 우리 섬에서 나무를 찍는 도끼 소리가 들렸다. 일어나 보니, 멀지 않은 곳에서 한 사람이 나뭇가지를 베면서 우리 쪽으로 다가오고 있었다.

보름 동안 수염이 멋대로 자라서, 불그레한 수염이 보기에도 흉했다. 수염을 깎을 도구도 없는 전형적인 탈옥수였다. 그러나 즈다노끄를 그에게 보내서 담배를 얻으면서, 우리는 옴스끄에서 온 여행자들인데, 그는 어디에서 왔는지 물어보라고 했다. 그리고 만일의 경우에 대비했다.

꼴랴가 가까이 가서 말을 걸었다. 둘은 맞담배를 피웠다. 그 사람은 까자끄인으로, 근처 집단 농장에서 왔다. 나중에 안 일이지만, 그는 강가로 가 자기 배를 타고 돌아가면서, 베어

놓은 나뭇가지도 싣지 않고 가버렸다.

이것은 무슨 의미일까? 서둘러 우리들을 고발하려는 것일까? (아니면 오히려 두려웠나? 즉, 그가 나뭇가지를 베는 것을 우리가 고발하리라고 생각했을까? 어쨌든 나무를 마구 베는 것만으로도 수용소에 가게 되니까. 누구든지 상대가 두려워서 믿지 못하는 세태였다.) 「우리에 대해 뭐라고 말했어?」「등산가라고 말했어.」즈다노끄라는 사람은 언제나 이렇게 우스꽝스럽게 잘못을 저지른다. 「내가 여행자라고 말하라고 했잖아! 이런 평지에서 등산가라니?」

더 이상 여기에 머무르는 것은 위험한 노릇이다! 행복한 생활도 끝났다. 전부 배에 싣고 노를 저었다. 낮이지만 재빨리 도망치지 않으면 안 된다. 꼴랴는 배 바닥에 누워 있어서 밖에서는 보이지 않았다. 밖에서는 배에 한 사람밖에 타고 있지 않은 것으로 보일 것이다. 나는 노를 잡고, 되도록 이르띠시강의 한복판으로 가도록 애썼다.

우리의 문제는 빵을 사는 일이었다. 또 하나의 문제는, 사람들이 있는 곳으로 갈 때는, 꼭 면도부터 해야 한다는 것이었다. 가지고 온 신사복 한 벌을 옴스끄에서 판 다음 몇 개의 역을 더 가서 열차를 타고 도망친다는 것이 우리의 계획이었다.

저녁이 되기 전에 수로 표식계의 집 근처에 배를 댔다. 집 안에는 여자 혼자 있었다. 그녀는 놀라서 당황했다. 「지금 남편을 불러올게요!」 이렇게 말하고 어디론가 가버렸다. 나는 그 뒤를 따라 그녀가 무엇을 하는지 알아보기로 했다. 갑자기 집에 남았던 즈다노끄가 걱정스럽게 외쳤다. 「조라!」 이 얼간이, 어찌 된 노릇이야! 나는 빅또르 알렉산드로비치라고 그토록 일렀건만. 나는 집으로 돌아왔다. 거기에는 두 남자가 있었다. 하나는 엽총을 가지고 있었다. 「당신들은 누구요?」「여행자들인데, 옴스끄에서 왔습니다. 식료품을 좀 사고 싶습니다.」(그리하여 의심을 풀게 한다.)「이렇게 서 있지 말고, 집 안으로 들어가 이야기합시다.」 그리하여 그들은 정말 경계심을 푼 것 같았다.「여기에는 아무것도 없어요. 집단 농장에서 사야 해요. 2킬로미터는 더 밑에 있어요.」

우리는 배를 타고 20킬로미터나 더 내려갔다. 달밤이었다. 강가를 기어올랐다. 오두막집이 있었다. 불빛은 없었다. 노크했다. 까자끄인 사나이가 나왔다. 그리하여 이 사나이는 처음으로 우리에게 빵 반 덩이와 감자 4분의 1 부대를 팔았다. 우리들은 또 실과 바늘을 샀다(이것은 너무 경솔한 행동이었는지 모르겠다). 면도칼을 사려고 했으나, 사나이는 수염이 없어서 면도칼을 가지고 있지 않았다. 그러나 이 사나이는 우리가 만난 최초의 친절한 사람이었다. 우리는 욕심이 나서, 생선을 팔지 않겠느냐고 물었다. 그러자 그의 아내가 일어나, 생선 두 마리를 가져와 말했다.「베시 젠가.」돈은 필요 없다. 이것은 뜻밖이었다, 돈을 안 받다니! 이거, 정말 친절한 사람들이군! 내가 그 생선을 주머니에 넣으려고 하자, 그녀는 놓지 않고, 오히려 끌어당겼다.「베시 젠가란 5루블이라는 말이오.」 주인이 설명해 주었다.[8] 아, 그렇군, 그래! 그렇다면 너무 비싸군요, 사지 않겠어요. 우리는 남은 밤의 어둠 속으로 계속 노를 저었다. 다음 날, 탈옥한 지 〈17일〉째 되는 날에는 배를 풀숲에 감춰 두고, 우리는 건초 더미 속으로 기어들어가 잠을 잤다. 〈18일〉째와 〈19일〉째도 이렇게 지내며 되도록 사람들의 눈에 띄지 않게 노력했다. 우리는 필요한 모든 것을 가지고 있다 ── 물도, 불도, 고기도, 감자도, 소금도, 물통도 있다.

---

8 젠노는 까자끄 말〈베시 젠가(5루블)〉와 러시아 말〈베스 제네끄(돈이 필요 없다)〉를 헷갈린 것이다.

낭떠러지로 되어 있는 오른쪽 언덕에는 활엽수가 무성하고, 왼쪽에는 초지가 펼쳐져 있어, 건초가 많았다. 낮에는 모닥불을 피워, 음식을 끓여 먹고 잠을 잤다.

그런데 이제 곧 옴스끄에 가게 되면, 〈사람〉 앞에 나서야 한다. 그래서 면도칼이 꼭 필요했다. 면도칼과 가위 없이는 손쓸 도리가 없다. 수염을 하나씩 뽑아 버리고 싶을 지경이었다.

우리는 달빛에 비친 이르띠시강 위에 높게 솟아 있는 언덕을 바라보았다. 혹시 저것은 감시용 고지가 아닐까? 예르마끄 시대부터 있었던 것은 아닐까? 이런 생각이 머리를 스쳤다. 확인하기 위해서 그 언덕에 올라가 보았다. 이윽고 달빛 아래 죽음의 거리와 같은 진흙으로 만든 집들이 나타났다. 이것도 아마 1930년대 초엽의 것이겠지……. 아마 다 타 버리고, 흙집은 파괴되고, 사람들은 말 꼬리에 매달았을 것이다. 여행자들도 여기까지는 오지 않는다…….

2주 동안 비는 한 번도 오지 않았다. 그러나 밤은 벌써 매우 차가워졌다. 속도를 내기 위해서 내가 주로 노를 젓고, 즈다노끄는 배 뒤쪽에 앉아 추위에 떨었다. 드디어 〈20일〉째 밤이 되자, 그는 모닥불을 피우고, 뜨거운 물로 몸을 따뜻하게 하고 싶다고 했다. 나는 그에게도 노를 젓게 했으나, 그는 그저 추위에 떨면서 자꾸 모닥불을 피우자고 했다.

동료 탈옥수로서 내가 모닥불을 거절할 수는 없었으므로, 꼴랴가 스스로 상황을 판단하고 자기 자신을 억제해야 했다. 그렇지만 꼴랴는 자기 기분을 억제할 수 없는 사람이었다 — 탁자에 놓인 빵을 쥘 때도 그랬고, 거위를 잡으려고 했을 때도 그랬다.

그는 몸을 떨면서 모닥불을 원했다. 하지만 이르띠시강 근처에서는 어디서나 우리를 찾고 있을 것이다. 이때껏 한 번도 호송병들과 만나지 않은 것이 오히려 이상할 지경이었다. 달밤에 우리가 이르띠시강 한가운데를 내려가는 것이 발각되거나 우리를 멈추게 하지 않았다.

우리는 높은 강가 언덕의 불빛을 보았다. 꼴랴는 모닥불 대신에, 그 집에 들어가 몸을 녹이자고 했다. 그것은 더욱 위험한 짓이었다. 그의 부탁을 받아들이지 말았어야 했다. 이토록 고생하여, 이만큼 멀리 도망쳐 왔는데, 그런 짓을 하다가는 모든 것이 물거품이 되고 만다. 하지만 나는 마다할 수 없었다. 어쩌면, 그는 병이 들었는지도 모른다. 그리고 그는 스스로 억제할 줄 몰랐다.

타오르는 등잔불 밑에 까자끄인 남녀가 침상에 누워 자고 있었다. 그들은 놀라 일어났다. 「저는 곡물 조달 위원회에서 이리로 출장 온 사람인데 일행 중 한 사람이 병이 났지 뭡니까. 몸을 조금 녹일 수 있게 해주세요. 우리는 배를 타고 건너왔습니다.」 나는 설명했다. 「여기에 누우세요.」 까자끄인이 말했다. 꼴랴는 거기에 깔아 놓은 큰 모피 위에 눕고, 나도 하는 수 없이 곁에 누웠다. 이것은 우리들이 탈옥하고 나서 처음으로 지붕 밑에서 지내는 밤이었다. 그러나 꼴랴의 몸은 뜨거웠다. 나는 잠이 들지 못했을 뿐만 아니라, 누워 있을 수도 없었다. 나는 자기 자신을 배신하고 스스로 올가미를 쓰는 기분이었다.

노인은 속옷 바람으로 (그렇지 않았으면, 내가 그의 뒤를 쫓았을 것이다) 밖으로 나가서 좀체 돌아오지 않았다. 귀를 곤두세웠더니, 휘장 너머에서 무언가 까자끄어로 속삭이는 소리가 들렸다. 그들은 젊은 까자끄인들이었다. 내가 물었다. 「당신들은 누구요? 수로 표식계들이오?」 「아니요, 우리는 공화국 제1의, 아바이 가축 국영 농장에서 왔습니다.」 이거 정말 큰일 날 곳으로 왔군! 국영 농장이라는 곳에는 당 기관도 있고, 경찰도 있다. 심지어 공화국 제1이라니! 그러니까 충성스러울 테지……

　나는 꼴랴의 손을 잡고 말했다. 「내가 먼저 배 있는 데로 갈 테니까, 뒤따라와. 가방을 가지고.」 그리고 들으라고 이렇게 큰 소리로 말했다. 「식료품을 강가에 두고 온 것은 잘못이야, 그러지 말았어야 했어.」 나는 입구로 나왔다. 밖으로 통하는 문을 밀자, 잠겨 있었다. 그래, 이제 모든 것이 분명했다. 되돌아가 다급히 꼴랴를 일으키고, 다시 문 쪽으로 돌아왔다. 문짝은 서툰 목공 공사 때문에, 문 밑의 판자가 짧았다. 나는 그 틈새로 팔을 집어넣어서, 이것저것 더듬었다. 꽤 시간이 걸려서, 문이 열리지 않게 밖에서 받친 말뚝을 찾아냈다. 나는 그 말뚝을 밀어서 쓰러뜨렸다.

　나는 밖으로 나와, 강가로 서둘러 갔다. 배는 그대로 있었다. 보름달의 달빛 속에서 나는 꼴랴를 기다렸다. 그러나 꼴랴는 오지 않았다. 아, 어찌 된 일인가! 그에게는 일어설 의지가 없었다. 잠시라도 더 몸을 녹이고 싶었다. 어쩌면 잡혔을 수도 있다. 그렇다면 도우러 가야겠다.

　나는 다시 언덕을 올랐다. 집에서 나를 향해 4명의 사나이가 오고 있었다. 그 속에는 즈다노ㅠ도 있었다. 한 무리가 되어 오고 있었다. 「조라!」 (또 〈조라〉라니!) 「이리 와봐! 증명서를 보여 달래!」 그는 나를 향해 외쳤다. 나는 그에게 가방을 가져오라고 했는데, 그는 들고 있지 않았다.

　나는 가까이 갔다. 처음 보는 사나이가 까자ㅠ 말투의 러시아어로 물었다. 「당신들 증명서 좀 봅시다!」 나는 되도록 침착하게 말했다. 「그런데 당신은 누구요?」 「저는 관리인입니다.」 「아, 그렇군요.」 그렇다는 듯이 긍정하면서, 「그럼 갑시다. 증명서는 언제나 보여 줄 수 있어요. 저 집 안이 더 밝을 테니 거기로 갑시다.」 우리는 집으로 들어갔다.

나는 바닥에서 가방을 천천히 들어서 타고 있는 등잔불 밑으로 가까이 가져가며 ─ 마음속으로는 어떻게 하면 놈들을 물리치고 도망칠 수 있을까 궁리하면서 ─ 계속 지껄이며 상대의 허점을 노렸다. 「증명서라면 항상 가지고 다녀야죠. 어디 있더라. 증명서는, 의심스러운 사람을 만나면, 확인하라고 있는 거니까요. 아니, 경계심은 필요하죠. 우리 곡물 조달 위원회에서도 이런 일이 있었는데…….」 나는 가방을 열려고 가방 잠금장치에 손을 댔다. 놈들이 나의 주위에 모였다. 나는 느닷없이 어깨로 관리인을 왼쪽으로 밀쳤다. 그는 노인과 부딪쳐서 둘 다 쓰러졌다. 그리고 오른쪽에 있던 젊은이의 턱을 단숨에 갈겼다. 비명과 고함 소리가 났다! 나는 〈마흐마제라!〉라고 외치고, 가방을 들고 어떤 문을 지나 다음 문으로 뛰쳐나왔다. 그때, 꼴랴가 입구에서 나에게 호소하듯 외쳤다. 「조라! 나 붙잡혔어!」 그는 문기둥에 달라붙어서, 뒤로 묶여 있었다. 나는 그 자리에 쓰러졌다. 그 순간 두 사나이가 나를 누르고 올라탔다. 그러나 나는 정신없이 밑에서 기어 나와 도망쳤다. 우리의 귀중한 가방이 놈들의 손에 넘어갔다. 언덕을 향해 달렸다! 뒤에서 러시아어로 외치는 소리가 들렸다. 「저 놈을 도끼로 찍어! 도끼로!」 아마 위협하는 소리일 것이다. 그렇지 않다면 까자끄어로 했을 것이다. 놈들의 손이 내 등에 닿을 것만 같았다! 발이 걸려서 쓰러질 것만 같았다! 꼴랴는 이미 배 옆에 있었다. 「배를 강으로 밀고, 빨리 타!」 나는 외쳤다. 그는 배를 강으로 밀었고, 나는 무릎까지 물에 잠겨 가며, 배로 뛰어올랐다. 까자끄인들은 물에 들어가기를 싫어서 강가를 뛰어다니며 〈기르, 기르, 기르!〉 하면서 화를 냈다. 나는 그들에게 도리어 소리쳤다. 「뭐라고? 잡는다고? 악당들.」

놈들이 엽총을 가지고 있지 않아서 다행이었다. 나는 강의 흐름을 타고 힘껏 노를 젓기 시작했다. 놈들은 뭐라 떠들면서 강가를 따라 쫓아왔으나, 이윽고 작은 하구에서 길이 막혔다. 나는 바지 두 벌 ─ 해군 수병의 군복 바지와 민간인의 바지 ─ 을 벗어서 물을 짜냈다. 너무나 추워서 이가 덜덜 떨렸다. 「이봐, 꼴랴, 괜찮아? 몸은 녹였어?」 대답이 없었다…….

이제 이르띠시강과 작별해야 하지 않으면 안 되었다. 밤이 지나면 뭍으로 올라가, 옴스끄까지 자동차로 가야 했다. 이제 그다지 멀지 않을 것이다.

가방 속에는 〈카추샤〉 라이터와 소금이 들어 있었다. 젖은 몸을 말리는 것은 고사하고, 면도칼은 어떻게 얻을까? 강가에 배가 매여 있었고, 근처에 집 한 채가 있었다. 이것은 아마 수로 표식계가 살고 있는 집이겠지. 언덕으로 올라가, 그 집 문을 노크했다. 불빛은 없었다. 굵직한 남자 목소리가 들렸다. 「누구시오?」 「몸 좀 녹이게 해주세요! 배가 전복되어, 겨우 살아 나왔어요.」 한참 후에야 문이 열렸다. 문 바로 옆 현관, 흐릿하게 밝은 곳에 건장한 러시아인 노인이 서 있었다. 노인은 두 손으로 도끼를 머리 위로 치켜들고 우리를 쏘아보았다. 이상한 짓을 하면 바로 내려치겠다는 표정이었다! 「두려워하지 마세요.」 나는 설득하듯이 말했다. 「우리는 옴스끄에서 왔어요. 아바이 국영 농장에 출장 중이죠. 배로 하류 지역까지 가려고 했는데, 여기 상류에 여울이 있고, 게다가 그물이 있더군요. 그런데 그만 우리가 잘못해서 배가 뒤집혔거든요.」 노인은 아직도 의심스럽게 바라보며 도끼를 내려놓으려 하지 않았다. 나는 그를 어디서인가 본 듯했다. 어떤 그림에서 보았을까? 어떤 고대 러시아의 영웅 서사시에 등장하는 노인과 같은 모습이었다. 머리카락과 수염 모두 새하얬다. 드디어 그가 입을 열었다.「그래, 젤레잔까로 가는 길인가?」잘된 것은, 우리의 위치도 알게 되었다는 것이다.「그래요, 젤레잔까로 가는 길이었어요. 그런데 그만 중요한 가방을 물속에 빠뜨리고 말았어요. 거기에 150루블이나 들어 있었는데 말이에요. 국영 농장에서 소고기도 샀는데, 이제 고기가 다 뭡니까. 혹시 그 고기를 사지 않겠어요?」즈다노끄는 고기를 가지러 갔다. 노인은 나를 방으로 들어오게 했다. 그곳에는 석유램프가 있고, 벽에는 엽총이 걸려 있었다. 노인이 물었다.「증명서를 좀 보여 주겠나?」나는 되도록 자신 있게 말했다.「우리는 항상 증명서를 가지고 다닙니다. 다행히도 상의 호주머니에 넣고 있어서 젖지 않았죠. 저는 스똘랴로프, 빅또르 알렉산드로비치라고 하며, 주(州) 축산국의 전권 대표로 있습니다.」이번에는 재빨리 주도권을 잡아야 했다.「그런데 당신은 누구시죠?」「수로 표식계라네.」「이름과 부칭은요?」그때 꼴랴가 들어왔고, 노인은 더는 증명서에 대해 말하지 않게 되었다. 고기를 살 돈은 없지만, 차 정도는 대접할 수 있다고 했다.

노인의 집에서 1시간쯤 보냈다. 그는 지저깨비로 차를 끓여 주고, 빵과 베이컨까지 내놓았다. 우리들은 이르띠시강의 수로 이야기를 하며, 어디서 배를 살 수 있으며, 어디서 팔 수 있는가 이야기를 나눴다. 이야기는 주로 노인이 했다. 그는 우리를 동정하며, 현명한 노인다운 눈길로 바라보았다. 노인은 박식하고 현실적인 사람으로 보였다. 나는 그에게 모든 것을 솔직히 말하고 싶은 기분이었다. 그러나 그것은 아무런 소용도 없었을 것이다 — 그는 아무리 보아도 면도칼을 가지고 있지 않은 것 같았다. 숲속에서는 무엇이나 자라듯이, 노인 또한 수염을 자연 그대로 두고 있었다. 게다가, 그로서도 모든 일을 모르는 편이 안전했다. 〈알고 있으면서 고발하지 않았다〉는 것은 큰일이다.

우리가 송아지 고기를 그에게 주었더니, 그는 성냥을 주었다. 그리고 우리를 전송하러 나와서, 어느 방향으로 가면 된다고 가르쳐 주기까지 했다. 우리는 강가를 떠나, 얼마 안 남은 밤을 이용하여 되도록 멀리 갈 수 있도록 빠르게 노를 저었다. 강 오른쪽에는 우리를 쫓는 사람들이 있기 때문에 우리는 되도록 왼쪽 기슭을 따라가기로 했다. 강 오른쪽 기슭은 마침 달 때문에 그늘이 져 있었는데, 하늘은 개이더니, 절벽으로 되어 있고 숲이 우거진 오른쪽 강가를 따라, 우리와 같은 방향으로 내려가고 있는 한 척의 배가 보였다. 그러나 우리 배만큼 빠르지는 않았다.

저것은 혹시 내무부에서 나온 놈들이 아닐까? 우리는 평행으로 가고 있었다. 우리는 떳떳하게 행동하자고 결심하고, 힘껏 노를 저어 접근했다. 「이보시오! 어디로 가시오?」 「옴스끄로 갑니다.」 「어디서 오는 길이오?」 「빠블로다르에서요.」 「뭐하러 그렇게 멀리 가시오?」 「아주 살려고 갑니다.」 내무부에서 일하는 놈이라기엔 그가 O를 발음하는 투가 너무 촌티가 났고, 게다가 그의 대답이 쾌활해서 만남 자체가 기쁘기까지 했다. 그의 아내는 배 안에서 잠이 들어 있었고, 그는 혼자서 배를 저으며 밤을 보내고 있었다. 찬찬히 보니까, 그것은 배라기보다는 커다란 짐마차처럼 짐이 잔뜩 실려 있었다. 가재도구가 잔뜩 실려 있었고, 갖가지 보따리가 가득 차 있었다.

나는 재빨리 생각했다. 우리가 이 강에서 얼마 안 남은 밤을, 그리고 그 얼마 안 남은 몇 시간을 맞이하고 있는데, 이렇게 만나다니! 만일 그가 이사하는 길이라면 그 배에는 식량도, 돈도, 국내 통행증도, 옷도, 아니 면도칼까지 있을 것이다.

그리고 그들이 없어진다고 해도, 누가 그것을 알 리도 없다. 상대는 혼자지만, 우리는 두 사람이다. 여자는 계산하지 않는다. 나는 그의 국내 통행증으로 족하고, 꼴랴는 여자의 옷을 입고 변장하면, 아무도 알지 못한다. 그는 키도 작고, 얼굴도 매끈했으며 몸매도 여자처럼 보일 수 있었다. 그들에게는 물론 트렁크도 있을 것이다. 우리들이 여행자로 보이기에 어울린다. 그렇게 되면 당장 오늘 아침에라도 어떤 운전수든 우리를 옴스끄까지 태워 줄 것이다.

러시아의 강에서 강도가 없었던 시대가 언제 있었던가? 이런 사나운 운명 속에서 살면서 무슨 방법이 있겠는가? 이 강에서 흔적을 남긴 이상, 이것은 유일한, 그리고 최후의 기회다. 저런 일꾼에게서 재산을 빼앗는 것은 안타까운 짓이지만, 누가 우리를 동정하겠는가? 또 앞으로도 누가 동정할 것인가?

이러한 생각이 순간적으로 나의 머리에도, 즈다노끄의 머리에도 번뜩였다. 그리하여 내가 낮은 목소리로 물었다. 「어때?」 그도 또한 조용히 대답했다. 「마흐마제라.」

나는 가까이 접근하여 그 배를 험한 강가로, 그 어두운 숲으로 밀어서, 강이 굽어진 곳까지 가지 않도록 서둘러 길을 막았다. 거기에서 숲이 끝날지 모르기 때문이었다. 그리고 위압적인 목소리로 명했다.

「잘 들으시오! 우리는 내무부의 특무 요원이오. 배를 강기슭에 대시오. 증명서를 봐야겠소!」

그는 노를 젓던 손을 멈췄다 ── 정신이 나가서 그랬는지, 아니면 도적이 아니라 특무 요원을 만난 것이 반가워서 그랬는지 모를 지경이었다.

「죄송하지만,」 그가 말했다. 「여기, 물 위에서 보여 드렸으면 합니다만.」

「시키는 대로, 강기슭에 대시오! 자, 빨리.」

가까이에 댔다. 거의 뱃전을 붙였다. 우리는 단숨에 강가로 뛰어내렸으나, 그는 보따리 더미를 넘어 간신히 내렸다. 보니까, 그는 절름발이였다. 그의 아내가 잠에서 깨어났다. 「아직 멀었어요?」 사나이가 국내 통행증을 건넸다. 「음, 병역 증명서는 어디 있소?」 「저는 상이군인이라 그것은 없습니다. 대신 여기에 그것을 증명하는 서류가 있습니다…….」 보니까, 그의 뱃머리에 반짝이는 금속성 빛이 있었다 — 도끼였다. 꼴랴에게 빼앗으라고 신호했다. 꼴랴는 재빠른 동작으로 도끼를 집었다. 여자가 비명을 지르더니, 사태를 직감했다. 나는 엄하게 말했다. 「이게 무슨 소리요? 멈추시오. 우리는 탈옥수를 찾고 있소, 범죄자를 말이오. 이 도끼도 무기가 될 수 있소.」 여자는 조금 조용해졌다.

나는 꼴랴에게 명령했다.

「중위! 초소에 가보게. 거기에 보로비요프 대위가 있을 테니까.」

(계급도, 이름도 순식간에 떠올랐다. 거기에는 이유가 있었다. 우리의 친구인 탈옥수 보로비요프 대위가 에끼바스뚜스 수용소의 규율 강화 막사에 수용되어 있었기 때문이었다.) 꼴랴는 이내 나의 의도를 알아챘다 — 위에 아무도 없는지, 곧 행동할 수 있는지, 확인해야 한다는 것을. 그리고 뒤쪽으로 뛰어 올라갔다. 그러는 사이에 나는 신문하면서 관찰했다. 그는 친절하게도 자기 성냥을 켜서 내가 읽기 편하게 해주었다. 나는 국내 통행증과 여러 가지 증명서를 보았다. 나이도 나와 같아서, 그 상이군인은 채 마흔이 되지 않았다. 전에는 수로 표식계였다. 지금은 집도 팔고, 소도 팔고(물론, 그 돈은 모두 가지고 있을 것이다) 행복을 찾아가고 있었다. 낮 시간만으로

는 모자라서 밤에도 움직이고 있는 것이었다.

그들의 신변에 무슨 일이 일어나도 아무도 모를 것이다. 이 것은 예외적인, 다시없는 기회였다. 그런데 우리는 무엇을 바라고 있는가? 그들의 생명을 빼앗으려는 것인가? 아니, 나는 사람을 죽인 적도 없으며, 죽이려는 것도 아니다. 나를 괴롭힌 신문관이나 보안 장교라면 모르지만, 평범한 일꾼에게 손을 댈 수는 없다. 그들의 돈을 빼앗을까? 조금이면 된다. 그렇다면 얼마쯤 필요한가? 모스끄바까지 갈 수 있는 두 사람의 차비만 있으면 된다. 그리고 식량도. 그 밖에, 헌 옷도 조금 필요하다. 이 정도는 그들을 파산시키지는 않는다. 증명서나 배를 빼앗지 않는 대신에 신고하지 말아 달라고 할 것인가? 하지만, 그것은 믿을 수 없는 말이다. 게다가 우리는 증명서가 없으면 어떻게 하겠는가?

그런데 그들의 증명서를 빼앗는다면, 그들은 당국에 신고하지 않을 수 없게 된다. 그들이 신고하지 못하게 하려면, 여기에 그들을 묶어 두어야 한다. 우리에게 2~3일의 여유가 있도록 묶어 두어야 한다.

그러나 그렇게 되면…….

꼴랴가 돌아와 위는 괜찮다는 신호를 했다. 그는 나의 〈마흐마제라!〉 신호를 기다리고 있었다. 어떻게 할 것인가?

눈앞에 노예 노동을 하던 에끼바스뚜스 수용소가 떠올랐다. 그곳으로 돌아갈 것인가? 나에게는 다른 길은 없다는 말인가?

그런데 갑자기 무엇인가 부드러운 것이 나의 발에 닿았다. 아래를 보니, 조그맣고 하얀 것이 보였다. 수그리고 보니까, 그것은 흰 새끼 고양이였다. 그 새끼 고양이는 보트에서 뛰어내려 와, 꼬리를 빳빳이 세우고, 목구멍을 그르렁거리며, 머리를 나의 발에 비비고 있었다.

그 새끼 고양이의 접촉으로, 그때까지 팽팽했던 나의 긴장이 툭 끊긴 것 같았다. 철조망을 기어 나와 20일을 유지해 왔던 긴장이 끊기고 말았다. 꼴랴가 나에게 뭐라고 해도, 이제 나는 그들의 생명을 빼앗거나, 피땀 어린 돈을 빼앗을 수 없었다.

그러나 여전히 엄한 말투로 말했다.

「여기서 기다리시오, 조금 조사할 일이 있소!」

우리는 벼랑으로 올라갔다. 손에는 그들의 증명서를 들고 있었다. 꼴랴에게 나의 기분을 말했다.

그는 잠자코 있었다. 동의는 하지 않았지만, 가만히 있었다.

세상이란 이런 것이었다 ─ 〈그들〉은 남의 자유를 빼앗을 수가 있으며, 또 그것 때문에 양심의 가책을 느끼지도 않는다. 만일 우리가 우리 본래의 자유를 되찾으려고 한다면, 우리는 그 대가로 우리의 생명과, 우리가 도망 중에 만났던 사람들의 목숨을 요구할 수밖에 없다.

〈그들〉은 무엇이든 할 수 있지만, 우리는 그렇지 못하다. 그래서 〈그들〉은 우리보다 강하다. 결론을 내지 못하고, 우리는 그대로 아래에 내려갔다. 배 옆에는 사나이만 있었다. 「아내는 어디 갔소?」「놀라서 숲속으로 도망쳤어요.」

「당신 증명서를 받으시오. 여행을 계속하시오.」

그가 인사를 하더니, 숲속을 향해 외쳤다.

「마리야! 돌아와! 이분들은 좋은 사람들이야. 가자고.」

우리는 강기슭을 떠났다. 나는 빨리 노를 젓기 시작했다. 그 사나이는 문뜩 생각이 났는지 뒤에서 우리를 향해 외쳤다.

「요원 동지! 어제 우리가 어떤 두 사람을 만났는데, 아마 그 악당 놈들일 겁니다. 알았더라면, 그놈들을 잡았을 텐데 말이죠!」

「저것 봐, 우리가 실수한 거 아냐?」꼴랴가 물었다.

나는 가만히 있었다.

◆

그날 밤부터, 몸을 녹이려고 그 집에 들어갔을 때부터, 아니면 그 흰 새끼 고양이를 만나고부터, 우리의 도주는 붕괴되고 있었다. 우리는 무엇인가 잃어버렸다 — 그것은 자신감일까? 확신일까? 판단 능력일까? 의견 일치일까? 여기 옴스끄에 거의 다 와서, 우리는 실수를 범하고, 사이가 틀어지게 되었다. 이렇게 되어서는, 이제 더 멀리 도망칠 수 없다.

아침 무렵에 배를 버렸다. 낮에는 건초 더미에서 잤으나, 불안한 하루였다. 날이 어두워졌다. 배가 고팠다. 고기를 끓여서 먹으면 되었지만, 유감스럽게 도망치면서 물통을 떨어뜨리고 말았다. 나는 고기를 굽기로 했다. 마침 트랙터의 부품을 하나 주워서, 그것을 프라이팬 대신으로 썼다. 감자는 모닥불에 구웠다.

바로 곁에 풀베기 인부들의 높은 건초 헛간이 있었다. 나는 어찌 된 노릇인지 아침부터 머리가 멍해져, 그 헛간 안에서 모닥불을 피우려고 생각했다 — 어디에서도 보이지 않는다고 생각했다. 꼴랴는 저녁은 먹고 싶지 않으니, 계속 더 가자고 말했다. 우리의 사이가 틀어져서 잘되지 않았다.

나는 헛간 안에서 모닥불을 피웠다. 그런데 나무를 너무 많이 넣었다. 그래서 헛간에 불이 옮겨 붙고, 순식간에 불이 번져서, 나는 겨우 밖으로 기어 나왔다. 하지만 불은 또 건초 더미로 옮겨 가, 건초가 타올랐다. 그것은 우리가 그 속에서 하루를 보냈던 건초 더미였다. 나는 느닷없이 그 향긋한, 우리에게 친절했던 건초가 가련하게 생각되었다. 나는 건초를 헤집고,

땅 위로 기면서, 불이 더 번지지 않도록 끄기 시작했다. 꼴랴는 한쪽에 앉아서 나에게 화만 내고, 도우려고도 하지 않았다.

얼마나 많은 〈흔적〉을 남겼을까! 이 불길이 얼마나 밝은가! 몇 킬로미터 밖에서도 보일 것이다. 그리고 또 이것은 〈파괴 활동〉이 되는 것이다. 탈옥에 대해서는 우리가 이미 받은 형기와 같이 25년 형이 선고된다. 그러나 집단 농장의 건초에 대한 〈파괴 활동〉이 더해지면, 〈최고 조치〉까지 받을 수가 있다.

그리고 더욱 중요한 것은, 하나의 잘못이 또 다른 잘못을 낳을 가능성을 지니고 있으며, 그 때문에 자신을 상실하고 상황에 대한 정확한 파악을 할 수 없게 되는 것이다.

헛간은 타 버렸지만, 그 대신 감자가 익었다. 우리는 재를 소금 삼아 먹었다.

그날 밤에는 도보로 갔다. 큰 마을을 우회했다. 도중에서 삽을 주웠다. 언젠가 쓸 데가 있으리라 생각되어 가지고 갔다. 그런데 하구에 닿게 되었다. 다시 우회할 것인가? 귀찮았다. 주위를 살폈더니 노가 없는 배가 보였다. 노 대신에 삽을 등에 매달았다. 자루를 위로 하여, 마치 엽총을 메고 있는 것처럼 보이기 위해서였다. 이렇게 하면, 어둠 속에서도 사냥꾼으로 보일 것이다.

잠시 후에 한 사람을 만났다. 바로 길을 옆으로 비켰다. 그는 〈뻬뜨로!〉 하고 불렀다. 〈사람을 잘못 봤소, 나는 뻬뜨로가 아니오!〉 하고 대답했다.

밤새도록 걸었다. 다시 건초 더미에서 잤다. 배의 기적 소리에 눈을 떴다. 밖을 내다보니까, 그다지 멀지 않은 곳에 선착장이 있었다. 자동차로 수박을 그곳으로 운송하고 있었다. 옴스끄에 거의 다 왔다. 옴스끄에 다 왔구나. 이제는 이 근처에서 수염도 깎고, 돈도 구해야 한다.

꼴랴는 나를 나무랐다. 「이제는 글렀어. 사람들을 동정하려면 애초에 탈옥하지 말았어야지. 우리의 운명이 결정되는 찰나에, 너는 그따위 녀석이나 동정하다니. 이제는 글렀다고.」

그가 옳았다. 지금에 와서 생각해 보면, 너무 무의미한 짓을 했다. 지금 우리에게는 면도칼도, 돈도 없다. 그런데 그 둘 다 바로 손이 닿는 곳에 있었는데, 우리는 그것을 잡지 않았다.

그토록 탈옥을 꿈꾸며, 아등바등 준비하고, 언제 뒤에서 총알 세례를 받을지 모르면서 철조망을 빠져나와, 엿새 동안을 물 한 방울 마시지 못하고 2주 동안이나 사막을 횡단해 왔는데, 바로 손이 닿는 곳에 있는 것을 잡지 않다니! 수염도 깎지 않고 어떻게 옴스끄에 가겠는가? 돈도 없이 어떻게 옴스끄에서 열차를 탈 수 있겠는가?

하루 종일 건초 더미 속에서 지냈다. 물론 잠은 오지 않았다. 저녁 5시경에 즈다노끄가 말했다. 「지금 밖에 나가서, 밝을 때 좀 살펴보자.」 나는 반대했다. 「그것은 절대 안 돼!」 「벌써 한 달이나 지났어! 너는 쓸데없이 걱정만 하고 있다고! 네가 싫으면, 나 혼자서 가볼 테야.」 「내가 칼 가지고 있다는 거 잊지 마.」 나는 그를 위협했다. 그러나 물론 내가 그를 찌를 수는 없었다.

그는 조용히 누워 있었다. 그러자 갑자기 건초 더미에서 나가 걸어가기 시작했다. 어떻게 할까? 이제 갈라설까? 나도 뛰어나가, 그의 뒤를 쫓았다. 날이 밝은데 이르띠시강 변을 따라 도로를 곧바로 걸어갔다. 건초 더미 그늘에 앉아서 앞으로의 일을 상의했다. 만일 누구를 만나게 되면, 어두워질 때까지 우리에 대해 당국에 신고하지 못하도록, 그냥 두지는 않기로 결심했다. 꼴랴는 도로에 아무도 없는가를 알아보기 위해 불쑥 나갔다가 한 젊은이에게 걸렸다. 하는 수 없이 그 사람을 불렀다. 「잠깐 이리 와보게, 젊은이, 괴로운데 담배 한 대만 주겠나.」「무슨 괴로운 일이 있나요?」「실은 처남과 휴가를 얻어서 배로 여행을 하고 있었다네. 나는 옴스끄에 살지만, 처남은 빠블로다르의 선박 수리 공장 기사로 일하지. 그런데 밤사이에 그만 배의 끈이 풀어져서 흘러가 버렸지 뭔가. 그래서 언덕으로 올라올 수밖에 없었다네. 그런데 자네는 누군가?」「저는 수로 표식계입니다.」「우리 배를 보지 못했나? 어디 갈대숲에 처박혀 있을지도 모르는데?」「못 봤는데요.」「자네 초소는 어디인가?」「저기요.」 그는 작은 집을 가리켰다. 「그럼 자네 초소로 가세. 고기로 수프를 끓여 주겠네. 수염도 좀 깎고 싶고.」

우리는 갔다. 그러나 그 초소는 사실은 이웃 수로 표식계의 초소였고, 그의 초소는 3백 미터를 더 가야 했다. 또 상대는 한 사람이 아니었다. 초소로 들어가자마자, 엽총을 멘 이웃 수로 표식계가 자전거를 타고 왔다. 나의 덥수룩한 수염을 곁눈으로 보면서, 옴스끄의 생활에 대해 이것저것 묻기 시작했다. 도형수인 나에게 사회생활에 관해 묻다니! 나는 되는 대로 말했다. 주로 주택 사정이 나쁘다거나 식량 사정이 열악하다거나, 소비 물자가 부족하다고 말했다. 이런 이야기를 하고 있으면, 대체로 틀리지 않았다. 그는 불편한 기색으로, 내 말을 반박하려 했다. 그가 당원임이 분명했다. 꼴랴는 수프를 만들고 있었다. 이제 옴스끄까지 가는 동안에는 먹을 기회가 없을지도 모르니까, 여기서 배불리 먹지 않으면 안 된다.

날이 빨리 어두워지지 않는다. 두 사람 다 놓쳐서는 안 된다. 만일 세 번째 사람이 오면 어떻게 할까? 그런데 두 사람 다 수로 표식에 점화하기 위해 나갈 준비를 했다. 우리가 돕겠다고 했다. 당원이 우리 제의를 거절했다. 「저는 2개의 수로 표식만 붙이면 되고, 마을로 돌아가야 해요. 땔감을 집으로 가져가야 하거든요. 그러고 나서 다시 오겠습니다.」이 당원에게서 눈을 떼지 않도록 꼴랴에게 신호했다. 여차하면 도망쳐야 한다고. 나는 수로 표식계의 배 위에서 지형을 둘러보며, 어디까지 몇 킬로미터인지 물었다. 우리가 돌아갔을 때 이웃 수로 표식계도 왔다. 그래서 안심했다. 우리를 아직 신고할 수는 없었을 테니까. 잠시 후에 그는 정말 땔감을 실은 마차를 타고 왔다. 그러나 그는 꼴랴가 만든 수프를 마시고, 마을로 돌아갈 기미를 전혀 보이지 않았다. 어떻게 할까? 둘 다 덮칠까? 한 사람은 지하실에 가두고, 또 한 사람은 침대에 묶으면 되지 않을까? 둘 다 증명서를 가지고 있고, 이웃 수로 표식계는 엽총과 자전거까지 가지고 있었다. 탈옥수란 괴로운 일이다 — 친절하게 대해 주는 사람에게서 약탈하지 않으면 안 되니까…….

갑자기 배의 삐걱거리는 소리가 났다. 창밖을 보니까, 세 사람이 타고 있는 배가 보였다. 이것으로 2 대 5가 되었다. 초소의 주인이 밖으로 나갔으나, 이내 깡통을 가지러 돌아왔다. 「주임님이 석유를 가지고 왔어. 이상하네, 오늘은 일요일인데 손수 가지고 오다니.」

일요일! 우리는 요일을 헤아리거나, 날짜를 요일로 나누는 것을 잊고 있었다. 일요일 밤에 우리가 탈출했었다. 그러니까 탈출한 지 3주가 지났군! 수용소에서는 어떻게 하고 있을까? 개들은 우리를 수색하는 것을 단념했을 것이다. 만일 우리가 자동차를 이용했다면, 3주 동안에 까렐리야 지방이나 백러시아 지방 어디서 국내 통행증을 가지고 일을 하고 있을지도 모를 일이다. 아니 운이 좋으면, 더 서쪽으로 갔을지도 모르지…….
3주가 지난 이제 와서 붙잡힌다면 얼마나 분한가!

「꼴랴, 배도 부르니 볼일을 좀 보지 않겠어?」우리는 밖으로 나가 풀숲에 숨어서 살펴보기로 했다 ── 초소 주인이 배에서 석유를 받고 있었다. 그곳에 이웃인 당원도 있었다. 무슨 이야기를 하고 있었으나 전혀 들을 수가 없었다.

배가 가버렸다. 나는 되도록 빨리 꼴랴를 초소로 보내서, 수로 표식계들이 우리의 이야기를 둘이서 하지 못하게 했다. 나는 조용히 초소 주인의 배가 있는 쪽으로 갔다. 묶은 쇠사슬이 소리 나지 않도록, 나는 힘을 들여서 말뚝을 잡아 빼냈다. 그리고 시간 계산을 했다 ── 만일 그 주임이 우리를 신고하러 갔다면, 마을까지 7킬로미터쯤 되니까, 40분 정도 걸릴 것이다. 만일 마을에 붉은 견장의 부대가 있다면 출동 준비를 해서 자동차로 여기까지 오는 데에 15분은 더 걸릴 것이다.

나는 초소로 갔다. 이웃 수로 표식계는 좀체 돌아가지 않고, 자꾸 말을 걸었다. 참 이상했다. 이제 곧 두 사람에게 덤벼들어야 하는데.「꼴랴, 자기 전에 몸이나 씻지 않겠어?」(그와 먼저 합의를 해야 한다.) 밖으로 나가자마자, 고요 속에 많은 사람들의 발자국 소리가 들렸다. 허리를 숙이자, 어두컴컴한 하늘을 배경으로(달이 아직 떠오르지 않았다), 풀숲 옆에서 사람들이 둘러서 초소를 포위하고 있는 것이 보였다.

꼴랴에게 속삭였다.「배로 가!」강을 향해 달렸다. 언덕에서 굴러서 쓰러졌으나, 배는 바로 곁에 있었다. 1초라도 지체했다가는 목숨이 날아갈 지경인데, 꼴랴는 아직 오지 않았다! 대체 어디로 갔을까? 그를 버려두고 갈수는 없었다.

강가를 따라 어둠 속에서 누군가 나에게 달려오고 있었다.「꼴랴, 너야?」불이 번쩍했다! 바로 앞에서 총을 쐈다! 나는 두 팔을 앞으로 내밀고 머리부터 몸을 날려서 배를 향해 뛰어들었다. 언덕 위에서 자동소총이 몇 번 울렸다.「한 놈이 맞았다!」소리가 들렸다. 군인들이 나의 얼굴을 내려다보았다.「다쳤어?」배에서 끌려 나와 연행되었다. 나는 절뚝거렸다(만일 다쳤다면, 그들은 나를 덜 때릴 것이다). 어둠 속에서 아무도 모르게 칼 두 자루를 버렸다.

언덕 위에서 붉은 견장을 단 군인들이 나의 이름을 물었다. 「나는 스똘랴로프요.」(잘하면, 어떻게 속일 수 있을지도 모르겠다. 나는 나의 본명을 말하고 싶지 않았다. 그렇게 되면, 사회와는 끝장이다.) 얼굴을 얻어맞았다. 「이름을 대!」「스똘랴로프라니까요.」초소로 끌려 들어가 상반신은 벗겨지고, 두 팔은 위로 하여 철사에 묶였는데, 철사가 아프게 조여 왔다. 그들은 총검으로 배를 찔렀다. 어딘가에서 피가 한 줄기 흘러 내렸다. 나를 붙잡은 경찰의 상급 중위[9] 사보따즈니꼬프가 권총을 나의 얼굴에 들이댔다. 장전된 공이치기가 보인다. 「이름을 대!」이렇게 된 이상, 이제 저항도 소용이 없었다. 나는 나의 이름을 말했다. 「그럼 또 한 사람은?」권총이 나의 눈앞에서 흔들리고, 총검이 더 깊이 꽂혔다. 「그놈은 어디 있지?」나는 꼴랴가 무사히 도망친 것이 기뻤지만, 이렇게 말했다. 「함께 있었는데, 아마 죽었을지도 모릅니다.」

푸른 테를 두른 제복을 입은 까자끄인 장교가 나섰다. 그는 묶여 있는 나를 침대로 밀어서 쓰러뜨리고, 상체만 일으켜서 두 손으로 얼굴을 일정한 박자로 때리기 시작했다 — 마치 수영하듯이, 오른손, 왼손, 오른손, 왼손. 나의 머리는 맞을 때마다 벽에 부딪쳤다. 「무기는 어떻게 했지?」「무슨 무기 말입니까?」「너희들은 소총을 가지고 있었어. 어젯밤에 목격한 사람이 있다고.」결국 우리가 만났던 사람 중에 누군가가 우리를 밀고한 것이다. 「그것은 총이 아니라, 삽이었어요.」보안 장교는 믿으려고 하지 않고, 계속 구타했다. 갑자기 편안한 기분이

9 소련에서는 경찰이나 정보기관에서도 군대 계급을 사용했다 — 옮긴이주.

들었다 ─ 그것은 내가 의식을 잃었던 탓이다. 의식이 되돌아왔을 때, 이런 소리가 들렸다. 「좋아, 만일 우리 동료가 부상을 당하기라도 하면, 너는 당장 여기서 총살이야!」

(그런데 그들이 직감했듯이 ─ 실제로, 꼴랴는 엽총을 가지고 있었다! 후에 알게 되었지만 내가 〈배로 가!〉라고 꼴랴에게 말했을 때, 그는 반대 방향으로, 즉 풀숲 쪽으로 달렸다. 내가 말한 것을 잘 듣지 못했다고 변명했지만…… 실은, 그는 하루 종일 어떻게든 나에게서 벗어나려고 하다가, 드디어 벗어난 것이었다. 그는 자전거에 대해서도 기억하고 있었다. 총성이 들리자, 그는 강 반대 방향으로 향해, 우리가 왔던 길을 거꾸로 기어갔던 것이다. 이미 몹시 어두워지고, 또 병사들이 나의 주위에 모여 있는 것을 보고, 그는 일어나 뛰어갔다. 그는 뛰어가면서 울었다 ─ 내가 총살되었다고 생각했다. 이리하여 그는 두 번째 초소, 즉 이웃 수로 표식계의 초소까지 갔다. 그는 발로 창문을 부수고 들어가 엽총을 찾았다. 벽에 걸려 있던 것을 더듬어 찾고, 또 총알이 들어 있는 가방도 찾았다. 바로 총에 장탄을 했다. 〈복수할 것인가? 조라를 위해 놈들을 쏴 죽일 것인가?〉 하고 생각했다고, 그는 말했다. 그러나 이내 생각을 바꿨다. 자전거를 찾고, 도끼를 찾았다. 안에서 도끼로 문을 부수고, 가방에 소금을 충분히 넣고 ─ 소금이 제일 중요하게 생각되었든지, 아니면 미처 생각할 틈이 없었든지 ─ 그대로 당당하게 시골길로 나와, 병사들의 옆을 바로 지나서 거기를 빠져나갔다. 놈들은 관심이 전혀 없었다.)

나는 묶인 채 마차에 실리고, 병사 둘이 나를 말처럼 타고 앉아, 이런 상태로 2킬로미터 떨어진 국영 농장까지 갔다. 거기에는 전화가 있었다. 그 전화로 산지기가(그는 수로 표식계의 주임과 함께 배에 타고 있었다), 붉은 견장을 단 부대의 출동을 요청했다. 전화로 요청했기 때문에, 놈들이 그렇게 빨리 올 수 있었다. 나는 그것을 계산에 넣지 않았다. 여기서 이 산지기와의 일화가 하나 있었는데, 그 이야기는 그다지 유쾌한 것은 아니지만, 체포된 탈옥수에게는 흔히 있는 이야기다. 나는 소변을 보고 싶었으나, 두 팔이 묶여 있기 때문에, 누군가의 도움을 받아야 했다. 게다가 용변을 도와주어야 했기 때문에, 자동소총을 들고 있는 병사들의 자존심을 상하지 않게 하기 위하여 산지기가 나와 함께 밖으로 나가게 되었다. 어둠 속에서 병사들로부터 조금 떨어진 곳에서 그는 나의 시중을 들면서, 자기의 배신을 사죄했다. 「그게 나의 의무였으니까, 나도 달리 어찌할 도리가 없었소.」

나는 아무런 대답도 하지 않았다. 이런 경우, 누구를 나무랄 것인가? 아니, 직무에 관계가 있든 없든 간에 우리는 언제나 배신당했다. 우리들이 도주 생활을 보내고 있을 때, 그 백발노인 이외는 모두 우리를 배신했다.

큰 도로가의 농가에서 나는 상반신이 벗겨지고, 두 손을 뒤로 묶인 채 앉아 있었다. 물이 몹시 마시고 싶었으나, 주지 않았다. 붉은 견장을 단 군인들이 야수와 같은 눈초리로 나를 쏘아보며, 기회가 있는 대로 총 개머리판으로 찔렀다. 하지만, 여기서 간단히 나를 죽일 수는 없었다 — 놈들은 인원이 몇 명 없을 때, 그리고 증인이 없을 때에만 붙잡은 탈옥수를 죽일 수 있었다. (놈들의 증오도 이해가 간다. 연일 쉬지도 못하고 매일같이 일렬로 서서 물속의 갈대밭을 헤치며 우리를 찾았던 것이다. 그러는 동안 그들은 따뜻한 음식을 먹지 못했고, 통조림으로 견뎌야만 했다.)

이 농가에는 가족이 모두 모여 있었다. 작은 아이들은 호기심에 찬 눈으로 나를 바라보았으나, 나에게 가까이 오는 것을 두려워했다. 아이들은 떨고 있기까지 했다. 중위와 집주인은 보드까를 마시고 있었다. 그는 성공을 기뻐하며, 받을 포상을 기대하고 있었다. 「이놈이 누군지 알아?」 그는 주인에게 자랑했다. 「이놈은 대령인데, 유명한 미국의 스파이라고. 거물급 악당이란 말이지. 이놈은 미국 대사관으로 도망치려고 했어. 도망치는 도중에 사람을 죽이고 그 고기를 먹었다고.」

그 자신은 아마 그것을 진짜로 믿었을지도 모른다. 내무부는, 우리의 체포를 쉽게 하기 위하여, 또 누구든지 신고하게 하기 위하여 우리에 대한 이런 소문을 퍼뜨렸던 것이다. 당국은 권력, 무력, 그리고 신속한 기동력을 가지고 있으면서 이러한 중상까지 동원하고 있었다.

(바로 이 무렵에 우리의 농가 곁을 꼴랴가 어깨에 엽총을 메고, 자전거를 타고 아무 일 없었다는 듯이 지나쳤다. 그는 불빛이 환한 농가를 바라보다가, 현관에서 담배를 피우며 떠드는 병사들의 모습을, 그리고 창문을 통해서 벗은 내 모습을 보았다. 하지만 그는 옴스끄를 향해 자전거 페달만 돌리고 있었다. 그런데 내가 붙잡힌 장소에는 밤새도록 풀숲 주위에서 병사들이 진을 치고 있다가, 아침이 되면 이 잡듯이 그 풀숲을 수색할 계획이었다. 이웃 수로 표식계의 자전거와 엽총이 없어진 것은 아직 아무도 알지 못했다. 수로 표식계 자신도 그날 밤에는 술을 마시며, 제 자랑을 하고 있을 것이었다.)

이 지방에서 미증유의 성공에 아주 만족한 중위는 나를 마을로 옮기도록 지시했다. 나는 또다시 마차에 실려서, 구치소로 옮겨 갔다. 소련에는 구치소가 없는 곳이 없다! 마을 소비에뜨가 있는 곳이라면 어디든지 있었다. 자동소총을 가진 두 병사가 복도에서 감시하고, 또 두 사람이 창문 아래에 서 있었다! 미국의 스파이인 대령이라는 것 때문에 두 손을 풀어 주었으나, 방 한복판에 눕히고 어느 벽에도 접근하지 못하도록 명령했다. 이리하여 나는 벌거벗은 채 침상에 누워, 10월의 추운 밤을 보냈다.

아침이 되자 대위가 와서, 나를 사납게 째려보았다. 그는 나의 해군 제복 상의를 던져 주었다(나의 다른 물건들은 팔아서, 그 돈으로 보드까를 사 마셨을 것이다). 그리고 작은 목소리로 문을 기웃거리며, 이상한 질문을 했다.

「네놈은 도대체 어디서 나를 알았지?」

「저는 당신을 처음 보는데요.」

「이 수사의 지휘를 맡고 있는 것이 보로비요프 대위라는 것을 어떻게 알았어? 네놈 때문에, 내가 얼마나 난처했는지 알아?」

그의 이름은 보로비요프였다! 게다가 대위고! 그날 밤 내가 특무 기관을 사칭했을 때, 나는 보로비요프 대위의 이름을 운운했다. 그리고 내가 동정해서 생명을 구해 준 그 사람이 자세히 신고했던 것이다. 그것 때문에 이 대위는 난처했다! 수사대장이 탈옥수와 무슨 관계가 있다면, 3주가 지나도록 체포할 수 없었던 것이 당연한 일이었다!

더욱 많은 장교들이 찾아와서 나에게 호통을 치면서, 보로비요프에 대해 물었다. 그것은 단순한 우연이었다고 나는 대답했다.

또다시 나의 두 손을 철사로 묶고, 신발의 끈을 풀더니, 그대로 마을로 연행했다. 호송은 자동소총을 든 20명가량의 병사들이 맡았다. 마을의 모든 사람들이 밖으로 나왔다. 여자들은 머리를 흔들고 있었다. 아이들이 뒤를 따라오며 외쳐 댔다. 「악당! 총살해라!」

철사가 손에 깊이 박혀서 아팠다. 걸을 때마다 신발이 벗겨질 것 같았다. 그러나 나는 머리를 위로 치켜들고, 자랑스럽게 사람들을 바라보았다. 나에게는 아무런 죄가 없다는 것을 알아주기 바랐다.

나를 연행하는 것은, 보여 주기 위한 것이다. 이 광경을 마을의 여자들이나 아이들의 기억에 깊이 새겨 두기 위해서였다 (앞으로 20년쯤은 여러 가지 이야기로 전해지겠지). 동구 밖에서 나는 가시가 많은 낡은 널빤지 바닥으로 되어 있는 트럭의 짐칸에 실렸다. 나에게서 눈을 떼지 않기 위해, 자동소총을 가진 5명의 병사들이 짐칸 위의 운전대 옆에 자리를 잡았다.

이리하여 우리가 기쁨에 넘쳐 가던 길을, 그 수용소에서 점차 멀어져 가던 길을, 이번에는 거꾸로, 자동차의 짐칸에 실려서 되돌아가지 않으면 안 되었다. 멀리 돌아가는 그 길은, 그 길이가 5백 킬로미터나 되었다. 나는 두 손에 수갑을 차고 있었는데, 그것은 조금도 꼼짝할 수 없을 만큼 꽉 채워져 있었다. 두 손은 뒤로 돌아가 있어서, 얼굴을 감쌀 수도 없었다. 나는 사람이 아니라 통나무같이 놓여 있었다. 이렇게 그들은 우리를 벌하는 것이다.

도로 사정이 점점 나빠졌다 — 계속 비가 오고 있었기 때문에 자동차가 크게 흔들렸다. 흔들릴 때마다 얼굴이 널빤지에 짓눌려서, 상처가 나고, 가시가 박혔다. 손으로 얼굴을 가리는 것은 고사하고, 자동차가 흔들릴 때마다 심한 통증을 느껴 수갑 때문에 손목이 잘리는 것 같았다. 나는 무릎으로 짐칸 가장자리로 가서, 그 가장자리에 등을 대고 앉으려고 했으나 소용이 없었다! 지탱하는 것이 없으니까 흔들리기만 하면 또 쓰러져서, 나는 짐칸 바닥을 기어 다녀야 했다. 때로는 몸이 높이 들렸다가 널빤지에 떨어질 때가 있었다. 그럴 때는 내장이 다 파열되는 느낌이었다. 반듯이 누울 수가 없었다 — 손목이 끊어질 듯 아팠다. 나는 옆으로 누웠다 — 그래도 아팠다. 나는 엎드렸다 — 그래도 아팠다. 그래서 목을 쳐들고, 머리를 위로 해서, 머리를 지키려고 했다. 그러나 이내 목이 지쳐서 머리가 아래로 떨어졌고 얼굴이 또 널빤지에 부딪쳤다.

5명의 호송병들은 이런 나의 고통을 무관심하게 바라보고 있었다.

이러한 호송 여행은 그들의 정신 교육의 일환인 것이다.

운전석에 타고 있는 야꼬블레프 중위는 자동차가 설 때마다, 짐칸을 돌아보고, 이를 드러내 보이며 웃고 있었다. 「그래, 아직은 도망치지 않았군?」 내가 용변을 보게 해달라고 부탁하자, 그가 큰 소리로 웃었다. 「그냥 바지에 보면 되잖아. 우리는 신경 쓰지 말고!」 내가 수갑을 풀어 달라고 부탁하자, 그가 웃으면서 말했다. 「네놈은 철조망을 빠져나갈 때, 당직 병사에게 붙잡히지 않은 것을 천만다행으로 알아야 해. 그때 붙잡혔다면, 지금까지 살아 있지도 못했어.」

전날 밤에 나는 〈그다지〉 매를 맞지 않았던 것을 기쁘게 생각했었다. 그러나 트럭의 짐칸이 대신 모든 것을 해주고 있었으니까, 놈들은 주먹이 아프지 않아도 되었다. 나의 몸은 어디를 보아도, 아프지 않거나 상처가 없는 곳이 하나도 없었다. 두 손은 잘리는 것같이 통증이 심했다. 머리는 두통으로 깨질 것만 같았다. 얼굴을 부어오르고, 도처에 널빤지의 가시가 박히고, 살갗이 벗겨졌다.[10]

우리는 밤낮으로 꼬박 하루를 달렸다.

나는 이미 짐칸에서의 격투를 단념하고, 반쯤 기절한 상태에서 머리가 나무 바닥에 부딪치면 부딪치는 대로 있었는데,

10 덧붙이자면 쩬노는 혈우병이 있었다. 탈옥은 그에게 여러 가지 위험을 초래하는 일이었다. 작은 상처로도 그는 목숨을 잃게 되는 것이다.

한 호송병이 보다 못해 나의 머리 밑에 주머니를 깔아 주고, 동료들이 보지 못하게 수갑을 느슨하게 풀어 주면서, 몸을 숙여 이렇게 귀엣말을 말했다. 「다 왔어, 이제 조금만 참으면 돼.」 (이 젊은이가 왜 이럴까? 누가 그를 교육시켰을까? 모르긴 몰라도 막심 고리끼도, 그의 친구인 정치 지도원도 아닌 것만은 분명했다.)

에끼바스뚜스다. 사방에서 나를 포위했다. 「내려!」 일어날 수가 없었다. (만일 일어났다면, 놈들이 환호성을 지르며 〈몰매질을〉 했을 것이다.) 짐칸의 옆을 젖히고, 나를 땅바닥에 끌어내렸다. 교도관들도 모여들었다 ─ 구경하며 즐기기 위해. 「오, 이거 〈침략자〉 아니신가!」 누군가 외쳤다.

위병소 안으로 끌려가서 규율 강화 막사로 들어갔다. 독방이 아니고, 곧장 잡범 방에 넣었다. 그것은 자유를 꿈꾸고 있는 사람들에게 보여 주기 위해서였다.

감방에서는 사람들은 나를 조심스럽게 들어서, 위쪽 침상에 눕혔다. 그 상태로 아침 배급 빵이 나오기 전까지 아무것도 먹을 것이 없었다.

한편 꼴랴는 그날 밤 옴스끄에 더 가까이 가고 있었다. 자동차의 불빛이 보일 때마다, 그는 자전거를 들고 스텝으로 도망쳐서, 그곳에 몸을 숨기고 있었다. 이윽고 인적이 드문 곳에 있는 외딴집 닭장에 숨어들어, 탈옥하자마자 가졌던 꿈을 위해 닭 세 마리의 목을 비틀어 주머니 속에 넣었다. 그리고 나머지 닭들이 떠들자, 이내 도망쳐 버렸다.

우리가 저지른 큰 잘못 이후에 닥쳐온 불안감이, 내가 붙잡힌 후에 더욱 강하게 꼴랴를 사로잡았다. 불안하고 예민했던 그는, 이미 절망하여 계속 도망은 치고 있었으나 어떻게 해야 할지 몰랐다. 그는 아주 간단한 이치도 알지 못했다 ── 엽총과 자전거의 도난이 발각되면, 그때는 그의 존재가 노출된다. 그래서 아침에는 확실한 증거가 되는 그것들을 버려야 했다. 그리고 옴스끄로 가기 위해서는 이쪽 방향에서, 더욱이 도로를 따라가지 말고 멀리 돌아서, 공지를 따라 뒤로 들어가지 않으면 안 되었다. 엽총과 자전거를 빨리 팔아 버리면, 돈도 생길 것이다. 그런데 그는 이르띠시강 가까운 풀숲에 숨어 있다가, 밤까지 참지 못하고 강가에 나 있는 오솔길을 따라갔다. 이 지방의 라디오에서는 이미 그의 특징을 방송했을 것이다. 시베리아는 유럽 러시아와는 달랐다.

그는 어느 작은 집에 가서 안으로 들어갔다. 그 집에는 노파와 서른 살쯤 되는 딸이 살고 있었다. 그리고 거기에는 라디오도 있었다. 놀랍게도 마침 이런 노랫소리가 흘러나왔다.

방랑자는 사할린에서 도망쳐 왔네
좁다란 짐승의 오솔길로…….

꼴랴는 너무나 감격하여 눈물을 흘렸다. 「무슨 슬픈 일이라도 있어요?」 여자들이 물었다. 꼴랴는 그들의 동정에, 아주 본격적으로 울기 시작했다. 여자들은 위로하기 시작했다. 그가 이유를 말했다. 「나는 모든 것을 잃은 고독한 사람입니다.」 「그렇다면 장가를 가지.」 노파는 농담 반 진담 반으로 말했다. 「우리 딸도 혼자라우.」 꼴랴는 더욱 감격하여 딸을 바라보았다. 여자는 사무적인 말투로 말했다. 「보드까 살 돈 있어요?」 꼴랴는 있는 대로 돈을 꺼냈으나 모자랐다. 「그럼, 모자라는 돈은 내가 내지, 뭐.」 그녀는 그렇게 말하며 나가 버렸다. 「그렇지!」 꼴랴는 생각이 떠올랐다. 「저한테 사냥으로 잡은 새가 있어요. 장모님, 결혼 축하 음식으로 합시다!」노파가 꼴라가 내민 것을 손으로 집었다. 「이것은 닭이 아닌가!」「어두워서, 잘못 쏘았나 보네요.」「그런데 왜 이렇게 목이 돌아가 있지?」

꼴랴가 담배가 피우고 싶다고 하자 노파는 마흐르까 담배를 내놓더니, 사위가 될 사람에게 돈을 요구했다. 꼴랴가 모자를 벗자, 노파가 노발대발했다. 「짧게 깎은 머리를 보니, 너는 죄수지? 좋게 말할 때 꺼져. 조금 있다가 우리 딸이 돌아오면, 네놈을 신고해 버릴 테니까!」

그리하여 꼴랴의 가슴속에서는 다시 의문이 일어났다 — 우리는 이르띠시강에서 사람들을 동정했는데, 사람들은 왜 우리를 동정하지 않을까? 그는 벽에 걸려 있던 모스끄바식 외투를 집어(밖은 추웠는데, 그는 신사복밖에 입고 있지 않았다) 입으니 마침 몸에 꼭 맞았다. 「경찰한테 넘길 테다!」노파가 악을 썼다. 그때 꼴랴가 창문을 보니, 딸이 돌아오는데, 누군가가 자전거를 타고 그녀와 나란히 오고 있었다. 벌써 팔아 넘겼군!

이렇게 되면 〈마흐마제라!〉다. 그는 엽총을 들고, 노파에게 외쳤다. 「구석으로! 엎드려!」자기는 벽에 몸을 붙이고 있다가, 그들이 안으로 들어왔을 때 명령했다. 「엎드려!」그리고 사나이에게는 이렇게 말했다. 「너는 내 결혼 선물로 장화를 줘야겠어! 한 짝씩 벗어!」그는 엽총의 위협에 장화를 벗었다. 꼴랴는 수용소 신발을 벗고, 그 장화를 신고 나서, 자기 뒤를 쫓아서 밖으로 나오는 자는 가차 없이 쏘겠다고 위협했다.

그리고 꼴랴는 자전거를 탔다. 그러나 사나이가 자기 자전거를 타고 뒤쫓아 왔다. 꼴랴는 자전거에서 뛰어내려, 엽총을 들이댔다. 「멈춰, 자전거에서 내려! 그리고 비켜!」그를 쫓아

버리고 나서, 그 자전거로 다가가, 바큇살은 꺾고, 타이어는 칼로 찢은 다음, 다시 자전거에 탔다.

그는 곧 한길로 나왔다. 그 길은 옴스끄로 통한다. 그는 곧바로 가고 있었다. 버스 정류장까지 왔다. 밭에서 여인들이 감자를 캐고 있었다. 뒤에서 사이드카가 달린 오토바이가 집요하게 따라오고 있었다. 그 오토바이에는 세 사람의 노동자가 같은 솜 외투를 입고 타고 있었다. 이때까지 뒤에서 따라오던 오토바이가 갑자기 속도를 내며 추적해 와서, 사이드카로 꼴랴를 밀쳐 버렸다. 세 사나이는 오토바이에서 뛰어내려 즈다노끄에게 덤벼들어 권총으로 머리를 때렸다.

밭에서 일하던 여자들이 떠들었다. 「그 사람한테 왜 그러는 거예요? 그 사람이 당신들에게 무슨 짓을 했다고?」

정말, 그가 놈들에게 〈무슨 짓이라도 했는가〉?

그러나 누구한테 무슨 짓을 했는지, 또는 무슨 짓을 할 것인지는 사람들이 잘 알 수 없는 법이다. 세 사람 다 외투 속에 군복을 입고 있었다. (특무 기관은 매일 밤낮없이, 도시의 입구를 감시하고 있었다.) 그리고 여자들에게는 이렇게 대답했다. 「이놈은 살인자요.」 사람들을 조용하게 하는 가장 간단한 대답이었다. 〈법〉을 믿고 있는 여자들은 돌아가 감자를 캤다.

그런데 특무 기관원들은 우선 거지꼴인 탈옥수에게 돈이 있는가, 물었다. 꼴랴는 정직하게 없다고 말했다. 몸을 뒤지기 시작하자 그가 빼앗아 입은 재킷의 호주머니에 50루블이 나왔다. 그들은 그 돈을 몰수한 다음, 식당에 오토바이를 대고, 거기서 그 돈으로 먹고 마셨다. 게다가 꼴랴도 먹여 주었다.

이리하여 우리는 형무소에서 오랫동안 닻을 내리게 되었다. 재판은 가까스로 이듬해 7월에 열렸다. 9개월 동안이나 우리는 규율 강화 막사에서 휴식을 취했다. 때때로 심리에 불려 나가는 일도 있었다. 그 심리는 규율 담당관인 마체호프스끼와 보안 장교 바인시쩨인 중위가 담당했다. 그들이 추궁하는 것은 이런 것이었다 — 죄수들 중에서 누가 탈옥을 도왔는가? 사회인 누구와 〈결탁하여〉 탈옥하는 순간에 정전을 일으켰는가? (우리의 계획과는 별개였으며, 오히려 정전이 우리의 계획을 방해했다는 것을 우리는 그들에게 설명하지 않았다.) 옴스끄에 준비해 놓은 은신처는 어디였나? 국경은 어디에서 넘으려고 했나? (탈옥한 사람들이 자기 조국에 남다니, 그들로는 생각할 수 없는 일이었다.)「우리는 탈옥해서 모스끄바로 가, 범죄적 체포에 대해 당 중앙 위원회에 제소하려고 했습니다. 탈옥의 목적은 단지 그것뿐이었어요!」그들은 믿지 않았다.

무엇 하나 〈흥미로운 것〉을 듣지 못하자, 놈들은 우리에게 일반 탈옥수에 대한 몇 가지 법령을 적용했다 — 제58조 14항 (반혁명적 태업), 제59조 3항(비적 행위), 〈6분의 4〉법의 제1조 2항(도적단에 의해 행해진 도적 행위). 제2조 2항(생명을 위협하는 무장 강도 행위). 제182조(도검류의 불법 제조와 불법 소지).

그러나 이런 모든 일련의 조항도, 우리한테 이미 부가된 형에 더할 수는 없었다. 이미 이전부터 어떤 이성의 한계를 넘는 형사 처벌에 의하면, 이런 조항을 적용하는 데 있어서 우리에게 가할 수 있는 형은 25년이었다. 그것은 침례교 신자가 기도를 했다고 가하는 형과 똑같았으며, 또 우리들이 탈옥하기 전에 가지고 있던 형과 동일했다. 다만, 이제부터는 점호할 때마다, 우리의 〈형기의 종료〉가 1973년이 아니라, 1975년이라고 말하지 않으면 안 될 뿐이었다.

1951년 시점에서, 그것은 우리에게 아무런 차이도 없었다!

심리할 때 하나의 무서운 전환점이 있었다 — 그것은 우리가 경제적 〈방해 분자〉로 기소된다고 위협받았을 때였다. 이런 아무렇지도 않는 단어가, 흔히 쓰이는 〈태업자, 비적, 약탈자, 도적〉이라는 말보다 훨씬 더 위험했다. 이 한마디가, 1년 전에 도입된 사형을 선고할 수 있었기 때문이었다.

우리는 인민의 나라의 경제 발전을 〈방해했기〉 때문에 방해 분자가 되었다. 신문관들의 설명에 의하면, 우리를 체포하기 위하여 10만 2천 루블의 거금을 지출했다. 한때 작업 현장에서는 며칠 동안이나 작업이 중지되었다(호송대가 우리를 추적했기 때문에, 죄수들을 작업하러 내보내지 못했다). 23대의 트럭이 병사들을 태우고 주야를 불문하고 스텝을 돌아다니느라, 할당된 1년 치의 휘발유를 불과 3주간 동안 전부 소비해 버렸다. 특무반이 가까운 모든 도시와 마을에 파견되었다. 우리는 전국에 지명 수배되었고, 전국에 나의 사진 4백 장과 꼴랴의 사진 4백 장이 뿌려졌다.

우리는 이 숫자를 자랑스럽게 생각하며 듣고 있었다…….

결국 우리는 각자 25년씩 형을 받았다.

독자가 이 책을 집어 들었을 때에도, 아마 우리의 형기는 끝나지 않았을 것이다.[11]

11 독자가 이 책을 미처 집어 들기도 전에, 운동선수였으며, 운동 이론가였던 게오르기 빠블로비치 쩬노가 갑자기 암에 걸려, 1967년 10월 22일에 사망했다. 병상에 누운 그는, 겨우 이 책을 읽고, 이미 감각을 잃은 손가락으로 교정해 주었다. 이런 죽음은 그 자신이 친구들에게 항상 이렇게 죽겠다고 말하던 죽음이 아니었다! 수용소에서 탈옥 계획을 세웠을 때, 그는 언제나 열광하듯 싸우며 죽겠다고 말했다. 죽을 때는 반드시 10명쯤의 살인자도 함께 저세상으로 데려갈 것이며, 그 선두에는 뱌치끄 까르주비(몰로또프)와 그리고

그리고 또 쩬노의 탈옥 사건 이후에, 문화 교육부의 아마추어 연극 활동은 1년간 금지되었다(그것은 그 단막극 때문이었다).

　　문화란 좋은 것이다. 하지만 문화도 자유에 봉사하는 것이 아니라, 압제에 봉사하지 않으면 안 된다.

반드시 흐바뜨(바빌로프 사건의 신문관)도 데려가겠다고 말했다. 국가는 법에 의해서 살인자들을 보호하고 있으므로, 그것은 살인이 아니라 처형이라고 그는 생각했다. 〈처음 몇 발이면 된다.〉 쩬노는 말했다. 〈그 후는 기쁘게 《초과 달성》하는 거야.〉 그러나 느닷없이 병에 걸려서, 무기를 구할 시간도 없었고 갑자기 체력을 빼앗겨 버렸다. 이미 병에 걸려 있었는데도 쩬노는 내가 작가 동맹에 보내는 편지를 모스끄바로 배달해 주었다. 그는 에스토니아에 묻히기를 원했다. 그의 장례식의 목사도 또한 고참 죄수로, 히틀러 시대와 스딸린 시대의 수용소를 체험한 인물이었다.

　　그런데 몰로또프는 안전한 몸으로 오래된 신문들을 참고하면서, 자기의 사형 집행인으로서의 회고록을 집필했다. 흐바뜨는 연금을 받으며, 고리끼 거리 41번지 자택에서 노후를 즐기고 있다.

제8장

도덕적인 탈출과 기술적인 탈출

탈옥수의 행선지가 빈이나 베링 해협을 지나는 것이 아니라면, 교정 노동 수용소에서의 탈옥 사건에 대하여 수용소 관리 본부의 높은 사람이나 수용소 관리 본부의 지령은, 아마 묵인하는 태도를 취했을 것이다. 그들은 그 탈옥 사건을, 마치 가축의 일부가 죽거나 목재가 못 쓰게 되거나 불량 벽돌이 생산되는 자연스러운 현상처럼, 너무 광대한 영토에 확산되어 있는 사업에 있어서 피할 수 없는 손실로 이해했다.

그러나 특수 수용소에서는 사정이 달랐다. 〈인민의 어버이〉의 특별한 뜻에 따라, 이런 종류의 수용소에서는 몇 배나 강화된 경비가 실시되었고, 그 장비도 최신의 기동 보병 부대의 수준으로까지 강화되었다(이것은 전면적인 군축이 실시되어도 그럴 의무가 없는 군대인 것이다). 여기에는 탈옥한다 해도 그다지 큰 손해를 입지 않을 〈사회적 친근 분자들〉은 애초에 수용되어 있지 않았다. 경비 인원이 부족하거나, 무장이 낡지도 않았다. 특수 수용소가 창설될 때, 그 규칙 속에는 이런 종류의 수용소에서의 탈출은 절대 〈있어서는 안 된다〉는 규정이 있었다. 그 까닭은, 이곳에서 죄수가 탈출한다면 거물 스파이가 국경을 넘어 침입한 것과 같으며, 수용소 당국과 경비대 사령부의 정치적 오점이 되기 때문이었다.

그런데 마침 이때부터 〈제58조〉 위반자들은 모조리 〈10루블짜리〉가 아니라 25루블짜리, 즉 형사법이 규정하는 최고형을 선고받게 되었다. 이와 같은 무의미하게 균등화된 형벌의 강화는 그 자체에 약점을 가지고 있었다 ── 마치 살인범들이 새로운 살인을 꺼리지 않는 것처럼(살인을 거듭할수록 기존의 10년 형이 갱신될 뿐이다) 이제는 정치범들이 탈출을 시도함으로써 다른 형법의 적용을 받는 것을 꺼리지 않게 된 것이다.

게다가 이 수용소에 온 사람들은 〈유일하게 올바른 이론〉의 틀 속에서 수용소 당국의 폭정을 정당화하려는 사람과는 다른 사람들이었다. 그들은 강인하고 건장한 사나이들로, 전쟁터를 헤집고 다니며, 수류탄을 꽉 잡던 손가락을 아직도 펴지 못하고 있는 사람들이었다. 게오르기 쩬노, 이반 보로비요프, 바실리 브류힌, 그들의 친구들과 다른 수용소에 있는 그들과 같은 사나이들은 무기는 가지고 있지 않았지만, 신규 경비대 소속 기동 보병 부대의 장비에도 뒤떨어지지 않는 기백을 가지고 있었다.

특수 수용소에서의 탈옥 건수는 교정 노동 수용소에 비하면 적었으나(어쨌든 특수 수용소 자체의 존속 기간도 훨씬 짧았다), 그 탈옥은 몇 배나 엄하고, 어렵고, 돌이킬 수 없는, 절망적인 것이었다. 또 그렇기 때문에 영웅적인 행위라고 칭송되었다.

그들의 탈옥의 이야기를 들으면, 당시의 우리 국민이 얼마나 인내심이 강하며, 얼마나 복종적이었던가를 알 수 있다.

여기에 몇 개를 소개하겠다.

한 탈옥 사건은 쩬노의 탈옥보다 1년 일찍 감행되어서, 쩬노의 참고가 되었다. 1949년 9월에 스텝 수용소의 제1 분소

(제스까즈간의 광산이었다)에서 두 사람의 도형수가 탈옥했다. 한 사람은 그리고리 꾸들라로, 우끄라이나인이며, 튼튼한 체격의, 침착하고 사려가 깊은 노인이었다(그러나 어떨 때는, 자뽀로지 까자끄의 피가 끓어서 형사범들도 그를 두려워했다). 또 한 사람은 이반 두셰치낀이라는 사람으로, 서른다섯 살쯤 되는 백러시아인이었다. 갱도 안에서 일하던 그들은 과거에 만들어진 시굴 수직갱을 발견했는데, 그 출구에는 쇠창살이 끼워져 있었다. 그들은 야간작업이 있을 때마다 그 쇠창살을 조금씩 움직여서, 그 수직갱 속에 건빵, 칼, 그리고 위생부에서 훔친 난방기를 가져와 감췄다. 탈옥을 하는 날 밤에, 그들은 갱도로 내려가 몸이 아파서 일할 수 없으니까, 좀 쉬게 해달라고 따로 반장에게 말했다. 밤에는 지하에 교도관이 없기 때문에, 반장에게 통제권이 있었다. 그렇지만 그 반장도 그다지 강권을 휘두를 수는 없었다. 그렇게 하다가는, 어느 날 두개골이 함몰된 시체가 되어서 발견될지도 모르기 때문이다. 탈옥수들은 난방기에 물을 넣고 식료품을 가지고, 그 시굴 수직갱으로 들어갔다. 그리고 쇠창살을 억지로 뜯어내고 기어갔다. 출구는 망루 가까이에 있었으나, 철조망의 바깥쪽이었다. 그들은 아무도 모르게 탈옥할 수가 있었다.

제스까즈간에서 그들은 사막을 따라 서북 방향으로 가기로 했다. 낮에는 자고 밤에만 걸었다. 아무 데도 물이 없어서, 일주일이 지나자 두셰치낀은 이제 일어날 기력도 없었다. 꾸들라는 앞에 보이는 언덕에만 가면 틀림없이 물이 있을 것이라고 그에게 희망을 주었다. 겨우 그곳까지 갔으나, 계곡 바닥에는 물도 없고 진흙만 있었다. 그리하여 두셰치낀이 이렇게 말했다. 「나는 어차피 끝났어. 그러니까 나를 칼로〈찔러서〉, 그 피를 마시고 자네 갈증이나 면하게!」

도덕군자들이여! 이런 경우에는 어떻게 합니까? 꾸들라는 눈앞이 캄캄했다. 두셰치긴은 곧 죽을 것이고, 산 사람은 살아야 하겠지만……. 그런데 만일 물을 찾게 된다면, 일생 동안 두셰치긴을 떠올리며 괴로워하지 않겠는가? 그래서 꾸들라는 좀 더 앞으로 가봐서, 만일 이튿날 아침까지 물을 찾지 못하고 돌아오게 되면, 둘 다 죽기 전에, 상대를 고통에서 해방시키리라 결심했다. 꾸들라는 무거운 발을 끌고 언덕 쪽으로 걸어갔다. 그리고 샘을 찾았다. 마치 소설처럼 믿기지 않는 이야기였으나, 물이 있었다! 꾸들라는 곤두박질치면서 밑으로 내려가, 쓰러지듯이 샘에 덤벼들어, 물을 마시고 또 마셨다! (아침이 되어서야, 그 속에 올챙이나 수초가 있는 것을 알았다.) 그는 난방기에 물을 가득 채워, 두셰치긴에게 돌아왔다.「여기 물이에요! 물!」두셰치긴은 믿지 않았다. 그 물을 마시면서도 믿지 않았다(그는 꾸들라가 돌아오는 것을 기다리고 있는 사이에, 이미 물을 마시고 있다는 환상을 일으키고 있었다). 그들은 샘으로 가서, 다시 마시기 시작했다.

갈증이 어느 정도 풀리자, 허기가 찾아왔다. 그리고 다음 날 밤에, 그들은 언덕을 넘어 그리던 분지로 내려갔다. 그곳에는 강이 있고, 풀이 있고, 관목이 있고, 말이 있고, 사람이 살고 있었다. 어두워지자 꾸들라가 말들에게 접근하여, 그중 한 마리를 죽였다. 그들은 상처에 입을 대고 그 피를 마셨다. (평화의 투사들이여! 당신들은 이 해에 빈이나 스톡홀름에서 큰 회의를 개최하여, 칵테일을 빨대로 마시고 있었다. 당신들은 작사가인 찌호노프와 잡지 기자인 에렌부르끄의 동포들이 말 사체의 피를 빨아먹고 있다고는 생각하지도 못했겠지? 그들은 이것이 소비에뜨식 〈평화〉라고 당신들에게 설명해 주었나?)

말고기를 모닥불에 구워 먹고, 다시 걷기 시작했다. 뚜르가 이 지방의 아만겔디를 돌아갔고, 큰 도로에서는, 같은 방향으로 가고 있던 자동차에서 까자끄인들이 내려 그들에게 증명서를 보여 달라고 하면서, 경찰에게 넘기겠다고 위협하기도 했다.

그들은 자주 강이나 호수를 만났다. 꾸들라는 이번에는 숫양을 잡았다. 그들이 탈옥한 지 벌써 한 달이 되었다! 10월 하순이 되어 추워졌다. 처음 만난 숲에서 그들은 움막집을 발견하고, 거기에서 살기로 했다. 그들은 이 풍요로운 땅을 떠나고 싶지 않았다. 이런 환경에 자리 잡았다는 생각, 고향에 돌아가도 환영받지 못하고 거기에서보다 편안한 생활을 하지 못하리라는 생각을 하니, 그들의 탈옥은 목적이 없어지고, 허무한 것이 되어 버렸다.

밤이 되면 그들은 인근 마을에 숨어들어 솥을 훔치거나, 곳간의 자물쇠를 부수고 밀가루, 소금, 도끼, 그릇 등을 훔치기도 했다(평화로운 일상의 한복판에 있게 된 탈옥수는 필연적으로, 마치 빨치산처럼, 도둑이 될 수밖에 없는 것이다). 그리고 한번은, 마을에서 소를 끌고 와서 숲에서 잡은 적도 있었다. 그러나 눈이 오자 발자국을 남기지 않기 위해, 그들은 줄곧 움막집에 처박혀 있지 않을 수 없었다. 그런데 꾸들라가 땔감을 가지러 나갔을 때, 산지기가 그를 발견하고는 바로 총을 쐈다. 「너희들은 도적이지? 너희들이 소를 훔쳤잖아?」 움막집 옆에 핏자국도 있었다. 산지기는 그들을 마을로 끌고 가 가두었다. 사람들은 그들을 사정 봐주지 말고 죽이라고 떠들었다. 그러나 그 지구의 중심 도시에서 장교가 전국 지명 수배자의 사진을 가지고 와서 마을 사람들에게 설명했다. 「잘했어! 당신들은 한낱 도적을 잡은 것이 아니라, 거물급 정치범을 잡은 거라고!」

그러자 모든 사정이 달라졌다. 마을 사람들은 이제 떠들지 않았다. 소의 주인은 체첸인이었는데, 체포된 탈옥수들에게 빵, 양고기, 그리고 체첸인들이 모은 돈을 전했다. 「이게 웬일입니까, 당신들이…… 저를 찾아와서 당신들이 누구인지 밝혔다면, 우리가 그냥 다 드렸을 텐데!」 그가 말했다. (그는 아마 정말로 그렇게 했을 것이다. 그것이 체첸인들의 심성이었다.) 그리하여 꾸들라는 울음을 터뜨리고 말았다. 오랜 세월 동안 잔혹한 대우를 받던 인간은 동정에 견딜 수가 없다.

체포된 죄수들은 꾸스따나이로 호송되었다. 호송병들은 역 구치소에서 체첸인들이 준 선물들을 모조리 빼앗았다(물론, 자기들이 가지려고). 또 먹을 것도 전혀 주지 않았다. (그리고 꼬르네이추끄도 이런 것을 〈평화 회의〉에서 말하지는 않았겠지?) 그리고 호송되기 전에, 그들은 꾸스따나이 역의 플랫폼에 꿇어앉아 있었고, 손을 뒤로 하여 수갑을 차고 있었다. 남들이 보는 앞에서 이렇게 있었다.

만일 이것이 모스끄바, 레닌그라뜨, 끼예프, 혹은 다른 대도시 역의 플랫폼이었다면 레삔의 그림에 나오는 것 같은 백발노인이 수갑을 찬 채 무릎을 꿇고 있는 그 곁을 모두 모르는 체하며, 뒤돌아보지도 않고 지나쳐 버릴 것이다. 문학 출판사의 편집자들도, 진보적인 영화감독들도, 휴머니즘의 설법자들도, 육군 장교들도 그랬을 것이다. 노동조합이나 당의 관계자들은 말할 것도 없다. 또한 일반적인, 아무런 특별한 것도 없고 어떤 지위도 없는 시민들도 역시 못 본 체하고, 호송병들이 자기 이름을 물어서 수첩에 적지 않도록 아무렇지도 않은 얼굴로 곁을 지날 것이다. 그것은 모스끄바에서는 주민 등록을 하고 있기 때문이며, 모스끄바의 상점은 훌륭하니까 그것을 포기할 수는 없는 일이다……. (아니, 이것은 1949년의 사건이니까 이해할 만하다. 그런데 1965년이 된다고 사정이 달라질까? 또한 교양 있는 우리 나라의 새로운 세대는 과연 수갑을 차고 꿇어앉아 있는 이 백발노인을 위해 호송병들에게 선처를 호소하려고 발걸음을 멈출 수 있을까?)

그런데 꾸스따나이 주민들은 잃을 것이 하나도 없었다. 그 곳 사람들은 누구나 저주받은 사람들이며 상처 입고, 유배된 자들이었다. 그들은 차츰 죄수들 주위로 모여서 마호르까 담배나 궐련, 빵 따위를 그들을 향해 던져 주기 시작했다. 꾸들라는 두 손은 뒤로 해서 수갑에 채워져 있었기 때문에, 그는 땅바닥에 얼굴을 대고 빵을 먹으려고 했다. 그러나 호송병은 꾸들라가 〈입에 문 그 빵을 발로 차서 날려 버렸다〉. 꾸들라가 굴러서 기어가 다시 빵을 입에 물려고 하자, 호송병이 더 멀리로 빵을 차 버렸다! (촬영해도 위험이 따르지 않는 노인이나 노파들을 촬영하고 있는 진보적 영화감독들이여, 이 노인의 한 장면을 기억해 두지 않겠는가?) 사람들이 호송병에게로 몰려가 떠들어 댔다. 「이 사람들을 놔줘요! 부탁입니다, 놔줘요!」 경찰 부대가 왔다. 그 부대는 모인 군중보다 강해서 그들을 쫓아냈다.

열차가 도착하자 탈옥수들은 실려서 껜기르 형무소로 갔다.

까자흐스딴에서의 탈출은 그 지방의 스텝처럼 단조로운 것이었다. 그러나 그 단조로움 덕택에, 거꾸로 그 본질을 이해하기 쉽지 않겠는가?

역시 같은 제스까즈간 수용소의 같은 광산에서, 단지 시기가 다른 1951년에, 낡은 시굴 수직갱을 통하여 세 사람의 죄수가 밤에 지상으로 나와 사흘 밤을 돌아다닌 적이 있었다. 그사이에 그들은 몹시 갈증을 느꼈다. 이윽고 까자흐인들의 천막이 여러 개 있는 곳에 이르게 되자, 두 사람이 가서 까자끄인들에게 물을 달라고 했다. 그리고 스쩨빤은 남아 낮은 언덕에서 그 뒤를 살폈다. 언덕에서 바라보니 두 동료가 천막으로 들어가자마자, 거기에서 도로 뛰쳐나왔다. 두 사람 뒤를 많은 까자끄인들이 뒤쫓았고, 드디어 붙잡히고 말았다. 허약하고 키가 작은 스쩨빤은 저지대를 지나, 혼자서 계속 도망쳤다. 그는 칼 이외에는 아무것도 가지고 있지 않았다. 도망갈 방향은 북서쪽으로 하고, 줄곧 사람을 피하면서 동물을 찾았다. 그는 나뭇가지를 깎아서 몽둥이를 만들어, 그 몽둥이로 들쥐나 토끼를 잡아먹었다 ― 이들 작은 동물들이 굴 가까이에서 뒷발로 서서 울고 있을 때 잘 겨누어 몽둥이를 던져서 잡았다. 그것들의 피는 최대한 마시고, 그 고기는 마른 풀로 모닥불을 피워서 구워 먹었다.

그런데 그 모닥불 때문에 그는 발각되고 말았다. 어느 날 커다란 붉은 털모자를 쓴 사나이가 말을 타고 가까이 오고 있는 것을 눈치챈 그는 자기가 먹고 있던 것을 보이지 않으려고 서둘러 마른 풀로 그 음식을 덮어서 감췄다. 까자끄 사나이가 가까이 와서, 당신은 누구며, 어디서 왔는지를 물었다. 스쩨빤은 자기는 제즈디에 있는 망간 광산에서 일하는 사람인데(그곳에는 자유 고용 노동자도 있었다), 지금은 여기서 150킬로미터나 떨어져 있는 국영 농장으로 아내를 만나러 간다고 설명했다. 사나이가 그 국영 농장의 명칭을 묻자, 스쩨빤은 〈스딸린 국영 농장〉이라고 그럴듯한 명칭을 선택했다.

스뗍의 자식이여! 그대는 자기 여행이나 하면 될 것이다! 이 가련한 사람이 무슨 방해가 되었나? 아니다! 그는 위협하듯이 말했다. 「너, 형무소에 있었지! 따라와!」 스쩨빤은 그에게 욕을 하며 걸었다. 까자끄인은 나란히 걸으며, 뒤따라오라고 했다. 이윽고 말에서 조금 떨어지자, 손을 흔들어 동료를 불렀다. 그러나 스텝에는 아무도 없었다. 스텝의 아들이여! 그 사람을 건드리지 마라. 그는 몽둥이 하나로 먹을 것도 없이 수백 킬로미터의 스텝을 지나려고 하고, 그렇지 않아도 어차피 죽어 버릴 텐데. 1킬로그램의 차(茶)가 그렇게도 갖고 싶었는가?

동물들과 일주일을 스텝에서 함께 산 스쩨빤의 귀는 이 사막의 동물 우는 소리나 나래치는 소리에 아주 익숙해서, 정확하게 그것을 식별할 수 있었다. 그런데 갑자기 여태껏 들어보지 못했던 소리가 나서, 그는 순간 동물적인 본능으로 자기한테 닥칠지도 모를 위험을 느끼며, 옆으로 비켰다. 그래서 그는 살았다! 그것은 까자끄인이 던진 올가미였으며, 스쩨빤은 그 올가미에서 벗어났다.

이것은 사람 사냥이 아닌가! 사람인가, 아니면 차 1킬로그램인가! 까자끄인은 스쩨빤에게 욕을 하며 올가미를 거두었다. 스쩨빤은 계속 걸어가며, 어떻게 하면 좋을까 생각하면서, 이번에는 그에게서 눈을 떼지 않았다. 그는 슬슬 접근하더니, 올가미를 준비하여 다시 던졌다. 던지는 순간, 스쩨빤도 그에게 날아가, 손에 든 몽둥이로 그의 머리를 때려서, 말에서 떨어뜨렸다(스쩨빤은 기력도 별로 없었으나, 이제는 죽기 살기로 힘을 썼다). 〈이거나 받아라!〉 하면서 스쩨빤은 일어나려는 그를 때렸고, 짐승이 포효하듯이 증오하며 덤벼들었다. 그러나 피를 보자 그만두었다. 그는 까자끄인의 올가미와 채찍을 빼앗고, 그의 말에 올라탔다. 말안장에는 음식이 들어 있는 주머니도 달려 있었다.

그의 도망은 그 후에도 계속되었다. 2주나 계속되었으나, 스쩨빤은 어디서나 최대의 적인 인간을, 동포를 피했다. 그는 진작 말을 버리고, 어느 강을 헤엄쳐 건너려고 했다. (하지만,

그는 헤엄을 치지 못했다! 그래서 갈대로 뗏목을 만들었다. 물론 한 번도 만들어 본 적이 없었다.) 또 그는 사냥을 하기도 했고, 어떨 때는 어둠 속에서 곰과 같은 큰 짐승에게 쫓기기도 했다. 그리고 한번은 너무나 갈증과 굶주림과 피로에 지쳐 무언가 뜨끈한 것이 먹고 싶어서, 어느 천막으로 들어가 조금 얻어먹을 작정을 했다. 천막 앞에는 흙담을 쌓은 조그만 뜰이 있었는데, 스쩨빤이 그 담에 가까이 가보니, 그곳에는 안장을 얹은 말 두 마리가 있었고, 그때 문에서 군복을 입고 가슴에 훈장을 잔뜩 단, 승마 바지를 입은 젊은 까자끄인이 나왔다. 이미 도망치기에는 늦었다. 이제는 죽었다고 생각했다. 그런데 그 까자끄인은 바람을 쏘이러 나왔던 것이었다. 그는 너무 취해서 스쩨빤을 보고 기뻐했다. 스쩨빤의 남루한 옷이나 사람 같지 않은 꼴은 상관하지 않았다. 「이리 와요, 이리 와요, 어서 안으로 들어와요!」 천막 안에는 그의 아버지인 노인과 또 그처럼 가슴에 훈장을 단 젊은 까자끄인이 있었다. 그들은 형제로, 전쟁에 나가 공훈을 세워 지금은 알마아따에서 큰 인물이 되었으며, 마침 늙은 아버지를 찾아왔던 것이었다(집단 농장에서 말 두 마리를 빌려 타고, 이 천막에 왔던 것이다). 이 젊은이들은 전쟁을 체험해서 너그러운 사람이었다. 게다가 그들은 굉장히 취해 있어서 술김에 더 관대했다(그것은 〈위대한 스딸린〉이 근절하려고 했으나 끝내 마지막까지 근절할 수 없었던 관대함이었다). 그들은 자기들 술자리에 또 한 사람이 낀 것이 즐거웠다. 오르스끄시로 가는 도중이라고 해도 그 즐거움에는 다를 바가 없었다. 그들은 증명서를 보자고 하지도 않았고, 오히려 거꾸로, 그에게 술을 마시게 하고, 식사를 제공하고 잠도 재워 주었다. 그래, 이럴 수도 있었다……. (술에 취한다는 것이 언제나 인간에게 해가 된다고는 할 수 없다. 때로는 인간의 좋은 면을 보일 수도 있는 것이다.)

스쩨빤은 천막의 사람들보다 일찍 눈을 떴다. 그리고 덫을 조심하면서 밖으로 나왔다. 그러나 덫은 없었다. 말 두 마리가 여전히 서 있어서 그중 한 마리를 그가 타고 갈 수가 있었다. 그러나 그는 자기에게 친절히 대해 준 사람들한테 나쁜 짓은 할 수 없어서, 그대로 걸어서 떠났다.

그는 며칠을 걸었고, 드디어 자동차가 눈에 띄기 시작했다. 그는 자동차를 볼 때마다 길에서 비켜 숨었기 때문에 발각되지 않았다. 이윽고 철로에 이르자 철길을 따라 걸어, 그날 밤에 오르스끄 역에 도착했다. 남은 일은 열차에 타는 것이다! 그는 이겼다! 그는 기적을 이루었다 — 손으로 만든 칼과 몽둥이 하나밖에 가지지 않고, 혼자서 광대한 황야를 횡단하여, 지금 목적지에 도착한 것이다.

그러나 역의 등불 아래 병사들이 노선 위를 오가는 것이 보였다. 거기에서 그는 철길을 따라 나 있는 시골길을 걸어갔다. 아침이 되어서도, 그는 숨지 않기로 했다. 그는 이미 러시아, 즉 자기 고향에 온 것이다! 앞에서 먼지를 일으키며 자동차가 달려왔으나, 스쩨빤은 처음으로 자동차를 보고도 도망치지 않았다. 이 처음 만난 조국의 자동차에서 조국의 경찰이 뛰어내렸다. 「당신 누구야? 증명서를 내놔 봐.」 스쩨빤은 자기는 트랙터 운전수인데, 일자리를 찾는다고 말했다. 거기에 마침 집단 농장 의장이 있어서 끼어들었다. 「그 사람을 놓아주게. 마침 나도 트랙터 운전수가 필요하다네! 그리고 시골에서 누가 증명서를 가지고 다니겠나!」

그들은 하루 종일 차를 타고, 장사를 하고, 술을 마시고, 음식도 먹었다. 그런데 황혼 무렵에 스쩨빤은 참지 못하고 약 2백 미터 떨어진 숲을 향해 도망쳤다. 경찰이 그것을 알아차리고 발포했다.

한 방! 두 방! 그는 멈춰 섰고, 체포되었다.

아마도 사람들은 스쩨빤의 탈옥의 흔적을 아주 놓쳐 버려서, 그가 죽은 것으로 알았을 것이다. 그래서 경찰도 그를 석방하려고 했을 것이다. 오르스끄시의 병사들은 다른 인물을 기다리고 있었던 것 같았다. 그래서 그 지역의 내무부 지부에서는 처음에는 그에게 아주 정중했다 — 샌드위치와 차를 내주고, 고급 까즈베끄 담배도 내놓고, 지부장 자신이 직접 신문했다(스파이라면 조심해야 하는 것이, 내일이라도 모스끄바에 연행되어 가면, 이곳에서의 대우가 나빴다고 거기에서 항의할지도 모른다). 게다가 말도 점잖게 했다. 「무전기는 어디 있습니까? 어떤 조사 기관에서 파견되었지요?」 「조사라니요?」 스쩨빤은 놀라서 물었다. 「지질 조사 따위는 한 번도 해 본 적이 없어요. 주로 광산에서나 일했는데요.」

그러나 이 탈옥 사건의 결말은 샌드위치를 대접받는 것처럼 좋게 끝나지 않았고, 심지어 육체적으로 포로가 되는 것보다 더욱 나쁜 상태가 되어 버렸다. 수용소에 되돌아가자 그는 장시간에 걸쳐 가차 없이 매를 맞았다. 그리하여 지독히 고통받고 정신적으로 좌절한 나머지, 스쩨빤은 예전보다 더 타락해 버렸다 — 그는 껜기르 수용소의 보안 장교 벨랴예프가 제시한, 탈옥수를 발견하기 위해 협력하겠다는 취지의 〈서약서〉에 서명했다. 그는 오리를 유인하는 피리가 되었다. 그는 껜기르 수용소에서 자기의 탈옥 이야기를 동료들에게 들려주고 그 반응을 기다렸다. 만일 반응이 있고, 그 사람이 같은 방법으로 탈출하려는 기미가 보이면, 스쩨빤은 그를 보안 장교에게 보고했다.

잔학 행위는 매번 어려운 탈옥 사건이 일어날 때마다 표면화되어 무의미한 피투성이의 결과를 낳았다. 이러한 일이 또 제스까즈간 수용소에서, 1951년 여름에 일어났다.

광산에서 야간에 탈옥을 하던 6명의 탈옥수들이 밀고자로 지목된 일곱 번째 사나이를 죽였다. 그리고 나서 시굴 수직갱을 통해 스텝으로 나왔다. 이들 6명의 죄수들은 서로 이질적인 집단이었다. 그렇기 때문에 처음부터 행동을 같이하기 싫어했다. 처음부터 잘 짜인 계획이 있었다면 잘되었을 것이다.

그런데 그중 한 사람은 이내 수용소 옆에 있는 자유 고용 노동자들의 마을로 들어가 아는 여자의 집 창문을 노크했다. 그는 그 집에 은신하여, 마루 밑이나 지붕 밑에서 소동이 잠잠하기를 기다릴 생각이었다(이것은 아주 현명한 생각이었다). 그리고 기다리는 동안 그녀와 즐거운 시간을 보낼 생각이었다(형사범의 본성을 알 수 있다). 그는 그 여성과 하룻밤과 그다음 날을 보내고, 밤에 그녀의 옛 남편의 신사복을 입고, 그녀와 함께 영화를 보려고 클럽에 갔었다. 그곳에 있던 수용소의 교도관들이 그를 알아보고 그 자리에서 잡았다.

다른 두 사람은 그루지야인이었는데, 경솔하게도 자신 넘치는 행동으로 역으로 나가 거기에서 까라간다행 열차를 탔다. 그러나 제스까즈간에서는 목동들의 오솔길과 탈옥수들의 오솔길 외에는 외부로 통하는 길이라면 까라간다로 가는 길밖에 없었고, 그것은 바로 철도였다. 그 철도 변에는 도처에 수용소가 있었고, 각 역에는 보안부의 파견대가 있었다. 그래서 까라간다에 도착하기도 전에 역시 둘 다 잡혔다.

나머지 세 사람은 남서쪽으로 갔다. 그 길은 가장 어려운 길이었다. 그 방향으로 가면 사람도 없거니와, 물도 없었다. 전선에서 돌아온 나이 많은 우끄라이나인 쁘로꼬뻰꼬가 지도를 가지고, 이 길로 가자고 모두를 설득했다. 그리로 가게 되면, 반드시 물을 찾을 수 있다고 약속했다. 그의 동료는 형사범에 감화된 끄리미아의 따따르인과, 더러운 〈암캐〉가 된 도적이었다. 세 사람은 물도 식량도 없이 나흘을 걸었다. 이제 더 이상 견딜 수 없게 된 따따르인과 도적이 쁘로꼬뻰꼬를 보고 말했다. 「우리는 너를 처치하기로 했어.」 그는 말의 뜻을 몰라서 이렇게 물었다. 「뭐라고? 여보게들, 여기서 갈라지자는 건가?」「아니, 너를 〈처치〉하겠다고. 어차피 다 갈 수는 없으니까.」 쁘로꼬뻰꼬는 모자를 벗어 찢어서, 거기에서 아내와 아이들의 사진을 꺼냈다. 「이보게들! 이보게들! 우리는 함께 자유를 찾지 않았는가! 내가 자네들을 안내하겠네! 곧 우물이 나타날 걸세! 그러니 조금만 참아 주게! 살려 주게나!」

그러나 그들은 그를 죽여서 피를 마시려고 했다. 정맥을 절단했으나 피가 나오지 않았다. 이내 응혈되고 말았던 것이다……!

이것도 역시 충격적인 장면이다. 스텝에서 두 놈이 세 번째 놈에게 덤벼든다. 그런데 피가 나오지 않는다…….

이번에는 둘 중에서 누군가 죽어야 하기 때문에 그들은 서로 경계하면서 걷기 시작했다. 〈이미 죽은 사람〉이 가리킨 방향으로 걸어가자, 〈2시간 후에〉 우물을 만났다!

그러나 그다음 날, 그들은 비행기에 발각되어 체포되었다.

신문에서 그들은 모든 것을 고백하고, 그들의 이야기는 수용소에 다 알려졌다. 그러자 다른 죄수들이 쁘로꼬뻰꼬의 원수를 갚기 위해 두 사람을 〈처치〉하기로 결심했다. 그런데 그들은 다른 감방에 수용되고, 재판을 받기 위해 다른 장소로 옮겨가 버렸다.

어떤 별 아래에서 탈옥을 하는 것이 성공과 실패를 결정짓는지도 모르겠다. 치밀하게 앞을 내다보며 계획을 세워도 가장 중요한 순간에 수용소가 정전이 되어, 자동차를 입수할 계획이 실패로 돌아간다. 그런가 하면, 탈옥을 충동적으로 했지만 사정이 좋아서 성공하는 일도 있다.

1948년 여름, 역시 같은 제스까즈간의 제1 분소(그 당시에는 아직 특수 수용소가 아니었다)에서 어느 날 아침, 덤프트럭이 동원되어 먼 곳에 있는 모래 채취장에서 모래를 싣고 와, 그것을 시멘트를 사용하는 장소로 수송하지 않으면 안 되었다. 모래 채취는 〈작업 현장〉으로 되어 있지 않았다. 즉, 그곳에는 경비가 없었다. 그렇기 때문에 덤프트럭에 하역 인부들 ─ 〈10루블짜리〉한 사람과 〈25루블짜리〉두 사람, 총 3명의 장기수들 ─ 을 함께 태우고 가지 않으면 안 되었다. 호송대는 병장 1명과 병사 2명으로, 운전수는 호송이 없는 경범죄자였다. 이것은 좋은 기회였다! 그러나 〈기회〉라는 것은, 찾아왔을 때 순간적으로 잡아야 하는 것이다. 그들은 탈옥을 결심하고, 상의하지 않으면 안 되었다. 그것은 모래를 실으면서, 호송병들이 옆에 서서 감시하며 듣고 있는 데서 해야 한다. 세 사람의 경력은 그 당시의 수백만의 사람들과 동일한 것이었다 ─ 처음에는 전선, 그 후에는 독일 수용소, 거기에서 탈옥, 체포, 징벌 수용소, 전쟁 말기의 해방과 그들이 체험한 모든 노고의 답례인 조국의 형무소, 이렇게 되어 있었다. 독일에서도 탈옥을 두려움 없이 결행했는데, 조국에서도 그렇게 탈옥을 하지 않을 이유가 있겠는가? 모래는 다 실었다. 병장이 운전석에 앉았다. 자동소총을 가진 두 병사가 짐칸의 앞쪽에 앉아, 등은 운전석으로 향하고, 짐칸의 뒤쪽 모래 위에 앉은 죄수들에게 그 자동소총을 겨누고 있었다. 덤프트럭이 모래 채취장에서 나가자마자, 죄수들이 신호와 동시에 모래를 호송병들의 눈에 던지며 덤벼들었다. 자동소총을 빼앗고 운전석 창문을 통해 총 개머리판으로 병장의 머리를 내리쳐 기절시켰다. 자동차가 멈춰 서고, 운전수는 공포로 사색이 되었다. 「자네는 개가 아니니까 우리를 두려워할 것 없네! 짐칸이나 올리게!」엔진이 울리며 황금보다 귀한, 그들에게 자유를 가져다준 귀중한 모래가 땅에 뿌려졌다.

그리하여 여기서, 다른 탈옥 사건과 마찬가지로 역사는 이것을 기억해 주었으면 좋겠다! 노예들은 경비병들보다 관대한 조치를 취했다. 그들은 호송병들을 죽이거나 구타하거나 하지 않고, 단지 옷을 벗기고 신발을 벗겨서 맨발에 속옷 바람이 되게 했다. 「그런데, 운전수 자네는 어느 쪽인가?」「당연히 자네들과 함께해야지.」운전수도 결심했다.

맨발의 호송병들을 속이기 위해(정말 자비로운 희생 아닌가!) 그들은 처음에는 서쪽으로 향했다(스텝은 평탄하여 어느 방향으로나 갈 수 있다). 그리고 한 사람은 병장으로, 두 사람은 병사로 변장하여 북쪽으로 방향을 바꿔서 전속력으로 달리기 시작했다. 전원이 무기를 가지고 있고, 운전수에게는 통행증이 있어서, 의심을 살 만한 여지가 조금도 없었다! 그렇지만 전화선을 만나면 통신을 방해하기 위해, 그 선을 절단했다(노끈 끝에 돌을 매달아, 그 노끈을 전화선에 걸어 잡아당겨서, 그것을 갈고랑이로 잘랐다). 그 작업에는 상당한 시간이 걸렸으나, 득이 더 많았다. 하루 종일 전속력으로 계속 달리자 주행 기록계는 3백 킬로미터 가까이 가리켰고, 연료 표시 바늘은 제로에 가까워졌다. 반대쪽에서 오는 차를 물색하기 시작했다. 〈뽀베다〉 승용차가 보였다. 그들은 그 승용차를 멈춰 세웠다. 「실례합니다. 공무 중입니다. 증명서를 보여 주십시오.」승용차에 타고 있었던 사람들은 거물들이었다! 지역의 당 간부들로, 관할 집단 농장에 가는 길이었는데, 시찰을 하기 위해서인지, 아니면 격려를 하기 위해서인지, 그도 아니면 그저 놀러 가는 것인지는 몰랐다. 「나와, 차에서 나와! 전부 옷을 벗어!」 거물들은 죽이지만 말아 달라고 애원했다. 속옷 바람에 스텝으로 연행하여 그 수족을 묶고서, 증명서, 돈, 신사복을 빼앗고 그들의 〈뽀베다〉를 타고 계속 도망치기 시작했다(그런데 그날 아침에 군복을 빼앗긴 병사들은 밤에야 겨우 가까운 광산에 도착했으나, 다른 병사들이 망루 위에서 호통을 쳤다. 「가까이 오지 마!」「같은 편이야! 우리도 똑같은 병사라고!」「속옷 바람에 같은 편이라니, 웃기는군!」

〈뽀베다〉의 연료 탱크는 가득 차 있지 않았다. 2백 킬로미터쯤 달리자, 연료 탱크가 비게 되었고, 예비 탱크도 텅 비어 버렸다. 이미 날은 어두웠다. 방목하는 말이 보여, 말고삐는 없었으나, 용케 말을 붙잡아 바로 말을 타고 계속 도망쳤다. 그러나 운전수가 낙마하여 다리를 다쳤다. 뒤에 타라고 했으나 그는 거절했다. 「염려들 말게나, 이보게들, 나는 절대 배신하지 않을 걸세!」 그들은 운전수에게 돈과 〈뽀베다〉의 운전면허증을 주고서, 말을 타고 가버렸다. 그들을 마지막으로 본 것은 이 운전수로, 그 이후에는 아무도 보지 못했다! 그들은 수용소로 돌아가지 않았다. 이리하여 그들은 25루블짜리도, 10루블짜리도 거스름돈을 받지 않고 기관의 금고에 남긴 채, 모습을 아주 감추어 버린 것이다. 〈초록색 검사〉는 대담한 녀석들이 마음에 들었다.

그리고 운전수는 정말 배신하지 않았다. 그는 뻬뜨로빠블로프스끄[77]시 근처의 집단 농장에서 무사히 4년을 지냈다. 그러나 예술에 대한 애정 때문에 실패하고 말았다. 그는 아코디언 연주를 잘해서, 그 마을 클럽에서 연주하기 시작하더니, 그 후부터는 지역의 아마추어 연예 대회, 그리고 주의 대회에도 참가했다. 그는 본인마저 옛날을 잊고 있었으나, 관객 중에 제스까즈간 수용소의 교도관들이 있어서 그를 알아보고 무대 위에서 바로 체포했다. 그리하여 이번에는 제58조에 의해 그에게 25년 형이 선고되고, 제스까즈간 수용소로 돌아갔다.

◆

충동이나 절망 때문이 아닌 기술적인 계산에서, 출발한 고도의 기술을 구사한 탈옥은 특별한 그룹을 형성하고 있다.

껜기르 수용소에서 철도 차량을 이용한 유명한 탈옥 계획이 세워졌다. 작업 현장의 한곳에는 언제나 시멘트나 석면을 실은 화물 열차가 들어와 하역 작업을 했다. 수용소 구내에서 하역이 끝나면 열차는 빈 채로 밖으로 나간다. 그것을 이용하여 5명의 죄수가 다음과 같은 탈옥 계획을 준비했다. 즉, 화차에 알맞게 가짜 나무 벽돌 모양의 벽을 만들었다. 게다가 그 벽을 이어서, 벽이 아코디언 주름처럼 신축성이 있게 했다. 줄어든 모양으로 그 벽을 화차에 운반하자 발판의 너비보다 작게 보였다. 탈옥 계획은 다음과 같았다 — 화차의 하역 작업이 계속되는 동안에는, 그곳의 주인은 죄수들이니까, 그사이에 고안해 낸 가짜 벽을 화차에 가지고 들어가, 거기에서 펼쳐 걸쇠로 화차 옆의 벽에 고정시키고, 5명 전부가 화차 벽에 등을 기대고 서서, 밧줄로 가짜 벽을 들어 올려 제자리에 세운다. 화차 전체가 석면 가루로 더럽혀지고, 가짜 벽도 역시 더럽혀진다. 따라서 언뜻 보아서는, 화차의 내부가 조금 좁아진 것을 모르게 될 것이다. 그러나 문제는 시간 계산이었다. 죄수들이 아직 작업 현장에 있는 동안, 화차를 밖으로 꺼내기 직전에 하역 작업을 끝내지 않으면 안 된다. 그리고 그곳에서 너무 빨리 화차에 타서도 안 된다. 화차가 이내 밖으로 나가는 것을 확인하지 않으면 안 된다. 그러나 마지막 순간 — 죄수들이 칼과 식량을 가지고 화차를 향해 뛰어갈 때 — 갑자기 탈옥수 하나가 전철기에 발이 걸려서, 골절상을 입었다. 그 때문에 그들은 시간을 놓쳐서, 경비병들이 화물 열차의 검사를 마치기 전에, 벽을 다 조립할 수가 없었다. 그래서 탈옥 계획은 실패로 끝났다. 이 탈옥 사건의 재판이 있었다.[1]

이 같은 방법에 착안하여, 항공 학교의 학생인 바따노프가 단독 탈옥을 시도했다. 에끼바스뚜스 수용소의 목공 꼼비나뜨에서는 문틀이 제작되어 건설 현장으로 출하되고 있었다. 목공 꼼비나뜨에서는 작업이 주야간 쉬지 않고 계속되어서, 경비병들은 망루에서 내려오지 않았다. 하지만 건설 현장에서는 경비를 주간밖에 서지 않았다. 동료들의 도움으로 바따노프는 문틀에 숨어들었고, 위를 널빤지로 막은 다음, 자동차에 실려서 건설 현장으로 갔다. 목공 꼼비나뜨에서는 교대할 때, 죄수들의 인원수를 속였기 때문에 그날 밤에는 그의 탈옥이 발각되지 않았다. 그는 건설 현장에서 널빤지를 뜯고 문틀에서 빠져나와 사라져 버렸다. 하지만, 그날 밤에 그는 빠블로다르시로 가는 도중에서 체포되고 말았다. (이 탈옥은 자동차로 탈옥하다가, 도중에 타이어가 터졌던 사건으로부터 1년 후의 일이었다.)

에끼바스뚜스 수용소에서는 실행되었던 탈옥 계획이나 처

---

[1] 내가 따시껜뜨의 암 병동에 입원했을 때, 같은 병실에 있던 우즈베끼스딴인 호송병이 나에게 이 탈옥 이야기를 들려주었다. 그의 이야기로는, 이 탈옥이 거꾸로 성공했으며, 그는 본의 아니게 이 탈옥에 감격했다는 것이다.

음부터 좌절된 탈옥 계획 때문에, 이미 수용소 구내가 뜨겁게 달아오른 그 사건[2] 때문에, 또 용의주도한 보안부의 규정 때문에, 또한 작업 출동 거부자들이나 그 밖의 여러 반항자들 때문에, 〈규율 강화 작업반〉이 부풀어 올랐다.

그 인원은 이미 두 개의 석조 형무소에는 다 들어갈 수 없었고, 〈규율 막사(본부 막사 가까이에 있던 2호 막사)〉에도 다 들어가지 못했다. 그래서 또 한 채의 〈규율 막사(8호 막사)〉를 설치했다. 그곳은 반데라파의 전용 막사가 되었다.

새로운 탈옥 사건이 일어날 때마다, 또 새로운 반항 사건이 있을 때마다 이 세 구역의 규율은 강화되었다. (형사범 세계의 역사가를 위해 첨언하자면 — 에끼바스뚜스 수용소의 규율 강화 막사에 투옥된 〈암캐들〉은 불평을 늘어놓았다. 「제기랄! 이제 탈옥은 그만두라고. 너희들이 자꾸 탈옥하니까, 여기의 규율이 점점 심해지잖아…… 평범한 수용소였다면 몰매를 맞았을 거야.」 놈들은 수용소 당국이 요구하는 대로 말하고 있었다.)

1951년의 여름에는 8호 규율 막사의 죄수 전원이 탈옥할 계획을 세웠다. 막사는 철조망에서 30미터밖에 떨어지지 않아서, 지하 통로를 파기로 했다. 그러나 이 계획은 너무나 거창해서, 우끄라이나인들은 동료들끼리 공공연하게 그에 대해 의논을 했다. 그들은 반데라파 사람들 속에는 밀고자가 있을 리가 없다고 확신하고 있었으나, 밀고자가 있었다. 그래서 지하 통로를 파기 시작하여 몇 미터 가기도 전에, 그들은 배신을 당했다.

2호 규율 막사의 지도자들은 이 소동에 당황했다. 그것은 개들의 보복 조치가 두려워서가 아니라, 자기들 자신의 막사

2 제5부 제10장을 참조하라.

역시 철조망에서 30미터밖에 떨어져 있지 않기 때문이며, 8호 막사보다도 빨리 지하 통로를 계획하고, 이미 높은 기술로 착수하고 있었기 때문이다. 만일 같은 방법을 2개의 규율 막사가 생각하고 있었다면, 당국의 개들이 알아차리고 이쪽도 조사하지 않을까 하며 그것을 두려워했다. 그러나 자동차를 이용한 탈옥 사건에 너무나 골치가 아팠던 에끼바스뚜스 수용소 당국은 모든 작업 현장과 수용소의 둘레에 깊이 1미터의 도랑을 파는 것에 중점을 두었던 것이다. 어떤 자동차라도 탈출을 기도했을 경우, 그 도랑에 빠지게 될 것이다. 이것은 마치 중세처럼 성벽만으로는 약해서 해자까지 판 것과 같았다. 이리하여 토목 기계가 정확하게, 그리고 깨끗하게 모든 작업 현장의 주위에 도랑을 계속 파기 시작했다.

2호 규율 막사는 철조망에 싸여, 에끼바스뚜스 수용소의 큰 구내 안에서 또 하나의 작은 구내를 형성하고 있었다. 그 철조망 문에는 항상 자물쇠가 잠겨 있었다. 그곳의 주민은 석회 공장에서 보내는 시간 외에는 막사 옆, 자기들의 작은 마당에서 20분 동안의 산책밖에 허가되지 않았다. 그 밖의 시간은 각자 자기 막사 안에서 지냈다. 커다란 공동 수용소 구내는 작업에 출동할 때와, 돌아올 때만 통과할 수 있었다. 공동 식당의 출입도 금지되어서, 식사는 식당에서 큰 그릇에 담아 운반해 왔다.

석회 공장을 햇볕을 쪼이며 신선한 공기를 마시는 장소로 보고 있던 규율 막사의 주민들은, 유해한 석회석을 다루는 일을 열심히 하려고 하지 않았다. 게다가 1951년 8월 말에 그 공장에서 살인 사건이 일어났다. (형사범 아스빠노프가 쇠망치로 탈옥수 아니낀을 살해했다. 아니낀은 눈 더미가 쌓인 문을 지나 가시철조망을 넘어서 탈출했으나, 하루 만에 체포되고, 그 때문에 규율 막사에 수감된 죄수였다. 그에 대해서는 제3부 제14장에서 다루었다.) 작업 현장을 관할하던 부서에서 이제 어떤 〈노동자들〉도 내보내지 말라고 지시하여 규율 막사의 주민들은 작업하러 나가지도 못하고, 실제로 순수한 형무소 생활을 보내고 있었다.

거기에는 많은 〈확신에 찬 탈옥수들〉이 있어서, 여름에는 선발된 굳건한 죄수 12명으로 단체를 결성했다(에끼바스뚜스 수용소의 이슬람교도 지도자인 모하메드 가지예프, 바실리 꾸스따르니꼬프, 바실리 브류힌, 발렌찐 리시꼬프, 무찌야노프, 지하 통로 파기를 좋아하는 폴란드인 장교, 기타 등등). 모든 사람이 다 평등했으나, 꾸반 지방의 까자끄인이었던 스쩨빤 꼬노발로프가 역시 대장격이었다. 그들은 만일 누가 그 계획을 누설시키면 책임을 지고, 즉 자살을 하거나 다른 사람한테 죽어도 된다는 맹세로 단결하였다.

그 무렵에는 에끼바스뚜스 수용소 구내는 빈틈없이 높이 4미터의 견고한 울타리에 싸여 있었다. 그 울타리 앞에는 너비 4미터의 흙을 파놓은 전초 지대가 있고, 울타리 너머에는 너비 15미터의 출입 금지 지대가 설치되어 있었으며, 그 지대가 끝나는 곳에 너비 1미터의 참호가 있었다. 그들은 이 방위 지대 밑으로 지하 통로를 파기로 했던 것이다. 탈출하기 전에는 절대 발견되지 않도록 조심해서 파기로 했다.

처음 조사 결과, 막사의 기초가 너무 낮고 마루 밑의 공간이 너무 좁아 파낸 흙을 감출 데가 없다는 것을 알았다. 거의 불가능한 일 같았다. 그렇다면 탈출하지 말 것인가? ……그런데 누가 이런 제안을 했다 — 그럼 지붕 밑이 넓으니까 흙을 지붕 밑으로 올리면 어떨까! 그곳은 절대 안 된다. 흙 몇십 세제곱미터를, 언제나 감시받고 조사받는 막사의 주거 공간에 아무도 몰래 운반하여 지붕 밑으로 올리는 것은 어려웠다. 게다가 매일 쉬지 않고 흙을 올려야 한다. 그리고 조금이라도 흙을 흘려서 흔적을 남겨서도 안 되고!

그러나 이 곤란을 극복하는 방법을 발견했을 때, 모두 기뻐하고, 탈옥이 결정되었다. 해결 방법은 구역, 즉 방의 선택에 있었다. 그 핀란드식의 막사는 원래 자유 고용 노동자를 위해 설계되어, 무슨 잘못으로 수용소 구내에 만들어진 것이다. 이런 형태의 막사가 수용소에는 또 없었다. 그 막사에는 작은 방이 하나 있었는데, 거기에는 다른 큰 방과는 달리 7개의 침상을 넣을 수가 없고, 3개밖에 들어가지 않았다. 즉, 12인용의 작은 방이었다. 그들은 그 방에, 이미 그들의 동료 몇 명이 살고 있다는 데 착안했다. 이럭저럭 손을 써서 자발적으로 자리를 바꾸기도 하고 혹은 방해하는 사람은 웃음거리나 농담으로 밀어내어(예를 들면, 〈자네는 코를 너무 많이 고니까, 그리고 자네는……〉 하면서), 곧 관계가 없는 놈들은 모조리 다른 방으로 옮겨 놓고, 동료들을 그 작은 방으로 집결시켰다.

규율 막사가 공동 구내에서 멀어질수록, 또 주민의 처벌이 엄해질수록 수용소에서의 그들의 위신은 높아질 뿐이었다. 그렇기 때문에 규율 막사의 주문은 수용소에서 다른 모든 것보다 우선시되었다. 거기에서 필요한 것을 주문하면, 일반 죄수들은 여러 작업 현장에서 그 주문에 응해 필요한 것을 만들고, 위험을 무릅쓰고, 수용소로 돌아올 때 신체검사에도 불구하고 그것들을 가져와서, 또 한 번의 위험을 느끼며, 이번에는 죽이나, 빵이나, 약품 속에 감춰서 규율 막사에 인도하는 것이다.

제일 먼저 주문하여 받은 것은 칼 몇 자루와 숫돌이었다. 그다음에는 못, 나사, 퍼티, 시멘트, 흰색 페인트, 전선, 유리

등을 받았다. 우선 마룻널의 끝부분을 칼로 깨끗이 자르고, 그 널을 벽 가장자리에서 누르고 있던 굽도리널을 떼어 냈다. 그리고 벽 쪽에 있던 못과, 마루 중심을 지나는 굄목에 박아 놓았던 못을 빼냈다. 이렇게 해서 뜯어낸 마룻널 3장 밑에서 가로대를 붙여 마치 하나의 커다란 널처럼 만들었다. 그리고 중심이 되는 못 하나를 위에서 널빤지를 통해 가로대에 박아 넣었다. 그 못대가리는 마루와 같은 색으로 퍼티를 바르고 먼지를 뿌렸다. 그 가로대는 마루에 꼭 맞아서, 들어낼 때도 아무것도 걸리지 않고, 마룻널 틈새에 도끼를 끼워서 들어 올리지 않아도 되어서 전혀 상하지도 않았으며, 맞추어 넣으면 마루의 다른 부분과 전혀 구별이 되지 않을 만큼 교묘했다. 널을 들어 올릴 때는 중앙에 박아 넣은 못과 널 사이에 생긴 좁은 틈새에 철사를 걸어서 위로 당기는 것이었다. 지하 통로를 파는 사람이 교대할 때마다 가로대 나무를 떼 내고, 다시 본래의 위치에 놓았다. 그들은 매일 〈마루를 닦았다〉. 즉, 마루에 물을 뿌려서 마룻널이 수분을 흡수해 팽창하게 했다. 틈새를 만들지 않기 위해서였다. 이 마루 밑으로의 〈출입〉이 가장 중요한 과제였다. 통상 이 지하 통로를 파고 있는 지역은 특히 깨끗하게 해서 모범적이었다. 누구 하나 신발을 신은 채 침상에서 잠자는 사람도 없었고, 아무도 방에서 담배를 피우는 사람도 없었고, 물건이 흐트러져 있지도 않았고, 작은 선반에는 빵 부스러기 따위도 없었다. 그래서 방을 둘러보고 조사하는 사람도 이 방에서는 잠깐밖에 있지 않았다. 〈아주 깨끗하군, 문화적이야!〉이라고 말하고, 다음 방으로 가버렸다.

두 번째 과제는 흙을 밑에서 위로 〈운반〉하는 과제였다. 지하 통로를 파고 있는 장소에는 다른 장소와 마찬가지로, 벽돌로 만든 뻬치까가 있었다. 그 뻬치까와 벽 사이에는 좁은 공간이 있었다. 그리하여 이 공간을 〈메꾸어 버리기로〉 했다. 즉, 주거 공간을 지하 통로 공간과 바꾸는 것이다. 비어 있는 장소에 있던 침상 하나를 깨끗이, 남김없이 분해했다. 그 널빤지로 뻬치까의 옆 공간을 마루에서 천장까지 차단해 버리고, 그 위에 각재를 대고 시멘트 모르타르를 바르고, 그리고 뻬치까와 같은 색으로 하기 위해 흰색 페인트를 칠했다. 규율계 녀석들이 60개나 되는 막사의 방 중에서 어느 방의 뻬치까가 벽에 붙었는지, 어느 방이 벽에서 조금 떨어져 있는지 기억할 수는 없을 것이다. 그리하여 놈들은 침상 하나가 없어진 것을 알아차리지 못했다. 다만 처음 하루나 이틀 동안은, 시멘트 모르타르가 아직 젖어 있어서 교도관들이 알아차릴 염려도 있었으나, 그것을 확인하기 위해서는 뻬치까 옆에 가서 침상 뒤를 들여다보지 않으면 안 되었다. 하지만 이 방은 모범적이었으니까! 그런데 만일 그것이 발각된다 해도 그것이 지하 통로를 통해 탈옥하는 계획의 실패로는 이어지지 않을 것이다 ─ 그것은 방을 깨끗이 하기 위한 것이 된다. 언제나 먼지투성이의 그 공간이 방의 미관을 해쳤으니까!

시멘트 모르타르와 페인트가 완전히 말랐을 때, 겨우 차단된 공간의 마루 부분과 천장 부분을 칼로 잘라 내어 분해한 침상의 자재로 만든 사다리를 세우자 낮은 마루 밑이 넓은 지붕 밑과 이어졌다. 그것은 교도관들의 눈을 피해 감춘 〈광산의 수직갱〉이었다. 그것은 젊고 힘센 사나이들이 오랜 세월 동안 처음으로 본격적으로 일했다고 생각한 수직갱이었던 것이다!

수용소에서 죄수의 꿈과 일치하여, 그들이 잠마저 아껴 가며 정신을 쏟은 작업이 있었던가? 그것은 오직 하나, 탈옥을 위한 작업이 아니겠는가!

다음 과제는 파내는 일이었다. 칼로 흙을 파는 것, 그 칼을 가는 것은 물론이고, 그 밖에 많은 과제가 있었다. 정확한 〈갱도 측량술〉도 필요했다(기사 무찌야노프) ― 안전한 깊이까지 파내고, 그 이상을 파서는 안 된다는 것. 최단 거리를 팔 것. 갱도의 최적화된 단면을 결정할 것. 항상 어디까지 팠는지 그 위치를 알고, 정확한 출구를 설정할 것. 또 〈교대 조직〉이 필요했다 ― 너무 자주 교대하지 말고 하루 동안에 되도록 길게 파내는 작업을 할 것. 그리고 언제나 아무런 흔적도 없이 전원이 아침과 저녁 점호를 받아야 한다. 게다가 〈작업복〉과 세면 관리도 중요했다 ― 흙이 묻은 채로 지상으로 나와서는 안 된다! 또 〈조명〉도 필요하다 ― 60미터쯤 되는 갱도를 어둠 속에서 파 들어갈 수는 없었다. 전원에서 전선을 끌어서 마루 밑과 갱도 속으로 넣었다(알아차리지 못하게 전원에 접속하는 것이 중요했다!). 또 〈신호 연락〉의 과제가 있다 ― 만일 막사로 느닷없이 교도관들이 들어오게 되면, 멀어서 소리를 듣지 못하는 갱도에 있는 사람들을 어떻게 밖으로 불러낼 것인가? 혹은 빨리 밖으로 나오려고 할 때, 그들은 어떻게 하면 안전하게 신호를 보낼 수 있을까?

규율이 엄하기는 했지만, 결점도 있었다. 교도관들은 몰래 막사에 접근하여, 아무도 모르게 막사 안으로 들어오지 못하게 되어 있었다 ― 그들은 언제나 가시철조망 사이를 지나 오솔길을 따라 문까지 와서, 거기에 걸려 있는 자물쇠를 열고, 막사에 접근하여 굵은 나사못을 철커덕거리면서 막사 문의 자물쇠를 열지 않으면 안 되었다. 그것은 모두 쉽게 창문에서 지켜볼 수 있었다. 그러나 그것은 지하 통로를 파고 있는 방의 창문에서가 아니라 입구 옆의, 아무도 살고 있지 않은 〈빈방〉의 창문을 통해서였다. 그래서 그곳에는 망을 보는 사람이 있어야 했다. 갱도로의 신호는 전깃불로 했다 — 전구가 두 번 깜빡이면, 〈주의해라, 밖으로 나올 준비를 해라〉라는 뜻이고, 계속 깜빡이면, 〈위험하다! 조심해라! 빨리 올라와라!〉였다.

마루 밑으로 내려갈 때에는 알몸으로 내려갔고, 벗은 옷은 베개나 이불 밑에다 감췄다. 마룻구멍으로 들어간 후에는 좁은 틈새를 지났다. 그다음에는 널따란 〈공간〉이 있었고, 그곳에는 언제나 전깃불이 있었으며 작업용 상의와 바지가 있었으니, 보통 사람들은 상상도 할 수 없는 일이었다. 흙투성이가 된 알몸의 4명(작업이 끝난 조)은 위로 올라와 말끔히 몸을 닦았다(진흙이 가슴 털에 엉겨 붙어 있었기 때문에, 물에 적셔서 떼거나, 가슴 털과 함께 떼 내지 않으면 안 되었다).

8호 규율 막사의 경솔한 지하 통로 파기가 발각되었을 때, 그들의 작업은 이미 한창 진행되고 있었다. 그래서 이 계획의 추진자들, 이 천재적인 예술가들이 당황스러움보다 오히려 자기들의 기발한 계획이 짓밟힌 데 대한 짜증을 느꼈다는 것을 쉽사리 이해할 수 있다! 그러나 끔찍한 참사는 일어나지 않았다.

9월 초에 1년 가까이 형무소에 투옥되었던 쩬노와 즈다노 77가 이 규율 막사로 옮겨 왔다(되돌아갔다). 여기서 겨우 숨을 돌린 쩬노는 불안해지기 시작했다 — 탈옥 준비를 해야 한다! 그런데 지금처럼 탈옥하기에 가장 좋은 시기를 그냥 보내며 아무 일도 하지 않고 있다는 그의 비난에 대해, 이 규율 막사에서 가장 확신에 차고 굳센 탈옥수들은 전혀 응답을 하지 않았다. (지하 통로를 파고 있는 동료가 마침 4명씩 3개 조로 작업을 교대로 진행하고 있었기 때문에 13번째 사람이 필요하지 않았다.) 그래서 쩬노는 곧바로 지하 통로를 파자는 계획을 제안했다! 그러나 그들은 이미 그것을 생각해 봤으나,

막사의 기초가 너무나 얕아 단념하지 않을 수 없었다고 대답했다. (물론, 이것은 야박한 일이었다. 여러 번 실증된 확신에 찬 탈옥수의 얼굴을 보면서 머리를 힘없이 내젓는 것은, 마치 훈련이 잘된 영리한 사냥개에게 사냥감을 쫓지 못하게 하는 것과 같았다.) 그렇지만 쩬노는 그 사람들을 잘 알고 있었기 때문에, 그들의 전혀 무관심한 태도를 믿을 수가 없었다. 〈모두〉가 일제히 이토록 타락할 수가 있나! 그는 그럴 리 없다고 생각했다.

그래서 쩬노와 즈다노끄는 사정을 잘 알고 있는 사람답게 진지하게 동료들을 감시하기 시작했다. 그 철저한 감시는 교도관들도 흉내 낼 수 없는 정도였다. 그 동료들이 자주 입구 옆의 〈빈방〉으로 한 사람씩 담배 피우러 가는데, 절대로 동료 모두가 가지 않는다는 것을 알게 되었다. 낮에는 그들 방의 문에 자물쇠가 채워져 있고, 노크를 하면 곧바로 열어 주지 않고, 내부에는 언제나 몇 사람씩 잠을 자고 있었다. 마치 밤만으로는 수면이 충분하지 않은 듯했다. 때로는 브류힌이 온몸이 젖은 채 변기통이 놓인 방에서 나오곤 했다. 「무슨 일 있어?」 「아니, 그냥 몸을 좀 씻었어.」

그들은 파고 있다, 분명히 파고 있어! 그럼 어디서 파고 있을까? 어째서 나에게는 말하지 않을까? 쩬노는 사람들에게 가서, 허세를 부렸다. 「당신들은 조심성 없이 파고 있다고. 조심성이 없어! 내가 알아채서 다행이지, 만일 밀고자가 눈치챘더라면 어떻게 하려고 그랬어?」

이윽고, 그들은 상의한 후에, 쩬노와 그 밖의 3명의 믿을 수 있는 사람들을 새로 동료에 넣기로 했다. 그 전에 방을 샅샅이 뒤져, 흔적을 찾아보았다. 그러나 쩬노가 아무리 마룻널 한 장 한 장을 점검하고, 벽을 아무리 조사해도 흔적이라곤 하나도 찾을 수 없었다! 그도, 동료들도 기쁨을 금할 수 없으리만큼 훌륭한 것이었다. 기쁨에 떨면서 쩬노는 마루 아래로 내려가, 〈자기를 위한〉 작업을 시작했던 것이다!

지하 통로를 파는 조의 작업 분담은 다음과 같았다 — 한 사람이 누운 상태로 굴의 흙을 판다. 다음 사람은 그의 등 뒤에서 몸을 숙이고, 파낸 흙을 특별히 만든 소형 마대에 담는다. 세 번째 사람은 그 마대를 (끈으로 어깨에 걸고) 굴속에서 끌고 나와 마루 밑을 지나 지붕 밑으로 통하는 수직갱까지 가져가서, 지붕 밑에 내려져 있는 갈고리에 마대를 하나씩 건다. 네 번째 사나이는 지붕 밑에 있다. 그는 빈 마대를 아래로 떨어뜨리고, 흙이 담긴 마대는 위로 끌어 올려서, 지붕 밑에서 소리 내지 않고 걸어다니면서 흙을 고루 펴고 작업 시간이 끝날 무렵에는 지붕 밑에 많이 있는 석탄재를 흙 위에 뿌려 놓는다. 조 안에서 작업을 바꾸는 일도 있었다. 그러나 가장 어렵고, 체력이 있어야 하는 작업, 즉 흙을 파는 작업과 흙을 담은 마대를 나르는 작업은 아무나 손쉽게, 또 재빨리 할 수 있는 것이 아니어서 교대하지 않을 수도 있었다.

처음에는 한 번에 마대 한 부대씩 운반했으나, 나중에는 한 번에 네 부대씩 운반하기로 했다. 그러기 위해서, 요리사들이 사용하는 나무 쟁반을 〈훔쳐서〉, 그 위에 마대를 싣고, 끈으로 쟁반을 끌어당겼다. 노끈을 목 뒤에 걸고, 두 겨드랑이 사이로 지나가게 했다. 이 작업으로 목의 살갗이 벗겨지거나, 양 어깨가 아프거나, 무릎이 벗겨졌으며, 한 번 왕복하는 데도 땀투성이가 되어, 각 조에 할당된 시간 동안 줄곧 쉬지 않고 일만 하면 쓰러질 지경이었다.

파는 작업도 매우 불편한 자세로 하지 않으면 안 되었다. 삽에는 짧은 자루가 달려 있어서, 매일 갈아야 했다. 이 삽으로 우선 깊게, 삽자루만 한 깊이의 홈을 몇 개를 파야 했다. 그 후에는 이미 파낸 흙에 반쯤 누워 홈 사이의 흙을 파내서, 자기의 발 있는 쪽으로 던져야 했다. 토양이 돌이거나, 탄력이 있는 점토일 수도 있었다. 큰 돌을 만나게 될 때는 우회하지 않으면 안 되었다. 한 교대인 8시간 내지 10시간 동안 2미터도 나아가지 못했다. 때로는 1미터도 못 갈 때가 있었다.

제일 괴로웠던 것은, 산소 부족이었다 — 어지럽거나, 의식이 몽롱해지고, 구역질이 났다. 그러니까 또 하나의 과제, 즉 〈통풍의 과제〉를 해결하지 않으면 안 되었다. 통풍구는 위쪽밖에 만들 수 없었다. 그러나 그곳은 철조망이 가까워서, 언제나 감시하고 있는 가장 위험한 지대였다. 통풍구가 없어서 질식할 것만 같았다. 그래서 〈프로펠러〉형의 철판을 주문하여 거기에 수직으로 막대기를 달아서, 나사송곳처럼 만들었다. 그곳을 사용하여 바깥 공기와 통하는 최초의 작은 구멍을 뚫었다. 바깥 공기가 들어오자, 호흡이 쉬워졌다(지하 통로의 앞쪽이 울타리를 지나고 나서, 수용소 구내 바깥에 또 하나의 통풍구를 뚫었다).

어떻게 작업하는 것이 최선일까, 항상 경험을 나누었다. 얼마만큼 나아갔는지도 계산했다.

지하 통로는 기초 벽을 통과하기 위해 급경사로 내려간 곳을 제외하고는, 돌을 우회하거나 잘못 파서 조금 옆으로 기운 데도 있었으나, 거의 곧게 뻗어 있었다. 그 너비는 50센티미터, 높이는 90센티미터였으며, 천장은 둥글게 팠다. 계산에 의하면, 통로는 지하 1미터 30센티미터 내지는 1미터 40센티미터 위치에 있었다. 굴의 옆은 널빤지로 보강하고, 그 널빤지를 따라 전선이 가고, 새로 전구를 매달았다.

굴 안을 들여다보면, 그것은 마치 지하철 같았다. 수용소의 지하철인 것이다!

굴은 이미 수십 미터로 뻗어서, 벌써 철조망 밖을 파고 있었다. 머리 위에서는 호송병의 발소리와 개 짖는 소리가 똑똑히 들렸다.

그런데 느닷없이 어느 날…… 아침 점호가 끝나고 아직 낮 교대조가 마루 밑으로 내려가기도 전에, 그리고(탈옥수들의 엄한 규칙에 따라서) 방은 외부적으로는 아무런 흠잡을 것이 없었는데, 갑자기 작달막하고 날카롭게 생긴 규율 담당관인 마체호프스끼 중위를 선두로 교도관들이 막사를 향해 오고 있는 것이 보였다. 탈옥수들은 가슴이 덜컥했다 — 발각된 것일까? 배신자가 있었을까? 아니면 그냥 무작위로 수색하러 온 것일까?

구령이 떨어졌다. 「소지품을 챙겨라! 한 사람도 남지 말고 전원 막사에서 나와!」

모두 명령대로 따랐다. 밖으로 쫓겨나서, 작은 산책 마당에서 자기의 〈짐 가방〉에 걸터앉았다. 막사 안에서 널빤지를 두들기는 소리가 들렸다. 그것은 침상의 널빤지를 마루에 떨어뜨리는 소리였다. 마체호프스끼가 고함쳤다. 「여기로 장비를 가져와!」 명령에 따라 교도관들이 망치와 도끼를 안으로 가져갔다. 억지로 널빤지를 떼 내는 소리가 들렸다.

이것이 탈옥수의 운명인 것이다! 이토록 지혜를 짜서 노력하고, 기대하며, 열심이었는데, 그것이 수포로 돌아간 것은 고사하고, 다시 징벌 감방에 들어가, 매 맞고, 신문을 받고, 새로 형기가 선고되다니…….

그런데 어찌 된 일일까! 마체호프스끼도, 어느 교도관도, 신나게 팔을 흔들며 나오지 않았다. 그들은 땀을 흘리며 먼지를 털어 내면서, 어깨를 들썩이며 숨을 내쉬면서 나왔다. 공연한 수고에 화가 난 것이었다.「한 사람씩 나와!」맥없이 명령했다. 소지품 검사가 시작되었다. 죄수들은 막사로 돌아갔다. 지독하게 부셔 놨군! 몇 군데의(마룻널이 잘 깔리지 않은 곳과 틈새가 벌어진 곳) 마루가 부셔져 있었다. 각 방은 물건들이 흩어져 있었고, 침상마저 사납게 뒤집혀 있기도 했다. 그러나 그들의 〈문화적인〉 방은, 전혀 손을 대지 않았다!

그들이 탈옥 계획을 모르는 것이 이상하게 생각되었다. 〈그 개들이 왜 가만히 있지 못했을까! 그놈들이 무엇을 찾고 있었을까?〉

탈옥수들은 이제야 마루 밑에서 파낸 흙을 싸 놓지 않았던 것이 잘한 일이었다고 생각했다. 부셔진 마루에서 밑을 들여다봤다면, 이내 발견했을 것이다. 아무도 지붕 밑에는 올라가지 않았다 ─ 지붕 밑에서는 날개가 달리지 않는 한 도망칠 수 없으니까! 물론 지붕 밑을 본다고 해도, 깨끗이 석탄재가 뿌려져 있으니까 알아낼 수가 없었다.

〈아직 개들이 눈치채지 못했다!〉 알지 못했다! 얼마나 기쁜 일인가! 인내심을 가지고 작업을 계속하면서 스스로를 억제한다면, 결과는 반드시 좋을 것이다. 이렇게 된 이상, 이제는 어떤 일이 있어도 파고야 말 것이다! 바깥 참호까지 이제 6미터 내지 8미터 남아 있었다. (정확하게 참호 밑으로 나가지 않으면 안 되었다. 조금이라도 위쪽이나 아래쪽으로 빠져서는 안 된다. 그러기 위해서는 최후의 몇 미터는 특히 신중하게 파 나가야 했다.)

그 후에는 어떻게 할 것인가? 꼬노발로프, 무찌야노프, 가지예프 및 쩬노가 바로 이때 탈옥 계획을 짜서 16명 전원이 그 계획에 동의했다. 탈옥은 밤 10시경에 한다. 그쯤이면 수용소 전 지역에서 저녁 점호가 끝나고 교도관들은 집으로 가거나 본부 막사로 돌아가서, 망루의 경비병들과 교대하고, 교대된 경비병은 막사로 돌아가게 될 것이다.

차례로 모두 지하 통로로 내려간다. 마지막 사람은 〈빈방〉에서 수용소 구내를 살피고 있다가, 마지막 다른 사나이와 함께 뜯어낼 수 있는 가로대를 마루 뚜껑에 단단히 박고 밑으로 내려가 뚜껑을 닫으면, 그 가로대가 제자리로 돌아가게 된다. 넓은 못대가리를 널빤지에 완전히 박아 넣어, 마루 아래에서 뚜껑을 고정시켜 위에서 힘껏 잡아당겨도 떨어지지 않게 한다.

그리고 또 탈옥하기 전에, 복도에 있는 창문 하나에서 쇠창살을 뜯어낸다. 아침 점호 때 16명의 죄수가 없어진 것을 알게 되어도 교도관들은 이내 지하 통로를 파서 탈옥했다는 것을 모를 것이다. 밀고자에게 복수하기 위하여 막사를 탈출했다고 생각하고, 교도관들은 그들을 수용소 구내에서 찾게 될 것이다. 벽을 넘어서 밀고자의 수용 지점으로 간 것은 아닌가, 생각하고 여기서 얼마간 찾게 될 것이다. 완벽하지 않은가! 지하 통로에 대해서는 알지도 못할 것이고, 창문 밑에는 발자국도 없고, 16명이 마치 천사가 되어 하늘로 날아오른 것 같을 것이다!

참호로 기어 나와, 참호 바닥을 따라 한 사람씩 망루에서 되도록이면 떨어질 것(굴의 출구가 망루에서 너무나 가까우니까). 한 사람씩 도로로 나올 것. 행동을 의심하지 못하도록, 그리고 상황을 볼 틈을 가지기 위하여, 각기 4인조 사이에 간격을 둘 것. 그리고 마지막으로 지상에 나온 사람은 조심스럽게 미리 준비한 진흙과 목제 맨홀 뚜껑으로 출구를 막고, 자기 체중으로 밀어서 뚜껑을 닫은 다음, 그 위에 흙을 뿌리는 것이다! 이렇게 하면, 아침 점호 때까지도 지하 통로를 알 수 없게 된다.

마을을 지날 때, 몇 개 조로 나누어 서로 큰 소리로 농담을 주고받을 것. 누가 붙잡으려고 할 것 같으면 같이 대항하며, 때로는 칼을 사용할 것.

모두가 모일 장소는 자동차가 많이 다니는 철도 건널목이었다. 도로의 다른 부분보다 건널목이 높으니까 그 옆에 모두 엎드리면, 보이지 않게 된다. 이 건널목은 조잡하게 되어 있다 (여기를 지나 작업장으로 호송될 때, 다 봐 두었다). 널빤지가 아무렇게나 깔려 있어서 석탄을 실은 트럭도, 빈 트럭도 속력을 낮춰서 천천히 지나갔다. 두 사람이 손을 들어 건널목을 지나자마자 트럭을 멈추게 하고 양쪽에서 운전석으로 다가간다. 그리고 태워 달라고 운전수에게 부탁한다. 야간 운전은 대개 혼자였다. 여기서 칼을 꺼내어 운전수를 〈위협하고〉 그를 가운데에 앉힌다. 발까 리시꼬프가 운전대를 잡고 나머지 전원은 짐칸에 앉는다. 그래서 전속력으로 빠블로다르로 향한다! 130킬로미터 내지 140킬로미터라면 몇 시간 안에 주파할 수 있을 것이다. 연락선 승선장 앞에서 상류 쪽으로 방향을 바꾼다(수용소로 호송될 때, 어느 정도 봐 두었다). 여기서 물속에다 운전수를 묶어 놓고 자동차는 버리고, 배로 이르띠시 강을 건넌다. 몇 개 조로 분산하여 생각나는 방향으로 도망치는 것이다! 마침 수확기니까 어느 도로든 자동차가 많이 다니고 있을 것이다.

작업은 10월 6일에 끝낼 예정이었다. 그러나 그것보다 이틀 전에, 즉 10월 4일에 동료 중에서 2명이 호송을 가게 되었다 — 쩬노와 도적놈인 볼로자 끄리보셰인이었다. 그들은 무슨 일이 있더라도 남으려고 자해까지 하려고 했으나 보안 장교가 무슨 일이 있더라도, 가령 죽더라도, 수갑을 채워서 끌고 가겠다고 위협했다. 공연히 저항을 계속하다가는 의심을 사겠다는 결론에 이르러, 그들은 동료들을 위하여 자기희생을 하기로 했다.

이리하여 쩬노는 이 계획에 적극적으로 참여했으나, 결국 그 혜택을 보지 못했다. 또 13번째 사람인 유다가 된 것은 그가 아니라, 그가 애써 끌어들였던 심약하고 자제심이 없는 즈다노끄였다. 스쩨빤 꼬노발로프와 그의 동료가 쩬노의 적극성에 넘어가 계획을 알린 것이 잘못이었다.

지하 통로를 파는 작업이 끝났을 때, 정확한 위치로 나왔다. 무찌야노프의 계산에는 틀림이 없었다. 그런데 눈이 내려서, 눈이 녹아 땅바닥이 조금 마를 때까지 기다리기로 했다.

10월 9일 밤에, 예정대로 정확히 했다. 무사히 최초의 4인조가 나갔다 ── 꼬노발로프, 리시꼬프, 무찌야노프, 그리고 기술을 구사하여 탈옥 계획에서 항상 그의 상대였던 폴란드인 4명이었다. 그리고 뒤따라 운이 나쁜, 작달막한 꼴랴 즈다노끄가 참호를 기어 나왔다. 물론, 그가 잘못한 것은 아니었으나, 가까이 위쪽에서 발소리가 들렸다. 하지만 조금 참고, 몸을 누이고, 숨을 죽이고 있다가, 사람이 지나간 뒤에 다시 기어가면 될 것을, 너무 침착하지 못한 사람이었기 때문에 머리를 들어 참호에서 얼굴을 내밀어 버렸다. 누구인지 〈보고 싶었던〉 것이다.

재빠른 이가 언제나 맨 처음 빗에 잡히는 법이다. 그러나 이 바보스러운 이는 질서 정연하고 면밀한 계획하의 탈옥을 잡쳐 버렸다. 이 계획에 관여한 길고도 복잡한 14명의 인생을 망쳐 버렸다. 모든 사람에게 이 탈옥 계획은 중요하고도 특별한 의미를 가지며, 과거와 미래를 잇는 것이었다. 이들 사나이들의 운명은 어디엔가 있는 여성들, 아이들과 또 아직 태어나지 않은 아이들에게 중대한 영향을 미치는 것이었다. 그런데 이

한 마리가 머리를 들어서, 모든 것이 물거품이 되고 말았다.

그리고 지나가던 사람은 경비대 부(副) 대장이었다. 이를 보자, 그는 고함을 지르며 발포했다. 그리하여 이 계획에 어울리지도 않고, 신경도 쓰지 않았던 경비병들이 크게 공로를 세우게 되었다. 그리고 나의 독자인 마르크스주의 역사가는 자로 책을 가볍게 두들기며 겸손하게 묻는 것이다.

「그렇다고 해도…… 당신들은 왜 도망치지 않았지요? 당신들은 왜 반란을 일으키지 않았지요?」

이리하여 이미 지하 통로로 내려가, 복도의 쇠창살을 뜯어내고, 이미 가로대 나무를 뚜껑에 박았던 탈옥수 전원이, 서둘러 제자리로 돌아가지 않으면 안 되었다!

이 분통 터지는 절망을 누가 알겠는가? 자신의 노력이 이토록 땅바닥에 내팽개쳐지는 것을 어떻게 감내할 것인가?

그들은 막사로 돌아와 굴속의 전기를 끄고 쇠창살을 복도의 창문에 먼저 있던 자리에 되돌려 놓았다.

곧 규율 막사에는 수용소의 장교와 경비대의 장교, 호송병과 교도관들로 가득 찼다. 명부대로 점호가 시작되고, 모두 석조 형무소로 옮겨 갔다.

그러나 방에 있는 지하 통로는 영영 발각되지 않았다(모든 것이 계획대로 잘되었더라면, 아무리 찾아봐도 찾지 못했을 것이다)! 즈다노끄가 붙잡힌 곳에는 반쯤 허물어진 구멍이 있었다. 그러나 굴을 통하여 막사의 바로 밑에 와서도 어디에서 탈옥수들이 마루 밑으로 내려가고, 어디로 파낸 흙을 실어 갔는지 전혀 알 수 없었다.

다만, 〈문화적〉인 방의 주민 4명으로는 부족하여, 나머지 8명까지 가차 없이 매를 맞고 〈고문당했다〉 — 어리석은 녀석들로서는 진상을 구명하는 데 제일 간단한 방법이었다.

그럼 이제 와서 무엇을 감추겠는가?

나중에 경비대 전원과 교도관들이 이 굴을 견학하러 왔었다. 배가 나온 에끼바스뚜스 수용소장인 막시멘꼬 소령이 후에 수용소 관리국에서 다른 수용소장을 앞에 놓고 자랑했다.

「우리 수용소에는 대단한 지하 통로가 있어! 마치 지하철 같은! 하지만 우리는…… 우리의 경계심 덕분에…….」

아니다. 그것은 한 마리의 이 덕분이었다.

경보가 울렸기 때문에, 탈출한 4인조도 건널목까지 갈 수 없었다. 계획은 무너져 버렸다! 도로 건너편에 있는, 지금은 아무도 없는 작업 현장의 울타리를 뛰어넘어, 그 구내를 지나, 다시 한번 울타리를 뛰어넘어서 스텝으로 나갔다. 마을에는 벌써 경비병들이 득실거리고 있어서, 그들은 마을에서 트럭을 잡는 것을 단념했다.

1년 전의 쩬노와 마찬가지로, 그들은 이내 도망치다가 점차 속도를 잃었다.

그들은 동남쪽으로, 즉 세미빨라찐스끄로 진로를 잡았다. 도보로 계속 도망치기에는 식량도 없었고, 체력도 없었다 ─ 지하 통로의 작업을 끝내면서, 그들은 최후의 힘을 다해 일했던 것이다.

도망치고 닷새째 되던 날 그들은 천막에 들어가, 먹을 것을 달라고 부탁했다. 이미 아는 바와 같이 까자끄인들은 거절하면서, 구걸하는 사람들을 향해 엽총을 쏘기 시작했다. (이것은 스텝 유목민의 전통이었을까? 만일 이것이 전통이 아니라면, 어째서 그들은 이러한 짓을 하게 되었을까?)

스쩨빤 꼬노발로프는 칼을 들고 엽총에 맞서서, 까자끄 사나이에게 상처를 입히고 엽총과 식량을 빼앗았다. 그들은 계속 도망쳤다. 그러나 까자끄인들은 말을 타고, 그들을 찾아 이르띠시강 가까이에서 찾아내어 특무반을 불렀다.

그 후에 그들은 둘러싸여, 피투성이가 되도록 매를 맞았다. 그리고 나서는 이미 정해진 대로였다.

만일 이것과 마찬가지로 곤란을 겪으며, 외부에서 지원을 받지 않고, 주위 사람들의 적의에 찬 냉대 속에서, 또 무법적인 제재를 받으며 탈출한 예가 19세기나 혹은 20세기의 러시아 혁명가들한테 있었다면, 꼭 지적해 주기 바란다!

그리고 난 다음에야 우리가 싸우지 않았다고 말해 주기 바란다.

제9장

자동소총을 가진 청년들

수용소를 경비하는 것은 검은색 커프스가 있는 긴 외투를 입은 남자들이었다. 적위군 병사들이 수용소를 경비했다. 자체 경비병도 있었다. 또 예비역 노인들도 있었다. 이윽고 제1차 5개년 계획 시대에 출생하여 전쟁을 알지 못하는 건장한 청년들이 와서 새 자동소총을 가지고 우리들을 경비했다.

우리는 매일 하루에 두 번, 1시간씩 침묵과 죽음의 형제애로 묶여, 하루에 두 번, 1시간씩 놈들과 함께 걷는다 — 놈들 중에서 누구든지 우리 중에서 누군가를 자유롭게 사살할 수 있다. 매일 아침 우리는 도로 위를, 놈들은 도로가를 걸어서, 우리도, 그들도 가고 싶지 않은 장소를 향해 맥없이 걸었다. 그리고 저녁마다 우리는 힘차게 뛰어왔다 — 우리는 우리의 막사로, 그들은 그들의 막사로. 그런데 우리에게도 그들에게도 진짜 〈집〉이 없으니까 이런 막사가 우리 집이었던 것이다.

우리는 행진하면서 그들의 양가죽 코트나 자동소총을 전혀 바라보지 않는다. 보아서 무엇하겠는가? 하지만 그들은 줄곧 우리의 검은 대열을 감시한다. 규정에 의하면, 그들은 잠시도 우리한테서 눈을 떼서는 안 된다. 그렇게 명령을 받고, 그것이 그들의 근무였다. 그들은 우리의 일거수일투족을 미리 총탄으로 막아야 한다.

우리는 짙은 색 작업복을 입고, 스딸린식 잿빛 털모자[1]를 쓰고, 이미 네 번이나 창갈이를 한 볼꼴 사나운 펠트 장화를 신고 있었다. 게다가 죄수 번호가 더덕더덕 붙어 있다. 제대로 된 인간이라면 절대로 이런 취급을 받지 않을 것이다.

우리의 모습이 혐오감을 일으키는 것은 놀라운 일이 아니다. 그것은 미리 계산된 것이고, 그들은 일부러 우리의 모습을 그렇게 했던 것이다. 마을의 자유로운 주민들이, 특히 초등학생들과 그 선생님들이 공포심을 가지고 오솔길에 서서 넓은 길로 연행되어 가는 우리의 대열을 째려보았다. 그들은 우리들, 즉 파시스트 잔당들이 갑자기 대열을 흩뜨리고 호송병을 쓰러뜨리고 약탈, 강간, 방화, 살인을 시작하지는 않을까 두려워했다. 이런 짐승들로부터 마을을 지키는 사람이야말로 호송병들이라고 생각했다. 이 고결한 임무를 수행하는 것이 호송병들이었다. 그렇기 때문에 우리가 공사한 클럽에서 호송대의 상사가 학교 여교사에게 춤을 신청했을 때, 호송병은 자기가 마치 빛나는 갑옷을 입은 기사(騎士)가 된 기분이었을 것이다.

이 청년들은 언제나 우리를 감시하고 있다. 우리를 포위하여 연행할 때도, 망루에서도. 그러나 그들은 우리에 대해 알 권한이 없다. 다만 한 가지 권한은 주어졌는데, 그것은 경고 없이 발포하는 것이었다!

만일 저녁마다 그들이 우리 막사에 놀러 와 침상에 앉아 어찌하여 이 노인이 투옥되었는지, 어찌하여 이 나이에 죄수가 되었는지 물었다면 그 망루들도 비게 되었을 것이고, 그들의 자동소총도 불을 뿜지 못했을 것이다.

1 〈스딸린식 털모자〉란 털이 하나도 없는 모자를 가리킴 — 옮긴이주.

그러나 체제의 모든 교활성과 힘은, 죽음으로 연결된 우리의 유대가 무지 위에 구축되어 있다는 사실에 있다. 우리에 대한 그들의 동정은 조국에 대한 배신행위로 처벌되고, 우리와 이야기를 하고 싶다는 그들의 희망은 신성한 선서의 위반으로 처벌된다. 게다가 시간표에 의해 정해진 시간에 정치 지도원이 와서 그들이 경비하는 인민의 적들의 정치적, 도덕적 면모에 대해 이야기해 주기 때문에, 그들이 우리와 직접 이야기할 필요가 없다. 정치 지도원이 여러 번 되풀이하여 그 허수아비들이 국가적으로 얼마나 유해하며, 얼마나 부담이 되고 있는지 자세하게 설명해 준다(그래서 그들은 우리를 살아 있는 표적으로 사용하려는 유혹도 가진다). 정치 지도원은 옆구리에 서류철을 끼고, 수용소 특별부에서 하루 저녁 동안만 몇 개 사건의 조서를 빌려 왔다고 말한다. 그는 타자를 친 종이를 읽으며, 아우슈비츠의 소각로에서 태워 버리고도 남을 악행에 대해 들려준다. 그리고 그런 나쁜 짓을 전봇대에 올라가 전기 고장을 수리하는 전기공이 했다고 말하고, 또 몇몇 병사들이 무심코 선반을 만들어 달라고 부탁하려던 목공이 했다고 말한다.

정치 지도원은 잘못을 하거나 틀리는 일이 없다. 그는 사람들이 신을 믿기 때문에, 혹은 진실을 알기 위하여, 혹은 정의감을 위해, 혹은 전혀 범하지 않은 죄 때문에 여기에 투옥되었다는 이야기는 절대 이 젊은이들한테 하지 않는다.

이 체제의 힘은 어떤 인간이 다른 인간과 직접 이야기할 수 없고, 반드시 장교나 정치 지도원을 통하지 않으면 안 되는 데에 있다.

이 청년들의 힘은 그들의 무지에 있다.

수용소의 힘은 이 청년들에게 있다. 붉은 견장을 달고 있는 병사들에게 있다. 망루에 있는 살인자들, 탈옥수를 붙잡는 추적자들에게 있다.

당시의 한 호송병의 회고담에 의하면 정치 강의는 이런 것이었다(니로쁘 수용소). 〈사무찐 중위는 어깨가 좁고, 키가 크고, 머리는 양쪽에서 눌러놓은 것 같은 사람이었다. 뱀 같은 인상이었다. 머리카락이 희고, 눈썹도 거의 없었다. 이전에는 직접 자기 손으로 사람들을 총살했다고 한다. 하지만 이제는 정치 지도원이 되었고, 단조로운 목소리로 이런 이야기를 하곤 했다.《여러분이 경비하고 있는 인민의 적은 파시스트와 다름없으며, 인간쓰레기들입니다. 우리는 권력을 행사하여, 조국의 징벌의 칼로서 굳세어야 합니다. 어떠한 감상도, 어떠한 동정도 용납되지 않습니다.》》

이리하여, 쓰러진 탈옥수의 머리를 반드시 발로 차 버리려는 청년들이 자라나는 것이다. 수갑을 찬 백발의 노인이 입에 문 빵 조각을 발로 차 버리는 청년들이. 손발이 묶인 탈옥수가 짐칸의 가시투성이 널빤지에 얼굴을 비비며 괴로워하는 것을 무관심하게 바라보는 청년들, 상대의 얼굴이 피로 붉게 물들고 머리가 상처투성이가 되어도 무관심한 청년들이다. 그들은 〈조국〉의 징벌의 칼이었으며 그는, 그들이 말하는 바에 따르면, 미국의 대령이었으니까.

스딸린이 죽은 후에, 그 당시 이미 영구 유형수가 된 나는 따시껜뜨의 〈바깥세상〉의 병원에 입원한 적이 있었다. 그때, 이런 일이 있었다 — 병원에 있었던 젊은 우즈베끼스딴인이 주변 사람들에게 자기의 〈군대 복무〉 이야기를 하고 있었다. 그의 부대는 야수나 도살자와 같은 사람들을 경비하고 있었다. 이 우즈베끼스딴인의 고백에 의하면, 호송병들 자신도 그다지 배불리 먹지 못한 모양이다. 죄수들이 광부와 똑같은 배급 빵을 받고, 게다가 그 빵은 자기들의 충성스러운 근무의 보수로 받은 배급 빵보다 조금밖에 적지 않았다는 것(물론, 그것은 노르마를 120퍼센트 수행했을 때 이야기다)에 대해 아주 불만이었다고 한다. 또 겨울에는 망루에 서서 차가운 북풍을 맞아야 했다(물론, 발끝까지 오는 긴 모피 외투를 입었지만). 반면 인민의 적들은 작업 현장에 들어가면, 하루 종일 난방이 되는 실내에 들어가(실제로는 그렇지 않다는 것을 그도 망루 위에서 확인할 수 있었을 텐데), 하루 종일 거기에서 낮잠이나 자고 있어서(그는 국가가 자기의 적들을 보호하며 돌봐주고 있다고 정말 믿고 있었다) 화가 났다고 한다.

이것은 좋은 기회다 ─ 호송병의 눈으로 특수 수용소를 볼 수 있다! 그들이 어떤 악당들인가, 당신은 직접 그들과 이야기를 한 적이 있는가, 하고 내가 우즈베끼스딴인에게 물었다. 그러자 그는 모든 것은 정치 지도원들로부터 듣고, 또 정치 강의 시간에 죄수들의 〈조서〉도 읽어 주었다고 했다. 그리고 죄수들이 하루 종일 낮잠을 자고 있다는 것에 대한 분노도 물론, 장교들이 그것을 긍정한 데서 연유하였다.

아, 이 어린 양들을 유혹한 자들이여! 너희들이 이 세상에 태어나지 않았으면 얼마나 좋았겠는가!

또 이 우즈베끼스딴인의 말에 의하면, 내무부의 일반 병사는 230루블의 월급을 받았다고 한다. (일반 군대보다 12배나 많다! 어째서 국가는 그렇게 선심을 쓸까? 그들의 근무가 12배나 어렵다는 말인가?) 그리고 북극권 지방에서는 4백 루블을 받는다고 한다. 게다가 연한 근무라서 필요한 것은 관급으로 지급된다.

그리고 또 여러 가지 이야기를 들려주었다. 예를 들어 그의 동료 중 한 명이 다른 호송병들과 함께 죄수의 대열을 에워싸고 걸을 때, 죄수 하나가 대열에서 이탈〈하려고〉 했다. 그는 방아쇠를 당겨서 자동소총으로 한 번에 〈5명〉의 죄수들을 사살했다. 후에 다른 호송병들 전원이 죄수들 대열에 이상이 없었다고 증언했기 때문에 그 병사는 엄벌에 처해지게 되었다 — 5명의 죽음에 대하여 그는 15일 동안 구금되었다(물론, 그것은 난방이 되는 영창이었다).

이런 정도의 이야기는 군도의 주민이라면 누구나 알고 있고, 누구나 들을 수 있는 일이다! 우리는 교정 노동 수용소 시대에 있었던 이런 종류의 이야기를 많이 알고 있었다. 철조망도 없고, 눈에 보이지 않는 포위망밖에 없는 작업 현장에서 느닷없이 총성이 울리면, 맞은 죄수가 땅바닥에 쓰러진다. 경계선이 눈에 보이지 않는지도 모르고, 또 자신도 사살될까 두려워, 아무도 그 장소에 가서 확인하려는 자도 없었다. 그리고 사살된 죄수의 발이 어디에 있었는지 모른다. 눈에 보이지 않는 경계선을 넘었을지도 모른다 — 결국 호송병은 눈을 부릅뜨고 지키고 있지만 죄수는 일을 해야 하니, 신경을 못 쓸 수도 있는 것이다. 작업에 몰두하여 열심히 일하면 일할수록 죄수는 총탄을 맞기 쉬웠다. 노보춘까 역(오제르 수용소) 근처의 초지에서 어떤 죄수가 두세 걸음 떨어진 곳에 풀이 있는 것을 보고 아깝게 생각하여 건초 더미로 가져가려고 하는 순간 총탄이 날아왔다! 그리고 그 죄수를 사살한 병사는 포상으로 1개월의 휴가를 받았다!

그리고 때로는 특정한 경비병이 특정한 죄수에 대해 원한을 가지는 경우가 있다(주문이나 부탁에 응해 주지 않았기 때문에). 이러한 경우의 사살은 복수에 지나지 않는다. 때로는 간교하게 죽이기도 한다. 경비병이 죄수에게 명령해서 경계선 너머에 있는 물건을 가져오게 한다. 그 죄수가 순진하게 시키는 대로 하게 되면 발포하는 것이다. 경계선 너머로 담배를 던져도 된다 — 여기, 주워서 피워! 죄수라는 존재는 천박한 존재니까 그 담배를 주우러 간다.

왜 사살하는가? 그 이유가 분명하지 않은 경우도 있다. 껜기르 수용소에서 — 대낮에, 정리된 수용소 구내이므로 전혀 탈옥의 위험이 없는 곳임에도 — 서부 우끄라이나 출신 젊은 여성 리다가 일하는 도중에 양말을 세탁하여, 말리기 위해 철조망 앞에 있는 둑에 그 양말을 널었다. 망루에 서 있던 한 경비병이 그녀를 조준하여 한 방에 사살해 버렸다(분명하지 않은 소문에 의하면, 후에 그 자신도 자살을 기도했다고 한다).

왜일까? 총을 가진 사람이 있으니까! 어떤 인간이 다른 인간을 살리고 죽이는 자유로운 무한의 권한을 가지고 있으니까.

하나 더 있다. 돈이 되니까! 당국은 언제나 병사들 편에 서 있다. 사람을 죽여도 처벌받지 않는다. 오히려 칭찬을 듣거나 상을 받기도 한다. 또 한 발짝을 내디딘 상태에서 빨리 죽이면 죽일수록 그만큼 그 병사의 경계심이 높아지며, 그만큼 상도 큰 것이 된다! 월급에 상당하는 상이 나온다. 1개월의 휴가가 주어진다. (그것은 〈사령부〉의 입장이 되면 알 수 있다 — 경비대에는 경계심을 발휘할 사건이 없다면 안 된다. 경비대란 무엇인가? 그 지휘관들이란 무엇인가? 만일 죄수들이 온순하다면 경비는 축소되어야 한다. 한 번 만들어진 경비 체제는 〈죽음을 필요로 한다〉고 할 수 있다!)

그리고 경비병들 사이에 경쟁심이 생긴다. 너는 사람을 죽여서 그 상으로 버터를 샀다. 그렇다면 나도 사람을 죽여서 같은 버터를 사야지, 하는 것이었다. 고향으로 돌아가 애인을 껴안고 싶은가? 그렇다면 그 잿빛 생물을 한 마리 쏘고, 1개월의 휴가를 받아서 고향으로 가라.

이러한 이야기라면 우리들도 교정 노동 수용소 시대에서부터 잘 알고 있었다. 그런데 특수 수용소가 되자, 다음과 같은 새로운 요소가 나타났다. 이 우즈베끼스딴인 동료처럼 직접 죄수의 대열을 향해 발포하는 것이다. 오제르 수용소의 위병소에서 1952년 9월 8일에 생긴 사건처럼. 혹은 망루에서 구내에 있는 죄수들을 향해 발포하는 사건처럼.

즉, 그들은 정치 지도원들에 의해서 이렇게 교육되었던 것이다.

1953년 5월에 껜기르에서 자동소총을 가진 이들 청년들이 수용소로 돌아올 때 신체검사를 대기하던 죄수의 대열을 향해 느닷없이 아무런 이유도 없이 발포한 적이 있었다. 이 발포로 16명이 부상당했다. 게다가 그것도 그냥 부상이 아니었다! 병사들은 벌써 예전에 자본가들이나 사회주의자들의 협정으로 사용을 금지하던 덤덤탄을 사용했던 것이다. 덤덤탄은 체내를 관통하여 나올 때 깔때기 모양의 탄흔을 남기며, 내장이나 턱을 부수고 수족을 짓이겼다.

어째서 특수 수용소의 호송병들이 덤덤탄을 자동소총에 장전했을까? 누가 그것을 허락했는가? 우리는 결코 그것을 알 수가 없을 것이다…….

그러나 나의 소설 속에서 죄수들이 경비병을 〈앵무새〉로 부르고 있는 것을 알았을 때, 그 분노는 대단했다. 그리고 지금은, 그것이 전 세계에 알려져 있다. 아니, 그들로서는 죄수들이 자기들을 존경하여 수호천사라고 불러 주기를 바랐다!

그런데 그 청년 중의 한 사람은, 정말로 좋은 사람이었으며 화도 내지 않고 진실을 주장하려고 했다. 그의 이름은 블라질렌 자도르니라고 하며, 1933년생으로 열여섯 살 때부터 스무 살 때까지 니로쁘 수용소에서 내무부의 무장 보병 경비대에 근무했던 사람이었다. 그는 나에게 몇 통의 편지를 보내왔다.

〈청년들은 스스로 원해서 그곳에 입대한 것이 아니라, 군사 위원회가 그들을 소집했던 것입니다. 그리하여 군사 위원회가 그들을 내무부의 손에 넘겼던 것이지요. 청년들은 사격 훈련을 받고 경비 요령을 배웠습니다. 니로쁘 수용소 따위는 그들과 아무런 관련도 없습니다! 청년들은 추위를 견디며 밤에는 울었어요. 이 청년들에게 책임을 물어서는 안 됩니다 ― 그들은 병사들이며, 《조국》을 위하여 충성을 다했을 뿐입니다. 그런 말도 안 되는 끔찍한 근무는 그들이 알지 못하는 것이었으나(그럼 아는 것도 있었던가? ……모든 것을 알거나, 하나도 모르는 것이다 ― 솔제니찐), 그들은 선서를 했습니다. 그들의 근무는 결코 간단한 것이 아니었습니다.〉

이것은 진심에서 나온 호소였다. 생각해 볼 만한 말이었다. 선서를 지켜라! 〈조국〉에 충성하라! 여러분은 이제 군인이다! ― 이런 말뚝들이 이 청년들을 가두고 있었던 것이다.

그렇지만 선서나 정치 강의에 견딜 수 없었다는 이야기는, 그들의 인간적인 기초가 너무나 약했다는 뜻이다. 아니, 그런 것은 전혀 없었다고 말할 수 있다. 어느 세대에서도, 어느 민족에서도 이런 청년들이 간단히 만들어지는 것은 아니다.

자기의 양심을 남에게 맡긴 채 명령에 따라도 되는 것인가? 이것이야말로 20세기 최대의 문제가 아니겠는가? 선악에 대해 스스로 가치 판단을 내리지 못하고, 인쇄된 지령서나 상사의 구두 명령만을 받아들일 수 있는가? 선서! 떨리는 음성으로 되풀이하는 이 엄숙한 맹세, 그 의미는 악당으로부터 국민을 지키는 것이다 —— 이런 선서를 통해 아주 간단히 그들은 악당의 편이 되어 국민들을 탄압하게 된다.

이미 1937년에 바실리 블라소프가 자기의 사형 집행인에게 한 말을 떠올려 보자. 〈네 잘못이다! 사람을 죽인 죄는 오직 너에게 있어! 내가 죽는 것도 〈전부〉 네 탓이다. 이 죄는 너 혼자 평생 동안 짊어져야 해! 너 같은 사형 집행인이 없다면 사형도 없을 테니까!〉

경비병이 없었더라면 수용소도 없었을 것이다.

물론 우리의 동시대인들도, 그리고 역사도 책임을 짊어지고 있는 권력 구조의 존재를 무시하지는 않을 것이다. 장교들의 죄가 더 크고, 보안 장교들의 죄는 더욱 크고, 지령서나 명령서를 쓴 자들은 더욱 크며, 그것을 쓰도록 지시한 자의 죄가 가장 크다는 것은 말할 나위가 없다.[2]

그렇다고 하더라도 발포하고, 경비하고, 자동소총을 죄수들한테 겨눈 것은 역시 그런 사람들이 아니라 이 청년들이었다! 아니, 쓰러진 사람의 머리를 장화로 차 버린 것은, 역시 이 청년들이었다!

또 블라질렌은 이렇게 썼다.

〈우리는 USO-43SS —— 1943년도의 보병 경비대 (극비) 복무규정[3] —— 를 암기하도록 강요받았습니다. 그것은 잔학

---

[2] 이것은 그들이 재판에 회부된다는 의미가 아니다. 그들이 받고 있는 연금이나 별장에 만족하고 있는지 조사하는 것이 중요하다.

[3] 미리 말하지만, 우리는 일상생활 속에서 대체 이 무의미한 약어 〈SS〉에 관심이 있었던가?

이 약어는 모든 약칭에 나오는 것이다. 예를 들면 KPSS(소비에트 연방 공산당). 그 당원은 KK의 SS, 즉 KP(공산당)의 친위대원이란 말인가? 그것은 극비 복무규정(더욱 극비 취급하는 것은 전부 동일하지만)도 있었던 것이다.

344

하고 무서운 복무규정이었습니다. 그리고 선서였죠. 우리는 보안 장교들과 정치 지도원들을 조심해야 했습니다. 비방과 밀고가 있었습니다. 병사들 자신을 함정에 빠뜨리는 음모도 있었습니다…… 말뚝으로 된 울타리나 가시철조망으로 갈라져 있었지만, 작업복을 입고 있는 사람들과 군복 외투를 입고 있는 사람들은 모두 같은 죄수였습니다. 다만 한쪽은 형기가 25년이었고, 다른 쪽은 3년이었습니다.〉

좀 더 강하게 표현한다면, 병사들 역시 〈투옥된 것〉이나 마찬가지였다 — 다만 군법 회의에 의해서가 아니라, 국방 인민 위원회에 의해서였다. 다만 그들은 〈똑같은〉 죄수는 아니었다. 결코 같지 않았다. 왜냐하면 군복 외투를 입은 사람들은 다른 쪽과는 달리 자동소총으로 작업복을 입는 사람들을 사살하고, 또한 우리가 곧 보게 될 것처럼, 모여 있는 군중들까지도 사살했기 때문이다.

블라질렌은 또한 이렇게 설명했다.

〈청년들은 여러 종류였습니다. 맹목적으로 죄수들을 증오하는 매우 열성적인 병사도 있었습니다. 바시끼르인, 부랴뜨인, 야꾸뜨인 등 소수 민족 출신의 신병들이 가장 충성심을 발휘했습니다. 그리고 무관심한 병사들도 있었는데, 그런 사람들이 제일 많았습니다. 그들은 얌전하고 불평 없이 근무를 했습니다. 그들이 제일 좋아하는 것은, 달력을 뜯고 우편물이 배달되는 시간이었습니다. 그리고 마지막으

그 이유는 그것을 만든 놈들이 그 무의미함을 알고 있으면서 만들었기 때문이다. 게다가 그 시기라는 것은 스딸린그라뜨에서 독일군을 간신히 격파할 때였다! 이것은 인민의 승리의 또 하나의 성과인 것이다.

로, 죄수들을 재난을 당한 사람으로 여기고 동정하고 있는 착한 병사들도 있었습니다. 우리의 대부분은 우리의 근무가 세상에서 환영받지 못한다는 것을 알고 있었습니다. 그래서 고향으로 돌아갈 때는, 군복도 입지 않았죠.〉

그런데 블라질렌 자신의 삶은 자신의 생각을 뒷받침하는 가장 확실한 증거였다. 그와 같은 사람은 아주 흔치 않았다.

그가 경비대에 들어가게 된 것은 태만한 특별부의 실수였다. 그의 의붓아버지는 보이니노의 고참 노동조합 간부였으나 1937년에 체포되었고, 그 때문에 어머니도 당적을 빼앗겼다. 체까의 여단장으로, 1917년부터 당원이었던 그의 친아버지는 당황하여 전처 및 자식과의 관계를 모두 단절했다(이렇게 하여 당적은 지켰으나, 직위는 강등되었다).[4] 자기의 오점을 씻기 위해, 어머니는 전쟁 중에 적극적으로 헌혈 운동에 협력했다(그녀가 헌혈한 혈액은 당원, 비당원 구별 없이 받았다). 소년은 어려서부터 〈푸른 제모들을 미워했습니다. 그런데 얄궂게도 그 푸른 제모를 내가 써야 한다니……. 아버지와 같은 군복을 입은 놈들이 난폭하게도 내 침대를 뒤지던 그 무서운 밤의 기억이, 너무나 강렬하게 어린 나의 마음에 새겨졌던 것입니다.〉

〈나는 모범적인 경비병은 아니었습니다 ― 죄수들과 이야기도 잘하고, 그들의 부탁도 들어주었죠. 소총을 모닥불

---

4 우리는 이미 훨씬 이전부터 여러 가지 일에 익숙해 있으나, 그래도 때로는 의문이 생긴다 ― 헤어진 아내의 두 번째 남편이 체포되었다는 것 때문에 왜 네 살짜리 자기 자식과의 인연을 끊어야 하는가? 더욱이 그것도 체까의 여단장이라는 자가?

곁에 놓아둔 채 그들을 위해 상점에 물건을 사러 가기도 하고, 그들의 편지를 부쳐 주러 나가기도 했습니다. 쁘로메주 또치나야, 미사꼬르뜨, 빠르마 독립 수용 지점에서는 그 후에도 오랫동안 친절한 병사 블라질렌의 추억이 남았을 것입니다. 죄수 반장이 나에게 이런 말을 한 적이 있습니다. 《사람들을 잘 관찰하고, 그 고생담을 들으면, 저절로 이해하게 된다……》그렇지 않아도 나는 어떤 정치범을 만나도 상대가 나의 할아버지, 큰아버지, 큰어머니 등으로 보였습니다……. 나는 나의 상관들을 마음속으로 증오했습니다. 나는 불평하고, 화를 내면서, 다른 병사들에게 말했습니다. 《진짜 인민의 적은 따로 있다!》이것 때문에, 이 직접적인 반항(사보타주) 때문에, 또 죄수들과 접촉했기 때문에, 나는 결국 적발되어 심리에 회부되었습니다……. 내가 죄수들의 편지를 부쳐 주었다는 조서에 서명을 하지 않았다고 키다리 사무쩐이…… 나의 뺨을 때리고 문진으로 손가락을 때렸습니다. 나도 그 녀석을 두들겨 패고 싶었으나 — 나는 권투 은메달리스트 정도 되는 실력에, 32킬로그램이나 되는 아령을 장난감처럼 다루었습니다 — 양쪽에서 교도관들이 나의 팔을 붙잡고 있었습니다……. 그런데 1953년에 내무부 내부에서 동요와 혼란이 일어나서, 놈들은 그때부터 나를 심리할 겨를이 없었습니다. 나는 형기를 선고받는 대신에, 제47조 G항이 적용되어서, 블랙리스트에 올랐습니다. 나는《극단적인 불복종과 노골적인 내무부 규율 위반 탓으로, 내무부 기관에서 추방되었음》이라는 낙인이 찍혔습니다. 그리하여 매 맞고, 추위에 얼어 죽을 뻔한 나는 경비대의 영창에서 밖으로 내던져지고 말았습니다……. 고향으로 돌아가는 길에 석방된 반장 아르센이 줄곧 나를 간호

해 주었습니다.〉

그런데 만일 경비대의 〈장교〉가 죄수들에게 어떤 친절을 베풀려고 한다면, 그는 그 친절을 병사들 앞에서, 그리고 병사들을 통해서 하지 않으면 안 되었을 것이다. 그렇게 되면 모두가 죄수들에 대하여 적의를 품고 있는 가운데서는 불가능한 일이며, 또 〈부끄러운 일〉일 것이다. 그리고 누군가 그를 밀고했을 것이다.

이것이 체제라는 것이다!

제10장

구내에서 땅이 뜨거워질 때

아니, 수용소에서 놀랄 만한 일이라면, 수용소에 폭동이나 반란이 없었다는 사실이 아니라, 오히려 〈있었다〉는 것이다.

우리 나라 역사에서 부끄러운 사건의 모두가 그러하듯이, 즉 실제로 일어난 사건의 4분의 3이 그랬듯이, 이런 폭동도 서류상으로 말살되고, 계산의 앞뒤를 맞추고, 그 뒤가 깨끗이 되고, 가담한 사람들은 모두 죽임을 당하고, 관계없는 목격자들은 공포를 느끼고, 진압자들의 보고서는 소각되거나 금고 깊은 곳에 보관하게 된다. 그래서 10년이나 15년 지난 지금에는, 이러한 반란도 신화의 형태로밖에 남지 않는 것이다. (예수도, 부처도, 마호메트도 실존하지 않았다고 말하는 사람들도 있다. 그러나 그 경우는 수천 년이 지난 후의 일 아닌가…….)

이러한 사건이 살아 있는 사람들의 마음을 움직이지 않게 되었을 때쯤, 역사가들이 남아 있는 서류에 접근할 허가를 얻고, 고고학자들이 어디서인가 땅을 삽으로 파고, 연구실에서 무엇인가 타올랐을 때, 그 반란이 일어난 날이나 장소나 그 모양이나 지도자의 이름이 분명해질 것이다.

그중에서도 우리는 레쭈닌이 이끌었던, 시기적으로 가장 빠른 봉기를 살펴볼 것이다. 그것은 우스찌-우사 근처의 오시-꾸리예라는 출장소에서 1942년 1월에 일어났던 일이다. 전하는 바에 의하면, 이 레쭈닌이라는 사람은 자유 고용인으로, 심지어는 이 출장소 소장이었다는 이야기도 있다. 그는 〈제58조〉 위반자들과 사회적 유해 분자(제7조 35항)들에게 호소해서 2백 명 정도의 지원자를 모았다. 그들은 경범죄자로 된 자체 경비대를 무장 해제시키고, 말을 끌고 숲으로 도망쳐 가서 그곳에서 게릴라 활동을 시작했다. 그들은 차차 토벌되었다. 그러다가 1945년 봄에 이르러 레쭈닌 사건과 전혀 무관한 사람들이 투옥되기 시작했다.

혹시 우리 세대의 사람들이 당시의 501호 건설 현장, 즉 시바야 마스까와 살레하르뜨 사이의 철도 시설 현장에서 1948년에 일어난 전설적인 반란에 대해 알고 있을지도 모르겠다. 이 반란이 전설적인 것은 수용소 사람들이 그런 이야기를 소곤거리기는 하지만, 누구 하나 그것을 제대로 알고 있는 사람이 없었기 때문이다. 또 그것이 전설적인 것은 그 반란이, 이미 일종의 감정이 무르익게 되는 기반인 특수 수용소에서 일어난 것이 아니라 교정 노동 수용소에서 일어났기 때문이다. 이런 종류의 수용소에서는 사람들이 밀고자들 때문에 흩어지고, 형사범들에게 압박받고, 자기는 정치범이라고 말할 권리마저 짓밟혔기 때문에 죄수들의 폭동이 가능하다는 생각조차 머리에 떠올릴 수가 없는 상태였다.

소문에 의하면, 사건을 일으킨 것은 전직(최근에 군인이 아니게 된!) 군인들이었다. 그렇지 않다면, 할 수가 없는 일이었다. 그들이 없이는 〈제58조〉 위반자들은 무기력한 집단이었다. 그러나 이 청년들은(대부분이 20대였다) 전쟁에서 싸워온 우리 군의 장교들이나 병사들이었다. 그중에는 독일의 포로 생활을 체험한 자도 있었고, 또 블라소프나 *끄라스노프*, 혹은 민족들이 각기 따로 만든 부대 등에 입대했던 예전의 포로도 있었다. 그들은 전장에서 목숨을 걸고 싸웠으나 수용소에서는 핍박받고 있다는 공통의 이유로 힘을 합쳤던 것이다. 그들은 2차 대전의 여러 상황을 극복하며 현대적인 보병전도, 위장술도, 보초를 처치하는 요령도 훌륭히 터득한 청년들이어서 1948년까지 전쟁 중의 기분과 자신감을 계속 유지하고 있었는데, 왜 몇 개의 연대나 되는 그 많은 청년들이 얌전하게 죽기만 기다리고 있어야 하겠는가? 그들에게는 탈옥마저도 미온적으로 보였다. 탈옥이란, 전원이 힘을 합해서 전투에 대비하고 있을 때 전장에서 슬금슬금 도망치는 탈영으로밖에 보지 않았다.

모든 계획은 어떤 작업반에서 시작되었다. 전하는 바에 의하면, 그 지도자는 외눈인 전 대령 보로닌 또는 보로노프였다. 또 전차 부대 상급 중위인 사꾸렌꼬도 지도자였다는 이야기도 있었다. 그 작업반은 자기들을 감시하고 있던 경비병들을 죽였다(당시의 경비병은 정규군 병사가 아니라 예비역 병사였다). 다음의 작업반을 해방시키고, 이어서 또 다음의 작업반을 해방시켰다. 또 경비병들의 마을을 습격하고, 외부에서 자기들의 수용소를 습격하여 망루에 서 있던 보초를 처치하고, 수용소의 문을 열었다. (여기서 피할 수 없는 분열이 일어났다 — 문이 열렸는데, 대부분의 죄수들이 밖으로 나가려고 하지 않았다. 거기에는 형기가 짧은 죄수들이 있었는데, 그들에게는 폭동이 오히려 손해였다. 또 〈8분의 7〉법이나 〈6분의 4〉법으로 10년이나 15년 형에 처해 있는 죄수들도 있었으나 그들은 폭동에 가담하여 제58조를 먹고 싶지 않았다. 그리고 〈제58조〉 위반자도 있었으나, 일어나서 저항하다가 죽느니 엎드려 순종하면서 죽는 쪽이 낫다고 생각했다. 그리고 또 문

밖으로 나온 자가 모두 폭동에 가담한 것도 아니었다 — 형사 범들은 사회의 마을을 약탈하기 위하여, 좋아라 하며 수용소 밖으로 나왔다.)

이번에는 경비병들(후에 꼬치마스의 묘지에 매장되었다)의 무기로 무장한 반란자들이 이웃 수용 지점을 점령했다. 합류한 병력은 보르꾸따시에 가기로 결정했다! 거기까지는 60킬로미터였다. 그러나 일이 잘되지 않았다! 낙하산 부대가 나타나서 보르꾸따로 가는 길이 봉쇄되었다. 그리고 저공으로 날아온 지상 공격기의 편대에 의해 반란자들은 사살되고 흩어졌다.

그 후 그들은 재판에 회부되고, 일부 사람들은 총살되고 나머지는 25년이나 10년 형을 선고받았다(동시에, 반란에 참가하지 않고 수용소 구내에 남았던 많은 사람들의 형기가 〈갱신〉되었다).

군사적으로 그들의 반란이 실패로 돌아가리라는 것은 분명했다. 그렇다고 해도, 수용소에서 점차 세력을 소모하며 죽어가는 편이 〈더욱 좋은 방법〉이라고 누가 말할 수 있겠는가?

그 후에는 곧 특수 수용소를 설치하여, 〈제58조〉 대부분을 거기에 수용했다. 그래서 어찌 되었나?

1949년 베르 수용소의 니즈니 아뚜리야흐 분소에서 똑같이 폭동이 일어났다. 그들은 경비병들을 무장 해제하고, 5정에서 8정의 자동소총을 들고 밖에서 수용소를 공격하여 경비병의 저항을 물리치고, 전화선을 절단하고, 수용소 문을 열었다. 그런데 이번에는 수용소 안에는 죄수 번호를 붙이고, 낙인이 찍히고, 죽을 운명에 있는 사람들밖에 있지 않았다. 그들한테는 이제 한 올의 희망도 없었다.

그래서 어찌 되었나?

대부분의 죄수들은 문밖으로 나오려고 하지 않았다······.

일을 일으킨 사람들은 이미 아무것도 잃을 것이 없어서, 폭동을 재빨리 탈옥으로 바꿔서, 그룹을 이루어 밀기 방면으로 향했다. 엘게나 또스카나 근처에서 군대와 다수의 소형 전차가 그들의 길을 차단했다(이 작전의 지휘는 세묘노프 장군이 했다).

그들은 전원 사살되었다.[1]

이런 수수께끼가 있다 — 세상에서 가장 빠른 것은 무엇인가? 그 대답은 번뜩이는 생각이다.

이 대답은 맞는 것 같기도 하고, 맞지 않는 것 같기도 하다. 번뜩이는 생각이 느릴 때도 있다. 아주 느릴 때도 있다! 개인도, 집단도, 또 사회도, 자기한테 일어난 일을 자각하는 것은 시간이 걸리는 큰일이다. 자신이 놓여 있는 진짜 입장을 자각한다는 것은.

〈제58조〉들을 특수 수용소에 모았을 때, 스딸린은 자신의 권력을 거의 즐기는 데에 사용하는 것 같았다. 그렇지 않아도 그들의 수용소는 확실했으나, 그는 스스로 술수를 지나치게 부려서 조금 더 확실하게 하려고 했다. 그것이 죄수들을 더욱 위협할 수 있다고 생각했다. 그러나 결과는 그 반대였다.

스딸린 시대에 개발된 억압 체제는 불평분자를 분산하여 분리시키는 것이 원칙이었다. 죄수들은 서로 마주 봐도 자기들의 수를 확인할 수도 없었건만. 불평분자란 없었고, 있다면 허무한 마음을 가지고 있는 극히 적은, 죽을 운명에 있는 화가 난 몇 사람뿐이며, 모든 사람한테, 또 불평분자 자신한테도 겁을 주려고 했던 것이다.

---

[1] 나는 그들의 반란을 정확히 기술하지는 못한다. 나의 이 기술을 정정해 주는 사람이 있다면 감사하겠다.

그러나 특수 수용소에는 불평분자들만이 모여서, 몇십만이라는 수가 되었다. 그들은 자기들의 수를 확인했다. 그리고 자기들의 마음속에는 허무한 것이 있는 것이 아니라 교도관들이 아닌, 자기들을 배신할 자들이 아닌, 그들이 왜 수용소에서 썩지 않으면 안 되는지 설명하고 있는 이론가들보다도 차원이 높은, 인생에 대한 이념이 있다는 것을 자각했다.

처음에는 특수 수용소의 이 새로운 면에 대해 거의 아무도 알아차리지 못했다. 표면상, 그것은 교정 노동 수용소의 연장으로밖에 보이지 않았다. 다만, 수용소 당국과 규율을 받치는 기둥이 되어 있던 형사범들이 갑자기 쇠퇴했다. 그러나 교도관들의 잔학한 행동, 규율 강화 막사의 확대를 통해서 그러한 면이 보충될 것으로 보였다.

그렇지만 실제로는 다음과 같은 변화가 일어났다 — 형사범들이 쇠퇴하면서 수용소에서는 도난 사건이 흔적도 없이 사라져 버렸다. 장롱에 두었던 배급 빵이 없어지는 일이 없었다. 밤에 잘 때, 신발을 머리맡에 감추지 않고 마루 위에 아무렇게나 두어도, 다음 날 아침에도 제자리에 있었다. 담배쌈지도 밤에 옆 호주머니에 간수하지 않고 장롱에 그대로 둘 수 있었다.

이것이 사소한 일로 보이는가? 아니다, 큰일이다! 도난 사건이 없어지면 사람들은 옆 사람을 의심하지 않고, 서로 호의를 가지게 된다. 그러자 우리는 정말…… 그…… 〈정치범〉인가? 하고 생각하기 시작했다.

그리고 만일 우리가 정치범이라면, 조금 더 자유롭게 말할 수 있지 않겠는가? 두 침상 사이에 숨어서, 혹은 반장의 모닥불 곁에서 자기 곁에는 누가 있는지 둘러볼 수도 있지 않을까? 아니, 만일 밀고되어 형기가 길어져도 하는 수 없지 않을까? 이미 25년의 형기가 있으니까, 이 이상 더 길게 할 수는 없을 것이 아닌가?

예전의 수용소 철학이었던 다음과 같은 생각이 조금씩 사라지기 시작했다 ― 너는 오늘 죽어라, 나는 내일 죽겠다, 아무튼 정의라는 것은 없다, 여태껏 그랬듯이 장래에도 변하지 않을 것이다.

그런데 어찌하여 정의가 없는가? 어찌하여 앞으로도 변하지 않을까? 이런 의문들이 생기기 시작했다.

작업반에서는 조용한 대화가 시작되었다. 그 대화는 배급 빵이나, 죽에 대한 이야기가 아니라 사회에서는 들을 수 없는 이야기들이었다. 그런 이야기들이 점차 퍼져 갔다. 그리하여 어느 날 반장이 자기 주먹의 절대적인 위력이 이미 소용없게 되었다는 것을 알게 되었다. 이윽고 일부 반장들이 이미 폭력을 전혀 휘두르지 못하게 되거나, 그 밖의 반장들도 그 횟수를 줄이고 폭력의 강도도 약해지게 되었다. 또 반장 자신도 기세를 부리지 않고, 옆에 앉아서 남의 이야기를 듣거나 말하게 되었다. 그리하여 작업반원들도 반장을 동료로 인정하기 시작했다. 사실 그들도 〈동료〉였다.

반장들은 여러 자질구레한 일로 생산 계획부나 경리과를 찾아가서, 어떤 반원의 배급 빵을 삭감하고 어떤 반원의 배급 빵은 삭감하면 안 되는지, 누구에게 어떤 업무를 줘야 하는지 등 사소한 여러 문제들을 토론하는데, 거기 있는 특권수들도 이러한 새로운 분위기라고 할까, 무슨 의미가 있는 듯한 새로운 공기를 민감하게 느끼는 것이었다.

그러나 모든 특권수들에게 그 공기가 전해진 것은 아니었다. 그들은 탐욕스러운 욕심으로 지위를 붙잡으려고 했고, 여기에 와서도 지금의 그 지위를 차지하고 있다. 따라서 그들은 교정 노동 수용소 시대처럼 작은 방에 들어앉아 베이컨과 감자를 굽거나, 일반 노동자들과는 별도로 자기들끼리 지내며 달콤한 생활을 할 수 있지 않겠는가? 아니다 — 그렇게는 안 된다! 그것이 중요한 것이 아니었다. 그렇다면 무엇이 중요한 가? 교정 노동 수용소 시대처럼 남의 피를 빨아먹고 산다는 것이 부끄러워지고, 이미 기생충 같은 생활에 자만할 수 없다는 분위기가 되었다. 그래서 특권수들은 일꾼들 사이에 친구를 만들어, 자기의 새 솜 외투를 그들의 더러운 옷과 나란히 깔고 누워서 수다를 떨며 일요일을 보내게 되었다.

그리고 사람들을 구분하는 방식도 달라졌다. 교정 노동 수용소 시대의 〈특권수〉와 〈작업수〉, 〈경범죄자〉와 〈제58조〉처럼 불쾌한 구분 방식이 아니라 훨씬 복잡하고 재미있는 것이었다. 즉, 같은 지역, 종교 단체, 경험이 많은 사람들, 학식이 많은 사람들과 같은 것이었다.

당국자들이 이러한 사정을 이해하고 그런 공기를 느낀 것은 예전부터였다. 그래서 작업 할당계는 이미 몽둥이를 들고 다니지 않게 되고 예전처럼 고함을 지르지도 않게 되었다. 그들은 〈친구처럼〉 반장들에게 말하게 되었다 —「꼬모프, 이제 작업하러 갈 시간이네.」 이렇게 달라졌다(그것은 작업 할당계들이 〈개과천선〉했기 때문이 아니라, 불안을 느끼게 하는 어떤 새로운 공기를 감지했기 때문이었다).

그러나 이러한 사태는 〈서서히〉 진행되었다. 이러한 변화가 일어나기 위해서는 몇 개월이나 걸렸다. 이 변화는 사계절의 변화보다 느렸다. 또 모든 반장이나 특권수들을 휩쓸리게 하지는 못했다. 그 마음 한구석에 재를 뒤집어 쓴 양심과 형제애가 얼마간 남아 있는 사람들만이 휩쓸렸다. 그리고 언제까지나 악당으로 남고 싶은 사람은 그대로 악당으로 남아 있었다. 의식의 본격적인 변화, 즉 진동에 의한 변화, 영웅적인 변화는 아직 없었다. 그리하여 수용소는 여전히 수용소로 있었으며, 우리는 역시 학대받았고 무력했다. 우리들에게 남은 유일한 길이라면, 그것은 그 철조망을 빠져나가 스텝을 탈출하는 일이며, 그러다가 우리는 자동소총의 총탄의 비를 맞고, 경찰견에 쫓기는 것이다.

용기 있는 생각, 대담한 생각, 단계적인 생각, 〈우리가 그들로부터 도망치는〉 것이 아니라 〈그들〉이 우리에게서 도망치게 하기 위해서는 어떻게 하면 되겠는가?

일단 이러한 질문이 던져지자 몇 사람이 그 대답을 생각했고, 답을 말로 표현했고, 그것을 몇 사람이 들었고, 그리고 수용소에서의 탈출의 시대는 끝났다. 그리고 폭동의 시대가 시작되었던 것이다.

그렇다면 어떤 형태로 이 시대의 막을 열 것인가? 무엇부터 시작할 것인가? 사슬에 묶인 우리는, 거대한 촉수에 억눌려 행동의 자유를 빼앗긴 우리는 무엇부터 시작할 수 있을까?

이 세상에서 제일 간단한 것이 그다지 간단하지 않을 수 있다. 교정 노동 수용소 시대에도 밀고자는 죽여야 한다고 생각하는 사람이 있었다. 그래서 때로는 사고를 가장하여 처치하기도 했다 — 산처럼 쌓은 통나무 더미 위에서 하나를 굴리고, 밀고자를 강물에 밀어 넣었다. 그러니 특수 수용소에서 어느 놈부터 잘라 버려야 할지 정하는 것은 그다지 어려운 일은 아닐 것이다. 이러면 모든 것이 명확할 것처럼 보이지만, 실은 그렇게 명확하지 않았다.

갑자기 자살 사건이 일어났다. 규율 막사, 즉 〈2호 막사〉에서 목을 맨 사나이가 발견되었다(이 과정의 각 단계를 나는 에끼바스뚜스 수용소에서 있었던 대로 진술하겠다. 그런데 다른 특수 수용소에서도 똑같은 단계를 밟았다.) 당국으로서는 그다지 당황할 만한 사건이 아니었기 때문에, 밧줄에서 시체를 거두어 쓰레기장으로 옮겼다.

그런데 작업반에서는 이런 소문이 나돌았다. 그놈은 밀고자였기 때문에, 자기 스스로 목을 맨 것이 아니라 처형된 것이라는 소문이었다.

이것이 나머지에게 교훈이 되었다.

수용소에는 많은 비열한 놈들이 있었는데, 그중에서도 가장 배부르고 가장 난폭하고 제일 뻔뻔스러운 놈은 식당 책임자 찌모페이 S.였다.[2] 그에게는 친위대가 있었는데, 그들은 튼튼하고 영양 상태가 좋은 요리사들이었다. 또한 그는 흉악한 잡역부들을 수행원처럼 데리고 다녔다. 그 자신도, 이 수행원들도 죄수들을 주먹이나 몽둥이로 가차 없이 매질했다. 그러던 어느 날, 그는 다른 죄수들이 〈꼬마〉라고 부르는 작달막한 검은 머리의 죄수를 아무 이유도 없이 때렸다. 찌모페이는 보통 자신이 누구를 때리는지조차 알지 못했다. 그런데 특수 수용소에 왔다는 것은 그 〈꼬마〉가 이미 평범한 꼬마가 아니라는 것이며, 게다가 그는 이슬람교도였다. 이슬람교도의 수는 수용소에서 결코 적지 않았다. 그들은 평범한 범죄자와는 달랐다. 해가 지기 전에 수용소 내의 서쪽에서(이것이 교정 노동 수용소였다면 웃음거리가 되었겠지만, 우리의 수용소에서는 아무도 웃는 자가 없었다), 그들이 두 손을 머리 위에 올리고, 혹은 이마를 땅에 비비며 기도하는 것이 보였다. 그들에게는 지도자가 있었고, 이 새로운 분위기 속에서 평의회 같은 것이 만들었다. 그 결과 그들은 다음과 같은 결단을 내렸다.

2 이름을 감추려고 한 것이 아니라, 잊어버렸다.

복수할 것!

일요일 아침 일찍, 특권수들이 아직 침상에 있을 때 피해자와 그의 친구인 인구시족 성인 남자 하나가 특권수들의 막사로 몰래 숨어들어 S.의 방으로 들어가 칼 2자루로, 거의 백 킬로그램의 사나이를 찔러 죽였던 것이다.

그러나 얼마나 미숙한 행동인가. 그들은 얼굴을 감추려고도 하지 않고 도망치려고도 하지 않았다. 자기의 의무를 훌륭하게 다했다는 의식에서, 그들은 침착한 걸음걸이로 피가 흐르는 칼을 손에 든 채, 교도관들의 막사로 가서 자수했다. 그들은 재판에 회부되었다.

이 정도는 아직 어설픈 정도였다. 이런 정도라면 교정 노동 수용소에서도 일어날 수 있겠다. 그러나 사람들의 생각은 더욱 발전했다 — 우리를 옭아매고 있는 사슬 전체를 끊어 내기 위해서는, 핵심 고리를 부수는 것이 우선이어야 하지 않을까?

〈밀고자를 죽여라!〉 이것이 그 핵심 고리인 것이다! 칼로 밀고자의 가슴을 찌르자! 칼을 만들어 밀고자를 죽이는 것이다! — 바로 이것이다!

지금 내가 이 장을 쓰고 있는 순간, 벽의 선반에서 인도주의적인 여러 책들이 나를 내려다보는데, 구름 사이의 별들처럼 책등의 흐릿해진 금박이 희미하게 반짝이며, 마치 나를 나무라는 듯하다. 어떤 일이 있어도 폭력으로 목적을 달성해서는 안 된다! 만일 우리가 검이나 칼이나 총을 든다면, 우리 역시 우리를 괴롭힌 사람들이나 사형 집행인들과 같은 수준으로 격하되고 만다. 그렇게 되면 끝이 없을 것이다…….

끝이 없을 것이다……. 지금 따뜻하고 깨끗한 곳에서 책상을 마주하고 앉아 있는 나도, 이 말에는 찬성이다.

그런데 아무런 죄도 없는데 25년의 형을 선고받고, 몸 네

359

군데에 죄수 번호를 붙이고, 언제나 두 손을 뒤에 돌리고, 아침저녁으로 두 번 신체검사를 받고, 중노동에 지치고, 밀고로 규율 강화 막사에 투옥되어 땅바닥에 짓밟히고 보면 ── 그래, 이런 밑바닥에서 보면 ── 이 위대한 인도주의자들의 말도 모두 배부르게 먹고, 아무 고생도 모르는 사회의 느긋한 이야기로밖에 들리지 않는다.

끝이 없을 것이다! ……그렇다면 시작은 있는가? 우리의 인생에 광명이란 있을까? 아니면 없는 것일까?

억압받은 사람들은 〈선으로 악을 근절할 수는 없다〉라는 결론에 도달한 것이다.

밀고자들도 역시 인간일까? 교도관들이 막사를 돌면서 우리를 위협하기 위해, 뻬스차니 수용소 전체에 내려진 명령을 휘두르고 있었다. 어느 수용 지점에서 두 젊은 여인이(생년월일을 보고, 젊었음을 알았다) 반소비에뜨적인 이야기를 나누었다. 군법 회의가 구성되고…… 총살 판결!

이미 10년의 형을 받은 이 두 젊은 여인이 침상에서 속삭인 것을, 어느 짐승 같은 여자가 〈배신〉했는가? 그 여자 역시 형을 받고 있으면서? 그런데도 밀고자가 같은 인간이라고 말할 수 있는가?

고민할 필요도 없는 일이었다. 하지만 처음의 일격은 여전히 쉽지 않았다.

어느 수용소에서 어떻게 그것이 시작되었는지, 나는 알지 못하지만(〈모든〉 특수 수용소에서 밀고자를 죽이게 되었다. 폐병 환자들이 있는 스빠스끄 수용소에서마저 죽였다), 우리한테는 두보프까 수용소에서 보내온 호송단부터 시작되었다. 이 호송단은 주로 서부 우끄라이나 지방 출신들, 즉 우끄라이나 민족주의 단원들로 구성되어 있었다. 이 운동을 발전시켜 나가기 위해 그들은 도처에서 여러 가지 공헌을 했고, 또 그들 자신들이 이 운동을 일으켰던 것이다. 이 두보프까 수용소에서 온 호송단이 우리의 수용소에 반란의 씨를 가지고 왔다.

게릴라 노릇을 하던 숲에서 바로 두보프까 수용소로 수송되었던 젊고 힘찬 청년들이 주위를 살피고, 이 침체되고 노예적인 생활에 전율을 느끼며 손에 칼을 들었다.

두보프까 수용소에는 그것이 곧 폭동, 방화로 발전하여 드디어 해산하기에 이르렀다. 그런데 자신이 넘치고 맹목적인 수용소의 주인들은(그들은 30년에 걸쳐 아무런 저항을 받은 적이 없어서, 그것이 무엇인지 잊고 있었다) 호송되어 온 반란자들을 우리에게서 격리시키려고 하지 않았다. 청년들은 수용소의 여러 작업반에 분산되었다. 그것이 교정 노동 수용소 시대의 방법이었다 ─ 그곳에서는 분산시키는 것으로 반항을 억압했다. 그러나 우리가 이미 정화되고 있는 상태에서 이 분산은 오히려 불씨를 뿌려서 큰불을 촉진하게 되었다.

신참들은 다른 작업반원과 함께 작업하러 출동은 했으나 일하지는 않았다. 그저 하는 체하고 있었다. 그들은 시종 햇볕을 쬐며(그때는 여름이었다) 소곤소곤 이야기를 주고받았다. 이를 옆에서 보고 있으면 그들은 〈합법적〉인 형사범들처럼 보였다. 그들이 똑같이 젊고, 튼튼하고, 어깨가 벌어져서 더욱 그랬다.

그리고 새로운 법칙이, 이전과는 너무 다르고 놀라운 법칙이 등장했다 ─ 〈양심을 더럽힌 자는 오늘 밤에 죽는다!〉

이제 살인도 전성기의 탈출보다 수가 많아졌다. 살인은 확실하게, 그리고 몰래 일어났다. 아무도 피가 흐르는 칼을 들고 자수하는 자가 없었다. 그는 자신도, 칼도 다음의 살인을 위하여 간직했다. 가장 적당한 시간에, 즉 아침 일찍 5시에 교도관이 막사를 열고, 다음의 막사를 열려고 가는 틈에, 그리고 죄수들 대부분이 아직 잠들어 있을 때, 복수자들은 얼굴에 복면을 쓰고 방으로 들어와 노리고 있던 침상에 접근하여, 이미 눈을 뜨고 고함지르는 원수를, 혹은 잠자코 있는 배신자를 가차 없이 찔러 죽인다. 그가 죽었는지 확인하고, 그들은 침착하게 사라져 버리는 것이다.

그들은 복면을 하고 죄수 번호가 보이지 않도록 뜯어 버리거나 혹은 덮어서 가렸다. 만일 살해된 사람의 곁에서 잠자던 사람들이 모습이나 무언가로 그들을 안다고 해도 자진하여 당국에 신고하지도 않고, 보안 장교들의 위협이 있어도 〈모르겠는데요, 보지 못했어요〉라고 주장한다. 그것은 이미 모든 피지배자들에게 익숙한 〈모르는 자는 편안하게 살며, 알고 있는 자에게는 재난이 찾아온다〉라고 하는 오랜 진리에서 나온 것이 아니라, 목숨을 지키기 위한 보신술인 것이다! 〈이름을 밝힌〉 자는 다음 날 아침 5시에 살해될 운명에 있으며, 아무리 호의적인 보안 장교라도 그를 비호할 수 없었다.

그리고 이러한 살인은(아직 살해된 사람이 10명까지는 되지 않지만) 〈노르마〉가 되고, 다반사가 되었다. 죄수들은 세수하러 가서 아침 배급 빵을 받으며, 〈오늘 아침에는 누가 죽었나?〉 하고 인사 대신에 이런 말을 주고받는다. 이 잔인한 살인 게임이 죄수들 귀에는 지하의 정의의 징소리처럼 들렸던 것이다.

그것은 지하 운동의 방법으로 진행되었다(권리로 인정되었다). 누군가 어디서 누구에게 〈이놈이다!〉 하고 지시만 내린다. 누가 해치울 것인가, 언제 할 것인가, 어디서 칼을 입수하는가, 하는 것은 그의 소관이 아니었다. 그리하여 지명된 〈전투대원들〉은 지시된 판결의 실행을 맡고, 그 판결을 내린 심판자를 알지 못했다.

밀고자들에 대한 서류상의 확인이 불가능함에도 불구하고, 이 부적절하게 개최된, 불법적인, 눈에 보이지 않는 재판은 우리가 알고 있는 어떤 군법 회의, 3인 위원회, 군사 위원회, 특별 심의회보다도 틀림없이 정확하게 판결하고 있다고 인정하지 않으면 안 된다.

우리의 수용소에서는 이것을 〈칼질〉이라 불렀으며, 처형은 실패 없이 잘 이루어졌다. 처형은 대낮에도 일어났고, 거의 공공연하게 되었다. 작달막하고 주근깨투성이 〈막사 원로〉 ── 그는 예전에 로스또프시 NKVD의 거물 관리로 매우 싫은 녀석이었다 ── 가 일요일 대낮에 〈변기실〉에서 살해당했다. 죄수들은 살인을 아무렇지 않게 생각하게 되었고, 피투성이가 된 시체를 구경하려고 모두 모여들 정도였다.

그 후에, 8호 규율 막사(당황한 수용소 당국은 두보프까 수용소에서 온 죄수들 중 중심인물들을 여기에 수용했으나, 칼질은 이미 그들이 없어도 궤도에 올라 있었다)에서 철조망 밖으로 통하는 지하 통로를 파는 계획을 당국에 〈팔아넘긴〉 배신자를 뒤쫓아, 복수자들이 대낮에 칼을 휘두르며 수용소 구내를 추격했다. 밀고자가 수용소 본부 막사로 도망쳐 들어가려고 하자, 추격자들도 그 뒤를 쫓았다. 사나이가 수용소 분소장인 뚱보 막시멘꼬 소령의 집무실로 도망쳐 들어가려 하자, 추격자들도 그 뒤를 쫓았다. 거기에서는 마침 수용소 이발사가 안락의자에 앉은 소령의 수염을 면도하고 있었다. 소령은 무기를 휴대하는 것을 금지하는 수용소의 규칙에 따라 빈 몸이었다. 칼을 휘두르는 살인자들을 보자, 소령은 자기를 죽이러 온 것으로 알고 놀라서 목숨만 살려 달라고 애원했다. 하지만 목전에서 밀고자가 살해당하는 것을 보고, 그는 안심했다. (그들은 소령의 목숨을 노리지는 않았다. 전개된 운동의 목적은 밀고자뿐으로, 교도관들이나 당국자들에게는 손을 대지 않았다.) 그러나 소령은 면도를 끝내지도 않은 채, 흰 천을 걸친 채 창문을 넘어 밖으로 뛰어나가, 〈망루, 사격해! 망루, 사격해!〉라고 고함지르며 위병소로 도망쳤다. 하지만, 망루의 병사들은 사격하지 않았다.

밀고자를 죽이지 못한 경우도 있었다. 밀고자는 붙잡은 손을 뿌리치고, 부상당한 채 병원으로 도망쳤다. 거기에서 그는 수술을 받고, 상처를 치료받았다. 소령도 칼에 혼쭐이 났을 정도니까 병원이 밀고자의 안전한 피신처가 될 수는 없었다. 2～3일 후 그는 병원의 침대에서 살해되고 말았다……

5천 명이 수용되어 있는 죄수 속에서 12명 정도가 살해되었다. 그러나 칼이 노렸던 밀고자의 생명을 빼앗을 때마다, 우리들의 자유를 속박하고 있던 촉수가 차츰 하나씩 떨어져 나갔다. 이상한 공기가 흘러들어 왔다! 외견상 우리는 변함없이 죄수였으며, 여전히 수용소 구내에 있었으나, 실제로는 점차 자유로워졌다 — 생전 처음으로 자기의 생각을 떳떳이 표명할 수 있을 만큼 자유롭게 되었다! 이 변화를 몸소 체험하지 못한 사람은 상상하지도 못할 일일 것이다!

그리하여 밀고자도 이제는 밀고하지 않게 되었다……

그때까지 보안부는 어떤 밀고자라도 낮에 수용소 구내에 남아서, 몇 시간이라도 이야기할 수 있게 했다. 보고서를 받는 것일까? 새 임무를 주고 있는 것일까? 또 지금은 아무렇지도 않지만, 장차 무언가 할지도 모르는 비범한 죄수들의 이름을 듣는 것은 아닐까? 혹은 장차 반란의 중심인물이 될 수 있는 죄수의 이름을 알아내는 것은 아닐까?

저녁에 작업반이 수용소 구내로 돌아오면, 작업반원들은

그에게 질문을 했다.「무엇 때문에 불려 갔었어?」그러면 그는 사실을 말할 때나, 거짓말을 할 때나 늘 같은 대답이었다.「응, 사진 조회였어.」

사실, 전후에 그들은 많은 죄수들에게 사진을 보여 주며, 〈이 사람을 전쟁 중에 만난 적이 있는가〉라고 물었다. 하지만 낮에 남았던 죄수들 〈모두〉에게 사진을 보여 주었을 리가 없었다. 그럴 필요가 없었다. 그럼에도 불구하고, 모두가, 동료든 배신자든, 사진 조회라고 대답하는 것이다. 그 때문에 우리들 사이에는 의혹도 조금씩 분명해졌다!

지금은 만일 작업 출동 이전에 보안 장교에게 불려가 남아 있을 것을 지시받아도, 아무도 〈절대 남으려고 하지 않았다〉! 이것은 도저히 생각할 수 없는 일이었다! 체까가, GPU가, 내무부가 존속하는 동안에는 이런 일이 한 번도 없었던 것이다! 호출된 자는 가슴을 진정시키고 일부러 미소를 지으며 초조하게 남는 대신에, 당당하게(동료 작업반원들의 시선이 그에게 쏠린다) 남기를 거절했다! 작업 출동 전에 정렬하고 있던 죄수들의 머리 위에 눈에 보이지 않는 저울이 떠 있었다. 그 저울의 한쪽 접시에는, 이미 모두가 미리 알고 있던 여러 가지 무서운 환상이 쌓여 있다 — 취조실, 주먹, 발길질, 잠 안 재우고 세워놓기, 고문, 춥고 습기 찬 징벌 감방, 쥐, 빈대, 군법 회의, 두 번째와 세 번째 형기 등. 그것은 서서히 뼈를 부수는 분쇄기였다. 그러나 그것은 모두를 삼켜 버릴 수도 없고, 모든 사람을 하루에 소화시킬 수 있는 것도 아니었다. 그리고 그것을 거친 후에도, 우리들이 모두 그렇듯이 사람이 사라지는 건 아닌 것이다.

그리고 또 한쪽의 접시에는, 칼 한 자루밖에 없었다 — 그런데 이 칼은 굴복한 자를 벌하는 것이다! 그 칼은 기가 죽은 자의 가슴에 꽂히게 되며, 그것은 다음 날 새벽이었다. 체까, MGB가 아무리 힘을 써도, 그것을 저지할 수는 없었다! 칼은 그다지 길지 않았으나, 늑골 사이에 잘 들어가게 되어 있었다. 칼자루도 제대로 된 것은 아니었다. 끝의 날이 없는 부분에 절연 테이프를 감은 것뿐이었으나, 오히려 그것은 찌를 때 마찰로 손이 미끄러지는 것을 방지했다.

그리하여 이 위협은 생생하고 압도적이었다! 그것은 약한 모든 자에게 용기를 주고, 나의 몸에 달라붙어 피를 빨고 있는 거머리를 떨쳐 버리고, 동료의 뒤를 따르게 하는 것이다. (그것은 또 후에 좋은 구실이 되었다 — 우리도 남고 싶었는데, 칼의 습격이 두려웠던 거예요……. 당신들한테는 위험이 없으니까 상상조차 할 수 없겠지만…….)

그것뿐이 아니었다. 보안 장교들이나 다른 당국자들의 호출에도 응하지 않게 되었을 뿐만 아니라, 수용소 구내에 있는 우편함에 봉투나 글을 쓴 종이를 집어넣거나, 탄원함에 상급 재판소로 탄원서를 넣는 것도 중지되었다. 편지나 탄원서를 넣기 전에, 누군가에게 부탁하게 되었다. 「우선 이것을 읽어 보고 밀고서가 아닌 것을 확인해 주게나. 그럼 이제 나와 함께 가서 같이 넣도록 하세.」

이번에는 수용소 당국이 장님이 되고 귀머거리가 되었다. 배가 나온 소령과, 똑같이 배가 나온 차장 쁘로꼬피예프 대위와 교도관 전원이 안전한 수용소 안을 돌아다니면서 우리 곁을 돌며 우리의 행동을 감시하고 있었으나, 아무것도 눈치채지 못했다! 밀고자의 도움이 없이는 제복을 입은 자는 아무것도 보거나 듣지를 못하는 것이다. 그들이 가까이 오게 되면, 모두 이야기를 그만두고 돌아서며, 감추거나 떠나가 버린다……. 바로 곁의 동료를 팔아넘기려고 우물쭈물하고 있는 충실한 정보 제공자도 있었으나, 놈들 중의 한 사람도 비밀스럽게 신호를 보내지는 못했다.

전지전능한 〈기관〉이 수십 년에 걸쳐 이룩한 명성의 토대가 된 정보 제공 기구가, 이제 작동하지 못하게 되었다.

예전과 똑같은 작업반이 여전히 작업 현장을 다니는 것 같았다. (더욱이, 지금은 결속하여 호송대한테 반항하기로 했다. 우리를 5열 횡대로 다시 세우지 않도록, 또는 행진 중에 인원수를 계산하지 않도록 ── 그리고 드디어 그것이 성공하였다! 우리들 중에 밀고자들이 없어지자, 자동소총을 가진 호송대의 위력도 약해졌다!) 작업반은 지시된 작업을 끝마치고 노르마를 만족스럽게 달성했다. 그들은 작업 현장에서 돌아오면 이전처럼 교도관에게 자기들의 신체검사를 허락했다. (그렇지만 칼이 발각되는 일은 없었다.) 그러나 실제에 있어서, 이미 당국에 의해 인위적으로 만들어진 작업반으로 사람들이 편성되는 것이 아니라, 민족별로 편성되어 있었다. 밀고자에게는 들어갈 틈이 없는 민족 모임이 발생하여 강화되었다 ── 우끄라이나, 합동 이슬람교도, 에스토니아, 리투아니아 등의 민족 모임이 그것이다. 그들 모임에서는 누구도 지도자를 선출할 수는 없었으나, 상하 관계나, 인생 경험이나, 고생한 것에 의해서 자연 발생적인 권위가 생겼으며, 그 민족한테는 절대적인 권위의 존재가 되었다. 그리하여 통합적인 상급 기관, 말하자면 〈민족 회의〉[3]가 만들어졌다.

3 여기서 한마디 말해 두겠다. 여기서는 주된 흐름을 묘사한 것으로, 모든 것이 깨끗하고 원만하게 된 것처럼 보이지만, 실은 그렇지 않았다. 서로 다투었다 ── 〈온건파〉와 〈강경파〉가 존재했다. 물론, 개인적인 좋고 싫음도 뒤섞였으며, 〈지도자〉가 되려고 하는 야심가도 있었다. 어린 망아지 같은 〈전투대원들〉은 넓은 시야로 볼 만한 정치적 의식이 없었고, 일부 전투대원들은 자기의 작업의 대가로 식량을 늘려 달라고 요구하기도 했다. 그래서 그들은 직접

작업반도 여전히 같았고, 그 수도 전에 비해 전혀 달라지지 않았으나, 이상한 일이 일어났다. 수용소에 〈반장이 부족하게 된 것〉이다! 수용소군도로서는 전례 없는 현상이었다! 처음에는, 그 유출도 자연스러웠다 — 한 사람은 입원하고, 또 한 사람은 수용소 내의 생산 부문으로 옮겨 가고, 또 한 사람은 석방될 시기가 왔던 것이다. 이전에는 작업 할당계 밑에 언제나 탐욕스러운 희망자들이 대군으로 있었다. 그들은 베이컨 한 조각이나 스웨터 1장을 상납하고, 반장이 되려고 했던 녀석들이었다. 그런데 지금은 그 희망자가 없을 뿐만 아니라, 매일 생산 계획부로 나가서 머뭇거리며 되도록 빨리 반장의 중책에서 해방시켜 달라고 부탁하는 사람까지 출현하게 되었다.

신시대가 시작되어, 일꾼을 관 속으로 몰아넣는 종래의 반장의 방법은 아주 사라져 버리고 말았으나, 아직 새로운 방법은 아무도 생각해 내지 못했다. 그렇기 때문에 반장 부족의 문제가 너무나 심각하게 되자, 작업 할당계는 작업반의 방으로 찾아가 함께 담배를 피우며 이야기하면서, 간청하는 것이다. 「반장 없이는 아무것도 해나가지 못한다네! 그러니 동료 중에서 누군가를 뽑아 주게. 그러면 우리도 그 사람을 지지해

병원의 요리사를 위협하여, 환자의 배급 일부를 자기들한테 떼 달라고 요구하기도 했다. 요리사가 거절할 경우에는 도덕적 심판의 지시가 없어도, 간단하게 죽일 수도 있었다 — 어쨌든, 그들로서는 이미 경험도 있고, 복면이나 칼도 준비하고 있으니까. 단적으로 말하면, 건전한 핵 가운데를 벌레가 먹기 시작했다. 이것은 이미 새롭지도 않고, 어떠한 혁명 운동의 역사에서도 공통되는, 피할 수 없는 부산물이다!

그런데 한번은 단순한 잘못도 있었다 — 교활한 밀고자가 사람 좋은 일꾼을 잘 구슬려서 자기 전에 침상을 바꾸었다. 그것 때문에, 다음 날 아침에, 그 일꾼이 살해되었다.

그러나 이러한 잘못에도 불구하고 전체적인 방향은 뚜렷해서, 이미 잘못될 여지도 없었다. 그것이 요구하는 사회적 효과는 달성되었다.

줄 테니. 부탁하네!」

특히 그런 문제가 심각하게 된 것은, 반장들이 수용소의 규율 강화 막사로 〈도망쳐 가게〉 되면서부터다. 즉, 그들은 석조 감방으로 몸을 피했던 것이다! 그들뿐만이 아니었다. 아다스 낀과 같은 흡혈귀 현장 감독들도 몸을 피했다. 그 죄가 폭로되기 전날 밤에, 혹은 다음번에 자신이 죽을 수도 있다고 스스로 느낀 밀고자들도 갑자기 동요하여 그곳으로 〈도망쳐 왔다!〉 어제까지 그들은 일반 죄수 사이에서 허세를 부렸다. 어제까지 이들은 살인 사건이 벌어지면 그것을 지지하는 듯한 언동을 취했다. (일반 죄수들 속에 있으면서 다른 행동을 취하면 혼나는 것이 고작이다!) 어젯밤까지 그들은 일반 막사에서 자고 있었다. (거기서 자는 것은 고사하고 밤새도록 긴장하여 언제든지 저항할 준비를 하며 누워서, 이런 밤이 이제 없도록 마음속으로 바랐을 것이다.) 그런데 오늘 그들은 증발되어 버렸다! 그리고 막사의 당직이 〈누구누구의 소지품을 규율 강화 막사로 가져가라〉라는 명령을 받았던 것이다.

이것은 특수 수용소 시대에 있어서의 새로운 두렵고도 즐거운 시기였다! 결국, 우리가 도망친 것이 아니다! 그놈들이 도망친 것이다! 그것은 도저히 일어날 수 없는 사건이었고, 일어날 수 있다고 생각조차 하지 못한 사건이었다. 마음이 더러운 자는 편하게 잘 수 없다! 보복을 저세상에 가서 역사의 심판 앞에서 받는 것이 아니라, 살아서 새벽에 가슴에 칼을 맞는 것으로 보복당하는 것이다. 이것은 옛말에서나 있을 수 있는 이야기다 ─ 성실한 인간의 발에는 수용소 구내의 땅이 부드럽고 따스한 것이지만 배신자의 발에는 찌르듯이 뜨거웠다! 수용소 바깥세상, 즉 한 번도 이런 상황을 맞아 보지 못한, 아니 앞으로도 맞이할 리 없는 우리의 위대한 〈사회〉에도 이러한 시기가 오기를 바란다.

벌써 전부터 확장이나 증축이 끝난 침울한 석조 규율 강화 막사, 그것은 작은 창문과 덧문이 나 있는 차갑고 어두운 건물이며, 두께가 4센티미터나 되는 널빤지를 이중으로 포개서 만든 견고한 울타리에 둘러싸여 있었다. 수용소의 주인들이 애정을 쏟아서 작업 출동 거부자, 탈옥수, 완고한 자, 신교도, 그리고 용감한 사람들을 투옥하기 위해 만들었던 것인데, 이제 와서는 밀고자나 흡혈귀나 포악한 놈들의 휴식처로 사용되기 시작했던 것이다!

체끼스뜨들에게 매달려 오랫동안 충실하게 근무한 대가로, 인민의 원한에서 도피하기 위해 석조 형무소에 은신시켜 줄 것을 처음 부탁한 자의 기지는 영리한 것이었다고 인정할 수밖에 없다. 〈형무소〉에서 도망치는 것이 아니라, 거꾸로 형무소로 도망치기 위해 되도록 견고한 형무소로 들어가려고 했으며, 스스로 신선한 공기를 마시는 것도, 태양의 빛을 보는 것도 단념한다는 것은, 역사상 유례가 없는 일이다!

수용소 당국자들과 보안 장교들은 역시 그들도 동료라고 생각하여, 처음에는 도망쳐 온 놈들을 동정하여 비호했다. 그들을 위해 수용소 형무소 중 제일 좋은 감방을 제공하고(수용소의 심술쟁이들은 그 감방을 〈수화물 보관소〉라고 불렀다) 깔개도 주고, 난방도 잘되도록 명령하고, 산책도 1시간씩 시켜 주었다.

그러나 초창기 빈틈없는 녀석들에 이어서, 이번에는 그다지 영리하지 않은, 그러나 더 살고 싶다는 녀석들이 비호를 부탁해 왔다. (어떤 자는 도망치려고 하다가도 자기 체면을 생각했다 — 혹시, 다시 일반 막사로 돌아가, 다른 죄수들과 함께 기거해야 한다고 생각했을까? 부주교 룻추끄는 한바탕

연극을 해서 형무소로 도망쳤다. 소등 후에 교도관들이 막사로 와서, 깔개까지 뜯을 정도로 철저한 수색을 하는 체하다가 룻추끄를 〈체포〉하여, 연행해 가버렸다. 그러나 이내 죄수들은 그림 그리기와 기타 치는 것을 좋아하는 거만한 부주교도 그 좁은 〈수화물 보관소〉에 있다는 것을 확인했다.) 그들의 수는 이미 10명, 15명, 20명을 넘었다! (이들에게는 〈마체호프스끼 작업반〉이라는 별명이 붙었다 — 이것은 규율 담당관의 성을 딴 것이다.) 그래서 형무소의 생산적 면적을 축소하여, 2호의 감방을 건설할 필요성이 생겼다.

그러나 밀고자는 대중 속에 있어야만, 또 그 신분이 폭로되지 않아야만 필요하며 유효한 것이다. 일단 폭로된 밀고자는 그 가치를 잃고 이제 그 수용소에서는 써먹지 못하게 된다. 따라서 이런 밀고자를 형무소에서 무상으로 돌봐 주어야 하며, 그는 작업 현장에서 일하지도 못하니까, 수용소에는 아무 득이 없게 된다. 아니, 이렇게 되면, 내무부의 자선에도 한계가 생기는 법이다!

이리하여 도움을 청하는 자들을 받아들이는 것이 일체 중단되었다. 뒤늦은 자는 양의 가죽을 계속 뒤집어쓰고 칼의 보복을 기다리지 않으면 안 되었다.

정보 제공자는 운송인과 마찬가지로 한 번의 용무가 끝나면 이제는 소용이 없었다.

수용소 당국의 고민은 그 대책에 있었다. 즉, 이 무서운 수용소에서의 운동을 어떻게 막고, 진압하는가에 있었다. 그래서 그들이 최초로 사용한 상투적인 수법은 명령서를 배포하는 일이었다.

우리들의 마음과 육체를 그 수중에 장악하고 있는 그들은, 우리의 이 운동이 정치적인 것이라고는 절대로 생각하지 않았다. 위협적으로 쓴 명령서에는(교도관들이 막사를 돌면서, 그 명령서를 읽어 주었다), 이러한 운동을 〈비적 행위〉로 규정하고 있었다. 아니, 최근까지 비적들에게 〈정치범〉 딱지를 붙여서 우리 수용소로 보내지 않았던가? 이번에는 정반대로 정치범들이 — 처음으로 정치범들이 — 〈비적〉이 된 것이다. 그들은 자신 없이, 이 비적들은 곧 적발될 것이라고(아직 한 사람도 잡지 못했지만) 말하며, (또 자신 없이) 그리고 총살될 것이라고 말했다. 또한 그 명령서는 죄수 대중에게 호소하고 있었다 — 비적들을 〈비난〉하고, 〈박멸〉하자!

죄수들은 그 명령을 듣고, 웃음을 참으면서 흩어졌다. 규율 담당 장교들은 정치적인 것을 정치적으로 인정하기 두려워한다는 것이(이미 30년 동안이나 어떤 심리나 수사든지 〈정치〉를 개입시켰음에도 불구하고) 그들의 약점임을 우리는 감지했다.

그것이야말로 그들의 약점이었다! 이 운동을 비적 행위로 규정하는 것은, 그들의 책임 회피의 수단이었다. 수용소에서는 있을 수 없는 정치적 운동을 허락한 책임을 면하기 위해, 수용소 당국이 생각해 낸 지혜였다. 그 이점과 필연성은 상부에도 파급되었다 — 내무부의 주(州) 지부나 수용소 관리 사무소로, 수용소군도 관리 본부로, 그리고 심지어는 내무부 자체에까지 이르게 되었다. 항상 정보를 두려워하는 체제라는 것은 때때로 자기 자신까지 속이게 된다. 혹시 교도관들이나 규율 담당 장교들이 살해된다면, 그들은 제58조 8항이라는 테러의 조항을 피할 수 없었을 것이다. 그럴 경우에 그들은 간단히 죄수들을 총살형에 처할 권리를 가졌을 것이다. 그러나 그들은 이 방법을 피했다. 그들은 수용소군도 관리 본부의 지도부가 스스로 불을 붙여서 일어났던, 그 무렵 교정 노동 수용소를 뒤흔든 〈암캐들의 전쟁〉의 일환으로, 특수 수용소에서도 이런 일들이 일어나고 있다고 분석할 수 있는 가능성을 찾느라 애썼다.[4]

4 〈암캐들의 전쟁〉에 대해 한 장을 모두 할애해도 좋지만, 그러기 위해서는 많은 자료가 필요하다. 그래서 불충분하지만, 독자에게는 바를람 샬라모프의 저서 『죄 많은 세계』를 권한다.

간단하게 말하자면 〈암캐들의 전쟁〉은 1949년경부터 시작되었다(제멋대로 계속 일어난 도적들과 〈암캐들〉 사이의 분쟁을 무시한다면). 1951년과 1952년에는 이 전쟁이 심해졌다. 도적들의 세계가 많은 분파로 분열했다. 원래 도적들과 암캐들 이외의도, 〈무한자들〉, 마흐로프파, 우쁘로프파, 삐보바로프파, 붉은 두건파, 똥개파, 철띠파 등 그 수가 많았다.

그 무렵에는 수용소군도 관리 본부의 지도부도 아마, 형사범을 재교육시킬 수 있다는 무오류 이론에 절망하여 그 무거운 짐을 어깨에서 벗으려고 했을 것이다. 그 때문에 도적 세계의 분열을 타고, 어느 분파를 지지하고, 다른 분파를 부추겨서 그 칼로 상대방을 살해했다. 살육은 공공연하고 광범위하게 일어났다.

그 후, 형사범 살인자들도 좋은 생각이 났다 — 죽이는 데 자기 자신의 손을 쓰지 않거나, 혹은 자기가 죽이더라도 그 죄를 남에게 전가하는 방법을 취하기 시작했다. 젊은 경범죄자나 예전의 병사 또는 장교가 살인자의 위협으로 타인이 살해한 죄목을 대신 뒤집어쓰고, 제59조 3항의 비적 행위로 규정한 조항이 적용되어 25년의 형이 선고되고, 이내 투옥되었다. 그런데 분파를 지도했던 도적들은 혐의 없이, 1953년의 〈보로실로프〉 대사면으로 석방되었다(하지만 독자가 개탄하지 않도록 덧붙이자면, 그들은 후에 여러 번 투옥되었다).

우리 신문 지상에 〈재단련〉에 얽힌 감상적인 이야기를 게재하는 유행이 되돌아왔을 때, 수용소에서 일어나고 있는 살육에 관한 정보의 한 줄이 새어 나갔다. 물론, 그것은 거짓이고 불확실한 것이었다. 게다가 그 속에는 〈암캐들의 전쟁〉과 특수 수용소의 〈칼질〉과 그 밖의 여러 가지 살육이 고의적으로 혼돈되어 있었다(역사를 왜곡하기 위해). 수용소의 이야기는 국민 누구나 흥미를 가지고 있어서, 모두가 그런 기사를 탐독했으나, 전혀 진상을 파악할 수 없었다(기사가 그렇게 쓰여 있었다). 예를 들어 갈리치라는 기자가 1959년 6월에 『이즈베스찌야』 지상에 꼬시흐라는 사람에 대해 쓴 〈기록 소설〉을 발표했다. 그 소설에 의하면, 그 사람은 80페이지에 이르는 편지를 타자기로 쳐서 수용소 최고 회의 앞으로 보내, 최고 회의를 감동시킨 것으로 되어 있었다. (1. 어디서 타자기를 얻었는가? 보안 장교의 것을 사용했는가? 2. 한 페이지의 편지를 읽는 것도 어려운데, 80페이지에 이르는 장문의 편지를 대체 누가 읽는다 그런 식으로 그들은 자기 자신을 정당화했다. 그러나 대신 수용소의 살인자들을 총살하는 권리를 잃어버렸다. 그것은 유효한 대책을 취할 수 없다는 것을 의미했다. 그 때문에, 그들은 확대되는 운동에 대하여 무엇 하나 쓸 만한 대응책을 강구할 수가 없었다.

명령서는 효과가 없었다. 죄수 대중은, 자기들의 지배자를 대신하여 〈비난〉하거나, 〈박멸〉하는 일은 하지 않았다. 다음에 취해진 조치는 수용소 전역을 징벌 규율로 하는 것이었다! 그것은 이러한 것이었다 — 죄수들은 작업 시간 이외의 평일의 자유 시간과 일요일을 모두 아침부터 밤까지 형무소에 같이 갇혀서, 용변은 변기통을 사용하고, 식사도 막사 안에서만

는 말인가?) 이 꼬시흐라는 사나이는 25년의 형이 선고되어 있었는데, 그것은 그의 두 번째 형기였다. 어떠한 사건으로, 무슨 죄로 그런 형을 받았는가 하는 대목에서, 갈리치는 우리 나라의 여느 기자와 마찬가지로, 곧 그 명확성과 분명함을 잃었다. 꼬시흐가 〈암캐〉를 죽였는지, 아니면 밀고자를 처벌하는 정치적인 살해를 했는지 명확하지 않다. 그러나 중요한 것은, 역사적 전망에 있어서 이들의 죽음은 전부 한데 엉켜서, 비적 행위로 보였다는 것이다. 이 신문은 이와 같은 과학적 설명을 했다. 〈그 때(《그 이전》에는 없었나? 그리고《지금》은 어떤가?), 수용소에서는 베리야의 하수인들이(모든 죄를 나쁜 놈한테 뒤집어씌워라!) 암약하고 있었다. 법의 엄격한 규정은, 그것을 실행에 옮기는 사람들의 불법인 행위에 의하여 짓밟혔다(통일된 지시가 있었는데도 어떻게? 그 지시에 거역하는 자가 과연 있었을까?).《그들은 수단과 방법을 가리지 않고》, 죄수들의 여러 단체 사이의《적의를 부채질하여, 서로 부추겼다》(강조는 내가 했다. 이것만큼은 사실이다 — 솔제니찐.).) (밀고자들을 사용하는 방법도 이 설명에 해당한다.) 〈그것은 야만적이며, 잔혹하고, 고의로 부추기는 적의였다.〉

살인자에게 이미 선고된 25년의 형으로는, 수용소에서 자행되고 있는 살인을 중지시킬 수는 없었다. 여기서 1961년에, 수용소에서의 살인에 대해서는 총살에 처하라는 정령이 나왔다. 물론, 거기에는 밀고자의 살인도 포함되어 있었다. 흐루쇼프 시대의 정령이야말로, 스딸린 시대의 특수 수용소에 꼭 필요한 것이었다.

하지 않으면 안 되었다. 그 때문에 야채수프와 죽을 큰 통에 담아서 여러 막사로 배달하게 되었고 식당은 아주 텅 비게 되었다.

이것은 괴로운 규율이었으나, 길게 가지는 않았다. 작업 현장에서 우리들이 점차 일하지 않게 되자, 석탄 산업 트러스트가 비명을 질렀다. 그러나 길게 가지 못한 주요 원인은, 그 부담이 전적으로 교도관에게 달려 있었기 때문이다. 징벌 규율로 바뀐 후부터 그들은 열쇠를 가지고, 쉴 새 없이 수용소 끝에서 끝까지 돌아다니지 않으면 안 되었다 — 변기통을 운반하는 죄수 무리를 위생부로 데리고 가거나, 또 막사로 도로 데리고 와야 했다.

당국의 목적은 우리가 이 규율에 견딜 수 없어서, 살인에 대한 불만을 터뜨리고 그 살인자를 끄집어 내리라는 데 있었다. 하지만 우리는 괴로움을 참기로 했다. 그럴 만했다! 게다가 또 하나의 목적이 있었다 — 다른 막사에서 살인자가 오지 않도록 막사를 잠가 버리는 것이다. 그렇게 되면, 각 막사에서 살인자의 발견이 용이하게 된다고 생각했다. 그런데 또 살인이 일어났다 — 또다시 살인자를 찾아내지 못하고, 아무도 그를 〈본〉 사람도, 그를 〈아는〉 사람도 없었다. 그런데 작업 현장에서 물건이 떨어지는 바람에 누군가 머리가 부서지고 말았다 — 이런 일은 아무리 막사를 닫아도 막을 수 없었다.

드디어 징벌 규율이 중지되었다. 그 대신에 〈만리장성〉을 쌓기로 했다. 이 장성은 벽돌 2장 너비에 높이 4미터로 수용소 구내를 반으로 가르듯이, 세로로 중앙부를 갈라서 쌓기 시작했고, 다 된 후에는 수용소를 완전히 둘로 나누려고 했으나, 지금은 아직 통로가 남아 있었다(이것은 모든 특수 수용소에 공통되는 계획이었다. 이러한 큰 수용소 구내를 여러 개의 작은 수용소 구내로 나눈다는 것이다. 다른 많은 수용소에서도 진행되고 있었다). 이러한 일은 마을로서는 무의미한 공사였으며, 석탄 산업 트러스트는 자금을 댈 수가 없었다. 그렇기 때문에 이 공사를 위한 일체의 부담 — 즉, 벽돌의 제조, 건조를 위한 작업, 벽돌의 운반과 장성의 구축이 우리 어깨에 놓이고, 우리의 일요일이나 작업에서 돌아온 뒤의 저녁 시간이(여름이니까 아직 밝았다) 희생되었다. 이 장성의 구축은 우리한테는 싫은 작업이었다. 당국이 무언가 나쁜 일을 기도한다는 것을 알고 있으면서, 우리들은 그 장성을 쌓지 않으면 안 되었기 때문이다. 우리는 또한 아주 조금밖에 속박에서 풀리지 않았다. 자유롭게 된 것은 머리와 입뿐이었으며, 어깨 아래의 몸은 아직도 여전히 노예 제도라는 늪에 풍덩 빠져 있었다.

이 모든 대책, 즉 위협적인 명령서, 징벌 규율, 장성은 모두 야만적인 것으로, 형무소의 소산이었다. 그런데 이게 무슨 일일까? 하루는 느닷없이 한 작업반이 사진실로 호출되었다. 이어서 다른 작업반도, 3일째 작업반도 호출되어서 사진을 찍었다. 그런데 의외로 부드럽게, 목에 죄수 번호를 쓴 판때기도 걸지 않고, 얼굴도 일정한 방향으로 하지 않아도 되고, 하고 싶은 포즈로 앉아, 편한 대로 하라는 것이었다. 그런데 문화 교육부장의 〈부주의한〉 말에서 일꾼들은 〈사진은 증명서 때문에 찍는다〉는 것을 알았다.

그렇다면 어떤 증명서를 위해서인가? 도대체 죄수한테 무슨 증명서인가? 쉽게 잘 믿는 사람들 사이에는 흥분이 들끓기 시작했다 — 어쩌면 호송 해제 후의 통행 증명서를 만들고 있지는 않을까? 어쩌면……? 혹시……?

또 어느 교도관은 휴가에서 돌아와, 큰 소리로 동료에게(더욱이 죄수들이 있는 데서) 말하는데, 오는 길에서 석방된 죄수들의 열차를 여러 번 만났는데, 그들은 자기들의 열차에 구호를 쓴 플래카드를 나뭇가지로 장식하고 집으로 돌아가는 중이었다.

아, 얼마나 가슴이 설레는가! 그래, 진작부터 그랬어야지! 종전 후에는 이것부터 시작했어야지! 이제야 시작되는가?

들리는 바에 의하면, 어떤 죄수가 고향에서 편지를 받았는데, 편지에 의하면, 그 이웃 사람은 석방되어 벌써 집에 돌아와 있다는 것이었다!

갑자기, 사진을 찍은 한 작업반이 조사 위원회에 호출되었다. 방에는 한 사람씩 들어가게 되었다. 방 안에는 붉은 천이 깔려 있는 책상에, 스딸린 초상화 밑에 수용소 당국자들이 나란히 앉아 있었다. 그 밖에 잘 모르는 두 사람, 한 사람은 까자끄인이고, 또 한 사람은 러시아인이었는데, 우리 수용소에서는 한 번도 본 적이 없는 사람들이었다. 그들은 사무적으로 일을 하고 있었으나 얼굴에 미소를 담고 서류를 작성하고 있었다. 성, 이름, 부칭, 생년월일, 출생지 ─ 그런데 그다음에는 조항, 형기, 형기 종료 일시 대신에 상세한 가족 사항이 계속되어 있었다. 아내, 부모, 자식이 있으면, 그 연령, 모두 동거하는지, 별거하고 있는지 등을 묻고 있었다. 그 모든 것을 쓰게 했다! (조사 위원이 기록계에게 지시했다 ─ 이것도 쓰고, 저것도 쓰고!)

이상하게도 급소를 찔린 듯한 기분이 좋은 질문이었다! 제 아무리 마음이 완고한 사람이라도 이런 질문을 받으면 마음속이 따스해지며 가슴이 막힐 듯했다! 몇 해 동안 죄수들은 개가 짖듯이, 짤막한 말밖에 듣지 못했다 ─ 조항은? 형기는? 죄상은? 그런데 여기서는 전혀 악의가 없는, 점잖고 인간적인 장교들이 나란히 앉아, 천천히 동정하듯 질문하는 것이다. 그렇다, 동정하면서, 마음속에 간직했던 것들을 물었다. 그것은 자기 자신도 건드리고 싶지 않고, 옆 침상에서 잠자는 사람에게도 아주 간단히 말하거나 혹은 전혀 이야기하지 않는 것들이었다……. 게다가 이 장교들은(죄수는 앞에 앉아 있는 이 상급 중위가 작년 10월 혁명 기념일 전날에, 자기 가족사진을 빼앗아 찢어 버렸던 일을 벌써 잊고 이제는 용서할 기분이었다) 죄수의 아내가 벌써 다른 남자와 결혼해 버렸고, 아버지는 이미 노쇠했으며, 죽기 전에 자식을 만나기를 단념하고 있다는 말을 듣자, 그것 참 안되었다고 동정하며, 서로 눈을 마주보고 끄덕였다.

그들도 나쁜 사람은 아니었다. 그들도 우리와 같은 인간이었다. 다만 그들의 근무는 개가 하는 일이었다……. 모두 기록한 후에, 그들은 각 죄수에게 이런 최후의 질문을 한다.

「그런데 자네는 어디서 〈살고〉 싶은가? 부모가 살고 있는 지방인가, 아니면 이전에 살았던 곳인가?」

「뭐라고요?」 죄수는 눈을 크게 뜬다. 「저는…… 7호 막사에…….」

「그것은 우리도 알고 있네!」 장교들이 웃었다.

「우리가 묻고 싶은 말은, 자네가 어디에 〈정착하고 싶은가〉라네. 만일 자네가 석방된다면 말일세! 서류에 어느 지방을 지정하고 싶은가?」

그래서 이 말을 들은 죄수는 눈앞이 캄캄해졌다. 태양이 조각조각으로, 색색의 광선이 반짝이는 것이다……. 이것은 꿈인가, 동화인가, 현실에서 이런 일이 있을 수 있겠는가. 자기의 형기는 25년이나 10년인데, 아무런 변화도 없다. 지금도 흙투성이가 되어 일하며, 내일도 하지 않으면 안 될 몸이다. 그가 머리로 이해하고 있는데, 앞에 있는 몇 명의 장교와 두 사람의 소령이 동정하면서 조용히 다시 질문했다.

「그러니까 어디로 가고 싶은가? 그 지명을 말하게.」

그리하여 볼을 붉힌 소년이 여자의 이름을 말하듯이, 겨우 가슴을 진정시키며 감사한 기분에 가슴이 뿌듯해져 마음속 깊이 간직하고 있었던 소원을 말했다 — 만일 4개의 죄수 번호가 붙은 저주받은 도형수가 아니라면, 어디에서 자기 여생을 보내고 싶은지 말했다.

그들은 그 지명을 기입한다! 또 다른 사람을 불러 달라고 부탁한다. 그리하여 그 죄수는 미친 사람처럼 복도로 뛰어나가, 동료들에게 있었던 일을 이야기한다.

작업반원들은 한 사람씩 방으로 들어가, 우호적인 장교들의 질문에 대답한다. 그리고 다음과 같이 빈정거리는 사람은 50명 중에 한 명꼴이었다.

「여기 시베리아는 다 좋은데, 날씨가 너무 더워요. 북극 지방으로나 보내 주지 않을래요?」

혹은 이렇게 말했다.「이렇게 써 주쇼. 나는 수용소에서 태어났으니까, 수용소에서 죽겠다고. 더 좋은 곳은 모르겠수다.」

장교들은 이렇게 두세 개의 작업반을 호출해서 이야기했다(그런데 수용소에는 2백 개나 되는 작업반이 있었다). 며칠 동안 수용소는 흥분의 도가니였으며, 여러 가지 화제가 난무했다. 하지만 우리들 중의 절반은 그 화제를 믿지 않았다 — 그러는 사이에 시간은 흐르고 또 흘렀다! 그리고 후에 조사위원회는 더 열리지 않았다. 카메라에는 필름을 넣지 않았었기 때문에 사진을 찍는 데 그다지 비용이 들지는 않았다. 그러나 모두 한결같이, 공손한 얼굴로 악당들의 이야기를 듣는 데에는 참을성이 모자랐다. 그 참을성이 모자란다는 것은, 결국 그들의 파렴치한 계획이 실패로 끝났다는 것을 의미한다.

(그래, 그것이 우리들의 위대한 승리였음을 인정하자! 1949년에 잔혹한 규율의 수용소 ─ 영구히 지속될 ─ 가 만들어졌다. 하지만 불과 몇 년이 지나, 1951년에는 지배자들이 이 점잖게 꾸민 연극을 하지 않으면 안 되었다. 우리의 성공을 인정한 이 이상의 증거가 어디 있겠나? 어찌하여 교정 노동 수용소에서 그들이 이런 연극을 연출해야 되었을까?)

그리하여 다시 칼이 번뜩였다.

그래서 지배자들은 〈체포〉하기로 결정했다. 밀고자 없이 누구를 체포할 것인지 그들은 잘 알지 못하였으나, 그래도 어느 정도의 의혹이나 생각은 있었다(어쩌면 누군가 몰래 밀고했는지도 모르겠다).

어느 날, 작업이 끝난 뒤에, 두 사람의 교도관이 막사로 와서 평상시와 같이 명령했다. 「모든 소지품을 들고, 우리를 따라와.」

그런데 한 죄수가 동료를 뒤돌아보며 말했다. 「나는 가지 않겠어.」

이것은 사실이었다! 이 일반적인 간단한 〈연행〉, 즉, 체포에 우리는 그간 거역하려고도 하지 않았으며, 당연한 운명이라고 생각했었던 것이다. 하지만 이런 체포에도 〈가지 않겠다〉라는 대답이 가능한 것이다! 속박에서 해방된 우리의 머리가, 겨우 그것을 이해했던 것이다!

「가지 않겠다니?」교도관이 추궁했다.

「그래요, 가지 않겠어요.」죄수는 완강하게 대답했다. 「나는 여기가 좋아요.」

「그 친구가 가는 데가 어디요? 왜 가야 하는 거요? 데려가지 마시오! 절대로 안! 그냥 돌아가요!」사방에서 고함을 질렀다.

교도관들은 빙빙 돌다가 결국 그냥 돌아가 버렸다.

다른 막사에서도 같은 일이 있었으나 결과는 같았다.

그리하여 늑대들에게, 우리가 예전의 양이 아니라는 것을 알렸다. 속여서 체포하거나, 위병소에서 잡거나, 혹은 많은 사람이 한 사람한테 한꺼번에 덤벼들어야 했다. 군중 속에서는 연행할 수가 없다는 것을 알게 되었다.

그리고 더러운 곳에서 해방되어, 감시나 도청의 속박에서 피하게 된 우리는 주변을 살피면서, 〈우리는 몇천 명의 대군이다! 우리는 《정치범》이다! 우리는 《저항》할 수 있다!〉라는 것을 알게 되었다.

그 사슬을 끊기 위해서 우리는 올바른 고리를 잡아당겼다. 즉, 그것은 밀고자들이다! 도청하는 놈들이다! 배신자들이다! 이들이 우리를 해쳤던 것이다. 고대의 제단처럼, 우리가 큰 죄에서 벗어나려면 그들이 피를 흘리지 않으면 안 된다.

혁명의 힘이 강해지고 있었다. 잠시 사그라진 듯했던 그 바람이 폭풍이 되어 우리 가슴에 불어 들어왔던 것이다.

제11장
사슬을 부수다

　우리와 경비병들 사이에는 이미 홈이 아니라 커다란 도랑이 생기고, 우리는 양쪽 언덕에 서서 앞으로 어떻게 될 것인가? 생각하고 있었다.

　우리가 〈서 있다〉는 것은, 물론 단순한 비유에 지나지 않는다. 우리는 매일 새로운 반장들(모두를 위해 맡아 달라고 부탁하고, 비공식으로 선출한 사람이든가, 혹은 이전부터 있었던 사람이었으나, 지금은 몰라보게 달라진, 친절하고 우호적으로 된, 배려심이 많아진 사람)을 선두로 작업하러 나가거나, 작업 출동 전에 정렬하는 곳으로 늦지 않게 가서, 서로 폐가 되는 일을 하지 않았고, 작업 출동 거부자도 없었고, 그리고 꽤 좋은 성적으로 작업장에서 돌아왔다. 따라서 수용소의 지배자들도 이런 우리한테 만족하는 것 같았다. 한편, 우리도 그들의 태도에 만족했다. 왜냐하면, 그들은 조금도 고함치거나 위협하지 않고, 조그만 일로 징벌 감방에 투옥하지도 않았기 때문이다. 또 우리들이 그들을 만나도 모자를 벗지 않는 것을 모르는 체했다. 막시멘꼬 소령은 언제나 늦잠을 자서 아침 작업 출동에는 나오지 않았으나, 저녁에는 죄수 대열을 위병소에서 맞으며, 수용소 구내로 들어가기를 기다리는 대열을 향해 농담을 던지곤 했다. 이럴 때마다 소령은 기분 좋게 우리를 맞았다. 그 모습은 마치 따브리다 지방의 유복한 농민이 스텝에서 돌아오는 자기 가축의 기다란 무리를 맞는 것 같았다. 일요일에는 때때로 영화도 보여 주었다. 그러나 여전히 우리는 〈만리장성〉 축조에 동원되었다.

그럼에도 불구하고, 〈앞으로 어떻게 될 것인가?〉라고, 우리들도, 그들도 줄곧 생각하며 지혜를 짜내고 있었다. 이러한 상태가 언제까지 계속될 리가 없었다. 우리도 불만이었지만, 그들 또한 불만이었다. 어느 한쪽에서 일격을 가하지 않으면 안 되었다.

그렇다면 우리는 대체 무엇을 요구할 수 있을까? 우리는 이미 말하고 싶은 것이나, 속에 간직했던 것을 꺼릴 것이 없이, 기탄없이 〈말했다〉. (설사 수용소 구내에 있었어도, 인생의 태반이 지나갔어도, 표현의 자유를 음미하는 것은 즐거웠다!) 그렇다고 해서 이 자유를 수용소 밖으로 확산해서, 그 자유를 가지고 밖으로 나갈 수 있을까? 물론, 그럴 수는 없었다. 그러면 우리한테는 어떤 다른 〈정치적〉 요구를 할 수 있을까? 우리는 그것도 생각할 수도 없었다! 그것이 무의미하거나, 아주 효과가 없었다기보다도, 우리는 생각할 수조차 없었기 때문이다! 수용소에 있으면서 나라가 아주 달라진 것처럼 나라에 수용소를 폐지하도록 요구할 수도 없었다. 아니, 그런 짓을 했다가는 비행기에서 폭탄이 떨어지고 말 것이다.

자연스럽게 요구할 수 있는 것은, 우리 〈사건〉을 재심리해 줄 것을 요청하거나 아무런 죄도 없는데 부당하게 얻은 형기의 취소를 요구하는 것이다. 그렇지만 그것이 성공할 가망은 없었다. 우리 나라가 테러의 악몽에 쌓여 있던 그 시대에는 우리들의 〈사건〉과 우리의 판결의 태반이 판사에게는 정당한 것으로 보였기 때문이다. 게다가, 우리 자신도 그 정당성을 납득할 것 같은 형세였다! 또 재심이라고 하는 것은 비물리적인 것으로, 대중 모르게 이루어지며, 그것이 우리를 속일 수 있는 가장 최상의 방법이었다 — 약속을 하거나, 시간을 연장하거나, 재심을 하러 다니는 것으로 몇 년을 끌 수 있었다. 가령 갑자기 누군가를 석방한다고 말하며, 수용소에서 끌고 나간다 해도 그것이 총살하기 위해서인지, 다른 형무소로 이송하는 것인지, 새 형기를 가하기 위한 것인지, 어떻게 알아볼 수 있겠는가?

〈조사 위원회〉의 연극도, 어떤 수법으로 속이려는 것인지 증명된 것이 아닌가? 재심이 없어도 석방해 줄 것 같은 연극으로 유혹하려는 것이 아닌가⋯⋯.

누구 하나 반대하는 사람이 없이 모두의 의견이 일치되어, 가장 굴욕적인 제도의 폐지를 요구하기로 했다. 그것은 다음과 같은 것이었다. 밤에 막사에 감금하지 말 것. 변기통을 두지 말 것. 우리에게서 죄수 번호를 뗄 것. 우리의 노동에 대하여 조금이라도 보수를 인정할 것. 1년에 12통의 편지를 쓸 수 있도록 허락할 것. (그런데 사실 이 모든 것이 교정 노동 수용소에서는 인정되었다. 편지는 1년에 24통까지 허락했는데, 그곳에서는 인간적인 생활은 없지 않았는가?)

하루 8시간 노동을 요구할 것인가, 라는 문제가 나오면, 우리의 의견은 통일되지 않았다⋯⋯. 우리는 너무나 자유와 멀어져서, 그것을 바랄 의지조차 없었다⋯⋯.

요구하는 방법에 대해서도 이것저것 생각했다 — 어떻게 요구 사항을 전달할 것인가? 무엇을 할 것인가? 빈손으로는 현대식 무장을 한 군대에 대항할 수 없는 것이 분명해서, 우리가 취할 방법은 무장봉기가 아니라, 파업이라고 생각했다.

이 파업 때 자기의 죄수 번호를 떼도 되었다.

그렇지만 우리들 중에는 아직 노예의 피가 흐르고 있는 사람들이 있었다. 자기 손으로 이 추한 죄수 번호를 모두가 일제히 떼버린다는 것은, 너무나 대담하고, 너무나 도발적이며, 돌이킬 수 없는 행위로 생각되어, 마치 기관총을 들고 한길로 뛰쳐나가는 행위와도 같이 생각되었다. 또 〈파업〉이라는 말은 우리의 귀에 너무나 무섭게 들려, 단식 투쟁을 하자고 했다 ── 만일 파업을 단식 투쟁과 동시에 시작할 경우, 파업을 결행하기 위한 정신적 권리는 얻을 것 같은 생각이 들었다. 단식 투쟁은 어느 정도 할 권리가 있다고 생각되었으나, 파업이라면 그렇지 않았다. 우리들은 어려서부터 〈파업〉이라는 것은 아주 위험한 것이며, 당연하게도 이 반혁명적인 말은 〈국제 부르주아, 제니낀 장군, 꿀라끄의 사보타주, 히틀러〉와 맞먹는 낱말이라고 머리에 박혀 있었다.

이리하여 우리는 자발적으로 무의미하게 단식 투쟁을 함으로써, 투쟁을 전개하기 위한 필요한 체력을 스스로 소모했다 (다행인 것은 우리 다음에 어느 수용소도 이 에끼바스뚜스 수용소의 잘못을 반복하지는 않았다).

우리는 이와 같은 단식 투쟁을 실시할 경우에 일어날 수 있는 여러 가지 자질구레한 문제도 검토했다. 최근에 전(全) 수용소에서 실시된 징벌 규율의 교훈에서, 그 보복 조치로 막사에 감금된다는 것을 우리는 이미 알고 있었다. 그럴 경우, 우리는 어떻게 서로 연락할 것인가? 단식 투쟁의 진행 방법에 관한 결의를 다른 막사에 어떻게 전할 것인가? 누군가 그것을 검토하여, 각 막사의 신호를 조정하여, 창문에서 창문으로 그것을 전달하는 방법을 생각해 내지 않으면 안 되었다.

이런 일은 여기저기, 여러 집단에서 이야기되어, 불가피하고 바람직한 것으로 생각되었으나, 그와 동시에, 익숙하지 않아 불가능하게 생각되었다. 우리가 갑자기 모여서 상의를 하고, 결의를 굳히고, 그리고…… 이런 날은 상상조차 할 수 없었다.

그러나 우리의 경비대는 공공연한 군사적 단계로 조직되고, 행동에 익숙하여, 행동하는 것이 행동하지 않는 것보다 위험의 소지가 적었고, 우리보다 앞서 공격을 개시했던 것이다.

그리하여 사건들이 진행되어 갔다.

우리는 조용하고 기분 좋게, 익숙한 침상에서, 익숙한 작업반에서, 막사에서, 방에서, 한구석에서 새로운 1952년을 맞았다. 그런데 1월 6일 일요일, 정교회에서는 크리스마스이브에 해당하는 날에, 서부 지방의 우끄라이나인들이 성대하게 이 크리스마스이브를 축하하며, 밀반(蜜飯)[1]을 만들고, 밤하늘에 별이 뜨기까지 단식을 하고, 그리고 크리스마스 노래를 부르려는데, 아침 점호가 끝나자 우리는 느닷없이 막사에 갇혀 밖으로 나갈 수가 없었다.

이런 일은 아무도 예측하지 못했다! 그 준비는 몰래, 모두를 조롱하듯이 진행되었다. 창문을 내다보니 이웃 막사에서 1백 명이나 되는 죄수들이 소지품을 들고 채 끌려 나와 위병소에 감금되는 것이 보였다.

다른 수용소로 호송되는 걸까?

우리한테도 왔다. 교도관들이었다. 카드를 든 장교들. 그 카드에 적힌 이름을 부르고 있었다. 소지품을 들고…… 그리고 깔개를 들고 밖으로 나오라고 했다.

그렇군! 이것은 죄수들의 재분산이야! 만리장성 통로에 경비병들이 서 있었다. 내일은 그 통로를 막게 되어 있었다. 우리 수백 명의 죄수들은 위병소 밖으로 쫓겨나 화재의 피해자

---

1 보릿가루나 쌀가루에 꿀이나 건포도를 넣어 만든 명절 음식 ─옮긴이주.

처럼 소지품이나 깔개를 들고, 수용소 밖으로 돌아, 한쪽 위병소에서 다른 수용소 구내로 들어갔다. 그 수용소 구내에 있던 죄수들은 우리의 막사로 이동하고, 우리는 그들과 반대 방향으로 스쳐 지나갔다.

모두 열심히 머리를 굴렸다 ─ 누가 붙잡혔나? 누가 남게 되었는가? 이 재분산의 이유는 무엇인가? 이윽고 지배자들의 의도가 분명해졌다. 우리들 중 절반인(제2 수용 지점) 2천 명 정도의 우끄라이나인만 남았다. 이동한 나머지 절반, 즉 제1 수용 지점에는 3천 명 정도의 모든 민족이 모였다 ─ 여기에는 러시아인, 에스토니아인, 리투아니아인, 따따르인, 까프까스인 등 여러 민족, 그루지야인, 아르메니아인, 유대인, 폴란드인, 몰다비아인, 독일인, 그 밖의 유럽이나 아시아에서 우연히 잡힌 사람들이 있었다. 한마디로 말해서 〈단일하고, 불가분의 것〉인 우리 나라였다. (사회주의적, 비민족주의적 이론으로 계몽되었을 내무부가 여전히 민족을 분리시키는 낡은 길을 걷고 있었다는 사실이 흥미롭다.)

종래의 작업반이 해산된 다음 새로운 작업반이 만들어지고, 새로운 작업반은 새로운 작업 현장으로 가게 되고, 새로운 막사에 살게 되었다. 이것은 완전한 교체였다! 그 정리에는 일요일 단 하루가 아니라 일주일이 걸렸다. 우리의 연락망은 도처에서 단절되어, 사람들이 흩어지고, 그리고 무르익어 가던 단식 투쟁의 계획도 깨졌다……. 오, 그들이 얼마나 신속하고 영리한지 보라!

우끄라이나인들의 수용 지점에는 병원 전부와 식당과 클럽이 있었다. 그 대신 우리의 수용 지점에는 규율 강화 막사가 있었다. 우끄라이나인들의 반데라파들, 즉 가장 위험한 반란자들을 되도록 규율 강화 막사에서 멀리 떼어 놓았다. 이것은 무엇 때문일까?

우리는 곧 그 이유를 알게 되었다. 수용소에서 나돌던 믿을 수 있는 소문에 의하면(규율 강화 막사에 야채수프를 운반하는 일꾼들에게 들었다), 〈수화물 보관소〉에 갇혀 있던 밀고자들이 뻔뻔스러워졌다는 것이다 — 그들의 감방으로 용의자들을(여기저기서 두세 명을 붙잡았다) 붙잡아 오면, 밀고자들이 그들을 고문하여, 목을 조르거나, 때리거나 하면서 자백을 강요하여 이름을 불게 했다! 〈누가 칼잡이인가〉를 알려고 했다. 걔들은 직접 고문하지 않고(아마 허락이 없어서 문제를 일으키지 않기 위해서였을 것이다) 밀고자들에게 맡겼다. 스스로 알아서 살인자들을 찾으라고 했다. 그들을 몰아대지 않더라도 열심이었다. 이리하여, 그 식충들은 자기들이 먹는 밥값을 했다. 반데라파들이 규율 강화 막사를 습격하지 않도록 하기 위하여, 되도록 멀리 떨어지게 했다. 우리가 안전한 이유는 — 우리는 순진한 사람들이며, 여러 민족으로 나뉘어 있고, 결속하는 일이 없기 때문이었다. 반란자는 저쪽에 있었으며, 4미터 높이의 장성이 사이에 있었다.

하지만 뛰어난 역사가들이 제아무리 많은 훌륭한 책을 써도, 사람들의 마음속에서 신비로운 불꽃이 타오르는 것을, 그 사회적 폭발의 놀라운 발생을 예상할 수는 없었다. 아니, 그 후의 설명조차 할 수 없었다.

때로는 천 뭉치에 불을 붙여서 쌓아 놓은 장작 밑으로 넣어도, 장작이 타지 않는 수가 있다. 그 반대로, 단 하나의 불꽃이 굴뚝에서 나와 높은 데로 날리기만 했는데 마을 전체가 잿더미가 되기도 한다.

우리 3천 명은 어떤 준비도 없었고, 아무런 대비도 없었다. 그러나 저녁에 작업에서 돌아오자, 규율 강화 막사의 이웃에 있던 막사에서 죄수들이 자기 침상을 분해하기 시작하고, 가로로 붙어 있던 각재나, 십자로 질러 있던 각목을 뜯어내어, 어두컴컴한 속에서(규율 강화 막사 한쪽 벽에는 컴컴한 장소가 있었다) 규율 강화 막사의 주위에 둘러놓은 튼튼한 판자의 벽을 그 각목으로 두들기기 시작했다. 그들에게는 도끼나 쇠망치가 없었다. 구내에 그런 도구가 있을 리가 없다. 혹시 생산 부문의 제작소에서 한두 개 가져왔는지 모르겠다.

그 판자벽을 두들기는 소리는, 목수들의 우수 작업반이 작업할 때 나는 소리와 똑같았다. 처음의 판자가 뚫리고, 그것을 뜯기 시작했다. 그 순간, 수용소 구내의 전역에, 12센티미터나 되는 못을 뽑아내는 소리가 들렸다. 목수들의 작업 시간은 지났으나, 들리는 소리는 일할 때의 소리와 같아서, 망루에 서 있는 경비병들도, 교도관들도, 그 밖의 막사의 일꾼들도 그다지 신경을 쓰지 않았다. 저녁의 수용소는 평상시와 다름없었다 — 어떤 작업반은 저녁을 먹으러 가고, 어떤 작업반은 저녁 식사를 마치고 돌아오고 있었다. 어떤 사람은 위생부로 가고, 또 어떤 사람은 소지품 보관소로 가고, 어떤 사람은 소포를 받으러 갔다.

그래도 교도관들은 잠시 불안을 느끼며 규율 강화 막사 쪽으로, 마침 소리가 나는 어두컴컴한 곳으로 가보았다. 그러자 그들은 그곳에서 화상이라도 입은 듯이 뛰쳐나와서, 본부의 막사로 뛰어갔다. 누군가 몽둥이를 들고 한 교도관을 뒤쫓았다. 거기서 다시 소동을 크게 벌이는 듯, 누군가 돌을 던지고, 혹은 몽둥이로 휘두르며, 본부 막사의 창문 유리를 부수기 시작했다. 시끄러우면서도 즐거운 듯이, 또 위협하는 듯한 소리를 내며 막사의 창문 유리가 깨진 것이다!

그런데 죄수들의 계획은 반란을 일으키거나, 또는 규율 강화 막사를 점령하려는 것도 아니었다. 그것은 쉽사리 될 것 같지가 않았다. (이 사진은 몇 년이 지난 후에 촬영한 것인데, 에끼바스뚜스 규율 강화 막사의 문이 부서져 있음을 볼 수 있다.)(도판 5) 그들의 계획은 단지 창문에서 밀고자들의 감방에 휘발유를 끼얹고, 불을 지르려고 한 것이었다. 너무 우쭐대지 말라는 경고를 하려는 것이었다. 규율 강화 막사 주위의 벽을 두들겨 부수고, 그 구멍으로 들어간 것은 12명 정도의 사람들이었다. 안으로 들어가, 어디가 놈들의 감방인지, 그 창문을 찾으며 그 덧문을 부수고 사람을 어깨에 오르게 하여, 휘발유가 담긴 양동이를 잡으려는 순간 망루의 기관총이 수용소 구내를 향해 불을 뿜기 시작하여 결국에는 불을 붙일 수 없게 되었다.

그것은 수용소에서 도망친 교도관들과 규율 담당관인 마체호프스끼가 경비대에게 연락했던 것이다. (그의 뒤에도 칼을 든 죄수가 뒤쫓았다. 그는 생산 부문의 창고 지붕을 따라, 모퉁이의 망루 쪽으로 도망치면서 〈같은 편이야! 쏘지 마!〉라고 망루의 경비병들에게 외쳤다.)[2] 그리고 경비대의 사령부가(이제 그 지휘관의 이름을 알려면 어디로 가야 하는가?) 각 모퉁이의 망루에 전화로, 기관총을 발사하도록 명령했다. 무슨 일이 있었는지 전혀 모르는 맨몸의 죄수 3천 명을 향해 사격하도록 명령했던 것이다. (예를 들어, 우리 작업반은 바로 그때 식당에 있었다. 기관총이 울리기 시작하는 것을 듣고는 어찌된 영문인지 전혀 몰랐다.)

운명의 장난인지, 이 사건이 일어난 날은 신력(新曆)으로

---

2 그도 역시 난도질당하여 죽었다. 그러나 그것은 우리가 한 짓이 아니라, 1954년에 우리들 대신에 에끼바스뚜스 수용소로 호송된 형사범들이었다. 그는 가혹한 사람이었으나, 대담하기도 했다는 것을 인정하지 않으면 안 된다.

1월 22일이었는데, 구력으로는 1월 9일에 해당했다. 그날은 이때까지의 달력에서는 〈피의 일요일〉의 추모일로 되어 있었다. 그런데 우리 수용소에서는 피의 화요일이 되었던 것이다. 게다가 뻬쩨르부르끄보다도 사형 집행인들이 훨씬 많았고, 광장 대신에 스텝이었다. 또 목격자도 없었고, 신문 기자도, 외국인도 없었다.[3]

어둠 속에서 기관총이 제멋대로 수용소 구내를 사격하기 시작했다. 사실 사격하는 시간은 짧았다. 대부분의 총탄은 머리 위를 스쳐 갔을지 모르지만, 많은 총탄이 낮게 날아왔다. 하지만 사람을 사살하는 데는 그렇게 많은 총탄이 필요하지 않았다. 총탄은 막사의 얇은 벽을 꿰뚫고, 그리고 흔히 그러듯이, 규율 강화 막사에 갇힌 사람들이 아니라 전혀 상관이 없는 사람들에게 상처를 입혔다. 그럼에도 불구하고 그들은 자기의 상처를 〈숨기지 않으면 안 되었기 때문에〉 위생부로는 가지 않고, 개처럼 저절로 낫기를 기다리지 않으면 안 되었다. 그 상처 때문에 그들은 반란자로 몰릴 가능성이 있었기 때문이었다. 이 사건이 있은 뒤에는, 모두 똑같이 보이는 죄수 무리 속에서 누군가를 끄집어내어 처형하지 않으면 안 되었다! 9호 막사에서, 자기 침대에서 잠자던 얌전한 노인이 살해되었다. 그는 거의 10년의 형기를 마치고 있었으며, 앞으로 한 달 후에는 석방될 참이었다. 나중에 알고 보니 그의 성장한 자식들이 망루에서 우리를 향해 총탄을 퍼붓던 병사들이 근무하고 있는 것과 같은 군대에 있었다.

규율 강화 막사에 있던 죄수들은 규율 강화 막사의 뜰에서 도망쳐서, 각자의 막사에 숨었다(또한 흔적을 남기지 않기 위

3 그때쯤부터 달력에 피의 일요일을 표시하지 않게 되었다. 그것은 너무 흔하고 평범한 사건이라 추모할 필요가 없다는 듯이.

하여, 자신이 분해한 침상을 다시 조립하지 않으면 안 되었다). 다른 대부분의 죄수들도 기관총이 울리는 소리를 듣고, 제각기 막사에 가만히 있기로 했다. 하지만 일부 사람들은 거꾸로 행동을 취하고, 지나치게 흥분한 나머지 밖으로 나가 구내를 돌아다니며, 무슨 일이 일어났는지 알려고 했다.

이미 이 무렵에는 교도관들이 한 사람도 수용소 구내에 남아 있지 않았다. 장교들이 없어진 본부 막사의 깨진 창문이 음산한 검은 구멍처럼 보였다. 망루는 침묵을 지키고 있었다. 호기심이 왕성한 사람들이 수용소 구내를 배회하면서 진상을 알려고 했다.

그때 갑자기 우리 수용 지점의 문이 활짝 열리며, 경비 소대가 자동소총을 들고 총탄을 제멋대로 난사하면서 들어왔다. 그리고 그들은 부채꼴로 사방으로 흩어졌다. 그 뒤로 광기에 찬 교도관들이 뒤따랐다. 그들은 쇠 파이프나 몽둥이 같은 것을 되는 대로 손에 들고 있었다.

그들은 수용소 구내를 뒤지며, 막사를 계속해서 공격했다. 이윽고 병사들이 사격을 멈추고, 제자리에 서자, 교도관들이 앞으로 나와 숨어 있는 사람들이나 부상자들을 붙잡아 가차없이 그들을 때렸다.

이것은 뒤에 알게 된 일이지만, 처음 우리는 구내에서 울리는 시끄러운 총성밖에 듣지 못하고, 어둠 속에서 아무것도 보지 못해서, 무슨 일이 일어났는지 전혀 짐작하지 못했었다.

우리 막사 입구에서는 살인적인 혼잡이 일어났다 ― 죄수들은 조금이라도 빨리 안으로 들어가려고 했으나, 그 때문에 오히려 아무도 들어가지 못했다. (막사의 얇은 벽이 총탄으로부터 우리를 막아 주기 때문이 아니라, 한 발짝이라도 안으로 들어가면, 반란자로 보지 않기 때문에 모두 들어가려고 몰렸던 것이다.) 그 입구에는 나도 있었다. 그때의 심경을 나는 지금도 기억하고 있다 ── 그것은 자신의 운명에 대한 불쾌한 무관심, 자신의 생사에 대한 순간적인 무관심이었다. 어찌하여 네놈들은 이렇게 끈질기게 우리한테 붙어 다니는가? 이 불행한 세상에 태어났다고 해서, 어찌하여 죽을 때까지 죄가 있다고 하는가? 어찌하여 우리는 영원히 형무소에 갇히지 않으면 안 되는가? 이 도형의 괴로움 때문에, 나의 가슴에는 동시에 평안과 메스꺼움이 가득했다. 아직 아무 데도 쓰여 있지 않은 장편 서사시나 시를 머리에 간직하고 있다는 평상시의 공포마저 잊고 있었다. 그리하여 군복 외투를 걸친 죽음이 이미 우리의 막사에 접근하고, 나 역시 그 죽음에 직면했으나, 나는 모두가 몰리고 있는 문으로 들어가려고는 하지 않았다. 이것이야말로 진정한 도형수의 기분이었다. 이것이야말로 그들이 우리에게 준 것이었다.

입구의 혼잡이 가라앉았을 때, 우리는 마지막으로 막사 안으로 들어갔다. 순간, 총성이 실내인 탓에 더 크고 시끄럽게 들렸다. 우리를 뒤쫓는 듯 3발의 총탄이 문에 맞았다. 그 총탄이 옆문의 문설주에 꽂혔다. 네 번째 총탄이 튕기면서 문 유리창에 작은 구멍을 냈고 그 주위로 거미줄 같은 무수하게 가느다란 금이 갔다.

뒤쫓던 자들이 우리를 막사 안에 가두었을 뿐이었다. 놈들은 또 막사에서 나갔다가 들어오지 못한 사람들을 붙잡고 두들겨 팼다. 매 맞아 부상당한 사람들은 20명가량 되었으나, 그 일부는 몸을 숨겨, 상처를 감췄다. 나머지 사람들은 일시적으로 위생부에 넘겨졌으나, 그 후 그들의 운명은 반란에 참가했다는 것이 되어 형무소에 들어가고 심리를 받았다.

하지만, 이런 일들은 뒤에 알게 되었다. 다음 날 아침인 1월

23일에도 우리는 식당에 가는 것이 금지되었다. 그 이유는 막사 사람들이 식당에서 여러 가지 정보를 교환하여, 사태를 파악하는 좋은 기회가 되기 때문이었다. 또 한 사람도 부상자가 없고, 죽은 사람이 있다는 것을 알지 못하는 막사에서는 그대로 작업하러 나갔다. 우리 막사도 그랬다.

우리는 작업하러 나갔으나, 아무도 우리를 뒤따라 수용소 문을 나오지 않았다 ─ 정렬장은 텅 비었고, 작업 출동도 없었다. 우리는 속은 것이다!

이날, 우리는 기계 제작소에서 침울한 기분으로 처박혀 있었다. 사람들은 기계 사이를 돌아다니거나, 앉아서 이야기를 했다. 도대체 어젯밤에 무슨 일이 일어났는가? 그런데 우리는 언제까지 이렇게 일하며 참아야 하는가? 그럼, 〈참지 않고〉 어떻게 하겠냐며, 이미 굴복해 버린 고참 수용소 죄수들이 반론을 폈다. 〈멀쩡한 몸으로 살아남은 사람들이 어디 있단 말이야?〉 (이것은 1937년에 체포된 사람들의 인생철학이었다.)

우리들이 어둠을 뚫고 작업장에서 돌아왔을 때, 수용 지점의 구내는 역시 조용했다. 그러나 누군가 다른 막사 창가에 가서 정보를 가져왔다. 그에 의하면, 2명의 사상자와 3명의 부상자를 낸 9호 막사와 그 이웃 막사가 이미 오늘부터 작업 출동을 거부했던 것이다. 지배자들은 그들에게 말하기를, 내일이면 우리가 생각을 바꾸어, 작업하러 나갈 것이라고 생각된다고 했단다. 하지만 내일은 우리도 작업 출동을 거부해야 한다는 것이 분명해졌다.

우리는 그런 취지를 여러 장의 종잇조각에 써서, 장성 너머에 있는 우끄라이나인들의 지지도 촉구하기로 했다.

전혀 생각지도 않았던 단식 투쟁이 계획도 세워지지 않고, 전혀 뜻밖에 지휘 본부도 없이, 연락 방법도 확립되지 않은 채 시작되었다.

식품 창고를 점령하고, 작업 출동을 거부한 다른 수용소의 경우는 우리보다 훨씬 현명했다. 그러나 우리의 경우는 설령 현명하지는 못했어도 효과적이었다 — 어쨌든 3천 명이나 되는 사람들이 일제히 빵도 작업도 거부했기 때문이다.

아침이 되자, 어느 작업반도 빵을 받으러 빵을 자르는 곳에 사람을 보내지 않았다. 어느 작업반도 식당으로 가서, 이미 만들어 놓은 수프나 죽을 먹으려고 하지 않았다. 교도관들은 무슨 일이 일어났는지 알지 못했다. 그들은 두세 번 분주히 막사에 다니며 식당에 가서 먹도록 권했다. 그 후에는 위협도 하고, 우리를 막사에서 쫓아내려고도 했으나, 그 후 이내 다시 부드럽게 말했다. 놈들은, 〈어서 식당에 가서 빵을 먹지〉라고만 말했다. 작업 출동에 대해서는 일체 말하지도 않았다.

그러나 아무도 가지 않았다. 전원이 신발을 신고, 옷을 입은 채로 말없이 누워 있었다. 다만 반장들(그 뜨거웠던 해에 나는 반장을 하고 있었다)만이 교도관으로부터 말을 듣고, 이따금 대답을 하지 않으면 안 되었다. 우리들도 또한 다른 사람들처럼 누운 채 중얼거리듯 대답했다.「아니, 그렇게 말해도 소용없습니다…….」

조용히 결속된 이 권력에 대한 저항, 이 집요하고 지속적인 저항은, 총탄의 비 아래에서 소리치며 도망치는 것보다 더 두렵게 느껴졌다.

이윽고 설득이 끝나고, 막사에 다시 자물쇠가 걸렸다.

단식 투쟁이 시작된 다음 날부터는 막사 밖으로 당직만 나가게 되었다. 그들은 변기통을 들어내거나, 음료수나 석탄을 들여왔다. 위생부의 병원에 입원한 사람만이 단식 투쟁에 참여하지 않는 것으로 정해졌다. 그리하여 의사들과 간호사들은 일해도 되었다. 취사계는 일단 음식을 만들고 나서 그것을 버렸다. 그 후 한 번 더 식사를 준비하고 나서, 그것도 버렸다. 그 이후로는 전혀 식사를 준비하지 않았다. 특권수들은 아마 첫날에 당국자들을 만나, 도저히 작업하러 나갈 수 없는 뜻을 설명하고 돌아온 모양이었다.

그 후 지배자들은 우리를 만나지 않았고, 우리 심중을 알 수도 없었다. 교도관들과 그 노예들 사이에는 깊은 도랑이 생겼다!

단식 투쟁에 참가했던 사람이라면, 자기 인생에서 이 사흘간을 죽을 때까지 잊을 수가 없을 것이다. 우리는 다른 막사에 살고 있던 동료들을 만날 수 없었고, 그리고 또 방치되어 있던 시체를 보지 않았다. 우리는 텅 빈 수용소 구내에 있으며, 철로 결속된 듯이 일치단결하고 있었다.

단식 투쟁에 돌입한 사람은 피하 지방이 충분하고 영양이 좋은 사람들이 아니라, 야위고 쇠약한 사람들이었다. 그들은 오랜 세월을 매일 굶주리며 괴로워했고, 겨우 체내의 균형을 유지하는 사람들이었으며, 1백 그램의 빵만 빼앗겨도 곧 그 균형이 허물어지는 사람들이었다. 사흘간의 단식은 죽음을 확실한 것으로 만들었으나, 폐인들도 똑같이 단식 투쟁에 참여했다. 우리들이 거부한 식사는 거지나 먹는 식사로 생각해 왔으나, 지금 굶주림에 지친 꿈속에서는 최고급 요리로 보였다.

몇십 년에 걸쳐서 〈너는 오늘 죽어라, 나는 내일 죽겠다!〉라는 늑대의 규범 밑에서 자라난 사람들이 단식 투쟁을 실시했던 것이다. 그들은 다시 태어나, 자기가 빠져 있던 악취가 풍기는 웅덩이에서 기어 나와, 내일도 이런 생활을 계속하느니보다, 다 함께 오늘 죽는 편이 낫다고 생각했던 것이다.

막사 방에서는 모두가 서로 격려하고 있었다. 누군가 먹다

남은 것을 가지고 있거나, 특히 소포를 받은 사람이 있으면, 그것을 공동의 장소, 즉 깔아 놓은 보자기 위에 모았다. 그리고 그 방의 합의에 의해, 일부는 모두에게 나누고, 나머지는 다음 날에 돌렸다. (소포를 받은 사람은 소지품 보관소에 더 많은 음식을 가지고 있는지 모르지만, 아무도 그것을 받으러 가지는 않았다. 우선 첫째, 수용소 구내를 지나서 소지품 보관소로 갈 수가 없었다. 둘째로, 누구도 선뜻 자기의 나머지 음식을 가져오려고 하지 않았다. 그것은 단식 투쟁이 끝난 후를 생각하여 대비하는 것이었다. 어떤 형무소에서도 그렇지만, 이 단식 투쟁도 전원이 평등한 시험은 아니었다. 이런 의미에서 전혀 음식 준비가 없이, 단식 투쟁 후에도 음식이 없는 사람들이야말로 진짜 용기를 가지고 단식 투쟁에 임했던 것이다.) 만일 도정한 보리가 있다면, 그것을 난로에서 끓여서, 아주 조금씩 모두에게 나누어 주었다. 난로의 불을 세게 하기 위하여 침상의 널빤지를 뜯어내어 때기도 했다. 자기 자신의 생명이 내일까지 연장될지 아닐지도 모르는데, 나라의 재산을 소중하게 생각할 겨를이 없었다!

지배자들이 어떻게 나올지, 아무도 예측할 수는 없었다. 또다시 망루에서 막사를 향해 자동소총이 불을 뿜겠지, 하고 모두 생각했다. 양보는 절대 있을 수가 없을 것이라고 생각했다. 우리는 한 번도 놈들에게서 양보를 받아 본 적이 없었다. 그 때문에 우리들의 단식 투쟁은 절망적인 허무한 기운에 싸이게 되었다.

그러나 그 절망적인 허무함 속에서도, 무엇인가 만족을 느끼게 하는 것이 있었다. 우리는 무익하고 무모한 짓을 했다. 그것은 절대 그냥 끝나지는 않을 것이다. 그래도 좋다는 기분이었다. 배는 굶주리고, 가슴은 아팠으나, 그러나 또 하나의 차원 높은 욕구로 가득 차 있었다. 이 굶주림에 지친 긴 날, 그 긴 밤들에는 3천 명의 사람들이 3천 개의 형기에 대하여, 3천의 가족에 대하여, 혹은 자기에게 가족이 없다는 것을 생각하며, 자신의 과거와 앞일을 생각했다. 물론, 이렇게 사람이 많으니까, 그 마음속에는 여러 가지 생각이 있는 것도 당연하다. 어떤 사람은 후회했고, 어떤 자는 절망적이었다. 그럼에도 불구하고, 〈이것으로 됐어! 저놈들을 골려 주는 거야! 괴로워도 좋아!〉 이런 기분이 압도적으로 강했다.

이것도 아직 연구된 바 없는 법칙이지만, 이성을 거역하는 대중 감정을 갑자기 고쳐시키는 우리가 모르는 어떤 법칙이 있다. 이러한 고쳐진 기분을 나 스스로 느껴 보았다. 나의 형기는 앞으로 1년밖에 남지 않았다. 그렇기 때문에 이런 시끄러운 일에 말려들어서 두 번째 형기를 받게 된다면 후회하며 자책할 것 같았으나, 나는 조금도 후회하지 않았다. 두 번째 형기 따위는 아무렇지도 않아!

그다음 날 창문을 내다보니, 장교 무리가 막사를 차례로 도는 것이 보였다. 교도관들은 막사의 문을 열고 들어와 각 방을 들여다보면서 복도를 지나 호출하기 시작했다(예전과는 달리 고함치는 것이 아니라, 부드러운 말투였다). 「반장! 밖으로 나오게!」

우리는 토론하기 시작했다. 결정을 내린 것은 반장이 아니라, 그 밑에 있는 작업반이었다. 각 방을 돌아다니며 상의했다. 우리의 상태는 복잡했다 — 주변에 있던 밀고자들은 근절되었으나, 의심스러운 자는 아직 있었다. 아마 밀고하는 자도 있었을 것이다. 예를 들면 매끄럽고 대담하게 행동하는 자동차 수리반 반장인 미하일 게네랄로프와 같은 사나이가 그런 사람이었다. 그리고 인간 본성에 대한 경험으로 볼 때, 오늘은 자유를 위해 단식 투쟁에 참가하고 있는 사람이라도 내일이 되면 편안한 노예 생활을 바라며 〈배신하리라는〉 것을 알고 있었다. 그렇기 때문에 단식 투쟁을 주도하고 있던 사람들은 (물론 지도자들이 있었다) 표면에 나오지 않고, 지하에 숨어 있었다. 그들은 공공연하게 주도권을 쥐지 않았고, 반장들도 공공연하게 주도권을 잡기를 거부했다. 그래서 얼핏 보기에는 우리의 단식 투쟁은 통제 없이, 자연 발생적으로 일어난 것처럼 보였다.

결국 어디서인가 눈에 띄지 않는 곳에서 결정이 나왔다. 우리들 반장 7~8명이, 현관에서 인내하며 기다리던 당국자들에게 갔다. (그곳은 바로 최근까지 규율 막사였던 2호 막사였으며, 이 막사에서 지하 통로를 팠다. 그리고 그 지하 통로 입구는 우리 회담 장소에서 불과 몇 미터 떨어져 있지 않은 곳이었다.) 우리는 벽에 기대어, 눈을 내리깔고, 돌처럼 잠자코 있었다. 우리가 눈을 내리깐 것은, 이미 아무도 지배자를 바라보고 싶지가 않았고, 또 반항적인 눈을 하여 오히려 역효과를 내는 것이 두려웠다. 우리는 칠칠치 못한 꼴로 두 손을 바지 주머니에 넣고, 고개를 조금 숙인 채, 외면하고 있었다. 그것은 어찌할 도리가 없는 불량소년이 교무 회의에 불려 나온 모습이었다. 선생님의 말씀을 잘 듣지 않는, 손쓸 수 없는 불량소년과도 같았다.

그 대신, 양쪽 복도에는 죄수들이 몰려가, 현관에 얼굴을 내밀고, 뒷사람은 앞사람의 등에 얼굴을 감추고 하고 싶은 소리를 외쳤다. 그것은 우리의 요구며, 우리의 회답이었다.

푸른 견장을 단 장교들(안면이 있는 사람들 속에는 전혀 보지 못했던 사람도 있었다)은 공식적으로 반장들만 바라보며 말했다. 그들은 참고 있었다. 위협하지는 않았으나, 그들의 말투는 여전히 우리가 그들과 대등한 입장이 아니라는 것을 강조하고 있었다. 그들의 이야기에 의하면, 파업과 단식 투쟁을 중지하는 것이 우리 자신에게 이익이 된다고 했다. 그럴 경우, 오늘의 배급 빵만이 아니라, 어제의 배급 빵도 나온다고 말했다. 이것은 〈수용소군도〉에서 예전에는 없었던 일이다! (굶주린 자는 빵으로 낚을 수 있다고 그들은 굳게 믿고 있었다!) 처벌이나 우리 요구에 대해서는 마치 아무 일도 없었다는 듯이 한마디도 하지 않았다.

교도관들은 양쪽에 나란히 서서 오른손을 호주머니에 넣고 있었다.

복도에서 외치는 소리가 들렸다.

「발포한 범인을 재판에 회부해라!」

「막사의 자물쇠를 열어라!」

「죄수 번호를 폐지하라!」

다른 막사에서는 〈특별 심의회의 판결을 공개 재판에서 재심해라〉라고 요구했다.

그런데 우리 반장들은 불량소년이 교장 선생님 앞에 서 있듯이, 언제 설교가 끝날지를 기다리고 있었다.

지배자들이 떠나자 막사에는 다시 자물쇠가 잠겼다.

굶주림 때문에 많은 사람들이 지쳐서 머릿속이 몽롱했으나, 막사 안에서는 양보했으면 좋겠다는 소리가 전혀 들리지 않았다. 누구 한 사람 아쉬워하는 사람이 없었다.

우리의 반항에 대한 보고가 상부 어디까지 갔을까 하는 화제가 한창이었다. 물론 내무부에서는 이미 알고 있거나, 오늘 중에는 알게 될 것이다. 하지만 〈수염〉[4]은 어떨까? 그 도살자는 주저 없이 우리 5천 명 전원을 총살하고도 남을 것이다.

4 스딸린을 말함 — 옮긴이주.

저녁 무렵 비행할 수 없을 정도로 흐린 날씨였으나, 비행기 소리가 들렸다. 더 상부의 누군가 날아온 것이라고 나는 추측했다.

고참 죄수로, 수용소군도의 자식인 니꼴라이 흘레부노프 ─ 그는 우리 작업반 동료였으나, 투옥되어 벌써 19년이 지난 지금은 취사장에서 일하고 있었다 ─ 는 그날 수용소 구내를 어슬렁거리다가, 대담하게도 탈곡한 수수 1푸드의 부대를 들고와, 우리 막사 창문에 던져 넣었다. 우리는 그 수수를 7개 작업반으로 나누어 교도관들에게 들키지 않게 밤에 몰래 끓여서 먹었다.

흘레부노프는 나쁜 소식을 전했다 ─ 만리장성 저쪽, 즉 우끄라이나인들의 제2 수용 지점이 우리의 단식 투쟁에 동조하지 않았다는 소식이었다. 아무 일도 없다는 듯이 우끄라이나인들은 어제도 오늘도 작업에 출동하고 있었던 것이다. 그들이 우리의 메모를 받고, 이쪽이 이틀이나 조용했던 것을 몰랐을 리가 없었다. 또 야간에 총성이 들리는 소동이 있은 후에, 이쪽 수용소 구내가 이틀이나 텅 비어 있었던 것이 건설 현장의 크레인에서도 보였을 것이다. 아니, 야외에서 우리의 대열을 만나지 못한 것으로도 사정을 알았을 것이다. 그럼에도 불구하고, 그들은 우리에게 동조하지 않았던 것이다! (나중에 알게 되었지만, 그들의 지도자격이었던 젊은이들은 아직 진짜 정치를 알지 못하여, 우끄라이나는 러시아와는 다른 길을 가야 한다고 생각하고 있었다. 그렇게 당당한 정신으로 시작한 그들은 지금 우리로부터 이탈해 있었다.) 그 때문에 우리는 5천 명이 아니라, 3천 명이었다.

이틀째 밤도, 사흘째 아침도, 사흘째 낮도, 굶주림 때문에 위가 찢어질 듯 아팠다.

그런데 전보다 훨씬 많아진 체끼스뜨들이 사흘째 아침이 되자, 또다시 반장들을 현관으로 불러냈다. 우리는 나가서 무표정한 얼굴로 아무런 말도 듣고 싶지 않다는 자세로 외면하고 있었다. 그때도, 〈양보하지 말라!〉라는 전원 일치된 결의가 엿보였다. 이미 우리에게는 투쟁의 타성이 붙어 있었다.

지배자들은 거꾸로 우리에게 힘을 줄 뿐이었다. 새로 온 고위 당국자가 다음과 같이 말했다.

「뻬스차니 수용소 관리국은 〈죄수들이 식사를 할 것을 요구한다〉. 관리국은 모든 탄원을 받아들인다. 당국과 죄수들 간 〈충돌〉의 원인을 규명하여, 그것을 제거하도록 하겠다.」

우리가 잘못 들은 것은 아닐까? 우리들이 〈식사를 할 것을 요구〉하다니! ── 게다가 작업에 대해서는 한마디도 없다. 우리가 형무소를 습격하여, 창문 유리와 외등을 깨뜨리고 칼을 휘두르며 교도관들의 뒤를 뒤쫓았는데, 그것이 폭동이 아니고 서로 간의 충돌이라니! ── 대등한 입장끼리의 충돌, 당국과 죄수들 사이의 충돌이었다!

우리가 꼬박 이틀 동안 단결한 것만으로, 지배자들의 태도가 이렇게 달라졌다! 살아생전에, 죄수로서가 아니라, 사회인으로서도, 노조원으로서도 우리는 지배자들의 입에서 이렇게 부드러운 말은 들은 적이 없었다!

그러나 우리는 말없이 해산하기 시작했다. 〈여기에서〉는 아무도 결정을 내리지 못했다. 결정을 내릴 약속을 아무도 할 수 없었다. 독립 수용 지점장이 우리들 한 사람씩 이름을 불렀으나, 반장들은 고개를 떨군 채, 뒤돌아보지도 않고 떠나가 버렸다.

그것이 우리의 회답이었다.

그리하여 막사에는 다시 자물쇠가 잠겼다.

밖에서 보면, 지배자들의 눈에는 이 막사가 여전히 말없이 완고한 것으로 보였다. 그러나 내부에서는 방마다 격렬한 토의가 진행되었다. 너무나 유혹이 컸었다! 그 부드러운 태도가 위협보다는 효과가 있었고, 엄한 데 익숙한 죄수들의 마음을 움직였던 것이다. 양보하자는 소리가 나오기 시작했다. 실제로 이 이상의 성과를 거두지 못하리라는 기분도 있었다.

우리는 지쳐 있었다! 우리는 먹고 싶었다! 우리의 마음을 하나로 해서, 위로 이끌어 가던 신비로운 법칙이 기세를 잃고 떨어지기 시작했다.

그러나 몇십 년이나 굳게 입을 다물고, 일생 동안 침묵을 지키고, 죽을 때까지 그것을 계속 지키려던 사람들이 입을 열었다. 그들의 이야기를, 물론 살아남은 밀고자들도 듣고 있었을 것이다. 그 몇 분간 목청을 높여 외치면(우리 방에서는 드미뜨리 빠닌) 나중에 두 번째 형기를 받고, 자유에서 떨어졌던 목에 밧줄이 걸리게 된다. 그럼에도 불구하고 성대는 처음으로 본래의 일을 하기 시작했다.

이제 와서 양보하다니? 그것은 상대의 약속을 믿고, 항복하는 것을 의미하는 것이다. 그것이 누구의 약속인가? 다름 아닌 교도관이나 수용소의 충견들인 것이다. 형무소나 수용소에서 이미 몇십 년이나 있었지만, 놈들이 한 번이라도 자기 약속을 지킨 적이 있는가!

오래전부터 마음속 깊이 가라앉아 있었던 괴로움과 한스러운 굴욕의 앙금이 치밀어 올랐다. 우리가 처음으로 바른길에 섰는데 지금 양보하다니? 우리가 비로소 우리 자신을 인간으로 자각했는데 벌써 항복하다니? 이런 기분이 생기며, 우리를 더욱 부추겼다. 계속하자! 계속하는 거야! 그러면, 놈들은 더욱 달라질 것이다! 우리에게, 양보하게 될 것이다! (그렇다면 놈들의 약속은 어느 시점에서, 어느 정도까지 믿을 수 있을까? 그것은 여전히 분명하지 않았다. 이것은 억압받는 사람들의 운명이다 ─ 〈믿을〉 수밖에 없고 굴복할 수밖에 없는 것이다…….)

다시 독수리의 힘찬 날개가 움직이기 시작하여, 우리 2백 명의 일치된 기분이 독수리의 날개처럼 다시 날갯짓하기 시작했다! 독수리가 다시 날았다!

우리는 체력 보존을 위하여, 다시 눕고, 되도록 움직이지 않고, 쓸데없이 말하지 않기 위해서 애썼다. 생각하는 것만으로도 충분했다.

막사에서는 꽤 전부터 마지막 식량이 바닥나 있었다. 이미 아무도 끓여서 나누어 먹을 것을 가지고 있지 않았다. 모두 침묵을 지키며, 몸을 움직이지도 않았고, 창문 유리에 얼굴을 가까이 댄 젊은 파수꾼들의 목소리만 들렸다 ─ 그들은 수용소 구내에서 일어나는 움직임을 죄다 이야기했다. 우리는 그 20대 청년들을 존경했다. 그들은 굶주렸는데도 여전히 흥분하고 있었다. 또 이제 인생의 입구에 서 있음에도 불구하고, 항복하지 않고 죽어도 싸우려는 그들의 의지에 우리는 감격했다. 우리는 머리에 진리가 너무 늦게 찾아와, 무거운 짐에 짓눌려 우리의 등뼈가 굳어진 지금, 이들 청년들이 눈을 뜬 데 대해 부러움을 느꼈다.

이제는 야네꼬 바라노프스끼, 볼로쟈 뜨로피모프, 그리고 대장장이 보그단의 이름을 말해도 좋을 것이다.

그런데 갑자기 사흘째 밤이 되기 전 맑은 하늘에 석양이 보일 때, 돌연 밖을 지켜보던 사람의 입에서 분한 외침 소리가 나왔다.

「9호 막사! 9호 막사가 굴복했다! 9호 막사가 식당으로 가고 있다!」

우리는 모두 일어났다. 복도 반대쪽 방에서도 모두 우리 방으로 몰려왔다. 위아래의 침상에서 네 발로, 혹은 서로 어깨 너머로 우리는 창문 쇠창살을 통해서, 그 슬픈 행렬을 숨죽이며 바라보았다.

250명의 가련한 모습이 — 그렇지 않아도 어두운데 석양을 등져서 더욱 어둡게 보였다 — 그렇지 않아도 비참한 사람들의 기다란 대열이 비스듬히 수용소 구내를 지나고 있었다. 그들은 석양을 가로질러 길게 한없이 이어져서, 가끔 끊기면서, 뒤쪽 사람은 마치 앞에 가는 사람을 나무라며 겨우 뒤따라가는 것만 같았다. 아주 쇠약한 사람들은 다른 사람에게 기대거나, 손에 이끌려 갔다. 그들의 풀린 다리를 보면, 많은 선도자들이 장님들을 유도하는 것처럼 보였다. 또 많은 사람들이 손에 반합이나 철제 컵을 들고 있었다. 쪼그라든 위장으로는 다 먹을 수 없는 저녁 식사를 기대하며 가져가는 그 빈약한 수용소의 그릇, 거지가 동냥을 바라며 앞으로 내민 것 같은 그 그릇은, 우리의 마음을 더 아프게 하고, 그들을 더욱 노예처럼 보이게 했고, 우리의 동정심을 자아냈다.

정신을 차려 보니 나는 울고 있었다. 눈물을 감추며 옆을 보니, 동료들의 눈에도 역시 눈물이 반짝였다.

그 9호 막사의 행동은 결정적이었다. 다름 아닌 그 막사에서는 화요일 밤에 죽은 사람이 있었고, 그 시체는 이미 나흘째 되는 날까지 그대로 방치되어 있었다.

그들은 이제야 식당으로 가서, 배급 빵과 죽을 받고, 살인자들을 용서하는 것처럼 보였다.

9호 막사는 식량 사정이 나쁜 막사였다. 그곳은 거의가 잡역부 작업반이었으며, 집에서 소포가 오는 일은 거의 없었다.

405

게다가 많은 폐인들이 있었다. 어쩌면 또 죽는 사람이 나올지 몰라서 항복했는지도 모른다.

우리는 말없이 창가를 떠났다.

그때 나는 비로소 폴란드인의 자부심이 어떤 것인지, 또 그들의 무모한 반항심이 무엇인지 알았다. 앞서 언급한 적이 있는 폴란드인 기사 예지 베기에르스키가 지금 나의 작업반에 있었다. 그는 10년 형의 마지막 1년을 살고 있었다. 그는 현장 감독을 하고 있을 때도, 절대 소리 지르는 일이 없었다. 그는 언제나 조용하고 공손하고, 부드러운 사나이였다.

그런데 지금 그의 모습은 사나웠다. 격하고, 경멸하며, 고뇌에 찬 그는, 그 거지들이 동냥하는 행렬을 볼 수 없어서, 외면하고 등을 펴고, 화가 치밀어 큰 소리로 외쳤다.

「반장! 저녁 식사하러 간다고 나를 깨우지 마! 나는 가지 않겠어!」

그리고 그는 침상 상단에 기어올라, 벽으로 얼굴을 돌린 채, 누워서, 일어나려고도 하지 않았다. 밤이 되어서 우리는 먹으러 갔으나, 그는 일어나지 않았다! 그는 소포를 받지 못하고, 고독하고, 언제나 배부르게 먹지 못했지만, 일어나려고 하지 않았다. 그의 머릿속에서는, 김이 모락모락 나는 죽의 환상이 자유의 이상을 가리지 못했다.

만일 우리 모두가 그처럼 고고하고 꿋꿋했다면, 어떤 폭군도 견딜 수가 없었을 것이다.

◆

다음 날인 1월 27일은 일요일이었다. 그들은 우리더러 밀린 작업을 만회하라고 하지는 않았다(물론, 당국의 높은 사람들은 계획 수행을 걱정하여 안절부절못했으나). 우리는 식사를 하고, 파업 중에 받지 못했던 빵을 받고, 수용소 구내를 자유롭게 다니는 것을 허락받았다. 모두 막사를 돌아다니며, 단식 투쟁 기간을 어떻게 지냈는지 이야기를 나누며, 마치 우리가 진 것이 아니라, 이긴 듯한 축제 기분이 되었다. 더욱이 부드러워진 지배자들은 모든 〈정당한〉 탄원은 (그렇지만 〈무엇이 정당한지〉 누가 알며, 누가 규정하는가?) 인정하겠다고 거듭 약속했다.

하지만 숙명적인 작은 사건이 일어났다 ― 단식 투쟁 동안에 줄곧 우리와 행동을 함께하고, 여러 사람의 이야기를 듣고, 여러 사람의 눈을 지켜보았던 〈암캐〉 볼롯까 뽀노마료프라는 사나이가 〈위병소로 도망쳐 들어갔다〉. 그것은 그가 우리를 배신하여, 복수의 칼을 피하기 위해서였다.

이 뽀노마료프의 도망에서 나는 형사범 세계의 본질을 느꼈다. 그들이 말하는 의리란, 그 세계의 대인 관계의 의리에 지나지 않는다. 그러나 일단 혁명의 와중에 말려들게 되면, 놈들은 반드시 비겁한 행동으로 나온다. 그들은 힘 이외의 어떠한 원칙도 이해하지 못했다.

주모자들의 체포 준비가 은밀히 진행되고 있다는 것은 우리도 알고 있었다. 그러나 발표된 것은 정반대였다 ― 까라간다, 알마아따, 모스끄바에서 조사 위원이 와서 여러 개의 책상을 놓고, 거기에 흰 모피 반외투와 펠트 장화를 신은 인사들이 앉아서 탄원서의 접수를 시작했다. 많은 사람들이 나가서 의견을 진술했으며, 그것은 모두 기록되었다.

화요일에는 소등 뒤에 〈탄원서 제출〉을 구실로 반장들이 집합되었다. 실은 그것은 또 하나의 비열한 수단이었으며, 일종의 심리 작전이었다. 그들은 죄수들에게 불만이 쌓여 있다는 것을 알고 있어서, 적극적으로 그 발표를 하게 하여, 후에 체포를 확실하게 하는 참고로 삼으려고 했다.

그날은 나의 반장으로서 최후의 날이었다. 내버려 둔 종양이 갑자기 커지고, 나는 그 수술 시기를 수용소식으로 말하자면 〈적당한 시기〉로 미루고 있었다. 1월이 되어, 특히 단식 투쟁 때, 이 종양이 나 대신에 〈지금이라면 적당하다〉라고 결정을 내리고, 매시간 커져 갔다. 단식 투쟁 후 막사가 열리자마자, 나는 의사한테 내 상태를 보이고, 바로 수술하기로 했다. 그래서 나는 지금 나의 최후의 회의에 나온 것이다.

회의는 목욕탕의 넓은 탈의실에서 열렸다. 이발하는 자리에 평행으로 간부석의 기다란 책상이 놓이고, 거기에 내무부의 대령과 몇 명의 중령이 자리하고, 또 계급이 낮은 장교들이 앉고, 우리 수용소의 당국자들은 그 뒤에 두 번째 줄에 앉아서, 거의 보이지 않았다. 또한 뒤에는 기록계들이 있었다. 그들은 회의 중 바쁘게 펜을 놀리며, 발언자의 이름을 앞줄의 사람한테서 물어서 적고 있었다.

출석자 중에는 〈특별부〉나 〈기관〉에서 온 한 중령이 돋보였다 — 그는 매우 머리 회전이 빠른, 총명하고, 이해심이 있는 길쭉한 얼굴의 악당이었다. 그 이해의 속도와 길쭉한 얼굴 탓으로, 그는 적어도 돌대가리 관리 부류에는 속하지 않아 보였다.

반장들은 억지로 발언하고 있었다. 대부분의 사람들은 비좁은 구석에서 발언하도록 끌려 나왔다. 그들이 무엇인가 말하려고 하면 이내 제지되어, 〈무엇 때문에 《사람들》을 죽였는가? 단식 투쟁의 목적은 무엇이었는가?〉라는 설명을 요구했다. 운이 나쁜 반장이 〈무엇 때문에 죽였는가? 어떤 요구가 있었는가?〉라는 질문에 대답하려고 하면, 장교들은 모두 그에게 질문 공세를 퍼부었다 — 〈어떻게〉 그것을 알게 되었는가?

자네는 폭도들과 〈관계가 있군〉, 어찌 된 것인가? 만일 그렇다면, 그들의 이름을 말해라!

그들이 생각하는 신사적으로, 아주 대등한 입장에서 이야기하며 우리의 요구의 〈정당성〉을 규명하는 방식은 이런 것이었다…….

특히 발언자를 제지하려고 한 것은, 그 길쭉한 얼굴의 악당 중령이었다. 그는 언변이 좋았고, 우리한테는 어떤 말을 해도 제재를 안 받는다는 우위에 있었다. 그는 예리하게 물고 늘어져서, 모든 발언을 도중에 끊고, 차츰 우리가 나빴다는 식으로 몰아갔다. 우리는 수세에 몰렸다.

나는 참을 수 없어, 이 형세를 어떻게든 역전시키고 싶은 충동을 느꼈다. 나는 발언을 요구하며 내 이름을 말했다(기록하기 위해, 나의 이름은 메아리처럼 되풀이되었다). 나는 여기 모여 있는 사람들 중에서 나보다 재빠르게 문법적으로 올바른 문장을 구사할 수 있는 자는 없다고 확신하면서, 긴 의자에서 일어났다. 유일한 문제점은, 내가 무슨 말을 하면 좋을지 몰랐다는 것이다. 이 책에 쓴 것이나, 도형의 긴 세월이나 단식 투쟁 동안 체험하고 생각한 것을 말한다는 것은 우이독경이었다. 그들은 또 형식적으로는 러시아인이니까, 〈들어가게 해주십시오!〉〈말하게 해주십시오!〉 등 간단한 문구의 러시아어는 통했다. 그러나 그들이 이렇게 긴 책상에 나란히 앉아, 우리에게 백치같이 희고, 영양이 풍부한 윤기 있는 얼굴을 보이고 있을 때, 그들은 이미 훨씬 이전부터 별도의 생물학상의 범주로 변했다는 것은 분명했다. 그리고 그들과는 대화에 의한 의사소통은 단절되었고, 남은 것은 총탄에 의한 의사소통뿐이었다.

다만 그중에서 머리가 긴 중령만이 오랑우탄으로 변하지

않고, 제대로 상대방의 이야기를 듣고, 제대로 이해했던 것이다. 내가 지껄이자마자, 그는 재빨리 말을 가로막으려 했다. 모두 군침을 삼키며 지켜보는 가운데서, 본격적으로 말을 주고받기 시작했다.

「자네는 어디서 일하고 있나?」

(내가 어디서 일하든, 그런 것은 관계없지 않은가?)

「기계 제작소입니다!」 나는 어깨 너머로 내뱉고는, 다시 재빨리 내가 하고 싶은 말을 재촉했다.

「그곳은 칼을 제조하는 곳인가?」 그가 직설적으로 물었다.

「아니, 그렇지 않습니다.」 나는 반박했다. 「이동 굴착기를 수리하는 곳입니다!」 (어떻게 그렇게 재빨리, 명확한 생각이 떠올랐는지 나로서도 이상할 정도였다.)

그리고 나는 그가 더 이상 말을 하지 못하고 이쪽 이야기에 귀를 기울이게 하기 위하여 한층 격하게 몰아붙였다.

그러나 책상 뒤에서 사냥개처럼 기다리고 있던 중령이 느닷없이 덤벼들더니, 밑에서부터 치고 올라왔다.

「자네는 〈폭도들〉의 대표로 여기에 왔는가?」

「아닙니다, 그렇지 않습니다. 당신이 불러서 왔습니다!」 나는 기쁨을 억제하면서, 상대방에게 한 방을 먹이며 말을 계속했다.

그는 다시 두 번쯤 더 덤볐으나 내가 그것을 모두 물리치자, 완전히 잠잠해졌다. 내가 이겼던 것이다.

이기기는 했다 — 하지만 무엇 때문에? 1년! 이제 남은 것은 불과 1년뿐이었다. 하지만, 이 1년은 나의 어깨에 무겁게 걸려 있었다. 그렇기 때문에 나는 그에게 진짜를 말할 수 없었다. 내가 말을 하려고 했다면, 당장 불멸의 명연설이라도 할 수 있었다 — 하지만, 그랬다가는 내일이라도 총살되고 말 것이다. 아니, 그렇더라도, 나는 그 연설을 했을 것이다 ── 만일 그 연설이 전 세계로 중계된다면. 그러기에는 청중이 너무 적었다.

그래서 나는 이 수용소가 파시스트식이며, 이 정권이 퇴보하고 있다는 증거라고는 하지 않았다. 다만 그놈이 냄새를 맡기 위해 내민 코끝에 석유를 묻힌 솜을 가까이 해서, 그의 감각을 마비시킬 뿐이었다. 나는 눈앞에 경비대 사령관이 있는 것을 알고, 호송병들의 타락상에 대한 불만을 토로했다. 그들은 〈소비에뜨 병사〉로서의 긍지를 잃고, 작업 현장에서 도적질하는 것을 돕고, 게다가 그 태도가 난폭하여 살인자나 다름없다고 했다. 또 죄수들에게 건설 현장에서의 도적질을 강요하고 있는 수용소 교도관들을 도적 집단으로 못 박았다(그것은 사실이지만, 도적질을 솔선하여 강요하고 있는 것은, 여기 앉아 있는 장교인 것이다). 그리하여 그것은 교정하려는 죄수한테 극히 나쁜 영향을 끼치고 있다고 결론지었다.

나 자신도 이 연설은 마음에 내키지 않았다. 만일 잘한 점이 있다면 이야기의 주도권을 이쪽에서 잡았다는 것뿐이었다.

주변의 침묵 속에서 T. 반장이 일어나, 흥분한 탓인지 아니면 천성인지, 천천히 더듬거리며 말했다.

「우리는 개처럼 지내고 있다…… 고 다른 죄수가 말할 때…… 이전에는 저도 그 말에 동의했지만…….」

간부석에 있던 개 같은 녀석이 귀를 쫑긋 세웠다. T.는 두 손으로 모자를 만지작거렸다. 그는 대머리의 추한 도형수로, 몹시 일그러진 얼굴이었다. 그는 좀체 적당한 말을 찾지 못했다.

「……하지만, 지금 생각하니, 제가 잘못 생각한 것 같습니다.」

개 같은 녀석이 만족스러운 얼굴 표정을 지었다.

「우리는 개보다도 더 지독한 생활을 하고 있습니다!」 T.는 힘주어 재빨리 말했다. 거기에 있던 반장 모두가 긴장했다.

「개한테는 목걸이에 번호 하나밖에 없지만, 우리는 4개나 달고 있어요. 개한테는 고기를 주지만, 우리한테는 생선 뼈밖에 주지 않습니다. 개는 징벌 감방에 투옥되는 일도 없어요! 개는 망루에서 쏘는 총을 맞을 염려도 없고요! 개한테는 〈25년〉의 형기가 선고되지 않는단 말입니다!」

그들이 말을 못 하게 막아도 좋았다. 그는 이미 중요한 것을 다 말했다.

체르노고로프가 일어서서, 예전 소비에뜨 연방 영웅으로서 자기소개를 했다. 또 한 사람의 반장이 일어섰다. 모두 열띤 어조로 대담한 발언을 했다. 간부석에서는 집요하게, 그리고 특히 강조하면서, 발언자의 이름을 되풀이하였다.

자칫하다가는 이것이 우리 죽음을 가져올지도 모른다……. 아니, 어쩌면 우리의 머리로 들이받아서, 이 견고한 벽이 허물어질지도 모른다.

회의는 무승부로 끝났다.

며칠이 조용히 지나갔다. 조사 위원회는 열리지 않게 되고, 마치 아무런 일도 없었듯이 수용 지점은 평화로웠다.

호송병들에게 연행되어, 나는 우끄라이나인들의 수용 지점이 있는 병원으로 보내졌다. 단식 투쟁 후에 그곳으로 연행된 것은 내가 처음이었다. 따라서 나는 가장 최근의 정보를 가진 사람이었다. 나의 수술을 담당하게 된 외과 의사 얀첸꼬는 나를 진찰하러 불렀으나, 그와의 문답은 종양과는 전혀 관계가 없는 이야기였다. 그는 나의 종양에 대해서는 그다지 관심을 보이지 않았다. 그 때문에 나는 이렇게 신뢰할 수 있는 주치의와 만난 것이 기뻤다. 그는 계속 질문했다. 우리의 고생담을 듣고는 그의 표정이 어두워졌다.

이상하게도, 인생에서 똑같은 일이 벌어지더라도 상황이 다르다면 다르게 받아들여진다! 이런 종양 ─ 아마 암이겠지만 ─ 이 만일 내가 사회에 있을 때 발병했다면, 대단한 걱정이 되어 친지들을 슬프게 했을 것이다. 그런데 목이 이렇게 간단히 몸통에서 잘려 나가는 상황에서 종양은 입원하기 위한 편리한 구실로 받아들여지는 것이었다. 나도 그 종양에 대해서는 그다지 마음을 쓰지 않았다.

나는 병원에서, 그 피투성이 밤에 부상당한 사람들과 함께 누워 있었다. 그중에는 교도관들한테 맞아 온몸이 상처투성이가 된 사람들도 있었다. 그들은 〈잠을 잘 수도 없는〉 상태였다. 특히 사람들을 지독하게 때린 것은 그 덩치 큰 교도관이었다. 그는 쇠 파이프를 사용했다. (아, 기억나지 않는다! 그 교도관의 이름이 생각나지 않는다.) 부상 때문에 이미 죽은 사람도 있었다.

이윽고 새로운 정보가 점점 들어왔다 ─ 〈러시아인들의〉 수용 지점에서 제재가 시작되었다는 것이다. 40명이나 되는 사람이 체포되었다. 새로운 폭동이 일어날 것이 두려워서, 수용소 당국은 다음과 같은 방법을 취했다 ─ 끝끝내 지배자들은 여전히 관대한 태도를 취했다. 진범들을 찾아내기 위해서였을 것이다. 예정된 날에 작업반이 빨리 문으로 나오려고 하는데, 보통 때보다 두 배나 세 배로 강화된 호송대가 그들을 맞고 있는 것을 죄수들은 알아차렸다. 눈독을 들인 사람들의 체포는, 죄수들이 감싸 주거나 막사나 건설 현장의 벽 등에서 저지하지 못하게 하는 방법으로 계획되었다. 죄수들을 수용소 구내에서 끌어내어, 그 대열을 스텝에서 흩어지게 하여 아직 목적지에 도달하지 않은 지점에서, 각 호송대 대장들이 외쳤다.「정지! 사격 준비! 장전! 죄수들은 땅에 앉아! 셋까지 세

413

면 발포한다, 앉아! 전부 앉으라고!」

이리하여 다시 작년에 세례 때처럼, 무방비에 기만당한 노예들이 설원에서 꼼짝 못하게 되었다. 죄수들은 눈밭에 앉아 있고, 장교가 종잇조각을 꺼내어, 이름과 번호를 불렀다. 호명된 죄수들은 일어서서, 무력한 무리 속에서부터 포위망 밖으로 나오지 않으면 안 된다. 몇 명의 반역자들은 소집단으로 해서 별도의 호송대가 포위하여 데려가 버렸으나, 일부는 호송차가 와 싣고 갔다. 이렇게 핵심이 제거된 무리는 다시 일어나 작업 현장으로 내몰렸다.

이렇게 하여, 우리의 교육자들은 그들의 말을 신용해도 되는지 아닌지를 가르쳐 주었던 것이다.

한낮에 텅 빈 수용 지점 안에서도 〈끌려가〉, 형무소에 들어갔다. 또 단식 투쟁 때도 넘나들 수 없었던 그 4미터 높이의 벽을 체포자들은 가볍게 뛰어넘어, 우끄라이나인들의 수용 지점에서도 먹잇감을 쫓기 시작했다. 마침 나의 수술이 있기 전날 밤에, 외과 의사 얀첸꼬도 체포되어 역시 형무소로 끌려갔다.

체포 혹은 호송의 구별은 거의 알 수 없었으나 ― 이제는 최초의 속임수를 쓰지 않고 공공연하게 했다 ― 20명 혹은 30명씩 되는 작은 집단이 어디인가로 호송되었다. 그리고 느닷없이 2월 19일에, 7백 명에 이르는 대호송단의 편성이 시작되었다. 이것은 특별한 규율의 호송단이었다 ― 호송되는 죄수들은 수용소에서 나올 때 모두 수갑을 채웠다. 그야말로 천벌이었다! 러시아인들을 지지하기를 거부하고 자기들의 세력 보존을 위하던 우끄라이나인들이 우리보다 훨씬 많이 이 호송단에 들어가 있었다.

사실 그들은 출발 직전에 우리의 패배로 끝난 단식 투쟁에 경의를 표했다. 어찌 된 일인지, 목조로 된 새로운 목공 꼼비나 뜨(산림은 없고 돌만 잔뜩 있는 까자흐스딴 지방인데!)가 원인 불명으로(그것은 방화가 확실하다) 동시에 몇 군데서 불이 나서 타오르고, 2시간 만에 3백만 루블의 자산이 재가 되어 버렸다. 총살당하기 위해 떠나는 사람한테는 그것이 바이킹의 장례식과 같은 것이었다 — 옛 스칸디나비아 지방의 풍습에는, 영웅과 함께 그 배도 불사르게 되어 있었다.

나는 수술을 마치고 병실에 누워 있었다. 병실에는 나 혼자뿐이다 — 수용소에서 큰 소동이 일어나서, 아무도 입원하는 사람이 없어 병원은 조용했다. 막사의 맨 구석에 있는 나의 병실 밖에는 시체 안치소가 있었는데, 거기에는 살해된 의사 꼬른펠뜨의 시신이 벌써 며칠 동안 방치되어 있었다. 그를 매장할 사람도 없었고, 그럴 겨를도 없었다. (아침저녁으로, 교도관은 점호를 마치면, 나의 병실 앞에서 발길을 멈추고, 계산을 간단히 하기 위해 손가락을 내밀어, 시체 안치소와 나의 병실을 돌아보며, 그리고 〈여기에도〉 두 사람, 하고 중얼거리며, 손에 쥐고 있던 널빤지에 적어 넣었다.)

빠벨 보로뉴77도 대호송단에 들어갔으나, 많은 경비병을 뚫고 내가 있는 곳까지 와서 나를 껴안고 작별 인사를 했다. 우리의 수용소뿐만 아니라, 우주 전체가 태풍에 휩싸여 흔들리는 기분이었다. 우리들 자신이 소용돌이 속에 있었기 때문에, 수용소 밖은 여느 때와 같이 침체되고 조용하다는 것을 몰랐다. 우리 발밑에 큰 파도가 휘몰아치는 느낌이었다. 만일 어느 날 재회하는 일이 있다면 그것은 아주 다른 나라와 같을 것이다.

하지만 혹시 모르니까 — 친구여, 안녕! 친구들이여, 안녕!

묵묵히 참고 지내는 1년이 시작되었다. 그것은 에끼바스뚜스 수용소에서의 나의 최후의 한 해였으며, 〈수용소군도〉에서의 스딸린 시대 최후의 1년이었다. 형무소에 억류되면, 증거가 불충분하더라도 수용소 구내로 돌아오게 되는 사람은 극히 적었다. 이 몇 해 동안 내가 알게 되고, 좋아하던 많은 사람들을 수용소에서 데려가 버렸다. 어떤 사람은 새로운 취조와 재판을 받으러, 또 어떤 사람들은 조서에 지워지지 않는 도장이(그들은 벌써 예전에 죄수가 아니라 천사가 되었는데) 찍혀 있어서 격리 시설로 보내졌다. 어떤 사람들은 제스까즈간 구리 광산으로 보내졌다. 또, 〈정신 이상자들〉의 호송단도 있었다 — 익살꾼인 끼시낀이 거기에 편입되었고, 의사들은 젊은 볼로자 게르슈니도 그 호송단에 끼도록 손을 썼다.

　연행되어 간 사람들 대신에, 〈수화물 보관소〉에서 밀고자들이 기어 나오기 시작했다 — 처음에는 두려워서 눈을 뒤룩거렸으나, 차츰 뻔뻔스럽게 되었다. 〈암캐〉인 볼롯까 뽀노마료프도 수용소 구내로 돌아와서, 보통 선반공에서 단번에 소포 취급소의 관리인이 되었다. 어려운 죄수들의 가족이 애써서 겨우 보낸 귀중한 식품을 배달하는 일을, 고참 체끼스뜨인 막시멘꼬가 이런 공인된 도적놈에게 맡겼던 것이다!

　보안 장교들은 다시 자기 집무실에 누구든지 원하는 대로 불러들일 수 있게 되었다. 그것은 숨 가쁜 봄이었다. 너무나 모가 난 사람들은, 재빨리 몸을 움츠리고 위축되었다. 나는 이미 반장은 못하고(앞서 반장 부족도 해소되었다), 주조 공장에서 막일을 하게 되었다. 그해는 꽤나 작업에 쫓겼다. 그 까닭은 이러했다. 우리의 탄원이나 기대를 일체 물리친 수용소 당국은, 유일한 양보로 〈독립 채산제〉를 도입했기 때문이다. 그것은 우리들의 노동이 무상으로 수용소군도 관리 본부의 밑이 없는 호주머니에 흡수되는 것이 아니라, 평가되어, 그 45퍼센트가 우리들의 〈급료〉가 되는(나머지는 국고에 들어가게 되는) 제도였다. 그 〈급료〉의 70퍼센트를 수용소가 공제하여 호송대, 경비견, 가시철사, 규율 강화 막사, 보안 장교, 규율 담당, 검열 담당, 교육 담당 등의 각 장교, 즉 우리의 생활에 없어서는 안 되는 모든 것의 유지비로 충당했다. 그리고 나머지 30퍼센트는 죄수의 계좌에 넣었다. 그 돈의 전부는 아니지만, 그 일부(죄수에게 과실이나 지각이 없고, 말투가 점잖고, 당국자들을 화나게 하지 않으면)는 매월 요청에 따라 〈보니〉라는 수용소의 새로운 지폐로 환전되어, 죄수들이 그 보니를 자유롭게 사용할 수 있었다. 이 제도는 죄수가, 많은 땀을 흘려 노력하지 않으면 그 노동은 수용소의 수입이 되고, 죄수는 아무것도 얻지 못하도록 하는 것이다.

그리하여 많은 사람들 — 오, 우리의 역사를 창조한 〈많은 사람들〉, 특히 〈몰수〉에 의해 만들어진 이 많은 사람들! — 이 지배자들의 〈양보〉를 대환영하여, 지금 상점에서 농축된 우유나 마가린이나 맛없는 간식을 사고, 혹은 〈개인 식당〉에서 저녁을 더 먹기 위해 열심히 일하여, 오히려 건강을 해치고 있었던 것이다. 게다가 생산량 계산은 작업반마다 실시하였기 때문에, 마가린을 위해 자기 건강을 해치고 싶지 않은 사람도 다른 작업반원들을 위해서는 어차피 자기의 건강을 해치지 않을 수가 없었다.

예전보다 훨씬 빈번히 수용소 구내에서 영화를 볼 수 있게 되었다. 수용소에서는 시골이나 오지의 마을에서 하듯이, 그곳 주민들을 무시하여 미리 영화의 제목을 알리지 않았다. 아니, 돼지에게는 무엇을 먹이는지, 미리 알리지 않는 법이다. 하지만 죄수들 — 겨울에 그처럼 영웅적인 단식 투쟁을 감행했던 사람들이 아닌가? — 은 대부분 창문에 검은 포장을 치기 1시간이나 전부터 자리를 잡고 앉아, 볼만한 값어치가 있는 영화인지도 생각하려 하지 않았다.

빵과 구경거리! 너무나도 낡아서, 되풀이하기조차 부끄러운 수법 아닌가…….

오랜 세월 동안 굶주림에 고통받아 왔기 때문에, 이제 배불리 먹고 싶어 하는 사람들의 기분을 나무랄 수는 없었다. 그러나 우리들이 여기서 배불리 먹고 있는 동안에 투쟁을 생각하고 있던 사람들, 혹은 1월의 단식 투쟁 때 막사 안에서 〈항복하지 않겠다!〉라고 외치던 사람들, 또는 전혀 관계없는 우리의 동료가 어디서인가 재판을 받거나, 총살되든가, 혹은 새 형기를 선고받고 격리 형무소로 옮겨 가거나, 혹은 취조에 취조를 받으며 학대되어 굴복을 강요하기 위해 죽음의 선고를 받은 사람들이 벽에 십자가를 가득히 그려 놓은 감방에 처박혀 있었다. 이러한 감방으로 이따금 뱀과 같은 소령이 들어와서 히쭉 웃으며 위협했다. 「아, 빠닌! 나는 다 알고 있어. 나는 너를 똑똑히 기억하고 있어! 그래, 잘 수속을 밟아 줄게!」

〈수속을 밟다〉 — 이 말은 얼마나 편리한가! 저세상으로의 수속도 되고, 징벌 감방에 하루 집어넣는 수속도 되고, 낡은 바지를 지급하는 수속도 된다. 그러나 문이 닫히고, 뱀과 같은 소령은 기분 나쁜 웃음을 띤 채, 떠나가 버린다. 〈도대체 어떤 수속을 말하는 것인가?〉 하고, 죄수는 어찌할 바를 몰라서, 한 달이나 자지 않고, 생각해도, 한 달을 물구나무를 서도, 도저히 알 수가 없다…….

이런 이야기를 말로 전하는 일조차 얼마나 쉬운 일인가.

418

갑자기 에끼바스뚜스 수용소에서 또 20명 정도의 작은 호송단이 편성되었다. 그것은 조금 다른 호송단이었다. 심하게 재촉하는 일도 없이 격리하지도 않고 천천히 편성되었다. 그것은 마치 석방하는 것과도 같았다. 하지만 모인 사람 중에 누구 하나 형기가 끝나는 사람은 없었다. 아니, 오히려 반대로, 전부 〈좋은〉 죄수, 즉 수용소 당국의 귀여움을 받는 죄수들뿐이었다. 예를 들면, 신뢰할 수 없는 자신만만한 자동차 수리반장 미하일로비치 게네랄로프. 보기에는 단순한 사람으로 보이지만 고약한 사람인 공작 기계반장 벨로우소프. 공예 기사 굴짜예프. 그리고 아주 풍채가 좋고, 침착한 거물급 정치가의 관록이 있는 모스끄바의 설계사 레오니뜨 라이꼬프. 푸딩처럼 맑은 안색의, 아주 기분이 좋은 선반공 젠까 밀류꼬프. 또 한 사람의 선반공인 그루지야인 꼬끼 꼬체라바, 그는 정의의 수호자였으며 군중들이 모여 있을 때 정의를 위해 열변을 토하던 사나이였다.

그들을 어디로 데려갔을까? 그 구성을 보면, 징벌 수용 지점으로 가지 않는 것은 확실하다. 「자네들은 좋은 데로 갈 거야! 자네들은 호송도 없이 가!」 그러나 그들은 한 사람도 기쁜 기색을 보이지 않았다. 그들은 힘없이 고개를 옆으로 흔들거나, 싫은 듯 짐을 싸면서, 여기에 자기들의 물건을 남겨 놓고 가고 싶은 듯이 보였다. 그들은 아주 낙담한 얼굴로 힘이 빠져 있었다. 그들은 그토록 뒤죽박죽이 된 에끼바스뚜스 수용소에 그렇게 애착을 가지고 있었을까? 그들은 헤어질 때도, 겨우 입술을 움직이며, 비통한 소리를 냈다.

그들은 떠났다.

그러나 그들을 잊어버릴 겨를도 없었다. 3주 후에, 〈그들이 다시 돌아왔다!〉라는 소문이 퍼졌다. 이 수용소로? 그렇다.

전원이? 그렇다……. 다만 그들은 본부 막사에 갇힌 채, 자기들의 막사에는 돌아가고 싶지 않다고 했다.

에끼바스뚜스 수용소에서 있었던 3천 명의 단식 투쟁의 이야기를 마지막까지 하기 위해서는, 다름 아닌 이 일화, 즉 배신자들의 파업까지도 이야기해야 한다! 그들은 수용소에서 나가기 싫었다! 신문관들의 집무실에서 우리 동료들을 〈배신하면서〉, 그리고 유다의 조서에 서명하면서, 그들은 모든 것이 감춰지리라 생각했다. 우리 나라에서는 몇십 년 동안이나 그랬지만, 정치적 밀고는 반드시 서류로 했으며, 밀고자는 절대 공표되지 않았다. 하지만 우리의 단식 투쟁에는 무엇인가 있었다. 수용소의 지배자들은 자기 상관들 앞에 자기들을 정당화할 필요를 느끼지 않았을까? 여하튼 그들은 까라간다에서 큰 재판을 진행하지 않을 수 없었다. 그리하여 〈놈들〉이 같은 날에 모이게 된 것이다. 그들은 서로를 불안한 눈으로 바라보며, 자기들이 증인으로 법정에 나가게 된 것을 깨닫게 되었다. 재판만이라면 그들도 그다지 마음을 쓰지 않았을 것이지만, 문제는 그들이 종전 후에 생긴 수용소군도 관리 본부의 법령을 알고 있었다는 것이다. 그것에 의하면, 무슨 일시적인 볼일로 불려 갔던 죄수는 원래의 자기 수용소로 돌아가게 되어 있었다. 그러나 그들은 예외로 까라간다에 남게 된다고 약속받았었다! 그리고 그것에 관계되는 서류도 작성되었으나, 어찌 된 일인지 그 작성 방법이 틀려서 까라간다 수용소가 받아들이기를 거부했던 것이다.

그 때문에 그들은 3주 동안이나 여행을 했다. 스똘리삔 차량에서 중계 형무소로 옮기기도 하고, 거꾸로 중계 형무소에서 스똘리삔 차량으로 옮기기도 하면서, 〈땅에 앉아〉 하는 구령을 듣거나, 신체검사를 받기도 하고, 물건을 빼앗기거나,

목욕을 하거나, 물도 마시지 못하고 염장한 청어를 먹게 되거나 했다. 보통 비협조적인 죄수들을 지치게 만들 때 쓰는 모든 방법이 적용되었다. 그리고 호송대에 포위된 재판에 출두해서, 다시 한번 밀고된 사람들의 얼굴을 보았다. 그들의 관에 못이 박혔고, 그들의 독방은 자물쇠로 잠겼으며, 그들의 형기에는 새로운 형기가 더해졌다. 그리고 또 몇 개의 중계 형무소를 거쳐서, 가면이 벗겨진 모습으로 원래의 수용소에 갇혔다.

그들은 이미 쓸모가 없었다. 밀고자는 운송인과 같았다⋯⋯.

그러나 수용소는 이미 굴복된 것이 아닌가? 1천 명이나 되는 죄수들이 뽑혀 나가지 않았는가? 보안 장교의 집무실로 자유롭게 출입하는 것을 방해할 자도 없지 않은가? ⋯⋯그럼에도 불구하고, 그들은 본부 막사에서 나오지 않으려고 했다! 그들은 파업을 하여, 수용소 구내로 가려고 하지 않았다! 꼬체라바만이 뻔뻔스럽게도 여전히 정의감이 강한 사람으로 가장하여, 자기 작업반으로 가서 모두에게 이렇게 말했다.

「무엇 때문에 연행되었는지 모르겠어! 이리저리 끌려다니다 다시 수용소로 돌아와 버렸네⋯⋯.」

그러나 그것도 단 하룻밤을 위한 용기일 뿐, 다음 날 동료들이 있는 본부 막사로 도망쳐 버렸다.

이것은 곧, 수용소에 일어난 일들이 그냥 일어난 일이 아님을 알 수 있다. 그리고 우리 동료가 살해되고, 〈투옥된〉 것도, 우연이 아니었다. 이미 수용소의 공기는, 사람들을 압박하던 예전의 분위기로 돌아갈 수 없었다. 비열한 행위는 다시 일어났지만, 그 기반은 극히 약했다. 막사 안에서는 자유롭게 정치에 관한 이야기를 할 수 있었다. 그리고 어떤 작업 담당도, 어떤 반장도 죄수를 차거나 주먹을 휘두르지 않았다. 칼이라는 것이 얼마나 쉽게 만들어지고, 얼마나 쉽게 〈늑골 사이를〉 찌를 수 있는지 이제 모두가 알고 있었다.

우리의 작은 섬이 진동하여, 수용소군도에서 떨어져 나왔다…….

그러나 이것은 에끼바스뚜스 수용소의 사람들이 느끼고 있던 것으로, 까라간다까지는 전해지지 않았을 것이다. 아니, 모스끄바에서는 분명히 느끼지 못했다. 하나하나씩 특수 수용소 체계의 붕괴가 시작되었다. 그러나 〈어버이〉이자 〈스승님〉이신 그 사람은 그 일을 전혀 알지 못했다. 그에게는 물론 그러한 보고는 되지 않았다. (특히 그는 일단 만든 것을 폐지할 줄을 몰랐다. 그가 앉은 의자에 불이 붙지 않는 한, 그는 도형을 폐지하지 않을 것이다.) 아니, 그 반대로, 그는 새로운 전쟁을 계획하고 있었기 때문에, 1953년에는 새로운 검거 선풍을 준비하고 있었다. 그리하여 1952년에 특수 수용소의 체계를 확대했다. 그래서 때로는 스텝 수용소, 때로는 뻬스찬 수용소의 수용 분소가 된 에끼바스뚜스 수용소를, 새로운 이르띠시 강 유역의 커다란 특수 수용소(잠시 달Dal 수용소라고 불리기도 했다)의 분소로 하기로 결정했다. 이리하여 이미 수많은 노예 소유자들에 추가하여, 새로운 수용소 관리국이라는 기생충이 에끼바스뚜스 수용소에 오게 되었다. 우리는 이들마저 우리의 노동으로 부양하지 않을 수 없었다.

새로운 죄수들의 노동 또한 기대되었다.

◆

그런데 자유의 전염병은 그러는 사이에도 점차로 퍼지기 시작했다. 수용소군도에 만연한 것은 이미 어찌할 수도 없었다. 두보프까 수용소의 죄수들이 우리 수용소로 가져온 것과 마찬가지로, 이번에는 우리 수용소 사람들이 그 전염병을 다른 수용소로 옮겨 갔다. 그해 봄 까자흐스딴 지방의 중계 형무소에서는 어느 화장실에도 〈에끼바스뚜스의 투사들이여, 만세!〉라는 낙서가 쓰여 있거나, 파여 있었다.

맨 처음 뽑혀 간 40명 정도의 〈핵심 반역자들〉과 2월의 대호송단 속에 있던 250명의 가장 〈알려진 죄수들〉이 껜기르까지 호송되었다. (마을은 껜기르였고, 역은 제스까즈간이었다. 그곳은 스텝 수용소의 제3 수용 분소로, 거기에는 스텝 수용소의 관리국이 있었고, 배가 나온 체체프 대령이 있었다.) 다른 징벌을 받은 에끼바스뚜스의 죄수들은 스텝 수용소의 제1 수용 분소와 제2 수용 분소(루드니끄)로 나누어졌다.

8천 명에 달하는 껜기르의 죄수들을 위협하기 위하여 그들은 새로 도착한 죄수들이 〈폭도들〉이라고 발표하였다. 역에서 껜기르 형무소의 새 건물까지 그들은 수갑을 차고 연행되었다. 사슬에 묶인 전설처럼 우리의 운동은 노예적인 껜기르 수용소까지 들어가, 그 수용소도 눈을 뜨게 하려고 했다. 1년 전의 에끼바스뚜스 수용소와 마찬가지로 여기서도 폭력배와 밀고자들이 판을 치고 있었다.

250명쯤 되는 우리의 동료들을 4월까지 형무소에 투옥하고 있던 껜기르 수용 분소장인 페도또프 중령은, 이것으로 충분히 위협이 되었다고 판단하여, 그들에게 작업을 하도록 지시했다. 수용소의 통합 공급망에서 최신형 파시스트 디자인의 니켈 도금 수갑 125개가 공급되었다. 만일 두 사람의 죄수에게 각기 한쪽 손에 이 수갑을 채우면, 250명 전원을 채울 수 있다는 계산이다(아마, 이러한 계산으로 껜기르 수용소가 받을 죄수의 숫자가 결정되었을 것이다).

한 팔이 자유롭다면 — 살 수는 있을 것이다! 대열 속에는 규율 강화 막사에 들어간 적이 있는 사람들도 많았고, 또 경험이 풍부한 탈옥수들도 있었기 때문에(호송단에 참가한 젠노도 있었다), 그들은 수갑의 특징을 잘 알고 있어서 바늘 하나만 있으면, 아니, 바늘이 없어도 한 손만 자유로우면 수갑을 푸는 것은 쉬운 일이라고 옆 사람에게 말했다.

작업 구역에 도착했을 때, 교도관들은 되도록 빨리 작업을 시키려고 생각하여 동시에 대열의 몇 군데서 수갑을 풀기 시작했다. 이 기회에 솜씨 있는 죄수들은 스스로 자기의 것뿐만 아니라 다른 사람의 수갑도 풀어서, 옷 속에 감췄다. 교도관이 가까이 오자 〈우리 수갑은 다른 교도관이 풀었어요!〉 하고 속였다. 작업 구역으로 들어가기 전에 수갑의 수를 확인해야 한다는 것을 교도관들은 전혀 생각하지 못했다. 또 작업 현장에 들어올 때, 신체검사도 하지 않는다.

이리하여, 우선 첫날 아침에 우리의 동료들은 125개 중에서 23개나 되는 수갑을 훔쳤다! 그리하여 작업장 구내에서 돌이나 해머를 사용하여 그 수갑을 부수기 시작했으나, 곧 좋은 방법이 생각났다. 보존할 수 있도록 기름종이로 그 수갑을 싸서, 그날 만든 벽이나 기초(껭기르의 문화 궁전 건너편에 있는 20호 주택지)에 파묻어, 〈후세 사람들이여! 이 건물은 소비에뜨의 노예가 건설한 것이다! 그들은 이런 수갑을 차고 있었다!〉라는 이데올로기적으로 용서받을 수 없는 글을 써서 첨부했다.

교도관들은 화를 내며 〈폭도들〉의 짓을 나무랐으나, 돌아오는 길에 녹슨 낡은 수갑을 준비했다. 하지만 교도관들이 제아무리 눈을 번뜩여도 죄수들은 거주 구역으로 들어오기 전에, 또 6개의 수갑을 훔쳤다. 그 이후에 다시 두 번째 수갑을 차고 작업에 끌려 나갔으나, 또다시 몇 개씩 수갑을 훔쳤다.

수갑 1개가 93루블이나 되었다.

이윽고 껜기르의 지배자들은 수갑을 채운 채 죄수들을 작업으로 데려가는 것을 단념해 버렸다.

우리는 투쟁을 통하여 우리 권리를 획득하는 것이다!

5월이 되자, 에끼바스뚜스 수용소에서 온 죄수들은 점차 형무소에서 일반 수용소 구내로 옮겨졌다.

이번에는 껜기르 수용소의 죄수들에게도 가르치지 않을 수 없었다. 우선 처음에는 이런 예행연습을 했다 ─ 〈당연히〉 줄을 서지 않고 매점에서 물건을 사려고 하는 특권수에게 덤벼들어 그의 목을 졸랐으나, 죽게는 하지 않았다. 〈무언가 새로운 일이 생긴다! 우리와는 전혀 다른 사람들이 왔다!〉는 소문이 나기에는 이것으로 충분했다. (그 이전에 제스까즈간 수용소에서 밀고자들을 공격하지 않았다고 한다면, 사실이 아니다. 그러나 그것은 〈흐름〉이 되지는 않았다. 1951년에는 루드니끄 형무소에서 교도관의 열쇠 꾸러미를 빼앗아, 틀림없이 눈독을 들이던 감방의 문을 열고, 거기에 있던 꼬즐라우스까스를 죽인 일이 있었다.)

이번에는 껜기르에도 지하 센터가 생겼다 ─ 우끄라이나 센터와 〈전(全) 러시아 센터〉였다. 칼이 준비되고, 살인을 위한 복면이 준비되어, 여기서도 밀고자 제거가 시작되었다.

방 쇠창살에 노끈을 매고, 보이닐로비치가 〈목을 매어 자살〉했다. 반장인 벨로꼬삐뜨와 충성파인 밀고자 리프시쯔가 살해되었다. 리프시쯔는 내전 시대에 두또프군과 대적한 전선에서 혁명 군사 위원회의 일원이었던 사람이었다(그는 루드니끄 수용 분소의 문화 교육부에서 도서 담당을 하면서 잘 지냈으나, 그 악명이 멀리까지 알려져서 그가 껜기르에 도착한 날에 살해되었다). 한 헝가리인은 목욕탕 근처에서 도끼에 맞아서 죽었다. 〈수화물 보관소〉의 길을 열어서, 최초로 그곳으로 도망쳐 들어간 것은 사우에르였는데, 그는 소비에뜨 에스토니아의 전임 장관이었다.

그러나 수용소의 지배자들도 이러한 사태에 어떻게 대처할 것인가를 이미 알고 있었다. 4개의 수용 지점을 나누는 벽이 이전부터 있었다. 이번에는 각 막사를 벽으로 둘러싸기로 했다. 그러기 위해, 8천 명이나 되는 죄수들이 자기 자유 시간을 이용하여 일하지 않으면 안 되었다. 그리고 각 막사 안에 4개의 완전히 격리된 방을 만들었다. 그리하여 각 구역과 각 방에는 자물쇠를 걸었다. 아니, 이상적으로는 전 세계를 독방으로 분리하지 않으면 안 된다!

껜기르 형무소를 책임지는 것은 상사인 프로 권투 선수였다. 그는 죄수들을 샌드백 대신으로 사용하여 연습했다. 또 그의 형무소에는 흔적을 남기지 않기 위해 합판 위에서 죄수를 해머로 때리는 것을 고안해 냈다. (내무부의 〈실무 직원〉들은 때리거나 죽이는 것을 빼고는 재교육이 불가능하다는 것을 알고 있었다. 그리고 〈실무적인〉 검사는 누구나, 그들이 하는 방법에 찬성했다. 그러나 때로는 이론가인 검사가 오는 일도 있었다! ── 그 때문에, 간혹 있는 이 이론가 검사가 방문하는 것에 대비하여 합판을 사용하고 있었다.) 한 서부 우끄라이나 지방 출신자가 고문에 고통을 받고 동료를 배신하는 것이 두려워 목을 매고 자살했다. 때로는 견디지 못하는 사람들도 있었다. 그 때문에 양쪽 센터가 적발되기도 했다.

게다가 〈전투대원들〉 가운데는 탐욕스럽고 제멋대로인 놈들도 있어서, 그들은 운동 전체의 성공 때문이 아니라, 자기 자신을 위해 일하고 있었다. 그들은 취사장에서 여분의 식사와 다른 죄수들이 받은 소포의 일부를 요구했다.[5] 이러한 것도 운동의 중상이나 괴멸을 위해 이용되었다.

운동은 괴멸된 것같이 보였다. 그러나 최초의 예행연습은 밀고자들도 얌전하게 만들었다. 그리하여 껜기르 수용소의 공기도 깨끗하게 되었다.

씨는 뿌려졌다. 그러나 싹은 이내 나오지 않았다.

◆

개인은 역사를 만들지 못한다. 특히 진보적 발전에 역행할 때는. 우리는 흔히 이렇게 말하지만, 이미 사반세기에 걸쳐서 한 개인이 양 같은 우리의 꼬리를 멋대로 감아도, 우리는 자그마한 목소리조차 낼 수 없었다. 이제 우리는 다음과 같은 설명을 듣는다 — 아무도 그것을 알지 못했고, 후위에 있는 자도 알지 못했고, 전위에 있는 자도 알지 못했다. 알고 있는 것은 가장 오래된 친위대뿐이었으나, 그들은 그것을 우리에게 단상에서 알리는 것보다도 남몰래 독약을 마시거나, 집에서 권총 자살을 하거나, 연금으로 무사히 여생을 보내는 길을 택했던 것이다, 라는.

그 때문에, 이러한 상황에서 우리를 해방하는 일은 우리 자신에게, 연약한 우리들에게 맡겨졌다. 이리하여 에끼바스뚜스 수용소에서 5천 명의 사람들이 견고한 원형 천장에 어깨를 대고, 전신에 힘을 주었다. 그리하여 우리는 그곳에 균열이 생기게 했다. 그 균열이 설사 작은 것일지라도, 멀리에서는 거의

5 폭력의 방법을 선택한 사람들 사이에는, 그것은 아마 피할 수 없는 문제일 것이다. 까모가 인솔한 습격자들도, 은행의 돈을 당의 금고에 수납할 때 아마 그 일부를 자기의 호주머니에 챙기겠다는 생각을 했을 것이다. 그들의 지도를 맡고 있는 꼬바가 술을 사기 위한 돈을 자기를 위하여 남기지 않았으리라고는 믿어지지 않는다. 내전 시기에 전 소비에뜨 러시아에 금주령이 선포되었을 때도, 그는 전혀 관계없이, 끄레믈에 술 창고를 가지고 있었다.

427

보이지 않을지라도, 아니 혹시 우리 자신들의 허리가 부러질지라도, 그 균열이 원인이 되어 커다란 동굴도 허물어지는 것이다.

폭동은 우리의 수용소, 즉 특수 수용소 이외에서도 일어났다. 그러나 이 피투성이의 과거는 지워지고, 변색되고, 걸레로 닦여서, 이제 와서는 수용소 폭동의 간단한 목록마저도 만들 수가 없다. 내가 우연히 알게 된 이야기지만, 1951년에 사할린의 바흐루셰보 교정 노동 수용소에서는 3명의 탈옥수가 위병소 앞에서 총검으로 난자당하자, 5백 명의 죄수들이 단결하여 단식 투쟁을 결행하여, 그중에서 핵심 죄수들이 잡혀갔다. 1952년 9월 8일 오제르 수용소에서는 위병소 앞에서 대열 속에 있던 죄수가 살해된 것이 동기가 되어 격렬한 폭동이 일어난 것으로 알려져 있다.

1950년대 초기에 이르자, 아마도 스딸린이 이룩한 수용소 체제, 특히 〈특수 수용소〉 체제가 위기를 맞았을 것이다. 〈전능자〉의 생존 중에도 수용소군도의 주민들은 그 사슬을 끊기 시작했다.

그가 살아 있었더라면, 어떻게 진행되었을지 그것은 알 수 없지만, 갑자기 ─ 경제 법칙이나 사회 법칙과는 전혀 관계없이 ─ 이 작달막한, 얽은 얼굴을 한 〈개인〉의 혈관 속에 천천히 흐르고 있던 낡고 더러운 피가 멈추고 말았던 것이다.

〈진보적 이론〉에 의하면, 이러한 일이 일어났다고 해서 어떤 변화가 일어날 수 없었다. 3월 5일 푸른 제모들은 위병소 밖에서 눈물을 흘렸으나, 전혀 걱정은 하지 않았다. 또 장송곡이 흐르고, 검은 테를 한 조기가 걸린 것을 알게 된 검은 솜옷의 죄수들은 (그날, 그들은 수용소 구내 바깥으로 나가는 것이 허용되지 않았다) 기뻐서 발랄라이까[6]를 탔으나, 좋은 방향으로의 변화는 기대하지 않았다. 그러나 무언가 알 수 없는 것이 땅속에서 꿈틀거리며 이동하기 시작했다.

특히 1953년 3월 말에 발령한, 수용소에서는 보통 〈보로실 로프 사면〉이라는 이름으로 불리는 특사가 고인의 정신적 유산과 일치하였다 — 즉, 도적들을 소중히 하고, 정치범은 압박한다는 의미에서, 이 덜된 자들의 인기를 노려서 실시된 특사 때문에, 도적들이 쥐새끼처럼 전국에 흩어지고, 주민이 피해를 받아, 사회에서는 자기 집 창문에 쇠창살을 달게 되었다. 그리하여 경찰은 전에 잡았던 도적들을 다시 한번 잡아들이지 않으면 안 되었다. 그런데 〈제58조〉들은 전과 같은 비율로 석방되었다. 껜기르 수용소의 제2 수용 지점에서는 3천 명 중에 석방된 수가…… 불과 3명이었다.

이러한 특사는 스딸린의 죽음으로도 전혀 변하지 않았다는 것이 도형수들에게 알려지는 결과밖에 되지 않았다. 과거에도 용서는 없었으니까, 앞으로도 없는 것이다. 그렇기 때문에, 만일 그들이 이 지상에서의 삶을 바란다면 싸우지 않으면 안 된다!

1953년에도 수용소에서의 폭동은 여러 곳에서 계속되었다. 까르 수용소의 제22 수용 지점과 같은 곳에서는 소규모의 분쟁이 있었다. 고르 수용소(노릴스끄)에서는 대규모의 반란이 일어났다. 만일 이 반란에 관련된 자료가 조금이라도 있다면, 따로 별개의 장을 만들 텐데, 그 자료가 전혀 없다.

그러나 폭군의 죽음이 아주 영향이 없지는 않았다. 무슨 까닭인지 모르지만, 보이지 않는 것이 서서히 움직이더니, 이윽고 갑자기 빈 양동이처럼 요란한 소리를 내면서 또 한 사람의 〈개인〉이 거꾸로 떨어졌다. 게다가, 사다리의 가장 높은 곳에

6 러시아, 우끄라이나 등지의 민속 현악기 — 옮긴이주.

서 가장 더러운 진창으로 떨어져 버렸다.

그리하여 지금은 모두 ─ 전위의 사람도, 후위의 사람도, 아니 어찌할 수 없는 수용소군도의 주민까지 ─ 신시대가 오게 되었다는 것을 알게 되었다.

여기 수용소군도에서는, 베리야의 실각이 특별히 큰 소동이 되었다. 여하튼 그는 수용소군도의 최고 후견인이자, 수용소군도의 총독이었기 때문이다! 내무부의 장교들은 당황하여 넋을 잃고 어찌할 바를 몰랐다. 그 소식이 라디오로 발표되자 그들은 그 기분 나쁜 소리를 다시 밀어 넣고 싶었지만 그럴 수 없었고, 스텝 수용소 관리국 벽에서 경애하는 〈보호자〉의 초상화를 떼지 않으면 안 되었다. 체체프 대령은 입술을 떨면서 중얼거렸다. 「이것으로 모든 것이 끝났어.」(그는 다음 날에 그들 모두가 재판에 회부되리라 생각했었다. 하지만, 그는 잘못 생각했다.)[7] 장교들이나 교도관들은 혼란에 빠졌고, 어찌하면 좋을지 모르는 모습을 보이기도 했다. 죄수들은 예리하게 그것을 알아차렸다. 껜기르 제3 수용 지점의 규율 담당관은 한 번도 죄수들에게 부드러운 눈길을 보낸 적이 없는데, 느닷없이 규율 강화 작업반 현장에 나타나, 죄수들에게 담배를 나누어 주기 시작했다(그는 이 안개에 싸인 것 같은 죄수 집단 안에 어떤 불꽃이 퍼지고 있는지, 그들로부터 대체 어떤 위험을 예상하지 않으면 안 되는지 알고 싶었다). 「그래, 어떻습니까?」 죄수들이 놀리듯이 그에게 물었다. 「당신들이 모시던 제일 높은 분이 알고 보니 인민의 적이었다면서요?」「음, 그렇게 밝혀졌다고 하는군.」 규율 담당관은 상심하

---

7 끌류체프스끼가 썼듯이, 귀족들이 해방된 다음(1762년 2월 18일의 자유에 관한 칙령)에는 노예들도 해방되었다(1861년 2월 19일) ─ 다만 99년 뒤에 말이다!

는 얼굴이었다. 「하지만, 그는 스딸린의 오른팔이었잖아요?」 죄수들이 계속 놀렸다. 「그렇다면 스딸린도 알지 못했다는 거네요?」 「음, 그렇지…….」 이 장교는 죄수들에게 우호적으로 응했다. 「아니, 이렇게 되면, 자네들은 석방될지도 모른다네. 조금 더 기다려 보게…….」

베리야는 실각했다. 그리고 그는 〈베리야파〉라는 이름을 자기의 충실한 〈기관〉에 남기게 되었다. 이때까지는 어떤 죄수도, 어떤 〈자유인〉도, 내무부 장교의 순수성에 대해 조그마한 의심만 가져도 죽음을 각오해야 했으나, 이제는 그 악당에게 〈베리야파〉라는 이름을 붙이기만 해도 그는 금방 무방비 상태가 되었다!

레치 수용소(보르꾸따)에서는 1953년 6월에, 베리야의 실각에 의한 심한 흥분과, 까라간다와 따이셰뜨에서 온 반란자들(주로 서부 지방의 우끄라이나인들)을 호송하던 열차의 도착이 시기적으로 일치하였다. 그 무렵의 보르꾸따는 아직 노예처럼 억압된 상태였다. 그리하여 현지의 죄수들은 새로 도착한 죄수들의 꿋꿋함과 대담함에 놀랐다.

그리고 우리들이 오랜 세월에 걸쳐 지나온 길을 그들은 불과 한 달 만에 지나와 버렸다. 7월 22일에는 시멘트 공장, 제2 화력 발전소 건설 현장, 제7 탄광, 제29 탄광, 제6 탄광에서 파업에 들어갔다. 건설 현장이나 작업 현장의 죄수들은 현장 작업을 중지했고, 탄광의 기중기 바퀴가 정지한 것을 확인했다. 그들은 단식 투쟁을 단행했던 에끼바스뚜스 수용소의 잘못을 되풀이하지 않았다. 교도관들은 재빨리 수용소 밖으로 도망쳤다. 그러자 〈배급 빵을 달라!〉라고 죄수들이 구호를 외쳤다. 교도관들은 매일 수용소 구내까지 음식을 운반하여, 문 안으로 밀어 넣었다(베리야가 실각했기 때문에, 그들이 이렇게 양심적으로 행동했던 것이며, 만일 그가 건재했다면 죄수들을 굶겨 죽였을 것이라고 나는 생각한다). 파업에 돌입한 수용소 구내에서는 파업 실행 위원회가 만들어지고, 〈혁명적 질서〉가 도입되었다. 식당 직원들이 음식을 훔치지 않게 되어 이전과 같은 배급식이라도, 그 내용이 훨씬 좋아졌다. 제7 탄광에서는 붉은 깃발을 내걸었다. 제29 탄광에서는, 철도에 가까운 쪽에 정치국원들의 초상화를 걸었다. 그 밖에 무엇을 내걸 수 있겠는가? 무엇을 요구할 수 있겠는가? 죄수 번호를 떼는 일이나, 쇠창살과 자물쇠를 제거하는 것을 요구했으나, 직접 손으로 그것들을 제거하려고 하지는 않았다. 편지, 면회, 재심의 요구도 나왔다.

파업에 들어간 죄수들의 설득은 첫날뿐이었다. 그 후 일주일 동안 아무도 오지 않았다. 그러나 망루에는 기관총이 놓이고, 파업에 들어간 수용소 구내의 주변에는 경비대가 배치되었다. 높은 사람이 모스끄바로 날아갔고, 또 모스끄바에서 급히 돌아왔다고 생각된다. 이러한 새로운 정세 속에서는 무엇이 옳은지 잘 알 수 없었다. 일주일 후에 수용소 구내를 마슬렌니꼬프 장군과, 레치 수용소장인 제레뱐꼬 장군, 검찰 총장인 루젠꼬 장군이 많은 장교들을 이끌고(40명쯤) 돌기 시작했다. 이 눈부신 장군 일행이 방문하자, 죄수 전원이 수용소 광장에 집합하였다. 죄수들은 땅바닥에 앉아서 듣고 있었으나, 장군들은 선 채로 그들의 〈사보타주〉와 〈추태〉를 비난했다. 동시에 〈일부 요구에는 근거가 있다〉고 인정하면서 〈죄수 번호는 떼도 좋다〉, 쇠창살에 대해서는 이미 〈명령을 내렸다〉고 말했다. 그러나 작업은 즉시 해야 한다 ─ 〈국가는 석탄이 필요하다!〉 그들은 주장했다. 제7 탄광에서 누군가 뒤에서 야유를 했다. 〈우리는 자유가 필요해, 너 따위는 꺼져 버려!〉 그

리하여 죄수들은 일어나, 장군들을 그냥 두고 해산하기 시작했다.[8]

죄수들은 그 자리에서 죄수 번호를 뜯고, 쇠창살을 뜯어내기 시작했다. 그러나 이미 분열이 일어나 사기가 떨어져 버렸다 — 이쯤 하면 되지 않을까? 이 이상 양보를 얻어 내기는 어려워, 하면서 약해졌다. 밤 교대조는 일부밖에 작업하러 나가지 않았으나, 아침 교대조는 전원이 출동했다. 기중기의 바퀴가 회전하기 시작하여 작업 현장의 죄수들은 서로의 현장을 살피면서 다시 일하기 시작했다.

그런데 제29 탄광은 산 뒤쪽에 가려져 있어서, 다른 탄광의 모습이 보이지 않았다. 다른 탄광에서는 이미 작업이 시작되었다고 말해도, 제29 탄광의 죄수들은 믿지 않고, 작업에 출동하지 않았다. 물론 이 탄광의 대표자들을 다른 탄광으로 데려가서 실제로 확인시켜 주는 일은 그다지 어려운 일이 아니었다. 그러나 그러한 짓을 한다는 것은 죄수 앞에서 무릎을 꿇는다는 것을 의미했다. 게다가 장군들은 유혈을 바라고 있었다. 피를 흘리지 않는다면 승리도 승리가 아니며, 또 이 돼지들은 피를 흘리지 않으면 교훈이 되지 않는다고 굳게 믿고 있었다.

8월 1일에 병사들을 태운 11대의 트럭이 제29 탄광에 도착했다. 죄수들은 문 가까이에 있는 광장에 집합하였다. 문 건너편에는 병사들이 모여 있었다. 「작업에 출동하라. 그렇지 않으면, 엄한 조치를 취하겠다!」

어떠한 조치인지에 대해서는 일체 설명이 없었다. 자동소

8 다른 이야기에 의하면, 어떤 곳에서는 〈우리에게 자유를, 조국에게 석탄을!〉이라는 구호를 걸었던 모양이다. 〈우리에게 자유를!〉만으로는, 모반이 되니까 서둘러 변명하듯이 〈조국에게 석탄을!〉 하고 덧붙인 것이다.

총을 보라는 것이다. 침묵이 흘렀다. 군중 속에서 사람이 움직이는 것 같았다. 왜 여기서 죽을 필요가 있는가? 특히 형기가 짧은 죄수는……. 1년이나 2년밖에 남지 않은 사람들이 앞으로 나가려고 한다. 하지만 그들보다도 재빨리 다른 사람들이 앞으로 나가, 맨 앞줄에 서서, 서로의 팔짱을 끼고, 파업을 분쇄하려는 자를 대항하여 포위했다. 군중은 당황했다. 장교가 그 포위를 부수려고 했으나 철봉에 맞았다. 제레뱐꼬 장군이 조금 떨어진 곳에서 〈사격 개시!〉 하고 명령했다. 군중을 향해 사격하라는 것이다.

자동소총이 일제히 세 번 울렸다. 그러는 사이에 기관총도 사격했다. 66명이 사살되었다. (사살된 것은 누구인가? — 앞줄의 사람들이다. 가장 대담한 사람들과, 가장 먼저 마음이 약해진 사람들이다. 이것이 통상의 법칙이다. 이 법칙은 속담 그대로다.) 나머지 죄수들은 도망쳤다. 경비병들은 곤봉이나 철봉을 가지고 죄수들의 뒤를 쫓아 때려서 수용소 밖으로 쫓아냈다.

사흘간(8월 1일부터 3일까지)에 걸쳐서, 파업을 실시한 어느 수용 지점에서나 체포가 횡행했다. 하지만 체포자들을 어떻게 할 것인가? 〈기관〉은 보호자를 잃어서 마비되었고, 취조도 할 수 없게 되었다. 그들을 다시 열차에 태워서, 또 어딘가에 호송하지 않으면 안 된다. 자유의 전염병을 더욱 확산시키지 않으면 안 된다. 수용소군도는 이미 좁아지고 말았다.

남은 죄수는 징벌 규율에 처해졌다.

제29 탄광의 막사 지붕에는 얇은 판자의 이음새 흔적이 무수하게 나타났다. 그것은 군중의 머리 위를 향해 병사들이 사격한 총탄이 지나간 자국이었다. 살인자가 되고 싶지 않은 무명의 병사들이 남긴 흔적이었다.

그러나 표적을 맞춘 병사들도 꽤 있었다.

제29 탄광의 돌무더기 산 가까이에 누군가 흐루쇼프 시대의 공동묘지 위에 십자가를, 전봇대처럼 높은 십자가를 세웠다. 후에 그 십자가는 쓰러졌으나, 누군가 다시 세워 놓았다.

지금도 그 십자가가 그곳에 서 있는지 나는 모른다.

제12장

껜기르의 40일

그런데 베리야의 실각은 특수 수용소에 있어서 또 다른 영향을 주었다. 그것에 의하여 유형수들은 희망을 가지는 동시에, 혼란이 일어났고, 의기소침해졌다. 곧 변화가 있으리라는 기대가 생겼으나, 그 때문에 유형수들은 밀고자들을 추적하는 것을 그만두고, 놈들 때문에 형무소에 들어가거나, 파업을 단행하거나, 폭동을 일으키고 싶지가 않아졌다. 분노가 사라졌다. 그렇지 않아도 사태가 호전되고 있는데, 조금 더 기다리면 된다는 생각에 사로잡혔던 것이다.

그리고 또 이런 측면도 있었다 ─ 여태껏 가장 높이 평가되고, 군대에서 최고의 충성의 상징으로 보였던 푸른 테의 견장(공군의 날개 달린 표지를 제외하고)이 갑자기 악의 낙인처럼 보이기 시작했다. 게다가 그것은 죄수나 그 친척뿐만 아니라(그럴 수 없는 일이지만), 심지어 정부에서도 그렇게 보기 시작한 것이다.

이 숙명적인 1953년에 내무부의 장교들은 제2의 급료(〈특별 급료〉)를 폐지당했다. 즉, 기본급과 부임 수당과 북극권 수당이 사라졌고, 이제 그들은 단 한 가지 정액 봉급만을 받게 되었다. 그것은 호주머니에 큰 타격이었으며, 그들의 머릿속에서도 큰 타격이 되었다 — 우리는 이미 〈필요 없게〉 된 것은 아닐까? 하는 의문이 생겼다.

베리야가 실각했기 때문에 기관은 되도록 빨리 자기의 충성과 필요성을 분명히 증명하지 않으면 안 되었다. 그렇다면 어떤 방법으로 할 것인가?

이때까지 경비대에게는 폭동이 공포였으나, 지금은 구원이 되었다. 〈필요한 대항 조치를 취하지 않으면 안 되는〉 분쟁이나 폭동이 많을수록 좋았다. 그렇게 되면 인원 감축이나, 감봉도 피할 수 있었기 때문이다.

1년도 안 되는 사이에 껜기르의 경비대는 몇 번에 걸쳐서, 아무 관계없는 사람들에게도 발포했다. 이런 사건이 점점 더 많이 일어났다. 의도적인 것이라고밖에는 생각할 수 없었다.[1]

시멘트 혼합 공장에서 일하고 있었던 젊은 여성 리다가, 세탁한 양말을 경계선 근처에서 말리려고 하다가 사살되었다.

나이 많은 중국인이 총에 맞았다 — 껜기르에서 그의 이름을 아는 사람은 아무도 없었다. 그 중국인은 거의 러시아어를 몰랐다. 하지만 모두 그의 휘청거리는 걸음걸이와, 담배 파이프를 물고 도깨비 같은 얼굴을 하고 있었던 것을 기억하고 있었다. 경비병이 그 중국인을 불러서, 그에게 마호르까 담배 한 갑을 주겠다고 말하고, 그 담배를 전초 지대에 던졌다. 중국인이 그 담배를 주우려 할 때, 경비병이 발포하여 부상을 입혔다.

이와 비슷한 사건이 또 있었다. 경비병이 망루 위에서 실탄을 던져서, 죄수에게 줍도록 명령하고, 사살해 버린 것이다.

그 후에, 유명한 사건이 또 일어났다. 선광(選鑛) 공장에서 돌아온 죄수들의 대열을 향해, 병사들이 덤덤탄을 쐈다. 16명

---

1 분명, 다른 곳에서도 수용소 당국이 같은 수법으로 반란의 발생을 촉구했을 것이다. 노릴스끄에서처럼.

이 부상당했다(그리고 또 20명 정도의 사람들은 보고하는 것과 예상되는 형벌이 두려워서, 자기의 가벼운 상처를 숨겼다).

이번에는 죄수들이 가만히 있지 않았다. 그리하여 에끼바스뚜스 수용소의 파업이 되풀이되었다. 범인들의 재판을 요구하며 껜기르 제3 수용 지점의 죄수들은 사흘간이나 작업하러 나가지 않았다(그러나 식사는 하러 갔다).

조사 위원회가 방문해서, 범인들을 재판에 회부하겠다고 약속하여 겨우 죄수들을 납득시켰다. (죄수는 그 재판을 방청할 수 없지만!) 작업이 재개되었다.

그런데 1954년 2월에 목공 공장에서 또 한 사람이 사살되었다. 껜기르의 죄수라면 누구나 아는 바와 같이, 그는 〈복음주의자〉였다(이름은 알렉산드르 시소예프라고 했던 것 같다). 이 사람은 10년의 형기 중, 이미 9년 9개월을 살았다. 그의 작업은 용접봉을 도장하는 일이었다. 작업장이 전초 지대에 가깝게 있는 막사였다. 그는 밖으로 나와, 막사 옆에서 용변을 보고 있다가 망루의 경비병에게 사살되었다. 위병소에서 경비병들이 달려와서, 사살된 죄수가 전초 지대에 들어갔던 것처럼 꾸미려고, 그 시체를 이동시켰다. 죄수들이 보다 못해 곡괭이와 삽을 들고, 살인자들을 시체에서 쫓아 버렸다. (그사이 줄곧 목공 공장의 구내 근처에 보안 장교인 벨랴예프의 말이 서 있었다. 그는 왼쪽 뺨에 사마귀가 있어서 〈사마귀〉라는 별명이 붙었다. 벨랴예프 대위는 지독한 폭군이었기 때문에, 그가 이 살인을 기도했다는 것을 충분히 알 수 있었다.)

목공 공장 구내는 흥분의 도가니가 되었다. 죄수들은 죽은 사람을 어깨에 메고 수용 지점으로 옮기겠다고 했다. 수용소 장교들은 허락하지 않았다. 죄수들은 〈왜 죽였어?〉라고 외쳤다. 하지만 지배자들은 이미 설명을 준비하고 있었다 ― 죽은 사람이 잘못했다, 그가 먼저 망루를 향해 돌을 던졌다고 말했다. (그들은 이 죽은 사람의 개인 신상 카드를 본 적이 있을까? — 석방까지 3개월 남았고, 그가 복음 전도사였다는 것을 알았을까……?)

침울한 분위기가 감돌며, 심상치 않은 공기가 흐르고 있었다. 눈 속 여기저기에 기관총을 가진 병사들이 엎드려서, 사격할 자세로 있었다(이 병사들이 정말 언제라도 발포할 수 있다는 것을 껜기르의 죄수들은 다 알고 있었다). 기관총을 가진 병사들은 경비대 막사 지붕 위에서도 이미 경계 태세에 들어갔다.

이런 사건이 이미 제3 수용 지점에서 일어나, 거기서는 한 번에 16명의 부상자를 냈었다. 이번은 죽은 사람이 한 사람뿐이라 해도, 자기들은 무방비한 절망적인 상태라는 생각이 강했다 — 스딸린이 죽은 뒤 벌써 1년이나 지났는데, 그의 종들은 전혀 변하지 않았다. 사실상, 아무것도 변하지 않은 것이다.

밤에, 저녁 식사 후에 이런 일이 있었다. 느닷없이 방의 불이 꺼지고, 누군지 보이지 않는 사람이 입구에 서서 호소했다. 「형제들! 우리는 건설을 하고 있는데, 그 대가로 총알을 받다니요? 내일은 작업하러 가지 맙시다!」 이것이 차츰 각 방과 각 막사로 전해졌다.

담장 너머에 있는 제2 수용 지점에도 메모를 던졌다. 이런 경험은 이미 있었으며, 또 여러 번 숙고되었던 것이므로, 전원에게 이 결정을 알릴 수 있었다. 여러 민족이 뒤섞인 제2 수용 지점은 10년 형을 받은 죄수가 대부분을 점하고, 많은 사람들의 형기가 이미 끝나 가고 있었다. 그렇지만 그들도 파업에 참여하기로 했다.

이러한 방법, 즉 파업은 하지만 나라가 지급하는 배급 빵이나 식사는 거부하지 않는다는 방식은 점차 죄수들 사이에 확대되기 시작했으나, 지배자들한테는 납득이 되지 않았다. 그리하여 교도관들과 경비병들이 파업에 참여하는 수용 지점으로 들어가, 막사에서 두 사람이 죄수 한 사람씩 억지로 막사 밖으로 쫓아내기 시작했다. (이 방법은 너무나 인도적이었다. 도둑들에게는 적용할 수 있지만, 인민의 적들에게는 적당하지 않은 방법이었다. 그러나 베리야가 총살된 후에는 어떤 장군도, 어떤 대령도, 앞장서서 기관총을 사용하여 수용소 구내를 소탕하라는 명령을 내리지 않았다.) 그러나 이런 방법은 효과를 내지 못했다. 막사에서 내쫓긴 죄수들은 변소에 가거나, 수용소 구내를 배회하면서도 작업하러 가지는 않았다.

이렇게 그들은 이틀간을 견뎠다. 복음주의자를 살해한 경비병을 처벌한다는 간단한 해결책이, 수용소 지배자들로서는 결코 간단하고 옳은 해결책으로 생각되지 않았다. 그 대신 파업 이틀째부터 사흘째 되는 밤까지 까라간다에서 많은 수행원을 데리고 온 대령이 자기 몸의 안전은 전혀 돌보지 않고, 주저하지 않고 죄수들을 일으켜 세웠다. 「언제까지 게으름을 피울 건가?」[2] 그는 닥치는 대로 아무나 가리켰다. 「이봐! — 나가! 너 말이야! 그리고 너도! 어서 나가!」 그리하여 이것이 〈게으름을 피우는〉 것에 대한 가장 좋은 대책이라고 생각하고, 이 용감하고 대담한 사령관은 제멋대로 지적한 사람들을 마구 형무소에 넣게 되었다. 라트비아인 빌 로젠베르크가 이 무모한 처벌을 보자, 〈나도 가겠소!〉라고 했다. 그러자 〈그럼, 가!〉

---

2 1953년 6월 베를린 소동 이후에 이 〈게으름을 피운다〉는 표현은 공식 발표에서 자주 사용되었다. 벨기에의 어딘가에서 임금 인상을 요구하는 것은 〈인민의 정당한 분노〉이지만, 우리 나라의 서민이 검은 빵을 요구하며 싸우는 것은 〈게으름을 피우는〉 것이 된다.

하면서 대령은 흔쾌히 동의했다. 그는 이것이 항의인지도 알지 못했을 것이다. 무엇 때문에 항의하는지, 그는 이해하지 못했을 것이다.

그날 밤에 식사를 제공하는 민주주의는 끝나고, 앞으로는 작업하러 나가지 않는 자는 징벌 배급을 받게 된다고 발표했다. 다음 날에는 제2 수용 지점이 작업하러 출동했다. 제3 수용 지점은 사흘째 되던 날 아침에도 작업하러 나가지 않았다. 이번에는 제3 수용 지점을 쫓아내는 작전을 썼다. 다만 인원을 증원하는 방법을 취했다. 껜기르에 있던 장교들과 응원하려고 온 장교들이나 조사 위원회와 함께 온 장교들이 모두 동원되었다. 좋은 모피 모자를 쓰고 번쩍이는 견장을 붙인 장교들이 무리가 되어 한 막사로 들어가, 몸을 구부리고 침상 사이를 겨우 지나면서, 깨끗한 바지를 입은 채 죄수들의 대팻밥을 넣은 때 묻은 베개에 거침없이 걸터앉았다. 「자, 조금만 비켜 주게! 나는 중령이야. 보이지 않나?」 이리하여 죄수를 이불 위로 이동시키고, 이윽고 통로로 밀어냈다. 거기에서 교도관들이 두 팔을 붙잡아 정렬장으로 쫓아냈다. 여기서 저항을 계속하는 죄수들은 형무소에 넣었다. (껜기르 형무소 2개의 수용 능력에 한계가 있었기 때문에, 사령부의 행동은 제한될 수밖에 없었다 — 여기에는 5백 명 정도만 수용할 수 있었다.)

이리하여 장교들은 명예와 특권을 희생시켜 파업을 제지할 수 있었다. 이 희생은, 그것이 애매한 시기였으니까 필요했다. 무엇을 할 것인지는 아무도 몰랐으며, 지나치면 위험했다! 지나쳐서 죄수들에게 발포하게 되면 베리야의 하수인이 된다. 하지만 적당히 해서, 작업하러 내보내지 못해도 베리야의 하수인이 되었다.[3] 더욱이 내무부 장교들이 스스로 단합하여 파업을 진압함으로써, 어느 때보다 신성한 질서를 지키기 위해 견장을 단 자기들의 존재 의의를 증명하고, 자기들의 힘과 개인적 용감성을 보여 주었다.

예전에 시도된 여러 방법도 사용되었다. 3월과 4월에는 몇몇 호송단이 다른 수용소로 보내졌다. (전염병이 더 확산되었다!) 70명 정도의 죄수들이(그중에는 쩬노도 있었다) 〈모든 《교정 수단》을 썼으나 소용이 없으며, 다른 죄수들에게 퇴폐적인 영향을 주며, 이미 수용소에 둘 수 없는 인물이다〉라는 전형적인 이유로 격리 형무소로 이송되었다. 이 격리 형무소로 갔던 사람들의 명단은 위협하기 위하여 수용소에 게시되었다. 그리고 〈독립 채산제〉가 수용소의 일종의 신경제 정책이 되어 죄수들에게 자유나 정의 대신 주어졌다. 이때까지는 아무것도 없었던 매점에서 많은 식품을 팔기 시작했다. 게다가 — 아주 믿기 어려운 일이지만! — 그 식품을 살 수 있도록, 죄수들에게 〈선금〉을 주었다. (수용소군도 관리 본부가 그 주민의 신용을 인정한 것이다! 이것은 있을 수 없는 일이다!)

이리하여 여기 껜기르에서 두 번째로 부풀어 올랐던 기운은 성숙되지 못하고 사그라지고 말았다.

그런데 이곳 지배자들은 조금 지나쳤다. 그들은 〈제58조〉에 대해 가장 유효한 무기, 즉 형사범들을 끌어온 것이다! (이것은 사실이다! 만일 사회적 친근 분자가 있다면, 무엇 때문에 그 손과 견장을 더럽히겠는가?)

노동절 휴일을 앞두고, 정치범들만 수용할 수는 없다는 것

---

3 예를 들어, 체체프 대령은 이런 수수께끼에는 견딜 수가 없었다. 2월에 사건이 있은 후 그는 휴가를 받았으나, 그 후의 그의 행적은 잘 모른다. 후에 그는 까라간다에서 개인연금 수령자가 되어 있는 것을 알았다. 그의 상사였던 예프시그녜예프 대령이 언제 오제르 수용소를 그만두었는지 우리는 모른다. 〈우수한 지도자이며…… 겸손한 동지〉였던 그는 브라쯔끄 수력 발전소의 부소장이 되었다(예프뚜셴꼬의 시에는 이런 내용이 나오지 않는다).

을 자신들에게 〈이해시키기〉 위해 지배자들은 스스로 특수
수용소의 원칙을 어기고 650명의 도적들을 데려와, 반항했던
제3 수용 지점에 넣었다. 그 속에는 경범죄자들도 있었다(아
니, 소년수들도 있었다). 그들은 《건전한 요원》이 도착한다!〉
라고 비웃으면서 〈제58조〉에게 말했다. 「이제는 너희들도 찍
소리 못하겠지.」 그리고 데려온 도적들에게는 「당신들은 여
기서 질서를 회복하기 바란다!」고 외쳤다.

우선 〈질서〉를 회복하려면 어떻게 해야 하는지 지배자들도
잘 알고 있었다. 그것은 도적질을 하여 남을 짓밟고 살아가며,
죄수들을 흩어지게 하는 것이다. 바로 이웃에 여성 수용 지점
이 있는 것을 알게 된 도적들이 그들 특유의 달콤한 목소리로
〈여자들을 한 번만 보여 주세요!〉 하고 조르면 지배자들은 도
적들한테만은 언제나 우호적인 웃음으로 대답했던 것이다.

그런데 인간의 감정이나 사회의 움직임은 때로는 뜻밖의
방향으로 흘러가게 된다! 껜기르의 제3 수용 지점에 그런 식
으로 확실한 죽음의 독을 그렇게 많이 쏟아부었는데, 그 결과
죄수들이 무릎을 꿇은 것이 아니라 오히려 수용소군도 역사
상 가장 큰 폭동이 일어나고 만 것이다.

◆

수용소군도의 섬들은 제아무리 분산되어 있는 것처럼 보여
도, 제아무리 각각 봉쇄되어 있는 것처럼 보여도 중계 형무소
를 통하여 같은 공기가, 같은 피가 흐르고 있었다. 따라서 수
용소군도에서의 밀고자 소탕, 단식 투쟁, 파업, 또는 분쟁의
이야기가 도적들의 귀에 들어가지 않을 리 없었다. 이야기에
의하면, 그 때문에 1954년 무렵부터는 도적들이 도형수들을
존경하기 시작했고 그 징후를 중계 형무소에서 찾아볼 수 있

었다.

만일 그것이 사실이라면, 왜 우리는 더 이전에 도적들의 〈존경〉을 얻지 못했을까? 1920년대를 지나고, 1930년대를 지나고, 그리고 1940년대를 지나면서 어찌할 바 모르는 지식인이었던 우리는 어쩔 수 없는 속물이었고, 도적들 눈에는 우스꽝스러운 모습으로 보였을 것이다. 머릿속에는 우리가 세계에 얼마나 공헌했는지를 신경 쓰고 있고, 물건들이 가득 찬 〈짐 가방〉을 들고, 아직 빼앗기지 않은 구두와 바지를 걸치고 있었으니 말이다. 우리와 마찬가지로 세계나 인류의 일을 생각하고 있는 지식인들이 우리 눈앞에서 도적들에게 약탈당하기 시작하면, 우리는 부끄러워 눈길을 돌리고, 한구석에 웅크리고 있었다. 그리하여 인간 이하의 짐승들이 우리한테 약탈하려고 덤벼들면, 우리는 역시 이웃의 도움을 바라지 않고, 목을 물어뜯기지 않으려고 자진하여 그 괴물들에게 자기 물건을 다 내주었다. 그래, 나의 머리는 다른 생각으로 가득하며, 마음은 다른 곳에 가 있었다! 우리는 이같이 잔혹하고 비열한 적을 예상하지 못했다! 우리는 러시아 역사의 왜곡에 대해 고뇌하며, 죽음이라고 하면 대중 앞에서 아름답게, 전 세계가 보는 앞에서, 또 동시에 전 인류를 구하기 위한 죽음을 생각하며, 오직 그것밖에 준비하지 않았다. 하지만 우리는 좀 더 단순하게 생각할 수도 있지 않았을까? 중계 형무소에 처음 들어갔을 때, 거기에 있던 우리 모두는 푸른 제모들이 우리를 물어 죽이도록 하기 위해 집어넣은 이 쥐새끼 같은 인간들과의 더러운 싸움에서 옆구리를 칼에 찔리거나, 눅눅한 구석에서나 변기통 곁에서 더럽게 죽게 되는 것에 대비해야 하지 않았을까? 만일 그랬다면 아마 우리의 손해도 적었을 것이며, 우리는 더 빨리, 그리고 더 높이 일어나서 도적들과 손잡고 스딸린의 수용소를 부숴 버렸을지도 모른다. 정말, 우리는 도적들에게 〈존경받을 만한〉 사람들이었을까?

어쨌든 껜기르에 왔던 도적들은 도형수들의 사기가 높다는 것을 전해 듣고, 이미 예상하고 있었다. 그리고 그들이 새로운 장소에 익숙해지고, 수용소 당국과 접촉하기 전에, 그 〈두목들〉에게 차분하고 건장한 젊은이들이 가서 〈진지한 이야기〉를 시작했다. 「우리는 〈대표〉들이오. 특수 수용소에서 어떤 〈칼질〉이 일어나고 있는지, 당신들도 이미 알고 있을 것이오. 알지 못한다면 이야기해 주겠소. 지금 우리는 당신들한테 뒤지지 않을 칼을 만들어 놨소. 당신들은 6백 명, 우리는 2천6백 명이오. 이 점을 잘 생각해서 선택하는 것이 좋소. 혹시 우리를 압박하려고 했다가는, 당신들을 죽여 버릴 것이오.」

그렇게 하는 것이 현명한 방법이고, 벌써 그렇게 할 작정이었다! ─ 즉, 형사범들에게 화살을 돌리는 것이다! 놈들을 〈주요한 적〉으로 간주한다!

물론, 이런 살상이야말로 푸른 제모들이 기대한 것이었다. 하지만 도적들도 용감해진 〈제58조〉들과 4 대 1로 싸우는 것은 승산이 없다는 것을 알고 있었다. 게다가 보호자들 또한 수용소 밖에 있었다. 그러므로 그런 보호자들은 소용이 없었다. 도적들은 한 번도 그들을 존경한 적이 없었다. 그런데 젊은이들이 제의한 동맹 관계가 더없이 즐거운 모험으로 생각되었고, 게다가 담장을 넘어서 여성 수용 지점으로의 길도 열릴 것 같았다.

그리하여 도적들은 대답했다. 「아니, 우리도 전보다는 영리해졌소. 우리 〈남자들〉끼리 친하게 지냅시다!」

이 회의는 역사에 기록되지 않았고, 그 참석자의 이름도, 의사록도 남지 않았다. 유감스러운 일이었다. 그 젊은이들은 아주 현명했다.

이 〈건전한 요원〉들은 최초의 검역 막사에서 작은 선반이나 침상을 부숴 땔감을 만들고, 콘크리트 바닥에 모닥불을 피워 창문 밖으로 연기를 내보내면서, 자기들의 입주를 자축했다. 그리고 그들은 막사 속에 갇히게 된 것을 항의하며, 자물쇠 구멍에 나뭇가지를 박아 넣었다.

2주 동안 도적들은 요양소에서처럼 지냈다 — 작업하러 출동해도 햇볕이나 쬐면서 전혀 일하지 않았다. 물론, 수용소 당국은 징벌 배급에 대해서는 전혀 생각하지 않았다. 그렇지만 아무리 좋게 생각하더라도, 도적들에게 급료로 줄 돈은 없었다. 하지만 도적들은 어디에서 났는지 〈보니〉를 가지고 매점에 가서 물건을 샀다. 〈건전한 요원〉이 드디어 훔치기 시작했다고 당국은 좋아했다. 그러나 정보가 부족한 당국의 착각이었다. 정치범들이 도적들을 돕기 위한 운동을 하고 있었던 것이다. (이것도 아마 협정의 일부였을 것이다. 그렇지 않다면 도적들은 흥미를 느끼지 못했을 테니까.) 그래서 그들은 보니를 가질 수 있었다! 그것은 쉽게 생각할 수 없는 일이라서 지배자들도 알아차리지 못했다!

갑자기 〈파시스트들〉에게 정중하게 이야기해야 하며, 허락 없이 그들의 방에 들어가지 못하고, 앉으라고 하기 전에는 그들의 침상에 앉지 못하는, 달라진 이상한 게임에 형사범들은 흥미를 느끼는 것 같았다. 특히 소년수들이 그랬다.

지난 세기에 파리에서는 민병대에 편입된 형사범들(그것은 상당한 숫자가 되었다)을 〈유동대원〉이라고 불렀다. 그것은 아주 특징적인 명칭이다! 이 종족은 너무나 활동적이어서 침체된 일상의 껍데기 안에서 가만히 앉아 있지 못하고, 그

껍데기를 찢어 버렸다. 훔치지 않겠다는 것은 결정되었으나, 그렇다고 나라를 위해 〈애쓴다〉는 것도 윤리에 맞지 않았다. 그럼 무엇을 해야 하는가! 젊은 도적들은 교도관들의 모자를 훔치거나, 밤 점호 때 막사 지붕을 뛰어다니며, 높은 담장을 넘어 제3 수용 지점에서 제2 수용 지점으로 이동하여 점호를 혼란하게 하고, 휘파람을 불고, 괴성을 지르며, 망루의 야간 초병들을 위협하면서 울분을 터뜨렸다. 그들은 그냥 여성 수용 지점으로 들어가고 싶었으나, 그곳으로 가는 데는 경비가 엄한 생산 부문을 지나지 않으면 안 되었다.

규율 담당 장교들이나 혹은 교육계들, 혹은 보안 장교들이 형사범들의 막사로 담소하러 가면, 나이 어린 잡범들은 장교들이 이야기하고 있는 사이에 그들의 호주머니에서 수첩이나 지갑을 빼내거나, 침상 상단에서 〈보안 장교〉의 모자를 빼앗아 모자챙을 뒤로 돌려, 그들의 성질을 돋우었다. 수용소군도에서는 있을 수 없는 태도였다! 또 이런 정세는 예전과는 다른 것이었다! 형사범들은 이전에도 자기 수용소의 아버지들을 바보로 보았으며, 그들이 〈교화〉된 성과를 믿으면 믿을수록, 형사범들은 그들을 경멸했다. 단상이나 마이크 앞에 나서서, 손수레를 밀며 일하는 자기들의 새로운 인생을 이야기할 때도, 형사범들은 웃음을 터뜨리며 그들을 경멸했다. 그래도 지금까지는 그들과 싸울 필요가 없었다. 그렇지만 지금은 정치범들과 체결한 협정 덕분에, 형사범들은 자기들의 남아 있는 힘을 지배자들에게 쏟았다.

이리하여 행정 능력이 낮고, 차원 높은 인간의 이성을 가지지 못한 수용소군도 당국은 스스로 껜기르 수용소의 폭발을 초래했다 ── 처음에는 무의미한 사살로, 후에는 그 뜨거워진 열기에 형사범이라는 기름을 부어 버렸다.

일은 자연스럽게 진행되었다. 정치범들은 형사범들에게 전쟁이나 동맹을 청하지 〈않을 수가 없었다〉. 형사범들도 동맹을 거부할 수는 없었다. 이리하여 성립된 동맹은 〈불신을 허용하지 않았다〉 — 그러지 않으면 동맹은 붕괴되고, 내전을 시작하지 않으면 안 되었다.

무엇인가 〈시작하지 않으면 안 되었다〉. 아무것이나 시작해야 한다! 그러나 발기인이 〈제58조〉들이라면, 그들은 후에 교수형을 당할 것이다. 만일 그것이 형사범들이었다면, 정치 학습 시간에 좀 잔소리를 들으면 된다. 그래서 형사범들은 이렇게 요청했다 — 우리가 시작할 테니까 당신들이 뒷받침해 달라고.

여기서 밝혀 둘 것은 껜기르 수용소는 주위에 공동 수용소 구내를 가지는 장방형 건물이며, 그 건물은 옆으로 몇 개의 내부 수용소 구내로 구분되어 있었다. 제1 수용 지점(여성들), 수용소 구내 생산 부문(그 생산 설비에 대해서는 이미 말했다)이 이어지고 또 제2 수용 지점과 제3 수용 지점, 그리고 마지막으로 형무소의 구내가 있고, 그곳에는 2개의 형무소 — 낡은 것과 새것 — 이 있어서, 그곳에는 수용소 죄수뿐만 아니라, 마을의 자유인들도 끌려와 있었다.

당연한 일이지만, 최초의 목표는 생산 부문을 점령하는 것이었다. 그곳에는 수용소의 모든 식품 창고가 있었다. 작전은 휴일인 일요일, 1954년 5월 16일 낮에 시작되었다. 처음에는 모든 유동대원들이 자기 막사 지붕 위로 올라가, 제3 및 제2 수용 지점 사이에 있는 담장에 흩어져 있었다. 높은 위치에 있던 두목들의 신호로, 그들은 손에 몽둥이를 들고 제2 수용 지점으로 뛰어내려, 거기에서 대열을 짓고, 그대로 정렬장을 따라 전진했다. 그 정렬장은 제2 수용 지점의 중심을 지나 생산 부문의 철문으로 나 있었다.

이 공공연하게 일어난 행동에는 일정한 시간이 필요했다. 그러는 사이에 교도관들이 조직되고 지령을 받게 되었다. 그리고 흥미로웠다! 교도관들은 〈제58조〉의 막사를 돌며, 35년 동안이나 그들을 인간쓰레기로 압박해 왔으면서, 이렇게 말했다. 「이보게들! 보게나! 도적놈들이 여성들의 수용소 구내를 부수려고 하고 있다네! 놈들이 자네들의 아내와 딸을 강간하려고 한다는 말일세! 우리와 함께 여자들을 도우러 가세나!」 하지만 약속은 약속이었다. 그리하여 그 약속을 모르고 있던 사람이 달려 나가려고 하자, 다른 사람들이 그 사람을 제지했다. 미끼에 걸려 협정을 파기할 가능성도 아주 많았으나, 〈제58조〉들은 교도관들에게 가세하지 않았다.

교도관들이 역성을 들던 놈들로부터 여성 수용소 구내를 어떻게 지켰는지 모르지만, 그 전에 그들은 우선 생산 부문의 창고를 지키지 않으면 안 되었다. 생산 부문의 문이 열리고, 거기서 마중하듯이 비무장 병사들의 소대가 나왔다. 그 소대는 〈사마귀〉라는 별명의 벨랴예프가 뒤에서 지휘하고 있었다. 그는 일에 열중하다 보니 일요일에도 수용소에 왔거나, 혹은 당직이었을 것이다. 병사들이 유동대원들에게 접근하여, 그 대열을 흩뜨렸다. 형사범들은 몽둥이를 사용하지 않고 자기들의 제3 수용 지점 쪽으로 퇴각하기 시작하여, 다시 담장으로 기어올랐다. 담장에 포진하고 있던 그들의 예비대가 병사들을 겨누어 돌이나 벽돌을 던지며 동료들의 퇴각을 도왔다.

물론 형사범들은 아무도 체포되지 않았다. 이것을 지나친 장난이라고 보고 있던 당국은, 그대로 사태를 방치하고 수용소의 일요일이 무사히 지나가도록 했다. 아무 일도 없이 점심 식사가 나오고, 저녁에 어두워지자, 제2 수용 지점의 식당 옆에서 여름의 야외 영화관처럼 「림스끼꼬르사꼬프」라는 영화가 상영되기 시작했다.

그런데 용기 있는 작곡가가 음악 대학을 사임하기 전에, 수용소 구내의 외등이 부서지는 소리가 났다. 유동대원들이 자유에 대한 박해에 항의하여 고무줄총으로 외등을 깨뜨려, 구내의 조명을 꺼버린 것이다. 어두워지자마자 그들은 여럿이 제2 수용 지점으로 뛰어갔고, 형사범들의 예리한 휘파람 소리가 구내에 울렸다. 그들은 통나무로 생산 부문의 문을 두들겨 부수고, 그 안으로 밀고 들어가, 거기서 다시 철도 레일로 담벼락을 뚫고, 여성 구내로 가는 통로를 만들었다(그들 중에는 〈제58조〉 젊은이도 몇 명 섞여 있었다).

망루에서 쏘아 올린 전투용 조명탄에 의지하여 보안 장교 벨랴예프 대위가 자동소총을 든 병사들을 인솔하여 위병소를 지나 생산 부문으로 뛰어들었고, 그리고 ─ 수용소군도 역사상 처음으로! ─ 〈사회적 친근 분자들〉에게 발포했던 것이다! 사망자가 나오고, 수십 명의 부상자도 나왔다. 자동소총을 든 병사들 뒤로 붉은 견장을 단 병사들이 따랐으며, 그들은 총검으로 부상자들을 죽였다. 그 뒤로 다시, 이미 에끼바스뚜스에서도, 노릴스끄에서도, 보르꾸따에서도 썼던 진압 작업의 분업에 따라 철봉을 가진 교도관들이 뒤따랐으며, 그 철봉으로 부상자들을 매질하여, 저세상으로 보냈던 것이다(그날 밤, 제2 수용 지점의 병원 수술실에는 불이 켜지고, 스페인 죄수인 외과 의사 푸스테르가 수술을 했다).

생산 부문은 완전히 진압대에게 점령되었고, 그곳에는 기관총을 가진 병사들이 배치되었다. 그리고 제2 수용 지점에서는(유동대원들이 자기들이 맡은 연주의 서곡을 끝내자, 이번에는 정치범들이 그들을 대신했다), 죄수들이 생산 부문의 문전에 바리케이드를 설치했다. 제2 수용 지점과 제3 수용 지점은 통로로 연결되고, 그곳에는 교도관들도 없어지고, 내무부의 권력도 미치지 못하게 되었다.

그렇다면 여성 구내로 들어가 거기에서 퇴로를 끊긴 사람들은 어떻게 되었을까? 이 사건은 형사범들의 〈여자〉에 대한 멸시를 단번에 불식시켜 주었다. 생산 부문에서 총성이 울렸을 때, 여자들한테 달려들어 온 사람들은 이미 탐욕스러운 약탈자가 아니라, 같은 운명을 짊어진 죄수로 변모되었다. 여자들은 그들을 숨겨 주었다. 그들을 잡으려고 처음에는 비무장 병사들이 들어왔으나, 후에는 무장한 병사들도 가세했다. 여자들은 수색을 방해하면서 저항했다. 병사들은 그런 여자들을 주먹이나 총 개머리판으로 갈기고, 형무소에 집어넣었다 (여성 구내에는 만일을 대비하여, 따로 형무소가 있었다). 그리고 때로는 찾아낸 남자를 사살하기도 했다.

진압대의 인원 부족을 느낀 사령부는 여성 구내로 또 〈검은 견장의 병사들〉, 즉 껜기르에 주둔하고 있던 건설대의 병사들을 투입했다. 그러나 건설대의 병사들은 이 〈군인답지 못한 짓〉을 거부하며 나가 버렸다.

그런데 벨랴예프 대위는 여기에서, 즉 여성 구내에서 진압자들의 행동을 정당화시킬 근거를 잡아, 자기 상관 앞에서 정당화할 수가 있었다! 그들은 바보가 아니었다! 어디에서 읽었는지 아니면 혼자 생각한 것인지 월요일이 되자, 그는 사진사들과 죄수로 변장한 두세 명의 남자를 여성 구내로 집어넣었다. 변장한 남자들이 여자들을 괴롭히기 시작했고, 사진사들은 그런 장면을 필름에 담았다. 이와 같은 폭행에서 약한 여자들을 지키기 위해, 벨랴예프 대위는 발포를 명하지 않을 수가 없었다는 것이다.

월요일 아침에는 바리케이드와 생산 부문의 부서진 정문 위의 공기가 긴장을 더했다. 생산 부문의 구내에는 시체가 널 브러져 있었다. 여전히 정문을 향한 기관총 곁에는 병사들이 지키고 있었다. 해방된 남성 구내에서는 침상을 부수고, 무기를 만들고, 널빤지나 매트리스로 방패를 만들었다. 바리케이드 너머의 사형 집행인에게 고함을 치면, 그들도 응해 왔다. 정세가 너무나 위태로워서, 어떻게든 사태를 타개하지 않으면 안 되었다. 바리케이드에 있던 죄수들도 스스로 공세를 취할 준비를 갖췄다. 몇 명의 야윈 죄수들이 셔츠를 벗고, 바리케이드 위로 올라가, 기관총 곁에 있는 병사들에게 자기의 뼈가 앙상한 가슴과 갈비뼈를 보이면서 외쳤다. 「쏴라! 왜 쏘지 못해? 너희 아비를 쏴라! 죽이라고!」

이때 갑자기, 생산 부문의 장교에게 메모를 든 병사가 달려 왔다. 장교는 시체들을 치우도록 명령했다. 이윽고 그 시체들을 들고, 붉은 견장의 병사들이 생산 부문에서 나가 버렸다.

5분쯤 바리케이드 안의 사람들은 침묵한 채, 반신반의했다. 그 후, 처음으로 죄수들이 생산 부문의 구내를 조심스럽게 들여다보았다. 구내에는 아무도 없었다. 다만 여기저기에 〈죄수 번호〉가 쓰인 헝겊을 꿰맨, 살해된 죄수들의 검은 모자만 떨어져 있을 뿐이었다.

(후에 알게 된 일이지만, 알마아따에서 금방 날아온 까자끄 공화국의 내무 장관이 생산 부문의 구내를 비우도록 지시했던 것이다. 가져간 시체들은, 혹시 후에 사체 검사의 요구가 있을 경우, 그것을 거부하기 위해 매장했던 것이다.)

〈만세! 만세!〉 하며 환성을 지르고, 모두 생산 부문의 구내로, 그리고 여성 구내로 들어갔다. 통로가 넓어졌다. 여기서 여성 형무소를 해방하고, 구내가 모두 하나가 되었다! 주요

구내의 내부가 모두 자유롭게 되었다! 다만, 제4 수용 지점은 여전히 형무소였다.

모든 망루에 붉은 견장의 병사들이 〈4명〉씩 배치되었다! 그리고 그들은 굴욕적인 말을 듣지 않으면 안 되었다! 망루 앞에는 죄수들이 모여, 병사들을 향해 외쳤다(물론 제일 시끄러웠던 것은 여자들이었다). 「너희들은 파시스트보다도 더 나쁜 녀석들이야! 흡혈귀들! 살인자들!」

수용소에는 사제가 있었으며, 그것도 한 사람이 아니었다. 이미 시체 안치소에서는 살해된 사람과 부상으로 인해 죽은 사람의 진혼식이 있었다.

오랫동안, 그리고 바로 조금 전까지도 모두 노예였던 사람들이, 지금은 함께 해방되어 — 물론, 그것은 진짜가 아니었지만 — 적어도 이 장방형의 벽 안쪽에서는 4인조의 경비병들이 보고 있다 하더라도 자유롭게 되었다. 이 8천 명의 사람들의 가슴속에는 대체 어떤 생각이 차 있었을까? 에끼바스뚜스 수용소의 막사에 갇혀서 굶주림과 싸우며 누워 있었을 때조차도, 우리는 자유의 입김에 닿았다는 느낌이었는데! 지금은 마치 2월 혁명과도 같았다! 그토록 탄압받았는데, 드디어 사람들의 단결이 승리한 것이다! 그리고 우리는 형사범들이 좋아졌다! 형사범들도 우리가 좋아졌다! (함께 흘린 피로 결합되었다! 게다가 그들은 자기들의 〈습성〉에서도 벗어났다!) 물론, 그 이상으로 우리가 좋아한 것은 여자들이다! 세상사가 다 그렇지만, 그녀들은 다시 우리와 함께하여, 우리와 공동 운명으로 묶였다!

식당에 격문이 나붙었다. 〈되는 대로 무장하여, 우선 군인들을 쳐부수자!〉 성미가 급한 사람들은 신문지 조각에(다른 종이가 없었다) 검은 글씨나 색색의 글로 서둘러 이런 구호를 썼다. 〈제군들이여, 체끼스뜨들을 타도하자!〉 〈밀고자들에게 죽음을! 체끼스뜨의 하수인들에게 죽음을!〉 수용소 여기저기에서 차츰 집회가 열리고, 연설이 있었다! 그리고 각자가 제안을 했다. 〈생각하는〉 것이 허락되었다. 우리는 어느 쪽인가? 어떤 요구를 할 것인가? 우리는 무엇을 바라는가? 벨랴예프를 재판에 회부해라! ── 알고 있다! 살인자들을 재판에 회부해야 한다! ── 당연하다. 그다음은? 막사를 자물쇠로 잠그지 마라. 죄수 번호를 떼게 해라! ── 그다음은?

그다음은 가장 무서운 일이다 ── 무엇 때문에 〈이런 짓〉을 시작했는가? 그리고 우리는 무엇을 바라고 있는가? 물론, 우리는 자유가 그립다, 자유만이 그립다! ── 그러나 그 자유를 대체 누가 우리에게 주겠는가? 그것은 우리에게 형을 내린 모스끄바의 재판관들이다. 우리가 스텝 수용소나 까라간다 수용소에 불만을 가지고 있는 동안은, 상대방도 대화에 응해 준다. 하지만 우리가 모스끄바에 불만을 가지고 있다면…… 우리는 모두 이 스텝 수용소 속에 파묻히게 된다.

그렇게 되면, 우리가 바라는 것은 무엇인가? 벽을 부수는 일인가? 사막으로 도망치는 일인가?

자유의 시간이 왔다! 무거운 쇠사슬이 우리들 팔이나 어깨에서 떨어졌다! 아니, 어떤 일이 있더라도, 후회하지는 않는다! 이 하루는 그것대로 가치가 있다!

월요일이 저물어 갈 무렵, 이 들끓는 수용소에 당국에서 대표단을 보냈다. 대표단은 우리에게 꽤 호의적이었으며, 짐승과 같은 눈초리로 우리를 보지도 않았고, 자동소총을 가지고 있지도 않았다. 그도 그럴 것이다. 그들은 피에 굶주린 베리야의 하수인이 아니다. 그들의 말에 의하면, 모스끄바에서 장군들이 ── 수용소 관리 본부의 보치꼬프와 검찰 총장 대리인 바빌로프(두 사람은 베리야 밑에서 일했으나, 낡은 상처를 뒤져서 무엇하겠는가?)가 온 것을 알았다. 그들의 생각으로는, 우리의 요구는 〈아주 정당한 것이었다〉. (우리 자신도 놀라울 정도다 — 정당하다니? 그렇다면 우리가 한 것이 반역이 아니라는 말인가? 아니, 아니, 반역이 아니고말고. 요구가 〈아주〉 정당하다!)「총살을 감행한 자들은 책임을 지게 될 걸세!」「왜 여자들을 구타했나요?」「여자들을 구타하다니?」대표단은 놀랐다.「그런 일은 있을 수가 없어.」아냐 미할레비치가 구타당한 여자들을 일렬로 세워서 데려왔다. 위원회 사람들이 탄식했다.「조사하겠네. 꼭 조사하겠어!」「이 짐승들!」류바 베르샤쯔까야가 장군에게 외쳤다. 그 밖에도 성난 목소리가 들렸다.「막사를 자물쇠로 잠그지 마라!」「앞으로는 잠그지 않겠네.」「죄수 번호를 떼라!」「틀림없이 떼게 하겠네.」여태껏 한 번도 본 적이 없었던(앞으로도 볼 수 없을 것이다) 장군이 약속한다.「각 구내 사이의 통로를 그대로 둬라!」「좋았어, 교류하게 하겠네.」장군이 동의한다.「통로를 그대로 두겠네.」그 밖에 우리에게 무엇이 필요하겠는가? 우리는 승리한 것이다! 하루만 소란하고, 기뻐하고, 들끓고서 승리한 것이다! 우리 사이에 의심하는 사람들이 있어서, 〈이것은 기만이다, 기만이야!〉라고 말하고 있었으나 우리는 믿었다! 대체로 나쁘지 않은 수용소 당국이 말하는 것을 우리는 믿었다! 그렇게 하는 것이 가장 쉬운 해결책이기 때문에 우리는 믿었다.

피지배자가 믿지 않는다면, 달리 무엇을 할 수 있겠는가? 속고, 또 믿는다. 실망하고, 또다시 믿는 것이다.

이리하여 5월 18일 화요일에 껜기르의 모든 수용 지점이 사망자가 난 것을 용서하고 작업을 하기 위해 출동했다.

그날 아침에 모든 것이 잘 해결되었다. 그러나 껜기르에 모였던 높은 장군들은 이러한 해결책을 자기들의 패배로 간주했다. 그들은 진지하게 죄수들의 요구의 정당성을 인정할 수 없었다! 그들은 진지하게 내무부의 군인들을 처벌할 수 없다! 놈들의 저속한 지혜는 한 가지 교훈밖에 얻지 못했다 ─ 각 구내 사이의 벽이 불충분했다! 불타는 고리로 그들을 가둬 놓지 않으면 안 된다!

그리하여, 그날 일을 열심히 했던 수용소 당국은 몇 년, 또는 몇십 년이나 노동과는 거리가 멀었던, 노동의 맛을 잊고 있었던 사람들을 작업에 투입했던 것이다 ─ 장교들도 교도관들도 작업복을 입었다. 할 줄 아는 자는 흙손을 들고, 망루경비를 하지 않는 병사들은 손수레를 밀고, 들것으로 자재들을 운반했다. 구내에 남아 있던 병이 있는 병사들은 벽돌을 끌고 와서 벽으로 집어 올렸다. 저녁이 되자, 벽 사이의 통로가 막히고 깨진 외등이 복구되고, 내부 벽을 따라 출입 금지 지대가 만들어지고, 그 양쪽에는 초병들을 배치하여, 무슨 일이 있으면 당장 발포하라고 명령했다.

그리하여 저녁에, 나라를 위해 하루 종일 노동을 하고 온 죄수의 대열이 다시 수용소 구내로 들어왔을 때, 죄수들이 생각할 틈도 없이 되도록 빨리 막사 안으로 들어가게 하기 위하여, 서둘러 저녁 식사를 하도록 식당으로 내몰았다. 장군들의 작전에는 이 첫 번째 밤, 즉 어제의 약속을 분명히 짓밟는 어떤 일이 있어도 이 밤에 이기지 않으면 안 되었다. 그렇게 되면, 어쨌든 죄수들이 익숙해져서, 사태가 잘 수습될 것으로 알았다.

그런데 날이 저물기 전에, 일요일과 마찬가지로 도적들의 예리한 휘파람 소리가 구내에 울려 퍼졌다. 그것은 제2와 제3 수

456

용 지점이 서로 신호를 보내는 것이다. 마치 불량소년들이 술을 마시고 큰 소란을 부리는 것 같았다(이 휘파람은, 공동 투쟁에 있어서 형사범들의 또 하나의 큰 공헌이었다). 그러자 교도관들은 겁먹고, 자기들의 책무를 다하지 않고 수용소 구내에서 도망쳐 버렸다. 장교 한 사람(경리 장교인 메드베제프 상급 중위)만이 일 때문에 도망치지 못하여 아침까지 포로가 되었다.

죄수들은 수용소의 주인이 되었으나, 그들은 분단되어 있었다. 내부의 벽에 사람들이 근접하면, 망루의 병사들이 기관총을 쏘았다. 이미 몇 명이 사살되고, 여럿이 부상을 입었다. 외등을 다시 고무줄총으로 쏘아 전부 깨버리자 망루에서 조명탄을 쏘아 올렸다. 그래서 제2 수용 지점에서 포로가 된 경리 장교가 쓸모 있었다 ─ 한쪽 견장이 뜯기고 책상 끝에 동여매어 전초 지대로 내몰린 그는, 큰 소리로 동료들을 향해 소리를 질렀다. 「이봐, 나 여기 있어. 쏘지 마! 쏘지 말라고, 나 여기 있다고!」

긴 책상으로 가시철사를 밀치거나, 전초 지대에 세운 말뚝을 밀었으나, 총탄에 맞을까 봐 벽을 부술 수도, 그 위에 오를 수도 없었다. 그래서 벽 밑을 파지 않을 수가 없었다. 구내에는 소방용 이외에는 삽이 없었다. 취사장의 식칼이나 접시를 사용하기도 했다.

이 5월 18일부터 19일까지 밤에 모든 벽 밑에 통로를 파서, 다시 모든 수용 지점과 생산 부문의 구내가 연결되었다. 이제는 망루의 병사들도 사격을 중지했으며, 생산 부문의 구내에는 여러 가지 도구가 많이 있었다. 견장을 단 석공들이 낮 동안 열심히 한 작업은 수포로 돌아가고 말았다. 야음을 틈타 전초 지대를 파괴하고, 벽을 뚫어서 그것이 덫이 되지 않도록 그 통로를 넓혔다(나중에는 20미터나 되는 폭으로 넓혀졌다).

또 그날 밤에 죄수들은 제4 수용 지점, 즉 형무소가 있는 수용 지점으로, 그 벽을 뚫었다. 형무소를 지키고 있던 교도관들의 일부는 위병소로, 나머지는 망루로 도망쳤다. 망루에서는 사다리가 내려졌다. 죄수들은 취조실을 부수기도 했다. 또 다음 날에는 반란의 지도자가 되었던 사람들도 형무소에서 해방되었다. 즉, 적위군 예비역 대령인 까뻬똔 꾸즈네쪼프(이미 젊지는 않았으며, 그는 프룬제 육군 대학 출신이었다. 그는 종전 후에 동독에서 연대장을 했으나, 연대의 누군가가 서독으로 망명했기 때문에 수용소에 투옥되었다. 수용소 내의 형무소에 투옥된 이유는 자유 고용인들을 통해서 내보낸 편지 속에서 〈수용소의 현실을 중상했기 때문〉이었다), 적위군의 예비역 상급 중위인 글레쁘 슬루첸꼬프(일부 사람들의 이야기에 의하면, 그는 포로였던 경험이 있으며, 또한 블라소프 군단에 있었다는 것이다)였다.

〈새로운〉 형무소 속에는 껜기르 마을 주민인 경범죄자들도 투옥되어 있었다. 소비에뜨 전역에서 혁명이 일어났다고 생각했던 그들은 처음에는 뜻밖의 자유를 얻어서 기뻤다. 그러나 그 혁명이 너무나 국지적인 것임을 깨닫자, 경범죄자들은 충실하게도 자기들의 석조 형무소로 〈돌아가〉, 경비도 없이, 반란이 계속되는 동안에 줄곧 그곳에서 정직하게 지냈다. 다만 식사를 할 때만 반란을 일으킨 죄수들의 식당으로 갔다.

반란을 일으킨 죄수들! 그들은 이미 세 번씩이나 이 반란과 자유를 거절했다. 그들은 그러한 선물을 어떻게 하면 좋을지 몰랐으며, 그것을 갈망하느니보다도 오히려 두려워했다. 그러나 해안으로 밀어닥치는 파도와 같은 힘에 의해서, 그들은 반란에 휩쓸렸다.

458

그들이 어찌하면 좋았을까? 약속을 믿을 것인가? 또 속을 것인가? 노예의 주인들이 어제도 증명했고, 이전에도 증명했던 적이 있었다. 그렇다면 무릎을 꿇을 것인가? 그러나 그들은 오랫동안 이렇게 무릎을 꿇어 왔는데, 아무것도 얻지 못했다. 오늘이라도 처벌되기를 바랄 것인가? 하지만, 예외 없이 전원에게 25년 형을 정해 놓고 선고하는 기계적인 재판 제도를 가지고 있는 그들로부터 처벌을 받게 되면, 오늘 처벌되거나 한 달간의 자유 생활 후에 처벌되거나 어차피 잔혹한 처벌인 것이다.

　하루라도 자유를 맛보기 위해 죄수들이 탈옥하는 것이 아닌가! 이와 마찬가지로, 8천 명의 죄수들은 반란을 일으킨 것이 아니라, 비록 짧기는 하여도 〈자유를 찾아 탈옥한〉 것이다! 8천 명의 사람들이 갑자기 노예에서 자유인이 되어, 자유로운 생활을 맛볼 기회가 주어진 것이다! 평소의 잔인했던 표정은 부드러워지고, 그것은 선량한 미소로 변했다.[4] 여자들이 남자들을 만나고, 남자들도 여자들의 손을 잡았다. 은근한 방법으로 몰래 편지를 주고받아, 한 번도 만난 적이 없는 사람들이 지금은 아는 사이가 되었다! 사제에 의해 담 너머로 혼인이 인정된 리투아니아 여자들은 이제는 교회법에 따라 정당한 자기 남편들과 만났으며, 그들의 결혼은 하늘과 땅에서 내린 것이다! 각 종파의 신도나 일반 신자들은 그들의 생애에서 처음으로 자유로이 만나 기도할 수 있게 되었다. 수용 지점마다 뿔뿔이 흩어져 있던 고독한 외국인들이 서로 동포를 만나, 자기들 모국어로 이 신기한 아시아적 혁명에 대한 감상을 이야기했다. 수용소의 모든 음식이 죄수들 손에 넘어왔다. 정렬장으로 내쫓으며 11시간이나 계속 노동을 강요하는 자가 없어

　4 그것은 이 사태를 좋게 보지 않았던 마께예프도 느낀 점이다.

459

졌다.

몸에서 개한테나 붙이는 죄수 번호를 자기 손으로 떼 내고, 한숨도 자지 못하고 흥분하고 있던 수용소가 5월 19일의 아침을 맞았다. 전봇대에는 깨진 외등이 달린 전선이 매달려 있었다. 참호나 그 밖의 통로를 지나, 죄수들이 구내에서 구내로 자유롭게 왕래했다. 많은 사람들이 소지품 보관소에서 자기가 사회에서 입었던 옷들을 끄집어내어, 그것을 입어 보기도 했다. 일부 젊은이들은 모피 모자나 꾸반 모자를 썼다(곧 자수를 놓은 예쁜 셔츠가 나타났고, 아시아인들이 색깔이 있는 겉옷과 터번을 쓰자, 잿빛뿐이었던 수용소가 화사해졌다).

당번들이 막사를 돌면서, 〈위원회〉 ─ 당국과의 교섭이나 자치를 위한 위원회(이러한 소극적인 명칭을 붙였다) 선출을 위하여, 전원을 식당으로 불렀다.

그 위원회는 겨우 몇 시간을 예상하고 선출되었으나, 실제로는 40일간이나 걸쳐서 껜기르 수용소 정부의 역할을 하게 되었다.

◆

만일 이런 일이 2년 전에 일어났다면, 〈그〉가 알게 되면 큰일이라는 공포심 때문에 스텝 수용소의 지배자들은 주저하지 않고 즉각 〈실탄을 아끼지 마라!〉라는 당연한 명령을 내리고, 사방이 담장으로 둘러싸인 공간으로 쫓긴 이 군중을 망루에서 모두 죽였을 것이다. 그때, 8천 명을 모두 죽이거나 4천 명을 죽였어도 놈들은 기가 꺾이지 않는 인종이니까, 끄떡도 하지 않았을 것이다.

그렇지만 놈들은 1954년이라는 복잡한 정황에 두 다리를 딛고 있었다. 바빌로프도 보치꼬프도 모스끄바에 도는 새로

460

운 공기의 흐름을 감지했다. 이미 상당수의 사람들이 사살되어서, 이것을 어떻게 법적으로 정당화할 것인가를 모색하고 있었다. 이리하여 일종의 주저가 생겼다. 그래서 반란자들에게 새로운 독립된 생활을 시작할 여유를 주었던 것이다.

처음 몇 시간 안에 반란의 정치적 성격, 즉 반란을 계속할 것인가, 아닌가를 결정하지 않으면 안 되었다. 신문지 여백에 쓴 〈제군들이여, 체끼스뜨들을 타도하자!〉라는 솔직한 격문을 따를 것인가? 형무소에서 나오자마자 그 환경 때문인지, 군인 시절의 버릇 때문인지, 친구들의 권유 때문인지, 혹은 마음의 호소 때문인지, 지도자가 된 까뻬똔 이바노비치 꾸즈네쪼프는 처음부터 껜기르 수용소에서는 소수파로 무시되었던 정통파 공산당원들 편에 서서, 그들의 눈으로 사태를 보고 있었다. 그는 〈이 낙서(혹은 격문)를 저지해야 합니다. 이런 사태를 악용하려고 기도하는 자의 반소비에뜨적인, 반혁명적인 정신을 저지해야 합니다!〉라고 호소했다. (나는 이런 표현을 소지품 보관소에서 아주 가까운 사이에 있던 뾰뜨르 아꼬예프의 이야기를 기록한 한 위원 A. F. 마께예프의 수기에서 인용했다. 정통파 공산당원들은 꾸즈네쪼프에게 찬성했다. 〈그런 격문을 내놓다가는, 《우리》는 모두 새 형기를 먹게 될 거요.〉)

꾸즈네쪼프 대령은 그날 밤 몇 시간 동안 모든 막사를 돌며, 목청을 돋워 연설할 때도, 또 다음 날 아침 식당에서 열린 집회에서 연설할 때도, 아니, 그 후에도 연설할 때마다 그는 과격파의 저항을 받고, 이제 잃을 것도 없는 극한까지 다다른 사람들의 분노를 사면서도 지치지 않고 되풀이하면서 말했다.

「반소비에뜨는 우리의 죽음을 의미합니다. 만일 우리가 지금 여기서 반소비에뜨적인 구호를 외치면, 즉각 진압될 것입니

461

다. 그들은 진압의 구실을 찾고 있어요. 이러한 격문을 쓰다가는 놈들에게 총살을 정당화할 구실을 주게 될 게 뻔합니다. 우리가 구원받을 방법은 성실함에 있습니다. 우리는 〈소비에뜨 시민답게〉 모스끄바의 대표들과 교섭하지 않으면 안 됩니다!」

그리고 더 소리 높여 말했다. 「우리는 소수 도발자들의 이러한 행동을 용납해서는 안 됩니다!」 (하지만, 그가 이런 연설을 하고 있는 동안 사람들은 침상 위에서 소리 내어 입을 맞추고 있었다. 그의 말에는 그다지 귀를 기울이지 않았던 것이다.)

그것은 자기가 가고 싶은 방향과는 다른 방향으로 달리고 있는 열차에 타고 있는 것과 같았다. 그 열차에서 뛰어내릴 때는 〈반대 방향〉으로 향하는 것이 아니라, 〈진행 방향〉을 향해 뛰어내려야 하는 것과 같았다. 이것이 역사의 타성이라는 것이다. 모두가 이 방향을 바란 것은 아니지만, 그 합리성이 곧 이해되어서 결국 우세하게 되었다. 재빨리 망루에서도, 위병소에서도 잘 보이도록 큰 글자로 쓴 구호가 온 수용소에 걸리게 되었다.

〈소비에뜨 헌법 만세!〉

〈중앙 위원회 간부회 만세!〉

〈소비에뜨 정권 만세!〉

〈중앙 위원회의 방문과 재심을 요구한다!〉

〈베리야과 살인자들을 타도하자!〉

〈스텝 수용소 장교 부인들이여! 그대들은 살인자의 아내라는 것이 부끄럽지 않은가?〉

먼 지방이나 가까운 지방에서 수백만 명의 죄수들이 처벌되는 것은 바로 〈이 헌법〉의 그늘 밑에서였으며, 게다가 〈이 정치국 구성원들〉의 승인하에서 이루어졌다는 것을 대부분의 껜기르 죄수들은 알고 있었으나 〈이 헌법〉 만세, 〈이 정치국〉만세, 라고 쓰지 않을 수 없었다. 그리고 반란을 일으킨 죄수들은, 지금은 구호를 고쳐 읽으며 자기의 확고한 법적 기반을 느끼며 〈우리의 운동은 절망적이 아니다〉라고 안심하기 시작했다.

선거가 끝나자마자 식당 위에는 모든 사람이 볼 수 있게 깃발이 걸렸다. 그 깃발은 나중에까지 오래도록 걸려 있었는데, 흰 바탕에 검은 테가 있고 그 한복판에는 적십자가 그려져 있었다. 국제 항해법에 의하면, 이 기가 의미하는 것은 이런 뜻이었다.

〈조난! 선상에 부녀자가 있다!〉

〈위원회〉에는 꾸즈네쪼프를 위시하여 12명이 선출되었다. 〈위원회〉는 곧 전문 분야로 나누어, 다음의 부가 설치되었다.

선전 선동부(부장은 리투아니아인 크놉쿠스이며, 그는 노릴스끄 수용소의 반란 후에 징벌로 이송되어 온 사람이었다.)
생활 경제부
식품부
내무 안전부(부장은 글레쁘 슬루첸꼬프였다.)
군사부
기술부(이 부는 이 수용소 정부에서 아마 가장 놀라운 것이다.)

전에 소령이었던 미헤예프에게는 당국과의 접촉을 맡겼다. 〈위원회〉에는 도적들의 두목도 한 사람이 포함되어 있었는데, 그도 무엇인가 담당했다. 여자들도 있었다(아마 샤흐노프스까야는 경제학자이며 당원으로, 이미 백발이었다. 또 카르파티아 연안 지방에서 교사로 있었던 동년배의 수쁘룬, 그리고 류바 베르샤쯔까야가 있었다).

이 〈위원회〉에 반란의 주모자이자 그 선동가들도 참여했는가? 아마 참가하지 않았을 것이다. 〈중심인물들〉, 특히 우끄라이나 출신의 중심인물들(수용소 전체에서 러시아인은 4분의 1도 안 되었다)은 독립되어 있었다. 우끄라이나 지방의 게릴라로, 1941년부터 독일군과 싸우고 소련군과 싸우고 껜기르 수용소에서는 공공연하게 밀고자를 살해한 미하일 껠레르가 〈위원회〉의 회의에 출석하여, 〈그들의〉 본부를 대표하는 과묵한 방청자였다.

〈위원회〉는 본거지를 여성 수용 지점의 사무실에 두고 공공연히 활동했으나, 군사부는 사령실(즉, 야전 본부)을 제2 수용 지점의 목욕탕에 설치했다. 각 부는 작업에 착수했다. 처음 며칠은 아주 열의에 차서 모든 것을 창출하고 정리해야만 했다.

무엇보다도 먼저 방위를 강화해야 했다(군대에 의한 진압이 불가피하다고 생각한 미혜예프는 어떤 방위 시설의 구축도 반대했다. 그 필요성을 강요한 것은 슬루첸꼬프와 크놉쿠스였다). 내부 벽의 통로를 넓게 확장하게 되어, 많은 벽돌이 나왔다. 그 벽돌로 모든 위병소, 즉 경비병이 장악하여 언제라도 진압대를 통과시킬 수 있는 출구(또는 입구) 앞에 바리케이드를 구축했다. 생산 부문에서는 충분한 가시철사가 발견되었다. 그 가시철사로 나선을 만들어, 위험하다고 예상되는 방향에 설치했다. 군데군데에는 〈위험! 지뢰 지대!〉라고 쓴 간판을 세워 놓았다.

그것은 〈기술부〉의 첫 번째 생각이었다. 그 부서의 작업 내용은 비밀로 되어 있었다. 점령한 생산 부문의 구내에는 기술부가 몇 개의 비밀 작업실을 가지고 있었고 그 입구에는 X자로 교차된 뼈와 해골 그림, 그리고 〈전압 10만 볼트〉라고 쓰여 있었다. 그곳의 출입은, 거기서 일하는 몇 명밖에 허용되지 않았다. 그리하여 기술부가 무엇을 하고 있는지, 죄수들 자신도 알지 못할 정도였다. 곧이어, 기술부가 화학 〈비밀 무기〉를 개발했다는 소문이 났다. 이 수용소는 어떤 뛰어난 기사가 잡혀 있는지 죄수들이나 지배자들이 잘 알고 있었기 때문에, 그들은 〈어떤 일이라도 할 수 있었고〉, 모스끄바에서도 아직 생각하지 못하는 무기라도 발명할 수 있다는 미신과 같은 확신에 모두가 사로잡혔다. 생산 부문에 있는 화학 약품을 이용하여 지뢰를 만드는 것은 쉬운 일이었다. 그리하여 〈지뢰 지대〉라고 쓴 간판은 매우 효과가 있었다.

그리고 또 하나의 무기가 고안되었다 ── 각 막사 입구 옆에 깨진 유리를 넣은 상자를 놓았던 것이다(자동소총을 든 병사들의 눈을 부시게 하기 위하여).

종래의 작업반은 그대로 존속했으나 명칭만은 소대로 바꾸고, 막사는 부대로 불리게 되고 부대장이 임명되어서, 군사부의 지휘하에 들어갔다. 미하일 겔레르가 경비대장이 되었다. 정확한 시간을 지키고, 위험이 예상되는 장소에는 보초를 세우고, 특히 야간에는 그 보초를 강화한다. 여자들 앞에서는 남자가 도망치지 않고 용기를 낸다는 남성 심리의 특징을 고려해, 보초는 남녀 혼성으로 했다. 또 껭기르에는 많은 위세를 가진 여자뿐만이 아니라, 대담한 여자도 많았다. 특히 여성 수용 지점의 대부분을 차지하는 우끄라이나 젊은 여자들 중에는 많은 대담한 사람들이 있었다.

죄수들은 이제 주인의 허락을 기다리지 않고, 제 손으로 막사의 창문 쇠창살을 뜯어내기 시작했다. 지배자들이 수용소의 전원을 끊으리라고 생각지 못했던 이틀 동안은 생산 부문의 공작 기계가 움직였기 때문에, 쇠창살의 끝을 깎아서 많은 〈창〉을 만들었다. 대장장이들과 공작 기계의 직공들은 처음 며칠 동안 무기를 제조하는 데 바빴다. 그들은 칼, 도끼, 또한 형사범들이 특히 좋아하던 군도(그 손잡이에 색깔이 있는 가죽으로 만든 방울을 달았다)를 만들었다. 옛 무기인 철퇴를 갖춘 사람까지 나타났다.

보초들은 머리 위로 솟은 창을 들고, 자기 야간 경비 장소로 떠났다. 여성 소대도 야간에 남성 수용 지점에 할당된 지역으로 갈 때는 창을 들고 행진했다. 병사들이 공격해 오면 여자들은 경보에 따라서 그곳으로 출동하지 않으면 안 되었다(사형 집행인들이 여자들을 거칠게 다루지는 않을 것이라는 순진한 생각이 있었다).

만일 반란의 엄하고 깨끗한 공기에 휩싸이지 않았다면 이런 모든 것은 불가능했을 것이며, 조롱 혹은 성욕 때문에 모든 것이 허물어졌을 것이다. 현재에 있어서는 창이나 군도가 장난감 같은 것이다. 하지만 이런 사람들에게 있어서의 과거, 혹은 장래의 형무소 생활은 결코 장난 같은 것이 아니었다. 창은 장난감 같은 것이었으나, 그것은 하늘이 내린 것과 같았다! 그것은 자유를 지키는 최초의 기회며, 최초의 수단이었다. 혁명 초기의 깨끗한 공기 속에서 바리케이드에서의 여성의 존재가 그래도 하나의 무기가 되었을 때, 남녀들에게 그것에 어울리는 행위, 그것에 어울리는 창끝을 하늘로 향해 창을 높이 들었던 것이다.

만일 이런 나날에 관능에 빠지는 것을 기대하는 자가 있다면, 그것은 수용소 밖에 있던 푸른 견장을 단 장교들이었다. 그들은 죄수들을 일주일 동안 방치하여 자유롭게 해주면, 반드시 성욕에 빠지게 될 것이라고 생각했던 것이다. 그들, 죄수들은 난잡한 짓거리를 하고 싶어서 반란을 일으킨 것이라고 마을 사람들에게 말했다. (물론, 죄수들의 생활에서 부족한 점이 하나 있다면 그것이었겠지.)[5]

당국이 가장 기대했던 것은 형사범들이 여자들을 강간하기 시작하고, 정치범들이 여자들을 보호하기 위해 살상을 시작하는 것이었다. 하지만 내무부의 심리학자들은 잘못 생각했다! 우리들 자신도 놀랄 정도였다. 모든 증언에 의하면, 도적들은 〈착실한 사람처럼〉 행동했다. 그 〈착실한 사람〉이라는 것은 형사범들이 말하는 착실한 사람이 아니라, 우리가 말하는 착실한 사람이다. 그들에 대해 정치범들도 여자들도 우호적이었으며 신뢰하고 있었다. 그리고 그 속에 무엇이 감춰 있는지는, 우리들이 알 바가 아니었다. 아마도 도적들은 처음 일요일에 피를 흘려서 많은 희생자를 냈던 일을 언제까지나 잊지 않았는지도 모른다.

만일 껜기르의 반란에 무슨 힘이 있었다면, 그것은 단결이었다.

도적들은 식품 창고도 탈취하려 하지 않았다. 그들을 잘 알고 있는 사람들에게는 아주 놀라운 일이었다. 창고에는 많은 식품이 저장되어 있었으며, 〈위원회〉는 회의를 열어 빵이나 다른 식품에 대한 종전의 수준을 지키도록 결정했다. 그것은 국가의 식품을 멋대로 소비하여, 그 책임을 지고 싶지 않다는 충실한 시민의 마음의 표시였다! 이처럼 죄수들은 오랜 세월을 굶주렸으니, 나라는 죄수에게 빚을 진 것이 아닌가! 또 거

---

5 반란을 진압한 후에, 지배자들은 수치심도 없이 모든 여성의 신체검사를 실시했다. 그리하여 많은 여성이 처녀로 있는 것을 발견하자 놀랐다. 어찌된 일까? 무엇을 보고 있었는가? 이렇게 오랫동안 남자들과 함께 있었는데! 그들은 자기들 기준으로 생각했던 것이다.

꾸로, 그곳에는 수용소밖에는 없는 식품에 있어서(미혜예프의 회상에 의하면), 수용소 관리국의 공급 책임자들은 그러한 식품을 수용소 창고에서 내주도록 부탁하기도 했다. 높은 노르마(자유 고용인들의 경우)를 위해서 과일도 준비되어 있었는데, 그것을 죄수들이 내주었던 것이다.

수용소 경리부는 예전과 같은 노르마에 따라서 식품을 지급하고, 취사장은 그것을 받아 요리했다. 그러나 새로운 혁명적 분위기 속에서 취사 담당들은 음식을 훔치지 않게 되었고, 또 형사범들의 대표가 와서 〈사람들 갖다주게 달라〉고 요구하지도 않게 되었고, 더욱이 특권수들에게도 여분의 식사가 나가지 않게 되었다. 그 결과, 예전과 다름없는 노르마지만, 식사의 양은 훨씬 많아졌다!

형사범들은 물건을 팔아도(다시 말해서, 어디 다른 데서 약탈한 물건들) 이전처럼 이내 빼앗지는 못했다. 「지금은 그런 짓을 할 수 없는 시대야.」그들은 설명했다.

현지의 노동자 구매부의 상점에서도 장사를 계속하고 있었다. 본부는 자유 고용인인 여성 수금원의 안전을 보장하고 있었다. 그녀는 교도관의 호위 없이 혼자서 수용소 구내의 출입이 허락되어, 젊은 여자 두 명의 호위를 받아 상점을 돌며 점원으로부터 매상, 즉 보니를 모았다(물론, 보니는 곧 바닥이 났다. 게다가 지배자들은 수용소 구내로 새로운 상품의 반입을 허가하지 않았다).

수용소 지배자들의 손에는 또 수용소 구내의 세 가지 공급물이 있었다. 즉, 전기, 수도, 그리고 의약품이었다. 물론, 공기는 그들의 의사대로 되는 것은 아니다. 의약품에 대해 말하자면, 40일간 그들은 가루약 한 봉지도, 요오드팅크 한 방울도 수용소 구내로 공급하지 않았다. 전원은 2~3일 뒤에 끊었다. 수도만은 그대로 두었다.

〈기술부〉는 전기 때문에 투쟁을 시작하였다. 처음에는 가느다란 전선의 끝에 갈고리를 만들어 그것을 구내의 바깥으로 지나는 외선에 걸어서, 이 방법으로 며칠 전기를 훔쳤으나, 이내 발각되어 절단되었다. 그러는 동안에 〈기술부〉는 풍차를 이용하여 발전을 시도했으나, 곧 그것을 단념해 버렸다. 그리고 생산 부문의 구내에서(망루에서도 보이지 않는 장소에서, 저공으로 날고 있는 U2기로부터도 발견되지 않는 장소를 골라서) 무언가…… 수돗물로 움직이는 수차를 이용하여 수력 발전소를 만들기 시작했다. 생산 부문에 있던 모터를 발전기로 바꿔서, 그것을 수용소 내의 전화망, 본부의 조명, 거기에다…… 라디오 발신기의 전원까지 공급했던 것이다! 그리고 막사 조명용으로는 횃불을 사용했다……. 이 원시적인 수력 발전소는 반란의 마지막 날까지 움직였다.

반란의 초기에, 장군들은 지배자 자격으로 수용소 구내에 왔었다. 사실 꾸즈네쪼프는 전혀 당황하지 않았다. 처음 교섭이 있을 때, 그는 시체 안치소에서 시신을 가져오게 하여, 〈탈모!〉라고 구령을 외쳤다. 죄수들이 모자를 벗자, 장군들도 역시 자기들이 낸 희생자들의 명복을 빌며, 군모를 벗지 않을 수 없었다. 그러나 주도권은 수용소군도 관리 본부의 보치꼬프 장군이 가지고 있었다. 〈위원회〉의 선출을 환영하며(〈모든 위원과 동시에 이야기할 수는 없다〉고), 그는 우선 각 대표가 자신들의 심의 〈안건〉에 대해 이야기하고(그리하여 꾸즈네쪼프는 길게, 그리고 신나게 자기 안건을 이야기하기 시작했다) 발언할 때는 반드시 자리에서 일어나서 할 것을 요구했다. 누군가가 〈죄수들은 요구한다……〉라고 발언하면, 그는 감정적으로 반론했다. 「죄수들이 요구할 수는 없네. 죄수들이 할 수 있는 것은 탄원일 뿐이야!」 그리하여 〈죄수들은 탄원한다……〉라는 표현이 정착되었다.

죄수들의 〈탄원〉에 대하여 보치꼬프는 사회주의 건설, 미증유의 인민 경제 발전, 중국 혁명의 성공 등에 대한 강의를 했다. 그것은 항상 우리들의 의지박약이나 침묵을 초래하는 독선적인 세뇌였다……. 그는 왜 무기를 사용한 것이 정당했는가를 설명하기 위하여 수용소 구내로 왔던 것이다(곧 그들은 수용소 구내에서는 발포한 적이 없었으며, 그것은 폭도들이 조작한 말이었으며, 또 죄수들을 구타한 사실도 없었다고 말했다). 그는 〈죄수의 개별 수용에 관한 지령서〉를 파기하라는 요구에는 크게 놀랐다(그들은 자기들의 지령서가 마치 영구적인 것으로, 천지 창조 이전부터의 법률인 양 말하고 있었다).

곧 더글러스 항공기를 타고, 더 지위가 높은 장군들이 새로 날아왔다. 즉, 돌기흐(당시의 수용소군도 관리 본부장)와 예고로프(소비에뜨 연방 내무부 차관)이었다. 식당에서 집회가 개최되어, 그곳에 2천 명가량의 죄수들이 모였다. 꾸즈네쪼프가 〈기립! 차려!〉 하고 구령을 외치고, 장군들을 정중하게 간부석까지 안내하고, 자기는 하급자로서 옆에 서 있었다. 슬루첸꼬프는 태도를 달리했다. 한 장군의 입에서 〈적〉이라는 말이 튀어나왔을 때, 슬루첸꼬프는 쟁쟁한 목소리로 야유했다. 「〈당신들 중에서〉 적이 아닌 사람이 누구입니까? 야고다도 적이었고, 예조프도 적이었으며, 아바꾸모프도 적이었고, 베리야도 적이었습니다. 끄루글로프가 적이 아니라고 누가 보증하겠습니까?」

마께예프의 수기에 따르면, 그는 합의서의 초안을 작성했다. 그 안에 의하면 당국은 아무도 호송하지 않고, 박해도 하지 않고, 재심을 시작하는 대신에, 죄수들은 즉시 작업을 개시하도록 되어 있었다. 그런데 그와 그에게 찬성한 사람들이 막 사를 돌며, 그 안을 받아들이도록 설득하기 시작했을 때, 죄수들은 그들에 대하여 〈대머리 공산 청년 동맹원〉 혹은 〈조달 담당〉, 또는 〈체끼스뜨의 하수인〉이라고 비난하면서, 전혀 상대하지 않았다. 그들에게 특히 심하게 저항한 것은 여성 수용 지점이었으며, 죄수들이 제일 받아들일 수 없는 것은 수용소를 남성 수용 지점과 여성 수용 지점으로 나눈다는 항목이었다. (화가 난 마께예프는 반대자들에게 이렇게 반론했다.「자네들이 젖꼭지를 만진다고 해서 소비에뜨의 정권이 붕괴된다고 생각하는가? 어떠한 일이 있어도, 소비에뜨 정권은 자기의 주장을 관철할 걸세!」)

하루하루가 흘렀다. 망루에서는 병사들이 수용소 구내에서 눈을 떼지 않고 감시했고, 교도관들도 감시했으며(죄수들의 얼굴을 다 알고 있는 교도관들은 죄수들을 구분하며, 어느 죄수가 무엇을 하고 있는지 기억해 두어야 했다), 비행기들도 감시했다(아마 항공 사진까지 활용되었을지 모른다). 하지만 장군들로서는 화가 나는 일이었던 게, 수용소 구내에서는 살육도 없었고, 싸움도 없었으며, 강간도 없어서, 이것들로 인한 수용소의 내부 붕괴도 없었고, 군대를 투입할 구실도 없다는 결론에 이르지 않을 수 없었다.

수용소는 〈의연히 존재했다〉. 그리하여 교섭의 성격도 차츰 변화되어 갔다. 금빛 견장을 단 장군들은 여러 방법으로 수용소 구내를 다니며 설득을 계속하거나 대화를 나눴다. 그들은 모두 구내의 통행을 허락받았으나, 손에 흰 깃발을 들고 다니지 않으면 안 되었고, 또 지금은 수용소의 출입구가 된 생산 부문의 위병소를 지나 바리케이드 앞에서 몸수색을 받지 않으면 안 되었다. 몸수색을 할 때는 솜옷 상의를 입은 우끄라이나 젊은 여자가 장군의 호주머니를 곁에서 가볍게 건드려서, 안에 권총이나 수류탄이 있는지 없는지 확인했다. 대신에 반란자들의 본부는 그들의 개인적 안전을 〈보장하기로〉 했다!

장군들은 보여도 될 곳으로 안내되어(물론, 〈비밀로 되어 있는〉 생산 부문은 보여 주지 않았다) 자유롭게 죄수들과 이야기를 나누었으며, 그들을 위해 각 수용 지점에서는 대규모의 집회를 열었다. 지배자들은 여기에서도, 견장을 번쩍이며, 이전처럼 아무 일도 없다는 듯이 간부석에 자리했다.

죄수들은 연설자들을 내세웠다. 하지만 연설한다는 것은 어려운 일이었다! 그것은 연설자가 그 연설로 인해 장차 자기의 새 형기를 받게 될 수도 있을 뿐만 아니라, 회색 죄수들과 푸른 제모의 장군들 사이에는 그 생활관이나 진리에 대한 견해가 너무나 다르고, 그 노고를 모르는 비만한 육체와 윤기나는 멜론과도 같은 머리통들은 어떤 것도 받아들이지 못하여 이해시킬 수가 없었기 때문이었다. 당원이며 혁명의 참가자였던 어느 레닌그라뜨의 고참 노동자가 그들을 격분시켰던 것 같았다. 장교들이 생산 부문에 있는 음식을 먹고, 선광 공장에서 훔친 납으로 밀렵을 위해 산탄을 만들게 하고, 그들의 밭을 죄수들이 경작하고, 수용소 지점장이 목욕을 할 때 융단을 깔게 하고 관현악단을 연주하게 한다면, 도대체 어떤 공산주의가 되겠는가, 라고 그가 물었기 때문이었다.

이와 같이 무의미한 소동을 줄이기 위하여, 이런 대담을 고도의 외교 방식에 따라 직접적인 교섭 형식으로 취할 때도 있었다. 6월 어느 날, 여성 수용 지점에서 식당의 긴 탁자를 놓고, 한쪽에는 금빛 견장을 단 장군들이 긴 의자에 앉고, 그 뒤에는 경호를 위해 출입이 허가된 병사들이 자동소총을 들고

섰다. 반대쪽에는 〈위원회〉 사람들이 앉고, 그 뒤에도 역시 경비진이 있었다. 그 경비진은 심각한 얼굴을 하고 칼이나 창이나 고무줄총을 들고 있었다. 또 그 뒤에는 죄수들이 모여 쌍방의 〈토의〉를 들으면서, 때로는 야유를 보내고는 했다. (탁자에는 음식도 나왔다! — 생산 부문의 온실에서는 신선한 오이를 가져왔고, 취사장에서 *끄바스*[6]를 가져왔다. 금빛 견장을 단 장군들도 주저 없이 오이를 씹고 있었다…….)

반란자들은 처음 이틀 동안에 다음의 사항들을 요구한다는 데 합의하고, 이제는 계속 반복하는 중이었다.

— 복음주의자를 죽인 살인자를 처벌할 것.

— 생산 부문의 구내에서 일요일에 살인 행위를 한 범인 모두를 처벌할 것.

— 여자를 구타한 자를 모두 처벌할 것.

— 파업 때문에 부당하게 격리 형무소에 보낸 동지들을 모두 수용소로 돌려보낼 것.

— 앞으로는 죄수 번호를 붙이지 말 것. 막사 창문에 쇠창살을 하지 말 것. 막사에 자물쇠를 걸지 말 것.

— 수용 지점 사이에 내부 벽을 복원하지 말 것.

— 자유 고용인과 동일하게, 하루 8시간 노동을 실시할 것.

— 노동에 대한 보수를 인상할 것(자유 고용인과 같은 정도로 요구하지는 않았다).

— 가족들과의 자유로운 서신 왕래, 이따금 면회도 허락할 것.

— 재심을 개시할 것.

이러한 요구에는 나라의 기초를 흔들거나 헌법과 모순되는

6 호밀과 보리를 이용해 만드는 러시아의 전통 술 — 옮긴이주.

것은 하나도 없었음에도(그중 대부분은 예전의 상태로 되돌아가기를 원한 것인데), 군모를 쓴 지배자들은 머리를 짧게 깎은 기름진 뒤통수를 치켜들며, 자기들의 과실이나 죄를 인정하지 않고, 그중 가장 작은 요구마저 받아들이지 못했다. 진리가 상부에서 내려오는 비밀 지령서에서가 아니라 평범한 사람들의 입에서 나올 경우, 그들은 그 진리를 거부하고 절대로 인정하려 하지 않았다.

그렇지만 이 8천 명의 긴 농성이 장군들의 명성에 먹칠을 하고, 그 지위를 위협했기 때문에, 그들도 여러 가지 약속을 했다. 그들은 이러한 요구를 거의 다 실시할 수 있다고 약속하고, 다만(이렇게 말하면 더 신빙성 있게 들리므로) 금지되어 있는 여성 수용 지점을 개방하기는 어렵다고(교정 노동 수용소에서는 20년 동안이나 개방하고 있었는데!) 설명하고, 그러나 〈면회일〉 같은 것은 설치할 수 있을지도 모르겠다고 첨언했다. 그러나 수용소 구내에서 조사 위원회를 여는 것(발포 사건에 대해)에 대해서는 무슨 영문인지 장군들도 당장에 찬성했다. (그러나 슬루첸꼬프는 그 의도를 읽고 그를 저지했다 — 진술을 한다는 구실로 밀고자들에게 수용소 구내에서 일어나고 있는 사건의 〈정보〉를 얻으려는 것이다.) 재심이라니? 그렇지, 재심도 곧 열릴 테니, 조금만 〈참게나〉. 하지만 당장 해야 할 일은 — 작업하러 나가는 것이네! 작업하러!

하지만 이러한 술수를 죄수들은 이미 다 알고 있었다 — 즉, 죄수들을 여러 대열로 나누어서, 무기의 힘으로 땅바닥에 엎드리게 하고, 주모자들을 체포하려는 것이다.

〈아니요〉 하고, 그들은 탁자 너머로, 혹은 단상에서 대답했다. 〈안 돼!〉 하고 군중 속에서 외치는 소리가 들렸다. 스텝 수용소의 관리국은 비겁하다! 우리들은 스텝 수용소의 지도부를 믿지 않는다! 우리는 내무부를 믿지 않는다!

「아니, 내무부까지 믿지 못하는가?」 참을 수 없는 말을 듣고, 이마의 땀을 닦으면서 내무부 차관이 놀랐다. 「도대체 〈누가〉 자네들한테 이처럼 내무부를 증오하게 했는가?」

그게 그렇게까지 수수께끼인가?

「중앙 위원회의 간부를 보내라! 중앙 위원회의 간부를 보내라! 그렇다면 믿겠다!」 죄수들은 큰 소리로 대답했다.

「두고 보라고!」 장군들이 위협했다. 「이제 더 나빠질 테니까!」

그런데 여기서 꾸즈네쬬프가 일어섰다. 그는 조리 있고 경쾌하게 말하면서 가슴을 폈다.

「만일 무기를 가지고 수용소 구내로 들어온다면,」 그는 경고했다. 「여기에 있는 사람들 태반이 베를린 함락의 경험자라는 것을 잊지 마십시오. 당신들의 무기를 빼앗아 당신들을 겨눌 것입니다!」

까삐똔 꾸즈네쬬프! 앞으로 껜기르의 반란을 연구할 역사학자가 이 인물에 관해 설명해 줄 것이다. 그는 자신이 투옥된 것을 어떻게 이해하고, 어떻게 고민했는가? 그는 자신의 재판을 어떻게 생각하였던가? 반란이 한창일 때 모스끄바에서 〈석방〉에 관한 지시가 나왔으니까(게다가 명예 회복과 함께), 그는 대체 언제부터 재심 탄원서를 냈는가? 반란을 일으킨 수용소를 이렇게 〈질서 정연하게〉 지키고 있다는 자부심은, 그의 직업 군인으로서의 긍지였을까? 그가 머릿속으로 운동에 동조해서 그 선두에 섰을까? (나는 〈그렇지 않다〉고 생각한다.) 아니면 자신의 지도력을 알고, 운동을 제어하고 길들이며, 그의 동지들을 주인의 발밑에 데려가기 위해서였을까? (이것이 나의 생각이다.) 그는 회담에서도, 교섭에서도, 2차적인 인물을 통하여 얼마든지 진압자들로부터 요구 사항을 전달받을 수가 있었으며, 또 그들에게 말하고 싶은 것들을 전할 수 있었을 것이다. 예를 들어 6월에 〈위원회〉의 의뢰로 교섭을 위해 기민한 마르꼬샨을 수용소 밖으로 내보낸 일이 있었다. 꾸즈네쪼프는 이러한 기회를 이용했는가? 하지 않았는지도 모른다. 그의 입장은 특별하며, 긍지를 가졌는지도 모른다.

두 사람의 경호원 ─ 즉, 허리춤에 칼을 꽂은 2명의 덩치 큰 우끄라이나 젊은이 ─ 이 항상 그를 따랐다.

그것은 경호를 위한 것인가? 아니면 복수를 위해서인가?

(마께예프의 주장에 의하면, 반란 때 꾸즈네쪼프는 임시 아내도 있었다고 했다. 그녀 역시 반데라파였다.)

글레쁘 슬루첸꼬프는 서른 살 정도의 나이였다. 독일군 포로가 되었을 때, 그는 열아홉 살이었다. 지금은 꾸즈네쪼프와 마찬가지로 소지품 보관소에 두었던 자기의 옛 군복을 입고, 자신의 군인으로서의 본성을 나타내며 강조하고 있었다. 그는 다리를 조금 절었으나, 매우 민첩해서 눈에는 잘 띄지 않았다.

교섭할 때 그의 태도는 명확하고 날카로웠다. 당국은 석방을 위하여 수용소 구내에서 〈이전의 소년수들〉(18세 미만으로 투옥된 자로서, 지금은 스무 살이나 스물한 살이 된 자도 있었다)을 호출하려고 생각했다. 그것은 기만은 아닌 것 같았다. 실제로 그 무렵에는 여러 곳에서 그들이 석방되거나 감형되었다.

슬루첸꼬프는 이렇게 대답했다.「당신들은 소년수들이 한 수용소에서 다른 수용소로 옮기는 것을 〈희망〉하는지, 어려운 동지들을 남겨 두는 것을 원하고 있는지, 그들에게 묻고 싶은 겁니까?」(또 〈위원회〉 앞에서 이렇게 주장했다.「소년수들은 우리 경비대의 일원입니다. 우리는 그들을 내줄 수가 없습니다!」 이것은 장군들이 껭기르의 반란 와중에도 젊은이들을 석방하려고 노력한 특별한 이유였다.) 어쨌든 규칙을 잘 따르는 마께예프가 징벌 감시 이전의 소년수들을 〈석방 재판〉을 위해 모으기 시작했다. 그의 증언에 의하면 석방하기로 정해진 〈409명〉 중에서 밖으로 내보내기 위해 모은 사람은 불과 〈13명〉이었다. 마께예프가 당국에 호의적이었고 반란에 반대했던 것을 고려한다면 그의 증언은 놀라운 것이다. 대부분 정치에 관심이 없는 4백 명의 젊은이들은 자유뿐만이 아니라 자신들을 구원하는 길도 거부했다! 그리하여 절망적인 반란에 계속 참가하는 쪽을 선택했다……

무력에 의한 진압의 위협에 대하여 슬루첸꼬프는 장군들에게 이렇게 대답했다. 「좀 더 보내십시오! 자동소총을 가진 병사들을 더 많이 수용소 구내로 보내세요! 우리는 깨진 유리로 그들의 눈을 부시게 하여 그 자동소총을 빼앗을 테니까요! 당신들의 껭기르 경비대도 무찌를 테니까요! 당신들의 멍청한 장교들을 까라간다까지 추격하여 그 기세로 까라간다로 진격하겠습니다! 그곳에는 우리의 동료들이 있으니까요!」

그에 관해서는 다른 사람의 믿을 만한 증언도 있다. 「도망치는 자는 칼로 가슴을 찌르겠다!」 그는 이렇게 말하며, 칼로 허공을 갈랐다. 막사에서는 이렇게 선언했다. 「수용소를 방어하러 나오지 않는 자는 칼을 맞을 것이다!」 이것은 어떤 군사 지도부에서도, 어떤 전시에서도 불가피한 논리이다……

신생 수용소 정부는 모든 정부와 마찬가지로 보안부를 필요로 했기 때문에 슬루첸꼬프가 보안부의 우두머리가 되었다(그는 여성 수용 지점의 보안 장교 집무실에 자리했다). 외적인 힘과의 투쟁에서 승리할 수 없기 때문에, 슬루첸꼬프는 자기의 위치가 반드시 사형과 결부되는 것을 알고 있었다. 그는 반란 때 지배자들로부터 수용소에서 민족 간의 살육을 유발하여(금빛 견장을 붙인 장군들은 그것을 기대했다), 군대를 투입하기 위한 좋은 구실을 만들어 달라는 은근한 부탁을 받았다고 모두에게 말했다. 그 대가로, 지배자들은 슬루첸꼬프에게 생명을 보장한다고 했다. 그는 그 부탁을 거절했다(다른 사람들은 무슨 부탁을 받았을까? 그러나 그들은 굳게 입을 다물었다). 그 밖에도 유대인 학살이 일어난다는 소문이 수용소에 퍼졌을 때, 슬루첸꼬프는 그 소문을 전하는 자를 대중 앞에서 〈태형에 처하겠다〉고 경고했다. 소문은 이내 사라졌다.

슬루첸꼬프와 충성파 당원들과의 충돌은 반드시 일어난다고 예상했다. 그 충돌이 실제로 일어났다. 여기서 말해 두지만, 그 무렵에는 어떤 도형 수용소에서나 정통파 당원들은, 서로 의견을 조정하지 않더라도, 전원 일치로 밀고자의 살해를 비판하고 죄수들의 권리 투쟁에 대해서도 비판하고 있었다. 저차원적인 동기를 고려하지 않더라도(많은 정통파 당원들은 보안 장교의 하수인으로 충성을 다했다), 그것은 그들의 이론적 관점에서 설명할 수 있다. 그들은 〈위에서의〉 어떤 진압이나 말살의 형태를 인정하고, 대량 살육까지도 인정하며, 그것을 프롤레타리아트 독재의 표현으로 보았다. 〈밑에서〉 비롯되는 행위는 비록 그것이 충동적이고 산발적이라 해도 비적 행위이며, 게다가 〈반데라파〉의 색채를 가지고 있다고 보는 것이다(그것은 이미 부르주아적 민족주의자가 되는 것이라고 생각했으며, 충성파 당원 중에는 우끄라이나의 독립할 권리를 인정하는 자는 하나도 없었다). 도형수들이 노예 노동을 거부하고 쇠창살이나 총살로 격분하게 된 것은 순종하는 수용소의 당원들을 슬프게 하고, 고민하게 하고, 그리고 놀라게 하였다.

마찬가지로 껜기르에서도 충성파 당원의 일당(겐긴, 아펠쯔베이끄, 딸랄라예프스끼, 그리고 아꼬예프. 그 밖의 사람은 이름을 모르겠다)이 있었다. 또 한 사람, 꾀병을 앓으며 〈다리가 휘청거린다〉고 하면서 여러 해 병원에 입원하고 있던 사람이 있었다 — 이와 같은 지식인적인 투쟁 방법은 그들도 허용하는 것이었다. 〈위원회〉 중에는 마께예프가 눈에 띄는 예였다. 그들은 모두 〈시작하지 말았어야 했다〉라고 처음부터 불만을 토하고, 통로가 막혔을 때도 벽 아래에 지하 통로를 파지 말아야 했다고 말했다. 그것은 모두 반데라파의 쓰레기들에게 필요한 것이니까 빨리 양보해야 한다고 주장했다(그 부상을 입은 16명은 그들의 수용 지점과는 관계가 없으며, 복음주의자를 동정하는 것은 아주 우습다는 뜻이었다). 마께예프의 수기는 그들의 분파주의적 흥분으로 가득 찼다. 주위의 상황은 모두 나쁘고, 모든 사람이 나빴다. 사방에서 위험이 닥쳐왔다 — 당국은 새 형기를 더하려 했고, 반데라파의 녀석들은 등에다 칼을 꽂으려고 했다. 〈그들은 칼로 모든 사람을 위협하며 죽이려고 했다.〉 껜기르 반란에 대하여 마께예프는 악의적으로, 〈피의 장난〉이라든가 〈만용〉, 반데라파의 〈아마추어 연극〉이라 부르고, 특히 〈결혼 피로연〉이라고 불렀다. 그에 의하면 반란의 지도자들의 목적과 기대는 방탕과 작업의 회피와 정해진 형 집행의 연기에 있다고 했다(그 자신은 정해진 형 집행은 정당한 것이라고 생각하고 있었다).

이것은 1950년대의 자유를 위한 수용소 운동 전체에 대한 충성파 당원들의 태도를 여실히 나타내고 있다. 하지만 마께예프는 아주 조심스러운 사람으로, 반란의 지도자들 중 한 사람이었을 정도지만, 딸랄라예프스끼는 자기 불만을 공공연하게 터뜨렸다. 그래서 슬루첸꼬프가 지휘하는 보안부는 딸랄라예프스끼가 반란자들을 비난하는 선동을 한다고 해서 그를 껜기르 형무소 감방에 집어넣었다.

그래, 이것은 사실이었다. 반란을 일으켜 형무소를 해방한 죄수들이 이번에는 스스로 형무소를 만들었다. 우스운 이야기가 아닌가? 사실 여러 가지 이유로(지배자들과 접촉하여) 거기에 투옥된 자는 전부 겨우 4명뿐이었다. 게다가 그중 아무도 총살하지 않았다(거꾸로, 〈지도부〉 앞에서 자기의 결백을 증명하기 위한 알리바이를 제공한 셈이 되었다).

이 형무소 ── 1930년대에 건립된 침울하고 낡은 형무소 ──는 대중에게 공개되어 있었다. 독방들에는 창문이 없었고, 위쪽에 작은 채광창만 있었다. 마룻널에는 다리가 없었다. 시멘트 바닥 위에 직접 놓은 널빤지에 지나지 않아, 그곳은 추운 독방보다도 더 춥고 습기가 많았다. 마룻널 곁에, 즉 바닥 가까이에 개밥 그릇과 같은 꼴사나운 밥그릇이 놓여 있었다.

선전 선동부는 그곳에 동료 죄수들을 견학시키려 데려오고는 했다. 아직 이곳에 들어와 보지 못한 사람들과, 들어올 일이 없는 사람들에게 견학시켰다. 이 형무소는 여기에 온 장군들에게도 보였다(그들은 그다지 놀라지 않았다). 마을의 자유인들에게도 견학하러 오도록 부탁하기도 했다. 그들은 어차피 죄수들이 없으면 작업 현장에서 할 일이 없었다. 장군들도 실제로 견학할 사람들을 보내왔다. 물론 그들은 일반 일꾼이 아니라, 특별히 고른 사람들이었기 때문에 그들의 감정이 동요될 만한 일은 없었다.

이에 맞추어 당국도 죄수들을 루드니끄(스텝 수용소의 제1, 제2 수용 분소)로 견학시키겠다고 제안해 왔다. 수용소의 소문에 의하면, 그곳에서는 폭동이 일어났다고 했다(그런데 이

〈폭동〉이라는 말, 혹은 더 나쁘게 〈반란〉이라는 말은, 여러 가지 고려 때문에 노예들이나 노예 주인들도 피하려고 했다. 그 대신에, 그들은 수줍게 〈소동〉이라는 완곡한 표현을 사용했다. 대표로 선발된 죄수들이 가서, 예전처럼 모두가 작업하러 나가는지를 자기 눈으로 확인했다.

모두가 그런 파업의 확대에 크게 기대를 걸었다! 그러나 대표들은 절망적인 소식을 가져왔다.

(지배자들은 적당한 시기에 견학을 시켰다. 물론 루드니끄에서도 껜기르 수용소의 폭동에 대해서는 자유 고용인들을 통하여 진위 여부를 알아보고 흥분한 상태였다. 같은 6월에, 많은 사람들이 재심을 원하는 탄원서의 접수가 한꺼번에 거부되는 사건이 있었다. 거기에 반미치광이가 된 소년이 〈출입 금지 구역〉에서 총에 부상을 입었다. 그래서 파업이 시작되고, 수용 지점 간의 문이 부서지고, 정렬장으로 몰려들었다. 망루에는 기관총이 설치되었다. 누군가 반소비에뜨적인 구호와 〈자유, 아니면 죽음을!〉이라는 구호를 쓴 현수막을 내걸었다. 그러나 그 현수막은 내려지고, 정당한 요구와 그들의 요구가 이루어지면 곧 파업으로 인해 생긴 손해를 모두 갚겠다는 약속을 쓴 현수막으로 바뀌었다. 트럭 몇 대가 와서 창고에서 밀가루를 실어 내려고 했으나 죄수들은 그것을 저지했다. 이 파업은 일주일이나 계속된 것 같았으나, 그것에 관한 정확한 자료를 나는 구하지 못했다. 이 이야기는 제삼자에게서 들은 것으로 아마 과장되어 있을 것이다.)

이 전쟁이 선전전으로 변했던 시기도 있었다. 외부의 라디오는 침묵하는 일이 없었다. 사방에서 수용소를 둘러싼 확성기를 통하여 죄수들을 향한 외침, 정보나 허위 사실을 교대로 내보냈다. 이제는 지겨울 정도로 들어서 신경에 거슬리는 노랫소리도 한두 곡쯤 흘러나왔다.

  들판을 걸어가는 한 처녀
  그녀의 땋은 머리채에 가슴이 띈다.

  (그러나 레코드판을 듣게 되는 이 조그만 권리를 획득하기
위해서라도 반란을 일으키지 않으면 안 되겠다! 무릎을 꿇고
있었을 때는, 이런 하잘것없는 노래마저 들을 수 없었다.) 이
런 레코드판은 또, 지금의 시대정신에 따라 〈전파 방해〉의 수
단으로도 사용되었다. 즉, 수용소에서 경비병을 향해 나가는
방송을 방해하기 위해 쓰였던 것이다.
  외부에서는 라디오 방송을 통하여 그 운동의 유일한 목적
은 여자를 강간하고 약탈하는 것이라고 중상하고 있었다. (수
용소의 죄수들은 이 방송을 듣고 그저 웃을 뿐이었다. 그러나
이 방송은 마을에 사는 자유 주민의 귀에도 들어갔다. 노예의
주민들로서는 더 차원이 높은 다른 설명은 생각할 수도 없었
다. 그들은 죄수들이 정의를 위해 움직일 것이라는 너무나 차
원이 높은 것은 상상조차 하지 못했다!) 〈위원회〉사람들에 대
한 악담도 방송했다. (어느 형사범의 두목에 대한 악담도 했
다. 거룻배로 꼴리마 지방으로 호송되는 도중에, 그는 선창에
구멍을 뚫어 거룻배와 함께 3백 명의 죄수들을 침몰시켰다고
한다. 호송대가 아니라 불쌍한 죄수들, 그 대부분이 〈제58조〉
였는데 그 죄수들을 침몰시켰다는 것을 강조하였다. 이 이야
기는 아무리 들어도, 그 자신은 어떻게 살아났는지 전혀 알
수 없었다.) 또 꾸즈네쪼프를 괴롭혔다. 석방 지시가 내려왔
지만, 이제는 그 지시가 철회되었다고 말하기도 했다. 그리고
또 이렇게 호소하기도 했다 — 일해라! 일하지 않으면 안 된

다! 왜 조국이 그대들을 부양해야 하는가? 작업에 출동하지 않음으로써 그대들은 조국에 막대한 손해를 입혔다! (이것으로 영구히 도형에 처해진 사람들의 마음을 움직일 수 있다고 생각하는지?) 석탄을 실은 열차가 멈추고 하역을 기다리고 있다! (〈서 있으라지!〉 죄수들은 웃었다. 〈그래야 네놈들이 빨리 양보할 거 아냐!〉 그래, 그렇게 마음이 아프다면 금빛 견장을 붙인 장군들 자신들이 석탄 하역을 하면 되잖아, 하는 생각은 미처 죄수들의 머리에 떠오르지 않았다.)

그러나 〈기술부〉도 멍하게 있지 않았다. 생산 부문의 창고에서 2대의 휴대용 영사기를 찾았다. 그 앰프를 확성기용으로 사용하였으나, 물론, 그 출력은 훨씬 떨어졌다. 그 앰프의 전원은 비밀 수력 발전소였다! (반란자들이 발전소와 방송 시설을 가지고 있다는 것은 지배자들한테는 대단한 놀라움이며 걱정거리였다. 반란자들이 발신기를 수리하여 그들의 반란에 대해 외국으로 알리지나 않을까 두려웠다. 이러한 소문을 수용소에서 누군가 흘리고 있었다.)

수용소에는 전속 아나운서까지 나타났다(슬라바 야리모프스까야가 유명했다). 뉴스와 라디오 신문을 방송하였다(그 밖에, 매일 만화가 있는 벽신문을 간행하였다). 예전에 자기가 구타한 여자들에 대해 지금 와서 걱정하는 경비병에 관한 풍자가 섞인 방송은 〈악어의 눈물〉이라고 부르고 있었다. 호송대를 향한 방송도 있었다. 그 밖에 야간에는 망루 밑으로 가서, 확성기로 병사들을 조롱하기도 했다.

그러나 껜기르 마을에 있을 법한 약간의 동조자들, 즉 자유 고용인들 — 그들 중 대다수가 유배된 사람들이었다 — 을 위한 방송은 아직 출력이 부족했다. 그런데 바로 그들 권력자들의 입으로, 이미 라디오를 사용하지 않고, 죄수들의 힘이 미치지 않는 곳에서 왜곡된 이야기가 퍼졌다. 수용소는 지금 피에 굶주린 폭도들과 음란한 매춘부들의 세상이며(이런 이야기는 특히 여성 주민들한테 효과적이었다)[7] 죄가 없는 사람들을 학대하고, 산 채로 난로에 태우고 있다는 중상이었다(그렇다면 당국은 왜 나서지 않는지, 전혀 이해할 수가 없었다).

어떻게 하면 담장 너머로, 1킬로미터, 2킬로미터, 3킬로미터까지 소리가 전해질까? 「형제들이여! 우리는 정의만을 요구하고 있다! 우리는 죄도 없이 살해당하며, 개보다 더한 대우를 받아 왔다! 우리의 요구를 들어 달라!」

〈기술부〉의 생각은 도저히 현대 과학을 앞지를 수가 없어서, 후퇴하여 거꾸로 과거의 과학으로 되돌아가기 시작했다. 궐련 담배 종이를(생산 부문에는 없는 물건이 거의 없었다. 그에 대해서는 이미 기술한 대로지만,[8] 여러 해 동안 이 생산 부문은 제스까즈간 지방의 장교들에게는 수도의 양장점이나 필수품을 만드는 각종 제작소의 대역을 했다) 이용하여 몽골피에 형제처럼 커다란 기구를 만들었다. 기구에는 전단 뭉치를 묶고 그 아래에 타오르는 석탄을 넣은 화로를 매달아, 그 화로로 따뜻해진 공기가 아랫구멍에서 기구로 들어가는 장치가 되어 있었다. 모여든 죄수 군중들을 기쁘게 하면서(죄수들은 기뻐할 때는 어린이처럼 순진했다), 이 이상한 하늘을 나는 장치는 공중으로 떠올라서 날았다. 하지만 유감스럽게도! 바람의 속도가 기구가 상승하는 속도보다 빨랐기 때문에 기

---

7 모든 일이 끝나고, 여자 죄수의 대열이 마을을 지나 작업하러 가고 있는데, 러시아인 아내들이 몰려와서 옆에서 야유하기 시작했다. 「갈보들! 더러운 년들! 그렇게 못 참겠더냐?」 그리고 더 나무랐다. 다음 날에도 똑같은 일이 일어났으나, 여자 죄수들은 수용소에서 나올 때 돌을 들고나와서 대답 대신에 그녀들한테 던졌다. 호송병들은 웃을 뿐이었다.

8 제3부 제22장 참조.

구가 울타리를 넘으면서 화로가 가시철사에 걸리고 말았다. 따뜻한 공기의 공급이 중단되자 기구가 오그라들더니, 밑으로 떨어져 전단들과 함께 타 버렸다.

이 실패 후에, 기술부는 연기로 채워서 기구를 부풀렸다. 순풍일 때 하늘을 잘 날아서 마을 주민들이 볼 수 있도록, 큰 글씨로 구호를 내걸었다.

〈여성과 노인들을 구타하지 않도록 도와주시오!〉

〈우리는 중앙 위원회 간부가 오기를 요구한다!〉

경비병들이 이런 기구를 쏘기 시작했다.

그러자 〈기술부〉에 체첸인 죄수들이 와서 연을 만들 것을 제안했다(그들은 연 만들기를 잘했다). 연을 잘 만들어 마을 하늘 높이 날리기로 했다. 연 몸체에 장치를 해서 연이 갈 곳까지 갔을 때, 그 장치가 작동하여 묶어 두었던 전단 뭉치가 풀어지는 것이다. 연을 올린 사람들은 막사 지붕에 올라가서, 다음에 무슨 일이 생길지 지켜보았다. 전단이 수용소 가까이에 떨어지자, 교도관들이 와서 그것을 주웠다. 먼 곳은 오토바이나 말을 타고 그것을 수거하러 갔다. 어떤 경우에도, 이 떳떳한 진실을 자유 시민들이 읽지 못하도록 애썼다(전단의 마지막에는, 〈이것을 주운 껭기르 마을의 주민은 이 전단을 중앙 위원회로 보내 주십시오〉라는 호소가 쓰여 있었다).

연을 총으로 쐈으나, 연은 기구와는 달리 조그만 구멍에는 비교적 강했다. 곧 적도, 전단을 막으려면 교도관들을 총동원하여 자기들도 연을 띄워서 연줄을 걸어 끊어 버리는 편이 낫다는 것을 알게 되었다.

20세기 후반인데 연싸움이라니! 그것도 진실의 목소리를 누르기 위해서 벌어진 싸움이었다.

[독자의 이해를 돕기 위해, 껭기르 폭동의 시기에 사회에서

는 어떤 사건이 있었는지 회상하는 것도 좋을 것이다. 인도네시아 문제에 대한 제네바 회의가 개최되었다. 피에르 코가 스딸린 평화상을 받았다. 또한 진보적인 프랑스인으로 작가인 사르트르가 우리 나라의 진보적인 생활을 보기 위해 모스끄바에 왔다. 러시아와 우끄라이나와의 통합 3백 주년을 성대하게 경축했다.[9] 5월 13일에 붉은 광장에서는 중요한 시가행진이 있었다. 우끄라이나 공화국과 러시아 공화국이 레닌 훈장을 수상했다. 6월 6일에 모스끄바에서 유리 돌고루끼의 동상 제막식이 있었다. 6월 8일부터 노동조합 대회가 개최되었다 (하지만 껜기르에 대해서는 한마디도 없었다). 6월 10일에는 새로운 국채가 발행되었다. 6월 20일은 공군 기념일로, 뚜시노에서 아름다운 퍼레이드가 있었다. 또 1954년의 이 시기에는 소위 문학 〈전선〉에서 대공세가 있었다 — 수르꼬프, 꼬체또프, 그리고 예르밀로프가 강경한 비판 논문을 발표했다. 꼬체또프는 이렇게까지 썼다. 〈지금이 어떤 시대인가?〉 그것에 대하여 〈수용소 폭동의 시대다!〉라고 대답하는 사람은 없었다. 이 시기에는 많은 〈올바르지 못한〉 희곡들과 책들이 비난받았다. 한편, 과테말라에서는 제국주의적인 미국에게 저항을 했다.]

마을에는 유형을 받은 체첸인들도 있었으나, 그들은 연을 만들었을 것 같지 않다. 체첸인들은 억압에 협력하는 짓은 일체 하지 않았다. 그들은 껜기르 폭동의 의미를 옳게 이해하며, 어느 날 수용소 구내에 구운 빵을 잔뜩 실은 자동차를 보내주었다. 물론 군대는 즉시 그들을 쫓아 버렸다.

(역시, 체첸인도 좋은 사람들이었다. 내가 까자흐스딴 지방에서 체험한 바에 의하면 그들은 주변 주민들한테는 견딜 수

9 껜기르의 우끄라이나인들은 그날 상복을 입었다.

없는 존재였으며, 난폭하고, 싸움을 잘하고, 게다가 마음 깊이 러시아인을 증오했다. 그런데 껜기르 수용소의 죄수들이 독립의 의지를 나타내며 용기 있는 행동으로 나오자마자, 체첸인의 호의를 사게 되었다! 우리들이 충분히 〈존경받지 못한다〉고 느낄 때는, 자기의 행동을 반성해야 한다.)

그러는 사이에, 〈기술부〉는 그 유명한 〈비밀 무기〉를 개발하고 있었다. 그 무기란 굽은 알루미늄 파이프였으며, 예전의 가축 여물통의 급수 장치를 위해 생산했다가 남은 것이었다. 그 속에 칼슘과 카바이드를 섞은 성냥의 유황을 채웠다(성냥이 들어 있는 상자는 전부 〈10만 볼트〉라고 쓰여 있는 방으로 옮겼다). 성냥의 유황에 불을 달아서 파이프를 던지면, 쉬 하는 소리를 내면서 터지는 것이다.

그러나 이 불쌍한 발명가들이나, 목욕탕에 있었던 야전 사령부가 그 공격의 시간이나 장소나 형태를 결정하는 것은 아니었다. 폭동이 시작되고 2주쯤 지난 어느 어둡고 조명이 전혀 없는 밤에, 동시에 몇 군데에서 수용소의 담벼락을 두들기는 묵직한 소리가 들려왔다. 이번에 담벼락을 두들긴 것은 탈옥수들도 아니며 폭동을 일으킨 죄수들도 아니었다 — 수용소의 호송대가 자기 손으로 담벼락을 부수고 있었다! 수용소는 혼란에 빠져 모두 창이나 칼을 가지고 허둥댔으나, 대체 무슨 일이 일어난 것인지 아무도 몰랐다. 공격해 오는 것으로 예상했으나 군대는 공격해 오지 않았다.

아침 무렵에야 알게 되었지만, 수용소 구내의 여러 곳에서 바리케이드로 봉쇄된 기존의 문 이외에, 외부의 적이 열 군데 정도 통로를 열었던 것이다(죄수들이 그곳으로 공격해 오지 못하게 하기 위해 통로의 건너편에 기관총을 설치했다).[10] 그것은 통로를 통해 들어가 공격하기 위한 준비임에 틀림없었다. 죄수들은 개미 떼처럼 방어를 강화하는 작업에 착수했다. 반란자 본부의 결정은 내벽이나 벽돌로 된 부속 건물을 부수고, 그 벽돌로 안쪽에서 또 하나의 외벽을 만들고 기관총으로부터 몸을 지키기 위해 기존의 통로 앞에는 특히 견고한 벽돌 벽을 만든다는 것이었다.

사태가 전혀 달라졌다! 호송대가 수용소 구내의 외벽을 부수고, 죄수들이 그것을 복원하는 것이다. 도적들도 자기의 법도를 지키면서 다른 죄수들과 함께 열심히 일했다.

이번에는 통로 앞에도 보초를 두고 경비를 강화하지 않으면 안 되었다. 또 밤에 경보가 울렸을 때, 어느 소대가 어느 통로로 달려가 방어해야 하는지 정확히 결정해야 했다. 차바퀴의 완충기를 두들기거나 잘 울리는 휘파람을 경보로 하기로 했다.

죄수들은 정말 창을 들고 기관총과 대치할 생각이었다. 아직 마음의 준비가 되지 않았던 사람들은 조금씩 자신을 가다듬고 있었다. 하나의 어려움을 뛰어넘고 나면, 그다음은 쉬워진다.

한번은 주간 공격이 있었다. 어느 통로 바로 건너편에 스텝 수용소의 관리국이 있어서, 거기에 있는 난간에 군인의 넓은 견장이나 검사의 좁은 견장을 붙인 높은 사람들이 손에 촬영기나 사진기를 가지고 모여 있었다. 그리고 통로에 자동소총을 가지고 있는 병사들이 투입되었다. 그들은 천천히 전진했다. 그들은 경보가 울리는 곳까지 들어오다가 멈췄다. 경보가

10 이 통로를 생각해 낸 것은 노릴스끄 수용소에서였다고 한다. 그곳에서는 이런 통로를 만들어서 안에서 기가 죽은 사람들을 유인해 내거나, 도적들을 부추기거나, 질서 회복이라는 구실로 군대를 투입하기도 했다.

울리자, 그 통로에 할당된 몇 개의 소대가 달려가 창을 흔들면서 손에 돌과 벽돌을 가지고 바리케이드에 들어섰다. 이때, 난간의 촬영기가(자동소총을 가진 병사들이 시야에서 사라지면서) 돌아가는 소리가 나며 찍기 시작했다. 그러자 규율 담당 장교들과 검사들, 정치부원들이나 그곳에 있던 당원 전원이 창을 든 원시인들이 기세를 올리고 있는 것을 보고 웃기 시작했다. 영양이 좋고, 창피한 줄을 모르는 이 고관들은 난간에 서서 배를 곯고 기만당하고 있는 같은 백성들을 조소했다. 그것이 그들에게는 아주 우스꽝스러웠다.[11]

또, 교도관들은 통로에 몰래 접근하여, 마치 야생 동물이나 눈사람을 낚아채듯이, 죄수들에게 갈고리가 달린 밧줄을 던져서 〈포로〉를 잡으려고 했다.

그러나 지금은 그들이 변절한 사람들, 즉 기가 꺾인 사람들을 중시하게 되었다. 라디오는 큰 소리로 떠들었다 ── 자, 눈을 떠라! 이 통로를 따라 수용소 밖으로 나와라! 이 통로에서는 발포하지 않겠다! 나온 사람은 폭동으로 재판에 회부하지도 않겠다!

그대로 했던 것은…… 〈위원회〉 위원으로, 예전 소령이던 마께예프였다. 그는 볼일이 있는 체하고 중앙 위병소로 가서, 그곳에서 도망쳤다. (〈그렇게 한 것은〉 제지되거나 배후에서 사살되는 것이 두려워서가 아니라 우롱하는 동지들의 눈앞에서 공공연히 배신자가 될 수 없었기 때문이다!)[12] 그는 3주 동안

11 지금도 진압 보고의 어디엔가 이 사진을 붙여 놓았을 것이다. 자칫하면, 누군가 재빠르지 못한 사람이 소각하는 것을 잊어버려, 미래에도 남길지 모른다…….

12 그는 10년이 지난 후에도 여전히 부끄러웠던지, 아마 자기의 정당화를 위해 썼을 회고록 속에서도 자기는 다만 우연히 위병소 밖을 내다보았는데, 그때 습격을 받아 손이 묶였다고 쓰고 있었다.

이나 자신을 속이고 있었으나, 지금에야 겨우 자기가 바라지 않았던 자유를 바라며 반란을 일으킨 죄수들에 대하여 원한과 패배를 강하게 바라고 있는 자기 심정의 배출구를 찾을 수 있었다. 이번에는 지배자들에 대한 자기의 죄를 용서받기 위해, 그는 라디오를 통하여 항복을 권유하고, 또 투쟁을 계속하려고 주장한 사람들을 비난했다. 다음은 그 자신이 그 방송 내용을 적은 수기에서 인용한 것이다. 〈칼과 창을 가지고 자유를 획득할 수 있다고 생각하는 사람들이 있다……. 쇠붙이를 손에 들고 싶지 않은 사람들을 총 앞에 내세우려고 한다……. 우리들은 재심을 약속받았다. 장군들이 인내하면서 교섭을 진행하고 있는데, 슬루첸꼬프는 그것이 그들의 약점이라고 생각하고 있다.《위원회》는 폭도들의 폭거를 감추기 위한 커튼에 지나지 않는다……. 무의미한 방어 준비를 진행하느니보다 정치범에 어울리는 교섭을 진행하자.〉

오랫동안 통로가 열려 있었다. 폭동 기간 내내 그런 상태로 지속되었다. 그러는 동안에 수용소 밖으로 도망친 죄수는 불과 10여 명이었다.

그것은 왜였을까? 모두 승리를 믿었는가? 아니다. 예상되는 처벌이 무겁게 마음을 억누르지 않았나? 억누르고 있었다. 자기 가족을 생각하고, 자기의 목숨을 구하려고 생각한 사람은 없었나? 그렇게 생각하고 있었다! 고민하기도 했다. 그 가능성에 대하여 몇천 명의 사람들이 틀림없이 몰래 생각하고 있었다. 게다가 이전의 소년수들은 제법 정당한 이유가 있어서 호출되었던 것이다. 그러나 이 작은 땅덩어리에서 달아오른 열기가, 설사 인간의 마음을 완전히 녹여서 바꿀 수 없다 하더라도, 그 표면을 녹여서 형태를 바꿨던 것이다. 그리고 〈삶은 단 한 번뿐이야〉, 〈존재가 의식을 결정한다〉, 〈목에 칼이 들어오면 인간은 약해진다〉라는 차원 낮은 법칙은 그 제한된 땅에서는 짧은 시간이지만 그 효용을 잃었다. 생활이나 이성의 법칙에 의하면 그들은 모두 항복하거나, 분산하여 도망쳐야 했다. 하지만 그들은 항복하지 않았으며, 도망치지도 않았다! 「이제 아무래도 좋아! 죽으려면 죽여라!」 이렇게 말할 수 있을 만큼 그들은 정신적으로 높은 차원에 있었다.

그리하여 통로 작전은 실패로 돌아가고 말았다. 통로를 만들면 죄수들이 쥐처럼 도망치고, 가장 굳센 사람들만 남을 것이므로 그들만 진압하면 된다고 생각했었다. 그 작전이 실패로 끝난 것은 그 입안자가 〈비열하기 짝이 없는 놈〉들이었기 때문이었다.

그리고 반란자들이 내고 있는 벽신문에는 어머니가 유리 뚜껑 밑에 놓여 있는 수갑을 아이에게 보이면서 〈너의 아빠도 이런 걸 찼단다〉라고 말하고 있는 만화의 곁에 〈최후의 투항자〉라는 만화가 그려졌다(그것은 담벼락에 생긴 통로로 도망치는 검은 고양이였다).

그런데 만화는 언제나 웃고 있었지만, 수용소 구내의 사람들은 웃을 형편이 아니었다. 2주, 3주, 4주, 5주가 지나고 있었다……. 수용소군도의 법률에 따르면 1시간도 지속되면 안 되는 상태가 믿기 어려울 만큼 길게 지속되었고, 너무 오래 계속되어 싫증이 날 정도였다 ─ 5월의 절반과 거의 6월 전부 내내 계속되었다. 처음에는 승리, 자유, 해후와 여러 가지 구상에 취해 있었으나, 그 후에는 루드니끄가 반란을 일으켰다는 소문이 났고, 이를 믿었다. 이어서 추르바이-누라, 스빠스끄 할 것 없이 모든 스텝 수용소가 궐기하지 않았던가! 그 속에는 까라간다도! 아니, 모든 수용소군도가 폭발하여 사방으로 흩어지는 것이 아닌가! 그러나 루드니끄는 두 손을 등 뒤로 돌리고 머리를 숙인 채 여전히 규소폐증을 앓고 있으면서도 하루에 12시간 노동에 종사하여 껜기르의 일에 대해서도, 아니 자기 자신에 대해서마저 마음을 쓰지 않았다.

껜기르라는 섬은 아무도 지지해 주지 않았다. 이미 사막으로 도망쳐 갈수도 없었다. 군대가 차츰 증원되어 스텝에서 천막을 치고 야영을 했다. 수용소 전체가 외부에서 이중으로 가시철사로 둘러싸였다. 다만 하나의 장밋빛 점이 있었다 ─ 그것은 주인이 와서(말렌꼬프의 도착을 기다리고 있었다) 모든 것을 해결해 주리라는 기대였다. 사람 좋은 주인이 와서 틀림없이 이렇게 말할 것이다. 「이 죄수들이 얼마나 지독한 생활을 해왔던가! 얼마나 지독한 대우를 받았던가! 살인자들을 재판에 회부해라! 체체프와 벨랴예프를 총살해라! 그 밖의 자들은 모두 강등시켜라……」 하지만 이것은 너무나 작은 희망이며, 너무나 장밋빛이었다.

관대한 조치는 기대할 수 없었다. 최후의 자유로운 날들을 즐기며, 처벌을 각오하고 스텝 수용소의 복수에 항복하지 않으면 안 되었다.

항상 긴장을 견뎌 내지 못하는 사람들이 있었다. 마음속으로는 이미 굴복한 사람들도 있었으며 그들은 곧 다가올 것으로 예상되는 진압에 견딜 수가 없었다. 또 자기는 아무 데도 말려들지 않았으니까 이대로 조심스럽게만 행동한다면 괜찮을 것이라고 혼자 생각하는 사람들도 있었다. 또 신혼인 사람들도 있었다. (게다가 제대로 결혼식을 올려서, 결합된 사람들도 있었다. 그렇지 않고서는 서부 우끄라이나 출신 여성들은 결혼을 하지 않았다. 수용소군도 관리 본부의 세심한 배려로, 그곳에는 모든 종파의 사제들이 다 있었다.) 신혼인 죄수들은 그 슬픔과 기쁨을 흠뻑 맛보았다. 그것은 보통 사람의 보통 인생으로는 도저히 맛볼 수 없는 것이었다. 그들은 매일 매일을 최후의 날이라고 생각하고 열심히 살아가며, 또 처벌이 없는 매일 아침이 그들한테는 하늘의 선물이었던 것이다.

신자들은 믿고 있었다. 그리고 그들은 껜기르 폭동의 결말은 신에게 맡기고 평상시처럼 가장 마음이 안정되어 있는 사람들이었다. 큰 식당에서는 시간표에 따라서 각 종교, 각 종파의 기도가 열렸다. 여호와의 증인들은 자기들의 계율을 내세워 무기를 들거나 방위 설비를 구축하거나 경비 서는 것을 거절했다. 그들은 얼굴을 맞대고 장시간 앉아서 침묵하고 있었다(그들에게 접시를 닦도록 했다). 사실인지 아닌지 모르지만 수용소에는 한 예언자가 돌아다니며 침상에 십자가를 긋고, 이 세상의 종말을 예언하고 있었다. 그의 예언을 뒷받침하듯이 까자흐스딴 지방에서는 이따금 여름에도 한파가 닥쳐왔다. 그는 옷을 두껍게 입지 못한 노파들을 모아서 차가운 땅바닥에 앉게 했다. 노파들은 추위에 떨면서 하늘로 두 팔을 벌리고 있었다. 하늘이 아니라면 누구에게 소원을 빌 수 있겠는가?

또 자기는 돌이킬 수 없으리만큼 깊이 빠져 버려서, 군대가 들어오면 살아남지 못한다는 사람들도 있었다. 그래서 되도록 오래 끌기 위하여 어떻게 할 것인가를 고민해야 했다. 이런 사람들이 가장 불행한 사람들은 아니었다. (가장 불행한 사람들은 전혀 참여하지 못하고 빨리 종말이 오기만을 바라는 사람들이었다.)

그런데 이런 사람들이 항복할 것인가, 아니면 투쟁을 계속할 것인가를 결정하기 위해 모이자, 또다시 그 열기에 싸여서 개인적인 의견은 녹아서 없어져 버렸다. 혹은 죽음보다 웃음거리가 되는 것이 두려웠는지도 모른다.

「동지들!」 위풍당당한 꾸즈네쪼프가 마치 많은 비밀을 가지고, 그 비밀이 죄수들을 〈위로할〉 것처럼 자신 있는 말투로 말했다. 「우리는 〈화력 방어의 수단〉을 가지고 있으며, 만일 적이 공격해 온다면, 적도 우리의 절반쯤 되는 사상자가 나올 겁니다!」

그리고 그는 이렇게 말했다. 「만일 우리가 죽더라도, 그 죽음은 결코 헛되지 않을 것입니다!」

(이 점에 있어서는 그는 정말 옳았다. 그도 또한 모든 사람들처럼 열기에 들떠 있었다.)

그리고 투쟁을 계속할 것인가를 투표했더니 대부분의 사람들이 〈찬성표〉를 던졌던 것이다.

그때 슬루첸꼬프가 의미심장하게 이렇게 경고했다. 「기억하시오! 우리의 대열에 남아 있으면서, 항복하고 싶어 하는 자가 있다면 이 성을 내주기 5분 전에 처형해 버릴 것이오!」

언젠가 외부의 라디오가 〈수용소 관리 본부의 명령〉이라는 것을 방송했다 — 작업 거부에 대하여, 사보타주에 대하여, 이것과 저것에 대하여…… 스텝 수용소 산하의 껜기르 수용소 분소를 해산시키고, 모두 마가단으로 이송시킬 것. [확실히, 수용소 관리 본부에게 이 지구(地球)는 너무 작았다. 그건 그렇고 이전에 마가단으로 호송된 사람들은 무슨 까닭에서 그랬을까?] 이번이 작업으로 돌아갈 최후의 기회이다……

하지만 그 최후의 기간도 지나고, 사태에는 아무런 변화도 없었다.

사태는 여전히 변하지 않았다. 그 때문에 그 불가능하고, 있을 수 없는 생활이 수용소의 규칙적인 생활을 배경으로 하여 뚜렷이 돋보였다 — 하루에 3회 식사. 정기적인 목욕. 세탁과 내의 교환. 이발. 재봉소와 구두 제작소. 심지어 분쟁 재판소까지 있었다. 그리고…… 자유 석방 절차도 있었다!

사실이었다. 외부에서 라디오 방송으로 이따금 석방되는 사람들이 호출되었다 ─ 그것은 자기 나라 국민을 한군데 모으는 것을 허락한 외국인들이나, 혹은 형기가 끝난(아니면 끝나 가고 있는) 사람들이었다. 아마 수용소 관리국은 이러한 방법으로 교도관들의 갈고리가 달린 밧줄을 쓰지 않고 〈포로들〉을 획득하고 있었는지도 모른다. 〈위원회〉는 회의를 열었으나, 조사할 방법이 없어서 그런 사람들은 수용소 밖으로 내보냈다.

왜 그 시간이 그렇게 길어졌을까? 지배자들은 대체 무엇을 기다리고 있었을까? 식품이 바닥이 나기를? 하지만, 그것은 꽤 오래 기다려야 한다는 것을 그들도 알고 있었다. 마을 주민의 의견을 고려하고 있었을까? 아니, 그렇지는 않다. 진압 계획은 서 있었는가? (물론, 나중에 안 일이지만, 그 사이에 꾸이 비셰프시 근처에서 〈특별 임무〉 연대, 즉 진압 연대를 불러들였다. 이것은 아무나 할 수 있는 일이 아니다.) 〈상부〉에서 진압 계획의 조정이 있었는가? 얼마나 높은 상부였는가? 그 결정을 언제, 어느 기관에서 내렸는지는 우리는 알 수가 없었다.

몇 번이나 갑자기 생산 부문 구내의 바깥쪽 문이 열렸다 ─ 그것은 죄수들의 방어 태세를 조사하기 위한 것이었던가? 당직에 섰던 보초 부대가 경보를 울리자 소대가 문으로 달려왔다. 그러나 구내로 아무도 들어오지는 않았다.

수용소를 방어하고 있는 죄수들의 정찰이라면 막사 지붕에 있는 감시자뿐이었다. 따라서 막사 지붕에서 담 너머로 보이는 것만 가지고 예상할 수밖에 없었다.

6월 중순경에, 마을에 트랙터가 나타났다. 트랙터는 수용소 구내 근처에서 작업을 하거나, 무엇인가 끌어당기고 있었다. 야간에도 작업하는 것 같았다. 트랙터의 이 야간작업은 전혀 이해할 수 없었다. 만일에 대비하여 통로 앞에 또 구덩이를 파기 시작했다. (정찰기가 날아와서 그 구덩이의 사진을 찍거나 스케치를 했다.)

어쩐지 기분이 나쁜 그 엔진 소리가 마음을 더욱 어둡게 했다.

그런데 갑자기, 의심 많은 사람들이 부끄럽게 되었다! 패배주의자들도! 용서 따위는 받지 못하니까 탄원해도 소용없다고 말하던 사람들도 모두 부끄러워졌다! 오직 정통파 공산당원들만 자랑스러워하고 있었다. 6월 22일에 외부에서 라디오가 이런 방송을 했다 ─〈죄수들의 요구는 받아들여졌다!〉 껜기르 수용 분소에 중앙 위원회 간부가 들어오게 되었다!

장밋빛 점이 장밋빛 태양으로, 장밋빛 하늘로 바뀌었다! 목적을 달성할 수 있다! 우리 나라에는 정의가 〈살아 있다〉! 상대방이 우리한테 무엇인가 양보하고, 우리도 또 상대에게 무엇인가 양보를 한다. 결국 무엇인가 양보해야 한다면, 죄수 번호는 붙여도 상관없다. 우리들이 창문으로 출입하는 것은 아니니까 창문의 쇠창살도 방해가 되는 것이 아니다. 그런데 또 속는 것은 아닐까? 그래도 〈그 전에〉 작업하러 출동하라는 요구는 없지 않는가!

검전기에 막대기가 닿자 전기를 띠고, 가볍게 날개가 떨어지듯이, 이 외부의 라디오 방송은 최후의 몇 주 동안 계속되었던 긴장감을 풀어 주었다.

그 기분 나쁜 트랙터마저도 24일 밤부터는 딱 소리를 멈추고 말았다.

폭동이 일어나고부터 40일째 밤, 모두가 잠들어 있었다. 아마 내일은 〈그〉가 도착하겠지. 혹시 지금쯤 도착했을지도 모른다……[13] 그것은 새벽녘에야 깊이 잠드는, 잠이 부족한 6월

---

13 정말 도착한 것은 아닐까? 그 자신이 그런 명령을 내린 것은 아닐까?

의 짧은 밤이었다. 마치 13년 전과 같은 밤이었다.[14]

6월 25일 금요일 이른 새벽에, 하늘에는 낙하산이 달린 조명탄이 오르고, 망루에서도 조명탄을 쏘아 올렸다. 그리고 막사 지붕 위에 있었던 감시자들은 저격병한테 사살되어 소리도 내지 못했다. 대포가 포격을 개시했다! 수용소 위를 비행기가 저공으로 날며, 공포심을 조성했다. 트랙터의 소음을 이용하여 일정한 곳에 자리를 잡은, 그 유명한 T-34형 전차가 사방에서 외벽의 통로를 향해 전진을 개시했다. (그러나 그중 한 대는 역시 웅덩이에 빠져 버렸다.) 일부의 전차는 뒤에서, 군인들이 가시철사를 친 삼각대를 질질 끌고 있었다. 그것은 모두 수용소 구내를 분단하기 위해서였다. 다른 전차의 뒤에서는 철모를 쓴 돌격대원들이 자동소총을 들고 달려왔다. (자동소총을 든 병사들도, 전차병들도, 미리 보드까를 마셨다. 어떤 〈특별 임무〉 부대라 할지라도 역시 무방비 상태의 사람들을 죽이려면 취기가 있는 편이 좋았다.) 돌격하는 병사 중에는 무전기를 가진 무전병도 있었다. 장군들은 경비병들의 망루에 올라가, 거기서 조명탄이 비춘 (한 망루는 죄수들이 파이프 폭탄으로 불을 질러서 타오르고 있었다) 대낮처럼 밝은 수용소의 모습을 바라보면서 명령을 내렸다. 「저 막사를 점령해! 꾸즈네쪼프가 저기에 있다!」 총탄이 날아올 염려가 없었으니까, 그들은 몸을 숨기지 않았다.[15]

14 1941년 6월, 독소전쟁이 발발한 것을 뜻함 — 옮긴이주.
15 그들이 숨었다면, 그것은 역사에서 숨은 것이다. 이 재빠른 사람들은 대체 누구였을까? 어찌하여 나라는 껜기르에서의 그들의 훌륭한 승리를 축복하지 않았나? 고생하면서 우리는 그들의 이름을 찾고 있으나, 별로 중요하지 않은 중간쯤의 이름밖에는 모른다. 그들은 스텝 수용소 보안부장인 랴잔쩨프 대령과 스텝 수용소 정치부장 쇼무시긴이었다……. 독자들의 협조를 바란다! 이 명단을 계속 추가해 주기를!

멀리에 있는 건설 현장에서는 자유 고용인들이 진압 광경을 바라보고 있었다.

수용소는 잠에서 깨어났고, 죄수들은 대혼란에 빠졌다. 공포 때문에 지혜가 자취를 감췄다. 어떤 자는 막사에 남아 마루에 엎드려 저항하는 것은 소용없다고 생각하고 자기 몸의 안전만을 바랐다. 또 어떤 자는 그를 일으켜 싸우게 하려고 했다. 어떤 자는 총탄으로 날아오는 곳으로 뛰어나가 싸우려고 했으나, 그것은 자기의 죽음을 재촉하는 일이었다.

대항한 것은 제3 수용 지점이었다. 그곳은 반란을 시작한 수용 지점이기도 했다(그곳은 25년 형기를 받은 죄수들뿐이었으며, 그리고 그 대부분이 반데라파 사람들이었다). 그들은…… 자동소총을 들고 있는 병사들이나 교도관들을 향해 돌을 던지고, 아마 파이프 폭탄을 전차에 던졌을 것이다……. 가루가 되어 부서진 유리에 대해서는 아무도 생각하지 못했다. 어떤 막사에서 〈만세!〉라고 외치며, 두 번쯤 반격하러 나오기도 했다.

전차대는 가면서 부딪친 모든 사람들을 짓밟았다(전차 한 대는 그 무한궤도로 끼예프 출신의 여성 알라 쁘레스만의 배위를 지나갔다). 어느 전차는 막사 현관 앞까지 올라와, 거기에 있었던 사람들을 짓밟았다(에스토니아 여성 잉그리트 키비와 마홀라파를).[16]

다른 전차는 막사 벽에 접근하여, 무한궤도를 피하여 그곳에 매달려 있던 사람들을 짓눌렀다. 세묜 라끄는 자기 연인과 함께 전차 밑으로 뛰어들어, 거기서 일생을 끝맺었다. 전차는 막사의 판자 벽을 부수고, 내부에 대포를 돌려서 공포탄까지

---

16 어느 전차에는 수용소의 여의사인 술에 취한 나기비나도 타고 있었다. 부상자를 도와주기 위한 것이 아니라 즐기기 위해서였다.

쏘았다. 파이나 엡시쩨인의 회상에 의하면, 꿈속처럼 막사 한 모퉁이가 떨어져 나가고, 그 위에 살아 있는 인간이 있었는데도 비스듬히 전차가 지나갔다. 여자들이 뛰어다니며 우왕좌왕했다. 전차들 뒤로 트럭이 뒤따랐으며, 반나체의 여자들이 그 짐칸에 던져졌다.

대포는 공포탄이었지만 자동소총은 실탄을 쏘고 총검도 진짜였다. 여자들이 남자들을 지키기 위해 그 앞을 막아서자, 여자들도 총검으로 찔렀다! 보안 장교 벨랴예프가 이날 아침에 자기 손으로 20명 정도의 사람들을 사살했다. 전투가 끝난 후에, 그는 자기가 죽인 사람들의 손에 칼을 쥐여 주고, 사진사가 죽은 〈폭도들〉의 사진을 촬영하게 했다. 그 장면을 목격한 죄수들도 있었다. 〈위원회〉 위원인 수쁘룬은 이미 노파였으나 폐에 총탄을 맞고 죽었다. 변소에 숨은 자도 있었으나 그들은 거기에서 벌집이 되었다.[17]

꾸즈네쪼프는 목욕탕인 자기의 사령실에서 체포되어 무릎을 꿇게 되었다. 슬루첸꼬프는 두 손이 뒤로 꼭 묶인 채, 공중으로 솟구쳐 올랐다가, 땅바닥에 내동댕이쳐졌다(이것은 형사범들이 자주 쓰는 수법이었다).

이윽고 총성이 멈췄다. 「모두 막사에서 나와. 발포하지 않겠다!」 죄수들에게 외쳤다. 그리고 실제 발포하지는 않았지만, 총 개머리판으로 때렸다.

포로들은 정해진 조가 되면 외벽의 통로로 나가, 또 바깥을 포위하고 있는 껜기르 경비대의 포위망을 지나서 스텝으로 나가, 거기서 신체검사를 받고 머리 위로 두 손을 올린 채, 땅

---

17 이보시오, 버트런드 러셀과 장폴 사르트르 선생! 당신들의 〈전쟁 범죄 조사 위원회〉를 열어요! 철학자 양반들! 이것은 절호의 자료가 아닙니까? 어째서 조사 위원회를 열지 않습니까? 아마 내 말이 들리지 않겠지······.

바닥에 엎드렸다. 이렇게 엎드린 죄수들 사이를 내무부 조종사들과 교도관들이 걸어다니며 상공에서나 망루에서 전에 본 적이 있는 얼굴을 찾아 골라내고 있었다.

(이 사건 때문에 아무도 그날의 『쁘라브다』신문을 읽을 겨를이 없었다. 그런데 그날은 특집이었다 ─ 우리 조국의 하루, 야금 부문에 종사하는 노동자들의 커다란 성과, 널리 기계화된 추수 작업! 이것을 참고한다면 역사가들은 〈그날의〉 우리 조국은 어떤 상태였던가를 쉽게 파악할 수 있을 것이다.)

호기심이 많은 장교들은 생산 부문의 비밀을 조사했고, 어떻게 수용소 안에 전기가 있었는지, 그리고 그 〈비밀 무기〉란 무엇이었는지 알 수 있었다.

승리를 거둔 장군들이 망루에서 내려와 아침 식사를 하러 갔다. 나는 그들 중 누구도 알지 못하지만 그들이 그 6월의 아침에 맛있게 식사를 하며 술을 마셨을 것이라고 단언할 수 있다. 마신 술 때문에 머리가 좀 개운치 않아도, 그들의 정연한 이데올로기에는 전혀 이상이 없었다. 그것은 드라이버를 이용해 그들의 가슴속에 박혀 있었으니까.

사상자 수는, 들리는 바에 의하면, 6백 명 정도였으나, 수개월 후에 본 껜기르 수용 분소의 생산 계획부 자료에 의하면 〈7백 명〉 이상이었다.[18] 부상자들로 수용소의 병원이 만원이 되어, 시립 병원으로 옮기게 되었다(자유 고용인들에게는, 군대는 공포탄밖에 쏘지 않았는데 죄수들이 서로를 죽였다고 설명했다).

묘를 파는 것은 남은 죄수들에게 시키고 싶었으나, 너무 사

---

18 1905년 1월 9일에 살해된 사람은 1백 명 정도였다. 러시아 전국을 뒤흔들었던 1912년 레나강 유역 금 채굴장에서의 유명한 총살에서 살해된 사람은 270명이었으며, 부상자는 250명이었다.

실을 알려서는 곤란하여 결국 군대가 했다. 3백 구 정도의 시체는 수용소 구내의 구석에 파묻고, 나머지는 스텝의 어딘가에 파묻었다.

6월 25일에 죄수들은 하루 종일 햇빛을 받으며(그 무렵은 삶아질 것 같은 더위였다), 스텝에 엎드려 있었다. 수용소에서는 그사이 벽이나 마루의 널빤지들을 뜯고 이불이나 의복을 털면서 이 잡듯이 수색했다. 그 후 스텝으로 물과 빵이 운송되었다. 장교들은 명단을 준비하고 있었다. 죄수들은 이름을 부르면 살아 있다는 표시를 하고, 빵을 나누어 받았다. 그리고 죄수들을 명단별로 분류했다.

〈위원회〉 위원들과 따로 의혹을 받는 사람들은 이미 견학의 대상이 아닌 수용소의 형무소에 투옥되었다. 1천 명 이상의 죄수들이 선발되어 일부는 격리 형무소로, 나머지 죄수들은 꼴리마 지방으로 이송되었다(언제나처럼 이 명단은 반쯤은 멋대로 작성된 것이기 때문에 전혀 관계없는 사람들도 그 속에 들어가 있었다).

이 책의 마지막 몇 장에서 다루게 될 몇몇 사람들은, 이 진압 장면을 보고 마음의 평화를 얻었을 것이다. 짐을 챙겨서 〈수화물 보관소〉로 달려갈 필요도 없었고, 진압자들도 결코 천벌을 받지 않는다!

6월 26일 종일토록 죄수들은 바리케이드를 정리하거나 통로가 된 담벼락 구멍을 보수했다.

6월 27일에는 작업장에 끌려 나갔다. 그때 비로소 열차의 적재 작업이 시작되었다!

껜기르를 진압한 전차대는 자력으로 루드니끄까지 가서, 거기에서 죄수들이 보는 앞에서 지그재그 운동을 보여 주었다. 잘 생각하라는 것일까……

지도자들의 재판은 1955년 가을에 열렸고 당연히 비공개였으며, 우리도 그 재판에 대해 잘 알지 못한다……. 들리는 말에 의하면, 꾸즈네쪼프는 의연한 태도로 재판을 받고 자신이 취한 조치가 정당하며, 그 이상의 것은 생각하지 못했다며 이를 증명하려고 했다. 어떤 판결이 났는지 알 수 없다. 아마 슬루첸꼬프, 미하일 껠레르, 크놉꾸스 3명은 총살되었을 것이다. 내가 〈아마〉라고 한 것은, 이전이라면 확실히 총살이었겠지만 1955년에는 형벌이 조금은 완화되었을지 모르기 때문이다.

껜기르에서는 진짜 노동 생활이 궤도에 오르고 있었다. 최근까지 반란자였던 죄수들로 〈돌격 작업반〉을 편성했다. 독립 채산제가 꽃을 피웠다. 매점이 열리고, 보잘것없는 영화가 상영되었다. 교도관들과 장교들이 분주하게 생산 부문을 다니게 되었다 — 자기들을 위해 무엇인가 만들어 달라고. 낚싯대나 보석 상자를 만들게 하거나, 핸드백의 자물쇠를 고쳐 달라고 하기도 했다. 반란자였던 제화공들이나 재봉사들은(리투아니아인들과 서부 우끄라이나인들) 그들을 위하여 가볍고 꼭 맞는 장화를 만들고, 그들의 아내들을 위해 옷을 만들기도 했다. 예전과 마찬가지로, 명령을 받은 죄수들은 선광 공장에서, 굵은 전선에서 납의 피복을 벗겨서 수용소로 가져와, 그 납으로 산탄을 만들었다. 장교들은 그 산탄을 가지고 스텝에서 사냥을 즐겼다.

이때 수용소군도 전체를 휩쓴 놀라움이 껜기르 수용 분소에까지 이르렀다. 새로이 쇠창살을 설치하거나, 막사에 자물쇠를 걸지 않게 된 것이다. 〈3분의 2〉의 가석방이 있게 되었고, 이때까지 없었던 〈제58조〉의 〈폐기 처분〉도 있게 되었다. 즉, 반죽음의 상태였던 죄수들을 석방하게 되었던 것이다.

무덤의 푸른 풀이 더욱 푸르렀다.

1956년에는 다름 아닌 그 수용소 자체가 폐지되었다. 그곳에 남아 있던 유형수와 현지 주민들은 〈죄수들〉이 파묻힌 장소를 찾아내어 그곳에 스텝의 튤립을 바쳤다.

당신이 돌고루끼의 동상 곁을 지날 때마다, 이런 것을 떠올리길 바란다 ─ 그 제막식은 껜기르 폭동이 일어나고 있던 때에 있었다는 것을. 그리하여 그것은 마치 껜기르 폭동을 추모하는 듯한 기념비이기도 하다는 것을.

〈제6권에 계속〉

열린책들 세계문학 **262** 수용소군도 5

옮긴이 김학수 1931년 평양에서 태어났다. 한국외국어대학교 노어과를 졸업하고 미국 인디애나 대학교 대학원 슬라브어문학과에서 석사 학위를 받았다. 한국외국어대학교 교수와 동 대학 부설 소련 및 동구문제연구소 소장을 역임하고 미국 컬럼비아 대학교 풀브라이트 교환 교수, 고려대학교 문과 대학 교수 및 동 대학 부설 러시아문화연구소 소장, 한국 노어노문학회 회장을 지냈다. 옮긴 책으로는 솔제니쯴의 『1914년 8월』, 『이반 제니소비치의 하루』, 뚜르게네프의 『사냥꾼의 수기』, 『첫사랑』, 똘스또이의 『인생의 길』, 『부활』, 『신과 인간의 아들』, 도스또예프스끼의 『죄와 벌』, 『카라마조프의 형제』 외 다수가 있다. 1989년 서울에서 영면했다.

지은이 알렉산드르 솔제니쯴 **옮긴이** 김학수 **발행인** 홍예빈·홍유진 **발행처** 주식회사 열린책들 **주소** 경기도 파주시 문발로 253 파주출판도시 **전화** 031-955-4000 **팩스** 031-955-4004 **홈페이지** www.openbooks.co.kr Copyright (C) 주식회사 열린책들, 1988, 2020, *Printed in Korea.* **ISBN** 978-89-329-1262-2 04890 **ISBN** 978-89-329-1499-2 (세트) **발행일** 1988년 2월 1일 초판 1쇄 1990년 12월 10일 초판 6쇄 1995년 4월 15일 2판 1쇄 2017년 12월 10일 특별판 1쇄 2020년 11월 20일 세계문학판 1쇄 2022년 5월 20일 세계문학판 2쇄

이 도서의 국립중앙도서관 출판예정도서목록(CIP)은 서지정보유통지원시스템 홈페이지(http://seoji.nl.go.kr)와 국가자료공동목록시스템(http://www.nl.go.kr/kolisnet)에서 이용하실 수 있습니다.(CIP제어번호: CIP2020046004)